Ambre - 1

Kathleen Winsor

Ambre - 1

Traduit de l'anglais
par Édith Vincent

Éditions J'ai lu

Au lieutenant Robert John Herwig, U.S.M.C.R.

Mais, grand Dieu ! quelle époque
et quel monde. Un homme n'y peut
vivre sans jouer le fourbe et l'hypocrite.
Samuel PEPYS

Titre original :

FOREVER AMBER

PROLOGUE

1644

Une chaude humidité régnait dans la petite chambre. De violents coups de tonnerre faisaient trembler les vitres, les éclairs paraissaient jaillir de la pièce même. Personne n'osait dire ce que tout le monde pensait — que cet orage, terrible même pour un orage de la mi-mars, constituait certainement un mauvais présage.

La pièce, comme toutes les chambres d'accouchées, avait été débarrassée de la plupart de ses meubles. Il n'y restait plus que le lit, très haut, avec ses rideaux de lin, auquel on accédait par des marches, une demi-douzaine de chaises basses et le fauteuil profond de la sage-femme, muni d'accoudoirs et d'un dossier incliné. Près de la cheminée, une table avec une cuvette d'étain, du cordon brun et un couteau, des bouteilles et des pots d'onguents ainsi qu'une pile de fins linges blancs. Près de la tête du lit un berceau à l'ancienne mode, encore vide.

Les femmes du village, autour du lit, observaient en silence, l'air anxieux, attentif. Une inquiétude pleine de sympathie et de pitié sourdait de leurs yeux, allant du bébé tout rouge couché auprès de la femme qui venait de lui donner le jour, à la sage-femme en transpiration, penchée sur le lit et dont les mains s'activaient sous les couvertures. Une autre femme, enceinte elle-même, s'approcha de l'enfant, inquiète et troublée. Tout à coup, le bébé poussa un soupir, éternua, ouvrit la bouche et hurla. Les femmes respirèrent, soulagées.

— Sarah ! dit doucement la sage-femme.

La femme enceinte leva les yeux. Elles échangèrent quelques mots à voix basse, puis — tandis que la sage-femme s'asseyait auprès de la cheminée pour baigner l'enfant dans un bassin de vin rouge chaud — l'autre femme glissa les mains sous la couverture et, avec des gestes doux et assurés, se mit à pétrir le ventre de la mère. L'horreur que reflétait son visage disparut rapidement quand la jeune accouchée ouvrit les yeux.

L'accouchée avait les traits tirés, amaigris par la souffrance, l'air hagard, les yeux enfoncés, entourés d'un large cerne. Seuls ses légers cheveux blonds, épars, paraissaient encore en vie. Sa voix s'éleva, faible et terne, à peine audible :

— Sarah ! Sarah ! est-ce mon bébé qui pleure ?

Sarah, sans interrompre son travail, fit oui de la tête avec un sourire contraint.

— Oui, Judith ! C'est votre bébé, votre fille.

Les cris de colère aigus de l'enfant remplissaient la pièce.

— Ma... fille ?

Si épuisée qu'elle fût, son désappointement était manifeste.

— Une fille ! dit-elle en un petit murmure las et déçu. Mais c'est un garçon que je veux ! John désirait un fils !

Ses yeux se remplirent de larmes, qui roulèrent sur ses tempes : elle détourna péniblement la tête, comme pour ne plus entendre les cris du bébé.

Mais elle était trop épuisée pour s'en préoccuper. Une sorte de détente l'envahissait peu à peu. Cette sensation était presque agréable ; comme elle s'emparait de plus en plus d'elle, corps et âme, elle s'y abandonna, ayant l'impression d'être ainsi délivrée de l'agonie de ces deux dernières journées. Elle percevait le léger battement rapide de son cœur. Il lui semblait qu'un tourbillon qui l'emportait de plus en plus vite l'aspirait; elle avait le sentiment d'être tirée hors d'elle-même et hors de la chambre, lancée dans le temps et l'espace.

Naturellement cela ne ferait rien à John que ce soit une fille. Il l'aimerait tout autant et les garçons viendraient ensuite — des garçons, et encore des filles aussi. Maintenant que le premier bébé était né, ce serait plus facile la prochaine fois. Sa mère le lui avait souvent dit, et sa mère avait eu neuf enfants.

Elle vit l'expression du visage de John, se représenta le choc et la surprise qu'il éprouverait à la nouvelle, et sa brusque explosion de joie et de fierté. Il souriait et ses dents blanches brillaient dans son visage hâlé; ses yeux la contemplaient avec adoration, comme la dernière fois qu'ils s'étaient vus. C'était toujours de ses yeux qu'elle se souvenait le mieux, car ils étaient couleur d'ambre, comme un verre d'ale traversé par un rayon de soleil, et autour de la pupille noire brillaient des points verts et bruns. Une force étrange émanait de ces yeux, comme si tout son être se concentrait en eux.

Pendant toute sa grossesse, elle avait espéré que le bébé aurait les yeux de John; elle l'avait désiré avec une telle intensité que jamais elle n'avait douté que son vœu ne se réalisât.

Depuis toute petite fille, Judith savait qu'un jour elle épouserait John Mainwaring, qui à la mort de son père prendrait la succession du comté de Rosswood. Sa famille à elle était de très vieille souche anglaise — elle s'était appelée « de Marisco » quand ses ancêtres étaient arrivés avec le conquérant normand, mais au cours des siècles son nom s'était transformé en celui de Marsh. Les Mainwaring, de leur côté, avaient vu leur fortune et leur pouvoir s'accroître considérablement au cours du siècle dernier, car ils s'étaient partagé les dépouilles de l'Église catholique. Leurs domaines étant voisins, des liens d'amitié s'étaient noués entre les deux familles depuis trois générations. Rien de plus naturel, par conséquent, que le mariage du fils aîné des Mainwaring avec la fille aînée des Marsh.

John avait huit ans de plus qu'elle et, pendant longtemps, il ne lui prêta guère d'attention, bien qu'il considérât comme allant de soi qu'ils se marieraient sans doute un jour. La promesse de fiançailles avait été signée quand il était encore enfant et Judith bébé. Durant les années qui suivirent, elle le vit fréquemment, car il venait souvent à Rose Lawn monter à cheval, chasser et faire de l'escrime avec les quatre frères aînés de Judith — mais il ne s'intéressait pas plus à elle qu'à ses propres sœurs et ne faisait que supporter avec une bienveillante indifférence son admiration craintive. Il alla faire ses études à Oxford d'abord, puis, pendant un an environ, à Inner Temple[1], et compléta son éducation par un tour en Europe. A son retour, il retrouva une jeune fille de seize ans, ravissante, et en tomba amoureux. Comme Judith avait toujours été éprise de lui et que les familles entretenaient d'excellents rapports, il ne parut y avoir aucune raison d'attendre. Le mariage fut fixé au mois d'août : le mois où la guerre commença.

Le père de Judith, Lord William Marsh, se déclara immédiatement pour le roi, mais le comte de Rosswood — comme bien d'autres — hésita pendant plusieurs semaines avant de se joindre aux parlementaires[2]. Judith les avait entendus discuter de temps à

1. Une des quatre institutions anglaises ayant le privilège exclusif de préparer à entrer dans les ordres. *(N.d.T.)*
2. Partisans du Parlement, adversaires de Charles Ier.

autre, depuis plus d'un an; mais, bien qu'ils se fussent souvent mis en colère au point de crier et de brandir le poing, ils avaient toujours fini par tomber d'accord pour boire ensemble un verre de vin en parlant d'autre chose. Elle ne se doutait guère que ces disputes changeraient toute sa vie!

Le comte de Rosswood avait dit et répété qu'il pouvait admettre l'absolutisme du roi, mais non la politique religieuse de Laud, tandis que Lord Marsh était convaincu que son ami, au moment décisif, se reprendrait et se rangerait aux côtés du roi. Quand il vit que Rosswood n'en faisait rien, il fut indigné et furieux; d'abord incrédule, il devint amer et haineux. Judith ne s'était pas clairement représenté que l'Angleterre était en guerre civile, jusqu'au jour où sa mère lui dit froidement qu'elle ne devait plus penser à John Mainwaring — que ce mariage ne pourrait jamais se faire.

Stupéfaite, Judith acquiesça d'un signe de tête, mais sans y croire réellement. La guerre, son père le disait, serait finie d'ici trois mois; alors, ils oublieraient leurs querelles et redeviendraient bons amis. Elle n'aurait été dans leur vie qu'un intermède désagréable, rien d'important ne serait changé, aucun projet sérieux ne s'en trouverait bouleversé, pas plus qu'aucune vieille habitude familiale. Cela n'affecterait personne sérieusement, ni elle, ni aucun de ceux qu'elle connaissait.

Mais, quand John vint lui faire ses adieux avant de rejoindre l'armée, Lord William se porta à sa rencontre à cheval, furieux et menaçant, et lui interdit l'accès de son domaine. En apprenant cela, Judith pleura pendant des heures, car il était parti pour la guerre sans qu'ils aient même pu échanger un baiser.

Quelques jours plus tard, Lord William et les quatre frères de Judith allèrent rejoindre le roi, suivis de presque tous les hommes valides du domaine et du village. La guerre lui apparut alors dans toute sa réalité et elle la prit en haine de s'introduire ainsi dans sa vie, si calme, heureuse et douce jusqu'alors.

Ainsi que l'avait prédit Lord William, les royalistes remportèrent des succès. Le neveu de Sa Majesté, le grand et beau prince, remporta victoire sur victoire jusqu'à ce que, pour ainsi dire, toute l'Angleterre, à l'exception de la région du Sud-Est, fût entre les mains du roi. Mais les rebelles ne renoncèrent pas à la lutte et les mois passèrent.

Judith était très occupée, maintenant que les hommes étaient partis. Elle n'avait plus le temps de danser ni de chanter, de broder ni de filer. Néanmoins, malgré tout son travail, elle continuait à penser à John Mainwaring, se demandant si elle le retrouverait, et faisant des projets pour un avenir que la guerre civile n'aurait pas modifié. Sa mère, qui devinait aisément la raison du calme songeur de Judith, lui intima, avec impatience, l'ordre de chasser John de sa pensée. Elle lui fit entendre que Lord William et elle avaient en vue un autre mariage, plus convenable, avec un homme dont le loyalisme était indiscutable.

Mais Judith n'avait aucunement l'intention d'oublier John. Elle ne pouvait pas plus envisager d'épouser un autre homme qu'elle n'eût accepté qu'un nouveau Dieu lui fût imposé.

Cinq mois après son départ, John parvint à lui faire tenir un billet où il lui disait qu'il allait bien et qu'il l'aimait toujours : « Nous nous marierons, Judith, quand la guerre sera terminée, quoi que puissent dire nos parents ! » Et il ajoutait que, sitôt qu'il le pourrait, il s'arrangerait pour venir la voir.

Vers la mi-juin seulement, il parvint à tenir sa promesse. Alors, inventant une histoire quelconque à raconter à sa mère, elle partit à cheval le retrouver au bord d'une petite rivière qui coulait entre les deux propriétés. C'était la première fois, depuis qu'ils se connaissaient, qu'ils se trouvaient tout à fait seuls, libres, sans personne pour les surveiller; Judith en avait, par avance, conçu de l'appréhension, de la nervosité et de l'embarras; mais une fois descendue de cheval elle s'était jetée dans ses bras, sans hésitation ni inquiétude. Jamais elle ne s'était sentie aussi sûre d'elle, aussi heureuse et satisfaite.

— Je ne dispose que de peu de temps, Judith, avait-il dit en l'embrassant. Je ne devrais même pas être ici. Mais il fallait que je vous voie! Laissez-moi donc vous regarder. Oh! que vous êtes jolie, plus jolie même que je n'en avais le souvenir.

Se pressant désespérément contre lui, elle se dit que jamais elle ne pourrait le laisser repartir.

— Oh! John! John! Comme vous m'avez manqué!

— C'est merveilleux d'entendre ces mots de vous! J'ai eu si peur, mais cela ne fait rien, n'est-ce pas, que nos parents se disputent? Nous ne nous en aimons pas moins...

— Pas moins? s'écria-t-elle, la gorge serrée par des larmes où la crainte se mêlait au bonheur. Oh! John! Nous nous aimons davantage. Je ne savais pas à quel point je vous aimais avant que vous soyez parti et je craignais que... Oh! cette terrible guerre! Je la hais! Quand donc finira-t-elle, John? Bientôt?

Elle le regarda comme une petite fille qui mendie une faveur, ses grands yeux bleus pensifs, effrayés. Le visage de John s'assombrit; il resta un moment silencieux, tandis qu'elle l'observait avec anxiété.

— Non, ce ne sera pas bientôt, John?

Il la prit par la taille et ils marchèrent lentement au bord de la rivière. Le ciel était bleu, parsemé de gros nuages floconneux comme après une ondée; l'air était humide et sentait la terre mouillée; le long des rives se dressaient des aulnes au feuillage délicat et des saules; les glaïeuls blancs étaient en fleur.

— Je ne crois pas que la guerre finisse de sitôt,

Judith, dit-il enfin. Elle peut durer longtemps encore, des années peut-être.

Judith s'arrêta et le contempla d'un air incrédule. A dix-sept ans, six mois sont un siècle ; un an, une éternité ! Elle ne pouvait pas et ne voulait pas se représenter les années s'écoulant ainsi, tous deux séparés.

— Des années, John ! s'écria-t-elle. Mais ce n'est pas possible. Qu'allons-nous faire ? Nous serons vieux avant même de commencer à vivre ! John...

Soudain, elle le saisit par le bras :

— Emmenez-moi avec vous ! Marions-nous tout de suite. Peu m'importe comment je vivrai, dit-elle bien vite en voyant qu'il allait l'interrompre. D'autres femmes suivent le camp, je le sais : je peux le faire aussi ! Je n'ai peur de rien, je peux...

— Judith, mon cœur... — sa voix était suppliante, ses yeux tendres et pleins d'angoisse — ... nous ne pouvons pas nous marier maintenant. Pour vous, je ne le voudrais pour rien au monde ! Certes, il y a des femmes qui suivent le camp, mais pas des femmes comme vous, Judith. Non, nous ne pouvons qu'attendre — la guerre finira bien un jour. Elle ne durera pas éternellement...

Tout ce qui s'était passé durant cette dernière année prit soudain pour elle son amère réalité, son sens profond. Il allait partir bientôt, aujourd'hui même — et quand le reverrait-elle ? Plus, pendant des années — jamais peut-être ! S'il était tué... — Elle repoussa bien vite cette pensée dont elle ne voulait pas admettre la possibilité. Inutile de s'illusionner. La guerre était une réalité. Elle affectait leurs vies. Déjà elle avait bouleversé tout ce que Judith avait espéré — ce en quoi elle avait cru —, elle pouvait encore lui dérober son avenir, réduire à néant ses vœux les plus naturels...

— Mais John, s'écria-t-elle d'un ton d'amère protestation, que va-t-il nous arriver ? Que ferez-vous si le roi est vainqueur? Et qu'adviendra-t-il de moi si c'est le Parlement? Oh! John, j'ai peur! Comment tout cela finira-t-il?

John se détourna, les mâchoires contractées.

— Mon Dieu! Judith, je n'en sais rien! Que deviennent les gens quand une guerre s'achève? Nous nous arrangerons d'une manière ou d'une autre, je suppose!

Judith se cacha tout à coup le visage dans les mains et pleura, perdant tout contrôle sur elle-même, submergée par le sentiment de la solitude passée et de celle qui l'attendait dans l'avenir. Et John la reprit dans ses bras, essayant de la calmer et de la réconforter.

— Ne pleurez pas, Judith chérie. Je reviendrai. Un jour nous aurons notre maison, notre famille. Un jour nous serons l'un à l'autre...

— Un jour, John! — Elle se cramponna désespérément à lui; son visage exprimait l'effroi et ses yeux la témérité — un jour! Mais si ce jour ne vient jamais?

Une heure plus tard, lui était parti et Judith rentrée chez elle, calme et heureuse, plus satisfaite que jamais elle ne l'avait été de sa vie. Car maintenant — peu importait ce qui arriverait, qui gagnerait ou perdrait la guerre — ils étaient sûrs l'un de l'autre. Ils pouvaient se trouver éloignés, jamais ils ne seraient plus vraiment séparés. La vie lui paraissait plus simple et plus pleine.

Tout d'abord l'idée de revoir sa mère, de la regarder en face, la troubla jusqu'à l'effroi. Comme autrefois, quand elle était petite et que Lady Anne savait toujours — sans même la regarder — si elle avait fait ou non une sottise. Mais, une fois les premiers jours passés sans incident, Judith s'abandonna à la volupté du souvenir. Tous les sourires, tous les baisers, tous les gestes et tous les mots d'amour, elle se les remémora, les gardant comme de précieux trésors pour illuminer ses heures vides, la réconforter dans ses moments de doute et bannir les sombres craintes qui l'assaillaient.

Un mois après survint la nouvelle d'une grande victoire royaliste à Roudway Down, et Lord William écrivit à sa femme que la paix était proche. L'espoir submergea alors Judith, malgré Lady Anne qui affirmait avec sévérité que ni John Mainwaring, ni aucun membre de sa famille ne remettraient jamais plus les pieds à Rose Lawn. Que la guerre se terminât seulement, d'une façon ou d'une autre, ils trouveraient certainement une solution aux problèmes qui se posaient à eux, John l'avait dit.

Ce fut alors qu'elle se rendit compte qu'elle était enceinte. Depuis quelque temps, elle avait remarqué d'étranges symptômes; après avoir cru qu'il ne s'agissait que d'une légère indisposition, elle avait fini par comprendre. Le choc qu'elle en ressentit l'obligea à garder le lit plusieurs jours. Elle avait perdu l'appétit; les couleurs la quittèrent, elle maigrit. Quand sa mère entrait dans la chambre où elle était couchée, elle la suivait des yeux avec une crainte maladive, redoutant le moindre de ses regards, inquiète de toutes ses paroles, sûre d'apercevoir un soupçon dans ses yeux et d'entendre du mépris dans sa voix. Elle n'osait penser à ce qui arriverait si jamais la vérité venait à être découverte. Car la colère et les préventions de son père seraient si violentes qu'il rechercherait certainement John pour le tuer. De toute façon, avant que sa grossesse ne soit visible, il lui faudrait partir, rejoindre John, n'importe où! Elle ne pouvait pas donner le jour à un enfant illégitime; ce serait, sur l'honneur de sa famille, une tache que rien ne pourrait effacer.

Lord William revint en septembre, triomphant et débordant d'histoires sur les succès des royalistes.

— Ils ne seront pas capables de tenir un mois de plus, affirma-t-il.

Et Judith, qui n'avait pas reçu le moindre mot de John, écoutait avidement son père, espérant qu'il prononcerait au moins son nom, qu'elle apprendrait par une allusion quelconque qu'il était sain et sauf. Mais si Lord William savait quelque chose, il n'en dit rien devant sa fille, et sa mère observa le même silence. Ils faisaient tous deux semblant d'ignorer que John Mainwaring existât, ou eût jamais existé.

Ils l'informèrent alors qu'ils lui avaient choisi un époux.

C'était Edmond Mortimer, comte de Radclyffe. Judith l'avait rencontré un an et demi auparavant, quand il était venu en visite à Rose Lawn. Il avait trente-cinq ans, était veuf depuis peu et père d'un petit garçon. Tout ce qu'elle se rappelait de lui, c'est qu'il ne lui avait pas été sympathique. Il n'avait pas plus de cinq pieds six ou sept pouces, une ossature délicate et une tête trop grosse pour ses épaules étroites et son corps frêle. Ses traits étaient aristocratiques : nez petit, lèvres minces et des yeux qui, bien que durs et froids, décelaient une intelligence austère et cultivée. Ce n'était guère là qualités propres à séduire une jeune fille de dix-sept ans dont le cœur battait pour un beau jeune homme vaillant. Et quelque chose chez le comte — elle ne savait pas au juste quoi — lui inspirait de la répulsion. Elle n'en aurait pas voulu pour mari, même si elle n'avait jamais vu John Mainwaring.

— Je ne tiens pas à me marier, dit-elle, surprise de sa propre audace.

Son père la regarda fixement avec, dans l'œil, une terrible menace. Mais, comme il ouvrait la bouche, Lady Anne ordonna à sa fille de sortir de la pièce, ajoutant qu'elle lui parlerait plus tard. L'obstination boudeuse de Judith surprit et irrita ses parents. Ils n'en poursuivirent pas moins activement leur projet de lui donner un époux, sans la consulter, convaincus que plus tôt elle serait mariée, plus vite elle oublierait John Mainwaring, ce qui vaudrait mieux pour tout le monde.

On sortit de sa malle, brossa, repassa et suspendit dans la chambre la robe de mariée d'épais satin blanc, toute brodée d'un semis de perles, réalisée un an et demi auparavant pour son mariage avec John. Le grand col et les manchettes étaient en dentelle crème et la jupe fendue retroussée dans le dos sur un lumineux jupon de broché d'argent. Faite à la main, en France, c'était une très belle robe, fort chère, qui lui avait beaucoup plu naguère. Maintenant, elle ne pouvait même plus se résoudre à l'essayer et déclara d'un ton passionné à sa nurse qu'elle lui servirait bientôt de linceul.

Peu après le comte arriva, et Judith, bien qu'on lui eût à maintes reprises recommandé de lui témoigner respect et affection, s'y refusa obstinément. Elle l'évita tant qu'elle put, lui parla avec une froideur marquée et passa de longues heures à pleurer dans sa chambre. Le quatrième mois de sa grossesse était passé et elle vivait dans la terreur d'être découverte, malgré ses jupes amples qui lui permettaient encore de dissimuler. Les soucis et l'anxiété l'avaient émaciée ; elle sursautait nerveusement à tout bruit inopiné, s'abîmait dans un silence, sombre et irritable.

« Que va-t-il m'arriver ? » se demandait-elle, l'air égaré, en regardant par la fenêtre, espérant, priant Dieu de lui faire apercevoir John ou quelque messager arrivant à cheval par la montagne pour lui porter secours.

Mais personne ne venait. Depuis le mois de juin, elle était sans nouvelles. Elle ne savait même pas s'il était vivant ou mort.

Aussi fut-elle grandement soulagée, quelque culpabilité qu'elle en eût, d'apprendre moins de quinze jours avant la date fixée pour le mariage que les parlementaires avaient attaqué une grande propriété à vingt milles au sud-est, et que le comte de Radclyffe était parti à cheval avec Lord William.

Rose Lawn se trouvait sur la ligne de démarcation entre les territoires royaliste et parlementaire : une attaque si rapprochée était lourde de sens. Dès le début de la guerre, la maison avait été préparée à toute éventualité et, suivant les instructions de son époux, Lady Anne commençait ses préparatifs en vue d'un siège. Il n'était pas rare de voir ainsi une poignée de femmes entourées de quelques personnes seulement tenir en échec une force armée durant des semaines, des mois même. Tous ceux qui connaissaient Lady Anne ne doutaient pas que, si Rose Lawn en venait à être assiégée, elle tiendrait jusqu'à ce que le dernier enfant et le dernier chien soient morts de faim.

La nuit suivante, une sentinelle donna soudain l'alarme. Les femmes poussèrent des hurlements de terreur, croyant l'heure venue, les enfants braillèrent, les chiens aboyèrent ; un coup de mousqueton partit on ne savait d'où. Sautant hors du lit, Judith enfila une robe de chambre et se précipita à la recherche de sa mère. Elle la trouva en bas, conversant avec un fermier. A la vue de la jeune fille, Lady Anne lui tendit une lettre cachetée. Judith étouffa un cri, blêmit, mais en dépit du regard froid et accusateur de sa mère ne parvint pas à surmonter la gratitude passionnée et le soulagement qui l'envahissaient. Ce devait être de John. Pendant qu'elle déchirait le sceau et commençait à lire, Lady Anne congédia le fermier.

« Dans quelques jours nous attaquerons Rose Lawn. Il m'est impossible d'empêcher l'assaut, mais je peux vous mettre, vous et votre mère, en lieu sûr. N'emportez rien avec vous qui puisse vous gêner pendant le voyage. Attendez à l'embouchure de la rivière, en bas de la maison, demain soir dès la tombée de la

nuit. Je ne pourrai pas vous voir, mais j'ai un serviteur de confiance et j'ai pris des dispositions pour que l'on s'occupe de vous jusqu'à ce que je puisse venir vous rejoindre. »

Judith leva les yeux, rencontra le regard de sa mère. Lentement, comme si elle y était contrainte, elle lui tendit la lettre. Lady Anne y jeta un rapide coup d'œil, traversa la pièce et la jeta au feu. Puis elle se retourna vers sa fille.

— Eh bien ? dit-elle enfin.

Sans y réfléchir davantage, Judith courut à elle :

— Oh ! Madame, il nous faut partir ! Nous risquons d'être tuées si nous restons ici. Il nous mettra toutes deux en sécurité.

— Je n'ai pas l'intention d'abandonner ma demeure en pareil moment. Et je n'accepterai certainement pas la protection d'un ennemi.

Elle examinait froidement Judith. Elle avait l'air fier, indestructible et légèrement cruel.

— Faites votre choix, Judith, mais faites-le avec soin. Si vous partez, je dirai à votre père que vous avez été prise. Nous ne vous reverrons plus jamais.

Un instant Judith eut l'ardent désir d'avouer la vérité. Si seulement elle avait pu expliquer, faire comprendre à sa mère à quel point ils s'aimaient l'un l'autre — combien il était impossible d'étouffer un tel amour pour la seule raison que l'Angleterre était en guerre ! Mais, lisant dans les yeux de Lady Anne, elle se rendit compte que jamais celle-ci ne la comprendrait, qu'elle se bornerait à la mépriser et à la condamner. C'était à elle de prendre sa décision et, une fois sa conduite arrêtée, il n'y aurait pas d'explication possible.

Munie simplement d'une robe de rechange et de ses quelques bijoux, elle quitta Rose Lawn. Toute la nuit elle voyagea avec le serviteur et, dans la matinée du lendemain, arriva dans une ferme de l'Essex, sur le territoire occupé par les parlementaires. Elle fut présentée à Sarah et Matthieu Goodegroome sous le nom de Judith Saint-Clare, femme de John Saint-Clare, partie de chez elle à la suite d'une dispute entre sa famille et celle de son mari. Sarah savait que c'était une dame de qualité, sans toutefois connaître son rang, et Judith, obéissant aux instructions de John, ne lui en dit pas davantage. Quand la guerre serait terminée et que John viendrait la rejoindre, ils pourraient tout tirer au clair. En attendant, Sarah la présenta dans le village comme sa propre sœur, venue vivre auprès d'elle parce que les armées se battaient près de la ferme de son mari.

Il y avait chez Sarah quelque chose de sûr, de généreux et de vibrant qui donnait à Judith un sentiment de sécurité et lui rendait tout son espoir. Elles devinrent grandes amies et Judith se sentit plus heureuse qu'elle ne l'avait été depuis longtemps.

Chaque fois qu'il le pouvait, John lui envoyait un message, disant toujours qu'il viendrait la rejoindre aussitôt que possible. Une fois il indiqua brièvement que Rose Lawn tenait toujours debout. Mais sa maison, ses parents, le comte de Radclyffe semblaient à présent presque irréels à Judith. Sa vie était entièrement absorbée par la ferme, par ses nouveaux amis, par le petit village de Marygreen, par ses pensées et ses rêves, qui tournaient toujours autour de John — et surtout du petit être qu'elle portait en elle. Délivrée de ses soucis et de ses appréhensions, maintenant qu'on la croyait — et qu'elle s'imaginait presque elle-même — être une femme mariée respectable, elle devenait de jour en jour plus jolie et plus heureuse. La grossesse lui allait bien. Mais il lui tardait de voir venir le moment où elle donnerait son premier fils à John — jamais il ne lui vint à l'esprit que l'enfant pourrait être une fille.

Elle commençait à s'agiter, sentant plus ou moins de pénibles crampes lui engourdir les bras et les jambes. Sa vue était trouble, comme si elle avait eu les yeux ouverts sous l'eau. Et sans qu'elle se rendît compte du temps qui s'était écoulé, Sarah était toujours à l'œuvre, lui pétrissant le ventre de ses doigts vigoureux et experts, le visage tendu et humide de sueur.

« Il faut que je lui dise de s'arrêter, songea Judith en une demi-somnolence, elle a l'air si fatiguée. »

Elle entendit geindre le bébé et se souvint que c'était une fille.

— Je n'ai jamais songé à un nom ! Comment l'appellerai-je ? Judith... ou Anne... ou Sarah peut-être...

Puis doucement :

— Sarah... je crois que je vais l'appeler Ambre... la couleur des yeux de son père...

Elle s'aperçut de la présence d'une autre femme auprès d'elle, et d'une agitation qui régnait dans la chambre ; quelqu'un se pencha pour remplacer la compresse, maintenant froide, qui soulageait son front. On avait beau empiler les couvertures, son visage restait froid et humide et elle sentait ses mains toutes moites. Les oreilles lui bourdonnaient ; elle fut reprise de vertiges ; elle eut l'impression d'être ballottée par les vagues jusqu'à ce qu'elle ne vît plus qu'un brouillard terne et n'entendît plus qu'un murmure confus autour d'elle.

Puis, comme elle faisait un léger mouvement pour essayer d'atténuer les crampes qui lui contractaient constamment les jambes, Sarah se cacha soudain la figure dans les mains et se mit à sangloter. Sans un instant d'hésitation une autre femme se pencha et reprit le travail, pétrissant et massant fermement.

— Sarah ! je vous en prie, Sarah !... murmura Judith, pleine de compassion pour elle.

Très lentement et au prix d'un grand effort, elle sortit la main de dessous les couvertures et la tendit vers son amie. La paume et les doigts ruisselaient de sang. Un instant, elle la contempla d'un air absent, sans bien comprendre, puis elle saisit soudain l'origine de cet étrange bien-être, comme si elle avait été plongée dans un bain chaud. Ses yeux s'élargirent d'horreur, elle poussa un cri aigu de supplication et de protestation.

— Sarah !

Sarah s'agenouilla, le visage contracté par la douleur.

— Sarah ! Sarah ! aidez-moi. Je ne veux pas mourir !

Les autres femmes sanglotaient, mais Sarah, reprenant possession d'elle-même, parvint à sourire.

— Ce n'est rien, Judith. Il ne faut pas avoir peur. Qu'est-ce qu'un peu de sang ?

Mais bientôt l'angoisse tordit ses traits et elle fondit en larmes, incapable de se dominer plus longtemps.

Quelques secondes, Judith resta les yeux fixés sur cette tête courbée et ces épaules que secouaient les sanglots ; une indignation sauvage, désespérée, terrifiée, montait en elle.

« Il n'est pas possible que je meure ! se disait-elle. Je ne peux pas ! Je ne veux pas mourir ! Je veux vivre ! »

Elle essaya de parler encore à Sarah, d'appeler au secours, d'exiger :

— Sarah ! Sarah !... Ne me laissez pas mourir !...

Mais elle n'entendait pas les mots, elle ne savait même pas si ses lèvres les articulaient.

Puis, doucement, elle commença de perdre pied, flottant à la dérive vers un monde chaud et agréable qui ne connaissait pas la crainte de la mort, où John et elle se retrouveraient. Elle n'y voyait plus maintenant et gardait les yeux fermés — le bourdonnement de ses oreilles masquait tout autre son. Elle ne luttait plus ; elle se laissait aller, envahie par une fatigue si intolérable qu'elle accueillait avec soulagement cette promesse d'apaisement. Tout à coup elle perçut de nouveau, forts et distincts, les cris de sa fille. Répétés, précipités, ils faiblirent peu à peu, s'estompèrent, jusqu'à ce qu'enfin elle ne les entendît plus.

PREMIÈRE PARTIE

I

1660

Marygreen n'avait guère changé en seize ans. Le village, du reste, s'était assez peu transformé au cours des deux derniers siècles.

L'église Sainte-Catherine, telle une marraine bienveillante, dominait, à l'extrémité nord de la route, les maisons, qui, partant de là, s'étendaient de chaque côté : des cottages aux poutres apparentes, aux greniers en saillie, recouverts de bruyère ou d'une paille qui, de dorée quand elle était fraîche, avait lentement tourné au brun chaud, à son tour changé par les mousses et les lichens en un beau vert émeraude. De petites lucarnes, encadrées de chèvrefeuille et de lierre, jetaient un coup d'œil au-dehors. D'épaisses haies, non taillées, séparaient les maisons de la route, tandis que se dressaient çà et là de petites barrières en bois dont quelques-unes étaient surmontées d'un arceau de roses grimpantes. Par-dessus les haies, on apercevait une profusion de fleurs épanouies, lilas, delphiniums, pourpres et blancs, roses trémières montant presque jusqu'aux toits, pommiers, pruniers, cerisiers en pleine floraison.

Par-derrière l'église se trouvait le pré communal où, les jours de fête, les jeunes gens se livraient à des parties passionnées de balle au pied et où tout le village dansait.

Une auberge en tendres briques rouges montrait ses vieilles charpentes apparentes de chêne gris argenté, son énorme enseigne peinte d'un informe lion d'or se balançant au-dessus de la route, pendue à un bras de fer forgé. Juste à côté habitait le forgeron, lui-même voisin de l'apothicaire, du menuisier et des autres artisans. Le reste des maisons étaient occupées par des paysans qui partageaient leur temps entre leurs lopins et les grandes fermes des environs. Car il n'y avait ni manoir, ni riche domaine près de Marygreen, et l'existence économique du village reposait sur les petits propriétaires aisés.

La journée était calme et chaude, le ciel bleu, balayé de longues traînées de nuages blancs qui paraissaient avoir été faites d'un coup de pinceau sur une aquarelle fraîche; une humidité printanière emplissait l'air d'une bonne odeur de terre mouillée. Oies et moineaux avaient pris possession de la route. Debout devant une des barrières, une petite fille tenait dans ses bras un lapin apprivoisé.

Peu de gens étaient en vue, car l'après-midi s'avançait et chacun avait son travail à accomplir, si bien que les seuls à flâner étaient les chiens, un ou deux chats qui jouaient et les enfants trop jeunes pour pouvoir rien faire d'utile. Une femme, un panier au bras, passa sur la route et s'arrêta quelques instants pour parler à une autre ménagère qui, soulevant le châssis d'une fenêtre à tabatière, se pencha, encadrée de clématites et de roses grimpantes. Groupées autour de la croix du village, échappée par miracle aux soldats de Cromwell, se tenaient huit ou dix jeunes filles des cottages environnants, que leurs parents avaient chargées de surveiller le bétail sur les pâturages communaux et de s'assurer qu'aucune chèvre, vache ni aucun mouton ne risquait de s'égarer ou d'être volé.

Les plus jeunes jouaient à *Combien de milles d'ici à Babylone?* mais les trois plus âgées parlaient avec animation, pleines d'indignation et de colère. Les poings sur les hanches, elles regardaient au-delà du pré deux jeunes gens qui se tenaient gauchement, les mains dans les poches, se balançant d'un pied sur l'autre, en conversation animée avec quelqu'un qui paraissait compromettre leur équilibre précaire. Mais leurs deux formes réunies masquaient leur interlocutrice.

— Cette Ambre Saint-Clare! murmura l'aînée des jeunes filles en relevant d'un geste furieux ses longs cheveux blonds. Quand il y a un homme dans les environs, vous pouvez être sûres de la voir accourir! Je crois qu'elle les sent à distance!

— Elle devrait être mariée et avoir accouché depuis un an... en tout cas c'est ce que dit ma mère!

La troisième jeune fille sourit d'un air malin et déclara d'un ton entendu :

— Oh! il est possible qu'elle ne soit pas encore mariée, mais elle a déjà été...

— Chut!... fit la première en montrant les plus jeunes d'un signe de tête.

— Aucune importance! répliqua l'autre qui baissa cependant la voix et acheva en un murmure : Mon frère dit que Bob Sterling lui a raconté qu'il se l'était offerte le dimanche de la mi-carême!

Mais Lisbeth, celle qui avait engagé la conversation, fit claquer ses doigts d'un geste de mépris :

— Balivernes, Gertrude! Jack Clarke a raconté la même histoire il y a six mois... et elle n'est pas plus grosse aujourd'hui qu'alors!

Gertrude avait une réponse toute prête :

— Et voulez-vous savoir pourquoi, Lisbeth Morton? Parce qu'elle est capable de cracher trois fois dans la bouche d'une grenouille... voilà pourquoi! Maggie Littlejohn l'a vue faire!

— Peuh ! Ma mère dit que personne ne peut cracher trois fois dans la bouche d'une grenouille !

Mais la discussion fut subitement interrompue par le bruit soudain d'une galopade dans la calme petite vallée, et un groupe de cavaliers apparut au tournant de la route, au-dessus de Sainte-Catherine, puis s'engouffra dans la rue étroite. Une fillette de six ans, épouvantée, courut se réfugier en criant dans les jupes de Lisbeth.

— C'est le vieux Noll ! Il revient de chez le diable pour nous emporter !

Même mort, Oliver Cromwell produisait toujours le même effet salutaire sur les jeunes désobéissants.

Les cavaliers tirèrent sur les brides de leurs chevaux, qui s'arrêtèrent fringants et heureux à dix pas du groupe serré des jeunes filles dont le premier mouvement de crainte et d'appréhension laissa vite place à un intérêt franchement admiratif. Il pouvait y avoir une quinzaine d'hommes, mais pour plus de la moitié c'étaient des domestiques ou des guides, car ils portaient des costumes civils fort ordinaires et se tenaient discrètement à une certaine distance des autres. Ces cinq ou six-là étaient visiblement des gentilshommes.

Ils portaient leurs cheveux coupés au ras des épaules, suivant la mode des cavaliers, et leurs costumes étaient somptueux, de velours noir, rouge foncé, ou de satin vert, avec de grands cols blancs et d'éblouissantes chemises de lin. Ils étaient coiffés de chapeaux à large bord, ornés d'immenses plumes frisées, et de longs manteaux de cavaliers leur pendaient des épaules. Leurs hautes bottes de cuir étaient pourvues d'éperons d'argent, et chacun d'eux avait une épée au côté. De toute évidence, ils avaient parcouru une distance considérable, à vive allure, car leurs vêtements étaient poussiéreux et leur visage était maculé par la sueur et la poussière mêlées. Mais les yeux quasi terrifiés des jeunes filles les voyaient sous les traits de géants.

L'un d'eux se découvrit et, s'adressant à Lisbeth, probablement parce qu'elle était la plus jolie :

— Votre serviteur, Madame, dit-il avec une bienveillante indolence dans les yeux et dans la voix.

Sous le regard qui l'examinait lentement des pieds à la tête, Lisbeth devint écarlate et en perdit la respiration.

— Nous cherchons un endroit pour déjeuner. Y a-t-il une bonne auberge par ici ? reprit-il.

Lisbeth le fixa avec de grands yeux, momentanément muette, tandis qu'il continuait à lui sourire, la main tranquillement appuyée au pommeau de sa selle. Sur le velours de son costume, le pourpoint court laissait voir de larges culottes soutachées d'or, allant aux genoux. Il avait des cheveux noirs, des yeux gris-vert, et une petite moustache noire qui soulignait merveilleusement sa lèvre. Il portait beau, mais ce n'était pas ce qui frappait le plus en lui. De son visage émanait une expression de force et d'impitoyable dureté qui le désignait, en dépit de son incontestable aristocratie, comme un aventurier, un joueur, un homme ne connaissant ni frein ni loi.

Lisbeth avala sa salive et fit une petite révérence :

— Vous aimerez peut-être les *Trois Coupes*, à Heathstone, Monseigneur.

Elle n'osait pas recommander son pauvre petit village à ces magnifiques étrangers.

— A quelle distance est Heathstone ?

— Au diable Heathstone ! protesta l'un de ses compagnons. Votre ordinaire est-il si mauvais, ici ? Je tomberai à bas de cette haridelle si je fais un mille de plus sans nourriture !

C'était un beau blond aux joues rouges qui, en dépit de son air mécontent, était fort gai et doué d'un bon naturel. Ses camarades se mirent à rire et l'un d'eux se pencha pour lui administrer une tape sur l'épaule.

— Mon Dieu ! Quelle bande de misérables nous sommes ! Almsbury n'a pas avalé une bouchée depuis qu'il a englouti ce gigot de mouton pour son petit déjeuner du matin !

Ils éclatèrent tous de rire, l'appétit d'Almsbury constituant apparemment entre eux un sujet de plaisanterie bien établi. Les jeunes filles firent chorus, plus à l'aise maintenant, et la fillette de six ans qui les avait pris pour des fantômes de Puritains s'enhardit à sortir des jupes de Lisbeth et se rapprocha de quelques pas. Mais un incident survint, qui fit prendre à la scène un cours soudain bien différent.

— Notre auberge est sans reproche, Votre Seigneurie ! s'écria une voix féminine d'un timbre profond.

La jeune fille qui causait avec les deux jeunes paysans accourut vers eux à travers le pré. Ses compagnes se raidirent avec des mines de chattes méchantes, mais les hommes considérèrent avec surprise et intérêt la nouvelle venue.

— L'hôtesse y brasse la meilleure ale de tout l'Essex !

Elle fit une légère révérence à Almsbury, puis ses yeux rencontrèrent ceux du cavalier qui avait parlé le premier et qui l'examinait avec des yeux neufs où la curiosité piquée le disputait à la perplexité et à l'admiration. Pendant un instant, le temps sembla s'arrêter, puis, comme à contrecœur, reprendre son cours.

Ambre Saint-Clare leva les bras et désigna, au bas de la rue, la grande enseigne battue par les intempéries, dont le lion étincelait aux rayons du soleil couchant.

— A côté de la forge, Monseigneur.

Ses cheveux couleur de miel tombaient en vagues épaisses sur ses épaules. Quand elle leva son regard sur lui, ses yeux clairs, d'ambre moucheté, parurent s'abaisser légèrement dans les coins. Ses sourcils étaient noirs, bien dessinés, et elle avait d'épais cils tout aussi foncés. Il y avait en elle un je ne sais quoi de luxuriant, de chaud, qui faisait naître immédiatement chez les hommes de prometteuses suggestions — quelque chose dont elle n'était pas responsable, mais dont elle avait une conscience aiguë. C'était de cela plus que de sa beauté que les autres jeunes filles la jalousaient.

Elle était habillée à peu près comme ses compagnes, d'une jupe de grosse laine retroussée sur un jupon vert, d'une guimpe blanche, d'un tablier jaune et d'un corselet noir étroitement lacé. Les jambes nues, elle portait de jolis souliers noirs. Cependant, elle ne ressemblait pas plus aux autres qu'une fleur des champs ne ressemble à une fleur de serre, ou qu'un moineau à un faisan doré.

Almsbury s'inclina sur sa selle, croisant les bras sur le pommeau.

— Au nom du Christ, dit-il lentement, que faites-vous ici, dans ce pays perdu ?

La jeune fille, détournant les yeux de l'autre cavalier, le regarda, sourit en montrant d'irréprochables dents blanches :

— J'habite ici, Monseigneur !

— Pardieu ! je le vois bien. Mais comment diable y êtes-vous arrivée ? Qui êtes-vous ? La bâtarde de quelque gentilhomme, mise en nourrice chez une paysanne et oubliée depuis quinze ans ?

Pour banale que fût l'hypothèse, elle n'en irrita pas moins son interlocutrice, dont les sourcils se froncèrent avec indignation.

— Je ne suis pas une bâtarde, Monsieur ! Je suis l'enfant de mon père, tout autant que vous, ou même davantage.

Toute la troupe rit de bon cœur à cette repartie,

Almsbury le premier, qui, d'un air affable, poursuivit :

— Il n'y avait nulle offense, mon cœur ! Seigneur, je voulais simplement dire que vous n'avez pas l'allure d'une fille de paysan.

Elle répondit à son sourire, comme pour s'excuser de son mouvement d'humeur, mais son regard se reporta immédiatement sur l'autre gentilhomme. Celui-ci la considérait toujours d'une manière qui la réchauffait, tout en suscitant son émoi. Les cavaliers firent volte-face et, quand sa monture passa devant elle en caracolant, il lui adressa un signe de tête amical. Almsbury souleva son chapeau en guise de remerciement et la petite troupe gravit la route en direction de l'auberge. Les jeunes filles restèrent un moment silencieuses, les regardant mettre pied à terre et pénétrer dans l'hôtellerie, tandis que les plus jeunes fils de l'aubergiste venaient prendre leurs bêtes.

Quand ils furent hors de vue, Lisbeth tira brusquement la langue à Ambre et la bouscula :

— Voilà ! s'écria-t-elle d'un ton triomphant, avec une sorte de bêlement de chèvre. Grand bien vous fasse, madame la péronnelle !

Ambre lui rendit sa bourrade, lui faisant presque perdre l'équilibre, et cria :

— Mêlez-vous de ce qui vous regarde, pie bavarde !

Elles s'affrontèrent un instant du regard, puis Lisbeth se retourna et partit à travers le pré où les autres jeunes filles rassemblaient leurs paquets, courant et criant les unes après les autres, pressées de rentrer pour le repas du soir. Le soleil s'était couché et le ciel, rouge feu au bord de l'horizon, prenait audessus d'elles une teinte d'un bleu délicat. Ici et là une étoile se levait ; l'air était plein de tout l'enchantement du crépuscule.

Le cœur encore battant, Ambre retourna à

l'endroit où elle avait laissé son panier dans l'herbe. Les deux jeunes paysans étaient partis. Ramassant sa corbeille, elle reprit son chemin vers l'auberge.

De sa vie elle n'avait vu quelqu'un qui ressemblât à cet homme. Ses habits, le son de sa voix, l'expression de son regard, tout lui donnait la sensation d'une échappée sur un autre monde, et elle désirait passionnément le revoir, ne fût-ce qu'un bref instant. Le reste, son milieu familier de Marygreen, la ferme de son oncle Matt, les jeunes gens qu'elle connaissait, tout lui semblait à présent intolérablement morne, pour ne pas dire méprisable.

Ses conversations avec le savetier lui avaient appris qu'il devait s'agir de gentilshommes. Mais que venaient-ils faire ici, à Marygreen ? Elle ne pouvait se l'imaginer. Car les cavaliers s'étaient, ces dernières années, cachés dans toute la mesure du possible, ou avaient suivi à l'étranger le fils du roi, Charles II, qui vivait en exil.

Le savetier en effet avait combattu pendant les guerres civiles du côté de Sa Majesté : il en avait rapporté maint récit de ce qu'il avait vu et entendu, et notamment avait raconté à Ambre qu'il avait aperçu Charles Ier à Oxford, qu'il avait été près de lui à le toucher presque. Il lui avait parlé de la beauté et de la gaieté des grandes dames royalistes, de la vaillance des hommes ; c'était une vie pleine de couleur, d'esprit, de romantisme. Mais elle n'en avait rien vu, car tout avait cessé quand elle n'était encore qu'une enfant, le jour où Sa Majesté avait été décapitée dans la cour de son propre palais. C'était un peu de ce parfum que l'étranger aux cheveux noirs avait amené dans son sillage — pas les autres, car elle avait à peine fait attention à eux —, mieux encore, quelque chose d'intensément personnel. Elle avait soudain l'impression de vivre enfin pleinement.

En arrivant à l'auberge, elle n'entra pas par la porte de devant, mais fit le tour par-derrière où un petit garçon était assis sur le seuil, jouant avec un chien aux oreilles de renard. Elle lui caressa la tête en passant. Dans la cuisine, Mrs. Poterell s'affairait, excitée et affolée. Sur le billot s'étalait une pièce de bœuf cru, qu'une de ses filles farcissait de mie de pain, d'oignons et d'herbes. Une fillette tirait de l'eau d'une fontaine située dans un coin écarté de la cuisine, et le chien du tournebroche, dans sa cage au-dessus du foyer, aboyait de colère parce qu'un autre petit garçon lui appliquait un charbon ardent sur les pattes de derrière pour le faire aller plus vite, afin que le rôti fût uniformément cuit.

Ambre s'arrangea pour attirer l'attention de Mrs. Poterell, qui courait d'un bout de la salle à l'autre, son tablier plein d'œufs.

— Voilà un pain d'épice hollandais que tante Sarah vous envoie, Mrs. Poterell!

Ce n'était pas vrai, car Sarah avait donné cette friandise pour la femme du forgeron, mais Ambre s'était dit qu'elle serait mieux placée là.

— Oh! merci infiniment, ma chérie. Oh! je ne me suis jamais trouvée dans une situation pareille. Six gentilshommes à la fois chez moi! Seigneur! Que vais-je devenir?

Tout en parlant, elle cassait ses œufs dans un grand bol. Meg, une jeune fille de quinze ans, émergea à cet instant de la porte de la cave, les bras chargés de bouteilles vertes, poussiéreuses. Ambre se précipita vers elle :

— Voilà Meg! Laissez-moi vous aider.

Elle en prit cinq et entra dans la pièce voisine en poussant la porte du genou, mais elle garda les yeux baissés, paraissant concentrer toute son attention sur sa charge. Les cavaliers, debout dans la salle, avaient quitté leurs manteaux, mais pas leurs chapeaux. Almsbury l'aperçut dès qu'elle apparut et avança vers elle en souriant :

— Eh bien ! mon cœur... permettez-moi de vous débarrasser. Alors, ici aussi on joue ce vieux jeu ?

— Quel jeu, Monseigneur ?

Il lui prit trois bouteilles et elle plaça les deux autres sur la table, puis elle leva les yeux et lui sourit. Elle chercha immédiatement du regard l'autre homme : il se tenait près de la fenêtre avec deux camarades et jetait des dés sur le coin d'une table. Il était de dos et ne se retourna pas vers elle, mais lança une pièce de monnaie tandis que l'un des deux autres claquait des doigts après un coup heureux. Surprise et désappointée qu'il ne l'eût pas instantanément remarquée — ou ne la recherchât même —, elle se retourna vers Almsbury.

— Comment, mais c'est le plus vieux jeu du monde, disait celui-ci. Avoir une jolie servante pour séduire les clients jusqu'à ce qu'ils aient dépensé leur dernier shilling. Je parie que vous avez attiré ici et ruiné plus d'un fils de fermier !

Il souriait et, débouchant une bouteille, il la porta à ses lèvres. Ambre lui rendit son sourire, d'un air rusé et aguichant, souhaitant que l'autre gentilhomme se retourne et la voie.

— Oh ! je ne suis pas serveuse ici, Monsieur. Je viens seulement apporter un gâteau à Mrs. Poterell et j'ai aidé Meg à monter les bouteilles.

Almsbury, en quelques gorgées, avait à peu près vidé la bouteille.

— Ah ! pardieu ! s'écria-t-il d'un ton appréciateur. Eh bien ! Alors, qui êtes-vous ? Comment vous appelez-vous ?

— Ambre Saint-Clare, Monsieur.

— Ambre ! Jamais une femme de paysan n'a songé à un nom pareil !

Elle se mit à rire et jeta à la dérobée un regard de l'autre côté de la salle, mais il était toujours absorbé par ses dés.

— C'est ce que dit mon oncle Matt. Il prétend que je devrais m'appeler Mary, ou Anne, ou Elisabeth.

Almsbury, après deux ou trois belles rasades, s'essuya la bouche du revers de la main.

— Votre oncle est un homme dépourvu d'imagination !

Puis, comme elle regardait de nouveau vers les joueurs, il rejeta la tête en arrière et rit :

— Alors, c'est là ce que vous voulez ? Eh bien ! venez !

Et, la prenant par le poignet, il traversa la pièce.

— Carlton, dit-il, quand ils arrivèrent auprès du groupe, voici une jeune personne qui songe à coucher avec vous !

Celui-ci se retourna, lança à Almsbury un coup d'œil complice et sourit à Ambre. Elle n'avait pas entendu et le contemplait avec de grands yeux rayonnants. Elle n'avait pas plus de cinq pieds trois pouces de haut, taille de nature à rendre n'importe quel homme impressionnant, fût-il de taille médiocre. Mais lui la dépassait d'un pied au moins.

Une partie seulement des mots de présentation d'Almsbury parvinrent à ses oreilles :

— ... un homme pour lequel j'ai la plus haute estime, bien que ce bâtard me vole toutes les jolies filles sur lesquelles je jette les yeux, Bruce, Lord Carlton.

A la révérence d'Ambre, il répondit par une courbette en se découvrant d'un geste aussi large et aussi respectueux que s'il s'était agi d'une princesse royale.

— Nous sommes tous, poursuivit-il, revenus avec le roi.

— Avec le roi ? Le roi est-il de retour ?

— Il revient... bientôt, dit Carlton.

A cette étonnante nouvelle, Ambre perdit tout embarras. Car, si les Goodgroome avaient eu autrefois des sympathies pour les parlementaires, peu à peu, comme chez presque tout le monde, le regret de la monarchie et de l'ancien régime l'avait emporté. Depuis le meurtre du roi, ses sujets s'étaient mis à l'aimer comme jamais de son vivant, et ils avaient reporté cet amour sur son héritier.

— Ô Ciel! soupira-t-elle — car c'était là un trop grand événement pour l'admettre tout de suite, et surtout en pareilles circonstances!

Lord Carlton prit une des bouteilles que Meg avait posées sur la table, essuya la poussière du goulot de la paume de la main, leva le bouchon et se mit à boire. Ambre continuait à le fixer de ses grands yeux, envahie d'une crainte respectueuse et admirative.

— Nous nous rendons à Londres, lui dit-il. Mais un de nos chevaux a besoin d'être ferré. Comment est cette auberge? Peut-on y passer la nuit? L'hôtelier ne risque-t-il pas de nous voler? N'y a-t-il ni punaises, ni poux?

Il ne la quittait pas des yeux et, pour une raison qu'elle ne pouvait comprendre, elle pouvait y lire comme une lueur d'amusement.

— Vous voler? s'écria-t-elle, indignée. Jamais Mrs. Poterell n'a volé personne! C'est une excellente auberge, ajouta-t-elle avec la plus grande conviction. Celle d'Heathstone n'est pas à côté!

Les deux gentilshommes riaient.

— Allons! dit Almsbury, que l'aubergiste nous chipe nos souliers, qu'il y ait autant de poux que de corneilles dans un champ, ma chère, ce n'en sera pas moins une auberge anglaise, et pardieu! une bonne auberge!

Il lui fit un grand salut: « Votre serviteur, Madame », et les quitta pour chercher une autre bouteille.

Ambre eut l'impression que tout son être tombait en déliquescence. Immobile, elle le contemplait, furieuse de la stupeur qui lui paralysait la langue. Pourquoi — elle qui avait toujours un mot sur les lèvres à l'adresse de tout homme, quels que fussent son nom et sa condition — ne trouvait-elle maintenant rien à dire, au moment où elle cherchait désespérément à l'impressionner, à faire partager l'excitation et l'admiration qu'elle ressentait ? En désespoir de cause, elle exprima la première pensée qui lui vint :

— C'est demain la Foire de Mai à Heathstone.

— Vraiment ?

Et le regard de l'étranger s'abaissa vers la jeune poitrine dont les seins, pleins et rebondis, se gonflaient. Elle faisait partie de ces femmes qui parviennent de bonne heure à la maturité, et l'adolescence était désormais très loin derrière elle.

Ambre sentit le sang lui envahir la gorge et la face.

— C'est la plus belle foire de tout l'Essex, s'empressa-t-elle d'ajouter. Lcs paysans y viennent de vingt milles à la ronde.

Leurs yeux se rencontrèrent à nouveau, et il sourit en levant un sourcil, comme profondément intéressé par cette magnifique réjouissance locale, puis il acheva sa bouteille. Elle sentait dans son haleine l'odeur un peu âcre du vin, celle qui montait, lourde et masculine, de ses habits, mêlée à l'odeur de cuir de ses bottes. Cet amalgame lui tournait la tête, lui gâtait le sang presque, et un ardent désir charnel s'empara d'elle. Le propos impertinent d'Almsbury n'avait pas grand-chose d'exagéré.

Il regardait à présent par la fenêtre.

— La nuit commence à tomber. Vous devriez rentrer chez vous, dit-il.

Et, se dirigeant vers la porte, il l'ouvrit devant elle. L'obscurité s'était faite rapidement et de nombreuses étoiles apparaissaient au ciel. Le croissant de lune, très haut, était mince et transparent. Une petite brise fraîche se levait. Dehors ils étaient seuls, entourés du bruit des conversations et des rires venant de l'auberge ; la campagne paisible résonnait de l'appel d'un grillon, du cri lointain d'une grenouille, ou du bourdonnement des petits moustiques. Elle leva les yeux vers lui. Son visage blanc brillait comme une grande pâquerette.

— Ne viendrez-vous pas à la foire, Monseigneur ?

Elle avait peur de ne plus le revoir, et cette pensée lui était intolérable.

— Peut-être, dit-il, si j'ai le temps.

— Oh ! je vous en prie ! C'est sur la grand-route, vous passerez par là. Vous vous arrêterez, n'est-ce pas ?

Sa voix et ses regards plaidaient pour elle, sérieux et suppliants.

— Que vous êtes belle ! dit-il doucement et, pour la première fois, son expression était empreinte de gravité.

Ils demeurèrent un instant face à face, puis, involontairement, Ambre se pencha vers lui, les yeux fermés. Il la prit par la taille, l'attirant à lui, et elle sentit les muscles de ses jambes. Sa tête se renversa en arrière et sa bouche s'ouvrit pour recevoir son baiser. Ce ne fut qu'au bout d'un très long moment qu'il desserra son étreinte, et alors elle trouva, tant elle se sentit frustrée, que l'étreinte avait trop peu duré. Rouvrant les yeux, elle le vit qui la regardait avec une légère surprise. Était-ce à cause d'elle ou de lui ? Elle ne put s'en rendre compte. Le monde lui paraissait avoir fait explosion. Elle se sentait tout étourdie, comme après avoir reçu un coup violent, et toute force s'en était allée d'elle.

— Il vous faut rentrer, ma chère, dit-il enfin. Votre famille s'inquiéterait de vous savoir dehors si tard.

Impulsivement, elle eut envie de protester : « Cela m'est égal, bien égal, de ne plus rentrer chez moi. Je ne pense qu'à vous. Oh ! laissez-moi rester ici et partir avec vous, demain... »

Mais quelque chose l'empêchait de parler. Peut-être l'image, qui s'imposait avec une force particulière, de tante Sarah fronçant les sourcils, troublée, inquiète, et du visage sévère, loyal et réprobateur de l'oncle Matt. Mieux valait ne pas se montrer aussi hardie, car il ne ferait que la haïr ensuite. Tante Sarah lui avait souvent dit que les hommes n'aimaient pas les femmes sans pudeur.

— Je n'habite pas loin, dit-elle. A peine un quart de mille à partir du bas de la route, à travers champs.

Elle espérait qu'il offrirait de l'accompagner, mais il n'en fit rien et, après avoir attendu quelques secondes, elle finit par lui faire une révérence :

— Je vous attendrai demain, Monseigneur !

— Je viendrai peut-être. Bonne nuit !

Il s'inclina et lui tira un grand coup de chapeau qu'il accompagna d'un sourire et d'un regard qui la déshabilla de la tête aux pieds, puis il rentra dans l'auberge. Ambre attendit un instant, comme un enfant égaré, et partit ensuite en courant. Elle se retourna néanmoins une fois encore, mais il avait définitivement disparu.

Reprenant sa course, elle monta la rue étroite, passa devant l'église, pressa le pas en longeant le cimetière dans lequel sa mère était enterrée et descendit à droite, par un chemin bordé d'aulnes qui, à travers champs, conduisait à la ferme Goodgroome. A l'ordinaire elle eût été un peu effrayée de se trouver seule dehors à la nuit, mais à présent elle ne redoutait plus ni fantômes, ni sorcières, ni gnomes. Son esprit était bien trop plein d'autres pensées.

Jamais elle n'avait vu personne qui lui ressemblât, ni imaginé qu'un tel homme pût exister. Il incarnait tous les beaux et vaillants gentilshommes décrits par le savetier et embellis par ses rêveries. Bob Starling et Jack Clarke, quelle paire de lourdauds !

Elle se demandait s'il pensait à elle maintenant. Elle en fut persuadée. Aucun homme ne pouvait ainsi embrasser une femme et l'oublier l'instant suivant. Ce baiser, à défaut d'autre chose, se disait-elle, l'amènerait à la foire demain, l'y attirerait même en dépit de lui, peut-être. Elle se félicita de si bien comprendre les hommes et leur nature.

Le vent de la nuit était aussi frais que s'il avait passé sur de la glace, les prés étaient parsemés de trèfles pourpres et de campanules blanches. Ambre s'approcha de la ferme par-derrière. Elle franchit le ruisseau sur un pont fait de deux planches avec une main courante, traversa le potager où poussaient des choux et autres légumes, et passa entre les nombreuses dépendances — granges, écuries, étables —, toutes blanchies à la chaux, aux toits couverts de mousse et d'orpins jaunes. Puis, longeant la mare aux canards, elle entra dans la cour.

La maison était une bâtisse à deux étages, aux charpentes de chêne sculptées, et dont les murs de brique rouge étaient couverts de vigne. Les cheminées étaient entourées de lierre et un treillage cintré, garni de chèvrefeuille, encadrait la porte de la cuisine, au-dessus de laquelle avait été cloué un fer à cheval, pour protéger des sorcières. Dans la cour, pavée de briques, au pied des murs, poussaient les fleurs de Sarah, touffes basses de violettes blanches et pourpres, roses trémières atteignant le toit, épaisses masses de lavande à parfumer les draps. Plusieurs arbres fruitiers en fleurs embaumaient l'air. Sur un petit banc de bois se trouvaient deux ruches couvertes de chaume. Perdue dans les roses rouges, une petite cage était accrochée près de la porte, et un impertinent petit chat aux yeux verts se léchait les pattes sur le seuil.

Cette maison avait sa beauté ; elle respirait la paix et suggérait l'image d'une vie active et utile. Elle était vieille de plus d'un siècle et cinq générations y avaient vécu, laissant derrière elles une confortable aura de prospérité, faite moins de richesse que de bien-être, de chaleur et de bonne nourriture. C'était une maison conçue pour l'amour.

Avant d'entrer, Ambre s'arrêta, prit dans ses bras le petit chat et caressa l'épaisse et douce fourrure, tandis qu'il ronronnait de plaisir. Le souper était fini, et seule Sarah restait à la cuisine avec Agnès, sa fille, âgée de quinze ans. Sarah sortait justement des pains chauds du four placé dans le mur, à côté de la cheminée et Agnès garnissait un chandelier.

Agnès parlait, d'une voix animée et pleine de ressentiment :

— Il n'y a rien d'étonnant à ce que l'on bavarde sur son compte ! Je vous jure, mère, que j'ai honte qu'elle soit ma cousine.

Ambre l'entendit, mais cela lui était indifférent. Agnès l'avait déjà dit si souvent ! Elle entra dans la pièce avec un petit cri joyeux et courut jeter les bras autour du cou de sa tante :

— Tante Sarah !

Sarah tourna la tête et lui sourit, mais son regard qui la scrutait montrait du souci.

— L'auberge est pleine de nobles gentilshommes. Sa Majesté revient !

L'expression troublée disparut :

— En êtes-vous sûre, mon enfant ?

— Oui ! dit Ambre avec fierté. Ils me l'ont dit.

Elle était pénétrée de l'importance des nouvelles qu'elle apportait et des aventures merveilleuses qu'elle venait de vivre. Elle s'imaginait qu'un regard suffisait pour que chacun pût s'apercevoir à quel point elle avait changé depuis qu'elle avait quitté la maison, deux heures plus tôt.

Agnès parut franchement soupçonneuse — et méprisante —, mais Sarah sortit en courant et gagna la grange où la plupart des hommes achevaient le travail du soir. Ambre la suivit. La grande nouvelle donnée en même temps par les deux femmes fut saluée par un cri de joie unanime. Les hommes quittèrent les granges et les étables, les femmes se précipitèrent hors de chez elles — il y avait plusieurs petits cottages dans la ferme — et les chiens même poussèrent de joyeux abois, comme pour participer, eux aussi, à la liesse générale.

Longue vie à Sa Majesté le roi Charles II !

La semaine précédente, au marché, Matthieu avait entendu des rumeurs au sujet d'une Restauration. Elles s'étaient répandues dans le pays depuis le début de mars, apportées par des voyageurs, par des colporteurs ambulants, par tous ceux qui étaient en contact avec le grand monde du Sud. Tumbledown Dick, le fils du protecteur, avait été chassé du poste qu'il occupait. Le général Monck avait marché de l'Écosse sur Londres, avait occupé la capitale et convoqué un Parlement libre. La guerre civile paraissait sur le point d'éclater une fois de plus entre les populations et les grandes armées mobilisées. Tous ces événements avaient laissé une traînée d'inquiétude et d'espoir — angoisse et lassitude en raison des troubles interminables de ces vingt dernières années... espoir en la monarchie restaurée pour ramener la paix et la sécurité. On soupirait après le retour des vieilles habitudes. Et le retour des cavaliers ne pouvait manquer de signifier que le roi Charles revenait aussi — un âge d'or, de prospérité, de bonheur et de paix allait s'ouvrir.

Quand enfin l'excitation commença de tomber et que chacun retourna à son travail, Ambre rentra à la maison. Il faudrait se lever de bonne heure demain matin pour aller à la foire : elle tenait à dormir assez longtemps pour être reposée et tout à son avantage. Comme elle passait par la laiterie avant d'entrer à la cuisine, elle entendit prononcer son nom doucement et avec insistance; elle s'arrêta. Tom Andrews se tenait dans l'ombre et il étendit la main pour la saisir par le poignet.

Tom était un jeune homme de vingt-deux ans qui

travaillait chez son oncle et il était très amoureux d'Ambre, qui l'aimait bien en retour, bien qu'elle sût qu'il n'était en aucune façon un parti pour elle. Car elle n'ignorait pas que sa mère lui avait laissé une dot qui lui permettrait d'épouser le plus riche fermier du pays. Mais elle éprouvait un certain plaisir à l'adoration de Tom et l'avait encouragé.

Après avoir jeté un rapide coup d'œil pour s'assurer que ni tante Sarah ni oncle Matt ne la voyaient, elle entra. La petite pièce, fraîche et agréable, était entièrement sombre. Tom la saisit brutalement, lui passa un bras autour de la taille, et glissa la main dans son corsage tout en cherchant ses lèvres. Manifestement ce n'était nouveau ni pour l'un, ni pour l'autre. Ambre se laissa embrasser et caresser un moment, puis elle se dégagea brusquement, le repoussant avec violence.

— En vérité, Tom Andrews, qui vous permet de prendre ces privautés ?

Elle se disait qu'il était incroyable que le baiser d'un homme vulgaire différât à ce point de celui d'un lord, mais Tom, froissé et furieux, chercha à la reprendre.

— Qu'y a-t-il, Ambre ? Qu'ai-je fait ? Qu'est-ce qui vous prend ?

D'un geste irrité, elle se dégagea et sortit en courant. Car elle se sentait maintenant au-dessus de pareils badinages avec des hommes de la condition de Tom Andrews, et n'avait qu'un désir, celui de monter dans sa chambre et de se mettre au lit où elle pourrait tout à son aise penser à Lord Carlton et rêver au lendemain.

Il ne restait personne à la cuisine, excepté Sarah qui balayait une dernière fois le pavé avant d'aller se coucher. Trois ou quatre chandeliers étaient allumés, un nuage de petits moustiques dansait autour de chaque flamme, et seul le cri des grillons, semblable au tintement d'une clochette, troublait le silence de la nuit. Matt entra, les sourcils froncés et, sans prononcer une parole, alla vers le tonneau d'ale qui était au frais dans un coin écarté de la pièce, remplit un grand pot d'étain et le vida d'un trait. C'était un homme grave, de taille moyenne, qui travaillait dur, gagnait bien sa vie et aimait sa famille. Il était consciencieux et craignait Dieu ; il avait des idées très arrêtées sur ce qui était bien et mal, juste ou injuste.

Sarah lui lança un coup d'œil :

— Qu'y a-t-il, Matt ? Le poulain va-t-il plus mal ?

— Non, il vivra je crois. C'est cette fille !

L'air renfrogné, il se dirigea vers la haute cheminée, tout entourée de poêles et de casseroles noircies, de cuivres brillants, d'étains si bien astiqués qu'ils avaient un air d'argenterie. Du lard et des jambons pendaient aux poutres, dans de grands filets, ainsi que de grosses bottes d'herbes séchées.

— Qui ? demanda Sarah. Ambre ?

— Et qui d'autre ? Il n'y a pas une heure, je l'ai vue sortir de la laiterie et, une minute après, Tom Andrews l'a suivie avec un air de chien battu. Elle a rendu ce garçon à moitié fou, il n'est plus bon à rien. Et que faisait-elle, je te le demande, à l'auberge, avec cette troupe de gentilshommes ?...

Il élevait le ton, de plus en plus irrité.

Sarah alla ranger le balai derrière la porte, la referma et poussa le verrou.

— Chut ! Matt ! il y a encore des gens dans la salle. Je ne crois pas qu'elle ait fait quelque chose de mal. Elle passait par là et les a vus, c'est bien naturel qu'elle se soit arrêtée.

— Et qu'elle soit rentrée à la maison seule, dans le noir ? Lui fallait-il une heure pour entendre que le roi allait rentrer ? Je te le dis, Sarah, il faut absolument la marier. Je ne veux pas qu'elle déshonore ma famille. Tu entends ?

— Oui, Matt, j'entends.

Sarah s'approcha du berceau près de la cheminée, car le bébé s'agitait et pleurnichait. Elle le prit au sein et alla s'asseoir sur le banc à haut dossier en poussant un petit soupir de lassitude.

— Seulement, elle ne veut pas encore se marier.

— Oh! dit Matt d'un ton sarcastique, vraiment, elle ne veut pas se marier? Je suppose que Jack Clarke ou Bob Starling ne sont pas assez bons pour elle, deux des plus beaux gaillards de l'Essex!

Sarah sourit faiblement.

— Après tout, Matt, dit-elle, d'une voix douce et lasse, c'est une dame.

— Une dame! Une catin plutôt! Voilà quatre ans qu'elle ne cause que des ennuis et, par Lord Harry, j'en ai par-dessus la tête. Sa mère était peut-être une dame, mais elle est une...

— Matt! Ne parle pas ainsi de l'enfant de Judith. Oh! je sais! Cela m'inquiète aussi. J'essaie de la mettre en garde, mais je ne sais pas si elle m'écoute. Agnès m'a dit ce soir : « Je ne crois pas que cela signifie grand-chose! Elle est jolie, les autres sont jalouses et je pense qu'elles inventent des histoires. »

— Je n'en suis pas si sûr que cela, Sarah. Tu as toujours tendance à croire les gens meilleurs qu'ils ne le sont, et ils ne le méritent pas toujours. Bob Starling me l'a encore demandée ce matin, et je te dis que, si elle ne se marie pas bientôt, Tom Andrews lui-même n'en voudra plus, avec ou sans dot!

— Mais suppose que son père revienne et la trouve mariée à un fermier? Oh! Matt! je me dis parfois que nous avons tort de ne pas lui dire qui elle est...

— Que faire d'autre, Sarah? Sa mère est morte. Son père aussi, sans quoi nous aurions eu de ses nouvelles et nous n'avons jamais trouvé trace des autres Saint-Clare. Je t'assure, Sarah, qu'elle n'a rien de mieux à faire que d'épouser un fermier. Quant à savoir qu'elle est de naissance...

Il fit un geste vague de la main.

— Dieu nous en garde! Je plains déjà le garçon qui l'aura. Pourquoi lui rendre la situation plus difficile encore? Non, ne me fais plus d'objections, Sarah. Ce sera Jack Clarke ou Bob Starling — l'un ou l'autre —, et le plus tôt sera le mieux!

II

Dans leurs voitures peintes en bleu ou en rouge, à pied ou à cheval, fermiers et paysans de vingt lieues à la ronde se dirigeaient vers Heathstone. Ils amenaient avec eux leurs femmes et leurs enfants, le blé, le froment, les denrées qu'ils avaient à vendre, le lin et la laine filés par les femmes pendant les longues soirées d'hiver. Mais ils venaient aussi pour acheter. Des souliers, des plats d'étain, des outils pour la ferme, ainsi que mille choses dont ils n'avaient pas besoin, mais qu'ils étaient heureux de posséder: jouets pour les enfants, rubans pour les cheveux de leurs filles, gravures pour la maison, un chapeau de castor pour eux.

Sur le pré, à côté de la vieille croix saxonne, des baraques étaient dressées en rangées, devant lesquelles se bousculaient les gens en habits de fête — culottes bouffantes, grandes collerettes et robes à manches longues —, tous démodés depuis fort longtemps mais qui n'en étaient pas moins soigneusement conservés dans les armoires, d'une grande occasion à l'autre. Les tambours battaient et les violons grinçaient. Les marchands de souliers vantaient leurs articles d'une voix déjà rauque. Une foule curieuse contemplait, le visage ému de sympathie, un homme transpirant qui se faisait enlever une dent gâtée, tandis que le dentiste proclamait bien haut que l'extraction était absolument sans douleur. Il y avait un avaleur de feu et un homme qui marchait sur des échasses, des puces apprivoisées et un acrobate, des jongleurs et des singes savants, un guignol et un théâtre de marionnettes. Au-dessus d'une grande tente flottait une bannière indiquant qu'une représentation était en cours, mais l'influence puritaine était encore si forte que les spectateurs étaient rares.

Ambre, placée entre Bob Starling et Jack Clarke, fronçait les sourcils et tapait du pied en jetant des regards impatients et rapides sur la foule.

« Où est-il ? »

Elle était là depuis sept heures du matin, il était maintenant plus de neuf heures et elle n'avait pas encore vu trace de Lord Carlton ni de ses amis. Son cœur battait nerveusement, elle avait les mains moites et la gorge sèche. Oh ! il était bien certain que s'il avait dû venir il serait déjà là... « Non, il est parti ! Il m'a tout à fait oubliée, et il s'en est allé... »

Jack Clarke, un grand jeune homme aux traits rudes, lui donna un coup de coude.

— Regardez, Ambre. Aimez-vous cela ?

— Quoi ? Oh oui ! C'est très joli.

Elle tourna la tête et vit un groupe hurlant de joie autour d'un bouffon qui se tenait sur une estrade, couvert de la tête aux pieds de crème qu'on lui jetait, à raison de quelques liards le pot.

« Oh ! pourquoi ne vient-il pas ! »

— Ambre, aimez-vous ce ruban ?

Elle les gratifia chacun d'un rapide sourire, essayant de ne plus penser à Lord Carlton, mais elle n'y parvint pas. Sa pensée et son cœur étaient restés pleins de lui et, si elle ne le revoyait pas aujourd'hui, elle se disait qu'elle ne pourrait jamais survivre à cette déception. Jamais elle n'avait traversé une crise pareille, et cependant elle en avait connu beaucoup, songeait-elle.

Elle s'était habillée avec un soin tout particulier et savait qu'elle n'avait jamais été plus jolie. Sa jupe, qui ne lui arrivait pas tout à fait aux chevilles, était en tiretaine, retroussée derrière pour laisser apparaître un jupon rayé rouge et blanc ; elle avait serré le plus possible les lacets de son corselet noir, afin de mettre en valeur sa taille fine et, après avoir quitté Sarah, elle avait ouvert sa guimpe blanche pour décolleter largement sa gorge. Une couronne de pâquerettes dans les cheveux, elle tenait à la main son chapeau de paille à large bord.

Toute cette peine allait-elle être perdue, gaspillée au profit d'une paire de nigauds qui rôdaient autour d'elle, faisant tinter des pièces de monnaie dans leurs poches et se lançant mutuellement des regards furieux ?

— Je crois que j'aime bien ce... dit-elle d'une voix absente, en désignant un ruban de satin rouge qui se trouvait parmi une pile d'autres, sur le comptoir. Puis, fronçant les sourcils, elle se retourna, et le vit :

— Oh !

Un instant elle resta immobile et soudain, rassemblant ses jupes, elle partit en courant, laissant ses deux adorateurs furieux et stupéfaits. Lord Carlton, avec Almsbury et un autre jeune homme, venaient d'entrer sur le champ de foire et, suivant une ancienne coutume, une vieille femme s'était agenouillée pour essuyer leurs souliers. Ambre arriva auprès d'eux, essoufflée mais souriante, et leur fit une révérence à laquelle ils répondirent en se découvrant et en s'inclinant gravement.

— Par le diable, ma belle ! s'écria Almsbury avec enthousiasme, vous êtes bien la plus jolie petite drôlesse que l'enfer ait jamais renfermée !

— Grand merci, Monseigneur ! dit-elle, mais son

regard revint immédiatement à Lord Carlton, qui l'observait avec des yeux dont la seule expression lui fit encore passer un frisson dans le dos. Je craignais, j'avais peur que vous ne soyez partis !

Il sourit :

— Le maréchal-ferrant était à la foire et nous avons dû remettre le fer nous-mêmes.

Il jeta un coup d'œil autour de lui :

— Eh bien ! par quoi commençons-nous ?

Une sorte d'amusement nonchalant se lisait dans ses yeux et dessinait un pli au coin de sa bouche. Elle en éprouva de l'embarras, se sentit impuissante, gauche, incapable de parler, un peu en colère aussi. Comment parvenir à faire impression sur lui ? Elle ne trouvait rien à dire et restait plantée devant lui, pâlissante et rougissante, à le considérer à la façon d'une oie stupide.

La vieille femme avait achevé de cirer les souliers et chacun des gentilshommes lui donna une pièce de monnaie « pour payer l'entrée ». Elle partit, mais se retourna pour lancer un coup d'œil vers Ambre, qui commençait à se sentir le point de mire de l'attention générale, car tout le monde regardait les cavaliers et se demandait, sans nul doute, ce qu'une jeune paysanne pouvait avoir à faire avec eux. Elle eût été enchantée de l'intérêt ainsi soulevé, mais elle craignait que l'un de ses parents ne la vît et elle savait alors ce que cela signifierait. Mieux valait trouver un endroit plus tranquille et plus retiré.

— Je sais ce que je veux voir d'abord, dit Almsbury. C'est cette boutique, là-bas, où ils vendent du vin d'Espagne. Nous vous retrouverons au carrefour, en bas de la ville, Bruce, quand le soleil en sera arrivé là...

Et il indiqua un point du zénith. Puis, après s'être encore incliné, il partit avec l'autre gentilhomme.

Ambre hésita un instant, attendant qu'il déclarât ce qu'il voulait faire, mais, comme il ne disait rien, elle se détourna et se dirigea vers les piliers de bois, et la tente sous laquelle se déroulait la représentation. La foule était encore dense, mais l'endroit était assez éloigné du centre de la foire. Il marchait à côté d'elle et, pendant quelques minutes, ni l'un ni l'autre ne parlèrent. Ambre était heureuse que le bruit les empêchât de prononcer une parole sans crier, il croirait que c'était pour cela qu'elle observait le silence.

Elle éprouvait un pénible sentiment d'insuffisance, la crainte que tout ce qu'elle pût dire ou faire lui parût ridicule. La nuit dernière, couchée dans son lit, elle s'était vue, très gaie et très à son aise, bavardant avec lui, comme elle l'avait fait souvent avec Tom Andrews, Bob Starling et beaucoup, beaucoup d'autres. Mais elle se rendait à nouveau compte de l'énorme distance qui les séparait et qu'elle ne parvenait pas à franchir. Sa sensibilité et son émotion avaient atteint une intensité presque douloureuse et tout ce qu'elle voyait prenait un éclat inaccoutumé.

Pour masquer son embarras et sa confusion, Ambre examinait avec le plus grand intérêt les baraques devant lesquelles ils passaient. Enfin, comme ils arrivaient devant l'une d'elles où une jeune femme vendait de la joaillerie étincelante, Lord Carlton abaissa son regard vers elle et lui demanda :

— Une de ces babioles vous ferait-elle plaisir ?

Un éclair d'enchantement et de surprise passa dans les yeux d'Ambre ! Tous ces bijoux lui paraissaient magnifiques, mais ils devaient évidemment coûter fort cher. Jamais elle n'avait porté d'ornements semblables, bien que ses oreilles aient été percées car — avait dit Sarah — quand elle serait mariée, elle aurait une paire de boucles d'oreilles qui avaient appartenu à sa mère. Naturellement si elle rentrait avec un bijou, oncle Matt serait furieux et tante Sarah recommencerait à lui parler de mariage, mais l'attrait de ces joyaux et la perspective d'un cadeau de Sa Seigneurie étaient irrésistibles !

Sans hésitation elle répondit :

— J'aimerais une paire de boucles d'oreilles, Monseigneur.

Les voyant s'arrêter, la jeune femme qui était derrière le comptoir avait déjà commencé son boniment et leur offrait des colliers, des peignes et des bracelets. Entendant Ambre parler de boucles d'oreilles, elle en saisit une paire où pendaient des morceaux de verre grossièrement taillés, limpides et colorés.

— Voyez celles-ci, ma belle ! Dignes de parer des oreilles de comtesse, croyez-moi. Penchez-vous, ma chère, je vais vous les essayer. Un peu plus serrées. Là ! Eh bien ! Qu'en dit Votre Seigneurie ? Par ma foi, cela la change du tout au tout, une vraie dame de qualité, ma parole ! Tenez, ma chère, regardez-vous dans la glace. Oh ! jamais encore je n'ai vu des bijoux transformer quelqu'un à ce point, je vous le jure, Madame...

Elle parlait avec volubilité, tenant un miroir pour permettre à Ambre de constater par elle-même ce changement stupéfiant. Celle-ci se pencha, repoussant ses cheveux pour dégager ses oreilles, ses yeux brillant de plaisir. Ces boucles d'oreilles la vieillissaient et lui donnaient aussi l'air un peu pervers. Elle eut un sourire en coin vers Lord Carlton, cherchant à voir ce qu'il en pensait, car elle désirait ardemment les posséder, mais craignait de faire mauvaise impression en paraissant trop avide. Il lui sourit et se tourna vers la marchande :

— Combien ?

— Vingt shillings, Milord.

Il sortit deux pièces d'or de sa poche et les jeta sur le comptoir.

— Cela les vaut bien !

Ils s'éloignèrent. Ambre était enchantée de ce

présent, persuadée qu'il était fait d'or pur, de diamants et de rubis.

— Je les garderai toujours, Votre Seigneurie ! Je jure de ne jamais porter d'autre bijou.

— Je suis heureux qu'elles vous fassent plaisir, ma chère. Et maintenant, que faisons-nous ? Voulez-vous voir la pièce ?

D'un signe de tête il indiqua la tente dont ils approchaient. Ambre, qui avait toujours désiré voir une représentation théâtrale, car celles-ci lui avaient toujours été interdites, aussi loin que remontaient ses souvenirs, lança vers le théâtre un regard d'envie. Elle hésitait néanmoins — un peu par crainte d'y rencontrer quelqu'un de connaissance, plus encore, peut-être, parce qu'elle désirait être seule avec lui, loin de tous.

— Oh ! c'est que... pour être franche avec vous, Monsieur, je ne crois pas qu'oncle Matt voudrait que j'aille...

Et comme elle se tenait à côté de lui, désirant qu'il prît une décision pour elle, à dix mètres à peine, elle aperçut Agnès, Lisbeth Morton et Gertrude Shakerly. Toutes trois la considéraient la bouche grande ouverte, stupéfaites, indignées, choquées, furieuses de jalousie. Les yeux d'Ambre croisèrent un instant ceux de sa cousine, elle poussa involontairement un petit cri d'horreur et s'empressa de regarder d'un autre côté, cherchant à faire semblant de ne pas les avoir vues. Ses doigts se mirent à tripoter nerveusement les brides de son chapeau.

— Malheur ! murmura-t-elle tout excitée. Voilà ma cousine. Elle va sûrement courir tout raconter à ma tante. Sauvons-nous par là...

Elle ne vit pas le sourire de Lord Carlton, car elle était déjà partie, se glissant à travers la foule. Sans regarder les trois jeunes filles, il la suivit. Ambre se retourna pour s'assurer qu'Agnès n'était pas sur leurs talons et lui adressa son plus beau sourire.

Mais elle était inquiète. Agnès allait certainement se précipiter auprès de Sarah ou de Matt, et un membre de la famille serait envoyé à sa recherche pour la ramener dans le droit chemin. Il fallait se dépêcher de s'enfuir hors de vue, car elle était bien décidée à passer une heure ou deux avec lui, quelque ennui qu'elle dût en éprouver par la suite.

— Voici le cimetière, dit-elle précipitamment, entrons, et allons faire un vœu à la fontaine.

Il s'arrêta et elle en fit autant, le regardant avec une sorte d'appréhension.

— Je crains, ma chère, dit-il que vous n'alliez au-devant de bien des ennuis. Votre oncle est évidemment un gentleman très moral et je suis sûr qu'il n'aimerait pas voir sa nièce en compagnie d'un cavalier. Vous êtes peut-être trop jeune pour le savoir, mais les Puritains et les cavaliers n'ont pas confiance les uns dans les autres, surtout en ce qui concerne les relations féminines.

Il y avait dans sa voix le même ton d'indolence, et sur son visage le même air de léger amusement qui l'avaient si étrangement affectée la nuit dernière. Car elle sentait que cette nonchalante indifférence dissimulait mal un caractère ardent, inflexible et, peut-être même, légèrement cruel. Sans se rendre bien compte de ses propres désirs, elle avait vaguement conscience de vouloir déchirer ce voile d'urbanité, afin de connaître par elle-même un peu de cette force impétueuse qu'elle sentait là, tout près de la surface, non endormie, mais soigneusement contenue.

Audacieusement, car elle commençait à se sentir plus sûre d'elle, elle répondit :

— Peu importe mon oncle ! Ma tante me croit toujours. Laissez-moi faire, Votre Seigneurie. Je vous en prie, Monsieur. Je voudrais tant faire un vœu !

Il haussa les épaules et la suivit. Tous deux traversèrent la route et, franchissant la grille recouverte de lierre, se dirigèrent vers deux petites fontaines qui se trouvaient à quelque trois pieds l'une de l'autre. Ambre s'agenouilla entre elles, plongeant une main dans chacune d'elles jusqu'à ce que l'eau recouvrît ses poignets. Puis, fermant les yeux, elle fit silencieusement un vœu.

« Faites qu'il tombe amoureux de moi ! »

Elle resta une minute sans bouger, dans une attitude de recueillement, puis, soulevant ses mains en forme de coupe, elle but l'eau. Lui tendant la main, il la releva.

— Je pense que vous avez fait vœu de conquérir le monde, dit-il. Combien de temps vous faudra-t-il ?

— Un an — si j'ai la foi —, jamais sinon.

— Mais vous y croyez ?

— Tous mes autres vœux ont été exaucés. Ne voulez-vous pas en faire un aussi ?

— Un an ne suffirait pas pour la plupart de mes désirs.

— Non, vraiment ? Ciel ! Je pensais qu'un an suffisait pour tout !

— Oui, à dix-sept ans.

Elle se mit à regarder autour d'elle, un peu parce qu'elle ne pouvait plus soutenir l'éclat fixe de ses yeux gris-vert, et aussi parce qu'elle cherchait un endroit où aller. Le cimetière était un lieu trop public. D'autres gens pouvaient y venir et tout être humain, homme, femme ou enfant, lui paraissait constituer une menace pour son bonheur. Elle avait le sentiment qu'ils étaient tous ligués pour la séparer de lui et la ramener dans le giron sec et stérile de son oncle et de sa tante.

Tout à côté de l'église se trouvait un jardin au-delà duquel s'étendait la prairie qui séparait Heathstone des bois de Bluebell. Évidemment, c'était là qu'il fallait aller ! Dans les bois il faisait frais et sombre, et il y avait quantité de petits coins où personne ne les verrait jamais ; elle en connaissait plusieurs, réminiscence des foires de ces trois ou quatre dernières années. Elle se dirigea négligemment de ce côté, espérant lui faire croire qu'ils y arriveraient par hasard.

Ils traversèrent le jardin, escaladèrent une barrière et se trouvèrent au milieu de la prairie. L'herbe était toute parsemée de boutons-d'or, de pâquerettes et d'iris jaunes sauvages. Ils enfonçaient à chaque pas dans le sol spongieux. Plus loin, près de la rivière, une tache orange indiquait un endroit où poussaient des soucis et, à mesure qu'ils se rapprochaient, ils pouvaient apercevoir les roseaux verts qui plongeaient dans l'eau. Les berges étaient plantées de saules nains et, de l'autre côté du cours d'eau, à l'orée de la forêt, se trouvait un bosquet de trembles dont les feuilles brillaient au soleil comme des sequins d'argent.

— J'avais presque oublié combien l'Angleterre est belle au printemps, dit-il.

— Depuis combien de temps l'avez-vous quittée ?

— Seize ans, environ. Ma mère et moi sommes partis à l'étranger, après que mon père eut été tué à Narston Moor.

— Seize ans à l'étranger ! s'écria-t-elle d'un ton incrédule. Mon Dieu ! Comment avez-vous fait ?

Il baissa les yeux vers elle en lui souriant avec une sorte de tendresse :

— Nous aurions tous préféré autre chose, mais nous n'avions pas le choix. Et, en ce qui me concerne, je ne peux pas me plaindre.

— Mais vous ne vous plaisiez pas là-bas ? demanda-t-elle, choquée et presque indignée par un tel blasphème.

Ils traversaient à présent la rivière au cours rapide sur un pont étroit et branlant, fait de troncs d'arbres ; sous eux les poissons passaient en flèche, des libellules voletaient à la surface de l'eau et au-dessus des lys qui croissaient autour d'une petite mare. Sur l'autre rive ils entrèrent dans la forêt et prirent un petit sentier au milieu des arbres et des fougères, parmi les jacinthes sauvages en fleur. Il faisait bon, frais et calme ; le parfum des fleurs se mêlait à l'odeur des feuilles mortes.

— C'est peut-être une légère trahison de la part d'un Anglais que d'admettre qu'il aime un autre pays. Cependant j'en ai aimé plusieurs, l'Italie, la France, l'Espagne. Mais surtout l'Amérique.

— L'Amérique ! Comment ! C'est de l'autre côté de l'Océan !

C'était là, en fait, tout ce qu'elle savait de l'Amérique.

— Bien loin de l'autre côté, admit-il.

— Le roi y était ?

— Non ! J'y suis allé une fois, en bateau à voiles — une expédition privée avec le cousin de Sa Majesté, le prince Rupert —, et une autre fois sur un navire marchand.

Elle était médusée. Avoir vu des pays si lointains ! Avoir traversé l'Océan ! C'était incroyable, un véritable conte de fées. Elle qui n'avait jamais été plus loin qu'Heathstone, et deux fois par an seulement, pour les foires de printemps et d'automne. La seule personne de sa connaissance qui fût jamais allée à Londres — à vingt-cinq milles au sud-est de Marygreen — était le savetier.

— Comme ce doit être beau de voir ainsi le vaste monde !

Elle poussa un soupir.

— Êtes-vous aussi allé à Londres ?

— Deux fois seulement, si je me souviens bien. J'y suis allé il y a dix ans et j'y suis retourné quelques mois après la mort de Cromwell. Mais je n'y suis jamais resté longtemps.

Ils s'étaient arrêtés et il jeta un coup d'œil vers le ciel à travers les arbres, comme pour voir le temps qui lui restait. Alors Ambre fut soudain prise de panique. Il allait partir — retourner dans ce vaste monde avec son agitation, son bruit, son excitation — et il lui faudrait rester ici. Elle éprouva un tout nouveau et terrible sentiment de solitude, comme si elle était reléguée dans quelque coin solitaire durant une fête où elle serait seule étrangère. Tous ces pays qu'il avait vus et qu'elle ne verrait jamais ; ces choses agréables qu'il avait faites et qu'elle ne ferait jamais. Mais le pire était qu'elle ne le reverrait jamais plus.

— Il n'est pas encore l'heure de partir ?

— Non, j'ai encore un moment.

Ambre s'agenouilla dans l'herbe en faisant la moue, une expression de rébellion dans les yeux, et, au bout d'un instant, il s'assit en face d'elle. Pendant quelques secondes elle resta boudeuse, songeant à son triste avenir, puis, rapidement, elle leva les yeux vers lui. Il l'observait gravement, avec attention. Elle lui rendit son regard, le cœur battant. Elle se sentait en proie à une sorte de douce langueur, épuisante au point que ses yeux se fermaient. Tout son être se consumait de désir. Cependant elle restait réticente, réservée, emplie d'un sentiment de crainte plus fort presque que son désir.

Enfin il l'enlaça et l'attira lentement à lui. Ambre inclina la tête pour rencontrer ses lèvres et lui passa les bras autour du cou.

La retenue dont il avait fait preuve jusque-là disparut alors pour faire place à une passion sauvage, violente, impitoyablement égoïste. Ambre, inexpérimentée, mais non innocente, lui rendit ses baisers avec ardeur. Stimulé par les caresses, son désir monta bientôt à l'unisson du sien et bien qu'elle ait tout d'abord, au fond d'elle-même, entendu les appels avertisseurs de Sarah, cette image s'estompa bientôt pour disparaître entièrement.

Mais quand il la renversa sur le sol, elle eut un bref mouvement de protestation et poussa un léger cri, ce fut tout ! Sa science n'allait pas au-delà. Quelque chose de mystérieux, de terrible l'attendait probablement. De ses deux mains elle repoussa l'homme, un petit sanglot terrifié lui échappa et elle détourna la tête. La peur l'envahissait, irraisonnée, intense, presque nerveuse.

— Non! cria-t-elle. Laissez-moi partir!

Elle voyait son visage au-dessus du sien, ses yeux d'un vert étincelant. Et soudain Ambre, sanglotante, à demi folle de passion et de terreur, s'abandonna toute.

Avec une vague répugnance, elle reprit lentement conscience du monde extérieur et d'eux, en tant qu'individus séparés. Les yeux toujours fermés, elle poussa un profond et voluptueux soupir. Elle avait l'impression de ne plus pouvoir bouger, même le petit doigt.

Au bout d'un long moment il s'écarta d'elle et s'assit, les coudes sur les genoux, un brin d'herbe entre les dents, le regard fixé devant lui. Son visage bronzé était humide de transpiration et il l'essuya du revers de sa manche de velours noir. Ambre restait étendue à côté de lui, absolument immobile, les yeux clos, le bras replié sur le front. Elle avait chaud, sommeil, se sentait merveilleusement bien et si heureuse, dans toutes les fibres de son être, que cela soit arrivé.

Il lui semblait n'avoir vécu qu'à moitié, jusqu'à cet instant!

Sentant son regard posé sur elle, elle tourna légèrement la tête et lui sourit doucement. Elle aurait voulu lui dire qu'elle l'aimait, mais n'osait pas. Elle désirait qu'il lui parlât d'amour, mais il se contenta de se pencher sur elle et de l'embrasser très doucement.

— Je suis désolé, dit-il à voix basse. Je ne m'attendais pas à vous trouver vierge.

— Je suis heureuse de l'avoir été.

Était-ce là tout ce qu'il trouvait à dire? Elle attendit en l'observant. Elle commençait à éprouver un léger sentiment d'incertitude et de crainte. Il ressemblait de nouveau à ce qu'il était la première fois qu'elle l'avait vu, rien dans son expression, ni son attitude ne laissait deviner à quel point ils avaient été rapprochés. Elle en était surprise et blessée, car ce qui venait de se passer aurait dû le changer autant qu'elle-même. Rien ne devait plus être la même chose pour aucun des deux.

Finalement il se leva, cherchant des yeux le soleil.

— Ils doivent être en train de m'attendre. Nous voulons arriver à Londres avant la tombée de la nuit.

Et il lui tendit la main pour l'aider à se relever. Sautant sur ses pieds, elle lissa ses cheveux, tira sa guimpe, palpa ses boucles d'oreilles pour être bien sûre de ne pas les avoir perdues.

— Mon Dieu ! il ne faut pas nous mettre en retard.

Tout en époussetant son chapeau, il lui lança un coup d'œil étonné et se couvrit. Il fronçait les sourcils, comme s'il avait obtenu plus qu'il ne désirait.

Devant ce regard, le sourire et l'excitation d'Ambre disparurent d'un seul coup :

— Vous ne voulez pas m'emmener ?

Elle était sur le point de pleurer.

— Mon cœur, votre oncle et votre tante n'approuveraient pas.

— Que m'importe ! Je veux aller avec vous ! Je hais Marygreen ! Je ne veux plus jamais y retourner. Oh ! je vous en prie, Votre Seigneurie. Permettez-moi d'aller avec vous !

Marygreen et toute sa vie là-bas lui étaient soudain devenus intolérables. Il avait cristallisé toute sa nostalgie inquiète, sa soif et son ardent désir d'une vie plus large, plus gaie, tout ce qui fermentait en elle inconsciemment depuis qu'elle avait pour la première fois parlé au savetier, plusieurs années auparavant.

— Londres n'est pas un lieu de séjour pour une

jeune fille non mariée, sans argent ni relations, dit-il d'un ton catégorique qui signifiait — Ambre elle-même s'en rendit compte — qu'il n'avait nullement l'intention d'être dérangé par elle.

Puis, regrettant peut-être de l'avoir blessée, il ajouta :

— Je n'y resterai pas longtemps. Et que feriez-vous quand je serai parti ? Il ne serait pas facile de revenir ici, je sais fort bien ce qu'un village anglais pense de telles escapades. Et à Londres il n'est guère plusieurs manières de gagner sa vie pour une femme. Non, mon cœur, je crois que vous feriez mieux de rester là.

A la grande surprise de Carlton, comme à la sienne d'ailleurs, elle éclata soudain en sanglots :

— Je ne veux pas rester ici ! Je ne le veux pas ! Je ne peux pas rester ici maintenant. Comment voulez-vous que j'explique à mon oncle Matt où nous sommes restés pendant ces deux heures, alors que cent personnes de connaissance nous ont vus quitter le champ de foire !

Une expression de contrariété passa sur son visage, mais elle ne s'en aperçut pas.

— Je vous l'avais bien dit, fit-il observer. Mais, même s'il est en colère, il vaut mieux que vous rentriez, et...

— Non, interrompit-elle, je ne rentrerai pas. Je ne veux plus vivre ici, entendez-vous ? Et si vous ne voulez pas m'emmener, je partirai seule !

Elle s'arrêta soudain et le regarda, furieuse et agressive, suppliante aussi :

— Oh ! Votre Seigneurie, je vous en prie, emmenez-moi !

Ils se mesuraient du regard ; enfin, ses sourcils se détendirent et il sourit :

— Très bien, jeune péronnelle, je vous emmène, c'est entendu. Mais je ne vous épouserai pas quand nous arriverons là-bas, et n'oubliez jamais, quoi qu'il arrive, que je vous ai prévenue.

Elle n'entendit que la première partie de ce qu'il disait, le reste ne lui paraissait pas d'importance immédiate.

— Oh ! Votre Seigneurie, vraiment, je peux venir ? Je ne vous gênerai pas, je le jure !

— Je n'en sais rien ! répondit-il lentement. J'en doute fort !

Ils arrivèrent à cheval à Londres vers le milieu de l'après-midi après avoir traversé de nombreux petits villages situés à proximité de la ville, mais dont l'aspect extérieur, néanmoins, ne différait guère de celui d'Heathstone ou de Marygreen. Des vaches paissaient dans les prés, arrachant paresseusement l'herbe, et les paysannes avaient étendu leur lessive sur les buissons. Comme ils passaient, les gens reconnurent en eux des royalistes qui revenaient, et ils furent vivement acclamés. Des petits garçons couraient à côté d'eux, voulant toucher leurs bottes, les femmes se penchaient à la fenêtre, les hommes s'arrêtaient et se découvraient en poussant de grands cris :

— Soyez les bienvenus !

— Longue vie au Roi !

— Que Dieu protège Sa Majesté !

La ville, dans son enceinte intérieure, était une sorte de pot-pourri des siècles ; vieille, laide, elle sentait mauvais, mais elle était pleine de couleurs, de pittoresque, ainsi que d'une espèce de beauté délabrée. Elle était entourée de terrains vagues sur lesquels s'amoncelaient des tas d'ordures dégageant une odeur nauséabonde. Les rues étaient étroites, quelques-unes pavées de galets, la plupart non et, en leur milieu, ou de côté, coulaient des ruisseaux d'eaux sales. Des poteaux espacés séparaient la voie réservée aux voitures de l'étroit espace alloué aux piétons. Les rues étaient bordées de maisons, dont chaque étage surplombait en saillie celui d'en dessous, bouchant ainsi presque complètement le jour et l'air, même aux endroits les plus larges.

Les flèches des églises dominaient l'horizon, car il y en avait plus d'une centaine à l'intérieur de la ville et le tintement incessant de leurs cloches répandait sur Londres la musique la plus passionnée et la plus belle. Des enseignes grinçantes se balançaient au-dessus de la tête des passants, avec leurs agneaux dorés, leurs sangliers bleus, leurs lions rouges ; et il y en avait bon nombre, flambant neuves, portant les armes des Stuarts ou le profil d'un homme aux cheveux noirs, au teint basané, avec une couronne sur la tête. La campagne était ensoleillée et il faisait presque chaud, mais sur la ville le brouillard s'étendait pesamment, encore épaissi par la fumée des savonneries et des fours à chaux ; le froid était pénétrant.

Les rues étaient pleines de monde ; des marchands ambulants annonçaient leur passage par un vieux cri chanté qui n'avait pas la prétention d'être compris et la ménagère pouvait, du pas de sa porte, se procurer presque tout le nécessaire. Des porteurs transportaient sur leur dos des fardeaux branlants et invectivaient ceux qui leur bouchaient le passage. Les trimardeurs, devant les boutiques, vantaient à grands cris la marchandise, n'hésitant pas à saisir les clients par la manche pour les engager à entrer.

Il y avait des chanteurs de rue, des mendiants, des culs-de-jatte, des petits-maîtres vêtus de satin, des dames de qualité au visage couvert d'un masque de velours noir, de dignes commerçants, des vagabonds en haillons et parfois des valets de pied ouvrant la voie à la chaise à porteurs de quelque baronne ou de quelque comtesse. La plupart des gens circulaient à pied, quelques-uns en voiture de louage, en chaise à porteurs ou à cheval mais, quand il y avait des encombrements, comme c'était fréquent, ils étaient obligés de s'arrêter quelques minutes.

Il était aisé de voir au premier coup d'œil que le Londonien différait totalement de l'Anglais de la campagne. La conscience de son pouvoir le rendait arrogant, car il représentait le royaume et le savait. Il était bruyant et querelleur, prêt à engager une lutte meurtrière avec quiconque ne lui cédait pas le côté du mur. Après avoir supporté le Parlement dix-huit ans, il se préparait joyeusement au retour de son souverain légitime, buvant à sa santé dans les rues, jurant qu'il avait toujours aimé les Stuarts. Il haïssait les Français pour leur façon de parler, de se tenir, pour leurs habits et leur religion, et leur lançait volontiers une bordée d'injures ou leur soufflait à la figure la mousse de son pot d'ale avant de porter un toast à leur damnation. Mais il haïssait tout aussi férocement les Allemands et autres étrangers car, pour lui, Londres était tout, et un homme qui n'y habitait pas ne valait rien!

Londres — puant, sale, bruyant, querelleur, coloré — était le cœur même de l'Angleterre et ses citoyens gouvernaient la nation.

Ambre avait l'impression de se retrouver chez elle et, au premier coup d'œil, comme elle était tombée amoureuse de Lord Carlton, elle tomba amoureuse de Londres. Cette vie intense, violente, énergique répondait à ses aspirations les plus profondes et les plus vives. Cette ville était un défi, une provocation. Elle osait tout, et promettait plus encore. Instinctivement — comme tout bon Londonien — elle sentit qu'elle avait vu tout ce qu'il y avait à voir. Nulle ville au monde ne pourrait soutenir la comparaison.

Le groupe des cavaliers se sépara à la barrière de Bishop, chacun allant de son côté et Bruce et Ambre partirent ensemble, suivis de deux serviteurs. Ils descendirent à cheval Gracious Street et, s'arrêtant devant l'enseigne du *Royal Sarrasin*, passèrent sous le porche et entrèrent dans la cour de l'hôtellerie. Le bâtiment l'entourait en entier et des balcons couraient tout le long des quatre étages. Bruce aida la jeune fille à mettre pied à terre et ils entrèrent dans la maison. L'hôtelier était occupé ailleurs et, au bout de quelques instants, Bruce lui demanda de l'attendre pendant qu'il allait à sa recherche.

Ambre le regarda s'éloigner, les yeux brillants d'admiration et de fierté ; l'excitation lui coupait presque la respiration. « Je suis à Londres ! Ce n'est pas possible, mais c'est vrai ! Je suis à Londres ! » Il semblait incroyable que sa vie eût pu changer aussi vite et de manière si irrévocable, en moins de vingt-quatre heures ! Car elle était bien décidée, quoi qu'il arrive, à ne plus jamais retourner à Marygreen. Jamais, de toute sa vie !

Encore revêtue du manteau de Bruce, elle se rapprocha du feu, tendant les mains à la bonne chaleur ; elle se rendit alors compte que trois ou quatre hommes, assis près de la fenêtre, l'observaient tout en buvant leur ale. Sa vanité en fut agréablement chatouillée, car ces hommes étaient des Londoniens ; elle tourna légèrement la tête pour bien leur montrer son profil, son nez délicat, imperceptiblement retroussé, ses jolies lèvres pleines et son petit menton rond.

Bruce revint à cet instant, souriant et laissant tomber son regard sur le petit homme qui marchait auprès de lui et lui arrivait à peine à l'épaule. C'était l'hôtelier, de toute évidence, et il paraissait fort agité.

— Mon Dieu ! Votre Seigneurie ! s'écriait-il, je vous croyais mort, ma parole. Ils sont arrivés à peine une demi-heure après votre départ, ces coquins de Têtes-Rondes, et ils ont mis ma maison sens dessus dessous pour vous trouver. Voyant qu'ils ne découvraient rien, ils ont été pris d'une telle rage qu'ils m'ont transporté à travers la cour et jeté dans la fosse à charbon !

Il cracha sur le plancher.

— Bah ! la peste les emporte ! Je souhaite les voir tous pendus comme des jambons sur la colline de Tyburn !

Bruce éclata de rire.

— Vos vœux seront exaucés, je n'en doute pas.

Tout en parlant, ils étaient arrivés auprès d'Ambre et l'hôtelier eut un sursaut, car il ne s'était pas aperçu de sa présence : il s'inclina légèrement.

— Madame Saint-Clare, dit Bruce, permettez-vous de vous présenter notre hôte, Mr. Gumble.

Ambre fut heureuse qu'il l'appelât « Madame », car seules les très jeunes filles, ou les prostituées professionnelles, répondaient au qualificatif de « Mademoiselle ».

Elle sourit et inclina la tête, sentant que sa condition sociale ne lui permettait plus de faire une révérence à un hôtelier. Mais elle eut un moment d'inquiétude en se demandant si le coup d'œil qu'il lui lança exprimait une désapprobation quelconque de voir Sa Seigneurie voyager avec une femme qui n'était pas son épouse. Bruce, toutefois, se comportait avec autant d'aisance que si elle eût été sa sœur et Mr. Gumble reprit immédiatement la conversation au point où il l'avait laissée :

— C'est fort heureux que vous ne soyez pas arrivé un jour plus tard, Monseigneur. Jamais, je le jure, je n'ai vu autant de monde chez moi : toute l'Angleterre vient à Londres souhaiter la bienvenue à Sa Majesté ! A la fin de la semaine, il n'y aura plus une chambre à louer d'ici à Temple Bar !

— Pourquoi n'avez-vous pas mis une couronne sur la tête de votre Sarrasin, afin de le faire passer pour le roi ? Presque toutes les enseignes que nous avons vues sont des têtes du roi, ou portent ses armes.

— Oh ! Vraiment ! Ils en sont là ! Et avez-vous entendu ce qu'on dit ? Si la tête du roi est vide, ses armes ne le sont pas !

Sur quoi il partit d'un grand éclat de rire. Bruce sourit et les hommes, de l'autre côté de la pièce, s'esclaffèrent bruyamment. Ambre ne connaissait pas encore assez la réputation qu'avait le roi pour comprendre la plaisanterie.

Le petit homme tira son mouchoir et s'épongea le front :

— Ah ! nous serons joliment heureux de le voir revenir : je vous le garantis ! Parole d'honneur, Votre Seigneurie, vous ne vous imaginez pas ce que nous avons vécu ici. Pas de cartes, pas de dés, pas de jeu. Ni boire, ni danser ! Mon Dieu ! Ils ont même cherché à élever la fornication au rang de crime capital !

Bruce rit :

— Je suis content d'être resté à l'étranger.

Là encore Ambre ne comprit pas la plaisanterie. Elle ignorait le sens du mot « fornication ». Mais elle n'en sourit pas moins d'un air entendu, comme si elle avait parfaitement saisi le trait d'esprit.

— Allons, assez parlé de tout cela ! Votre Seigneurie doit avoir faim. Elle est fatiguée peut-être. J'ai encore la « Fleur de Lys » de libre...

— Parfait ! C'est une chambre qui m'a porté chance la dernière fois. Il en sera peut-être encore de même...

Ils prirent l'escalier et, tout en montant, entendirent les hommes, en bas, commencer à chanter, ou plutôt à crier avec des voix discordantes et pleines d'entrain :

Le Roi aime une bonne bouteille, mes gars !
Le Roi aime une coupe débordante !
Il versera une rasade
A toutes les jolies filles

Et nous fera tous cocus, mes gars
Et nous fera tous cocus !

Arrivé en haut de l'escalier, Mr. Gumble ouvrit une porte et s'effaça pour les laisser entrer. La chambre était de belle dimension, et Ambre la trouva magnifique, car elle n'avait encore jamais rien vu d'analogue.

Les murs étaient richement lambrissés de chêne foncé ; la cheminée, également en chêne, était ornée de motifs sculptés représentant des fruits ou des fleurs. Le plancher était nu, et tout le mobilier de ce style lourd et chargé qui avait caractérisé le début du siècle, bien que les fauteuils et les chaises fussent recouverts d'un épais velours vert sauge ou rouge vif, tout juste assez usé pour obtenir une teinte patinée.

Dans l'alcôve se trouvait un immense lit à colonnes, garni de rideaux de velours rouge que l'on pouvait tirer la nuit, afin d'enfermer les occupants dans une intimité bien close, au risque de les faire suffoquer. Deux armoires à habits, placées contre le mur, quelques chaises, deux fauteuils, une petite table surmontée d'un miroir et un bureau complétaient l'ameublement. Tout un côté de la pièce était monopolisé par de hautes portes-fenêtres ouvrant sur le balcon, d'où un escalier conduisait à la cour.

Ambre regardait autour d'elle, la parole momentanément coupée, tandis que Bruce disait :

— C'est tout à fait intime. Nous souperons ici. Faites-nous monter ce que vous avez de mieux.

Après leur avoir donné à plusieurs reprises l'assurance qu'ils auraient tout ce qu'ils pourraient désirer, Mr. Gumble s'en alla, et Ambre se départit de son mutisme. Jetant son manteau, elle courut à la fenêtre regarder dans la rue, du haut des deux étages. Un groupe de jeunes garçons avaient fait un feu et y rôtissaient des morceaux de viande, en dérision du Parlement croupion : la voix des hommes qui chantaient toujours en bas traversait faiblement les murs épais.

— Oh ! Londres ! Londres ! s'écria-t-elle d'une voix passionnée. Comme je t'aime !

Bruce sourit, enleva son chapeau et, s'approchant d'elle par-derrière, lui passa le bras autour de la taille :

— Vous tombez facilement amoureuse !

Comme elle se retournait vivement vers lui, il ajouta :

— Londres dévore les jeunes filles, vous savez !

— Pas moi ! affirma-t-elle triomphalement. Je n'ai pas peur !

III

Voici qu'enfin, alors que rien ne semblait plus devoir changer jamais, il rentrait en Angleterre, au milieu de son peuple. Charles Stuart n'était plus Charles Lackland.

Onze ans plus tôt, une petite bande de Puritains extrémistes avaient décapité son père, et le cri d'horreur poussé par les milliers de gens qui assistaient à son exécution avait eu son écho dans toute l'Europe. C'était là un crime qui pèserait toujours lourdement sur le cœur des Anglais. Exilé en France, le fils aîné du roi défunt n'avait appris l'échec de ses efforts pour sauver son père qu'en voyant son chapelain s'agenouiller devant lui en l'appelant : « Votre Majesté ! » Il s'était alors retiré dans sa chambre pour y pleurer seul, roi sans royaume, souverain sans sujets !

En Angleterre, le puissant talon de Cromwell s'était appesanti sur la nuque des Anglais. C'était un crime que de faire partie de l'aristocratie, et la loyauté au feu roi constituait une offense souvent punie par la confiscation des biens. Ceux qui le purent suivirent Charles II à l'étranger, avec l'espoir de revenir un jour, en des temps meilleurs. Une morne piété se répandit dans tout le pays, décourageant presque tout ce qui était spécifiquement anglais : gaieté, bonne humeur, amour des sports, des fêtes, des vacances, robuste plaisir de boire, de danser, de jouer, de faire l'amour.

Les mâts de cocagne furent abattus, les théâtres fermés. Prudentes, les femmes quittèrent leurs robes de satin ou de velours aux vives couleurs, remisèrent leurs masques, leurs éventails, leurs boucles et leurs faux cheveux, fermèrent le large décolleté de leurs corsages, n'osèrent plus se mettre du rouge aux lèvres, ni du noir aux yeux, de peur d'être soupçonnées de sympathies royalistes! L'ameublement même devint plus sobre.

Pendant onze ans Cromwell gouverna le pays. Mais l'Angleterre découvrit enfin qu'il était mortel.

Quand la nouvelle de sa maladie commença de se répandre, une foule anxieuse de soldats et de civils se rassembla autour des grilles du palais. Le pays était terrorisé; il se souvenait des années chaotiques de guerre civile quand des bandes de soldats errants avaient pillé l'Angleterre entière, saccageant les fermes, volant dans les maisons, emmenant le bétail, tuant ceux qui tentaient de résister. Ils ne désiraient pas que Cromwell vécût, mais ils redoutaient de le voir mourir.

A la tombée de la nuit, un terrible orage s'était élevé, gagnant en intensité, si bien que les maisons en tremblèrent sur leurs fondations, que des arbres furent arrachés, que des tours et des clochers croulèrent. Pareille tempête ne pouvait avoir qu'une signification : le diable venait réclamer l'âme d'Oliver Cromwell. Et Cromwell lui-même, épouvanté, s'écriait :

— C'est une terrible chose que de tomber entre les mains du Dieu vivant !

La tempête s'était abattue sur toute l'Europe : elle fit rage pendant toute la nuit et la journée du lendemain. Quand Cromwell mourut, à trois heures de l'après-midi, elle ravageait toujours l'île. Le corps fut immédiatement embaumé et enterré en hâte. Mais ses partisans revêtirent de ses habits de cérémonie une statue de lui en cire, et la placèrent à Somerset House, comme un roi. Par dérision, le peuple lança des ordures sur son écusson funèbre.

Mais il n'y avait personne pour prendre sa place et deux années de semi-anarchie suivirent sa mort. Son fils, que le Protecteur avait désigné pour lui succéder, n'avait aucune des qualités de son père, et les autocrates militaires finirent par se débarrasser de lui, à son grand soulagement, d'ailleurs. Immédiatement, des escarmouches eurent lieu entre la cavalerie et l'infanterie, les vétérans et les nouvelles recrues, et une autre guerre civile entre le peuple et l'armée parut inévitable. Le pays s'abandonnait au désespoir. Revivre tout cela, quand cela n'avait servi à rien ! Et chacun de songer à une restauration de la monarchie comme unique moyen de salut.

Le général Monck, qui avait servi Charles Ier, puis était passé au service de Cromwell après la mort du roi, marcha d'Écosse sur la capitale et l'occupa avec ses troupes. Monck, bien que soldat, estimait que le pouvoir militaire devait être subordonné au pouvoir civil, et son but était de libérer le pays de tout esclavage à l'armée. Prudemment il attendit, afin de bien voir les tendances du peuple. Puis, convaincu que l'enthousiasme royaliste qui enflammait toutes les classes de la société constituait une marée irrésistible, il se déclara partisan de Charles Stuart. Un Parlement libre fut convoqué, le roi lui écrivit une lettre, de Breda, en déclarant ses bonnes intentions, et l'Angleterre se prépara à devenir une monarchie, suivant ses préférences.

Londres fut pleine à déborder de royalistes avec leur famille, et s'il restait dans toute la ville un homme qui ne désirait pas le retour de Sa Majesté, il gardait le silence, ou se cachait. Le retour graduel au rire et aux plaisirs — latents depuis la fin de la guerre — s'intensifia soudain. Les restrictions furent abolies. Un costume sévère, un air pieux furent considérés comme les signes certains de sympathies puritaines dont tous ceux qui voulaient montrer leur loyalisme se gardaient. Le monde exécuta une pirouette, et le vice devint vertu.

Mais ce n'était pas simplement un désir de loyalisme, un enthousiasme passager pour la monarchie rétablie, la joie d'être délivré de l'oppression. Il y avait quelque chose de plus profond et durable. Les longues années de guerre avaient détruit les familles, miné les vieilles traditions sociales, abattu la barrière des conventions. Un nouvel ordre social s'édifiait — brillant mais tapageur, gai mais licencieux, élégant mais vulgaire.

Le 29 mai 1660 — le jour de son trentième anniversaire —, Charles II, à cheval, fit son entrée à Londres.

C'était pour lui la fin de quinze ans d'exil, de pérégrinations à travers l'Europe, d'un pays à l'autre, considéré partout comme indésirable — sa présence étant gênante pour les politiciens qui cherchaient à faire des affaires avec les meurtriers de son père. C'était la fin de la pauvreté, des vêtements usés jusqu'à la corde, des repas extorqués à un aubergiste méfiant. La fin d'efforts infructueux pour reconquérir son royaume. Et surtout la fin des humiliations, des railleries. Il avait cessé d'être un homme sans patrie, un roi sans couronne !

La journée était claire et gaie, le soleil brillait dans un ciel sans nuages et les gens se disaient entre eux que ce beau temps était un bon présage. Du Pont de Londres à Whitehall, tout le long du parcours, toutes les rues, tous les balcons, les fenêtres et les toits étaient noirs de monde. Et, bien que le cortège ne fût pas attendu avant l'après-midi, dès le matin il était impossible de trouver la moindre place. La milice bourgeoise, comprenant plus de douze mille hommes, faisait la haie — ces hommes avaient jadis combattu pour Charles Ier et désiraient aujourd'hui maintenir l'ordre au retour de son fils.

Toutes les enseignes étaient garnies de fleurs : de grandes arches d'aubépine s'étendaient à travers les rues, des branchages de chêne garnissaient les façades de nombreuses maisons. D'une fenêtre à l'autre couraient des guirlandes ornées de rubans et de cuillères d'argent étincelant au soleil. Les demeures cossues étaient décorées de tapisseries et de bannières, rouge, or et vert — des drapeaux flottaient sur les toits des plus humbles maisonnettes. Le vin coulait à flots dans les fontaines, et les cloches de toutes les églises sonnaient à toute volée. Enfin le bruit sourd du canon annonça que le cortège avait atteint le Pont de Londres.

Le vent se mit à souffler doucement par les rues étroites. Les sabots des chevaux frappaient le pavé en cadence, trompettes et clarinettes faisaient entendre leur son aigu, les cymbales résonnaient et leur bruit sonore se répercutait à travers les collines. Toute la procession scintillait d'une splendeur fabuleuse, presque incroyable. Elle se déroulait en un flot qui paraissait interminable : une marée d'hommes en manteaux rouge et argent, en velours noir et or, argent et vert, avec des sabres qui étincelaient, des bannières qui flottaient, des chevaux qui caracolaient en levant fièrement leurs sabots. Le défilé se poursuivit pendant des heures, si bien que les yeux des spectateurs leur faisaient mal, que leur gorge était enrouée à force d'avoir crié, et leurs oreilles assourdies par toutes ces clameurs.

Des centaines de loyaux cavaliers, ayant combattu pour le premier Charles, vendu leurs biens pour lui venir en aide et qui avaient suivi son fils à l'étranger, chevauchaient en tête. Tous, sans exception, étaient richement vêtus — bien qu'à crédit. Puis venait le lord-maire, l'épée nue. A ses côtés, le général Monck, un petit homme gros et laid, qui ne s'en tenait pas moins à cheval avec une grande dignité et commandait le respect aux soldats aussi bien qu'aux civils. Hormis le roi, il était peut-être ce jour-là l'homme le plus populaire d'Angleterre. A gauche du lord-maire chevauchait George Villiers, second duc de Buckingham.

Le duc, un grand et bel homme, blond comme un dieu, adressait des sourires et des signes de tête aux femmes qui, des balcons, lui envoyaient des baisers et jetaient des fleurs sur son passage. Par le rang, il venait immédiatement après les princes du sang et possédait la plus grosse fortune d'Angleterre. Car il s'était arrangé pour épouser la fille du général parlementaire auquel ses terres avaient été attribuées et avait ainsi sauvé sa situation. Bien des gens savaient qu'en raison de ses nombreuses trahisons, il était en défaveur, presque en disgrâce, mais le duc avait l'air aussi satisfait que s'il avait personnellement organisé la Restauration.

Ensuite venaient plusieurs pages, un grand nombre de trompettes dont les bannières portaient les armes du roi, et des tambours ruisselants à force de battre sur leurs instruments. Immédiatement après eux chevauchait Charles II, souverain héréditaire d'Angleterre, d'Irlande et de France, monarque de la Grande-Bretagne, défenseur de la foi. Une frénésie d'adoration hystérique et presque religieuse s'empara de la foule sur son passage. Elle se jetait à genoux, tendait les mains vers lui, sanglotait, ne cessant de crier son nom.

— Dieu bénisse Votre Majesté !

— Longue vie au Roi !

Et Charles passait, lentement, souriant, saluant de la main.

Grand — plus de six pieds —, il respirait la santé et la force animale. Doué d'un physique superbe, il n'était jamais plus à son avantage qu'à cheval. Issu de plusieurs nationalités, il avait plus l'air d'un Bourbon ou d'un Médicis que d'un Stuart. Son visage était bronzé et d'épais cheveux noirs brillants lui tombaient sur les épaules, en grandes boucles naturelles. Quand il souriait, ses dents étincelaient de blancheur sous une étroite moustache. Ses traits sévères, fortement accusés, étaient encore durcis par une expression cynique et désabusée ; néanmoins, il avait un charme communicatif qui lui attirait les cœurs.

La foule l'aima instantanément.

A ses côtés caracolaient ses deux jeunes frères. James, duc d'York, était aussi grand, aussi bien découplé, mais blond avec des yeux bleus. Plus qu'aucun de ses frères, il ressemblait au défunt roi son père. C'était un beau garçon, de trois ans plus jeune que Charles, avec d'épais sourcils bien dessinés, une petite fente au menton et une bouche obstinée. Malheureusement pour lui, il ne possédait pas la séduction de son frère. Dès le début, il fut accueilli avec réserve à cause d'une certaine froideur hautaine qui faisait mauvaise impression. Henry, duc de Gloucester, n'avait que vingt ans. C'était un jeune homme heureux de vivre, qui paraissait heureux du monde entier et ne doutait pas un instant que celui-ci ne le lui rendît.

Il était fort tard quand le roi, s'excusant de ne pouvoir assister aux dernières cérémonies, se retira dans ses appartements de Whitehall, complètement exténué, mais très heureux. Toujours revêtu de ses somptueux habits, il entra dans sa chambre à coucher, portant dans ses bras un petit épagneul noir et feu avec une queue en plumeau, de longues oreilles, et l'expression d'une douairière courroucée. Il était entouré d'une demi-douzaine d'autres chiens qui gambadaient et aboyaient d'une voix perçante. Soudain ils s'immobilisèrent tous, sur un cri guttural parti d'un coin de la pièce. Un perroquet vert se balançait dans un cercle suspendu au plafond et poussait des glapissements de colère.

— Damnés chiens ! disait-il.

Reconnaissant un vieil ennemi, les épagneuls retrouvèrent tout leur courage et se massèrent au-dessous de lui, sautant et jappant, tandis que l'oiseau continuait à les invectiver. Charles et tous les gentilshommes de sa suite se mirent à rire, mais le roi fit bientôt un geste las de la main, et l'on emmena la ménagerie.

Un des courtisans mit les doigts dans ses oreilles et agita vigoureusement la tête :

— Seigneur Dieu ! Je crois que je n'entendrai jamais plus. S'il reste à Londres, demain, un homme ayant encore la voix, c'est un traître et il mérite d'être pendu.

Charles sourit :

— A dire vrai, Messieurs, je crois que le seul reproche que l'on puisse m'adresser est d'être resté trop longtemps à l'étranger. Depuis quatre jours je n'ai rencontré personne qui ne m'ait affirmé avoir ardemment désiré mon retour.

Un rire général accueillit cette saillie. Car maintenant qu'ils étaient de nouveau des lords, et non plus de pauvres indésirables, ballottés d'une contrée à l'autre, ils retrouvaient la faculté de s'égayer. Les années qui venaient de s'écouler prenaient déjà une sorte de patine et, du moment que l'histoire finissait bien, ils se disaient qu'elle avait été, après tout, une aventure fort romantique.

Charles, que l'on aidait à se déshabiller, se tourna vers l'un de ses gentilshommes et demanda à voix basse :

— Est-elle venue, Progers ?

— Elle attend en bas, Sire.

— Bien.

Edward Progers était le page de l'escalier dérobé de Sa Majesté. Il s'occupait de ses transactions financières privées, de sa correspondance secrète et servait au roi d'entremetteur officieux. C'était une situation qui ne manquait ni de prestige, ni d'activité.

Ils sortirent enfin, le laissant seul. Debout, en bottes de cheval et culotte bouffante, dans une chemise de lin à manches longues, il leur fit un geste d'adieu de la main. Progers disparut à son tour par une autre porte. Charles traversa la pièce, alla à la fenêtre et attendit en faisant claquer ses doigts avec impatience. La nuit était fraîche; sous les fenêtres coulait le fleuve, de petites barques s'y balançaient à l'ancre et leurs lanternes faisaient sur l'eau l'effet de petites lucioles. Le palais donnait sur la boucle de la Tamise : d'innombrables feux de joie embrasaient le ciel de la cité et il pouvait apercevoir la traînée jaune des fusées s'élever rapidement, puis retomber dans l'eau en sifflant. Le canon continuait à tonner et les cloches résonnaient en sourdine.

Charles resta un long moment à contempler la nuit. L'expression de son visage était maussade, presque triste. Il ressemblait davantage à un homme las, amer et déçu qu'à un roi qui rentre triomphalement au milieu de son peuple. Puis, entendant une porte s'ouvrir derrière lui, il pivota rapidement sur ses talons, une lueur de joie et d'admiration au fond des yeux.

— Barbara !

— Votre Majesté !

Elle inclina la tête et fit une profonde révérence tandis que Progers se retirait discrètement.

Elle était un peu plus petite que lui, mais assez grande toutefois pour avoir l'air imposant. Son corps était magnifique, avec une poitrine opulente et une taille mince qui mettait en valeur des hanches parfaites et des jambes suggestives, cachées sous les plis de sa jupe de satin. Elle portait un manteau de velours violet avec capuchon de renard noir et, sur son grand manchon de même fourrure, était épinglé un bijou d'améthyste. Ses cheveux étaient d'un blond roux, sa peau très blanche, et son manteau se reflétant dans ses yeux accentuait leur teinte violette. Elle était d'une beauté frappante, presque agressive, qui donnait tout de suite une impression de passion sauvage et indomptable.

Allant à elle, Charles la prit dans ses bras et la baisa sur les lèvres. Quand son étreinte se fut relâchée, elle posa son manchon, laissa tomber son manteau, consciente du regard qui ne la quittait pas, et lui tendant les deux mains :

— Oh ! c'était merveilleux ! Comme ils vous aiment !

Le roi sourit, haussant légèrement les épaules :

— Tout comme ils auraient aimé quiconque leur eût permis de quitter l'armée.

Elle se dégagea et s'approcha de la fenêtre, délibérément coquette :

— Vous souvenez-vous, Sire, fit-elle doucement, du jour où vous m'avez dit que vous m'aimeriez jusqu'à ce que vous montiez sur le trône ?

Il sourit :

— Je croyais m'engager pour toujours !

S'approchant par-derrière, il lui prit les seins et se pencha pour effleurer de ses lèvres le bas de sa nuque. Sa voix était rauque, profonde, sa physionomie exprimait l'impatience et le désir. Barbara s'était agrippée à l'appui de la fenêtre et, le buste rejeté en arrière, contemplait la nuit.

— Ce ne sera donc pas pour toujours?

— Mais si, naturellement, Barbara. Et je suis ici pour toujours aussi. Advienne que pourra, il est bien certain que je ne m'expatrierai plus jamais!

Soudain, passant un bras sous ses genoux, il la souleva avec aisance.

— Où le monsieur croit-il que vous êtes?

« Le monsieur », tel était le surnom qu'ils avaient donné à son mari.

Elle embrassa la joue bien rasée :

— Je lui ai dit que j'allais passer la nuit chez ma tante, mais je crois qu'il se doute de l'endroit où je me trouve!

Une expression de mépris passa sur son beau visage :

— Roger est un imbécile!

IV

Ambre, assise devant la coiffeuse, se regardait dans la glace. Elle portait une camisole en simple lin blanc, très largement décolletée, ornée de dentelles et de rubans, aux manches bouffantes s'arrêtant au coude, posée sur une jupe ample et longue. Un petit corset à baleines, lacé très serré, lui maintenait la poitrine haute et réduisait encore de deux les vingt-deux pouces que mesurait normalement sa taille. Elle en était un peu gênée pour respirer et se baisser : mais cela lui paraissait un tel luxe qu'elle eût volontiers supporté le double de souffrances. Sa jupe retroussée au-dessus des genoux permettait d'apercevoir ses jambes croisées, gainées de bas de soie noire, maintenus par des jarretières de dentelle ornées d'un nœud de ruban. Elle portait des pantoufles de satin noir à hauts talons.

Derrière elle s'affairait un petit homme sémillant, M. Baudelaire, nouvellement débarqué de Paris et qui possédait sur le bout du doigt tous les artifices susceptibles de transformer la tête d'une Anglaise en celle d'une véritable Parisienne. Il venait de travailler sur elle pendant près d'une heure, babillant, dans son jargon mi-français, mi-anglais, de « briseuses de cœurs », de « boucles à baisers », de « favorites ». La plupart du temps elle ne comprenait pas ce qu'il disait, mais le regardait faire, fascinée, haletante, comme il maniait avec prestesse les peignes, les huiles, les brosses et les épingles.

Il était enfin parvenu à rendre ses cheveux luisants, brillants comme du satin couleur de caramel. Partagés en leur milieu, ils entouraient sa tête de vagues ondoyantes et tombaient sur ses épaules en deux boucles épaisses retenues par d'invisibles petits peignes. La masse de derrière était relevée et enroulée en une haute volute maintenue par de grandes épingles à tête d'or. Tel était, disait-il, le style adopté par toutes les grandes dames, et cela transformait entièrement ses traits, leur donnant un piquant à la fois provocant et attirant. Comme un cuisinier décorant une pièce montée, il fixa un insolent nœud de satin noir sur chaque tempe, se recula, battit des mains et inclina la tête de côté, comme un petit oiseau curieux.

— Ah! Madame! s'écria-t-il, ne prêtant aucune attention à la personne mais n'ayant d'yeux que pour son chef-d'œuvre. Oh! Madame! C'est magnifique! Un triomphe! C'est la plus belle...

Les mots lui faisant défaut, il roula des yeux admiratifs et étendit les mains.

Ambre était tout à fait de son avis.

— Ciel!

Elle tournait la tête de tous les côtés, son miroir à la main.

— Bruce ne me reconnaîtra pas.

Il avait fallu six semaines pour lui faire une robe, car tous les bons tailleurs et couturiers de Londres avaient plus de commandes qu'ils n'en pouvaient exécuter. Mais Mme Darnier avait promis que sa toilette serait finie cet après-midi, et Sa Seigneurie s'était engagée à l'emmener où elle voudrait. Elle avait compté les jours, n'ayant eu jusque-là que peu de distractions, si ce n'est de regarder par la fenêtre et de descendre en courant faire des emplettes auprès des marchands qui passaient. Lord Carlton était absent une grande partie du temps — où se rendait-il ? elle l'ignorait — et, bien qu'il lui eût acheté une voiture, toujours à sa disposition, elle avait honte de sortir dans ses robes de paysanne.

Mais tout allait changer maintenant.

Quand elle était seule, elle avait parfois le mal du pays : elle pensait à Sarah qu'elle avait vraiment aimée, à tous les jeunes gens qui lui obéissaient au moindre signe, au personnage important qu'elle était au village où le moindre de ses gestes était observé, commenté. Mais le plus souvent ces réminiscences de sa vie passée ne lui inspiraient qu'un mépris dédaigneux.

« Qu'y ferais-je en ce moment ? » se demandait-elle.

Elle aiderait Sarah dans la chambre à provisions, filerait, préparerait des chandeliers, ferait la cuisine, irait au marché ou à l'église. Il paraissait incroyable que de si mornes occupations l'aient absorbée depuis l'heure très matinale du lever, jusqu'à celle, très tardive, du coucher.

Maintenant elle restait couchée le matin aussi tard qu'elle le voulait, pelotonnée sous son édredon de plumes, rêvant, perdue dans une voluptueuse rêverie. Et ses pensées roulaient toujours sur le même thème : Lord Carlton. Elle était violemment éprise, éblouie, désolée quand il n'était pas là et follement heureuse de sa présence. Cependant elle savait fort peu de choses sur lui, et le peu qu'elle en avait appris lui venait d'Almsbury, qui avait fait deux apparitions en l'absence de Bruce.

Elle découvrit qu'Almsbury n'était pas son nom, ainsi qu'elle l'avait cru, mais seulement son titre. Il s'appelait John Randolph, comte d'Almsbury. Il lui avait raconté que leur petite troupe était passée par Marygreen parce qu'ils avaient débarqué à Ipswich et que, de là, ils étaient allés à Carlton Hall, à quelques milles au nord, où Bruce avait retrouvé un coffret plein de bijoux que sa mère n'avait pas osé emporter au moment de leur fuite, la contrée étant alors aux mains des parlementaires et pleine de soldats. Marygreen et Heathstone se trouvaient, par hasard, sur la grand-route allant à Londres.

C'était — lui semblait-il — un acte de Dieu qu'elle ait eu la chance de se trouver sur le pré au moment de leur passage. Car Sarah avait d'abord chargé Agnès d'aller porter le pain d'épice, mais Ambre l'avait cajolée, si bien qu'elle avait été chargée de la commission : elle aimait toujours à sortir de la ferme pour aller dans le monde, déjà plus vaste, de Marygreen. Agnès avait été furieuse, mais Ambre était partie en fredonnant une chanson, l'œil aux aguets de tout ce qu'elle pourrait apercevoir. Puis elle avait flâné si longtemps avec Tom Andrews, qu'à un quart d'heure près elle avait failli les manquer. Mais de telles pensées l'ancraient dans la conviction que, dès leur naissance, ils étaient prédestinés à se rencontrer sur le pré communal de Marygreen le 5 mai de 1660.

Almsbury lui apprit que Bruce avait vingt-neuf ans, que ses parents étaient morts tous deux, et qu'il avait une sœur plus jeune, épouse d'un comte français avec qui elle vivait à Paris. Ambre s'intéressait beaucoup à ce qu'il avait pu faire pendant ces seize années passées loin d'Angleterre et Almsbury ne s'était pas fait prier pour satisfaire sa curiosité.

En 1647, ils avaient servi tous deux comme officiers dans l'armée française, le service volontaire faisant partie de l'éducation de tout gentilhomme. Deux ans plus tard il avait pris part à la mission privée du prince Rupert, sur mer, arraisonnant et pillant les vaisseaux des parlementaires. Avaient suivi encore une période militaire, puis une expédition de piraterie aux Indes occidentales et sur la côte de Guinée, toujours avec Rupert. Almsbury, quant à lui, n'aimait pas la vie en mer, et préférait rester avec la Cour qui menait à travers l'Europe une existence précaire dans les tavernes et les auberges. Au retour de Bruce, ils avaient voyagé ensemble à travers le continent, vivant d'expédients : c'est-à-dire surtout du produit de leur jeu. Ces deux dernières années ils avaient fait partie de l'armée espagnole et combattu contre la France et l'Angleterre. Ce qu'ils avaient gagné l'avait été à la force de leur poignet.

Telle était, en général, la vie menée par les nobles exilés, avec cette différence que Carlton était particulièrement infatigable, qu'il se lassait vite des distractions de la Cour. Ambre trouvait que c'était l'existence la plus intense et la plus fascinante du monde et elle se promettait toujours de demander des détails à Bruce sur tout ce qu'il avait fait.

Pour l'occuper tout le long du jour, il lui avait procuré un professeur de français, un maître de danse, un musicien pour apprendre à jouer de la guitare et un autre pour la faire chanter : chacun d'eux venait deux fois par semaine. Ambre travaillait avec ardeur, car elle désirait vivement avoir l'air d'une femme accomplie, pensant le séduire davantage ainsi. Il lui restait encore à entendre de la bouche même de Lord Carlton qu'il l'aimait et pour cela, elle eût volontiers appris à avaler du feu ou à danser sur la corde raide. Elle comptait beaucoup sur l'effet produit par sa robe neuve et sa coiffure à la mode.

A cet instant on frappa à la porte et Ambre se leva pour ouvrir. Mais déjà une femme d'un certain âge, rondelette, entrait précipitamment dans la pièce, hors d'haleine et excitée parmi les froufrous de sa jupe de taffetas.

C'était Mme Darnier, autre Parisienne venue à Londres pour profiter de l'accès de francophilie qui faisait rage dans l'aristocratie. Ses cheveux noirs étaient striés de fils argentés et ses joues d'un rose éclatant. Un gros chou, fait de satin vert, se dressait au sommet de sa tête, juste derrière un bandeau de bouclettes fausses. Sa robe noire, raide et luisante, était coupée trop court. Cependant, comme toutes les Françaises, elle parvenait à avoir l'air élégant et pas ridicule du tout. Elle était suivie d'une jeune fille très simplement vêtue, qui portait une grande boîte de bois doré.

— Vite ! s'écria Ambre en battant des mains et en sautant d'excitation. Montrez !

Mme Darnier, parlant français avec volubilité, fit signe à la jeune fille de poser la boîte sur la table, d'où elle repoussa d'un geste majestueux la jupe de laine verte et le jupon rayé d'Ambre. Puis, solennellement, elle enleva le couvercle et saisit sa création, la tenant à bout de bras pour la faire admirer.

Ambre et le coiffeur poussèrent un cri, reculant de deux pas, tandis que la jeune fille rayonnait de fierté, partageant le triomphe de sa patronne.

— Ohhh ! fit Ambre.

Puis encore.

— Oh !

Jamais elle n'avait rien vu d'aussi joli de sa vie.

La robe était de satin noir et couleur de miel, avec un corsage ajusté en pointe, un grand décolleté rond, de grandes manches bouffantes allant au coude, et une jupe à traîne froncée sur laquelle était posée une seconde jupe de ravissante dentelle noire. Le manteau était en velours, couleur de miel, bordé de satin noir, et son capuchon était encadré de renard noir. Un éventail de dentelle, de longs gants beiges parfumés, un énorme manchon de renard et un masque de velours noirs, comme en portaient les élégantes, complétaient la toilette. En fait, tous les accessoires du grand monde !

— Oh ! laissez-moi l'essayer !

Mme Darnier était horrifiée.

— Mais non, Madame. Il faut tout d'abord vous faire le visage.

— Mais oui ! Le visage ! fit M. Baudelaire en écho.

Ils se rapprochèrent de la table et Mme Darnier défit un grand foulard de velours rouge et en étala le contenu : flacons et bouteilles, petits pots de Chine, une patte de lapin, une brosse à sourcils, de petits feuillets de papier d'Espagne rouge, des pinceaux, des mouches de beauté. Ambre poussa un petit cri de surprise quand on lui épila son premier sourcil, puis elle resta assise, patiemment, contemplant avec un ravissement extatique le changement qui se produisait sous ses yeux. Discutant, bavardant, poussant de petits cris, en moins d'une demi-heure ils la transformèrent en un être poli, étincelant, artificiel, une femme du monde, du moins en apparence.

Enfin elle fut prête à passer sa robe, entreprise majeure, car il ne fallait pas la froisser, ni déplacer un cheveu ou enlever un atome de rouge à lèvres, un soupçon de poudre. Il leur fallut se mettre à trois pour y parvenir, au milieu des criailleries et des gloussements de Mme Darnier. Leurs efforts furent couronnés de succès. Mme Darnier abaissa encore le décolleté, pour mieux dégager les épaules et presque entièrement les seins et, lui mettant l'éventail entre les mains, lui ordonna de traverser la pièce lentement et de se retourner ensuite.

— Dieu ! s'écria-t-elle ensuite avec une complaisante satisfaction. Si vous ne l'emportez pas sur Mrs. Palmer elle-même !

— Qui est Mrs. Palmer ? demanda Ambre en s'examinant.

— La maîtresse de Sa Majesté !

Mme Darnier traversa la pièce en froufroutant pour ajuster un pli, relever une manche, lisser le corsage.

— Pour aujourd'hui du moins, murmura-t-elle en fronçant les sourcils, absorbée par ce qu'elle faisait. La semaine prochaine — elle haussa les épaules — ce sera peut-être une autre !

Ambre fut heureuse du compliment, mais, maintenant qu'elle était prête, elle désirait qu'il vînt. Extérieurement elle se sentait fraîche et lisse comme du papier de soie, mais son cœur battait nerveusement et ses mains étaient moites.

— Peut-être ne m'aimera-t-il pas ainsi ! (Elle commençait à avoir peur et à se sentir mal à l'aise.) Oh ! pourquoi ne vient-il pas ?

C'est alors qu'une porte s'ouvrit dans le lointain et elle l'entendit qui l'appelait par son nom.

— Puis-je entrer ?

— Oh ! il est là. Vite ! fit-elle, portant la main à sa bouche.

Elle s'empressa de les chasser et ils s'affairèrent tous trois à ramasser boîtes, bouteilles et peignes. Ils arrivèrent à la porte au moment où Carlton l'atteignait. Tout en se confondant en révérences, ils ne purent résister au désir de jeter un coup d'œil allègre par-dessus leur épaule, afin de voir comment il réagirait. Ambre se tenait au milieu de la chambre, les lèvres entrouvertes, la respiration coupée, les yeux brillants d'espoir. Il entra en souriant et s'arrêta soudain, avec une expression de surprise.

— Sainte Vierge ! dit-il à voix basse. Que vous êtes belle !

Ambre se détendit :

— Oh ! m'aimez-vous ainsi ?

Il s'approcha d'elle et lui prit la main pour la faire tourner lentement, tandis qu'elle le regardait par-dessus son épaule, ne voulant pas perdre une seule expression de plaisir de son visage.

— Vous êtes la plus belle femme qu'un homme ait jamais pu rêver !

Il lui tendit son manteau :

— Et maintenant, où allons-nous ?

Elle le savait très bien, et il lui tardait de partir.

— Je veux aller au spectacle.

Il sourit :

— Va pour le spectacle, mais il faut nous dépêcher. Il est près de quatre heures.

La demie était passée quand ils arrivèrent au vieux théâtre du Taureau Rouge, en haut de Saint-John Street, et le spectacle était commencé depuis plus d'une heure. Il faisait chaud et étouffant dans la salle, l'atmosphère y était lourde, presque humide, et sentait la transpiration, les corps mal lavés et les parfums trop forts. Quand ils prirent place sur le devant d'une loge, il y eut un mouvement général parmi les spectateurs et des douzaines de têtes se tournèrent vers eux avec curiosité. Les acteurs eux-mêmes prirent le temps de les regarder.

Ambre était véritablement grisée, essayant de tout voir à la fois, émue et excitée par cette foule bruyante, malodorante, mal élevée et étrangement ardente. Elle avait le sentiment d'un triomphe personnel et ne se rendait pas compte que l'on eût regardé avec le même intérêt toute autre jolie femme arrivant en retard. Toute diversion était la bienvenue, car ni les acteurs, ni les spectateurs ne paraissaient s'intéresser sérieusement à la pièce.

Le rez-de-chaussée — appelé parterre — était garni de bancs sur lesquels s'entassaient environ trois cents jeunes gens qui ne cessaient de bavarder entre eux. Quelques femmes s'y trouvaient aussi, la plupart bien mises, mais outrageusement peintes, et quand Ambre demanda à voix basse à Bruce qui elles étaient, il répondit que c'étaient des prostituées. Il n'y avait pas de prostituées à Marygreen — et, s'il y en avait eu, tous les paysans bien-pensants et leurs femmes les auraient mises au pilori et leur auraient jeté des ordures. Ambre était toute surprise de voir que ces jeunes gens les traitaient avec un respect apparent, leur parlaient ouvertement, et les embrassaient même parfois ! Ces femmes, d'ailleurs, ne paraissaient pas se sentir observées, ni honteuses. Elles riaient et bavardaient à haute voix, l'air heureux et parfaitement à leur aise.

Rangées contre la scène, une demi-douzaine de jeunes filles, paniers en bandoulière, annonçaient à grands cris leur marchandise — oranges, citrons, fruits confits — qu'elles vendaient à des prix exorbitants.

Un balcon, divisé en loges, surplombait le parterre, tout près de la scène. Là se trouvaient les dames de qualité, magnifiquement vêtues, couvertes de bijoux, accompagnées de leurs époux ou de leurs amants. Au-dessus, un deuxième balcon, plein de femmes et de voyous, et plus haut encore, le commun qui battait la mesure avec des bâtons, poussait à l'occasion des cris de désapprobation ou, quand il était vraiment indigné, de grands coups de sifflet qui remplissaient le théâtre.

Dans son ensemble, l'assistance était aristocratique — les prostituées et la racaille constituant pour ainsi dire les seules exceptions —, les dames et les gentilshommes venaient pour voir et pour se montrer, pour bavarder et fleureter. La pièce était une considération très secondaire.

Ambre n'éprouvait nulle déception. C'était bien ce qu'elle avait attendu, et même davantage. Excitée, les nerfs tendus par l'excès de son bonheur, elle se tenait très droite, à côté de Bruce, ses yeux étincelants allant d'un côté et de l'autre de la salle. C'était donc là le grand monde ! Et elle avait une conscience aiguë de sa nouvelle robe, de sa coiffure savante, de l'odeur de son parfum, de la sensation peu familière, mais agréable, des fards et des crèmes sur sa peau, de la douce caresse de son manchon de fourrure, du voluptueux étalage de ses seins.

Puis, comme elle regardait la loge voisine, elle rencontra le regard de deux femmes, légèrement penchées en avant, qui l'observaient, et l'expression de leur visage lui causa un choc.

Elles étaient fort belles toutes deux, richement vêtues, étincelantes de bijoux, possédant une hauteur et une assurance indéfinissables qui lui firent immédiatement reconnaître des dames de qualité. Bruce s'était incliné et leur avait parlé quand ils étaient entrés, comme il avait salué plusieurs personnes et répondu à des gestes de bienvenue venant de gentilshommes du parterre. Mais comme ses yeux rencontraient les leurs, ces dames eurent un éclair de mépris et échangèrent entre elles un sourire ; l'une murmura quelques mots derrière son éventail, en soulevant les sourcils, et toutes deux se détournèrent.

Ambre les contempla encore un instant, surprise et blessée, presque malade d'humiliation, puis elle baissa les yeux sur son éventail et se mordit la lèvre, réprimant une soudaine envie de pleurer. « Oh ! se dit-elle, terriblement mortifiée, elles me prennent pour une fille ! Elles me méprisent ! » D'un seul coup toute sa joie et sa gaieté avaient disparu ; elle eût préféré n'être jamais sortie pour ne pas s'exposer à leur dédain et à leurs railleries.

Bruce, qui avait naturellement surpris cet échange de regards, lui remonta le moral en lui serrant affectueusement la main. Elle lui jeta un coup d'œil de gratitude et se tourna vers la scène, cherchant sans y parvenir à s'intéresser au spectacle. Elle ne désirait qu'une chose : que la représentation finisse, afin de retrouver la réconfortante solitude de leur appartement. Comme Sarah aurait honte pour elle, et que l'oncle Matt serait furieux de voir à quel point elle en était arrivée !

Le rideau tomba enfin et les spectateurs se levèrent. Bruce l'aida à mettre son manteau et demanda en souriant :

— Eh bien ! cela vous a-t-il plu ?

— Je... j'ai bien aimé cette pièce !

Elle répondit sans oser lever les yeux, ni même regarder autour d'elle de peur de se trouver de nouveau en face des deux dames ou de quelque autre visage moqueur.

Au parterre, quelques jeunes gens se groupaient autour des vendeuses d'oranges, les embrassaient familièrement, tandis que d'autres jouaient à saute-mouton, s'administraient des bourrades en faisant réciproquement tomber leurs chapeaux. L'actrice qui avait personnifié Juliette, portant toujours sa perruque blonde et sa robe à la poitrine rembourrée, vint parler à quelques beaux. D'autres montaient sur la scène et pénétraient dans les coulisses. Au-dessus, on pouvait entendre le piétinement des gens qui descendaient, de petits groupes se formaient, les dames s'embrassant entre elles avec de petits cris aigus, tandis que les messieurs souriaient avec une aimable tolérance. Et pendant tout ce temps, Ambre, les sourcils froncés, les yeux fixés sur la cravate de Bruce, n'avait qu'un désir : que tout ce monde sortît bien vite.

— Partons-nous, ma chère ?

Il lui offrit le bras.

Une fois sortis du théâtre, ils traversèrent plusieurs groupes de flâneurs pour gagner la voiture de Bruce, qui attendait parmi la file des véhicules encombrant la rue. La circulation des piétons en était presque arrêtée ; tout le monde poussait, cherchant à se frayer un passage ; les camelots et les porteurs juraient, furieux. Brusquement un mendiant surgit devant eux, la bouche ouverte, en proférant des sons incompréhensibles, et montra sa langue coupée qui saignait. Pleine de dégoût et de pitié, un peu effrayée aussi, Ambre se serra contre Bruce.

Celui-ci donna une pièce de monnaie à l'homme :

— Tiens ! Et déguerpis !

— Oh ! le pauvre homme ! L'avez-vous vu ? Pourquoi lui avoir fait cela ?

Ils avaient atteint la voiture et il l'aidait à monter :

— Ce n'est rien ! Un truc qu'ils ont. Ils enroulent leur langue pour qu'on ne la voie pas et ils la grattent avec un morceau de bois jusqu'à ce qu'elle saigne.

— Et pourquoi ne travaille-t-il pas, plutôt ?

— Il travaille. Ne croyez pas que le métier de mendiant soit profession facile.

Elle s'inclina dans la voiture tandis qu'il se retournait pour parler à deux jeunes gens qui l'avaient appelé par son nom. Ambre les vit qui la regardaient par-dessus son épaule, sans dissimuler leur admiration. Audacieusement elle répondit à leur regard, levant les sourcils et clignant légèrement de l'œil, puis, soudain, elle rougit et se détourna. Ô mon Dieu ! ils avaient probablement d'elle la même opinion que les deux dames de tout à l'heure. Mais elle ne put résister à la tentation de leur glisser un autre coup d'œil et ses yeux rencontrèrent ceux du plus élégant des deux. Rapidement elle tourna la tête. Et pourtant — il n'y avait aucun doute —, venant d'un homme, cela ne lui parut pas aussi insultant.

Bruce se retourna enfin, dit un mot au cocher et monta dans la voiture, comme celle-ci s'ébranlait d'une secousse. Il lui prit la main :

— Vous avez conquis la ville ! C'était mon ami,

Lord Buckhurst, et il affirme que vous êtes infiniment plus belle que Barbara Palmer.

— La maîtresse du roi ?

— Oui. Comment diable êtes-vous au courant de tous les commérages ?

Amusé, il la regardait, comme on considère une jolie poupée, ou un jouet.

— La couturière m'en a parlé. Bruce, qui étaient ces deux dames ? Celles de la loge voisine, qui vous ont fait signe ?

— Des femmes d'amis à moi. Pourquoi ?

Elle baissa les yeux sur son éventail, fronçant les sourcils :

— Avez-vous vu comment elles m'ont toisée ? Comme cela...

Elle fit une grimace, imitant parfaitement, tout en l'exagérant malicieusement, l'expression des deux personnes en question :

— Elles m'ont prise pour une catin, je l'ai bien senti !

Bruce la considéra d'un air surpris, puis, à son grand étonnement, il renversa la tête en arrière et éclata de rire.

— Eh bien ! s'écria-t-elle d'un ton offensé, je ne vois pas ce que diable vous y trouvez de rigolo !

Elle commençait à prendre certaines de ses expressions, des mots et des phrases que Matt Goodgroome n'eût jamais tolérés, même de la part de ses fils. Il semblait à Ambre que tous les gens bien élevés juraient, que c'était une marque de bonne éducation.

— Désolé, Ambre. Je ne me moquais pas de vous. Mais, à dire vrai, je crois qu'elles vous examinaient pour une tout autre raison, par jalousie, sans aucun doute. Aucune d'elles n'est qualifiée pour avoir mauvaise opinion d'une autre femme. A elles deux, je crois qu'elles ont couché avec la plupart des gentilshommes qui sont allés en France.

— Mais vous m'avez dit qu'elles étaient mariées ?

— C'est vrai ! Si elles ne l'étaient pas, elles eussent probablement été plus discrètes.

Ambre était soulagée, mais elle fut en même temps prise d'un brusque soupçon : avait-il été l'un de ces gentilshommes ? Promptement elle décida que, dans ce cas, il n'en aurait pas parlé, et elle écarta cette idée. Elle commençait à retrouver sa gaieté, impatiente de courir à de nouvelles aventures.

— Où allons-nous, maintenant ?

— Je pensais que vous aimeriez peut-être souper dans une taverne ?

Revenus à la Cité, ils s'arrêtèrent, dans New Street, devant une maison portant comme enseigne un aigle d'or. En descendant, Ambre retroussa ses jupes aussi haut que possible, afin de bien montrer ses jarretières, comme elle l'avait vu faire à certaines dames en sortant du théâtre. Puis, comme ils se disposaient à franchir le seuil de la porte, une voix masculine et familière les interpella :

— Hé ! Carlton !

Étonnés, tous deux se retournèrent. C'était Almsbury, empilé dans un fiacre avec plusieurs autres jeunes gens. Sautant à bas de la voiture, il fit un signe d'adieu à ses compagnons et courut à eux. Il cligna des yeux, comme ébloui, en apercevant Ambre, puis se découvrit en s'inclinant profondément.

— Sainte Vierge ! mon cœur ! Je veux être pendu si vous n'êtes pas plus éblouissante que la plus belle des catins de Venise !

Le sourire s'effaça du visage d'Ambre.

Ainsi c'était là ce qu'il pensait d'elle, aussi ! Ses sourcils se froncèrent avec indignation, mais sur un coup d'œil de Bruce, le comte se hâta de réparer sa maladresse. Haussant les épaules, il fit une grimace comique :

— Allons ! c'est que, voyez-vous, les catins vénitiennes passent pour les plus jolies femmes d'Europe. Et je pensais que...

Il s'arrêta, la regardant avec un séduisant sourire, et Ambre, lentement, releva la tête. Elle ne pouvait résister à cet appel amical et, brusquement, sourit. Il lui offrit le bras.

— Seigneur! mon cœur! Je ne voulais pas vous offenser!

Tous trois pénétrèrent dans la salle et, sur la demande de Bruce, furent conduits dans un salon particulier, au premier étage.

Quand les messieurs eurent commandé le repas, le garçon apporta un petit baril plein d'huîtres qu'ils s'amusèrent à ouvrir, les dégustant crues, avec un grain de sel et un filet de citron. Quant aux coquilles, ils les lançaient par terre. Almsbury prophétisa que les huîtres deviendraient bientôt la principale nourriture de la Cour. Ambre le regarda d'un air surpris, mais Bruce lui expliqua le sel de la plaisanterie dont elle rit de bon cœur.

A peine avaient-ils achevé leurs huîtres que le reste du repas apparut : un canard rôti, farci d'huîtres et d'oignons, des cœurs d'artichauts frits et une succulente tarte à la crème. Après quoi, les deux hommes s'offrirent du bourgogne, tandis qu'Ambre se contentait de vin blanc du Rhin, de fruits et d'amandes. Bien au chaud et rassasiés, ils restèrent longtemps à table, bavardant avec animation, et Ambre en oublia sa contrariété.

Le vin était plus fort que l'ale à laquelle elle était accoutumée; au bout de deux verres elle se sentit somnolente et ferma à demi les yeux, silencieuse, écoutant la conversation des deux hommes. Elle se sentait envahie par une sensation de légèreté, comme si sa tête, détachée du corps, flottait dans l'espace. Avec admiration elle surveillait Bruce, chaque expression de son visage, chaque geste de ses mains. Et quand il se tournait vers elle en souriant ou — ce qui lui arriva deux ou trois fois — effleurait sa joue du bout de ses lèvres, elle était en proie à une douce griserie.

Finalement elle se pencha, murmura quelques mots à son oreille, et, après avoir reçu sa réponse, se leva et se dirigea vers un petit réduit attenant. A peine y était-elle entrée qu'elle entendit un bruit de porte, le son d'une voix étrangère puis, à nouveau, le battant qui se refermait.

A son retour, Almsbury était assis tout seul, se versant un autre verre de vin. Il lui lança un regard pardessus son épaule :

— Il a été appelé au-dehors, pour affaires, mais il reviendra tout à l'heure. Venez vous asseoir ici, que je puisse vous voir.

Dix minutes, et davantage, s'écoulèrent lentement. Ambre surveillait la porte, sursautant avec espoir au moindre bruit, nerveuse et mal à l'aise. Au bout d'une heure environ, le garçon entra et s'inclina devant Almsbury :

— Monsieur, Sa Seigneurie regrette d'avoir été appelée pour une affaire de la plus haute importance, et vous demande de bien vouloir avoir la bonté de ramener Madame chez elle.

Almsbury, qui n'avait cessé d'observer Ambre pendant que l'homme communiquait son message, inclina affirmativement la tête. Ambre le regarda, très pâle, les yeux angoissés, comme si elle avait été blessée.

— Une affaire? répéta-t-elle lentement, quelles affaires peut-on bien traiter à cette heure?

Almsbury haussa les épaules.

— Je n'en sais rien, mon cœur! Allons, buvez encore un verre.

Mais, bien qu'elle acceptât le gobelet qu'il lui tendait, elle se borna à le prendre, sans le porter à ses lèvres. Depuis un mois et demi elle attendait cette soirée, et il s'en était allé, pour affaires! Chaque fois qu'elle lui demandait d'où il venait ou ce qu'il faisait, c'était la même réponse : affaires. Mais pourquoi ce soir ? Ce soir qu'elle avait tant escompté et dont elle attendait tout ! Lasse et découragée, elle restait inerte dans son fauteuil, sans prononcer une parole, si bien qu'au bout de quelques minutes Almsbury suggéra qu'il serait temps de rentrer.

Pendant le trajet, elle ne chercha pas à entretenir la conversation, mais quand ils atteignirent le *Royal Sarrasin*, elle demanda au comte s'il désirait monter, espérant à demi qu'il refuserait. Au contraire, il accepta immédiatement et, tandis qu'elle montait la première, pour se défaire, il s'arrêta dans la salle, afin de se munir de quelques bouteilles de vin d'Espagne. Au sortir de sa chambre à coucher, en robe d'intérieur de satin doré — une récente acquisition — et en petites mules claquantes, elle le trouva confortablement allongé sur un tas de coussins empilés devant le feu. Il lui fit signe de venir s'asseoir à côté de lui, s'empara de l'une de ses mains, la considéra longuement, puis la porta à ses lèvres. Les sourcils froncés, Ambre regardait dans le vide, à peine consciente de sa présence.

— Où pensez-vous qu'il soit allé ? demanda-t-elle à la fin.

Almsbury haussa les épaules et reprit la bouteille.

— Que diable sont ces affaires dont il parle toujours ? Le savez-vous ?

— Tout royaliste en Angleterre a des « affaires » en ce moment. Les uns cherchent à récupérer leurs biens, d'autres désirent une sinécure qui les dédommagera d'avoir servi le roi pendant ses revers. Les galeries en sont pleines, gentilshommes campagnards et vieux soldats, mères prévoyantes qui ont entendu dire que le roi avait un faible pour toutes les jolies femmes. Tous désirent obtenir quelque chose, moi y compris. Je demande le retour du château d'Almsbury et de mes terres du Herefordshire. Sa

Majesté ne peut pas nous satisfaire tous, serait-elle le roi Midas et Jupiter tout-puissant confondus en un seul.

— Bruce, que désire-t-il ? Carlton Hall ?

— Non, je ne crois pas. Le domaine a été vendu, et non confisqué. Je ne pense pas qu'ils rendront les propriétés vendues.

Il acheva sa bouteille et se pencha pour en atteindre une autre. Le comte supportait mieux la boisson que tous les hommes qu'elle avait vus jusqu'ici, et Bruce lui avait dit qu'à force de vivre dans les tavernes, son sang s'était transformé en alcool. Elle n'avait pas bien démêlé si c'était une plaisanterie ou l'entière vérité.

— Je ne vois pas ce qu'il pourrait désirer, dit-elle. Riche comme il l'est...

— Riche ?

Almsbury paraissait étonné.

— Eh bien ! n'est-ce pas exact ?...

Ambre était fort ignorante en matière d'argent, car elle n'avait jamais eu plus de quelques shillings à sa disposition et distinguait mal la valeur d'une pièce de celle d'une autre. Il lui semblait que Lord Carlton devait être en possession d'une fortune fabuleuse pour pouvoir s'offrir une voiture à quatre chevaux, être vêtu comme un prince, et lui acheter des robes aussi merveilleuses.

— Pas le moins du monde. Sa famille a vendu tout ce qu'elle possédait pour aider le roi, et le reste a été pris par les impôts. Ces quelques bijoux retrouvés à Carlton Hall sont tout ce qu'il possède. Non, il n'est pas riche. A vrai dire, il est diablement pauvre, tout comme moi.

— Mais alors, la voiture... et mes robes ?

— Oh ! — tout de même — il peut encore s'offrir cela. Un homme comme lui n'a qu'à s'asseoir quelques heures devant une table de jeu, ou lancer les dés, pour ramasser quelques centaines de livres.

— Tricher ?

Elle était choquée, prête à taxer Almsbury de mensonge.

Mais il sourit :

— Allons ! peut-être aide-t-il un peu la chance. Mais nous faisons tous de même. Évidemment, il y en a d'adroits et d'autres qui le sont moins. Bruce peut se mesurer avec n'importe qui en Europe. Depuis plus de quinze ans, un jeu de cartes et une paire de dés ont été son principal moyen d'existence, et il a diablement mieux vécu que la plupart d'entre nous ! En fait, je l'ai vu, l'autre soir, qui gagnait deux mille cinq cents livres en quatre heures, au *Groom Porter's Lodge* !

— Et c'est cela, les affaires pour lesquelles il s'en va toujours ? Le jeu ?

— En partie. Il a besoin d'argent.

— Et pourquoi n'en demande-t-il pas au roi, puisque tout le monde le fait ?

— Ma chère, vous ne connaissez pas Bruce.

A cet instant, elle entendit un roulement de voiture dans la rue et se précipita vers la fenêtre, mais, à son grand désappointement, l'équipage continua sa route et tourna le coin. Elle resta penchée, cherchant à percer l'obscurité, car il n'y avait aucune lumière dans la rue, seule la pâle lueur de la nouvelle lune et des étoiles. La ville était déserte, personne en vue. Les habitants de Londres restaient chez eux le soir, à moins qu'ils n'aient une raison majeure pour sortir et ils se faisaient alors précéder d'une escorte de porte-flambeaux.

Au loin, elle aperçut la lanterne du crieur public et put entendre son monotone refrain :

— Dix heures passées, par une belle et chaude nuit d'été : tout va bien. Dix heures passées !

Entièrement absorbée par la pensée de Bruce, elle avait oublié la présence d'Almsbury. Soudain elle sentit ses bras autour d'elle ; il glissait une main sous sa robe et, de l'autre, lui prenait le visage pour l'embrasser sur la bouche. Stupéfaite, elle poussa un léger cri, se dégagea brusquement et lui administra un soufflet retentissant sur la joue.

— Non mais ! s'écria-t-elle. En voilà du propre, pour un ami ! Quand Sa Seigneurie saura cela, elle vous fera votre affaire.

Pris de court, il la considéra un instant, puis éclata de rire.

— Me faire mon affaire ! Jésus ! mon cœur ! Quelle drôle d'idée ! Allons, voyons ! vous ne vous imaginez pas que Bruce m'en voudrait de lui emprunter sa belle pour une nuit ?

Les yeux d'Ambre flamboyèrent d'indignation. Prise d'un accès de rage, elle se jeta sur lui, le frappant à coups de poing et de pied.

— Je ne suis pas une catin, espèce de chien maudit ! Sortez d'ici ! Sortez, ou je vous déchire en morceaux !

— Eh bien ! eh bien ! — Il la prit rudement par les poignets. — Voulez-vous bien vous arrêter, petite sorcière. Que faites-vous ? Je suis désolé ! Je m'excuse... Je ne savais pas...

— Sortez ! valet ! cria-t-elle.

— Je m'en vais, je m'en vais ! Cessez de hurler !

Ramassant son chapeau qui avait roulé par terre dans la bagarre, il se dirigea vers la porte. La main sur le bouton, il se retourna vers elle. Les poings sur les hanches, elle le fixait toujours, mais de grosses larmes brillaient dans ses yeux ; elle se retenait à grand-peine de pleurer. Toute trace de légèreté disparut chez lui :

— Un mot seulement, mon cœur, avant de partir. Contrairement à ce que tante Sarah a pu vous dire, un homme ne vous insulte pas quand il vous invite à partager son lit. Si vous êtes loyale envers vous-même, vous conviendrez que vous en êtes flattée. Car, s'il est une chose que jamais une femme ne pardonne à un homme, c'est de ne pas avoir envie de coucher avec elle. Allons, je ne veux pas vous ennuyer davantage. Bonne nuit!

Il s'inclina et ouvrit la porte.

Ambre, toujours debout, le regardait comme une petite fille que son oncle plus âgé instruit des mystères de l'étiquette. Elle commençait à se dire que sa morale campagnarde n'était pas à la page, ici, à Londres, tout comme sa jupe de laine verte et son jupon de coton rayé. D'un geste impulsif et hésitant elle lui tendit la main en faisant quelques pas en avant.

— Milord, ne partez pas. Je regrette... Mais...

— Mais vous êtes amoureuse de Bruce.

— Oui.

— Et vous trouvez que vous ne pouvez pas coucher avec quelqu'un d'autre. Eh bien! ma chère, vous découvrirez peut-être un jour que cela n'y change rien, après tout. Et dans ce cas... Votre serviteur, Madame.

Il fit un nouveau salut.

Perplexe, elle le regardait, ne sachant que faire. Car, tout en admettant qu'elle était — dans un sens — flattée de sa proposition, elle ne pouvait croire que la fidélité envers celui que l'on aimait fût une chose sans importance. Il lui semblait parfaitement incroyable que la pensée de coucher avec un autre homme l'effleurât jamais. Jamais, aussi longtemps qu'elle vivrait.

Une fois de plus le bruit d'une voiture roulant sur les pavés se fit entendre, et, de nouveau, Ambre se précipita à la fenêtre. Le carrosse descendait le long de la rue, oscillant de côté et d'autre. Le cocher tira les rênes et l'équipage s'arrêta devant la porte. Leste comme un singe, le valet de pied dégringola de son siège et s'empressa d'ouvrir la portière. Au bout d'un instant, Lord Carlton apparut, se tournant pour parler à quelqu'un de l'intérieur. Un autre domestique tenait une torche enflammée qui éclairait tout un côté du visage de Sa Seigneurie, projetant de grandes ombres sur la rue et les murs d'en face.

Ambre s'apprêtait à le saluer en se penchant au-dehors quand, à sa profonde horreur, elle aperçut une tête de femme à la portière du carrosse et eut la vision d'une très jolie figure, au teint blanc, qui riait sous une masse de cheveux roux. Bruce se pencha vers elle et on entendit le murmure de leurs voix. Au bout d'un instant, il se recula, se découvrit, le valet de pied referma la porte et la voiture s'ébranla. Tournant sur ses talons, Bruce disparut sous le porche.

Ambre se cramponnait à l'appui, près de défaillir. D'un violent effort elle se redressa et se retourna lentement. Toute couleur avait disparu de son visage et son cœur battait violemment. Pendant quelques minutes elle resta ainsi, immobile, les yeux fixes, sans même voir Almsbury qui l'observait avec une sympathie pleine de compassion. Elle ferma les yeux et porta une main à son cœur.

A cet instant la porte s'ouvrit et Bruce entra.

V

L'air étonné, il s'arrêta, les regardant alternativement. Mais, avant qu'il ait eu le temps de prononcer une parole, Ambre éclata en sanglots et courut s'enfermer dans la chambre à coucher où elle se jeta sur le lit, après avoir violemment claqué la porte derrière elle.

Elle s'abandonna à toute l'étendue de son désespoir. Ce fut peut-être le moment le plus triste de sa vie ; elle n'avait aucun désir de paraître brave et de se dominer. Souffrir en silence n'était pas dans son caractère. Voyant qu'il ne lui courait pas tout de suite après, ainsi qu'elle l'avait espéré, elle devint de plus en plus hystérique, jusqu'à en vomir, finalement.

Enfin elle entendit la porte s'ouvrir et le bruit de ses pas qui traversaient la pièce. Ses sanglots devinrent plus bruyants que jamais. « Oh! se disait-elle avec véhémence, je voudrais être morte maintenant! Il en aurait du chagrin. »

Une lueur éclaira la pièce; il allumait une paire de chandeliers. Elle l'entendit quitter son manteau et poser son chapeau. Puis il défit son épée, toujours sans rien dire. De guerre lasse elle leva la tête qu'elle avait enfouie dans ses bras, et le regarda. Elle avait les yeux rouges et gonflés, le visage tuméfié.

— Eh bien! s'écria-t-elle d'un ton de défi.

— Bonsoir.

— C'est tout ce que vous trouvez à me dire?

— Que pourrais-je trouver d'autre?

— Vous pourriez au moins me dire avec qui vous étiez, et où vous êtes allé?

Il défaisait sa cravate et dégrafait son pourpoint.

— C'est mon affaire, ne croyez-vous pas?

Elle poussa un petit cri, comme si elle avait reçu un coup. Elle s'était donnée à lui si totalement, sans la moindre réserve, qu'elle en attendait autant de lui. A présent elle comprenait qu'il n'en était point ainsi. Ni sa vie, ni ses habitudes n'étaient changées; elle comptait à peine pour lui.

— Oh! fit-elle à voix basse en détournant les yeux.

Durant un instant il l'observa en silence, puis, soudain, il s'approcha et s'assit sur le lit.

— Je m'excuse, Ambre, je ne voulais pas être impoli. Et je suis désolé d'avoir été obligé de vous quitter, d'avoir gâté la soirée dont vous vous promettiez tant de plaisir depuis si longtemps. Mais, réellement, ce sont des affaires sérieuses qui m'ont appelé au loin...

Elle le regarda d'un air sceptique, de grosses larmes roulant sur sa robe de satin.

— Des affaires, vraiment ! Quel est donc le genre d'affaires que traite un homme avec une femme ?

Il sourit, le regard tendre et légèrement amusé. Elle avait toujours — et cela la mettait fort mal à l'aise — le sentiment qu'il ne la prenait pas au sérieux.

— Je vais vous expliquer : le roi ne peut réellement pas satisfaire ou récompenser tous ceux qui lui ont été fidèles ; il lui faut faire un choix parmi des milliers de requêtes, toutes aussi intéressantes les unes que les autres. Je ne crois pas qu'une femme — ou n'importe qui d'autre — puisse jamais persuader Sa Majesté de faire quelque chose qui ne lui convienne pas, mais du moment qu'il s'agit de choisir entre plusieurs choses qu'il aimerait faire, eh bien ! à ce moment-là, la femme qui est auprès de lui peut agir sur lui. En ce moment, personne n'a plus d'influence sur le roi qu'une jeune femme appelée Barbara Palmer, et elle a été assez bonne pour faire jouer cette influence à mon profit...

Barbara Palmer !

Un affreux sentiment de défaite l'envahit soudain, car, bien sûr, une femme capable de charmer un roi devait posséder un pouvoir surnaturel de séduction. Toute confiance l'abandonna, vaincue et subjuguée par la croyance superstitieuse qu'un Roi et tout son entourage étaient doués de vertus quasi divines. Elle enfouit sa tête dans ses mains.

— Oh ! Ambre, mon cœur, je vous en prie, ce n'est pas aussi grave que cela ! Elle passait par ici et, voyant ma voiture, a fait demander si j'étais à l'auberge. J'aurais été un idiot de refuser. Elle m'a aidé à obtenir ce que je désirais plus que tout au monde.

— Quoi ? Vos terres ?

— Non. Elles ont été vendues. Je ne pourrais les ravoir qu'en les rachetant à leur propriétaire actuel, et je ne crois pas que je le fasse. Mais elle m'a aidé à convaincre le roi et son frère d'organiser une expédition avec moi. Ils m'allouent tous deux quelques milliers de livres ; j'ai eu ma lettre de cachet hier.

— Qu'est-ce que c'est ?

— Une lettre du roi, autorisant le porteur à saisir les vaisseaux et les cargos des autres nations. Dans ce cas, je peux m'emparer de bateaux espagnols faisant voile vers l'Amérique.

Sa crainte et sa jalousie envers Barbara Palmer s'évanouirent.

— Vous n'allez pas partir sur mer ?

— Si, Ambre. J'ai acheté deux bateaux pour mon compte. Et, avec l'argent que je recevrai du roi et du duc d'York, je pourrai en acquérir trois autres. Sitôt qu'ils seront équipés et que les hommes auront signé leur engagement, je mettrai la voile.

— Oh ! Bruce, vous ne pouvez pas partir. Ce n'est pas possible !

Une expression d'impatience passa sur son visage.

— Je vous ai dit, à Heathstone, que je ne resterais pas longtemps à Londres. J'en ai encore pour deux mois, un peu plus peut-être, mais sitôt que je le pourrai, je m'en irai.

— Mais pourquoi ? Pourquoi ne demandez-vous pas un... une... j'ai oublié comment Almsbury l'appelle... enfin de l'argent pour avoir aidé Sa Majesté à chausser ses bottes ?

Il se mit à rire, mais elle restait très sérieuse.

— C'est que, voyez-vous, je ne désire pas obtenir ces choses « dont-vous-avez-oublié-le-nom ». J'ai besoin d'argent, mais je veux le gagner par mes propres moyens. Et ramper sur le ventre le restant de mes jours n'a rien qui me tente.

— Alors, emmenez-moi. Oh ! je vous en prie,

Bruce. Je ne vous dérangerai pas, emmenez-moi, s'il vous plaît !

— Je ne peux pas, Ambre. La vie à bord est assez dure déjà pour un homme — la nourriture y est exécrable, il fait froid, on y est très mal et il n'y a pas moyen de s'en aller quand on en a assez. Et si vous vous imaginez que vous ne causerez pas de dérangement — il sourit et ses yeux la toisèrent de manière significative. Non, ma chère, inutile d'en parler.

— Mais que deviendrai-je ? Que ferai-je quand vous serez parti ? Oh ! Bruce, je mourrai sans vous !

Elle le regardait d'un air pitoyable et se cramponna à son bras, aussi désemparée qu'un petit chien abandonné.

— C'est exactement ce que je vous ai demandé quand vous avez insisté pour venir à Londres avec moi. L'avez-vous oublié ? Écoutez-moi, Ambre. Vous n'avez qu'une chose à faire, retourner le plus vite possible à Marygreen. Je vous donnerai autant d'argent que je le pourrai. Nous imaginerons une histoire quelconque à raconter à votre oncle et à votre tante ; je sais que ce ne sera pas très agréable pour vous, mais, même dans un village, une bonne somme d'argent entraîne le respect. Et, au bout d'un certain temps, les bavardages cesseront, vous pourrez vous marier. Attendez, laissez-moi finir. Je sais que je suis à blâmer de vous avoir emmenée ici, et je ne prétends pas que mes motifs étaient nobles. Je n'ai pas pensé à vous, ni à ce qu'il adviendrait de vous et, à parler franc, je m'en souciais fort peu. Mais j'ai changé et je ne voudrais pas vous faire plus de mal. Vous êtes jeune, innocente et belle ; tout cela, ajouté à votre enthousiasme pour la vie, risque de causer votre perte. Je ne plaisantais pas quand je disais que Londres dévore les jolies filles ; la ville est pleine de brigands et d'aventuriers de toute espèce. Vous serez happée en moins d'une minute. Croyez-moi, je sais ce que je dis : rentrez chez vous, regagnez le monde auquel vous appartenez.

Les yeux d'Ambre brillaient de colère et elle leva le menton pour lui répondre :

— Je ne suis pas si innocente que cela, Milord. Je vous garantis que je peux veiller sur mes intérêts aussi bien que n'importe qui ! Et ne croyez pas non plus que je ne voie pas où vous voulez en venir. Vous en avez assez de moi, maintenant que la maîtresse du roi vous a fait de l'œil, et vous cherchez à m'abuser par quelque vague histoire, afin que je rentre chez moi ! Eh bien ! vous ne savez pas ce que vous dites ! Oncle Matt ne me laisserait pas rentrer chez lui, avec ou sans argent. Le garde champêtre me mettrait probablement au pilori et tout le village se moquerait de moi et...

Elle s'interrompit et fondit en larmes.

— Je ne veux pas. Je ne veux pas rentrer à la maison !

Il la prit dans ses bras.

— Ambre, mon cœur, ne pleurez pas. Je me moque de Barbara Palmer comme de ma première culotte, je vous le jure. Et je disais la vérité en vous conseillant de partir, pour votre bien. Je suis toujours de cet avis. Mais ce n'est pas parce que je suis lassé de vous. Vous êtes adorable, plus désirable même que vous ne pouvez le savoir. Dieu ! quel est l'homme qui se lasserait de vous !...

Sous la caresse de ses doigts, les sanglots d'Ambre s'apaisèrent peu à peu, une douce chaleur l'envahit, et elle ronronna comme une chatte :

— Vous n'avez pas assez de moi, Bruce ? Je peux rester avec vous !

— Si vous le désirez, mais je n'en pense pas moins...

— Oh ! ne le dites pas. Cela m'est égal ! Peu importe ce qui m'arrivera, du moment que je reste avec vous.

Il l'embrassa légèrement et continua de se déshabiller, tandis qu'à demi agenouillée elle l'observait d'un air admiratif. Il était magnifiquement bâti, poitrine large, épaules carrées, des hanches étroites et de belles jambes, bien musclées. Il avait la peau tannée, le torse bronzé par le soleil. Chacun de ses gestes avait la grâce souple et aisée d'un animal nonchalant, et cependant alerte et vif.

Traversant la chambre, il éteignit les chandelles. Et soudain Ambre n'y put tenir davantage :

— Bruce, avez-vous fait l'amour avec elle ?

Il ne répondit pas, mais lui lança un regard mi-irrité, indiquant qu'il considérait la question comme superflue, puis, se penchant, souffla sur la dernière bougie.

Depuis le début, Ambre craignait et espérait à la fois devenir enceinte. Elle le désirait afin que son amour pour lui atteignît sa plénitude, mais le redoutait également, car elle savait qu'il ne l'épouserait pas et tous ses souvenirs lui rappelaient qu'une femme donnant le jour à un bâtard était fort mal traitée par la communauté. Deux ans auparavant à Marygreen, la fille d'un paysan, devenue grosse, avait été incapable — ou avait refusé — de dire le nom de son séducteur, si bien que la malveillance publique l'avait obligée à quitter le village. Ambre s'en souvenait fort bien car l'événement avait fait le sujet de nombreuses conversations passionnantes parmi la jeunesse scandalisée, et elle ne s'était montrée ni moins méprisante, ni moins railleuse que les autres.

Et maintenant, pareil accident pouvait lui arriver !

Elle n'ignorait pas quels étaient les premiers symptômes d'une grossesse, ayant assez souvent discuté le sujet avec ses amies mariées et observé Sarah qui avait eu quatre enfants depuis qu'elle était en âge de comprendre ce qui se passait. Vers la fin juin, après plus de deux mois de séjour à Londres, elle n'avait aucune raison de se croire enceinte. Aussi, pour mettre fin à ses perplexités, se décida-t-elle à consulter un astrologue.

Ce n'était pas chose bien difficile, car il y en avait autant dans la ville que de mouches chez un rôtisseur et, un beau jour, elle se mit en route dans l'équipage de Bruce, afin d'aller écouter l'arrêt du destin chez un certain Mr. Chout. Du fond de sa voiture elle regardait attentivement la rue, et sitôt qu'elle aperçut une enseigne portant un croissant de lune, six étoiles et une main, elle fit arrêter le carrosse et envoya le valet de pied frapper à la porte. L'astrologue, qui guettait à sa fenêtre, sortit en personne pour l'inviter à entrer.

L'homme n'avait réellement rien de mystique avec sa grosse face rouge, son nez piqueté de points noirs, et il dégageait une violente odeur de moisi. Mais il la salua avec tant d'obséquiosité, s'inclinant devant elle comme devant une duchesse de sang royal, que sa confiance en fut accrue.

Le valet de pied la suivit et attendit dans l'antichambre, tandis qu'elle et Mr. Chout se retiraient dans un cabinet privé. La pièce était sale et sentait tout aussi mauvais que son propriétaire. Ambre jeta un coup d'œil méfiant sur la chaise qui lui était offerte. Il prit place en face d'elle et se mit à parler du retour des Stuarts et de sa propre loyauté royaliste. Tout en causant, il frottait l'une contre l'autre ses mains malpropres et la déshabillait du regard, comme pour pénétrer ses secrets. Enfin, tel un docteur qui a suffisamment distrait son malade, il lui demanda ce qu'elle désirait savoir.

— Je voudrais connaître mon avenir.

— Très bien, Madame. Vous êtes tombée sur l'homme qu'il vous faut. Mais auparavant il y a quelques petites choses que je désire savoir.

Ambre craignait de se voir poser des questions embarrassantes, mais il se contenta de lui demander la date et l'heure de sa naissance, ainsi que le lieu où elle était née. Après quoi il consulta divers grimoires, se perdit dans la contemplation d'une boule de cristal qui se trouvait sur la table, examina la paume des mains de sa cliente, et hocha gravement la tête. Pendant tout ce temps, elle ne cessait de l'observer d'un œil anxieux, tout en caressant distraitement un gros chat gris qui se frottait contre ses jupes.

— Madame, dit-il enfin, votre avenir est extrêmement intéressant. Vous êtes née sous le signe de Vénus, conjugué avec celui de Mars, dans la cinquième division.

Ambre enregistra le fait, avec respect, trop impressionnée pour se demander ce que cela signifiait. Puis, au moment où elle ouvrait la bouche pour s'en informer, il poursuivit :

— C'est pourquoi vous avez, Madame, une prédisposition particulière aux affections par trop ardentes, et à de trop impulsives attirances vers le sexe opposé. Ce qui risque, Madame, de vous causer des ennuis sérieux. Vous êtes également trop encline à vous abandonner à la jouissance des plaisirs de ce monde, et en subirez les inconvénients.

Ambre, pensive, poussa un léger petit soupir.

— Ne voyez-vous rien de bon à me dire?

— Oh! parfaitement, Madame, parfaitement, j'y arrive. Je vous vois en possession d'une grande fortune, Madame, d'une très grande fortune.

La vue de ses vêtements et de son carrosse lui faisait supposer qu'il s'adressait à une personne fort aisée.

— Non, vraiment? s'écria Ambre ravie. Et que voyez-vous encore?

— Je vois de la jalousie et de la discorde. Mais, ajouta-t-il hâtivement, comme pour prévenir une protestation, je vois aussi que les sextiles de Vénus, à

Neptune et Uranus, vous accordent un magnétisme considérable; nul homme ne vous résistera.

— Ohhh! soupira Ambre, la respiration coupée. Ciel! Et quoi encore? Aurai-je des enfants?

— Permettez-moi de voir encore vos mains, Madame. Oui, vraiment, une fort belle exposition, ligne de richesse très développée. Les roues de la fortune sont larges. Ces intervalles indiquent le nombre d'enfants. Vous en aurez — laissez-moi compter — plusieurs. Sept, je pense, à peu de chose près.

— Et quand aurai-je le premier? Bientôt?

— Oui! Je le crois. D'ici très peu de temps.

D'un regard scrutateur il examinait sa taille, qui n'avait rien de révélateur.

— C'est-à-dire, reprit-il prudemment, dans un temps raisonnable. Vous me comprenez, Madame.

— Et quand me marierai-je, bientôt aussi?

Sa voix et ses yeux étaient implorants.

— Laissez-moi voir. Humm! laissez-moi voir. Voyons, qu'avez-vous rêvé l'autre nuit? Il n'est rien de tel que de consulter les rêves pour savoir si une femme se mariera bientôt.

Ambre fronça les sourcils, cherchant à rassembler ses souvenirs. Elle n'en retrouva aucun, si ce n'est qu'elle avait rêvé du pain d'épice qu'elle faisait souvent pour Sarah, surtout après les deux foires annuelles. Néanmoins Mr. Chout se déclara satisfait.

— C'est très important, madame. Très important. Rêver de pain d'épice signifie toujours mariage.

— Épouserai-je l'homme que j'aime?

— En vérité, Madame, je ne puis l'affirmer.

Mais devant l'expression d'Ambre, il se hâta d'adoucir son arrêt :

— Bien sûr, Madame, vous l'épouserez quelque jour — pas aujourd'hui, ni demain peut-être — mais quelque jour. Ces lignes indiquent les maris. Vous en aurez... laissez-moi voir... environ une demi-douzaine!

— Une demi-douzaine. Mais je n'en veux pas autant ! Je n'en désire qu'un seul !

Elle retira sa main avec un léger sentiment de dégoût, car il la serrait un peu trop fort. Mais il n'en avait pas fini :

— Une chose encore, si vous me permettez d'être franc avec vous. Je vois, Madame, que vous aurez un jour plus de cent adorateurs !

Ses yeux avides l'observaient avec une gourmande obscénité, prenant un plaisir sadique à voir la rougeur qui envahissait ses joues et son cou.

— Cent au moins !

Ambre eut un petit rire excité. Cet homme la mettait mal à son aise, elle souhaitait s'en aller ; elle avait peine à respirer et, bien qu'il ne se fût pas rapproché, elle se sentait oppressée par sa présence.

— Une centaine d'adorateurs ! s'écria-t-elle, essayant de paraître citadine et naturelle. En vérité ! un seul me suffit ! Est-ce là tout, Mr. Chout ?

Elle se leva.

— N'est-ce pas suffisant, Madame ? Je n'en découvre pas souvent autant, permettez-moi de vous le dire. C'est dix shillings !

Ambre sortit une douzaine de pièces de son manchon et les posa sur la table. Le vaste sourire de l'astrologue lui fit supposer qu'elle était généreuse. Mais elle ne s'en inquiéta pas. Bruce lui donnait toujours une poignée de monnaie à dépenser, et quand le tas diminuait, il en sortait un autre. Dix shillings ne signifiaient rien pour elle.

« Je vais avoir un bébé, j'épouserai Bruce et je serai riche ! » se disait-elle, exultant, tout en rentrant chez elle.

Cette nuit elle demanda à Bruce ce que c'était que la planète Vénus, sans toutefois lui parler de sa visite, préférant attendre qu'il en sortît quelque chose de plus précis. Mais peut-être devina-t-il.

— C'est une étoile, appelée Vénus du nom de la

déesse de l'Amour chez les Romains. Elle est censée contrôler la destinée de ceux qui sont nés sous son signe. Ces êtres sont, prétend-on, beaux, désirables, et généralement dominés par leurs sentiments, si vous croyez à ce genre de stupidités.

Il lui souriait, car le visage d'Ambre exprimait une véritable déception en présence de ce jugement incrédule.

— Vous n'y croyez pas ?

— Non, mon cœur. Je n'y crois pas.

— Bon !

Les poings sur les hanches, elle rejeta d'un mouvement brusque ses boucles dorées.

— Un jour je vous rappellerai cette phrase. Attendez un peu.

Mais, dans les jours qui suivirent, rien ne parut justifier les prédictions de Mr. Chout. Et la vie continua son cours normal.

La plupart du temps Bruce était loin de chez lui, au *Groom Porter's Lodge*, où les jeunes nobles se réunissaient pour jouer aux cartes ou aux dés, à moins qu'il ne surveillât l'équipement et chargement de ses bateaux. Souvent aussi, elle le savait, il se rendait à des bals ou à des soupers de la Cour, à moins que ce ne fût chez des amis. Et, bien qu'elle songeât souvent qu'il serait merveilleux de pouvoir l'accompagner, il ne le lui demanda jamais et elle n'osa pas davantage lui en parler. Car elle avait vivement conscience de l'abîme qui séparait leurs deux positions sociales ; durant ces longues heures d'attente, elle se sentait solitaire, triste et jalouse. Elle avait une crainte morbide de Barbara Palmer et des autres femmes lui ressemblant.

Almsbury venait souvent les voir et, quand Bruce n'était pas là, il emmenait la jeune fille pour la faire sortir un peu.

Un jour ils allèrent voir une chasse aux taureaux de l'autre côté de la rivière, à Southwark. Ambre, penchée à la portière, contempla avec horreur les têtes, battues des vents — de vingt à trente, au moins —, exposées sur le Pont de Londres, au bout de pieux dressés comme une hallucinante armée de cure-dents reflétés dans une glace. Une autre fois il la conduisit à un tournoi d'escrime au cours duquel l'un des antagonistes perdit une oreille, qui tomba sur les genoux d'une spectatrice.

Ils allaient souper dans les tavernes à la mode et deux ou trois fois il l'emmena au théâtre. Elle ne faisait pas plus attention à la pièce que le reste des spectateurs, beaucoup trop intéressée, en dépit de ses dénégations, par la sensation qu'elle causait au parterre. Deux ou trois jeunes gens s'approchèrent d'Almsbury, qui ne put faire moins que les lui présenter et certains lui firent des propositions outrageantes. Almsbury prit sa défense avec dignité, leur affirmant qu'elle n'était pas une femme légère, mais une personne de qualité, fort vertueuse. Ambre, honteuse de son accent campagnard, espérait qu'ils la prendraient pour une grande dame royaliste, ayant vécu retirée chez des parents durant la période parlementaire et revenue depuis peu à la Cour.

Mais l'événement le plus marquant fut, pour elle, sa visite à Whitehall.

Whitehall se trouvait à l'ouest, dans la boucle même de la rivière, après la Cité. C'était une masse très étendue de bâtiments en briques rouges, dans le vieux style des Tudors, sillonnée de galeries et possédant des douzaines d'appartements séparés, donnant les uns dans les autres, comme un véritable labyrinthe, ou un monstrueux terrier de lapin. La famille royale y habitait, avec toute sa suite et ses courtisans. Le palais donnait directement sur l'eau, si près qu'à marée haute les cuisines étaient souvent inondées. Et, dans le bas, passait la vilaine petite rue sale de King Street, flanquée d'un côté par la partie du palais appelée « Cockpit » et de l'autre par les murs du jardin privé.

Whitehall était ouvert à tous les visiteurs. Tous ceux qui avaient été présentés à la Cour, ou qui accompagnaient quelqu'un ayant ses entrées, passaient à travers les insouciants postes de garde. Aussi, quand Ambre et Almsbury parvinrent dans la « Stone Gallery », celle-ci était remplie d'une foule si dense que le passage en était presque impraticable.

Cette galerie constituait l'artère principale de la Cour — un long couloir d'environ quatre cents pieds de long sur quinze de large; les murs étaient ornés de quelques-unes des toiles magnifiques collectionnées par Charles Ier et que son fils essayait de rassembler : tableaux de Raphaël, du Titien, du Guide. Toutes les portes conduisant aux appartements royaux étaient masquées par des draperies de velours écarlate et des lanciers de la Garde postés devant chacune d'elles. La foule était un assortiment bigarré de dames en robes de satin, de jeunes freluquets oisifs et languissants, d'hommes d'affaires pressés, se hâtant avec l'air de résoudre les problèmes les plus ardus, de soldats en uniforme, de gentilshommes campagnards accompagnés de leurs épouses. Ambre reconnaissait aisément ces dernières, car elles portaient des toilettes visiblement démodées, et les hommes des bottes dont pas un gentleman n'eût voulu, même pour monter à cheval, ainsi que de larges chapeaux, genre puritain. Ambre méprisait ces provinciaux, heureuse que son propre costume ne trahît pas son origine.

Néanmoins, elle n'avait pas grande confiance en elle :

— Ciel! murmura-t-elle à l'oreille d'Almsbury, en ouvrant des yeux tout ronds, que toutes ces dames sont belles!

— Il n'y en a pas une, dit le comte, qui soit à moitié aussi jolie que vous.

Elle le gratifia d'un brillant sourire de reconnaissance et glissa son bras sous le sien. Ils étaient devenus grands amis, et bien qu'il ne lui eût plus jamais redemandé de coucher avec lui, il lui avait dit que, si jamais elle avait besoin d'argent, il serait trop heureux de l'aider. Elle avait le sentiment qu'il était épris d'elle.

Et soudain, un incident était survenu. Un frisson d'excitation avait passé le long de la galerie, faisant se tourner toutes les têtes, y compris celles d'Ambre et du comte.

— Voici Mrs. Palmer !

Ambre avait regardé, comme tout le monde. Et elle avait vu, s'avançant vers elle, tandis que des gens dégageaient le passage et lui frayaient un chemin, une magnifique créature aux cheveux roux et au teint blanc. Une dame d'honneur, deux pages et un petit nègre la suivaient. Hautaine et arrogante, elle marchait tête haute, ne voyant personne, tout en étant parfaitement consciente de la sensation qu'elle causait. Les yeux d'Ambre brillèrent de rage et de jalousie, et son cœur se mit à battre si fort qu'elle crut en suffoquer. Elle avait une peur maladive que Mrs. Palmer ne vît Almsbury — qui était en relation avec elle — et ne s'arrêtât. Mais elle n'en fit rien et passa, sans un regard.

— Oh ! je la hais !

Ces mots lui échappèrent avec une soudaine violence.

— Mon cœur ! lui dit Almsbury, vous apprendrez un jour qu'il est matériellement impossible de haïr toute femme à laquelle un homme fait la cour. C'est à votre détriment, et voilà tout.

Mais Ambre ne voulait ni ne désirait accepter la philosophie de Sa Grâce.

— Peu m'importe ! fit-elle avec obstination, je la hais ! J'espère qu'elle attrapera la vérole.

— Elle n'y manquera pas, certainement !

Après quoi ils allèrent à la salle des banquets, pour assister au déjeuner du roi, qui avait en général lieu à une heure, les mercredi, vendredi, et dimanche. Les galeries étaient pleines de gens qui désiraient le voir passer, mais il ne vint pas, et tous durent s'en retourner, désappointés. Ambre avait été beaucoup plus impressionnée le jour où elle avait vu Charles faire son entrée dans Londres. Elle le considérait comme le plus bel homme d'Angleterre, après Bruce.

Vers le 1er août, Ambre se rendit compte qu'elle était enceinte. D'abord parce qu'elle en éprouvait les premiers symptômes, surtout parce qu'elle y pensait toujours. Depuis quinze jours, elle comptait sur ses doigts et rien n'apparaissait. Puis elle commença de ressentir des picotements dans les seins. Elle désirait beaucoup en parler à Bruce, mais elle le redoutait aussi, car elle devinait qu'il n'en serait pas enchanté.

Il se levait tous les matins de très bonne heure, indifférent à l'heure tardive à laquelle il était rentré. Ambre enfilait sa robe de chambre et bavardait avec lui jusqu'à son départ ; après quoi, elle retournait dormir. Ce matin-là, elle était assise au pied du lit, balançant ses pieds nus et passant un peigne d'écaille dans ses boucles emmêlées. Bruce se tenait auprès d'elle, n'ayant que sa culotte et ses bottes ; il se rasait, brandissant un rasoir bien aiguisé.

Aucun des deux ne parlait ; Ambre l'observait. Chaque fois qu'elle ouvrait la bouche, son cœur battait et le courage lui manquait. Tout à coup, brusquement, elle dit d'un trait :

— Bruce, qu'arriverait-il si j'attendais un enfant ?

Il eut un sursaut involontaire et se coupa : une goutte de sang rouge apparut au bout de son menton. Puis il se retourna :

— Pourquoi dites-vous cela ? Le croyez-vous ?

— Oh ! n'avez-vous rien remarqué ?

Elle se sentait singulièrement embarrassée.

— Remarqué quoi ? Oh ! je n'y pense même pas !

Il fronça les sourcils et, bien que cette mauvaise humeur ne lui fût pas adressée, elle se sentit soudain étrangement seule. Il appliquait soigneusement une goutte de liquide astringent sur sa coupure.

— Jésus ! marmotta-t-il.

— Oh ! Bruce !

Sautant à bas du lit, elle courut à lui.

— Je vous en prie, ne soyez pas fâché contre moi !

Il avait recommencé à se raser :

— Fâché contre vous ? C'est ma faute. Je voulais être prudent, et puis, je l'ai oublié !

Ambre le regarda, perplexe. De quoi parlait-il ? Elle avait entendu dire, à Marygreen, que l'on pouvait éviter d'être enceinte en crachant trois fois dans la bouche d'une grenouille ou en avalant de l'urine de mouton, mais Sarah l'avait mise en garde contre de telles pratiques.

— Vous avez oublié quoi ?

— Rien qui vaille la peine de s'en souvenir à présent.

Il s'essuya le visage, lança la serviette par-dessus la table et enfila le reste de ses vêtements.

— Mon Dieu ! Ambre, je suis désolé ! C'est une fichue histoire !

Elle resta silencieuse un moment, puis finalement :

— Vous n'aimez pas les bébés ? demanda-t-elle.

Elle posa cette question d'un air si naïf, le regardant avec une expression si triste et si pensive, qu'il la prit dans ses bras et la serra contre lui, tout en lui caressant tendrement les cheveux :

— Si, mon cœur, bien sûr je les aime.

Ses lèvres effleuraient son front, mais il avait l'air soucieux et légèrement irrité.

— Qu'allons-nous faire ? interrogea-t-elle enfin.

Pelotonnée contre lui, elle se sentait bien au chaud, heureuse et en sécurité; le problème s'était évaporé. Car, bien qu'il lui eût affirmé qu'il ne l'épouserait jamais et qu'elle l'eût cru tout d'abord, elle était à présent persuadée qu'il s'exécuterait. Et pourquoi pas? Ils s'aimaient et étaient heureux ensemble. Durant ces quelques semaines de vie commune, elle avait à peu près oublié qu'il était un lord et elle la nièce d'un fermier. Ce qui paraissait pour ainsi dire absurde auparavant prenait un air quasi naturel, logique.

La laissant aller, il commença de parler, les bras pendants, la fixant du regard dur et impitoyable de ses yeux verts. Sans aucun doute, il pensait tout ce qu'il disait.

— Je ne vous épouserai pas, Ambre. Je vous l'ai dit dès le début, jamais je n'ai prononcé une parole qui pût vous faire croire le contraire. Je suis désolé de ce qui vient d'arriver, mais vous saviez que c'était possible, probable même. Et souvenez-vous — c'est vous qui avez voulu venir à Londres, pas moi. Je ne veux pas vous abandonner : je ferai tout ce qui sera en mon pouvoir pour vous faciliter la chose, tout ce qui ne contrecarrera pas mes projets. Je vous donnerai assez d'argent pour votre entretien et celui du bébé. Si vous ne voulez pas rentrer à Marygreen, le mieux sera d'aller trouver une de ces femmes qui, ici à Londres, s'occupent des femmes enceintes et de leur accouchement. Certains de ces endroits sont très confortables, et personne ne s'y inquiétera de savoir où est votre mari. Une fois remise, vous ferez ce que vous voudrez. Avec quelques centaines de livres en bon argent comptant, une aussi jolie femme que vous peut fort bien se débrouiller à épouser un gentilhomme campagnard, ou même un noble, si vous êtes assez maligne...

Ambre le contemplait d'un œil fixe. Une colère folle montait en elle, tout l'orgueil et la joie qu'elle avait éprouvés à l'idée de lui donner un enfant firent place à la douleur et à l'amour-propre outragé. Le son de sa voix la rendait enragée : parler avec cette froideur, comme si le fait d'aimer un homme et d'avoir un enfant de lui pouvait se régler par des comptes et de l'argent, comme l'équipement d'un bateau! Elle en venait presque à le haïr.

— Ah! cria-t-elle, vous allez me donner assez d'argent pour que je puisse pêcher un noble, si je suis assez maligne. Eh bien! je n'en veux pas de votre noble! Ni de votre argent. Quant au reste, je ne veux pas non plus de votre enfant! Je regrette de tout mon cœur de vous avoir jamais rencontré. J'espère que vous allez partir, et que je ne vous reverrai jamais. Je vous déteste! Oh!

Se couvrant le visage de ses deux mains, elle fondit en larmes.

Bruce la considéra un instant en silence, puis, mettant son chapeau, il sortit de la pièce. Ambre leva la tête et courut après lui.

— Où allez-vous?

— Au port.

— Reviendrez-vous ce soir? Revenez, je vous en prie. Ne me laissez pas seule.

— Oui! j'essaierai de rentrer plus tôt, Ambre.

Sa voix avait repris une intonation chaude, douce, tendre et caressante.

— Je sais que c'est dur pour vous et je suis réellement désolé de ce qui est arrivé. Mais ce sera vite passé, plus vite que vous ne croyez, et vous ne vous en porterez pas plus mal. Il n'y a vraiment rien de tragique pour une femme dans le fait d'avoir un bébé.

— Rien de tragique pour un homme, non. Vous vous en irez et vous oublierez tout. Mais moi, je ne peux m'en aller! je ne peux pas l'oublier! Jamais je ne pourrai l'oublier. Rien ne sera plus pareil pour moi! Oh! le diable emporte les hommes!

A mesure que les jours passaient, ses derniers doutes s'évanouissaient : elle était bien réellement enceinte.

Moins d'une semaine après cette conversation, elle commença d'avoir des nausées à son réveil. Triste et maussade, elle pleurait pour un oui ou pour un non, sans raison même. Bruce rentrait de plus en plus tard et ils se disputaient souvent. Elle savait que sa mauvaise humeur l'écartait de la maison, mais ne parvenait pas à se dominer. Elle savait aussi que rien de ce qu'elle disait ne le ferait changer d'avis. Et, un jour qu'il était parti pour tout un jour et une nuit — ne devant rentrer que le lendemain soir —, elle comprit qu'il lui fallait cesser immédiatement ces scènes, sous peine de le perdre avant même son départ. Ne pouvant envisager cette pensée, car elle l'aimait toujours, Ambre fit un énorme effort pour redevenir gaie et charmante quand ils étaient ensemble.

Mais seule, elle n'était pas plus réconciliée avec la vie, et les heures lui semblaient interminables, à traîner nonchalamment dans la maison en s'apitoyant sur elle-même. Ce grand Londres dans lequel, quatre mois auparavant, elle avait débarqué avec tant de brillants espoirs, lui paraissait à présent un endroit odieux, plein de tristesse. Elle n'avait pas la moindre idée de ce qu'elle ferait quand Bruce serait parti, et refusait même d'en parler avec lui, repoussant ces pensées loin de son esprit. Quand ce jour viendrait, ce serait la fin du monde pour elle, ce qui arriverait ensuite lui était égal.

En une chaude fin de matinée de mit-août, Ambre était dans la cour, en train de jouer avec de petits chiens nés un mois plus tôt. Agenouillée sur le pavé, à l'ombre moirée d'un prunier chargé de fruits, elle riait et tenait deux chiots dans ses bras, tandis que la mère, très fière, remuait la queue et surveillait sa progéniture. Levant les yeux, elle vit soudain Bruce qui la regardait, accoudé au balcon de leur chambre à coucher.

Il était parti quelques heures plus tôt, et elle ne l'attendait pas avant le soir. Son premier mouvement fut une réaction joyeuse, et elle lui fit gaiement signe, tout en se relevant. Puis une crainte sourde s'insinua lentement en elle, croissant de minute en minute, si bien qu'en arrivant au bas des escaliers, elle leva les yeux et rencontra les siens. Aussitôt elle comprit. Il partait le jour même !

— Qu'y a-t-il, Bruce ? demanda-t-elle plaintivement, comme pour écarter la réponse.

— Les vents ont changé. Nous mettons à la voile dans une heure !

— A la voile ! Dans une heure ! mais vous disiez la nuit dernière que ce ne serait pas avant longtemps.

— Je le croyais. Mais nous sommes prêts plus tôt que je ne le pensais, et nous n'attendons plus rien.

Comme elle restait immobile, sur place, il se détourna et rentra dans la chambre ; elle le suivit. Sur la table se trouvait une petite malle cloutée, à demi pleine, tandis que l'armoire où il rangeait ses affaires était grande ouverte et vide. Prenant une pile de chemises d'un tiroir, il les déposa dans la malle et, ce faisant, se mit à lui parler.

— Je n'ai pas beaucoup de temps, aussi écoutez bien ce que j'ai à vous dire. Je vous laisse les chevaux et la voiture. Le cocher gagne six livres par an, plus sa livrée, et le valet de pied trois, mais ne les réglez pas avant mai prochain. Sinon ils risquent de vous planter là. J'ai payé toutes les factures, les reçus sont dans le tiroir de la table. De même les noms et les adresses des deux femmes qui peuvent prendre soin de vous quand le moment sera venu : demandez-leur ce que cela vous coûtera avant d'entrer. Ne donnez pas plus de trente ou quarante livres, tout compris.

Et comme Ambre le regardait, horrifiée de ce ton impersonnel et brusque, il ferma le couvercle de sa malle et se dirigea rapidement dans l'autre pièce, d'où il fit un signe à quelqu'un attendant, évidemment, dans l'entrée. Il revint presque immédiatement, suivi d'un grand gaillard à la mine patibulaire, un bandeau sur l'œil, qui chargea le colis sur ses épaules et sortit. Ambre regardait toujours, cherchant ce qu'elle pourrait dire ou faire pour le retenir, mais rien ne lui venait à l'esprit.

De son pourpoint, Bruce sortit alors une lourde bourse de cuir, fermée par des cordons, et la lança sur la table.

— Voici cinq cents livres. C'est suffisant pour subvenir à votre entretien et à celui de l'enfant pendant quelques années, si besoin en est. Mais je vous conseille de les déposer chez un orfèvre. Je voulais le faire pour vous, mais je n'en ai pas le temps. Shadrac Newbold est parfaitement recommandable, et il vous donnera six pour cent d'intérêt si vous placez à vingt jours, et trois et demi sur retrait immédiat. Il habite *Le Chardon et la Couronne*, à Cheapside ; son nom est inscrit sur ce papier. Mais n'ayez confiance en personne d'autre — surtout pas en une servante, si vous en prenez une à votre service, ni aucune personne étrangère, si agréable qu'elle puisse vous paraître. Et maintenant — il prit son manteau — il faut que je parte.

Il parlait rapidement, sans lui permettre la moindre interruption : visiblement, il avait hâte de s'en aller avant l'inévitable crise de larmes. Mais il n'avait pas fait trois pas qu'elle lui barrait la route.

— Bruce ! vous ne m'embrassez même pas ?

Il hésita une seconde, puis l'entoura de ses bras avec une brusque ardeur qui dénotait sa répugnance à la quitter. Ambre se cramponna à lui, les doigts crispés sur son bras, comme pour le retenir, la bouche avidement tendue et le visage sillonné de larmes.

— Oh ! Bruce ! Ne partez pas ! Je vous en prie, je

vous en prie, ne me quittez pas! Je vous en prie, ne m'abandonnez pas...

Mais il desserra son étreinte :

— Ambre chérie — sa voix lui enjoignait gentiment d'obéir —, je reviendrai, un jour, je vous reverrai...

Elle eut un cri, comme un animal blessé, et se débattit pour se raccrocher à son bras. Finalement il la prit par les deux poignets, leurs lèvres se rencontrèrent un bref instant, et, avant même qu'elle eût pu réaliser ce qui se passait, il était parti, faisant claquer la porte derrière lui.

Comme frappée de la foudre, elle resta les yeux fixés sur la porte close. Puis elle se précipita et la martela du poing :

— Bruce!

Mais elle s'arrêta net, envahie par un sentiment de désespoir total et, après être restée encore un moment debout, les yeux fixes, elle tomba lentement à genoux, la tête enfouie dans ses mains.

VI

Le duc d'York était accoudé à la cheminée, l'air maussade. Les mains dans ses poches, son gai visage empreint de mauvaise humeur, il contemplait fixement le parquet. A l'autre bout de la pièce, Charles, penché sur une table, examinait avec attention, posée sur une lampe à l'huile, une casserole d'étain dans laquelle macéraient une centaine d'herbes variées. Prenant une cuillère, il versa à trois reprises dans le mélange de l'angélique séchée, tournant soigneusement le tout.

Les deux frères se trouvaient dans le laboratoire de Sa Majesté, environnés de creusets et d'alambics, d'éprouvettes et de cornues. Il y avait des verres et des jarres de terre pleines de poudre, de pâtes, de liquides de diverses couleurs, d'huile. Des récipients en forme d'œuf, de toutes dimensions, garnissaient les étagères, des piles de livres, reliés en cuir frappé d'or, gisaient sur le plancher ou sur les tables. La chimie — qui ne s'était pas encore séparée de l'ancienne et maléfique science médiévale, l'alchimie — était une des passions du roi. Même au temps où il lui fallait mendier un repas, il ne résistait pas à distraire de ses maigres ressources de quoi alimenter tout nouvel imposteur qui lui était envoyé.

— Comment diable, dit Charles, tournant le mélange et sans lever les yeux, vous êtes-vous fourré dans cette galère ?

York poussa un profond soupir :

— Je voudrais bien le savoir ! Elle n'est même pas jolie ! Aussi laide qu'une vieille marchande à la toilette. Des yeux qui lui sortent de la tête et un corps dans ce genre...

Sa main esquissa une silhouette qui n'avait rien de féminin.

Charles sourit :

— C'est peut-être cela qui vous a trompé. D'après mes observations personnelles, une jolie femme trouve rarement nécessaire d'être intelligente. Anne Hyde a de l'esprit, n'est-ce pas ?

Il paraissait amusé. James s'étira, fronçant les sourcils.

— Je ne sais vraiment pas ce qui m'a pris. Je ne devais pas être dans mon bon sens quand j'ai signé ce damné contrat de mariage !

— Et de votre sang, encore. Assez pittoresque, James. Bon ! vous avez signé — vous avez eu la femme, elle est enceinte. Et maintenant ?

— Maintenant, rien. J'espère ne jamais la revoir.

— Un contrat de mariage lie autant que la cérémonie elle-même, James, vous le savez. Que vous le vouliez ou non, vous êtes marié avec elle. Et l'enfant qu'elle porte est vôtre : il portera votre nom.

Quittant la cheminée, James traversa la pièce et contempla le mélange que tournait son frère.

— Pouah ! fit le duc, comme cela pue !

— C'est vrai ! admit Charles. Mais l'individu qui m'a vendu cette recette dit que c'est ce qui a été découvert de mieux contre la fièvre intermittente, et Londres et la fièvre, vous le savez, sont synonymes. Cet hiver vous serez bien content de venir m'en emprunter une dose.

Agité, mécontent, irrité, James se détourna. Au bout d'un instant il revint sur le sujet de son mariage :

— Je ne suis pas sûr, dit-il à voix basse, que vous ayez absolument raison, Sire. Ce mioche n'est peut-être pas de moi, après tout.

— Qu'avez-vous entendu dire ?

James fit quelques pas vers lui, l'air sérieux, considérablement excité.

— Berkeley est venu me voir, il y a deux jours, et m'a raconté qu'Anne avait couché avec lui. Killigrew et Jermyn ont juré la même chose ensuite.

Charles regarda son frère pendant un long moment, étudiant son visage.

— Et vous les avez crus ?

— Évidemment ! déclara James avec chaleur. Ce sont mes meilleurs amis. Pourquoi ne les croirais-je pas ?

— Berkeley, Jermyn et Harry Killigrew. Les trois plus grands menteurs de toute l'Angleterre. Et pourquoi vous ont-ils raconté cela ? Parce qu'ils savaient que vous désiriez l'entendre. N'est-ce pas vrai ?

Les yeux de Charles se plissèrent légèrement et sa figure prit une expression rusée. Il comprenait parfaitement son frère, mieux même que celui-ci ne se connaissait.

James resta longtemps sans répondre; finalement il dit lentement, mi-honteux :

— Oui, je crois que vous avez raison. Mais pourquoi prêterais-je à Anne Hyde plus de vertu qu'aux autres femmes? Elles ont toutes un but...

— Et le sien était le mariage!

Le roi ôta sa casserole du feu et souffla la lampe. Puis il s'empara de son pourpoint, suspendu à un clou, et l'enfila.

— Écoutez, James, je ne suis pas plus content que vous de cette histoire! La fille d'un homme du peuple — tout chancelier qu'il est — n'est pas une femme convenable pour l'héritier de la Couronne. Mais cela ferait un tapage du tonnerre de Dieu en Europe si vous refusiez de l'épouser, après lui avoir fait un enfant. Pour n'importe qui d'autre que la fille du Chancelier, nous aurions pu trouver un biais. Mais dans la situation actuelle, vous n'avez qu'une seule issue : épousez-la, et de la meilleure grâce possible.

— Ce n'est pas ce que désire le chancelier. Il l'a enfermée dans ses appartements et déclare qu'il préférerait la voir décapitée et jetée dans les oubliettes que d'amener une disgrâce dans la famille des Stuarts en épousant l'un d'eux.

— Édouard Hyde a été un bon serviteur de mon père et il a reporté son dévouement sur moi. Il est certainement furieux contre sa fille, mais, croyez-moi, pas seulement à cause des Stuarts. Il sait bien que, si sa fille vous épouse, il comptera un millier d'ennemis de plus. La jalousie n'engendre pas l'amour.

— Si vous dites que cela vaut mieux, Sire, je l'épouserai, mais... Et maman?

Il lança vers Charles un regard désespéré, presque comique.

Charles se mit à rire et passa un bras autour des épaules de son frère.

— Maman aura probablement une attaque de nerfs qui manquera de la tuer. Elle a toujours détesté Hyde, et son orgueil familial est presque aussi fort que sa religion. Mais je vous protégerai, Jamie... (Il eut un petit rire)... Je la menacerai de lui supprimer sa pension.

Ils sortirent ensemble, James morose et songeur, Charles d'excellente humeur, comme toujours. D'un claquement de doigts, il appela un couple de petits épagneuls qui dormaient au soleil et vinrent sauter autour de lui en jappant.

Le mariage de James avec Anne Hyde causa une agitation considérable. Le chancelier était furieux, Anne pleurait sans arrêt, et le duc espérait toujours trouver une échappatoire. Avec l'aide de sir Charles Berkeley, il vola le contrat signé de son sang, et le brûla. Berkeley offrit d'épouser lui-même la belle et de reconnaître l'enfant. Les courtisans étaient affolés, ne sachant s'il fallait faire des courbettes à la nouvelle duchesse, ou l'éviter. Seul Charles semblait parfaitement à son aise.

Puis le duc de Gloucester, qui avait pris la petite vérole, mais semblait hors de danger, mourut subitement. Charles l'aimait beaucoup — ainsi que tous ses frères et sœurs —, c'était un jeune homme plein de promesses, charmant, ardent et intelligent. Il était incroyable qu'il fût là, mort, solennel et muet pour toujours. Ils étaient neuf enfants dans la famille. Deux étaient morts en naissant, deux autres dans leur première enfance; et maintenant il ne restait plus que Charles et James, Mary, princesse d'Orange, et Henriette-Anne, la plus jeune, toujours en France avec sa mère.

La mort d'Henry elle-même n'interrompit pas les fêtes pendant longtemps. Et bien que la Cour conservât une apparence de tristesse en présence de

Charles et de James, les bals et les soupers, les soirées de jeu et les amourettes allèrent leur train, violents, ardents, fous, comme si jamais il n'eût été possible de trop s'amuser.

Les grandes demeures le long du Strand, de Fleet Street à Charing Cross, étaient ouvertes tout le jour et une partie de la nuit. Les murs résonnaient de rires bruyants, de cliquetis de vaisselle, de musique et de conversations. De superbes carrosses dorés roulaient le long des rues, stationnaient devant les théâtres ou les tavernes. L'on se battait en duel pour un éventail de dame ou une parole lancée en l'air. Des milliers de livres changeaient de mains chaque nuit. Les grandes dames et les seigneurs, assis sur le parquet, regardaient rouler avec émotion une paire de dés.

Les exécutions de régicides allaient leur train, en présence de milliers de spectateurs, à Charing Cross. Tous ceux qui avaient une part de responsabilité dans la mort de Charles Ier périssaient à leur tour, balancés au bout d'une corde jusqu'à ce qu'ils fussent à demi morts; puis, dépendus, étripés et décapités, leurs têtes étaient ensuite placées au bout de piques aux portes de la ville.

Porté par les ailes rouges de la Restauration, un nouveau genre de vie s'était abattu sur le pays.

Une semaine après la mort de son frère, la princesse Mary arriva à Londres. Veuve et mère — bien qu'elle eût laissé son fils en Hollande —, elle était âgée de vingt-huit ans. C'était une jolie femme, gracieuse et gaie, avec des boucles châtaines et de brillants yeux noisette. Elle avait toujours détesté la Hollande — pays sombre et plat — et entendait vivre désormais en Angleterre auprès de son frère favori, s'offrant toutes les jolies robes et les bijoux extravagants dont elle rêvait.

Elle serra chaleureusement Charles sur son cœur, mais fut infiniment plus froide avec James, attendant simplement qu'ils fussent tous les trois seuls pour l'interpeller :

— Comment avez-vous pu faire cela, James? Épouser cette créature! Ciel, qu'avez-vous fait de votre amour-propre? Prendre pour femme la fille d'honneur de votre sœur!

Anne et Mary avaient été grandes amies autrefois, mais ce temps n'était plus.

James fit la grimace.

— Assez, Mary. Je suis excédé d'entendre toujours parler de cela, Dieu sait que je ne l'ai pas épousée de gaieté de cœur.

— Vraiment! Et pourquoi l'avoir épousée, alors?

Charles les interrompit, passant un bras autour de la taille de sa sœur :

— C'est moi qui le lui ai conseillé, Mary. Étant donné les circonstances, c'était le seul moyen honorable de s'en tirer.

Mary leva les sourcils d'un air sceptique.

— Maman ne le trouvera pas si honorable que cela, je vous en préviens. Attendez seulement qu'elle arrive.

— C'est justement ce que nous attendons tous, déclara Charles.

Peu de temps après, la reine mère, Henriette-Marie, débarqua à son tour, une semaine à peine après la naissance du fils d'Anne Hyde. La plus grande partie de la Cour vint l'accueillir à Douvres et s'installa, pour un jour ou deux, dans le grand vieux château qui, depuis des siècles, montait la garde sur les falaises de l'Angleterre.

Henriette-Marie était âgée de quarante-neuf ans, mais elle en paraissait presque soixante, mince, les joues creuses, les yeux hagards, sans le moindre vestige de beauté. Le peu qu'elle en avait s'était évanoui très tôt, dans ses multiples grossesses, les vicissitudes de la guerre civile, le chagrin de la perte de son époux, qu'elle aimait profondément.

Au repos, son visage était laid, mais entourée de gens elle était gaie, pleine de vivacité, avec le charme superficiel de sa jeunesse et les manières exquises qu'elle avait soigneusement enseignées à ses enfants. Toujours en deuil — ce deuil qu'elle n'avait plus quitté depuis la mort du roi —, elle portait une robe noire très simple, à col haut et manches longues, avec dépassants et manchettes de lin blanc, ainsi qu'un épais voile noir sur la tête. Ses cheveux sombres étaient roulés en tire-bouchon à l'ancienne mode et cette dernière coquetterie représentait tout ce qui lui restait de son ancien amour des jolies choses.

Dominatrice de nature, et possédant des enfants entêtés, elle était toujours en conflit avec eux. Quelques années auparavant elle s'était disputée avec Gloucester parce qu'il ne voulait pas entrer dans l'Église catholique, et elle lui avait interdit de reparaître en sa présence. A sa mort, ils n'étaient pas réconciliés. Mais en dépit du chagrin que lui avait causé cette situation, elle affrontait James, bien déterminée à le faire marcher, ou à rompre toute relation avec lui. Le duc et sa mère avaient toujours été grands amis, et il redoutait fort cette entrevue, car elle avait le mot dur quand elle était en colère.

— Eh bien! James, lui dit-elle quand ils furent seuls dans sa chambre à coucher où elle l'avait convoqué.

Sa voix était calme, ses mains légèrement crispées, et ses yeux noirs brillaient dangereusement.

— Il court des bavardages sur vous, en France, bavardages dont j'ai été — inutile de vous le dire — profondément mortifiée.

Debout près de la porte, les yeux baissés, il paraissait très malheureux et mal à l'aise. Il ne répondait pas et se refusait à la regarder. Pendant un moment tous deux restèrent parfaitement silencieux, puis il lui lança un regard en coulisse et baissa instantanément les yeux.

— James ! — Sa voix était sévère et maternelle. — N'avez-vous rien à dire ?

D'un mouvement impulsif il traversa la pièce et s'agenouilla à ses pieds.

— Madame, j'implore votre pardon, si je vous ai offensée. J'ai fait l'imbécile, mais Dieu merci, je suis revenu à la raison. Mrs. Hyde et moi ne sommes pas mariés, et je n'ai plus l'intention de songer à elle, j'ai suffisamment de preuves de son indignité.

La reine mère se pencha et posa ses lèvres sur le front filial. Elle était soulagée, et très satisfaite de ce retour à la raison fort inattendu, car, connaissant James, elle prévoyait une discussion amère et obstinée. Ainsi, une partie au moins de ce qu'elle était venue faire s'était accomplie.

Elle poursuivait deux autres desseins. L'un était de s'assurer une pension qui lui permettrait de vivre le reste de ses jours dans le confort et la tranquillité. Trop souvent elle avait mendié auprès de l'avare Mazarin, connu trop de privations — allant même jusqu'à manquer de feu dans ses appartements. Aussi tenait-elle essentiellement à avoir de l'argent. Son autre but était d'obtenir une dot convenable pour Henriette-Anne, qui avait peut-être plus souffert que les autres de leurs années d'exil. Car son père mort et ses frères chassés hors de leur patrie, elle avait grandi en parente pauvre des Bourbons, une malheureuse petite orpheline négligée et perdue dans les fastes de la Cour française.

Et maintenant le fils du roi Louis désirait l'épouser.

Henriette-Anne, surnommée Minette par Charles, venait d'atteindre ses seize ans. Sans être une beauté parfaite — son visage était trop mince et l'une de ses épaules était légèrement plus haute que l'autre —, elle n'en frappait pas moins tous ceux qui la voyaient pour la première fois. Ce que l'on qualifiait ainsi de beauté n'était que le rayonnement d'un charme tendre et prenant. Il était impossible de lui résister. Charles avait pour elle une sincère et profonde affection, qu'il n'avait jamais ressentie pour aucune de ses nombreuses maîtresses.

Le mariage de sa sœur avec Philippe, duc d'Orléans, lui procurerait certes un allié précieux à la Cour de France, car Minette avait toujours fait preuve d'un talent diplomatique qui lui avait valu l'admiration et le respect des hommes d'État les plus cyniques. Et elle aimait son frère avec une loyauté passionnée qui lui faisait toujours mettre ses intérêts avant ceux de Louis XIV. Néanmoins, Charles hésitait.

— Êtes-vous bien sûre, demanda-t-il, que vous désirez épouser Philippe ?

Ils avaient quitté la salle des banquets et se promenaient dans le jardin privé, le long des allées sablonnées qui séparaient en quadrilatères distincts les pelouses bordées de haies. Bien que l'on fût à la mi-novembre, l'air était tiède et les rosiers avaient encore toutes leurs feuilles. Minette n'avait pas même pris la peine de jeter un manteau sur sa robe de bal brodée d'or.

— Oh ! oui, Sire, je le désire ! répondit-elle vivement avec un sourire.

Il la regarda :

— L'aimez-vous ?

Charles était si désireux de voir sa sœur heureuse que la pensée de la voir se marier, comme les princesses en général, sans amour, le troublait profondément.

— L'aimer ? (Minette se mit à rire.) Mon Dieu ! Depuis quand l'amour a-t-il quelque chose à voir dans le mariage ? Vous épousez celui qui convient et, si vous pouvez vous supporter l'un l'autre, eh bien ! ce n'en est que mieux. Sinon !...

Elle haussa les épaules mais elle parlait sans le moindre cynisme précoce, simplement avec le bon sens natif d'une Parisienne, et la bonne volonté de prendre le monde tel qu'il était.

— Peut-être ! dit-il. N'empêche que vous êtes ma sœur et que je désire savoir à quoi m'en tenir. L'aimez-vous ?

— Eh bien ! à dire vrai, je n'en sais rien. J'ai toujours joué avec lui et nous sommes cousins. Je le trouve gentil — et je le plains un peu. Oui, à tout prendre, il est possible que je l'aime. (Elle porta la main à sa coiffure, qu'un vent léger ébouriffait.) Et, pour sa part, il est follement épris de moi. Oh ! il affirme qu'il ne peut plus vivre tant que nous ne sommes pas mariés !

— Oh ! Minette, Minette, que vous êtes innocente ! Philippe n'est pas amoureux de vous, il n'a jamais aimé personne que lui. S'il s'imagine vous aimer en ce moment, c'est parce qu'il voit que d'autres le font et qu'il espère, une fois marié, récolter un peu de cette affection pour lui-même. Pour peu qu'il soit déçu, il deviendra jaloux et désagréable. Ce Philippe est un vilain enfant gâté, jamais il ne vous rendra heureuse.

— Oh ! vous le jugez trop sévèrement ! protesta-t-elle. Il est si inoffensif. Comment ! toute son ambition est de trouver une nouvelle manière d'arranger ses cheveux ou d'attacher ses rubans. Les questions les plus sérieuses, à son point de vue, sont celles de préséance à une cérémonie ou à un banquet.

— Ou encore de découvrir un beau jeune homme...

— Oh ! quant à cela ! fit Minette avec un petit geste léger de la main. C'est assez habituel, et il changera certainement quand nous serons mariés.

— Admettez qu'il n'en soit rien ?

Elle s'arrêta net et le regarda bien en face :

— Mais mon cher !

Sa voix était empreinte d'un léger reproche.

— Vous n'êtes pas sérieux. S'il n'en est rien ? Eh bien ! cela n'a pas grande importance, du moment que nous avons des enfants.

Il fronça les sourcils :

— Vous ne savez pas de quoi vous parlez, Minette !

— Si, parfaitement, mon cher, je vous l'affirme. Et je trouve aussi que le monde surestime l'amour. Ce n'est qu'une partie de l'existence, il y a tant d'autres choses qui comptent.

Elle parlait avec un grand air de mystère et de sagesse mondaine.

— Ma petite sœur... combien vous avez à apprendre ! (Il souriait, mais son visage avait une expression tendre et triste.) Dites-moi, un homme vous a-t-il jamais dit qu'il vous aimait ?

— Non ! C'est-à-dire, pas tout à fait. Oh ! j'ai bien été embrassée une fois ou deux... mais rien de plus, ajouta-t-elle, rougissant et baissant les yeux.

— C'est bien ce que je pensais, sinon vous ne parleriez pas ainsi. — Le premier enfant de Charles était né quand il avait l'âge de Minette. — La moitié des joies et des chagrins de ce monde se découvrent au lit. Et je crains que vous n'y trouviez que des chagrins, si vous épousez Philippe.

Minette fronça légèrement les sourcils et poussa un petit soupir.

— C'est peut-être vrai pour les hommes, mais pas pour les femmes, j'en suis sûre. Oh ! je vous en prie, laissez-moi l'épouser. Vous savez combien maman le désire. Et moi aussi j'y tiens. Je veux vivre en France, Sire, c'est le seul endroit où je me sens vraiment chez moi. Je sais que Philippe est loin d'être parfait ; mais cela m'est égal, si j'ai la France, je serai heureuse.

Noël était la fête la plus aimée d'Angleterre et nulle part elle n'était célébrée avec plus d'enthousiasme qu'à Whitehall.

Chaque pièce, chaque galerie était décorée de houx, de cyprès et de lauriers. D'énormes vasques en argent ciselé étaient ornées de guirlandes de lierre. Des branches de gui pendaient à tous les lustres et dans toutes les embrasures de portes, et l'on arrachait une petite baie blanche à chaque baiser. Le palais retentissait des accents d'une joyeuse musique, les escaliers étaient remplis par une foule de jeunes gens et de jeunes femmes qui dansaient ou jouaient nuit et jour.

Les immenses cuisines préparaient des pâtés, des hures de porc aux cornichons, servis sur d'énormes plateaux d'or, des paons entiers avec leur queue déployée, et toutes les friandises traditionnelles. Dans la salle des banquets, les cadeaux au roi étaient exposés : cette année, n'importe quel courtisan avec une particule à son nom en avait envoyé un au lieu de se retirer à la campagne pour se dérober à cette obligation, comme c'était autrefois l'habitude.

Et soudain les rires se turent, la musique cessa de jouer, les gens circulèrent à pas feutrés, parlant bas. La princesse Mary avait attrapé la petite vérole. Elle mourut la veille de Noël.

La famille royale passa le jour de Noël dans le calme et la tristesse ; puis Henriette-Marie fit ses préparatifs pour retourner en France. Elle redoutait de laisser plus longtemps Minette en Angleterre, de crainte que celle-ci ne prenne à son tour la maladie. D'ailleurs elle n'avait plus aucune raison de rester car, tout en ayant obtenu la dot de Minette et une généreuse pension pour elle-même, elle ne pouvait se dissimuler qu'elle avait complètement échoué avec James.

Berkeley avait finalement reconnu avoir raconté un mensonge, Killigrew et Jermyn également, et James avait pris Anne pour femme. Mais il avait négligé d'en informer sa mère et celle-ci fut absolument furieuse quand elle eut vent de l'affaire. Elle refusa de lui adresser la parole, en public et en privé, et déclara que, si cette femme entrait à Whitehall par une porte, elle, la reine, s'en irait immédiatement par une autre.

Puis tout à coup son attitude changea radicalement; elle fit savoir à James que, du moment qu'il avait librement choisi Anne, elle était prête à l'accepter pour fille et lui demanda de lui amener la nouvelle duchesse. James en fut considérablement soulagé, tout en sachant fort bien la raison de cet adoucissement subit. Le cardinal Mazarin avait écrit à la reine mère en lui déclarant franchement que si elle quittait l'Angleterre en mauvais termes avec ses deux fils, elle ne serait nullement la bienvenue en France. Il craignait que le roi Charles ne lui supprimât sa pension et ne se souciait pas, lui, Mazarin, d'avoir à subvenir à ses besoins.

La veille de son départ, Henriette-Marie reçut sa belle-fille dans sa chambre à coucher de Whitehall. Telle était jadis l'habitude dans la noblesse, car cette pièce était toujours la plus richement meublée, différant d'un salon par la seule présence d'un immense lit à baldaquin. La réception fut des plus courues, car Henriette-Marie était populaire à la Cour et, en dépit de la maladie qui se propageait, tous étaient curieux d'assister à la prise de contact de la reine et de la duchesse. La Cour entière était vêtue de sombre, sans joyaux. La pièce dégageait une odeur de corps mal lavés, mêlée de l'entêtant parfum des vapeurs de soufre et de salpêtre destinées à désinfecter l'air. En dépit de ces précautions, Henriette-Marie n'avait pas voulu exposer Minette et celle-ci était absente.

La reine mère était assise dans un grand fauteuil de velours noir, un manteau d'hermine sur les épaules, bavardant gaiement avec un groupe de seigneurs. Le roi se tenait à côté d'elle, grand et beau dans la pourpre de son deuil royal. Mais l'impatience gagna l'assistance. Le prologue était vraiment trop long, ils avaient hâte de voir commencer la pièce.

Soudain un remous se produisit à la porte d'entrée. Le duc et la duchesse d'York étaient annoncés.

Un murmure expectatif courut parmi la foule et les regards convergèrent vers Henriette-Marie. Elle restait assise, très calme, regardant approcher son fils et sa femme, un léger sourire sur les lèvres. Personne n'eût pu dire ce qu'elle pensait. Mais Charles, qui l'observait, vit qu'elle tremblait légèrement et que sa main, aux veines gonflées, se crispait sur le bras de son fauteuil.

« Pauvre maman, songea-t-il. Comme elle tient à sa pension ! »

Anne Hyde était âgée de vingt-trois ans, laide, avec des cheveux noirs, une grande bouche et des yeux en boules de loto. Sous les regards jaloux et critiques, elle s'avançait pour affronter une belle-mère qui la détestait, elle ne l'ignorait pas. Elle traversa la pièce la tête haute, avec une sorte de dignité courageuse qui commandait le respect. Avec une déférence parfaite, sans la moindre touche de servilité, elle s'agenouilla aux pieds de la reine, courbant la tête, tandis que James marmottait une vague formule de présentation.

Henriette-Marie sourit gracieusement et posa légèrement les lèvres sur le front de sa belle-fille, ayant l'air aussi satisfaite que si elle avait elle-même fait ce choix pour James. Derrière elle se tenait le roi, impassible ; mais, comme Anne lui lançait un bref regard de gratitude, ses yeux noirs brillèrent d'une lueur qui ressemblait fort à un sourire rassurant et complice.

VII

Le jour qui suivit le départ de Lord Carlton, Ambre avait émigré à environ un mille de distance, à l'hôtellerie de *La Rose et la Couronne*, dans Fetter Lane. Elle ne pouvait supporter la vue des lieux où ils avaient vécu, de la table sur laquelle ils prenaient leurs repas et du lit dans lequel ils avaient dormi. La vue de Mr. Gumble, qui la considérait avec un regard sympathique et vide, la femme de chambre et même la chienne noir et blanc avec sa portée de chiots rendaient sa solitude encore plus douloureuse. Elle désirait s'en éloigner, tout comme elle tenait à éviter la possibilité de voir Almsbury et les autres amis de Sa Seigneurie. La promesse d'amitié et d'assistance du comte, si jamais elle en avait besoin, ne signifiait pour elle que débauche et misère. Elle désirait être seule.

Pendant plusieurs jours elle s'enferma dans la petite chambre qu'elle avait louée.

Elle était persuadée que sa vie était finie et son avenir aride et sans espoir. Elle se prenait à souhaiter de n'avoir jamais connu Bruce et, oubliant la part personnelle qui lui revenait dans tous ses ennuis, l'accusait d'en être seul l'auteur. Elle ne voulait plus se souvenir à quel point elle avait désiré avoir un enfant, et lui faisait grief de l'avoir engrossée, puis abandonnée, seule, épouvantée à l'idée que le fardeau qu'elle portait en elle, croissant chaque jour, était la preuve irréfutable de sa culpabilité. Un jour viendrait où elle ne pourrait plus le cacher, et qu'arriverait-il alors ? Oublieuse de son mépris pour Marygreen et de sa hâte de le quitter, elle en voulait à Bruce de l'avoir amenée dans cette grande ville où elle ne comptait pas un ami et où tout visage étranger prenait un air hostile. Cent fois elle décida de rentrer au village, mais ne put s'y résoudre. Car, en dépit de Sarah qui l'écouterait certainement, elle savait que son oncle la mettrait plus que probablement à la porte, surtout quand il apprendrait qu'elle était enceinte.

Ambre tournait et retournait tristement ces problèmes insolubles. Jamais plus elle ne pourrait être jeune, ni gaie. Et tout cela à cause de *Lui !*

Cependant, en dépit d'elle-même — et de plus en plus fréquemment à mesure que le temps passait —, Lord Carlton perdait son apparence satanique. Car elle en était toujours folle, et ressentait à son égard une nostalgie douloureuse plus forte encore que le désir. Un sentiment fait de respect, d'admiration, d'éblouissement.

Graduellement, à mesure que s'écoulaient les jours, elle reprit goût à la vie. Ses repas lui semblèrent bons. Il y avait à Londres tant de mets nouveaux : gâteaux savants, olives importées du Continent, fromage de Parmesan et lard de Bayonne. Peu à peu elle s'intéressait aussi aux mystérieuses transformations de son corps en gestation. Puis elle recommença à soigner son apparence. Ayant une fois négligemment poudré ses joues, elle rouvrit tous ses flacons, se refit une beauté et se déclara satisfaite du résultat.

Elle se sentait vraiment trop jolie pour gâcher ainsi le reste de son existence.

Ses fenêtres donnaient sur la rue et le quartier était assez élégant. Elle y passa de plus en plus de temps, se demandant où allait cette jolie dame si bien habillée qui sortait de sa voiture entourée de quatre galants, ce que faisait le beau jeune homme qui levait les yeux vers elle et comment il la trouvait. Londres était aussi excitant que par le passé.

« Mais je vais avoir un bébé ! »

Toute la différence résidait dans cette simple phrase. Bien plus que dans le départ de Lord Carlton.

Elle ne pouvait cependant pas rester toujours cloîtrée! Aussi, un beau jour, une quinzaine environ après le départ de Bruce, elle s'habilla avec grand soin et sortit; elle n'avait aucun but précis, mais désirait simplement quitter sa chambre pour flâner le long des rues, dans sa voiture, et sentir, en quelque sorte, qu'elle faisait partie de ce monde.

Le cocher engagé par Lord Carlton avait attrapé la petite vérole trois jours à peine après le départ de Sa Grâce. Ambre lui avait payé son salaire de l'année et — craignant la contagion — l'avait renvoyé, ainsi que le valet de pied. L'hôtelier de *La Rose* lui avait trouvé deux nouveaux serviteurs. Comme elle attendait sa voiture sur le seuil de l'hôtellerie, tout en mettant ses gants, elle ne put retenir un sourire de contentement en voyant deux jeunes freluquets enrubannés, aux cheveux de lin, passer devant elle et se retourner pour la mieux considérer. Certainement ils la prenaient pour une dame de qualité. Soudain, à sa grande surprise, elle s'entendit appeler par son nom et sursauta. Se retournant vivement, elle vit une drôle de femme derrière elle.

— Bonjour, madame Saint-Clare. Oh! excusez-moi, je ne voulais pas vous effrayer, Madame, je voulais simplement prendre de vos nouvelles. J'habite l'appartement voisin du vôtre et l'hôtelier m'a dit que vous souffriez d'un accès de fièvre. J'ai une infusion qui fait merveille dans ce cas...

Elle souriait aimablement et considérait Ambre comme si elle admirait sa beauté et ses vêtements. Très reconnaissante de cette attention et contente d'avoir quelqu'un à qui parler, Ambre lui fit une petite révérence.

— Grand merci, Madame. Mais je crois que l'accès est passé.

A cet instant sa voiture arriva et s'arrêta devant le porche; le valet de pied ouvrit la portière, baissa le marchepied et se tint prêt à aider sa maîtresse à monter en carrosse. Ambre hésita une seconde; ses deux semaines de réclusion et le choc subi par son amour-propre l'avaient rendue légèrement timide. Mais elle se sentait désespérément seule, cette dame avait l'air bon et gentil, pas trop critique. Elle eût redouté n'importe laquelle de ces brillantes jeunes femmes de son âge, à la voix aiguë, qu'elle avait tant admirées et cherché à imiter. Mais ne trouvant rien à dire, elle se borna à saluer légèrement et se dirigea vers sa voiture.

— Comment! s'écria l'étrangère, sont-ce là les armes de votre famille, Madame?

Elle désignait l'écusson de Bruce qu'Ambre n'avait pas fait enlever de la portière.

— Oui! dit Ambre sans la moindre hésitation.

Elle espérait que cette dame ne les reconnaîtrait pas. A ses yeux, toutes les armoiries se ressemblaient avec leurs absurdes lions à tête de chien, leurs écus et leurs étoiles.

— Oh! mais je connais très bien votre père, alors! Ma maison de campagne se trouve près de Pickering, dans le Yorkshire.

— Je suis de l'Essex, Madame. Près d'Heathstone.

Elle commençait à souhaiter n'avoir pas menti, car elle risquait d'être prise en faute.

— Mais oui! bien entendu, madame Saint-Clare. Que je suis sotte! Mais vos armoiries sont si pareilles à celles d'un de mes proches voisins... en y regardant de plus près, je vois très bien la différence. Permettez-moi de me présenter, Madame. Je suis Mrs. Goodman.

— Très heureuse de faire votre connaissance, Madame.

Ambre s'inclina en se disant qu'elle se conduisait comme une grande dame, suivant les instructions de son professeur de français.

— Puis-je vous déposer quelque part?

— Comment? Oh! ma chère, je ne voudrais pas

vous causer le moindre dérangement. J'allais simplement faire un petit tour au « Change ».

Le « Change » — Ambre le savait — était une promenade élégante, un lieu de rendez-vous pour les jolies femmes et leurs galants, et cela lui parut un but de promenade tout indiqué.

— J'y vais moi-même, Madame. Je vous en prie, montez avec moi.

Mrs. Goodman ne se fit pas prier et toutes deux s'installèrent, étalant leurs jupes, agitant leurs éventails en échangeant des banalités sur la chaleur de ce mois de septembre. Tandis que la voiture roulait, Ambre, bavardant avec animation, avait complètement oublié qu'elle était une femme abandonnée, portant dans ses flancs un enfant bâtard.

Sally Goodman était bien en chair, avec de gros bras rouges et une poitrine débordante. Son teint était laidement marqué de la petite vérole, bien qu'elle fît tous ses efforts pour y remédier par des applications massives de pommade rosée; ses cheveux arboraient deux ou trois nuances diverses de blond, ce qui indiquait clairement à quel point elle aidait la nature. Elle avouait de vingt-huit à vingt-neuf ans, et se rajeunissait visiblement. Ses toilettes possédaient une sorte d'élégance superficielle, mais un œil exercé distinguait immédiatement qu'elles étaient faites de matériaux de seconde qualité, par une petite ouvrière. Le reproche d'artifice pouvait également s'appliquer aux manières et à la personnalité de celle qui les portait. Mais elle possédait une cordialité empreinte de bienveillance qui parut à Ambre à la fois chaude et réconfortante.

Mrs. Goodman, à ce qu'il semblait, était une personne de qualité, fort à son aise, qui faisait un court séjour à Londres, pendant que son mari voyageait à l'étranger pour ses affaires. Jugeant évidemment Ambre d'après son accent, ses robes et sa voiture, elle la prenait pour une jeune héritière de province visitant la capitale et Ambre — satisfaite de l'erreur — se garda bien de la détromper.

— Mon Dieu ! ma chérie ! dit Mrs. Goodman, êtes-vous vraiment toute seule ? Une jolie enfant comme vous ! Comment ! Mais il y a des douzaines de mauvais garçons à Londres qui n'attendent que cette occasion.

Ambre fut surprise elle-même de la promptitude de sa réplique :

— Oh ! je suis en visite chez ma tante, ou plutôt je dois y aller dès qu'elle sera rentrée. Elle est encore en France. Elle faisait partie de la Cour de Sa Majesté.

— Ah oui ! bien sûr ! acquiesça Mrs. Goodman. Mon mari y était aussi, pendant un certain temps. Mais le roi a préféré qu'il revienne pour organiser les affaires. Où habite votre tante, ma chère ?

— Sur le Strand — oh ! une très jolie maison !

Almsbury l'avait une fois emmenée de ce côté, où se trouvait sa demeure dont il n'était pas encore rentré en possession.

— J'espère qu'elle reviendra bientôt : vos parents ne seraient certainement pas contents de vous savoir seule pendant assez longtemps, ma chère. Vous n'êtes pas mariée, je suppose ?

Ambre, à cette question, se sentit rougir et ses yeux se baissèrent sur son éventail fermé. Mais elle trouva rapidement un second mensonge plausible :

— Non, mais je le serai bientôt. Ma tante a quelqu'un pour moi, comte je crois. Il voyage pour l'instant, mais doit rentrer à peu près en même temps qu'elle.

Puis, se souvenant de ce qu'Almsbury lui avait raconté au sujet des parents de Bruce, elle ajouta :

— Mon père et ma mère sont morts tous les deux. Mon père a été tué à Martson Moor et ma mère est morte à Paris, il y a dix ans.

— Oh ! pauvre chère petite ! Et vous n'avez personne, pas de tuteur qui s'occupe de vous ?

— Ma tante se charge de moi quand elle est là. J'ai vécu chez une autre tante, depuis qu'elle est partie.

Mrs. Goodman hocha la tête et serra chaleureusement la main d'Ambre, qui lui fut passionnément reconnaissante de cette sympathie compréhensive. Elle se sentait toujours si misérable et si perdue quand elle était seule.

Le Royal Exchange se trouvait à l'intersection de Corn Hill et de Greatneedle Street, tout près de l'auberge du *Royal Sarrasin*. C'était un immense quadrilatère, entourant une cour, et dont les galeries étaient divisées en de minuscules boutiques, tenues par de jolies filles qui ne cessaient d'inviter les clients :

— Que vous faut-il, Messieurs ? Que vous faut-il, Mesdames ? Gants, rubans, parfums ?

Les jeunes beaux y flânaient, fleuretant avec les vendeuses, examinant nonchalamment les passantes, et les interpellant hardiment. La cour elle-même était pleine de marchands, modestement vêtus, traitant activement des affaires, parlant de stocks, de crédit, d'hypothèques et de leurs aventures sur mer.

Comme elles gravissaient les marches qui y donnaient accès, Ambre, fort à contrecœur, suivit l'exemple de Sally Goodman et mit son masque. A quoi bon avoir un joli visage, se disait-elle, si personne n'avait le droit de le voir ? Et, laissant tomber son manteau, elle montra du moins sa jolie taille. Néanmoins, en dépit du masque, elle attirait visiblement l'attention. Comme elles déambulaient, s'arrêtant çà et là pour examiner une paire de gants, quelques rubans brodés, une aune de dentelle, d'enthousiastes commentaires s'échangeaient sur leur passage.

— Elle est jolie ! Très jolie ! Par ma foi, c'est un fait !

— Ces yeux assassins !

— La plus jolie fille qu'un homme puisse s'offrir pour une quinzaine !

Ambre commençait à se sentir très heureuse et excitée. Elle lançait de furtifs regards en coin pour voir combien d'hommes l'admiraient et comment ils étaient. Mrs. Goodman, en revanche, adoptait une tout autre attitude. Faisant claquer sa langue et hochant la tête :

— Mon Dieu ! Que les jeunes gens sont donc grossiers, de nos jours !

Légèrement déconcertée, Ambre détourna les yeux et fronça les sourcils, pour bien montrer qu'elle était mécontente aussi. Mais cette attitude ne dura pas, elle était bien trop intéressée par tout ce qu'elle voyait.

Elle avait envie de tout acheter. Sans discernement, son instinct de propriété n'en était pas moins fort, et elle se sentait si follement riche qu'elle ne voyait aucune raison pour se refuser ses fantaisies. Finalement, elle s'arrêta devant une boutique où se tenait une jeune femme boulotte, aux yeux noirs, entourée de plusieurs douzaines de cages, dorées ou argentées, contenant chacune un bel oiseau exotique, canari, perroquet, cacatoès, rapporté par la Compagnie des Indes orientales ou quelque armateur particulier.

Comme elle faisait son choix, incapable de se décider entre une petite perruche bleu turquoise et un grand oiseau vert au cri rauque, elle entendit une voix masculine :

— Ma parole ! elle est épatante ! Qui peut-elle être ?

Ambre jeta un coup d'œil pour voir qui parlait ainsi d'elle, et au même instant l'autre répondit :

— Je ne l'ai jamais vue à la Cour. Quelque héritière de province, ce me semble. Pardieu ! je ferai sa connaissance, dussé-je y laisser ma peau !

Sur quoi il s'avança, se découvrit et s'inclina devant elle :

— Madame, permettez-moi de vous offrir cet oiseau qui — j'ose le dire — est moins éclatant que vous !

Ravie, Ambre le gratifia d'un charmant sourire et se disposait à faire une révérence, quand la voix de Mrs. Goodman se fit entendre, acerbe :

— Comment osez-vous interpeller ainsi une jeune dame de la bonne société, Monsieur ? Allez-vous-en, avant que je n'appelle un agent pour vous punir de votre impertinence.

Surpris, le galant leva les sourcils et hésita une minute. Mais Mrs. Goodman le fixait d'un air si autoritaire qu'il finit par s'incliner cérémonieusement devant la pauvre Ambre déçue, et s'en revint auprès de son ami. Comme ils s'en allaient, elle entendit cette phrase railleuse.

— C'est bien ce que je pensais. Une vieille entremetteuse avec sa protégée. Apparemment elle entend la conserver pour quelque vieux duc goutteux.

Ambre comprit alors qu'elle avait montré trop d'empressement et s'éventa d'un air détaché :

— Mon Dieu ! il me semblait avoir vu ce jeune homme chez ma tante, une fois !

Resserrant autour d'elle les plis de son manteau, elle s'absorba sur le choix de son oiseau, sans plus s'occuper de ce qui se passait en dehors du magasin.

Elle paya la petite perruche turquoise et sa cage dorée avec une pièce de monnaie sortie au hasard de son manchon. Et, une fois de plus, Mrs. Goodman vint à la rescousse. Comme elle reprenait sa monnaie, Sally lui arrêta le bras :

— Attention, ma chérie ! Je crois qu'il vous manque un penny.

La vendeuse s'exécuta immédiatement avec un petit rire, s'excusant de son erreur. Mrs. Goodman la regarda sévèrement et, suivie d'Ambre, remonta dans la voiture.

Pendant le chemin du retour, Mrs. Goodman entreprit d'attirer l'attention de sa compagne sur les dangers que court une jeune et jolie femme peu accoutumée à la vie citadine. Les temps étaient difficiles, ajouta-t-elle, et une femme vertueuse avait non seulement à préserver son honnêteté, mais encore à sauvegarder les apparences.

Ambre approuva gravement, se sentant coupable et se demandant avec inquiétude si sa manière de se comporter avait choqué l'austère Mrs. Goodman. Soudain la voiture s'arrêta : se penchant à la portière, la jeune fille poussa un cri d'horreur. Devant elle se traînait péniblement une femme dévêtue jusqu'à la ceinture, les cheveux épars, gémissant et trébuchant chaque fois qu'un homme qui la suivait la cinglait d'un coup de fouet. Une foule considérable suivait ce triste cortège, gamins des rues, hommes et femmes adultes, tous railleurs et méprisants.

— Oh ! voyez cette femme ! Ils la battent !

Sally Goodman jeta un coup d'œil et se détourna, parfaitement calme :

— Ne gaspillez pas votre sympathie, ma chère ! Misérable créature ! — elle a dû donner le jour à quelque bâtard. C'est le châtiment habituel — bien mérité — de ces mauvaises femmes !

Ambre, fascinée, ne pouvait détacher ses yeux de ce spectacle. Le dos de la malheureuse était rayé de longues traînées de sang. Fermant les yeux, Ambre se sentit soudain mal à l'aise, sur le point de s'évanouir. Seule la crainte que Mrs. Goodman ne s'aperçût de quelque chose la fit se ressaisir. Mais sa gaieté s'en était allée et elle demeurait plus consciente que jamais du crime qu'elle avait commis, un crime qui méritait châtiment.

« Oh, Ciel ! songea-t-elle avec désespoir. Cela pourrait être moi ! Ce sera peut-être moi ! »

Le lendemain matin, Ambre, en robe de chambre, avalait une assiettée de gelée de groseilles — pour « atténuer » ses nausées — quand elle entendit frapper à la porte, et la voix joyeuse de Mrs. Goodman l'appela par son nom. Rapidement, elle poussa le compotier sous le lit et courut ouvrir.

— Je relevais seulement mes cheveux...

Mrs. Goodman la suivit devant la coiffeuse.

— Laissez-moi vous aider, ma belle. Votre femme de chambre est-elle partie ?

— Oui... j'ai dû la renvoyer. Elle... elle attendait un enfant !

Ce fut la seule excuse qui lui vint à l'esprit.

Mrs. Goodman hocha la tête :

— Quelle vilaine époque ! Mais, grand Dieu ! ma chérie, comment allez-vous faire, sans domestique ?

Ambre fronça les sourcils :

— Je ne sais pas. Mais ma tante en a des douzaines !

— Bien sûr, ma chérie ! Mais jusqu'à son retour... Seigneur ! Une dame ne peut se passer d'une femme de chambre.

— Non ! acquiesça Ambre, je le sais bien. Mais où en trouver une ? Jamais encore je n'ai été à Londres. Et une femme seule est obligée de se méfier des étrangers, ajouta-t-elle vertueusement.

— Certainement ma chère, et vous êtes une jeune personne fort avisée de le reconnaître. Mais peut-être pourrais-je vous aider. Une très bonne amie à moi vient justement de retourner dans sa propriété et a renvoyé quelques-unes de ses servantes. Je pense surtout à l'une d'entre elles, une petite très modeste, bien stylée. Si elle n'a pas déjà trouvé une nouvelle place, je pourrais vous l'envoyer.

Ambre accepta et la jeune fille vint se présenter moins d'une heure après, une petite personne au visage insignifiant, habillée d'une robe bleu foncé, très nette, avec un tablier éblouissant, de grandes manchettes blanches et un petit bonnet qui couvrait ses cheveux soigneusement enroulés en un chignon sur la nuque. Les yeux modestement baissés, elle fit une révérence ; elle parlait d'une voix douce qui prédisposait en sa faveur. Son nom était Honneur Mills et Ambre l'engagea promptement à raison de deux livres par an, logée, nourrie, habillée.

Elle se sentait tout à fait grande dame et élégante d'avoir ainsi une personne à son service, qui lui brossait les cheveux, préparait ses toilettes, faisait ses courses et la suivait à quelques pas, quand elle sortait. La présence de cette jeune fille lui plaisait aussi. Honneur était tranquille, bien élevée, toujours nette et soignée, de bonne humeur ; une parfaite société pour sa maîtresse, qu'elle paraissait admirer sincèrement.

Néanmoins, Ambre se souvenait des recommandations de Lord Carlton : cacher soigneusement son argent, et ne confier à personne ses affaires personnelles. Elle n'avait pas apporté les cinq cents livres à Shadrac Newbold, car elle n'avait jamais auparavant entendu parler d'un orfèvre, et il lui déplaisait de remettre sa fortune entre des mains étrangères. Elle se jugeait très capable de l'administrer. Pas plus qu'elle ne voulait — avant d'y être absolument obligée — aller voir les sages-femmes dont Bruce lui avait parlé.

Ambre et Mrs. Goodman devinrent amies intimes. Elles déjeunaient ensemble, chez l'une ou chez l'autre, faisaient un tour en voiture dans Hyde Park ou sur le Mall, mais sans mettre pied à terre, achetaient quelques babioles au Royal Exchange ou au dépôt des Indes orientales. Ambre proposa une fois d'aller au théâtre, mais Mrs. Goodman parla si sévèrement de la mauvaise réputation de ces endroits qu'elle n'osa plus insister.

Le mari de Mrs. Goodman se trouva obligé de prolonger son séjour à l'étranger, car ses affaires étaient embrouillées. Ambre, de son côté, déclara avoir reçu une lettre de sa tante, disant qu'elle ne pourrait pas quitter la France avant une semaine ou deux. Si besoin en était, on trouverait une autre excuse au bout de ce temps. Car Ambre restait convaincue que les gens ont une bien meilleure opinion de vous si vous cherchez à paraître plus que vous n'êtes réellement.

Elles se connaissaient depuis une quinzaine environ, quand Mrs. Goodman parla de son neveu. Revenant de l'église — c'était un dimanche —, elles étaient dans la chambre d'Ambre, picorant des crevettes dans un plat et les arrosant de vin du Rhin. Honneur, armée d'un soufflet, s'évertuait à faire marcher le feu, car le temps était soudain devenu aigre, et un épais brouillard s'étendait sur la ville.

— Ma parole! dit Mrs. Goodman sans lever les yeux, son attention absorbée par ce qu'elle mangeait, cela valait mille d'entendre mon nigaud de jeune neveu divaguer à propos de vous, l'autre soir. Il jure à tous les échos que vous êtes la plus belle femme qu'il ait jamais vue.

Ambre, croquant une crevette, lui lança un coup d'œil rapide.

— Quand m'a-t-il aperçue?

Elle n'avait pas fait la connaissance d'un seul jeune homme, bien que les occasions ne lui eussent pas manqué. Elle était convaincue qu'elle ne pourrait plus jamais aimer, mais désirait néanmoins une société masculine, de préférence à celle de cette femme qui, songeait-elle, était aussi fade et insipide qu'un verre d'eau.

— Hier, quand vous êtes descendue de voiture dans la cour, j'ai cru que ce jeune imbécile tomberait en bas de la fenêtre tant il se penchait. Mais je lui ai dit que vous étiez promise à un comte.

Le sourire d'Ambre s'effaça.

— Oh ! vous n'auriez pas dû !

— Pourquoi pas ?

Mrs. Goodman s'attaquait à un gâteau français, bien glacé, parfumé à l'eau de rose et tout garni d'amandes.

— C'est la vérité, n'est-ce pas ?

— Oh.. oui ! Mais c'est votre neveu. Vous avez été si bonne pour moi, Madame, et si votre neveu désire faire ma connaissance, eh bien ! je ne vois réellement pas où serait le mal.

Luc Channel devait justement venir voir sa tante ce soir et Mrs. Goodman promit de l'amener. Il rentrait de voyage, expliqua-t-elle, et se rendait dans le Devonshire. Ambre, très excitée, souhaitant de tout son cœur qu'il fût bien de sa personne, changea de robe et se fit recoiffer par Honneur. Elle ne comptait pas retrouver quelqu'un dans le genre de Lord Carlton — car il n'avait pas son pareil à Londres —, mais la perspective de revoir un jeune homme, de s'amuser quelque peu, de lire une certaine admiration dans ses yeux, agissait comme un puissant tonique.

Luc Channel fut un grand désappointement.

A peine plus grand qu'elle, il était grossièrement bâti, avec une large face plate, un nez camus, les deux dents de devant cassées, et un léger dépôt verdâtre au niveau des gencives. Malgré tout, il était bien habillé, avec des flots de rubans à l'épaule, autour des hanches et aux genoux, ses manières étaient assurées et il paraissait totalement ébloui par son hôtesse. Il ricanait perpétuellement, sans la quitter des yeux, et semblait par moments tellement médusé qu'il en perdait le fil de ses discours.

Ainsi que beaucoup de jeunes gens, il avait rapporté de ses voyages une série de jurons français et toutes ses phrases étaient émaillées de « morbleu ! »

et de « mordiou! ». Il lui raconta que le Louvre était beaucoup plus grand que Whitehall, qu'à Venise les prostituées marchaient dans les rues la poitrine découverte, et que les Allemands buvaient encore plus que les Anglais. Avant de se retirer, il invita Ambre et sa tante à dîner, le lendemain, dans Mulberry Gardens, et elle accepta l'invitation avec un sourire et une révérence.

Ils avaient à peine fermé la porte qu'Honneur lui demanda :

— Eh bien! M'dame, qu'en pensez-vous? Fameusement chic, n'est-ce pas?

Mais Ambre se sentait brusquement lasse et découragée. Sans entrain, elle haussa les épaules :

— Oh! il n'y a pas de quoi en faire des folies!

Et tout remonta soudain en elle, les désillusions, la solitude, le désir intense de revoir Bruce, la situation désespérée dans laquelle elle se débattait. Se jetant sur son lit, elle fondit en larmes. Sentant peser sur elle tout le poids de sa grossesse, il lui semblait être enfermée dans un cachot sans issue et elle était épouvantée, comme menacée par quelque monstre indéfinissable.

« Oh! que faire? Que puis-je faire? songeait-elle avec désespoir. Cela grandit, grandit, grandit en dedans de moi! Je ne peux pas l'arrêter! Et cela devient de plus en plus gros, jusqu'à ce que je sois enflée comme une grenouille empaillée et que tout le monde le voie. Oh! je voudrais être morte! »

VIII

Ambre et Luc Channel se marièrent vers la mi-octobre, trois semaines après leur première rencontre, dans la vieille église de la paroisse à laquelle appartenait l'hôtellerie de *La Rose*. Suivant la coutume, Ambre acheta les alliances et en choisit une fort jolie, sertie de diamants, pour elle, disant au bijoutier d'envoyer la facture. Elle agissait ainsi depuis quelque temps, son ignorance de la valeur des pièces d'argent lui causant parfois des ennuis.

Ambre avait épousé Luc sans grand enthousiasme. Elle le considérait comme l'un des hommes les moins séduisants qu'elle ait vus et seule la conscience, toujours lancinante, de son état l'avait amenée à le considérer comme un mari possible, sa principale qualité — à ses yeux — étant son ardente admiration pour elle.

Mais, dès le lendemain de la noce, elle comprit qu'elle avait été jouée. Ses manières obséquieuses et tendres disparurent instantanément; il devint insolent, grossier, autoritaire. Sa vulgarité la choquait et lui faisait horreur, mais il ne lui permettait pas de s'isoler et faisait irruption chez elle à n'importe quelle heure du jour ou de la nuit. Dès le premier jour, il s'en alla la plus grande partie du temps; il buvait sans arrêt, lui réclamait le reste de son argent et faisait preuve, sans la moindre provocation, d'un caractère exécrable.

Les affaires de Mr. Goodman continuaient à ne pas être réglées et il devenait une figure tout aussi nébuleuse que la tante d'Ambre, bien que les deux femmes se confondissent en excuses chaque fois que le nouveau délai avait expiré. Sitôt le mariage, les deux appartements avaient été réunis en un seul, et Sally empruntait les éventails, les gants et les bijoux d'Ambre, essayant vainement de s'introduire dans ses robes. Ambre commença à se rendre compte qu'elle avait été prise au piège par la tante et le neveu, sans bien comprendre comment cela s'était produit.

Honneur restait aussi calme et effacée que par le passé, mais plus négligente. Ambre avait à lui répéter fréquemment de mettre ses souliers et de ne pas rester à la maison avec un tablier sale. Quand Luc était là, elle ne le quittait pas des yeux avec une sorte d'adoration moutonnière qui rendait Ambre enragée. Quand il rentrait ivre, elle lui tenait la tête, nettoyait ses vêtements, le déshabillait et le couchait. De tels devoirs étaient habituels aux domestiques, mais Honneur les accomplissait avec une sorte de dévotion quasi conjugale. Luc ne lui en savait aucun gré, l'injuriait, la bousculait même quand il était de mauvaise humeur, et la traitait familièrement devant Ambre elle-même.

Ils étaient mariés depuis deux semaines à peine quand un jour, rentrant inopinément, Ambre surprit Honneur et Luc au lit. Stupéfaite et dégoûtée, elle resta immobile un instant, la bouche et les yeux largement ouverts, puis claqua la porte. Luc bondit hors du lit; Honneur, avec un cri d'effroi, courut dans la chambre de Sally en gémissant.

Luc regarda sa femme :

— Pourquoi diable êtes-vous rentrée ?

Elle était au bord des larmes, non que cela lui causât la moindre peine, mais parce qu'elle se sentait nerveuse et gênée.

— Comment pouvais-je savoir ?

Sans lui répondre, il enfila son pourpoint, boucla son épée, enfonça son chapeau sur sa tête et sortit de la pièce en claquant violemment la porte. Ambre le suivit un instant des yeux, puis alla retrouver Honneur. Celle-ci se trouvait dans la chambre de Sally, blottie dans un coin, sanglotante, le bras devant sa tête, comme pour se protéger. Un maître ou une maîtresse avaient alors le droit de battre les serviteurs infidèles, et visiblement elle s'attendait à une correction.

— Taisez-vous ! cria Ambre. Je n'ai pas l'intention de vous frapper. (Elle lui jeta une pièce de monnaie.) Tenez ! Et je vous en donnerai autant chaque fois que vous coucherez avec lui. J'aurai peut-être la paix, de cette façon, marmotta-t-elle en rassemblant ses jupes pour sortir.

Mais le dégoût qu'elle éprouvait pour son mari n'était pas le seul souci d'Ambre. Tous deux, sa tante et lui, dépensaient beaucoup d'argent — presque chaque jour de nouveaux paquets arrivaient pour l'un ou pour l'autre — mais ils ne réglaient jamais rien. Ambre aborda la question, un jour qu'elle sortait faire des emplettes avec Mrs. Goodman.

— Quand donc Luc recevra-t-il un peu d'argent de chez lui ? Chaque fois qu'il veut déjeuner à la taverne ou aller au théâtre, il me demande de la monnaie.

Sally se mit à rire et s'éventa tout en regardant la foule.

— Voyez cette robe de satin jaune, là-bas, ma chérie ? J'ai envie de m'en commander une semblable. Voyons, que disiez-vous ? Ah oui ! l'argent de Luc ! Eh bien ! pour vous dire la vérité, chérie, nous ne voulions pas vous en parler, mais puisque vous y tenez, le père de Luc est furieux qu'il se soit marié sans sa permission. Ce pauvre Luc, faire un mariage d'amour et maintenant se voir couper les vivres ! Mais, ma chère, avec votre fortune, vous vous arrangerez très bien tous les deux ?

Et elle adressa un sourire engageant à Ambre, quoique son regard fût dur et inquisiteur.

Ambre la contempla, interdite. Luc sans argent, et tous deux obligés de vivre sur ses cinq cents livres ! Elle commençait à se rendre compte que cinq cents livres n'étaient pas la fortune inépuisable qu'elle s'était imaginée tout d'abord, surtout au train où ils dépensaient maintenant.

— Mais pourquoi diable son père refuserait-il de l'entretenir ?

La question était posée comme un défi, car Sally et elle ne se trouvaient plus sur le même pied de politesse et avaient failli se quereller à plusieurs reprises.

— Il ne me trouve pas assez bonne pour lui ?

— Ô mon Dieu, ma chérie, je n'ai pas dit cela ! Mais son père avait songé à quelqu'un d'autre. Attendez qu'il vous ait vue. Il changera d'avis bien vite, je vous assure. Et à propos, ma chère, ces mille livres que vous avez demandées à l'homme d'affaires de votre tante, ne sont-elles pas un peu lentes à venir ?

La voix de Sally était aussi onctueuse que lorsqu'elle adjurait Luc de dominer sa mauvaise humeur, de ne pas déchirer les cartes après un mauvais coup, ou de traiter Honneur plus gentiment.

Mais Ambre fit la moue, détourna les yeux et répondit d'un ton boudeur :

— Il est possible que l'homme d'affaires ne veuille pas non plus les envoyer, maintenant que je suis mariée.

Peu à peu, son petit pécule fondait. Argent de poche pour Luc, fantaisies de Mrs. Goodman, qui promettait toujours de rembourser dès que son mari serait de retour, règlement d'un fournisseur qui venait réclamer des notes en retard.

« Que ferai-je quand je n'aurai plus rien ? » se demandait-elle avec désespoir. Et, accablée par la crainte et les pressentiments, elle se mettait à pleurer. Elle avait versé plus de larmes depuis le départ de Lord Carlton que durant le reste de sa vie. Si Luc se mettait en colère, si la blanchisseuse ne lui rendait pas ses chemises en temps voulu, la plus légère contrariété, le plus léger inconvénient, devenait une cause de pleurs. Parfois elle pleurait doucement, tristement, d'autres fois les larmes étaient des torrents, comme une averse de printemps. La vie n'était plus gaie, ni provocante, mais vide et sans espoir.

Il ne lui restait rien ! Le bébé naîtrait et serait suivi d'autres au cours des années. Sans le sou, chargée de famille, avec un mari brutal, et beaucoup de travail, sa beauté se fanerait rapidement. Et les années viendraient !

Parfois elle se réveillait la nuit, luttant comme si elle se trouvait prise dans les mailles d'un filet. Elle se dressait alors sur son lit, terrifiée, la respiration coupée. Puis elle se souvenait de Luc, étendu à côté d'elle, prenant les trois quarts de la place, et la haine montant en elle lui donnait envie de l'étrangler de ses propres mains. Elle le contemplait, pensant à la joie qu'elle éprouverait à le poignarder, à le voir rivé au lit, saignant désespérément. Elle se demandait si elle aurait le courage de l'empoisonner, mais elle avait peur d'être prise. Et une femme coupable du meurtre de son époux était brûlée vive.

Jusqu'à présent, personne n'avait paru s'apercevoir de sa grossesse, bien qu'elle eût achevé son cinquième mois. Ses nombreux jupons empesés, et ses jupes froncées, l'aidaient à dissimuler durant la journée. Elle ne s'habillait que seule, ou le dos tourné. La nuit, les bougies étaient toujours éteintes à cause d'Honneur qui dormait dans la même pièce, sur un petit lit de camp que l'on poussait sous le grand dans la journée. Mais ils ne pourraient manquer de le voir bientôt et elle savait que jamais elle ne parviendrait à les persuader que l'enfant était de Luc. Que feraitelle, alors? Elle n'en avait aucune idée.

De temps en temps, Ambre changeait son argent de cachette, ne laissant que quelques pièces de monnaie à l'endroit supposé, et elle se félicitait de l'excellence de ce système. Un jour elle alla à sa cachette : la bourse n'y était plus!

Elle avait accroché le sac à un clou planté derrière une très lourde armoire de chêne, placée contre le mur et que jamais personne ne bougeait. Avec un léger cri, elle se mit à quatre pattes pour voir si la bourse ne serait pas tombée à terre, dans la poussière. Elle se sentit soudain épouvantée et malade. Se retournant, elle appela Honneur qui se trouvait dans la pièce voisine; la jeune fille arriva en courant et s'arrêta net en voyant Ambre farfouiller sous l'armoire.

— Oui, M'dame !

— Avez-vous bougé cette armoire ?

— Oh ! non ! M'dame !

Ambre eut l'impression qu'elle mentait, mais se dit qu'en tout état de cause elle n'avait certainement agi que sur les ordres de Luc. Elle se releva péniblement, découragée, mais moins surprise qu'elle ne l'eût cru, et se dirigea vers la porte où le tailleur attendait, sa facture à la main. Il fut poli, toutefois, quand elle lui dit qu'elle n'avait pas d'argent à la maison, et déclara qu'il reviendrait. Luc Channel était un excellent client, et il n'avait nullement l'intention de lui être désagréable.

Luc rentra très tard, trop ivre pour parler, aussi Ambre n'eut-elle d'autre ressource que d'attendre le lendemain matin. Quand elle se réveilla, la chambre était vide et la porte qui donnait dans l'appartement de Sally, close. Mais elle entendait un murmure de voix venant de là. Rapidement, elle sauta hors du lit et passait sa chemise quand Luc entra soudain. Promptement elle saisit son jupon, mais il traversa la pièce en deux enjambées, la saisit par le bras et lança le jupon au loin.

— Pas si vite. Un mari a bien le droit de voir sa femme de temps en temps, ce me semble !

Il examina le ventre ballonné.

— Vous êtes bien discrète, continua-t-il lentement, l'air mauvais, pour une chienne grosse de trois mois au moment de son mariage !

Ambre rendit le regard sans fléchir. Ses yeux étaient froids et durs. Toute inquiétude et toute indécision avaient disparu de son esprit. Elle ne ressentait plus qu'une haine amère et méprisante, si forte qu'elle balayait tout autre sentiment.

— Et c'est pour ça que tu m'as épousé, sale putain ? Pour donner un nom à ton bâtard !

De toute sa force, Ambre le frappa au visage. Avant qu'elle eût pu faire un mouvement, il la saisit par les cheveux, d'une brusque secousse, tandis que de l'autre main il lui administrait un violent coup de poing à la mâchoire. Terrifiée, lisant le meurtre dans ses yeux, Ambre poussa un cri strident et Sally se précipita dans la chambre, invectivant son neveu :

— Luc ! Luc ! Imbécile, qui vas tout gâter ! Assez !

Et elle se précipita au secours d'Ambre, qui s'accroupissait et ne luttait pas, de peur qu'un coup ne fît du mal à l'enfant. Mais il la frappait aveuglément, où il pouvait, jurant entre ses dents, livide de colère, grimaçant de rage. Finalement, Sally réussit à l'écarter, laissant Ambre étendue à terre, gémissant, vomissant, au bord de la crise de nerfs.

— Oh ! le diable vous emporte, Luc ! entendit-elle Sally crier. Votre sale caractère nous ruinera tous !

Sans l'écouter, il hurla, s'adressant toujours à Ambre :

— La prochaine fois, tu ne t'en tireras pas à si bon compte, dévergondée ! Je te casserai la tête, tu m'entends !

Et il lui allongea encore une bourrade. Ambre gémit, protégeant son ventre de ses deux mains, les yeux fermés. Il quitta la pièce, claquant violemment la porte derrière lui.

Les deux femmes se précipitèrent immédiatement vers Ambre et la mirent au lit. Elle resta quelques minutes, sanglotante, à trembler de tout son corps, plus de rage, de haine et d'humiliation que de douleur. Assise sur le lit, Sally lui caressait les mains, lui parlait d'un ton apaisant, tandis qu'Honneur la contemplait avec une sorte de stupeur pleine de sympathie.

Comme Ambre reprenait ses esprits, elle sentit en elle de légers mouvements et, portant les mains à son ventre, comprit que son bébé bougeait.

— Oh ! s'écria-t-elle furieusement, si je perds mon

enfant, je vous jure que je verrai ce fils de traînée pendu au bout d'un gibet, à Tyburn Hill!

Bien que souvent elle ait espéré un accident, elle comprit soudain à quel point elle désirait cet enfant, car c'était tout ce qui lui restait de Lord Carlton.

— Seigneur! ma toute-belle! Que dites-vous? s'écria Sally.

Néanmoins, elle envoya Honneur chez le pharmacien chercher un remède contre les fausses couches et fit une infusion du mélange d'herbes que celle-ci rapporta. Ambre avala cette décoction puante en se bouchant le nez et en faisant des grimaces. La journée s'écoula sans symptômes alarmants et Ambre commença de se sentir mieux. Pour contusionnée et dolente qu'elle fût, elle n'était pas sérieusement blessée. Mais elle ne pouvait songer qu'à Luc Channel et combien elle le détestait. Elle était bien résolue, sitôt rentrée en possession de son argent, à le quitter, s'en aller de Londres vers quelque autre ville et s'y cacher. Plusieurs heures durant elle resta ainsi allongée, les yeux fermés, faisant des plans.

Sally lui témoignait plus de sollicitude que jamais et, même quand Ambre faisait semblant de dormir, elle lui posait des questions, lui apportait quelque chose à manger, suggérait qu'elle serait mieux si elle s'asseyait un peu. Finalement Ambre céda, avec un soupir excédé, et toutes deux entamèrent une partie d'hombre.

— Pauvre Luc! dit Sally au bout de quelques minutes. Je crains que le malheureux garçon n'ait hérité des accès de fureur de son père. Croyez-moi, j'ai vu Walter Channel, l'écume à la bouche, rester pétrifié pendant quelques minutes. Mais la crise une fois passée, c'est le plus charmant garçon du monde, tout juste comme Luc.

Ambre lança un regard sceptique à Sally, jeta sa dame et gagna le point.

— Comme Luc, répéta-t-elle. Je le regrette pour Lady Channel.

Sally pinça les lèvres :

— Peste, ma chère ! vous ne voudriez tout de même pas qu'un homme soit enchanté de trouver sa femme engrossée par un autre ? Et, vous savez... — elle joua une carte, ramassa la levée et, tout en l'alignant sur le bord du plateau, regarda Ambre bien en face —..., il paraît à peu près évident que vous saviez, avant de vous marier, dans quelle situation vous vous trouviez ?

Ambre sourit malicieusement :

— Oh ! vraiment ?

Ses yeux lancèrent un éclair, et elle cria :

— Et pour quelle autre raison aurais-je épousé ce rustre aux dents sales ?

Sally la regarda, poussa un profond soupir, et se mit à ramasser ses levées. Reprenant les cartes, elle donna et toutes deux jouèrent un moment en silence.

Tout à coup Ambre dit :

— J'ai perdu une bourse contenant une assez grosse somme. Elle était pendue à un clou derrière cette armoire ; quelqu'un l'a volée.

— Volée ! Des voleurs ici ! Ô mon Dieu !

— Je pense que c'est Luc le coupable.

— Luc ? Un voleur, lui ? Petite, comment parlez-vous ? Il n'est pas dans tout Londres d'homme plus honnête que mon neveu. Et de toute façon, ma chère, comment pourrait-il vous voler ! L'argent d'une femme appartient à son mari. Je suis étonnée, ma chérie, je dois dire, que vous ayez ainsi caché quelques misérables livres !

— Quelques misérables livres ! Ce n'étaient pas quelques misérables livres. C'était tout ce que je possédais au monde !

Sally lui lança un regard rapide.

— Tout ce que vous possédiez ? Et votre héritage, alors ? Ces cinq mille livres ?

Elle la fixait de ses yeux durs, rétrécis ; toute bonne humeur avait disparu de son visage.

— Et son héritage à lui ?

Sally conserva toute sa patience :

— Je vous l'ai déjà expliqué, ma chère. Et, d'après ce que je comprends, vous avez trompé mon neveu, lui faisant croire que vous étiez fortunée, alors que cinq cents livres constituaient toute votre fortune ?

D'un geste brusque, Ambre lança ses cartes dans la pièce et fit tomber le plateau.

— Comprenez ce que vous voulez, je m'en fiche ! Ce misérable a volé mon argent et j'appellerai la maréchaussée.

Sally se leva d'un air de dignité offensée et se retira dans ses appartements où elle resta tout le jour. Honneur tint compagnie à sa maîtresse. Tranquillement, elle vaqua à ses occupations, apporta son dîner à Ambre sur un plateau, lui brossa les cheveux, passa une bassinoire dans le lit pendant qu'elle se lavait les mains et se brossait les dents. Elle écouta, sans commentaire, mais avec sympathie, les plaintes d'Ambre au sujet de son mari et de sa tante, et ne parut pas autrement surprise quand sa maîtresse lui fit part de son intention de les quitter sitôt qu'elle aurait récupéré son argent.

Sans le vouloir, Ambre s'endormit avant le retour de Luc. Elle s'éveilla bien au milieu de la nuit et perçut des voix dans la pièce voisine — la sienne et celle de Sally — mais, bien qu'elle attendît quelque temps, en proie à une froide colère, la porte resta close. Peu à peu les voix s'éteignirent ; elle se rendormit.

Le lendemain matin, quand elle s'éveilla, un grand feu flambait dans la cheminée, et la pièce avait un air étonnamment accueillant et intime. Sally, fredonnant une chanson, arrangeait des feuillages verts dans un vase. Honneur époussetait les meubles avec plus d'ardeur que de coutume. Et Luc, nouant sa cravate devant la glace, se contemplait avec satisfaction.

A peine eut-elle repoussé les rideaux que Sally l'aperçut.

— Bonjour, ma chérie! s'écria-t-elle affectueusement. — Traversant vivement la pièce, elle vint embrasser Ambre, sans paraître s'apercevoir de la mine renfrognée de cette dernière. — J'espère que vous avez bien dormi? Luc est resté dans ma chambre sur le lit pliant, pour ne pas vous déranger.

Jamais elle n'avait été plus aimable et, se tournant vers son neveu avec un sourire rayonnant, comme une mère qui met son fils en valeur devant des étrangers :

— N'est-ce pas, Luc?

Luc répondit par un large ricanement, le même que durant leurs fiançailles. Appuyée sur un coude, Ambre l'examinait d'un air revêche. Elle était bien décidée à rentrer dans son argent, mais la seule vue de son mari l'indignait à tel point qu'elle en perdait tout sang-froid. Il s'approcha d'elle, grimaçant toujours un sourire tandis qu'elle le contemplait avec un sombre dégoût.

— Devinez ce que j'ai pour vous?

Il avait pris quelque chose dans la poche de son manteau et tenait une main derrière son dos.

— Je ne sais pas, et cela m'est égal! Allez-vous-en! s'écria-t-elle comme il se penchait pour l'embrasser, et elle se cacha la tête sous les couvertures.

Il eut un mauvais regard, mais Sally lui poussa légèrement le coude en guise d'avertissement. S'asseyant sur le lit, il tenta de l'approcher :

— Voyez, ma poulette, le joli cadeau. Allons, ma belle! vous n'allez pas faire la tête au pauvre Luc, hein?

Elle l'entendit ouvrir un écrin et faire tinter quelque chose qui ressemblait à un bijou. Curieuse, elle risqua un œil de dessous les couvertures. D'un air tentateur, il lui tendait un bracelet orné de plusieurs diamants, d'un rubis et de quelques pendeloques. Et il continuait, d'un ton persuasif, tandis qu'elle regardait le bijou :

— Croyez-moi, ma mignonne, je regrette ce qui s'est passé hier. Vraiment, parfois je ne suis plus maître de moi. Mon pauvre vieux père est sujet à des accès semblables. Tenez, laissez-moi l'accrocher à votre bras.

Le bracelet était fort joli et Ambre finit par l'accepter. Elle savait que mieux valait lui faire croire qu'elle l'aimait, sinon jamais elle ne retrouverait son argent. Aussi se laissa-t-elle embrasser et fit-elle même entendre un petit rire de satisfaction. Elle le tenait en tel mépris qu'elle n'avait aucune peine à se persuader qu'il serait facile de le jouer. Finalement, elle se leva, s'habilla, et ils burent ensemble un pot d'ale, agrémenté de quelques anchois. Luc suggéra une promenade à Pancras, et un déjeuner dans une charmante petite auberge qu'il connaissait. Le croyant réellement ennuyé de sa conduite et encore épris d'elle, Ambre accepta. Elle mit son manteau, laissa, sur son conseil, son bracelet à la maison, de crainte des voleurs de grand chemin, et tous deux sortirent.

Pancras — un minuscule petit village au nord-ouest — se trouvait à environ deux milles de *La Rose*, ce qui représentait environ trois quarts d'heure de voiture. Mais ils avaient à peine atteint Holborn-le-Haut que la pluie commença de tomber et en moins de quinze minutes, les routes devinrent boueuses. Deux ou trois fois les roues s'embourbèrent ; le cocher et le valet de pied durent les dégager à l'aide de la barre de fer que, dans ce but, possédait tout équipage.

Ambre, secouée, cahotée dans cette voiture sans ressorts, trouva la course interminable et souhaitait éperdument être restée chez elle. Luc, au contraire, était très gai, très bavard, et elle fit un effort pour avoir l'air de s'amuser autant que lui.

L'auberge lui parut laide et sale et la chambre dans laquelle ils furent introduits était froide et sentait le renfermé. L'hôtelier alluma le feu, et Luc descendit ensuite avec lui pour commander le déjeuner, tandis qu'Ambre restait à la fenêtre, regardant tomber la pluie.

Le déjeuner était mauvais, bœuf bouilli à peine réchauffé, panais à l'eau et lard bouilli. Ambre, écœurée, put à peine avaler une bouchée, mais Luc, jamais dégoûté, s'empiffra gloutonnement, deux ruisseaux de graisse coulant le long de sa bouche. Il mangeait bruyamment, se curait les dents avec ses ongles et crachait par terre, si bien qu'Ambre, rendue plus sensible par son état, en eut la nausée.

A peine avait-il fini de manger qu'il se mit à la serrer de près, cherchant à dégrafer ses vêtements. Soudain, on frappa à la porte et l'hôtelier l'appela. Sans un mot, il la quitta et sortit.

Ambre resta un moment surprise et soulagée, se demandant ce qui se passait. Brusquement, elle fondit en larmes, larmes de colère, de solitude et de dégoût. « Je ne veux plus qu'il m'approche ! songea-t-elle. Non ! dût-il me tuer ! » Et, se tournant de côté, elle se mit à pleurer amèrement en attendant qu'il revînt.

Elle attendit longtemps. Finalement elle se leva, se baigna le visage à l'eau fraîche et se recoiffa. Elle se demandait où il avait bien pu aller et ce qui le retenait, mais s'en souciait fort peu. Car, dès son retour, ils rentreraient chez eux et elle passerait le reste de la journée à bavarder avec Sally, ou — si Luc restait auprès d'elle — à jouer à l'hombre ou au piquet, en étant sûre de perdre, car ils trichaient tous deux, sa tante et lui, elle ne savait pas comment.

A la longue, elle finit par s'inquiéter et un sentiment de méfiance s'insinua en elle. Avait-il pris la voiture, la laissant rentrer seule par ses propres moyens ? Cette sorte de vengeance lui ressemblerait bien. Et elle n'avait pas un farthing sur elle. Prenant son éventail, son manchon et son masque, elle s'enveloppa dans son manteau de velours noir et descendit dans l'auberge. L'hôtelier était à son comptoir, parlant à un étranger crotté; les deux hommes fumaient leur pipe en buvant de l'ale.

— Où est mon mari ? demanda-t-elle à mi-chemin dans l'escalier.

Ils levèrent les yeux vers elle.

— Votre mari ? répéta l'hôtelier.

— Bien sûr ! Le monsieur avec lequel je suis venue ! s'écria-t-elle impatiemment, se dirigeant vers le comptoir. Où est-il ?

— Eh ! il est parti, Madame. Il m'a dit que vous étiez une dame qui cherchait à s'enfuir avec lui et m'a demandé de l'appeler à une heure et demie. Il est tout de suite parti avec la voiture, en disant que vous paieriez la note, ajouta-t-il d'un ton significatif.

Ambre le regarda, stupéfaite, puis elle courut à la porte ! C'était vrai. La voiture avait disparu. Elle se retourna, irritée et très ennuyée :

— Il faut que je rentre à Londres. Comment faire ? Y a-t-il un relais ici ?

— Non, Madame. On s'arrête très rarement. Le déjeuner était de dix shillings, et la chambre aussi. Une livre en tout, Madame.

Il tendit la main.

— Une livre ? C'est que je ne l'ai pas. Je n'ai pas un sou sur moi. Oh ! le misérable !

Il lui semblait que personne n'avait jamais été si malchanceux, ni n'avait tant souffert qu'elle depuis qu'elle était à Londres.

— Comment puis-je rentrer ? demanda-t-elle de nouveau d'un ton désolé.

Elle ne pouvait réellement pas partir à pied sous cette pluie et dans cette boue.

L'aubergiste garda un instant le silence, l'examinant et concluant finalement en sa faveur à cause de sa jolie robe.

— Allons, Madame, vous me paraissez être une dame comme il faut. J'ai un cheval et mon fils peut vous reconduire, si vous voulez payer la course et régler la note quand vous serez rentrée.

Ambre accepta et s'en fut avec le fils de l'hôtelier — un gamin de quatorze ans —, traînée par deux infâmes petits bidets qui se refusaient obstinément à trotter. Ils roulaient silencieusement, Ambre serrant les dents, très mal à son aise, avec le poids de son ventre et ses habits trempés collant à elle. Elle était obsédée par la pensée de Luc Channel. Plus le temps passait, plus son ventre devenait douloureux, plus elle était transpercée, et plus elle le haïssait. Sauvagement, elle se promettait de le tuer pour cela, dût-elle être brûlée vive.

Quand ils arrivèrent en ville, les rues étaient presque désertes. Les gens, enveloppés dans leurs manteaux, leurs chapeaux enfoncés jusqu'aux oreilles, luttaient contre le vent. De pauvres chiens mouillés, de misérables chats se blottissaient sous les porches et de véritables torrents coulaient au milieu des rues.

Le jeune garçon l'aida à descendre et la suivit, comme elle entrait en courant, ses jupes collées à elle, ses cheveux pendant en longues mèches sur ses épaules. Elle ressemblait à quelque maléfique divinité marine. Elle traversa la grande salle sans se soucier des regards braqués sur elle, grimpa précipitamment les escaliers, et pénétra violemment chez elle avec un cri d'effroi :

— Luc !

Point de réponse. La pièce était vide, le lit pas fait, et partout se remarquaient les signes non équivoques d'un départ précipité. Les armoires étaient béantes et vides, sa garde-robe pillée, sa coiffeuse entièrement dépouillée. Les miroirs qu'elle avait achetés n'étaient plus aux murs. La paire de chandeliers d'argent avait disparu. Seule la petite perruche, dans sa cage dorée, la contemplait de son œil rond, et elle aperçut les boucles d'oreilles de Bruce, par terre, comme si elles y avaient été jetées par mépris.

Elle contemplait le désastre, immobile, abasourdie, désemparée. Cependant un sentiment confus d'allégement, de délivrance montait en elle, et elle se sentait heureuse d'être enfin débarrassée d'eux, de tous les trois, Luc, Sally et la petite Honneur Mills. Lentement elle leva la main, tira les épingles d'écaille qui retenaient ses cheveux — elles étaient incrustées d'or avec des motifs en petites perles — et les tendit au gamin.

— Tout mon argent est parti ! dit-elle d'un ton las. Tenez ! Prenez cela.

Indécis, il la regarda un instant, puis finalement accepta. Ambre ferma doucement la porte derrière lui et s'adossa au battant. Elle n'avait plus qu'un désir : se coucher et oublier, oublier même qu'elle était en vie.

DEUXIÈME PARTIE

IX

Le sol était couvert de vieille paille pourrie qui sentait l'aigre, et les rats, aux yeux semblables à des perles noires brillantes, avançaient hardiment, en quête de quelques bribes de nourriture. Les murs suintaient, recouverts d'une sorte de limon verdâtre. De grands anneaux de fer y étaient encastrés, tenant de lourdes chaînes. Le long de la muraille des rangées de planches, en guise de lits, comme dans un baraquement. Bien que la matinée fût avancée, il faisait sombre et l'obscurité eût été plus profonde encore sans la lueur d'une chandelle de suif qui brûlait d'une petite flamme basse, comme étouffée par la puanteur de l'air. C'était le Trou des Condamnés, à Newgate, où les prisonniers séjournaient tant qu'ils ne pouvaient s'offrir un logement meilleur.

Il y avait quatre femmes dans la cellule, toutes assises, toutes chargées de lourdes chaînes aux poignets et aux chevilles, toutes silencieuses.

L'une était une jeune quakeresse, vêtue d'une austère robe noire, avec un col empesé et un voile blanc sur les cheveux ; elle restait immobile, les yeux fixés sur la pointe de ses souliers. En face d'elle, une femme d'âge moyen, semblable à toutes les femmes que l'on voit chaque jour dans la rue, allant au marché un panier au bras. A côté d'elle, une affreuse souillon, étendue par terre, contemplait ses compagnes d'un air hostile, un vilain sourire au coin de la lèvre. Des ulcères béants couvraient son visage et sa gorge et, de temps en temps, une toux creuse lui déchirait la poitrine. La quatrième de ces femmes était Ambre, assise enveloppée dans son manteau, tenant sur ses genoux d'une main crispée la cage de sa perruche, et serrant de l'autre son manchon.

Elle tranchait singulièrement dans cet infect taudis, car ses vêtements, tout en ayant souffert de l'averse essuyée il y avait une quinzaine de jours, étaient de bonne coupe et de belle qualité. Sa robe — faite par Mme Darnier — était en velours noir, relevée sur un jupon d'épais satin à raies blanches et rouges. De fines lingeries tuyautées encadraient son décolleté et garnissaient le bas des larges manches bouffantes. Ses bas de soie étaient de teinte écarlate et de grosses boucles brillantes ornaient ses souliers de velours noir à bouts carrés. Elle portait son grand manteau noir, son manchon de renard, son éventail et son masque.

Elle était là depuis une heure environ — le temps lui semblait singulièrement long — et pas un mot n'avait été échangé ! Ses regards erraient partout, cherchant à percer les ténèbres, et elle commençait à s'agiter nerveusement. De partout, au-dessus d'elle, en dessous, de tous côtés retentissait une sourde rumeur faite de cris étouffés, de gémissements, de jurons et de rires ! Elle regarda la femme du peuple, puis la quakeresse, et enfin l'abominable mégère couchée par terre qui la contemplait avec une sorte d'insolence amusée.

— Est-ce bien la prison ? demanda finalement Ambre, s'adressant à elle, car aucune des deux autres ne paraissait avoir conscience de ce qui se passait autour d'elle.

La mendiante continuait à loucher de son côté, sans rien dire, puis elle se mit à rire et fut soudain prise d'un accès de toux. Suffoquant, elle porta les deux mains à sa gorge, et finit par cracher un gros caillot de sang.

— Est-ce bien la prison ? répéta-t-elle, singeant Ambre. Par l'enfer, où donc tu te crois ? Tu n'es pas à Whitehall, ma belle !

Son accent était rude et sa voix éraillée comme celle d'une femme usée.

— Je veux dire : est-ce là toute la prison ?

— Jésus ! non !

Elle eut un geste las :

— Écoute un peu ! En haut, en bas, partout ! Pourquoi tu es là ? demanda-t-elle brusquement. Ici on n'est pas habituées à la société des grandes dames.

Elle avait un air moqueur, mais semblait trop épuisée pour être dangereuse.

— Pour dettes, dit Ambre.

Le lendemain du départ de Luc, de sa tante et de la bonne, Ambre s'était réveillée avec un gros refroidissement, la gorge si irritée qu'elle pouvait à peine parler. Elle était presque heureuse d'être malade, car au moins elle ne pouvait rien faire avant d'être remise et elle ne savait réellement pas que devenir. Elle ne possédait plus rien, sauf la robe qu'elle avait sur elle ; pas un penny en caisse. Son unique actif négociable était constitué par son alliance de mariage, le rang de perles qu'elle portait autour du cou, une paire de boucles d'oreilles en perles et celles que Bruce lui avait achetées à la foire de mai. Luc avait volé tous les objets de valeur, y compris le bracelet de la réconciliation et la brosse à dents à manche d'argent que Bruce lui avait donnée.

Couchée dans son lit, toussant, crachant, se mouchant, la tête vide et les membres courbatus, elle se faisait du souci. Car elle comprenait à présent sa sottise. Ils lui avaient joué un tour vieux comme le monde et cousu de fil blanc. Avec sa naïveté de jeune campagnarde, elle avait donné dans le piège, aussi étourdie qu'une bécasse. Sa seule consolation était la certitude de les avoir trompés aussi. Car elle était bien convaincue, à présent, que Luc s'était imaginé épouser une véritable héritière et l'avait abandonnée au moment où il s'était aperçu de son erreur.

Le troisième jour, son antichambre fut assaillie par une nuée de créanciers réclamant leur dû. Quand Ambre apparut, enroulée dans une couverture, et qu'elle leur déclara que son mari avait pris la fuite et qu'elle n'avait pas d'argent, ils menacèrent de porter plainte. Finalement elle refusa de répondre et les mit à la porte. Ce matin même, un archer était venu à son domicile, lui avait ordonné de s'habiller et de la suivre à Newgate. Elle ne serait pas jugée, lui dit-il, avant la prochaine session et, au cas ou elle serait reconnue responsable de sa dette, condamnée à rester en prison jusqu'à ce qu'elle ait tout payé.

— Pour dettes ! répéta la femme du peuple. Moi aussi. Mon mari est mort en devant une livre six shillings.

— Une livre six ! s'écria Ambre. J'en dois trois cent quatre-vingt-dix-sept !

Elle éprouvait presque un sentiment de triomphe à être emprisonnée pour une somme aussi considérable. Mais elle en rabattit bien vite.

— Alors, dit la pouilleuse, tu ne sortiras d'ici que les pieds devant.

— Que dites-vous ? Mais j'avais cet argent. J'en avais même *beaucoup* plus, seulement mon mari l'a volé et s'est sauvé. Quand ils l'auront rattrapé, ils me le rendront.

Elle cherchait à paraître confiante, mais les paroles de cette femme l'avaient épouvantée, car ce n'était pas la première fois qu'elle entendait parler de la manière spéciale dont la justice était rendue à Londres.

Grimaçant un sourire, la mendiante se leva et se rapprocha, dégageant une odeur qui incommoda vivement les nerfs olfactifs de son interlocutrice. Elle s'arrêta devant la jeune fille et l'examina avec une expression où se mêlaient une certaine jalousie devant cette jeunesse et cette beauté, et un mépris bienveillant pour tant de naïveté et de confiant optimisme. Puis elle s'assit à côté d'elle.

— Je m'appelle Molly Turner. D'où viens-tu, ma jolie ? Pas depuis longtemps à Londres, hein ?

— J'y suis depuis sept mois et demi, répliqua Ambre d'un air de défi, car elle était toujours blessée dans son orgueil de se voir prise pour une provinciale. Je viens de l'Essex, ajouta-t-elle d'une voix plus douce.

— Allons ! pas besoin de prendre de grands airs avec moi, pimbêche ! M'est avis, quand on possède une couche pareille, qu'un petit conseil d'amie ne fait pas de mal. Et tu en auras besoin de plus d'un, avant longtemps.

— Je suis désolée. Mais, à parler franchement, Mrs. Turner, je suis dans une telle impasse que j'en deviens folle. Qu'est-ce que je dois faire ? Il faut absolument que je sorte d'ici. Je vais avoir un bébé.

— C'est vrai ?

Elle ne paraissait ni émue, ni impressionnée.

— Ben ! ce ne sera pas le premier qui naîtra à Newgate, tu peux me croire. Écoute, ma belle, c'est plus que probable que tu ne sortiras jamais d'ici. Alors écoute-moi bien, ça t'épargnera des ennuis !

— Jamais ! cria Ambre avec désespoir. Oh ! mais je ne veux pas rester ici, ils ne peuvent pas me garder !

Molly Turner prit un air excédé et, sans faire attention aux protestations d'Ambre, continua avec calme :

— Il te faudra payer pension à la femme du geôlier, pour être mieux logée, porter des chaînes plus légères, vomir plus à l'aise. Et tu peux commencer tout de suite en me donnant ces boucles d'oreilles...

Ambre poussa un cri d'horreur et se recula.

— Je ne veux pas. Elles sont à moi ! Pourquoi vous les donnerais-je, je vous prie ?

— Parce que, ma jolie, si ce n'est pas moi, c'est la femme du geôlier qui les prendra. Oh ! je suis correcte ! Donne-moi les pendants — ils ne valent guère plus d'une livre, ajouta-t-elle en les examinant d'un œil perçant —, et je te dirai comment s'arranger ici. J'y ai déjà été, et tu peux me croire. Allons, vite, pendant que nous sommes tranquilles...

Ambre la considéra longuement avec un franc dégoût ; finalement elle décida que mieux valait avoir une alliée en cet étrange lieu — fût-ce au prix de boucles d'oreilles. Retirant donc ses perles, elle les déposa dans la paume ouverte de Mrs. Turner. Molly les enfouit dans son corsage, entre ses deux seins flasques, et se tourna vers Ambre.

— Alors, ma chère, qu'est-ce que tu as comme argent ?

— Pas un penny !

— Pas un penny ? Bon Dieu ! comment veux-tu vivre ? Newgate n'est pas un asile de bienfaisance. Tu paies pour tout ici, et cher encore !

— Eh bien ! je ne peux pas. Je n'ai pas d'argent.

Le ton catégorique d'Ambre amena un nouvel et violent accès de toux chez Molly. Finalement elle se redressa et, s'essuyant la bouche du revers de la main :

— Tu es vraiment trop jeune pour sortir du nid, ma poulette. Où perche ta famille ? Dans l'Essex ? Tu ferais mieux de leur écrire...

Ambre se raidit et baissa ses longs cils :

— Je ne peux pas. Et je ne veux pas ! Ils ne voulaient pas que je me marie... et je...

— T'inquiète pas. Je vois ça comme si j'y étais. Tu t'es trouvée avec un gosse et tu es partie. Ton ami t'a plaquée ! Et à Londres tout le monde s'en fiche... nous avons assez d'embêtements pour ne pas nous occuper de ceux du voisin...

— Mais, je suis vraiment mariée ! protesta Ambre

bien résolue, puisqu'elle y était, à obtenir tout le respect dû à une femme convenable. Je suis Mrs. Channel, Mrs. Luc Channel ! Voilà mon alliance, qui le prouve !

Elle ôta son gant et mit sa main gauche sous le nez de Molly.

— Oui ! Oui ! Bon Dieu ! ma chère, ça m'est bien égal que tu sois mariée, ou que tu aies couché avec trente ou quarante hommes. J'ai été une poule de luxe, moi, dans le bon temps ! Maintenant, je suis si faisandée qu'un homme ne me voudrait pas, même pour rien !

Elle sourit faiblement, haussa les épaules et, les yeux perdus dans le vide, oubliant sa promesse, se mit à énumérer la suite de désillusions que constituait sa vie.

— Voilà comment j'ai commencé : Il était capitaine aux armées du roi, un rudement beau garçon dans son uniforme. Mais mon père n'était pas content de voir sa fille mettre au monde un lardon illégitime. Alors je suis venue à Londres. A Londres, on peut tout cacher. Mon petit est mort — tant mieux pour lui — et je n'ai jamais revu mon capitaine. Mais j'en ai vu d'autres, des hommes, plus que je n'en voulais, je te jure. Et j'ai eu de l'argent, pendant un bout de temps. Une fois, un type m'a donné cent livres pour une seule nuit. Maintenant...

Elle se tourna brusquement et dévisagea Ambre qui la considérait les yeux agrandis d'horreur, ne pouvant croire que cette affreuse créature, malade, émaciée, eût été jeune, belle, amoureuse d'un beau garçon, tout comme elle...

— Quel âge crois-tu que j'aie ? Cinquante ans ? Non ! Trente-deux. J'ai tout juste trente-deux ans. Oh ! ça va ! j'ai eu mon beau temps, faut en convenir. Et je ne le donnerais pas pour autre chose...

Ambre se sentait défaillir ; elle se voyait d'ici quelques années, changée en une seconde Molly Turner.

« Ô mon Dieu ! mon Dieu ! songeait-elle, épouvantée, c'est tout à fait comme disait tante Sarah : voyez ce qu'il advient de ces mauvaises femmes ! »

Soudain le grincement d'une clef dans la serrure les fit toutes sursauter et la lourde porte de fer s'ouvrit lentement. Molly, posant la main sur sa bouche, chuchota :

— Vends-lui ton alliance pour ce qu'elle voudra t'en donner.

Une femme d'une cinquantaine d'années pénétra dans la cellule. Ses cheveux, presque blancs, étaient ternes et morts comme de la paille, relevés en un petit chignon bien serré sur le sommet de la tête. Elle portait une blouse malpropre, une jupe de laine bleu foncé et un grand tablier rouge noué à la taille. Autour de ses hanches était enroulée une lanière de cuir, à laquelle pendaient quelques grosses clefs, une paire de ciseaux, un sac, et un nerf de bœuf au bout d'un lourd manche de bois, destiné à maintenir la discipline. Elle tenait une chandelle fichée dans une bouteille, qu'elle posa sur une planchette avant de se retourner pour examiner ses prisonnières.

Un gros chat gris au pelage rayé la suivait, se frottant contre ses jambes et ronronnant d'un air satisfait. Apercevant la perruche d'Ambre, il fit un bond rapide. Mais Ambre, avec un léger cri, se redressa, élevant la cage à la hauteur de son épaule, et envoya un bon coup de pied à l'animal, tandis que la perruche voletait, effarée, se heurtant aux barreaux de la cage.

— Bonjour Mesdames ! dit la femme, les toisant l'une après l'autre de ses petits yeux rusés et impitoyables qui s'arrêtèrent longuement sur Ambre. Je suis Mrs. Cleggat, mon mari est le geôlier. Je comprends que vous êtes toutes des dames bien et que vous ne tenez pas à vivre dans une cave bonne pour les voleurs, les parricides et les meurtriers. Je suis heureuse de vous apprendre que vous pouvez être conduites dans une chambre aussi agréable que celle de n'importe quelle maison particulière ; vous y trouverez de la société, des distractions, à une condition seulement...

— Voilà le hic... murmura Molly, étendue les bras croisés, les jambes écartées.

— Combien ? demanda Ambre, tout en surveillant le chat qui s'était patiemment installé à ses pieds, les yeux exorbités, remuant le bout de la queue.

Si elle vendait son alliance, elle aurait certainement de quoi se payer un logis convenable, et elle restait persuadée que d'ici un jour ou deux, elle sortirait de là.

— Deux shillings six pence pour sortir d'ici. Six shillings pour allégement des chaînes. Deux shillings six par semaine pour un lit. Deux shillings par semaine pour des draps. Six shillings six au geôlier. Dix shillings six au cantinier pour le charbon et les chandelles. C'est tout pour l'instant. Ce qui fait une livre dix pour chacune de vous, Mesdames.

Et comme nulle ne bougeait ni ne parlait, elle ajouta d'un ton brusque :

— Allons ! décidez-vous. C'est moi qui traite les affaires : il n'y a personne d'autre ici.

Molly souleva sa jupe, fouilla dans son jupon et en sortit la somme demandée :

— Malédiction, à ce taux-là, j'aurai tout juste volé de quoi payer la prison !

Ambre jeta un regard autour d'elle, attendant que les autres parlent. Voyant qu'elles n'en faisaient rien, elle tira son alliance et la tendit à Mrs. Cleggat.

— Je n'ai pas d'argent. Combien me donnerez-vous de cela ?

Mrs. Cleggat s'empara de la bague, l'approcha de la chandelle et déclara :

— Trois livres.

— Trois livres ? Mais elle m'en a coûté douze !

— Les valeurs ne sont pas les mêmes ici.

Détachant son sac, elle en sortit quelques shillings, les compta à Ambre puis enfouit le bijou dans la poche de cuir. Est-ce tout ?

— Oui ! dit Ambre.

Elle ne voulait pas se séparer du rang de perles que Bruce lui avait donné peu avant son départ.

Mrs. Cleggat lui lança un regard perçant :

— Vous feriez mieux de me donner maintenant tout ce que vous avez, sinon je vous promets que cela vous sera volé avant deux heures.

Ambre hésita encore un instant, puis, avec un soupir, elle dégrafa son collier et le donna à la femme du geôlier. Mrs. Cleggat lui en offrit six livres. Après quoi, se détournant, elle passa aux deux autres femmes. La quakeresse, se levant, la regarda bien en face et parla d'une voix douce et humble :

— Je n'ai pas d'argent, ma sœur, fais de moi ce que tu veux !

— Vous feriez mieux d'en envoyer chercher, Madame. Sans quoi vous irez dans la salle commune qui, j'ose le dire, n'est pas bonne pour un singe !

— Cela ne fait rien, je m'y habituerai.

Mrs. Cleggat haussa les épaules, et d'un ton de mépris indifférent :

— Oh ! ces fanatiques ! dit-elle. (« Fanatiques », pour le vulgaire, désignait tous ceux qui n'appartenaient ni à l'Église catholique, ni à l'Église anglicane.) C'est bon ! Dans ces conditions, Madame, donnez-moi votre manteau pour payer les frais d'entrée, et vos souliers pour l'installation.

Au-dehors, il faisait presque tiède, car l'hiver avait été très doux, mais ici le froid et l'humidité vous transperçaient. Sans protester, la jeune fille défit son manteau et l'enleva. Ambre, qui considérait la scène avec indignation, prit soudain son parti :

— Écoutez ! Gardez-le. Je paierai pour vous. Vous tomberez malade, sans rien pour vous couvrir.

Molly lui jeta un regard ironique :

— Ne fais pas la sotte ! Tu n'en as pas de trop pour toi.

Mais la quakeresse lui sourit gentiment.

— Merci, ma sœur. Tu es bonne, mais je n'ai besoin de rien. Je tomberai malade si c'est la volonté de Dieu.

Ambre la regarda d'un air incertain, puis, tendant quelques pièces à Mrs. Cleggat :

— Prenez-les tout de même pour elle.

— Je n'aurai que des ennuis avec cette fille, si elle est bien traitée. Gardez donc votre argent. Il filera bien assez vite.

Et elle se tourna vers la femme du peuple, qui avoua n'avoir pas un sou non plus. Ambre regarda Molly pour voir si celle-ci ne lui offrirait pas de partager la dépense, mais Molly sifflotait entre ses dents, sans paraître s'apercevoir de ce qui se passait.

— Bon ! eh bien ! je paierai pour celle-ci !

Cette fois-ci l'offre fut acceptée ; la femme la remercia avec effusion, promettant de la rembourser sitôt que possible ; ce qui voulait apparemment dire jamais, puisqu'elle devait rester en prison jusqu'à extinction de sa dette. Puis un homme entra et vint leur poser des chaînes plus légères. Elles consistaient en bracelets lâches, passés aux poignets et autour des chevilles et réunis par de longues chaînettes. Bien que celles-ci fussent gênantes et leur cliquetis désagréable, elles n'étaient pas autrement pénibles.

— Emmenez la fanatique dans la salle de droit commun, ordonna Mrs. Cleggat à l'homme quand il eut terminé. Quant à vous, Mesdames, venez avec moi.

Elles la suivirent, Molly en tête, puis Ambre, toujours avec sa cage sur l'épaule, et finalement la brave femme du peuple.

Par un escalier sombre et étroit, elles arrivèrent à une grande pièce dont la porte était ouverte, une tête de mort clouée au-dessus. Mrs. Cleggat entra la première, sa chandelle à la main, et celles qui la suivaient purent voir deux grands lits plats, avec des matelas de kapok et quelques couvertures grises chiffonnées, une table, des chaises boiteuses, un foyer sans feu au-dessus et autour duquel pendaient des casseroles et des poêles noircies, ainsi qu'un certain nombre de pots et de plats en étain. Certes, rien dans cette pièce nue et sale n'évoquait les luxueux appartements décrits par Mrs. Cleggat.

— Voici, dit-elle, le quartier des dames de la prison pour dettes.

Ambre la regarda avec une surprise non exempte d'irritation, tandis que Molly souriait.

— Ici ! s'écria-t-elle, oubliant ses menottes et faisant un grand geste du bras. Mais vous nous aviez dit que...

— Ne vous occupez pas de ce que j'ai dit. Si vous n'êtes pas contente, vous n'avez qu'à aller dans la salle commune !

Ambre se détourna, écœurée, et Mrs. Cleggat se prépara à partir avec Molly qui allait au droit-commun, quartier des dames. « Oh ! songea-t-elle avec fureur. Cet horrible endroit ! Je ne veux pas y rester un seul jour ! »

Elle se retourna brusquement.

— Je voudrais envoyer une lettre.

— Ce sera trois shillings.

Ambre paya.

— Sommes-nous les seules prisonnières ?

Elle entendait toujours ce bruit de voix, cette rumeur incessante qui paraissait sortir des murs, mais elle n'avait aperçu personne.

— La plupart des autres sont en bas, à la buvette. C'est la veille de Noël !

La lettre, écrite par un scribe, fut expédiée à Almsbury; elle était certaine qu'il viendrait la faire sortir d'ici dans les vingt-quatre heures. Ne recevant pas de réponse immédiate, elle se dit qu'il était probablement absent pendant les fêtes de Noël. Il allait arriver d'un instant à l'autre. Mais les jours passèrent et, à la longue, elle fut bien obligée de s'avouer, ou qu'il n'avait pas reçu la missive, ou qu'il ne s'intéressait plus à elle.

Le « quartier des dames de la prison pour dettes » était l'un des moins remplis de Newgate; néanmoins elles eurent, Mrs. Buxted et elle, à partager leur maigre confort avec une bonne douzaine d'autres prisonnières. Ailleurs elles étaient parfois trente ou quarante parquées dans le même espace. Il y avait plus de trois cents prisonnières dans un bâtiment prévu pour la moitié de ce nombre. Toutes ne pouvaient se coucher en même temps, et il fallait se servir à tour de rôle des ustensiles de cuisine et des plats. Ceux-ci étaient généralement grattés entre les repas, car l'eau coûtait cher, elle était puante et sale. Ce qui incitait à boire plutôt de l'ale ou du vin.

La prison tout entière demeurait dans une éternelle pénombre car les fenêtres, étroites et profondes, n'ouvraient que sur des couloirs obscurs. Les prisonniers achetaient des torches ou des chandelles de suif qui brûlaient tout le long du jour. D'horribles gros chats et des chiens pelés et galeux erraient un peu partout, disputant aux rats la moindre ordure. Ambre était obligée de faire constamment attention à sa perruche. L'air était lourd d'odeurs, épais, presque palpable, produit de la pourriture accumulée des siècles et parfois il se répandait une senteur étrange, écœurante, provenant, apprit-elle, des têtes que le bourreau faisait bouillir dans sa cuisine, juste au-dessus de leur quartier. Elle n'était pas depuis une heure dans cette chambre qu'elle sursauta et se gratta furieusement. Ayant attrapé un gros pou, elle l'écrasa entre ses doigts, comme un pois bouilli.

Les corvées de logement étaient automatiquement l'apanage des nouvelles venues. Le premier matin Ambre et Mrs. Buxted charrièrent les seaux d'eaux sales, allant les vider dans la fosse d'aisances, en bas. Les émanations putrides qui s'en échappaient firent presque défaillir Ambre. Après quoi elle paya deux pence par semaine à une femme pour faire son travail. La prison était considérée comme un lieu de détention et non de correction. De huit heures du matin à neuf heures du soir, toutes les portes en étaient ouvertes, à l'intérieur, et chacun était libre d'aller où bon lui semblait.

Ceux qui avaient été arrêtés à cause de leurs convictions religieuses étaient autorisés à célébrer leur culte, à faire des prosélytes, à prêcher la sédition. Ceux qui avaient de l'argent le dépensaient généralement à la buvette, buvant et jouant. Les pensionnaires aisés donnaient parfois des réceptions fréquentées par des gens très bien, car certains criminels jouissaient d'une grande popularité. Les visiteurs étaient admis dans le hall et se pressaient en foule. Un homme pouvait faire venir sa femme et ses enfants pour lui tenir compagnie — des années durant parfois — ou, s'il le préférait et avait de quoi, faisait son choix parmi les prostituées qui venaient journellement du dehors.

Le vol était habituel et les batailles constantes, car les prisonniers eux-mêmes maintenaient la discipline. Certains devenaient fous, étaient lourdement enchaînés, mais en général non isolés. Des enfants naissaient parfois dans la prison ; ils y vivaient rarement longtemps et la mortalité, dans l'ensemble, était très élevée.

Ambre se tenait aussi à l'écart que possible de la vie sociale de la prison ; c'était bien le seul endroit où elle ne désirait aucune popularité. Elle ne descendait pas à la buvette et ne recevait, évidemment, pas de visites. Le dimanche était le seul jour où elle quittât son quartier, pour aller, comme tout le monde, à la chapelle du troisième étage.

La plupart des femmes du quartier des dames étaient victimes de mésaventures et pensaient être bientôt délivrées. Des heures durant elles bavardaient, parlant du jour où leur dette serait réglée — par un père, un frère ou un ami. Ambre les écoutait, pensive, car elle n'avait personne en mesure de payer pour elle, et aucune raison d'espérer en la délivrance, bien qu'elle se cramponnât obstinément à cette idée.

Avec une nostalgie douloureuse, ses pensées revenaient au cottage des Goodgroome. Elle prenait plaisir à se souvenir de détails auxquels jamais elle n'aurait cru tenir. Les embrasures des fenêtres de sa chambre, par exemple, encadrées de roses grimpantes, et le délicieux parfum qui s'en exhalait tout l'été; les oiseaux nichés dans les chêneaux en si grand nombre que leur gazouillis l'éveillait le matin. Elle pensait à Sarah, à sa cuisine si riche et nourrissante, au pavé si net de la grande pièce et aux rangées d'étains étincelants sur les étagères. Elle désirait ardemment apercevoir un coin de ciel, respirer une bouffée d'air frais, le parfum d'une fleur, d'une meule de foin coupé, entendre un chant d'oiseau.

Les jours de fête furent les plus tristes qu'elle eût jamais vécus.

Elle se souvenait du Noël de l'an dernier, quand elle aidait Sarah à fabriquer des pâtés et des plum-puddings. Elle et ses cousins s'étaient déguisés et tous les habitants de la ferme avaient avalé des fruits dans du cidre, selon une très ancienne coutume.

La veille du jour de l'an elle sacrifia quelques shillings de son petit pécule, qui fondait rapidement, pour faire monter du vin du Rhin. La chambre entière le but en l'honneur de la nouvelle année. Juste avant minuit les cloches retentirent dans tout Londres et Ambre fondit en larmes, épouvantée, car elle était sûre de ne plus vivre pour les entendre l'an prochain.

La semaine qui suivit, Newgate connut une grande agitation. Une révolte avait eu lieu dans la ville, conduite par une bande de fanatiques religieux; trois jours et trois nuits durant, la bataille fit rage dans les rues. Hurlant le nom de Jésus, ils abattaient quiconque s'opposait à eux. De la prison on entendait le tintement des cloches, le bruit confus des cris et des coups, et le pas des gens qui s'enfuyaient. Rassemblés en groupes anxieux, les prisonniers parlaient de massacres et de feu, discutaient des moyens d'évasion; les femmes prenaient des crises de nerfs, hurlaient et réclamaient la liberté.

Mais les « Fifth Monarchists[1] » furent pourchassés, tués ou capturés, et en peu de jours vingt d'entre eux furent pendus, écartelés, coupés en morceaux. Leurs restes, transportés à Newgate, restèrent dans la cour, tandis que maître Dun — le bourreau — était au travail dans sa cuisine, faisant mariner les têtes dans de la saumure. Puis la vie de la prison reprit son cours normal de beuveries, de jeux, de querelles, de luxure et de vol.

A la nouvelle session, Ambre passa devant le tribunal, ainsi que Mrs. Buxted, Molly Turner et un grand nombre d'autres accusés. Comme la plupart d'entre eux, elle fut déclarée coupable et condamnée à demeurer à Newgate tant que sa dette ne serait pas réglée. Elle avait tant espéré être relâchée que le coup fut rude et, pendant quelques jours, elle sombra dans le désespoir — réellement, elle eût été heureuse de mourir. Puis, graduellement, elle se per-

1. Les Fifth Monarchists étaient une secte religieuse du temps de la Révolution puritaine, secte extrémiste qui se réclamait d'un nouvel avènement du Christ sur terre, en remplacement des quatre règnes de l'Antéchrist annoncés par Daniel. *(N.d.T.)*

suada que sa position n'était pas aussi désespérée qu'elle en avait l'air. Voyons, Almsbury viendrait peut-être un jour et la délivrerait. Les événements heureux, se disait-elle, arrivent toujours quand on ne les attend pas, et elle faisait tous ses efforts pour ne pas penser à Almsbury.

Elle voyait souvent Molly Turner qui venait lui rendre visite et la poussait à sortir et à se mêler aux autres :

— Par le Christ, ma belle, qu'as-tu à y perdre ? Tu tiens absolument à pourrir dans ce trou ?

— Bien sûr que non ! dit Ambre d'un ton boudeur. Je ne demande qu'à sortir de ce maudit endroit !

Molly se mit à rire et se baissa vers le feu pour allumer une pipe. La plupart des prisonniers, hommes ou femmes, fumaient sans trêve car le tabac était censé les protéger contre la contagion. Elle s'assit ensuite en face d'Ambre, tambourinant d'une main avec ostentation sur la table.

— Tu vois ça ? (Son médium s'ornait d'un gros diamant.) C'est d'une dame qu'on a un peu bousculée hier pendant la visite, et quand elle s'est remise sur ses pieds, j'avais attrapé le rond et l'autre la toquante. (Molly employait souvent l'argot du milieu dont Ambre commençait à comprendre quelques mots. Un « rond » était une bague et une « toquante » une montre.) Oh ! Je te le dis, ma chère, le hall est un endroit rudement profitable ! A ce taux je pourrai gagner de quoi sortir d'ici un mois. Allons ! — elle se leva péniblement —, restes-y, si tu y tiens...

Ambre, à demi convaincue par ces récits de vols faciles, s'aventura une fois ou deux dans le hall, mais elle fut toujours accostée si rapidement et si grossièrement que, rassemblant ses jupes, elle courut se réfugier dans la solitude comparative du « quartier des dames ». Molly se moqua copieusement d'elle, lui disant qu'elle était une sotte de ne pas profiter de ses avantages physiques.

— Il y en a de fameusement riches, parmi ces messieurs. Je suis sûre que tu pourrais gagner de quoi te libérer, avec le temps. Sûr, ajouta-t-elle avec son sourire de biais, quatre cents livres ne tombent pas du ciel, surtout qu'il ne manque pas ici de filles à une demi-couronne la nuit, pour tous les jours de la semaine.

Plusieurs fois elle transmit à Ambre des offres précises de l'un ou de l'autre, mais jamais assez importantes pour qu'Ambre se décidât à risquer l'aventure. La situation de Molly était un avertissement suffisant et elle vivait dans la terreur de se voir contaminée à son tour. Cependant elle était disposée à tout pour sortir de Newgate, prête à sauter sur n'importe quelle chance pour que son bébé ne naquît pas en prison.

Vers la fin du mois, sa réserve n'était plus que de deux livres à peine, car tout s'achetait, et les prix étaient élevés. Elle payait pour se faire apporter ses repas — sinon elle eût été obligée de se contenter de l'ordinaire de la prison, un morceau de pain moisi, de l'eau et de la viande de rebut une fois par semaine — et elle réglait aussi les repas de Mrs. Buxted, sans quoi la pauvre femme eût été réduite à jeûner. Et quand une sage-femme, qui partageait leur claustration, lui eut déclaré qu'elle était trop mince pour une femme enceinte et que le bébé profitait de tout ce qu'elle mangeait, elle décida de vendre les boucles d'oreilles de la Foire de Mai.

Mrs. Cleggat y lança un coup d'œil méprisant :

— Ces pendeloques ? Du cuivre et de la verroterie. Elles ne valent pas tripette. D'où viennent-elles ? De Saint-Martin ?

La plupart des bijoux faux sortaient de la paroisse de Saint-Martin.

Vexée, Ambre ne répondit pas. Mais elle s'était

bien aperçue que la couche dorée s'écaillait, laissant apparaître un métal gris. Elle était presque contente de les savoir trop ordinaires pour être vendues.

Vers la fin de la cinquième semaine, Ambre, assise dans la chapelle, contemplait ses ongles noirs et se demandait avec inquiétude comment dire à Mrs. Buxted qu'elle ne pouvait plus l'entretenir. Jusque-là, elle n'en avait pas eu le courage car, chaque jour, la fille de Mrs. Buxted venait lui apporter le plus jeune des enfants à soigner. Comme toujours, Ambre n'avait pas écouté un mot du sermon.

Molly Turner lui donna une violente bourrade :

— C'est Jack Mallard le Noir, chuchota-t-elle. Tu lui as tapé dans l'œil !

Ambre leva les yeux d'un air boudeur et aperçut une sorte de géant aux cheveux noir d'encre, qui la regardait fixement et lui sourit. Agacée d'être interrompue dans ses tristes réflexions, elle fronça les sourcils et détourna la tête. Molly, furieuse, lui laboura les côtes à plusieurs reprises, mais sans résultat.

— Oh ! toi, et tes airs de pimbêche ! marmonna Molly comme elles quittaient la chapelle. Qu'est-ce que tu penses donc trouver ici, à Newgate ? Sa Majesté peut-être ?

— Je ne vois pas ce qu'il a de si remarquable.

Elle l'avait trouvé laid et trop noir.

— Eh bien ! Mademoiselle... quoi que tu puisses en penser, Jack Mallard le Noir, c'est quelqu'un. Un fameux gaillard, tu peux me croire !

— Un voleur de grand chemin ?

Les voleurs de grand chemin constituaient — elle l'avait découvert — l'élite du monde criminel, et cet homme était le premier qu'elle voyait. Elle se souvenait d'un membre de cette confrérie pendu, à l'état de squelette décharné, au bout d'un gibet, à la croisée des chemins avant d'arriver à Marygreen. Et les os s'entrechoquaient à la brise, si bien que les habitants du village rentraient de préférence avant le coucher du soleil, afin d'éviter cette rencontre désagréable à la nuit.

— Un voleur de grand chemin. Et l'un des meilleurs, même. C'est la troisième fois qu'il se sauve d'ici.

Les yeux d'Ambre s'ouvrirent tout grands.

— Se sauver d'ici ! Comment ?

— Demande-le-lui toi-même ! fit Molly, quittant Ambre à la porte de sa chambre.

Le regard fixe, Ambre entra. C'était bien là la chance tant attendue. « Puisqu'il s'est déjà sauvé, il recommencera, et bientôt peut-être. Et dans ce cas... » Elle se sentait soudain excitée et pleine d'optimisme. Mais tous ses espoirs s'évanouirent d'un coup : « Regardez-moi ! Je suis aussi grosse qu'une oie à l'engrais. Je sens mauvais et je suis sale. Le diable lui-même ne me voudrait pas ! »

Il n'y avait pas à se le dissimuler, son extérieur avait subi de rudes atteintes durant ces cinq dernières semaines. Elle était à la fin de son septième mois et ne pouvait plus boutonner son corsage. Son jabot de dentelle, jadis provocant, s'était affaissé, et sa chemise était d'un gris sale. Sa robe, aux dessous de bras déteints, était maculée de taches de nourriture et sa jupe remontait sur le devant de manière indécente. Elle s'était séparée depuis longtemps de ses bas de soie, qui n'étaient plus qu'un trou, et ses souliers avaient faim. Depuis son entrée à la prison, elle n'avait pas vu une glace et ne s'était pas déshabillée. Bien qu'elle eût frotté ses dents avec sa chemise, elle sentait avec la langue un épais dépôt qui les ternissait. Son visage était barbouillé de crasse et ses cheveux, qu'elle peignait avec ses ongles, luisaient de graisse. Avec désespoir, Ambre laissa ses mains courir le long de son corps. Et pourtant, elle se rendait bien compte que c'était là peut-être son unique chance et cette pensée fortifia sa décision.

« Il fait sombre, se dit-elle, il ne me verra pas bien. Et puis, je peux peut-être m'arranger un peu. » Elle décida de faire tout ce qui était en son pouvoir pour avoir meilleure apparence et de descendre ensuite à la buvette, bien que l'entrée lui coûtât l'un de ses précieux shillings. Mais elle aurait peut-être la chance de le rencontrer.

Elle était en train de se nettoyer les dents avec un peu de sel et un coin de sa chemise, se rinçant la bouche avec de l'ale et crachant dans le feu, quand un homme apparut à la porte et l'informa que Jack le Noir désirait la voir à la buvette. Elle tressaillit et se retourna vivement.

— Moi ?

— Oui, vous.

— Ô mon Dieu ! Et je ne suis pas prête. Attendez une minute.

Ne sachant que faire, elle se mit à lisser sa robe, et à se frotter la figure avec ses mains, dans l'espoir d'enlever un peu de crasse.

— Je suis payé pour vous éclairer jusqu'en bas, mais pas pour attendre ici. Venez !

Il fit un signe de la main et prit les devants. Ambre se dépêcha d'entrouvrir sa chemisette pour bien montrer son décolleté, et murmura hâtivement à Mrs. Buxted :

— Surveillez mon oiseau.

Puis, relevant ses jupes, elle courut après son guide. Le cœur lui battait comme si elle allait être présentée à la Cour.

X

Barbara Palmer n'était pas une femme aux ambitions ni aux désirs incertains. Dès sa naissance, pour ainsi dire, elle avait su ce qu'elle voulait et était toujours parvenue à l'obtenir. Elle n'avait pas de morale, ne s'embarrassait pas de remords et ne connaissait pas le scrupule. Son caractère et sa personnalité étaient aussi brillants, élémentaires et barbares que sa beauté. En ce jour, âgée de vingt et un ans, elle avait découvert ce à quoi elle tenait le plus au monde. Elle voulait être la femme de Charles Stuart, la reine d'Angleterre, et se refusait à admettre ce qu'une telle idée avait d'absurde.

Barbara et Charles s'étaient rencontrés à La Hague quelques semaines avant la Restauration, quand son mari y avait été envoyé, porteur d'un don d'argent pour le roi. Charles, toujours à l'affût des jolies femmes, s'était instantanément senti attiré vers elle. Barbara, flattée de se voir recherchée par un souverain et ravie de trouver l'occasion de se venger d'un galant infidèle — le comte de Chesterfield —, devint rapidement sa maîtresse. De l'avis général, Charles — ce qui n'avait rien d'étonnant — se montra plus épris qu'il ne l'avait été depuis des années, et Barbara se trouva être ainsi un personnage fort important.

Les Palmer, mariés depuis moins de deux ans, vivaient dans l'un des grands hôtels particuliers de King Street, cette voie étroite, boueuse, mais si distinguée, qui traversait l'emplacement du palais et reliait les villages de Charing et de Westminster. Le côté ouest de la rue était principalement composé d'hôtelleries, mais l'est ne comptait guère que de grandes maisons, dont les jardins descendaient jusqu'au bord de la Tamise. Ce fut dans la demeure de son mari, vers la fin de l'année, que Barbara inaugura toute une série de dîners auxquels assistaient le roi ainsi que les plus joyeux cavaliers et les plus jolies femmes de la Cour.

Roger, pendant un certain temps, les présida, jouant son rôle de maître de maison. Cependant, à la fin, il se révolta contre le ridicule de cette situation.

Un certain soir de janvier, il frappa — ainsi qu'il avait été habitué à le faire — à la porte de la chambre de sa femme. C'était un homme de taille moyenne, sans aucune prétention ni affectation, l'air bien élevé et intelligent. Barbara, après lui avoir crié d'entrer, se borna à lui jeter un coup d'œil indifférent par-dessus son épaule.

— Oh! bonsoir Roger.

Elle était assise devant sa coiffeuse, dont la glace était éclairée par deux appliques fixées de chaque côté, et laissait sa femme de chambre brosser ses longs cheveux aux reflets d'acajou, tandis qu'elle essayait différentes paires de boucles d'oreilles. Sa robe, très savante, était d'un épais et raide satin noir qui faisait ressortir la blancheur de ses épaules. Un collier et des bracelets de diamants étincelaient à son cou et à ses bras. Bien qu'enceinte de huit mois, elle supportait la déformation de sa taille et donnait une impression de parfaite santé.

Comme il entrait et traversait la pièce, la servante fit une révérence et continua de peigner sa maîtresse, pendant que Barbara tournait la tête de côté et d'autre, faisant scintiller ses pendeloques de diamants. A la vue de son mari, une ombre de contrariété passa sur son visage, une sorte de mépris poli. Et comme il se tenait auprès d'elle, visiblement embarrassé, elle ne lui accorda plus aucune attention, bien qu'elle se rendît parfaitement compte qu'il avait à lui parler et désirait qu'elle l'y encourageât.

— Madame, commença-t-il, après avoir avalé sa salive, je viens vous dire qu'il me sera impossible de dîner avec vous ce soir.

— C'est ridicule, Roger! Sa Majesté sera présente. Le roi compte sur vous.

Ayant enfin fait son choix parmi les boucles d'oreilles, elle commençait à poser ses mouches — en cœur, en étoile ou en croissant — l'une près de l'œil droit, l'autre à gauche de la bouche, une troisième sur la tempe. Après son bonjour distrait, elle n'avait plus daigné jeter un coup d'œil à son mari.

— Je pense que Sa Majesté comprendra fort bien mon absence.

Barbara leva les yeux au ciel avec un soupir patient et affligé :

— Bon ! Allons-nous recommencer ?

Il s'inclina :

— Nullement, Madame. Bonsoir.

Comme il se tournait et se dirigeait vers la porte, Barbara, qui tambourinait nerveusement sur la table, une flamme dangereuse au fond des yeux, repoussa sa femme de chambre et se leva brusquement :

— Roger, je désire vous parler.

La main sur le bouton, il se retourna et l'affronta :

— Madame ?

— Je n'ai plus besoin de vous, Wharton.

D'un geste, elle congédia la servante, mais attendit que celle-ci eût quitté la pièce pour parler.

— Je crois que vous feriez mieux de venir ce soir, Roger. Sinon Sa Majesté risque de le trouver étrange.

— Je ne suis pas de votre avis, Madame. Sa Majesté, ce me semble, doit trouver bien plus étrange encore qu'un homme soit docile au point d'afficher devant une bonne moitié de la Cour la prostitution de sa femme.

Barbara eut un vilain petit rire :

— La maîtresse d'un roi n'est pas une prostituée, Roger.

Ses yeux se rétrécirent et devinrent durs.

— Combien de fois devrai-je vous le répéter ?

Puis, reprenant sa voix douce, ronronnante, moqueuse :

— Est-il possible que vous n'ayez pas remarqué que l'on me traite maintenant avec deux fois plus de respect qu'au moment où je n'étais que la femme d'un honorable gentleman ?

L'accent dont elle souligna les deux derniers mots exprimait bien tout son mépris envers un tel mari et la situation insignifiante qu'il offrait à sa femme.

Il la regarda froidement :

— Je crois qu'il existe un terme plus approprié que respect.

— Ah ! Et lequel, je vous prie ?

— Intérêt bien compris !

— Oh ! la peste soit de votre maudite jalousie ! Je suis lasse de vos bêlements. Vous assisterez au dîner de ce soir et remplirez vos devoirs de maître de maison, ou, par le Ciel ! vous vous en repentirez !

Brusquement, il marcha sur elle, abandonnant son attitude d'indifférence affectée, le visage rouge et déformé par la colère :

— Du calme, Madame ! Vous vous comportez comme une poissonnière. J'ai été un sot de ne pas vous avoir installée à la campagne au début de notre mariage : mon père m'avait bien prévenu que vous nous déshonoreriez tous ! Je me suis instruit depuis, et j'ai appris que, pour certaines femmes, le mot liberté est synonyme de licence. Vous me paraissez être de celles-là !

Ses yeux au même niveau que ceux de son mari, elle l'affronta insolemment :

— Et après ? demanda-t-elle lentement.

Toute hésitation avait disparu chez Roger Palmer, le laissant maître de lui et résolu.

— Demain nous partirons pour les Cornouailles. Je ne doute pas que deux ou trois ans de campagne et de calme ne vous ramènent à une plus juste appréciation des faits.

D'un mouvement brusque elle s'écarta :

— Maudit imbécile ! Essayez donc de m'emmener à la campagne et nous verrons à quoi me sert d'avoir les faveurs du roi !

Le regard flamboyant, ils s'affrontaient tous deux, respirant lourdement, quand soudain un coup retentit à la porte et une voix annonça :

— Sa Majesté le roi Charles II.

Barbara jeta un coup d'œil autour d'elle :

— Le voici !

Machinalement, elle porta les mains à sa coiffure, pour en vérifier l'harmonie, l'œil brillant, excité, et son visage, tout en conservant des traces d'irritation, s'éclaira considérablement. S'emparant de son éventail noir pailleté, elle se retourna :

— Eh bien ! êtes-vous disposé ou non à jouer votre rôle de maître de maison ?

— Non !

— Oh ! espèce d'imbécile !

Levant la main, elle le frappa violemment au visage ; puis, relevant sa jupe, elle sortit rapidement, s'arrêtant un instant dans le couloir pour reprendre son calme. Après quoi, elle gagna le grand escalier.

Elle aperçut, en bas, le roi en grande conversation avec son cousin Buckingham, mais sitôt qu'elle apparut les deux hommes cessèrent de parler et lui consacrèrent toute leur attention. Elle descendit lentement, un peu à cause de sa grossesse qui l'alourdissait, surtout afin de bien se laisser admirer. Arrivée à la dernière marche, elle fit une profonde révérence, tandis que les deux gentilshommes s'inclinaient et que le roi, seul autorisé à garder son chapeau sur la tête en sa présence, se découvrait d'un geste large.

Barbara et Charles échangèrent un sourire langoureux et un regard complice, chargé de souvenirs et de promesses. Puis elle se tourna vers le duc, qui les observait d'un air à la fois cynique et amusé.

— Eh bien ! George. Je ne vous croyais pas encore rentré de France ?

— Je ne pensais pas non plus être si tôt de retour. Mais...

Il haussa légèrement ses larges épaules, et lança un coup d'œil vers le roi. Charles se mit à rire...

— Mais Philippe a été pris d'un accès de rage jalouse. Il craignait, je crois, que Sa Grâce ne suivît les traces paternelles.

Il était de notoriété publique dans les deux royaumes que le premier duc de Buckingham avait été l'amant de la belle Anne d'Autriche, devenue maintenant la grosse vieille et désagréable mère de Louis XIV. Et son fils George, second duc de Buckingham, n'avait fait aucun mystère de sa vive admiration pour Minette.

— C'eût été un véritable plaisir! dit Buckingham, faisant au roi un salut mi-ironique.

— Si nous allions au salon? dit Barbara.

Puis, tout en marchant, elle leva sur le roi un regard suppliant, tendre et presque ingénu :

— Votre Majesté, je suis dans une situation fort embarrassante. Je n'ai pas de maître de maison pour présider au dîner de ce soir!

— Pas de maître de maison? Où est donc... Insinueriez-vous par là qu'il n'a pas voulu venir?

Barbara fit un signe affirmatif, tout en baissant ses longs cils noirs d'un air profondément contrit. Mais Charles envisageait l'affaire d'un tout autre point de vue.

— Oh! je ne peux pas lui en vouloir, à ce pauvre diable! Tudieu! il semble qu'un homme possédant une jolie femme soit plus à plaindre qu'à envier!

— Pour peu qu'il vive en Angleterre, certes! fit le duc.

Charles rit gaiement. Il ne s'offensait d'aucune allusion à ses mœurs, ne se faisant aucune illusion sur lui-même.

— Néanmoins, comme tout dîner réclame un maître de maison, si vous le permettez, Madame...

Les yeux violets de Barbara eurent une lueur de triomphe :

— Oh! Votre Majesté... Vous accepteriez?

Et comme, avant d'entrer, ils s'arrêtaient un instant sur le seuil, l'assistance entière se retourna et les contempla, fascinée. Tous les hommes se découvrirent, les dames s'inclinèrent en de gracieuses révérences, telles des fleurs épanouies, trop lourdes pour leur tige. Barbara se pensait à présent un personnage d'une telle importance qu'elle ne jugea pas devoir souhaiter la bienvenue à tous ses invités, au fur et à mesure de leur arrivée. Chacun, quelles que fussent ses ambitions politiques ou sociales, se trouvait honoré par une invitation de Mrs. Palmer et n'avait garde de critiquer son attitude. Car nombre d'entre eux étaient persuadés qu'elle serait un jour — bientôt peut-être — reine d'Angleterre.

Une année auparavant, Barbara eût qualifié d'incroyable la pensée même de recevoir chez elle tous ces gens qu'elle traitait à présent avec une telle désinvolture.

Il y avait Anthony Cooper, émacié et malade, apparenté à la plupart des puissantes familles du pays. Par un adroit tour de passe-passe, il avait réussi à se transformer au moment opportun en un loyal cavalier. Cet exploit, d'ailleurs, n'était pas rare. Les sympathisants de l'ancien régime ou ses membres actifs n'avaient nullement été tous pendus, écartelés ou exilés : un certain nombre d'entre eux étaient devenus de loyaux soutiens de la monarchie, et formaient, en fait, le fond du nouveau gouvernement. Charles était infiniment trop réaliste et trop avisé en politique pour avoir jamais cru que la Restauration impliquerait un renversement total de tout ce qui avait été fait depuis vingt ans, et les changements récents avaient été très superficiels. Cooper, ainsi que bien d'autres, avait adopté une attitude très différente, qui s'harmonisait avec les tendances de la cour de Charles, sans pour cela renier ses principes et ses intentions fondamentaux.

Puis venait le meilleur ami de Cooper, le comte de Lauderdale, un gigantesque Écossais à la figure et aux cheveux rouges, dont près de quarante-cinq ans passés en Angleterre n'avaient pas réussi à atténuer l'accent. Il était laid, grossier et bruyant, mais singulièrement érudit, connaissant le latin, le français, l'hébreu et l'italien, qu'il avait travaillés durant ses années d'emprisonnement sous le Commonwealth. Charles le trouvait amusant, et le comte portait une vive affection au roi.

George Digby, comte de Bristol, était un homme d'une cinquantaine d'années, de belle apparence, vaniteux et instable, mais il partageait avec Cooper et Lauderdale une haine profonde envers le chancelier. Cette haine, fondée sur l'envie et la jalousie, servait de trait d'union entre les personnalités les plus ambitieuses de la Cour. Mettre le chancelier Hyde hors de jeu, tel était leur but principal, leur plus chère espérance. La demeure de Barbara était leur point de ralliement, car ils avaient une chance d'y joindre le roi dans ses moments de détente, alors qu'il était plus accessible.

Mais le fond de l'assistance se composait surtout d'une joyeuse jeunesse ne prenant au sérieux que le jeu et les histoires de cœur, la dernière danse à la mode, ou le dernier cri de l'élégance française.

Lord Buckhurst, vingt-trois ans, vivait à la Cour sans y attacher d'importance, refusant tout poste influent. Henry Jermyn était un jeune fat, avec une grosse tête et des jambes en fuseau ; il avait un certain succès, car on le soupçonnait d'avoir été secrètement marié à la princesse Mary, récemment décédée. Parmi les dames se remarquaient la voluptueuse et féline comtesse de Shrewsbury, Anne, Lady Carnegie, outrageusement peinte, et célèbre car elle avait partagé avec Barbara le premier amant de celle-ci ; Élisabeth Hamilton, une grande jeune femme, froide et gracieuse, nouvellement arrivée à la

Cour et qu'il était de bon ton d'admirer. Toutes avaient à peu près l'âge de Barbara, vingt ans ou moins, car, de l'avis général, une femme était sur son déclin à partir de vingt-deux ans.

L'immense salon, fort bien meublé, était garni de lourdes draperies d'or vert, illuminé par des douzaines de bougies brûlant dans des lustres de cuivre ou des appliques murales. Le parquet était nu et résonnait sous le martèlement mélodieux des talons. L'air était plein de rires; un orchestre jouait dans un coin; la vaisselle et les plats d'argent cliquetaient joyeusement.

Dans la pièce voisine, une sorte de buffet était dressé, d'après la mode française et selon les goûts de Charles. Les valets de pied s'empressaient tout autour. Un bâtisseur de cathédrale eût été digne d'avoir conçu l'empilage inouï de plats qui s'offraient à la vue : savants édifices décorés de roses et de violettes en sucre, petites poupées en costume de Cour plantées au sommet des gâteaux, légumiers d'argent contenant de fumants et savoureux ragoûts de champignons, de foie et d'huîtres. La table était couverte de bouteilles de cette nouvelle boisson appelée champagne. Un bon Anglais ne se contentait plus de mouton bouilli, de pois et d'ale. Il avait connu mieux en France et ne tenait pas à se réhabituer à l'ancien régime.

La vue du roi agissant en maître de maison fit sensation, car nombre d'invités y virent une manière subtile d'annoncer ses intentions. Barbara elle-même partageait cette conviction et glissait dans la pièce, comme une flamme, éblouissante de beauté, sûre de son pouvoir. Tous les yeux la suivaient et l'on chuchotait sur son passage. Mais Barbara n'en était pas grisée. Elle savait trop bien que toute obséquiosité, si jamais le roi se désintéressait d'elle, ferait aussitôt place à des paroles acides et à des coups de griffe et qu'elle se retrouverait plus seule que jamais.

C'était arrivé à d'autres. « Mais cela ne m'arrivera pas à moi, se disait-elle. Aux autres, peut-être, mais pas à moi ! »

Des tables de jeu étaient dressées dans une troisième pièce, et tous les invités s'y groupèrent bientôt. Charles s'assit pour tenter un instant la chance, mais en moins d'une demi-heure il perdit près de deux cents livres. Il jeta un coup d'œil à Lauderdale qui se tenait auprès de lui.

— Prenez ma place, voulez-vous, John ? Je perds toujours et je suis mauvais joueur ! Et, ce qui est pire, je ne peux pas me permettre de perdre ainsi !

Lauderdale éclata d'un gros rire, envoyant des postillons au roi, car il avait une trop grosse langue pour sa bouche, et prit le siège qui lui était offert. Charles se dirigea dans l'autre pièce pour y écouter la musique. Quittant promptement sa propre table, Barbara le rejoignit sur le pas de la porte. Elle glissa son bras sous le sien, il se pencha et lui effleura la tempe d'un baiser léger, tandis que, derrière eux, les spectateurs échangeaient des regards significatifs.

— Mrs. Palmer me paraît assez insensée pour s'imaginer qu'elle sera reine, dit le Dr. Fraser.

Il était très en faveur auprès du roi, et capable avec une égale dextérité de provoquer une fausse couche, de guérir une blennorragie, d'administrer une purgation. Ses services étaient très demandés à Whitehall.

— Cette dame possède un mari, vous savez ! murmura Élisabeth Hamilton sans lever les yeux de ses cartes.

— Un mari ne constitue pas un obstacle pour le cœur d'un roi !

— Il ne l'épousera jamais, dit Cooper d'un ton net. Sa Majesté n'est pas aussi sotte !

Cooper s'était attiré une réputation de grande

sagacité en devinant, bien avant tous les autres, que le duc d'York s'était marié avec Anne Hyde.

L'ancienne amie de Barbara, Anne, eut un malicieux sourire :

— Que voulez-vous dire, Monsieur? Certes, vous ne critiquez pas ce choix?

— Non pas, Madame, répliqua-t-il froidement. Mais je suis persuadé que le roi se mariera dans des buts politiques, ainsi que le font tous les souverains.

Barbara les vit s'en aller avec un réel soulagement. Elle était très fatiguée. Ses jambes lui faisaient mal et tremblaient sous elle. Mais elle était plus heureuse que jamais et convaincue que ses espoirs — si fous qu'ils puissent paraître — seraient bientôt réalisés.

Quand elle pénétra dans sa chambre à coucher, suivie de Charles, Wharton, endormie dans un fauteuil près du feu, se leva vivement et fit la révérence, tout en jetant un regard craintif sur sa maîtresse. Mais Barbara sourit et lui parla avec bienveillance :

— Vous pouvez aller, Wharton. Je n'ai plus besoin de vous ce soir.

Puis, au moment où la jeune fille se disposait à sortir, elle la rappela :

— Éveillez-moi à huit heures et demie. J'attends une marchande qui vient m'offrir des dentelles, et si je ne les prends pas la première c'est Carnegie qui les aura.

Barbara sourit à Charles comme une méchante petite fille :

— N'est-ce pas très vilain de ma part?

Il répondit au sourire et non à la question, tout en s'installant dans un fauteuil.

— Quel bon dîner, Barbara. N'avez-vous pas changé de cuisinier?

Elle s'était assise devant sa coiffeuse et commençait à défaire ses cheveux :

— C'est une merveille, n'est-ce pas ? Devinez où je l'ai trouvé ? Il sort de chez Mrs. Hyde, qui l'avait ramené de France. Savez-vous, Charles, que cette femme ne m'a pas même fait une *seule* visite ?

D'une secousse elle défit son chignon et ses cheveux s'épandirent sur ses épaules en lourdes vagues couleur de flamme. Elle lui lança un regard vif et malicieux :

— Je ne crois pas que le chancelier me porte dans son cœur, sinon sa femme serait venue depuis longtemps !

— Oh ! fit Charles légèrement, je ne le pense pas non plus.

— Et pourquoi ? Quel mal lui ai-je fait ?

Barbara trouvait que sa nouvelle position réclamait non seulement la déférence, mais l'affection de tous les gens de la Cour, hommes et femmes, et elle entendait bien se la concilier.

— Le chancelier appartient à la vieille école, ma chère. Il ne se laisse ni gagner, ni séduire et croit possible de faire son chemin dans la vie en travaillant dur et honnêtement. Je crains que le nouveau modèle des hommes politiques ne soit une épreuve pour lui.

— Je me soucie fort peu de sa morale ! Mon père et lui étaient bons amis, et je trouve de fort mauvais goût que sa femme ne soit pas venue me rendre visite. Comment ! je l'ai même entendu vous dire que vous feriez mieux de ne pas perdre votre temps avec une rosse comme moi !

Charles sourit, un bras levé, touchant le dossier du fauteuil, les jambes croisées, l'admirant nonchalamment tandis qu'elle se dévêtait :

— Depuis tant d'années le chancelier me dit ce que je dois ou ne dois pas faire, qu'il finit presque, je crois, par s'imaginer que je l'écoute. Mais c'est un bon vieil homme, parfaitement loyal, toujours animé des meilleures intentions, même quand il se trompe. De toute façon, si j'étais vous, je ne m'inquiéterais pas de savoir si sa femme vient ou non me voir. Je vous assure que c'est une vieille dame très ennuyeuse.

— Peu m'importe qu'elle soit divertissante ou non. Vous ne me comprenez pas. C'est tout simplement parce qu'elle me *doit* une visite !

Il se mit à rire.

— Je comprends. N'en parlons plus...

Se levant, il alla vers elle et Barbara, déboutonnant un peu sa chemisette, se tourna pour le mieux voir avec une expression d'adoration parfaitement candide. Et quand il l'enlaça, un frisson d'attente parcourut tout son corps, chassant de son esprit toute autre pensée. Pas pour longtemps, hélas !

Comme ils étaient couchés côte à côte, dans le grand lit, la tête de Barbara reposant sur l'épaule de son royal amant, elle dit doucement :

— J'ai entendu courir les bruits les plus ridicules, aujourd'hui.

Charles, pas le moins du monde intéressé, murmura simplement :

— Vraiment ?

— Oui ! Quelqu'un m'a dit que vous êtes déjà marié à une nièce du prince de Ligne, et que vous avez deux fils d'elle.

— Le prince ne possède pas de nièce, pour autant que je le sache. En tout cas, je n'en ai épousé aucune !

Les yeux fermés, étendu sur le dos, il souriait vaguement, sans même penser à ce qu'il disait.

— On m'a déclaré aussi que vous étiez fiancé à la fille du duc de Parme.

Il ne répondit pas et, se redressant sur un coude, elle interrogea anxieusement :

— Ce n'est pas vrai, n'est-ce pas ?

— Pas vrai quoi ? Oh ! non ! Je ne suis pas marié !

— Mais ils désirent vous marier, est-ce exact ? Je veux dire les gens ?

— Oui ! je crois. Une sorte d'antidote aux cheveux raides et à l'œil qui louche, je suppose, dit-il paresseusement. Tudieu ! Je me demande comment j'arriverai jamais à faire un enfant à une femme laide !

— Mais pourquoi épouser un laideron ?

Ouvrant les yeux, il la regarda et son visage s'éclaira d'un large sourire. Levant la main, il lui caressa les cheveux :

— Les princesses sont toujours laides. C'est de tradition.

Barbara sentait l'excitation la gagner : son cœur battait à grands coups. Incapable de le regarder en face, elle baissa les yeux tout en parlant :

— Mais... voyons, pourquoi épouser une princesse, s'il n'en est pas qui vous plaise ? Pourquoi ne pas...

Elle prit sa respiration, la gorge sèche, une douleur lancinante à la nuque.

— Pourquoi ne pas m'épouser ?

Et, levant les yeux, elle le considéra avec anxiété. Instantanément, le visage de Charles prit une expression circonspecte, son sourire s'effaça et il reprit son air cynique habituel. Elle le sentit qui se retirait d'elle, sans avoir fait un mouvement. Profondément blessée, Barbara le regardait avec une sorte d'incrédulité pleine d'horreur. Elle s'était sentie si sûre, si parfaitement confiante, si convaincue qu'il était assez follement épris pour faire d'elle sa femme.

— Sire, dit-elle doucement, n'y avez-vous jamais songé ?

Il se leva, sortit du lit et commença de s'habiller.

— Allons, voyons, Barbara, vous savez aussi bien que moi que c'est impossible.

— Et pourquoi ? s'écria-t-elle avec désespoir. Pourquoi serait-ce impossible ? J'ai entendu dire que c'est vous qui aviez forcé le duc à épouser Anne Hyde. Alors, pourquoi pas moi ?... Si vous le désirez... si vous m'aimez ?

Elle sentait la colère la gagner et faisait tous ses efforts pour rester maîtresse d'elle-même, se défiant des écarts de langage. Elle demeurait néanmoins persuadée qu'elle pourrait l'amener à faire n'importe quoi. « Je m'arrangerai d'une manière ou d'une autre pour qu'il m'épouse. Je le veux. Et il le fera. Il le fera ! »

Ayant passé ses culottes, il enfila sa fine chemise de lin blanc et en boutonna les manches longues. Il était pressé de s'en aller, impatient et agacé à la perspective d'une vaine querelle. Il savait fort bien qu'il était très amoureux d'elle, car jamais il n'avait trouvé maîtresse plus capiteuse. Mais, eût-elle été la reine de Naples, il ne l'eût pas épousée ; non, il la connaissait bien trop pour cela.

— Les deux cas ne peuvent se comparer, ma chère, dit-il de sa voix chaude aux inflexions apaisantes, espérant ainsi la calmer et l'endormir, avant de la quitter. Mes enfants accéderont au trône. Ceux de James, jamais, selon toute probabilité.

Certes, tout cela paraissait parfaitement raisonnable, Charles ayant déjà reconnu au moins cinq enfants illégitimes, tandis que Barbara elle-même était convaincue que l'enfant qu'elle portait était de lui et non de son mari, ou de Chesterfield.

— Oh ! mais que deviendrai-je, si vous épousez une autre femme ? Que ferai-je ?

Elle était au bord des larmes.

— Je crois que vous vous en tirerez fort bien, Barbara. Il n'y a pas de raison pour qu'il en soit autrement. Vous n'êtes pas précisément sans défense, savez-vous !

— Mais ce n'est pas ce que je veux dire. Oh ! vous voyez bien comme ils courent tous après moi, maintenant, Buckingham, Cooper et les autres. Mais si vous épousez quelqu'un d'autre et si vous me délaissez... Oh ! j'en mourrai ! Pensez comme ils me traiteront ! Et les femmes seront encore pires que les hommes ! Oh ! Charles, vous ne pouvez pas, vous ne *pouvez* pas me faire cela, à moi !

Immobile, il la considéra d'un œil scrutateur ; puis son visage s'adoucit et il s'assit auprès d'elle, prenant sa main dans les siennes. Barbara pleurait à grosses larmes, qui roulaient le long de ses joues et se perdaient sur l'édredon de satin.

— Ne pleurez pas, mon cœur ! Pour quel ogre me prenez-vous ? Je ne vous abandonnerai pas, Barbara, vous pouvez en être sûre. Vous m'avez donné beaucoup de bonheur et je vous en suis reconnaissant. Je ne peux pas vous épouser, mais je veillerai sur vous, soyez tranquille.

Elle reniflait, et son menton tremblait, mais, reprenant conscience de la réalité, elle cherchait à pleurer en beauté.

— Comment ? Avec de l'argent ? L'argent ne me servira de rien, dans la situation où je me trouverai !

— Qu'est-ce qui vous serait agréable ?

— Oh ! Sire, je ne sais pas ! Je ne vois pas...

Il l'interrompit vivement, pour prévenir un nouveau déluge :

— Si je vous nommais dame d'honneur de la Maison de ma femme, cela arrangerait-il les choses ?

Il lui parlait comme un oncle indulgent qui offre une douceur à une petite fille qui vient de tomber et s'est écorché le genou.

— Je crois que oui. Si vous le faites vraiment. Si vous ne changez pas d'idée et... et... Oh !...

Accablée soudain par le poids de sa défaite, elle éclata en sanglots et se cramponna à lui. Il la tint un instant serrée contre lui, en lui tapotant l'épaule tandis qu'elle pleurait, puis, très doucement, il se dégagea et se leva.

Pendant qu'elle sanglotait toujours, étendue sur le lit, il endossa prestement son pourpoint, noua sa cravate, boucla son ceinturon, prit son chapeau et s'approcha du lit. Charles, qui ne pouvait se passer de femmes, sans tenir spécialement à une en particulier, se prenait souvent à désirer qu'il ne fût pas nécessaire de les voir autrement qu'au lit.

— Barbara, il faut que je m'en aille, à présent, je vous assure. Mon cœur, je vous en prie, ne pleurez plus. Ayez confiance en moi, je tiendrai ma promesse...

Il se pencha, effleura sa chevelure d'un baiser, puis se détourna et se dirigea vers la porte. Jetant un dernier coup d'œil par-dessus son épaule, il la vit qui le suivait des yeux, le visage rouge, les paupières gonflées. D'un geste hâtif il prit congé et sortit.

Barbara se leva lentement, le visage crispé, portant une main à son front douloureux. Puis, ouvrant la bouche, elle poussa un cri qui n'avait rien d'humain, se saisit d'un vase posé à côté d'elle, et le lança de toute sa force contre le miroir pendu à l'autre bout de la pièce.

XI

Pour atteindre la buvette, située un étage et demi au-dessous du « quartier des dames de la prison pour dettes », Ambre suivit son guide le long d'un petit escalier étroit et sombre. Mais à mi-chemin il s'arrêta net et lui bloqua le passage. Elle s'immobilisa trois marches au-dessus de lui, irritée et effrayée par l'expression de son regard, car sa grossesse avancée la laissait maladroite et désemparée.

— Avancez ! cria-t-elle. Pourquoi vous arrêtez-vous ?

Il ne répondit pas, mais s'approcha d'un mouvement rapide ; la saisissant d'une main par sa jupe, il l'attira vers lui. Avec un cri, Ambre lui arracha la chandelle. Puis elle le sentit soudain qui lâchait pied et, poussée par son élan, elle continua de descendre rapidement l'escalier, les mains en avant, tâtonnant contre le mur ; la chaîne qui retenait ses menottes se tendit en une brusque secousse. Elle fit un faux pas et tomba en avant, poussant un cri de terreur, cherchant désespérément à protéger son ventre. Mais, au moment où elle trébuchait, Jack Mallard bondit et l'attrapa au vol avant qu'elle ait eu le temps de se faire mal. Elle ne pouvait le voir, mais sentit avec un soulagement passionné l'étreinte de ses mains et de ses bras, la chaleur de son grand corps protecteur, et l'entendit qui invectivait violemment le porteur de chandelle, dont les pas s'entendaient au-delà du second étage.

— Que vous a-t-il fait ? Êtes-vous blessée ? demanda-t-il anxieusement.

Terrifiée, Ambre se serra contre lui.

— Non ! gémit-elle. Je crois que je...

D'en haut, l'homme cria quelques paroles inintelligibles et, avec un hurlement de rage, Jack le Noir courut après lui :

— Enfant de pute, je...

Privée de cette chaleur et de cette protection, Ambre ouvrit les yeux, terrorisée :

— Ne me quittez pas — je vous en prie, ne me quittez pas !

Elle était épouvantée à la pensée des dangers cachés qui la guettaient dans l'ombre. Instantanément il revint.

— Je suis là, ma toute-belle ! Pas besoin d'avoir peur. Je lui casserai la gueule la prochaine fois que je le rencontrerai ! Fumier, va !

— Je voudrais que vous le fassiez ! murmura-t-elle, les deux mains pressées sur son ventre.

La peur la laissait faible, recroquevillée sur elle-même, et elle accepta qu'il la portât jusqu'au bas de l'escalier où il la posa doucement par terre. La buvette se trouvait tout à côté et, comme ils étaient dans une sorte de demi-jour, elle le sentit qui l'observait. Se forçant à le regarder, elle vit ses yeux qui la détaillaient, allant de sa figure à ses épaules et à sa poitrine, avec une satisfaction non dissimulée. Brusquement elle se sentit de nouveau jolie ; elle en oubliait presque ses cheveux visqueux, les poux qui couraient le long de sa nuque et la crasse accumulée sous ses ongles. Les coins de sa bouche se relevèrent en un léger sourire et ses yeux prirent une expression langoureuse.

Jack Mallard le Noir était l'homme le plus grand qu'Ambre eût jamais vu : six pieds cinq pouces au moins, les épaules massives, les muscles saillants. Ses cheveux noirs, raides, luisants d'huile, pendaient dans son cou, vaguement ondulés. Elle pouvait voir briller l'or des anneaux qu'il portait à chaque oreille, mode très en faveur chez les jeunes vauriens, mais qui, chez ce géant, ne faisait qu'accentuer encore sa force étonnante. Son front était vaste et bas, ses narines largement ouvertes, sa lèvre supérieure étroite et finement dessinée tandis que l'autre dessinait une courbe épaisse. Il était vêtu à la dernière mode : un costume de velours bleu composé d'une courte veste et de culottes bouffantes, s'arrêtant au genou, linge blanc et cravate de dentelle. Des flots de rubans de satin grenat ornaient sa veste, ses manches et ses épaules. Un grand chapeau de cavalier, garni de plumes, et de hautes bottes en cuir complétaient l'accoutrement. Seules les bottes n'eussent pas été de mise dans les salons du roi. Ce costume était évidemment très cher et ne sortait pas d'un décrochez-moi-ça ; mais il était taché, froissé, et son possesseur le portait avec tout le mépris que lui inspiraient semblables recherches.

Il lui souriait, montrant une rangée de dents étincelantes, et s'inclinait gravement. En dépit de ses dimensions, il était souple et gracieux comme un chat.

— Je me présente : Jack Mallard le Noir, Madame, quartier des Contraintes.

Le « quartier des Contraintes » était l'endroit chic de la prison, réservé aux riches. Elle fit une révérence, ravie de se retrouver en présence d'un homme non seulement sensible à ses charmes, mais digne d'eux.

— Et moi, Monsieur, je suis Mrs. Channel, du « quartier des dames de la prison pour dettes ».

Tous deux se mirent à rire; se penchant, il lui donna un baiser conventionnel, suite normale de ces présentations formalistes.

— Entrons, dit-il, nous allons en siffler un.

— Nous allons quoi?

— En siffler un... prendre un verre! Je vois que vous ne connaissez pas notre langage.

Il la prit par le bras et elle remarqua qu'il ne portait pas de menottes et avait même une épée au côté.

La buvette était faiblement éclairée à l'aide de quelques chandelles, mais la fumée qui l'emplissait était aussi épaisse qu'un brouillard matinal sur la Tamise. A l'un des bouts se trouvait le bar. Les tables et les chaises, serrées les unes contre les autres, laissaient peu de place pour passer et le plafond était si bas que Jack le Noir fut obligé de se baisser pour gagner une table dans le coin le plus éloigné. Chemin faisant, il échangea divers saluts et Ambre se rendit compte que bien des yeux la suivaient avec curiosité, intrigués par la nouvelle poule de Jack le Noir; elle perçut des sifflotements de la part des hommes et des murmures pleins de sous-entendus chez les femmes.

Mais il jouissait d'une certaine autorité, car tous s'écartèrent respectueusement pour le laisser passer; plusieurs femmes lui adressèrent d'engageants sourires et un ou deux hommes le complimentèrent sur son choix. Son attitude était celle d'une bienveillante camaraderie — tapant sur l'épaule de ceux qui l'interpellaient, caressant les cheveux d'une femme ou pinçant la joue d'une autre — et il paraissait aussi à l'aise que dans n'importe quel café élégant.

Ambre s'assit, le dos au mur, et Jack le Noir, après lui avoir demandé ce qu'elle désirait, commanda du vin du Rhin pour elle et de l'eau-de-vie pour lui. Après l'avoir soigneusement examinée, les autres buveurs retournèrent à leurs occupations. Les bouteilles circulèrent, les cartes volèrent, les dés roulèrent et les filles recommencèrent à errer de table en table, cherchant du travail. La salle se remplit de nouveau de bruit, de rires, de chants et de cris, parfois même de hurlements d'enfants. Ambre échangea un sourire avec Molly Turner, mais détourna les yeux du spectacle qu'offrait une grosse femme échevelée, vautrée sur une table, les cartes à la main, tandis qu'un bébé endormi tétait encore le bout noirâtre de son sein.

« Ô mon Dieu ! songea-t-elle avec horreur, deux mois encore et je... » Elle jeta un coup d'œil rapide sur Jack le Noir et rencontra son sourire.

— Vous êtes une rudement belle fille ! dit-il lentement. Depuis combien de temps êtes-vous ici ?

— Cinq semaines... C'est pour dettes, quatre cents livres !

Il ne parut pas autrement impressionné :

— Quatre cents ! Sangdieu ! à peine une petite nuit de travail pour moi ! Qu'est-ce qui est arrivé ?

— Mon mari m'a volé tout ce que je possédais, et il a filé en me laissant des dettes...

— Et un lardon...

Il lança un regard significatif sur le ventre ballonné. Bon !... Il lui versa un verre de vin blanc, s'en servit un plus petit d'eau-de-vie, jeta une pièce de monnaie au garçon et toucha son chapeau :

— A votre santé ! Puisse-t-il revenir bientôt et vous sortir du pétrin.

Il vida son verre d'une lampée, comme tout gentleman qui se respecte, s'en versa un autre, et la considéra d'un air malin. Ambre but à son tour, car elle avait soif, mais ses sourcils restaient froncés.

— Il ne reviendra jamais. Et j'espère bien ne plus le revoir, cet ignoble maquereau !

Jack le Noir se mit à rire et poussa un léger sifflement :

— Vous dites cela avec un tel regret que je finis presque par vous croire réellement mariée !

Elle le regarda, les yeux étincelants :

— Vraiment ? Et pourquoi ne le croiriez-vous pas, s'il vous plaît ? Pourquoi diable chacun s'imagine-t-il que je raconte des blagues ?

Il remplit encore une fois leurs deux verres :

— Parce que, mon trésor, une fille comme vous qui se plaint d'avoir été abandonnée par son mari n'en a probablement jamais eu.

Elle sourit et ronronna :

— Avec la figure que j'ai en ce moment, je ferais peur à bien mieux qu'un mari !

— J'ai de bons yeux, mon cœur ! Ils savent déceler une beauté, même sous six pieds de crasse !

Pendant un instant ils restèrent silencieux, se dévisageant, puis il dit :

— J'ai une chambre au troisième, avec une fenêtre. Aimeriez-vous respirer un peu d'air pur et voir le ciel ?

Il eut un demi-sourire, se leva et lui tendit la main. Comme ils sortaient, toute la salle poussa un hourra, criant des obscénités mêlées de bons conseils et de gros rires à Jack le Noir, qui leur fit des signes d'amitié sans prendre la peine de les regarder.

La chambre était meublée comme un cabinet particulier d'un hôtel de dernier ordre, mais n'en paraissait pas moins luxueuse, comparée au reste de la prison. Les murs étaient couverts d'inscriptions, de dessins osés, de noms et de dates. Jack le Noir lui raconta que cet appartement lui revenait à trois cents livres par trimestre. Celui qui achetait un poste de geôlier à Newgate se retirait riche, sinon aimé.

Jack le Noir était souvent absent, car il avait un grand nombre d'obligations sociales à remplir. Mais chaque fois qu'il revenait, tous deux riaient de bon cœur, au sujet de la belle dame, masquée naturellement qui — tout en insinuant qu'elle était pour le moins une comtesse — lui offrait d'illuminer ses journées solitaires. Une fois même, il déroba un bracelet d'or à l'une de ses admiratrices et l'offrit à Ambre. Les voleurs de grand chemin étaient des aristocrates du milieu et jouissaient d'une très grande popularité. Leurs noms étaient bien connus, leurs exploits discutés en société, dans les tavernes et au coin des rues. Ils recevaient beaucoup de visites en prison et, durant leur dernier parcours en carriole, sur la colline de Tyburn, étaient escortés par une foule nombreuse et sympathique.

Ambre passait la plus grande partie de son temps à la fenêtre, aspirant l'air pur, comme si jamais elle n'eût plus pu s'en passer. Les bras accoudés sur l'appui, elle contemplait la ville. Dans la cour, elle pouvait apercevoir les prisonniers favorisés qui se promenaient, stationnaient en groupes ou jouaient à la balle, car, bien que l'on fût à la fin de janvier, le temps restait doux et il y avait même de la poussière dans les rues. Les corps, enduits de goudron, des fanatiques du dernier soulèvement restaient pendus et un nuage de mouches bourdonnait au-dessus d'eux.

Quelques jours après leur rencontre, Jack le Noir fit une de ses sorties miraculeuses, et Ambre l'accompagna. Chaque serrure, chaque porte, chaque grille, soigneusement graissée, s'ouvrait au moindre signe, grâce à quelques pièces à l'effigie de Sa Majesté judicieusement distribuées. Dans la rue, une voiture de louage attendait ; ils s'y engouffrèrent rapidement et roulèrent le long d'Old Bailey Street. Jack le Noir, s'installant à côté d'Ambre, s'administra une violente claque sur la cuisse et éclata de son rire de tonnerre.

Soudain, une voix de femme se fit entendre, aigre et hargneuse :

— Malheur! Jack! C'est horrible : ce que tu pues chaque fois que tu sors de cette sacrée prison!

C'était — Ambre le compris tout de suite — Bess Colombine, dite « ma Fesse ». Jack fit immédiatement les présentations :

— Bess, voici Mrs. Channel.

Les deux femmes échangèrent de froides salutations et le silence régna dans la guimbarde. Celle-ci, d'ailleurs, s'arrêta au bout de quelques minutes et, en sortant, Ambre vit qu'ils étaient au bord de l'eau. Ils grimpèrent rapidement dans la barque qui attendait et le batelier donna un coup de rames. La nuit était noire, sans lune et, bien que nul d'entre eux ne pût apercevoir l'autre, Ambre sentait que Bess la dévisageait avec insistance et hostilité.

« Peu m'importe, songea-t-elle, que ma société lui plaise ou non. » Elle ne comptait pas rester longtemps avec Jack le Noir. Elle était convaincue qu'il finirait par lui donner ses quatre cents livres. Il paraissait disposer de tant d'argent et de si peu de manières de le dépenser qu'elle espérait bien les obtenir en moins d'une quinzaine. Après quoi, elle le quitterait, sans avoir d'ailleurs la moindre idée de ce qu'elle ferait, ni d'où elle irait. Car elle avait même perdu le nom des sages-femmes recommandées par Lord Carlton.

Au pied de Walter Lane, ils sortirent de la barque et Bess gravit rapidement les escaliers menant à la chaussée. Ambre, son oiseau dans une main, rassembla ses jupes de l'autre et suivit, tâtant prudemment son chemin jusqu'à ce que Jack le Noir — qui était resté en arrière pour régler le batelier —, arrivant derrière elle, la prît dans ses bras et poursuivît sa route aussi aisément qu'en plein jour. Ils traversèrent les jardins ayant jadis fait partie du vieux monastère des Carmélites et, finalement, débouchèrent dans une étroite ruelle.

Ici le bruit, la lumière et les enseignes indiquaient que chaque maison, ou presque, était une taverne. A travers les fenêtres à petits carreaux, ils pouvaient deviner des hommes jouant aux cartes, une femme nue qui dansait, deux autres, déshabillées jusqu'à la ceinture, qui luttaient, encouragées par un cercle de spectateurs qui leur jetaient des pièces de monnaie. Le son des violons se mêlait aux rires, aux cris de la foule, entrecoupés parfois de gémissements d'enfants. Ils se trouvaient dans Ram Alley, à Whitefriars, une partie de la ville où avaient droit d'asile criminels et débiteurs insolvables. Ceux qui y vivaient préféraient, ironiquement, l'appeler « Alsatia ».

Ils s'arrêtèrent devant l'une de ces maisons. Bess ouvrit avec une clef et Jack le Noir déposa Ambre sur le sol. Elle entra et instantanément les deux femmes se dévisagèrent.

Bess, constata immédiatement Ambre, était à peu près de son âge, et presque de la même taille. Ses abondants cheveux brun foncé tombaient en masse bouclée sur ses épaules ; elle avait des yeux bleus et une petite figure piquante, un peu trop large aux tempes, avec un fort impertinent nez en l'air. Son visage était rond, joufflu, et son buste épanoui. Ambre lui trouva l'air vulgaire : une pimbêche mal élevée.

Mais elle se sentait irritée et mal à l'aise sous l'œil scrutateur de la jeune fille. Car, tout en ayant fait usage du peigne de Jack le Noir et en s'étant frotté la figure autant que possible, elle restait néanmoins très sale et sentait courir les poux. L'un d'eux la piqua en ce même instant, mais elle serait morte plutôt que de se gratter. Quoi qu'il en soit, Bess leva les sourcils et sourit légèrement pour bien montrer qu'elle ne la jugeait pas une rivale bien dangereuse. « Pourriture, va ! se dit Ambre, furieuse. Attends seulement que j'aie pu prendre un bain et nous verrons laquelle a le nez le mieux fait ! » Son langage s'adaptait à son entourage : Lord Carlton et Almsbury, Luc Channel et sa tante, Molly Turner et Newgate et, pour finir, Jack le Noir et Alsatia !

Si Jack le Noir eut conscience de l'inimitié qui s'élevait entre les deux femmes, il n'en laissa rien paraître :

— J'ai soif, dit-il. Où est Pall ?

Bess répéta le nom en criant et, un instant après, une jeune femme, poussant la porte de communication, s'arrêta sur le seuil, l'air endormi. Nu-pieds, mal tenue, ses cheveux jaunes pendant en mèches graisseuses sur son cou, c'était évidemment la Cendrillon de l'endroit. Mais à la vue de Jack le Noir, elle rougit, sourit et fit la révérence.

— Contente de vous voir, M'sieur !

— Merci, Pall. Moi aussi je suis content d'être rentré. Y a-t-il quelque chose à boire ? Un cherry-brandy pour moi. Et pour vous, mon trésor ? ajouta-t-il, se tournant vers Ambre.

Bess fronça légèrement les sourcils et se mit à invectiver Pall, passant sa jalousie sur elle :

— Qu'as-tu fait pendant tout ce temps, fainéante ! Pourquoi ces plats ne sont-ils pas lavés ?

Elle montrait une table couverte de vaisselle sale, de coquilles de noix, de verres et de bouteilles.

— Par le Christ ! tu te dégrouilles, ou je te flanque une raclée... tu entends ?

Pall recula, persuadée qu'elle allait mettre sa menace à exécution, mais Jack le Noir intervint :

— Laisse cette petite tranquille, Bess. Elle a peut-être été occupée à la cuisine.

— Occupée à dormir, oui !

— Apporte-nous une bouteille de vin du Rhin pour Mrs. Channel, et Bess prendra...

— De l'eau-de-vie, aboya Bess, jetant un regard furieux sur Ambre.

Celle-ci lui tourna le dos et alla s'asseoir. Elle se sentait très fatiguée, énervée, et souffrait de se savoir moins séduisante que jamais. Elle n'avait qu'un désir : s'en aller n'importe où, dormir, puis le matin avoir un bon bain chaud, avec des sels de toilette. Oh ! pouvoir être de nouveau propre !

Jack le Noir et Bess se mirent à causer, mais ils employaient l'argot du milieu, dont Ambre ne connaissait que quelques mots. Elle entendait le bruit de leurs voix, mais ne cherchait pas à comprendre. L'œil vague, elle regardait autour d'elle, inspectant l'ameublement. La pièce contenait un grand nombre de chaises, de fauteuils et de tables. Une bonne demi-douzaine de buffets ou de huches étaient rangés le long des murs. D'innombrables portraits, dans des cadres dorés, gisaient en pile contre la cheminée. Certains étaient visiblement de grande valeur, mais il y en avait d'autres, vieux, ébréchés, abîmés, qui paraissaient ne plus devoir être bons à rien.

Pall apporta les verres et les bouteilles : tous burent au succès de la nuit. Ambre dit alors à Jack le Noir qu'elle se sentait très lasse, aussi demanda-t-il à Pall de la conduire au premier, dans la chambre du milieu. Avant qu'elle se retirât, il la gratifia d'un léger baiser. Ce qui n'empêcha pas Bess de rager et de froncer les sourcils d'un air furieux. Mais Ambre souhaita que, pour cette nuit, la jeune fille obtînt ce qu'elle désirait, car personnellement elle n'avait aucune envie d'être dérangée.

Assise dans un grand baquet de bois plein d'eau chaude et de savon mousseux, Ambre cherchait ses poux et les écrasait, tandis qu'ils étaient noyés. Ses cheveux, tout juste lavés, étaient simplement torsadés et retenus par des épingles sur le haut du crâne. Près d'elle, dans un fauteuil de brocart blanc et or, Jack le Noir, nonchalamment, s'amusait à planter un couteau dans le plancher. Ambre désigna la pièce d'un geste circulaire :

— Pourquoi avez-vous tant de choses ?

Car la chambre à coucher était aussi meublée que le salon du bas, et de la même manière hétéroclite. Le lit était luxueusement tendu de velours violet et le couvre-pieds de satin jaune. La plupart des fauteuils étaient de velours violet, un autre de velours écarlate frangé d'or. Il y avait au moins deux douzaines de tableaux pendus aux murs, de nombreuses glaces, trois armoires et deux écrans.

— Maman Bonnet-Rouge est prêteuse sur gages. La maison est meublée avec tout ce qu'elle récolte ; c'est toujours le portrait du grand-père qui s'en va en premier !

Il ricana et indiqua d'un clignement de l'œil les nombreux vieux messieurs en pourpoints noirs et manchettes blanches qui contemplaient la pièce du haut des murs.

Ambre se mit à rire. Elle avait repris courage et se sentait de nouveau pleine d'énergie, d'optimisme et de confiance. Elle savait qu'elle n'aurait pas dû rester ainsi dans un bain chaud. Sarah lui avait toujours dit que c'était le meilleur moyen d'accoucher avant terme, mais elle s'y sentait si bien qu'elle n'avait aucune intention de bouger avant une bonne demi-heure.

— Qui habite encore ici ? Outre Maman Bonnet-Rouge, Bess et Pall ?

Le couloir par lequel Pall l'avait fait passer était très long et la maison paraissait grande.

— Maman Bonnet-Rouge loue les quatre chambres à coucher supplémentaires. Le troisième étage est occupé par un homme qui fait de la fausse monnaie, et il y a un professeur d'escrime au quatrième !

Ce n'était pas la première fois qu'Ambre avait entendu parler de Maman Bonnet-Rouge. Maman Bonnet-Rouge avait envoyé l'argent pour séduire le geôlier. Maman Bonnet-Rouge venait d'être élue maîtresse du sanctuaire et avait, la nuit précédente, rendu un jugement à la taverne *Saint-George et le Dragon*. Maman Bonnet-Rouge désirait la voir sitôt qu'elle serait habillée.

Ambre finit enfin par sortir de l'eau, se sécha et se drapa dans l'une des robes de chambre en cachemire des Indes que possédait Jack le Noir. Tous deux rirent de bon cœur à la voir traîner par terre, avec des manches qui lui arrivaient aux genoux. Puis, lui adressant un clin d'œil, Jack alla vers une commode, en sortit un grand carton qu'il lui posa dans les bras. Elle le prit avec un regard interrogateur. Les mains dans les poches, se balançant sur ses talons et la face distendue par un large sourire, il lui fit signe d'ouvrir.

Très excitée à la perspective d'un cadeau, Ambre déposa le carton sur une table, défit les ficelles et arracha le papier de soie. Avec un cri de joie, elle sortit une robe de taffetas vert garnie d'applications de velours noir. Puis vinrent un mantelet de même velours, une chemisette, deux jupons, des bas de soie verts et des souliers de même teinte.

— Oh ! Jack le Noir ! C'est trop beau !

Elle se pendit à lui pour l'embrasser, et il se pencha gauchement, comme un gamin timide, car il avait toujours peur de lui faire mal.

— Mais comment avez-vous pu l'avoir si vite ? Mme Darnier ne livrait jamais une robe en moins d'une semaine.

— Je suis sorti de bonne heure ce matin. Je connais un revendeur qui n'a que des costumes de gens de qualité.

— Oh ! Jack le Noir, tout juste la couleur que je préfère !

Elle déplia la robe et entreprit de s'habiller, sans pour cela cesser de bavarder :

— Elle ressemble aux feuilles des arbres qui encadraient ma fenêtre. Comment avez-vous deviné que le vert était ma couleur favorite ?

Mais bientôt son visage exprima le désappointement le plus absolu. Elle ne parvenait pas à boutonner la robe sur son ventre, et la vue de sa silhouette dans la glace — elle ne s'était pas vue depuis plus d'un mois — l'irrita aux larmes. Il lui semblait devoir toujours être ainsi.

— Oh ! s'écria-t-elle, exaspérée, en frappant du pied, je suis affreuse ! Je déteste attendre un enfant !

Mais Jack le Noir lui assura, d'un ton consolant, qu'elle était le plus joli bibelot qu'il eût jamais vu et ils descendirent tous deux auprès de Maman Bonnet-Rouge. Ils la trouvèrent assise à une table, le dos tourné, une chandelle auprès d'elle, écrivant dans un énorme registre ouvert devant elle. Quand Jack le Noir l'interpella, elle se retourna immédiatement, se leva et vint à eux. Après avoir amicalement embrassé Ambre, elle adressa un sourire d'approbation à Jack le Noir, qui les regardait toutes deux d'un air rayonnant et fier.

— Tout à fait bien ! Jack ! dit-elle, après un bref examen. C'est pour quand ?

— Dans deux mois, environ, je crois.

Ambre la contemplait avec de grands yeux, stupéfaite de ne pas lui trouver la moindre ressemblance avec la vieille haridelle décrépite à laquelle elle s'attendait. A vrai dire, Maman Bonnet-Rouge avait l'air presque aussi respectable que tante Sarah. C'était une femme de cinquante-cinq ans, au teint clair et aux yeux brillants. Plus petite qu'Ambre, son corps était bien fait, solide, et tous ses mouvements donnaient une impression de force, d'énergie. Elle portait une robe très simple et très nette, avec col et manchettes empesés, un tablier, et pas le moindre bijou. Un petit bonnet rouge vif cachait ses cheveux. Jack le Noir avait dit à Ambre que, depuis dix ans, jamais il ne l'avait vue tête nue.

— J'aurai une sage-femme pour vous en temps utile, dit-elle, et nous trouverons quelqu'un pour prendre le bébé.

— L'emmener où ? s'écria Ambre, soudain sur la défensive.

— N'ayez pas peur, ma chère, dit Maman Bonnet-Rouge d'un ton calme, et l'accent dont elle parlait rappelait à Ambre celui de Lord Carlton et de ses amis. Qui donc voudrait voir un bébé vivre aux Friars ? La plupart de ceux qui y restent meurent au cours de la première année. Nous choisirons une brave femme de la campagne qui soignera bien l'enfant et vous permettra d'aller le voir tant que vous le voudrez. Oh ! c'est un excellent arrangement — bien des femmes le font, assura-t-elle, voyant qu'Ambre ne paraissait toujours pas convaincue. Et maintenant, coupa-t-elle brusquement en revenant à son registre, dites-moi votre nom en entier.

Jack le Noir intervint vivement :

— Mrs. Channel, et c'est tout pour le moment. Je payerai sa pension ici.

Ambre n'avait pas donné son vrai nom à Jack le Noir et il s'en souciait fort peu, disant que le sien aussi était d'emprunt et que toute personne de bon sens gardait l'incognito à Alsatia.

— Très bien. Personne ici ne cherche à fouiller le passé. Jack le Noir m'a dit que vous devez quatre cents livres et désirez les payer pour quitter la prison. Je le comprends — car je trouve que vous êtes trop jolie pour y rester longtemps — et je vous promets de vous donner le moyen de gagner cette somme, sitôt que vous pourrez sortir d'ici.

Ambre ouvrit la bouche pour demander comment, mais Maman Bonnet-Rouge poursuivit de sa voix claire :

— En attendant, nous allons tâcher de vous débarrasser de cet accent. Une jeune fille de la campagne est généralement considérée comme une sotte, ici, à Londres, et cela peut gêner les plans les mieux établis. Je pense que Michel Godfrey serait un excellent professeur pour elle, qu'en dites-vous, Jack le Noir? Et maintenant, ma chère, installez-vous et soyez à votre aise parmi nous. N'ayez pas peur de demander tout ce dont vous aurez besoin. Je vous laisse à présent, c'est le premier du mois et il faut que je m'occupe de mes locataires.

Elle referma le registre, le rangea dans le tiroir de la table, puis, prenant un manteau sur son bras, elle leur sourit à tous deux et se dirigea vers la porte. Avant de sortir, elle se retourna, enveloppa Ambre d'un long regard, hocha la tête et murmura :

— Quel dommage que cette grossesse soit si avancée. Il y a trois mois, vous auriez pu rapporter au moins cent livres en posant à la jeune fille.

Elle s'en alla et Jack le Noir éclata d'un bon gros rire.

Ambre se tourna vers lui, l'air irrité :

— Que diable veut-elle dire? Si elle s'imagine que je vais gagner ma vie en...

— Ne vous agitez pas. Mais non... j'y veillerai. Mais une entremetteuse reste toujours une entremetteuse. Et Maman Bonnet-Rouge est une telle marieuse! Je suis sûr qu'elle serait arrivée à faire convoler le Pape et la reine Élisabeth!

Quel était le vrai nom de Maman Bonnet-Rouge? Ambre ne le sut jamais, mais visiblement Jack le Noir, non seulement l'aimait bien, mais professait une véritable admiration pour sa réussite, son esprit de décision, sa faculté de s'adapter et de prospérer quoi qu'il advînt des autres. Ambre ne pouvait pas comprendre pourquoi cette femme vivait si frugalement, sans nécessité, ni pourquoi elle avait choisi une vie chaste et austère, après une jeunesse qui avait dû être fertile en péripéties. Pour toutes ces raisons, elle la méprisait franchement, sans le montrer, et restait convaincue, en son for intérieur, que Maman Bonnet-Rouge n'était pas aussi intelligente qu'on le prétendait.

Néanmoins elle s'appliqua à se faire aimer d'elle, et eut l'impression d'y réussir. Car Jack le Noir avait nettement refusé, la première fois qu'elle avait abordé ce sujet, de lui donner de quoi rembourser sa dette. Tel avait été le sujet de leur première querelle.

— Je crois que vous tenez à me garder dans ce maudit endroit !

— Certainement ! Pourquoi donc ai-je pris la peine de vous faire sortir de prison, ingrate petite bête ?

— Et après ? Qui voudrait rester dans ce trou puant ? Je le déteste ! Et j'en sortirai ! Attendez seulement ! Si vous ne voulez pas me donner l'argent, je le demanderai à Maman Bonnet-Rouge ! Elle en a plus qu'il ne lui en faut et me prêtera bien quatre cents livres, vous pouvez me croire !

Ce géant aurait pu l'écraser d'une pichenette, mais il se borna à renverser la tête en arrière et à rire à gorge déployée :

— Allez, ma belle, et demandez-le-lui ! Mais croyez-moi, elle vous prêterait plutôt quatre cents de ses dents, si elle les avait !

XII

Un jour que Jack le Noir était absent, Ambre se mit à la recherche de Maman Bonnet-Rouge. Quand elle était à la maison, ce qui n'était pas fréquent, elle griffonnait toujours sur son registre, et n'aimait pas être interrompue. Apercevant Ambre qui s'approchait, elle lui fit signe de rester tranquille et continua de faire courir sa plume le long d'une rangée de jolis chiffres bien nets, tout en comptant à voix basse. Finalement elle inscrivit le total et se tourna vers Ambre.

— Qu'y a-t-il, ma chère? Puis-je faire quelque chose pour vous?

Ambre avait bien préparé son petit discours, mais elle s'écria spontanément :

— Oui! Prêtez-moi quatre cents livres, pour que je puisse m'en aller d'ici. Oh! je vous en prie, Maman Bonnet-Rouge! Je vous les rendrai, je vous le promets.

Maman Bonnet-Rouge l'examina froidement pendant un instant, puis elle sourit :

— Quatre cents livres, madame Channel, c'est une grosse somme. Que m'offrez-vous en garantie?

— Eh bien!... je vous signerai un papier, ou tout ce que vous voudrez. Et je payerai des intérêts, ajouta-t-elle, car elle avait appris que l'intérêt était le dieu de Maman Bonnet-Rouge. Je ferai n'importe quoi. Mais il me faut cet argent.

— Je ne crois pas que vous ayez compris le système du prêt sur gages, ma chère. Vous avez l'air de croire que quatre cents livres sont une somme insignifiante à emprunter. Cela représente au contraire un prêt d'importance, sans autre garantie que la promesse d'une jeune personne. Je ne mets pas en doute la pureté de vos intentions, mais je crois que vous aurez infiniment plus de peine que vous ne l'imaginez à trouver cette somme.

Surprise et désappointée, Ambre était irritée :

— Comment! s'écria-t-elle, vous avez dit vous-même que j'aurais pu vous rapporter une centaine de livres.

— C'est probable! Mais la moitié de cette somme me serait déjà revenue pour mes peines et soins. D'ailleurs, pour être franche avec vous, ce n'était qu'une parole en l'air. Jack le Noir m'a déclaré sans ambages qu'il entendait vous garder pour lui et, il me semble, ma chère, que vous pourriez lui en être reconnaissante. Il en a eu pour trois cents livres à vous sortir de Newgate.

— Trois cents... Comment ! il ne me l'a jamais dit.

— C'est pourquoi je pense que tant que Jack le Noir sera là, il est inutile de songer à vous employer de cette manière.

— Tant qu'il est ici ? Songe-t-il à s'en aller ?

— Pas avant longtemps, j'espère. Mais un jour ou l'autre, il montera en carriole à Tyburn et ne redescendra pas !

Ambre la regarda, saisie d'horreur. Elle savait que Jack avait eu le pouce brûlé, ce qui signifiait qu'il serait pendu la prochaine fois. Mais il échappait toujours et possédait une audace indomptable qui lui conférait une sorte d'immunité à ses yeux. Cependant elle pensait à elle et non à lui...

— C'est ce qui nous arrivera à tous ! Je le sais ! Nous serons tous pendus !

Maman Bonnet-Rouge leva les sourcils :

— C'est possible ! Mais il est plus probable que nous finirons par mourir de consomption, ici, à Alsatia !

Elle se détourna et reprit sa plume. Ambre comprit qu'elle était congédiée et, après avoir attendu, remonta dans sa chambre.

Elle était découragée, mais non battue. Elle entendait se sauver n'importe comment et se consolait en songeant qu'elle avait réussi à sortir de Newgate, ce qui était autrement difficile.

Alsatia se trouvait à l'est des Jardins du Temple, et l'on y accédait par quelques escaliers étroits. C'était un quartier bas, en bordure de l'eau, perpétuellement envahi par un épais brouillard jaune qui collait au pavé, pénétrait les os, imprégnait les narines, si bien qu'il devenait difficile de respirer à l'aise. Ram

Alley, où se trouvait la maison de Maman Bonnet-Rouge, sentait la gargote et l'eau de lessive, à cause des blanchisseuses qui faisaient de cette rue leur quartier général.

Les cours, les places et les rues étaient peuplées de voleurs, de meurtriers, de prostituées, cohue sauvage et désolée qui vivait en constant état de guerre mais s'unissait invariablement contre toute intrusion de la maréchaussée. Les enfants grouillaient partout, aussi nombreux que les chiens et les porcs, misérables gnomes affamés, aux yeux creux, aux pauvres voix aiguës et enrouées. Ambre frissonnait à leur vue et détournait précipitamment les yeux, de peur que son bébé n'en portât la marque. Elle se sentait perdue, définitivement éloignée du monde, le seul monde qui lui tînt à cœur, celui où elle pourrait retrouver Lord Carlton.

Ce fut Michel Godfrey, engagé par Maman Bonnet-Rouge pour lui apprendre à parler comme une grande dame londonienne, qui rouvrit à Ambre quelques horizons sur la vie qu'elle regrettait.

C'était un étudiant d'une de ces écoles moyennes où les fils de famille à leur aise sont censés acquérir les connaissances nécessaires à la bonne gestion de leurs propriétés, tout en apprenant suffisamment de droit pour présider aux sessions, une fois revenus sur leurs terres. La plupart d'entre eux passaient plus de temps à la taverne qu'en classe, et dépensaient plus d'argent en femmes qu'en livres. Ainsi que beaucoup d'entre eux, Michel s'était parfois aventuré dans les Friars, curieux de voir comment les criminels vivaient et de quoi ils avaient l'air. De même que nombre de ses amis, après avoir trop dépensé et fait des dettes, il était venu emprunter et avait fait la connaissance de Maman Bonnet-Rouge, la reine mystérieuse du Sanctuaire. Environ une quinzaine après l'arrivée d'Ambre, il avait accepté de lui donner des leçons.

Agé de vingt ans juste, de taille moyenne, il avait les yeux bleus et de jolis cheveux bouclés, châtain clair. Son père était un chevalier possédant une propriété dans le Kent et suffisamment d'argent pour élever son fils avec tous les avantages dus à son rang. Michel avait été à l'école de Westminster pour apprendre le latin et le grec. A seize ans, il avait été envoyé à Oxford pour se perfectionner dans l'étude du grec, de la littérature, de l'histoire, de la philosophie et des mathématiques. Résultat qui devait être atteint en trois ans, car trop de science n'était pas jugé souhaitable pour un gentleman. Depuis un an, il était entré à l'université de Middle Temple. Quelques trimestres encore et il ferait le traditionnel voyage à l'étranger.

Tandis que la pluie tombait sans trêve — car le doux hiver avait été suivi par des semaines d'humidité —, Ambre et lui s'installaient auprès de la cheminée, au salon, buvant de l'ale chaude épicée et bavardant. Elle était une auditrice enthousiaste, sachant apprécier la plaisanterie, fascinée par tout ce qu'il faisait, disait et voyait.

Elle riait de tout son cœur en apprenant comment lui et ses amis « quelque peu travestis » — comme disaient les jeunes beaux quand ils étaient ivres — avaient renversé une guérite pendant que le vieux factionnaire s'était endormi, fait irruption dans une maison de passe et cassé toutes les vitres, déshabillé une femme qui rentrait le soir au bras de son époux. Des bandes de jeunes aristocrates parcouraient ainsi la ville toutes les nuits, bruyants et destructeurs, terreur des citoyens paisibles qui eussent presque autant aimé avoir affaire à des voleurs ou à des brigands. Mais Michel narrait ses exploits avec une simplicité et une fraîcheur pleines de saveur qui les faisaient passer pour d'innocentes gamineries.

Il lui racontait que, depuis trois ou quatre mois, quelques femmes avaient fait leur apparition sur les scènes londoniennes et jouaient à présent dans toutes les pièces, outrageusement peintes, vêtues de toilettes osées, et que plusieurs d'entre elles étaient devenues les maîtresses de certains nobles. Puis il affirmait avoir vu les restes décomposés de Cromwell, d'Ireton et de Bradshaw, sortis de leurs tombes et pendus à Tyburn. Il parlait ensuite du couronnement de Sa Majesté, qui devait avoir lieu en avril et promettait de surpasser en magnificence tout ce que l'histoire d'Angleterre avait déjà connu.

Pendant ce temps, Ambre perdait tout vestige d'accent campagnard. L'oreille fine, la mémoire fidèle, elle était une parfaite imitatrice et désirait passionnément s'instruire. Elle perdit l'habitude de dire « Ma Doué ! » ou « Misère » et apprit quelques exclamations distinguées. Michel lui dicta la manière d'accueillir et de présenter correctement des invités, lui enseigna quelques phrases françaises qu'il était de bon ton d'employer. La vulgarité était le grand chic de Whitehall, et nombre de gentilshommes et de belles dames émaillaient leurs discours d'interjections grivoises. Ambre absorbait tout, et l'argot d'Alsatia par la même occasion.

Michel Godfrey, qui en était tombé amoureux, désirait connaître son vrai nom, savoir qui elle était et d'où elle venait. Elle se refusa à lui dire la vérité, mais broda l'histoire de Sally Goodman, et il l'accepta pour ce qu'elle prétendait être : une jeune héritière de la campagne, qui s'était sauvée de chez elle avec un homme mal vu de sa famille et qui l'avait abandonnée ensuite. Plein de sympathie, Michel s'indigna à la pensée qu'une jeune fille d'aussi bonne naissance fût obligée de vivre en un tel milieu et offrit d'entrer en contact avec ses parents. Mais Ambre refusa, assurant que jamais ils ne viendraient la chercher dans un endroit tel que Whitefriars.

— Venez avec moi, alors, dit-il. Je prendrai soin de vous.

— Merci, Michel. Je le voudrais bien. Mais je ne peux pas, pas avant d'avoir accouché, en tout cas. Seigneur! ce serait un beau remue-ménage si j'étais prise de douleurs chez vous! Vous seriez mis à la porte en moins de rien.

Tous deux se mirent à rire.

— Ils m'en ont menacé une bonne douzaine de fois : « Faites attention, Monsieur, ou vous partirez d'ici! »

Fronçant les sourcils, il clamait d'un ton dramatique. Puis, se penchant, il lui prit la main :

— Mais après, je vous en prie, après, voulez-vous venir chez moi?

— Rien ne me serait plus agréable. Mais, et le guet? Si je suis prise, il me faudra retourner à Newgate.

La pension de Michel ne suffirait pas à payer ses propres dépenses; il ne pouvait donc l'aider à payer ses dettes.

— Ils ne vous prendront pas. J'y veillerai. Je vous protégerai...

Le 5 avril au matin, Ambre fut réveillée par une douleur sourde dans les reins. Elle se retourna pour trouver une meilleure position, puis soudain comprit ce qu'il en était. D'un coup de coude, elle alerta Jack le Noir.

— Jack! Vite! Il faut prévenir Maman Bonnet-Rouge que c'est commencé. Qu'on aille chercher la sage-femme.

— Quoi?

Il grognait, peu désireux d'être troublé dans son sommeil. Mais comme elle le secouait — épouvantée, car elle avait entendu parler d'enfants arrivés sans que rien ne fût prêt — il s'éveilla, la considéra un instant sans comprendre, puis s'habilla rapidement.

Maman Bonnet-Rouge vint la voir et repartit vaquer à ses occupations habituelles, certaine qu'il ne se passerait rien avant plusieurs heures. La sage-femme arriva, accompagnée de deux aides, examina sa patiente et s'assit pour attendre. Bess Colombine vint jeter un coup d'œil, mais on la renvoya, car la superstition voulait qu'une présence hostile auprès d'une femme en couches arrêtât aussitôt le travail. Mais Jack le Noir, suant à grosses gouttes et paraissant souffrir davantage que la malade, resta fidèlement à ses côtés, avalant un verre d'eau-de-vie sur l'autre.

Finalement, vers quatre heures de l'après-midi, la tête de l'enfant apparut, comme une petite pomme rouge plissée, et quelques minutes après le bébé était né. Ambre, à demi inconsciente, ne ressentait plus qu'un immense soulagement.

L'enfant la déçut, car il était long, mince, rouge, sans rien qui indiquât une ressemblance quelconque avec son père, bien que Maman Bonnet-Rouge affirmât que d'ici un mois ou deux il serait très joli. Pour l'instant, son minuscule petit visage grimaçait en un perpétuel hurlement, car il était affamé. Ambre avait émis la prétention de le nourrir elle-même — à la campagne, les femmes ne cherchaient pas à paraître de jeunes vierges quand elles étaient mariées —, mais Maman Bonnet-Rouge parut horrifiée et lui déclara que jamais une personne comme il faut ne songeait ainsi à gâter sa ligne. On trouverait une bonne nourrice. Ambre, chatouillée dans sa vanité, accepta sans difficulté, mais pendant que l'on cherchait une remplaçante le bébé mourait de faim.

Il fallut quatre jours pour découvrir une femme répondant exactement aux désirs de Maman Bonnet-Rouge ; l'enfant se déclara satisfait et dormit la plupart du temps dans son berceau, au pied du lit de sa mère. Ambre l'aimait d'un amour passionné, infiniment plus grand qu'elle ne l'eût imaginé. Néanmoins, elle espérait bien n'en plus jamais avoir d'autre.

Elle se remit très rapidement; le jour de l'arrivée de la nourrice, elle était déjà assise dans son lit, bien soutenue par des oreillers et portant une des chemises de Jack le Noir, ce qui était supposé faire tarir le lait. Michel Godfrey vint la voir et apporta au bébé une robe de baptême en satin blanc richement brodée. Ambre reçut également d'autres cadeaux; elle avait apparemment aux Friars plus d'amis qu'elle ne le croyait.

L'une d'entre eux était Pénélope Hill, une prostituée qui habitait juste en face. C'était une jeune femme fortement charpentée, dont la beauté consistait en une épaisse masse de cheveux qui faisait penser à une lourde crinière de soie jaune pâle, et en une appétissante poitrine ronde et bien faite. Sa robe de taffetas bleu était tout abîmée par la transpiration sous les bras, et de tout son corps se dégageait un fumet singulièrement tentant de plat cuit à point. Languissante et cynique, elle contemplait les hommes avec une sorte de mépris amusé, mais elle avertit Ambre qu'une femme n'avait aucune chance de réussir auprès d'eux si elle ne savait tourner à son avantage leur propre faiblesse.

Ce genre de philosophie parut cependant moins intéressant à Ambre que certains conseils pratiques sur un autre sujet. Elle apprit de Pénélope qu'il existait bien des moyens d'éviter d'avoir des enfants, ou de provoquer des fausses couches. En possession de cette science, Ambre s'étonna d'avoir été assez sotte pour ne pas l'avoir découvert toute seule : cela paraissait si évident.

Quand l'enfant eut deux semaines, il fut baptisé sous le simple prénom de Bruce. L'habitude était que les bâtards prissent le nom de leur mère, mais

Ambre ne voulait pas se servir du sien, ni de celui de Luc Channel. Après quoi, elle donna une réception à laquelle assistèrent Maman Bonnet-Rouge, Jack le Noir, Bess Colombine, Michel, Pénélope Hill, un gentilhomme italien ayant quitté son pays pour des raisons qu'il ne tenait pas à dévoiler et qui ne savait pas un mot d'anglais, le faux-monnayeur du troisième et sa femme, deux hommes qui accompagnaient toujours Jack le Noir dans ses expéditions — Jimmy la Gueule et Peau Bleue — et tout un assortiment de coupeurs de bourses, de voleurs et de fripons. Tandis que les hommes buvaient et jouaient aux cartes, les femmes parlaient d'enfants, de grossesses, d'accidents et d'avortements, avec la même ardeur et le même intérêt qu'à Marygreen.

Une semaine après environ, la femme choisie par Maman Bonnet-Rouge pour prendre le bébé en pension vint le chercher. C'était une Mrs. Chiverton, paysanne de Kingsland, petit village situé à quelque deux milles de Londres, environ quatre de Whitefriars. Ambre lui accorda sa confiance et l'aima tout de suite, car elle avait connu bien des femmes lui ressemblant. Elle s'engagea à lui payer dix livres par an pour soigner et nourrir l'enfant, et lui en donna cinq en plus, afin qu'elle pût lui amener le bébé quand elle le souhaiterait.

Elle n'avait aucune envie de s'en séparer et l'aurait gardé avec elle à Whitefriars si Maman Bonnet-Rouge n'eût affirmé qu'il risquait fort de périr dans cet endroit malsain. Elle aimait son bébé parce qu'il était son enfant, et plus encore peut-être celui de Bruce Carlton. Bruce l'avait quittée depuis près de huit mois et, en dépit du sentiment très vif qu'elle éprouvait toujours pour lui, il devenait de plus en plus vague et irréel. Le bébé — preuve vivante de son existence — lui démontrait seul, de manière tangible, la réalité de son aventure.

— Si jamais il est malade, vous me préviendrez,

n'est-ce pas ? dit-elle anxieusement en le déposant dans les bras de Mrs. Chiverton. Quand me l'amènerez-vous ?

— Quand vous voudrez, M'dame !

— Samedi prochain ? Cela vous va ?

— Très bien, M'dame !

— Oh ! oui, s'il vous plaît. Et vous le tiendrez bien au chaud, et vous ferez attention qu'il n'ait jamais faim, n'est-ce pas ?

— Oui, Madame. Sûr !

Jack le Noir mit la femme et l'enfant en voiture et, quand il revint, il trouva Ambre seule, assise dans un fauteuil, l'air navré, les yeux perdus dans le vide. Il s'approcha d'elle et prit sa main dans la sienne. Sa voix était taquine, mais sympathique :

— Allons, ma jolie, pourquoi gémir et grogner ? Le mioche est en bonnes mains, pas vrai ? Tout de même, vous ne vouliez pas le garder ici, n'est-ce pas ?

Ambre leva les yeux vers lui.

— Bien sûr que non ! C'est bon !...

Et elle ébaucha un petit sourire.

— Voilà qui va mieux ! Écoutez... Savez-vous quel jour nous sommes ?

— Non !

— La veille du Couronnement. Sa Majesté traverse la Cité en se rendant à la Tour. Aimeriez-vous le voir ?

— Oh ! Jack !

Le visage d'Ambre s'illumina, puis s'assombrit aussitôt :

— Mais c'est impossible...

Elle avait fini par se considérer comme aussi prisonnière dans Whitefriars qu'à Newgate.

— Mais évidemment ! Je vais, tous les jours que Dieu nous octroie, faire un tour dans la Cité. Dépêchez-vous de vous attifer et nous filons. Prenez votre masque et votre manteau ! cria-t-il comme elle sortait en courant.

C'était la première fois qu'Ambre quittait Alsatia depuis qu'elle y était entrée deux mois et demi auparavant, et elle était presque aussi excitée que lors de sa première sortie dans Londres. Après des semaines de pluie, le ciel était bleu, l'air frais et pur; une brise légère apportait dans la ville un parfum champêtre. Les rues dans lesquelles devait passer le roi avaient été sablées et les membres de la milice faisaient la haie pour maintenir la foule. De superbes arcs de triomphe avaient été érigés aux croisements des quatre rues principales et — tout comme l'an passé — les maisons étaient pavoisées et les femmes, massées aux fenêtres et aux balcons, lançaient des fleurs.

Jack le Noir guida Ambre dans la foule, poussant l'un de côté, bousculant l'autre, si bien qu'ils parvinrent finalement au premier rang. Ambre avait laissé tomber son masque, simplement retenu par un bouton serré entre les dents, et ne put se baisser pour le ramasser. Jack le Noir ne s'en aperçut pas et, dans son excitation, elle oublia bientôt ce détail.

Quand ils arrivèrent à un endroit d'où ils pouvaient voir les grands carrosses dorés, remplis de nobles dans leurs magnifiques costumes de cérémonie, défiler lentement, Ambre les contempla les yeux écarquillés, aussi impressionnée qu'un enfant : inconsciemment elle scrutait chaque visage, mais sans les voir : Lord Carlton, l'an dernier, chevauchait en tête avec tous les loyaux cavaliers revenus de l'étranger. Mais quand vint le roi, elle en oublia jusqu'à Bruce.

Sa Majesté, à cheval, souriait et saluait de la tête; des milliers de mains se tendaient, essayant de le toucher, lui ou son cheval. De temps à autre, son œil était attiré par une jolie femme perdue dans la foule. Et ce fut ainsi qu'il aperçut une jeune fille dont les yeux bruns le contemplaient avec une admiration et un respect passionnés, et dont la respiration s'arrêta presque quand leurs regards se croisèrent. En passant, il lui sourit, de ce lent sourire nonchalant, si étrangement tendre en dépit de son cynisme. Elle le suivit longtemps des yeux, mais il ne se retourna pas.

« Oh ! se dit Ambre, ivre de joie, il m'a regardée ! Et il m'a souri ! Le roi m'a souri ! » Dans son trouble, elle ne vit même pas le chameau déambuler devant elle, chargé d'un palanquin d'où un petit Hindou lançait des perles et des aromates.

L'image du roi au teint basané et l'expression de son regard ne la quittèrent pas pendant de longues heures. Elle se sentait plus mécontente que jamais de sa vie dans le Sanctuaire. Le monde, dont elle avait presque perdu le souvenir, se rappelait à elle, comme une ancienne mélodie très aimée qu'elle désirait encore entendre, sans oser s'y risquer. Oh ! si seulement je pouvais, n'importe comment — *n'importe comment* —, sortir de cet ignoble endroit !

Le même soir, ils étaient tous quatre à table : Bess, boudeuse et renfrognée parce qu'elle n'avait pas été à la fête ; Ambre, préoccupée ; Jack le Noir, riant tandis qu'il montrait à Maman Bonnet-Rouge les quatre montres volées au cours de la journée. Ambre entendait vaguement la conversation, mais sans y prêter attention, jusqu'au moment où elle perçut la protestation indignée de Bess :

— Et moi, alors, s'il vous plaît ? Qu'est-ce que je fais ?

— Vous resterez ici ce soir, déclara Maman Bonnet-Rouge. Il est parfaitement inutile que vous veniez.

Bess enfonça son couteau dans la table :

— Vous aviez besoin de moi autrefois. Mais à présent que Mrs. Taille-Fine est venue, je suis aussi mal reçue qu'une glace après la petite vérole !

Et elle lança un regard venimeux sur Ambre.

Maman Bonnet-Rouge ne prit pas la peine de répondre mais se tourna vers Ambre :

— Souvenez-vous de ce que je vous ai dit, et surtout, n'ayez pas peur. Jack le Noir sera là si vous en avez besoin. Gardez votre sang-froid, et tout ira bien.

Ambre sentit ses mains devenir froides et son cœur se mit à battre à grands coups. Pendant toutes les discussions et les répétitions de ces coups de main, elle avait toujours eu le sentiment que c'était pour rire et que jamais elle ne ferait des choses pareilles. Et tout à coup — au moment où elle s'y attendait le moins — l'affaire devenait sérieuse. Maman Bonnet-Rouge entendait l'y envoyer. Ambre sentait déjà le nœud coulant autour de son cou.

— Que Bess y aille si elle le désire, s'écria-t-elle. L'affaire ne me dit pas tant que ça; j'ai rêvé de Newgate l'autre nuit.

Maman Bonnet-Rouge sourit. Jamais elle ne se mettait en colère, jamais elle ne perdait son calme ni son sang-froid.

— Ma chère, vous savez bien que les rêves signifient juste l'inverse de ce que l'on croit. Allons, venez — j'attends beaucoup de vous, non seulement de votre beauté, mais de votre intelligence aussi qui, j'en suis sûre, vous aidera à sortir sans crainte ni dommage de n'importe quelle aventure!

— Sans crainte ni dommage... et la peau! railla Bess.

Ambre lui lança un regard dur et se leva. Sans un mot elle quitta la pièce et monta chercher son manteau, son masque, se poudrer et se mettre du rouge aux lèvres. Peu après, elle redescendit pour trouver Bess et Jack le Noir qui se disputaient. Bess criait tandis qu'allongé dans son fauteuil, une bouteille à la main, il faisait semblant de l'ignorer. Apercevant Ambre, il sourit et se leva. Bess se retourna vivement.

— Vous! s'écria-t-elle... C'est vous qui êtes cause de tous mes ennuis, vous, espèce de roulure effrontée!

S'emparant tout à coup d'une salière, elle la jeta violemment par terre.

— Tenez! Et que le diable vous emporte!

Puis elle s'enfuit en sanglotant.

— Oh! fit Ambre, considérant d'un air anxieux le sel répandu. Nous sommes maudits. Nous ne pouvons pas y aller!

Jack le Noir, qui avait rattrapé Bess, lui administra un coup qui la fit chanceler :

— Sacrée petite garce! gronda-t-il. Si nous avons de la malchance, je te coupe les oreilles!

Maman Bonnet-Rouge se moqua des craintes superstitieuses d'Ambre et lui affirma que cela ne porterait pas malheur, puisque le geste avait été accompli volontairement. Elle lui souffla quelques derniers bons conseils, Jack le Noir avala un petit verre et — en dépit de la résistance et des inquiétudes d'Ambre — ils se mirent en route. Mais ils avaient à peine gravi les escaliers et pénétré dans les jardins du Temple que ses craintes s'étaient évanouies : elle se sentait excitée et curieuse de n'importe quelle aventure. Bess et le sel répandu étaient bien loin de son esprit.

XIII

Dans la Cité, toutes les cloches sonnaient et de nombreux feux de joie éclairaient le ciel d'une lueur rouge. Toutes les maisons étaient illuminées et une foule joyeuse emplissait les rues; les voitures brinquebalaient au milieu des cris, des rires, des chants et de la musique. C'était une réédition de la nuit de la Restauration.

Le Chien et la Perdrix était une taverne élégante, sise dans Fleet Street, et fréquentée surtout par les jeunes beaux et les prostituées de grand luxe, outrageusement peintes et fort bien mises, qui les attiraient chez elles. Cette nuit, la salle était bondée. A chaque table, les hommes se pressaient en foule — ceux qui venaient avec des femmes prenaient généralement un cabinet particulier, au premier —, les garçons circulaient avec des plateaux chargés de verres et de bouteilles, ou de grands pots d'ale mousseuse. Toute une tablée de jeunes gens chantaient à gorge déployée ; dans un coin quelques violons grinçaient, inaperçus et ignorés. Au moment où Ambre fit son entrée, quatre jeunes gens, complètement ivres, venaient de se lever et d'engager une sorte de duel pour vider une querelle quelconque. Ils la bousculèrent, mais ne prirent même pas la peine de s'excuser, bien qu'à leur allure on reconnût aisément en eux des gens de bonne maison.

Ambre, masquée et encapuchonnée, s'enveloppa dédaigneusement dans son manteau et se recula. Quand ils furent partis, elle s'arrêta sur le seuil, regardant la salle emplie de fumée, comme pour y retrouver quelqu'un. L'hôtelier s'avança vers elle :

— Madame ?

Elle comprit à sa manière d'être qu'il la prenait pour ce dont elle avait l'air : une dame de qualité, genre Covent Garden. Et elle se sentait bien dans son rôle. Elle avait passé assez d'heures, à la fenêtre du *Royal Sarrasin* et à celle de *La Rose*, à les observer descendant de voiture, parlant à un admirateur, lançant une aumône à un mendiant. Elle savait comment relever ses jupes, enlever un gant, parler à un garçon, jouer de l'éventail.

— J'attends quelqu'un, dit-elle doucement. Nous devons nous retrouver ici.

Elle regardait à peine l'hôtelier, ses yeux parcouraient la salle.

— Peut-être puis-je vous aider à le trouver,

Madame. Comment est-il habillé ? Quelle apparence a-t-il ?

— Il est très grand, avec des cheveux noirs. Je crois qu'il porte un costume sombre brodé d'or.

L'homme examina ses clients :

— Est-ce le monsieur qui se tient là-bas ? Un peu plus loin, à droite.

— Non, non. Pas celui-là. Oh ! le misérable, il est en retard !

Elle s'éventait d'un air mécontent.

— J'en suis désolé, Madame. Vous préféreriez peut-être attendre dans un salon particulier ?

— J'aimerais mieux, mais je risquerais de le manquer. Je ne peux pas attendre longtemps, vous comprenez.

Il était bon qu'il crût avoir en face de lui une femme mariée venue retrouver son amant mais craignant d'être aperçue par son mari ou par une relation quelconque.

— Trouvez-moi une place dans un petit coin discret et j'attendrai quelques minutes.

L'hôtelier lui fit traverser la salle, se frayant un chemin à travers la foule bruyante, et Ambre se rendit parfaitement compte que toutes les têtes se retournaient sur son passage. Elle laissait derrière elle un sillage parfumé, et son manteau — volé à quelque grande dame par Jack le Noir — indiquait une personne fortunée. S'installant à une table écartée, elle refusa toute boisson, mais glissa une pièce d'argent dans la main de l'hôtelier :

— Merci beaucoup.

En s'asseyant, Ambre entrouvrit son manteau de manière à laisser apparaître un peu de son décolleté, déploya son éventail, poussa un petit soupir de lassitude et lança un rapide coup d'œil autour d'elle. Elle rencontra plusieurs paires d'yeux braquées sur elle, quelques sourires et, instantanément, baissa les paupières. Il ne fallait pas qu'on la prît pour une fille.

Elle était heureuse à présent d'être venue : son sang coulait plus vite dans ses veines et elle se prenait à souhaiter que ce fût la vie réelle et non un rôle qu'elle jouait.

En moins d'un quart d'heure, elle les avait dénombrés et son choix se portait sur un jeune homme paraissant répondre à ses vues. Il était assis à quelque sept ou huit pieds d'elle, jouant aux cartes avec quatre amis, mais il se retournait fréquemment pour la regarder. A une époque où tant de femmes sortaient masquées, un homme apprenait à juger de la beauté par quelques légers détails : la couleur et le brillant d'une boucle de cheveux sortant d'un capuchon, l'éclair de deux yeux à travers les fentes du masque, la courbe d'une jolie bouche.

Comme elle se sentait observée, elle eut un léger sourire, si léger qu'il en était imperceptible, puis se détourna immédiatement. Sur-le-champ, il posa ses cartes, repoussa sa chaise et se dirigea vers elle d'un pas incertain.

— Madame !...

Il s'arrêta poliment pour toussoter :

— Madame, voudriez-vous me faire l'honneur d'accepter un verre de...

Ambre, qui regardait dans une autre direction, fit un geste de surprise :

— Monsieur ?

Le jeune homme se troubla :

— Oh ! je suis désolé, Madame. Je ne voulais pas vous blesser. Hum... mais je pensais que vous vous trouviez peut-être seule...

— J'attends quelqu'un, Monsieur, et je ne me sens pas seule du tout. Si vous me prenez pour une fille, vous vous trompez. Je crois que vous feriez mieux de vous adresser à cette personne, là-bas !

Du bout de son éventail, elle désigna une femme non masquée qui venait d'entrer, et dont le manteau ouvert laissait voir les seins à peu près nus. Comme il se tournait, Ambre remarqua qu'il portait quatre bagues, des boutons d'or sertis de minuscules diamants à son habit, que la poignée de son épée était d'argent, et qu'un grand manchon de vison accroché à un large ruban de satin lui pendait au cou.

Il salua, raide et digne :

— Je vous demande pardon, Madame, mais je ne chasse pas ce gibier. Votre serviteur, Madame.

Il s'inclina et serait parti si elle ne l'avait retenu :

— Monsieur !

Elle lui sourit, un regard câlin dans ses yeux bruns :

— Excusez ma brusquerie. Je crois que l'attente m'a porté sur les nerfs. J'accepte volontiers un verre de vin du Rhin et je vous en remercie.

Instantanément apaisé, il lui rendit son sourire, s'assit et commanda du champagne pour elle et de l'eau-de-vie pour lui. Il dit que son nom était Tom Butterfield, qu'il était étudiant, mais quand il voulut en savoir autant d'elle, elle redevint froide et distante, prétendant être trop connue pour oser divulguer son nom. Rien qu'à la manière dont il la considérait, elle comprit qu'il cherchait à la situer, se demandant s'il avait affaire à Madame de... ou à la Comtesse de..., bien certain en tout cas d'entamer une aventure fort intéressante.

Ils sirotèrent leurs boissons en devisant légèrement et, quand une petite marchande de harengs vint leur demander la permission de chanter pour la dame, tous deux acceptèrent. La fillette avait dix ou douze ans peut-être, pauvre petite loque aux mains noires, aux cheveux blonds emmêlés, et aux souliers percés. Mais elle possédait une voix étonnamment claire et juste, aussi rafraîchissante qu'un quartier d'orange sur une langue desséchée.

Quand elle eut fini, Tom Butterfield lui allongea

magnanimement quelques shillings, sans nul doute pour impressionner sa conquête.

— Tu as une jolie voix, ma petite. Comment t'appelles-tu ?

— Nelly Gwynne, Monsieur. Et merci bien !

Elle leur sourit à tous deux, fit une révérence et en se dirigeant vers une autre table se perdit dans la foule.

Ambre fit semblant de s'impatienter.

— Que les hommes sont donc agaçants ! s'écria-t-elle. Comment diable ose-t-il me faire attendre ainsi ! Je le lui ferai payer cher, je vous assure !

— Quel est le rustre qui vous manque ainsi de parole ! appuya Tom Butterfield gravement, bien que ses yeux vissent un peu trouble et qu'il parût à demi somnolent.

— Il ne recommencera pas, je vous le promets !

Elle rassembla son éventail, son manchon et ses gants.

— Merci beaucoup de votre amabilité, Monsieur. Je vais m'en aller maintenant.

Elle laissa tomber un gant et se pencha légèrement pour le ramasser. Il se précipita et, tout en se baissant, entrevit les profondeurs du décolleté. Quand il se releva, il chancelait légèrement, mais fit un violent effort pour reprendre son sang-froid.

— Permettez-moi de vous accompagner à votre voiture, Madame.

Ils sortirent, Tom Butterfield la suivant religieusement sans se soucier des quolibets de ses amis.

— Où stationne-t-elle, Madame ?

— Oh ! je suis venue en fiacre, répliqua-t-elle, laissant entendre qu'aucune dame ne commettrait l'imprudence de se rendre à un rendez-vous dans son propre équipage. Je pense que nous allons en trouver un. Voudriez-vous avoir l'amabilité d'appeler un cocher ?

— Je proteste, Madame ! Une personne de votre

rang, circuler la nuit dans une de ces guimbardes! Non, non...

Il la menaça du doigt.

— J'ai ma voiture au coin de la rue. Permettez-moi de vous reconduire chez vous.

Portant les doigts à sa bouche, il siffla.

Tous deux montèrent et l'équipage s'ébranla, prenant Fleet Street, en direction du Strand. Tom Butterfield, dans son coin, toussotait discrètement et se retenait à la courroie de la portière. Ambre, craignant qu'il ne s'endormît, lui dit finalement :

— Vous ne savez toujours pas qui je suis, Mr. Butterfield.

— Eh! non, Madame. Ai-je l'honneur de vous connaître, par hasard?

Il se penchait vers elle, cherchant à la deviner dans l'obscurité.

— Allons!... vous m'avez saluée et souri bien des fois au théâtre.

— Comment cela? Où étiez-vous assise?

— Où! Mais dans une loge, bien entendu!

Son ton exprimait l'indignation tout en restant taquin.

— Quand y étiez-vous pour la dernière fois?

— Oh! hier peut-être. Ou le jour d'avant. Ne vous souvenez-vous pas d'une dame qui vous a gentiment souri? Grand Dieu! Jamais je n'aurais cru que vous aviez la mémoire si courte... avec les regards enflammés que vous me lanciez!

— Je n'ai pas oublié. Je ne fais qu'y penser depuis. Vous étiez dans l'avant-scène de la loge royale, il y a trois jours, vêtue d'un charmant déshabillé, vos cheveux en torsade et le regard le plus langoureux du monde. Oh! non... je n'ai pas oublié, Madame, non! Je suis bien pris, je vous assure. Je... Je vous aime, Madame!

A mesure que sa passion augmentait, Ambre devenait plus réservée, se reculant autant qu'elle le pouvait, laissant échapper un petit rire dans l'obscurité, si bien qu'il finit par l'atteindre. Ils commencèrent à lutter amicalement, elle cédant un peu, puis se reprenant à mesure qu'il l'attirait vers lui et poussant un cri de réprobation quand il introduisit une main dans son décolleté. Il s'excitait de plus en plus, lui soufflant son haleine chaude en plein visage, quand elle le repoussa brusquement.

— Quand le diable y serait, Monsieur, est-ce ainsi que l'on traite une personne de qualité ?

Déconcerté, dégrisé, il se recula :

— Pardonnez-moi, Madame. Mon ardeur me fait dépasser les bornes.

— Effectivement. Je ne suis pas habituée à cette manière de faire la cour.

— Mes plus humbles excuses, Madame. Mais je vous admire depuis si longtemps.

— Comment le savez-vous ? Peut-être ne suis-je pas celle que vous croyez.

— C'est impossible ! Vous êtes la femme à laquelle je pense. Je brûle, Madame, d'une telle passion...

Il se rapprocha et la lutte reprit jusqu'au moment où la voiture s'arrêta.

— Enfer et damnation ! murmura-t-il, tandis qu'elle le repoussait.

— Allons, voyons, Monsieur, asseyez-vous, pour l'amour de Dieu !

Elle rajustait sa toilette et lissait ses cheveux quand la portière s'ouvrit. Tom Butterfield descendit d'un pas mal assuré et lui offrit sa main pour l'aider à mettre pied à terre.

La maison devant laquelle ils se trouvaient était un bâtiment neuf dans Bow Street, faisant partie du pâté qui donne dans Covent Garden Square. A la porte, il chercha encore à l'embrasser pendant qu'elle sortait une clef de son manchon et l'introduisait dans la serrure.

— Mon mari est en voyage ce soir. Voulez-vous

me faire le plaisir d'entrer, Mr. Butterfield, et de prendre un rafraîchissement avec moi ?

Elle ouvrit la porte et entra, Tom Butterfield sur ses talons. Comme il cherchait à l'enlacer dans le couloir, elle se dégagea, prit l'escalier et s'arrêta devant une autre porte, qu'elle ouvrit également. Entrant la première, elle se retourna pour le trouver tout souriant, les yeux brillants de convoitise. Une chandelle allumée éclairait tout juste la scène. A ce moment le gourdin de Jack le Noir s'abattit sur son crâne, le sourire se figea sur ses lèvres et ses yeux devinrent vitreux. Puis il roula sur le plancher. Ambre poussa un cri involontaire, portant la main à sa bouche et reculant devant le regard accusateur qu'elle avait cru apercevoir dans les yeux de sa victime.

Jack le Noir rempocha sa matraque, s'agenouilla auprès du corps et se mit en devoir d'arracher les boutons de l'habit. Tandis qu'Ambre le regardait d'un œil fixe, il continua méthodiquement sa besogne, arrachant les boutons, tirant les bagues, défaisant l'épée et le manchon, fouillant les poches. Puis, voyant un filet de sang couler lentement le long de la tempe, Ambre gémit :

— Oh ! vous l'avez tué !

— Allons donc ! Rien du tout !

Jack leva les yeux et lui adressa un large sourire.

— Que diable, ma belle ! Peur d'un peu de sang ? Cette petite écorchure lui apprendra à être plus circonspect la prochaine fois. Si nous n'avions pas chopé ce jouvenceau, un autre s'en serait chargé. Regardez-moi ça !

Il tenait une montre en or.

— Quinze livres comme un sou ! Avec un bel appât, on prend du gros poisson. Et maintenant, filons !

Il avait ficelé les bras et les jambes du jeune homme. Ambre voulut jeter un regard en arrière, mais Jack le Noir l'entraîna et la poussa dans un fiacre qui attendait devant la porte.

Ce succès facile parut de bon augure à Ambre, qui finit par croire qu'elle arriverait rapidement à gagner assez d'argent pour quitter les Friars. Et l'aventure l'avait amusée, sauf l'agression contre Tom Butterfield dont elle se considérait comme un peu responsable. Après avoir bu son ale matinale que lui apportait la traînante Pall, elle enfila une robe de chambre et descendit. Maman Bonnet-Rouge et Jack le Noir étaient au salon, bavardant et paraissant tous deux d'excellente humeur.

Ambre entra joyeusement, l'air détaché, pleine de confiance et prête à recevoir les félicitations. Maman Bonnet-Rouge l'accueillit d'un bon sourire.

— Bonjour, ma chère! Jack le Noir vient de me raconter que vous vous êtes conduite comme un vétéran. Il paraît que cela valait mille de voir la manière dont vous avez attiré ce jeune souriceau dans la trappe. Vous avez pu juger par vous-même combien c'était facile et sans danger, n'est-ce pas?

Ambre, persuadée qu'ils avaient besoin d'elle, se découvrait des velléités d'indépendance. Elle haussa les épaules :

— C'est possible. Et maintenant... (Elle tendit la main.) Donnez-moi mon dû.

— Comment, ma chère, mais il n'y a rien pour vous cette fois. Je l'ai mis au crédit de votre compte.

— Au crédit de mon compte?

— Évidemment! Croyez-vous donc que cela ne coûte rien de vous nourrir, de vous loger, sans compter la naissance du bébé?

Elle ouvrit le tiroir dans lequel était enfermé le gros registre, prit une feuille de papier recouverte d'une écriture bien nette et la tendit à Ambre, qui resta médusée. Elle ne pouvait pas savoir ce qu'il y avait dessus, n'ayant jamais appris à lire ni à écrire, mais elle était horrifiée à la pensée que pas un penny de cet argent qu'elle avait aidé à voler ne lui appartiendrait. Car il ne lui était jamais venu à l'idée de régler les dépenses notées par Maman Bonnet-Rouge. Elle sentait qu'elle avait été jouée et cela l'irritait. Elle leva les yeux, ouvrit la bouche pour parler et vit Maman Bonnet-Rouge qui décrochait son manteau et sortait.

— Voyons !

Ambre lança la note à Jack le Noir.

— Lisez-moi ça.

Il obéit et lut lentement. A chaque ligne, le visage d'Ambre s'assombrissait. Elle était dans un beau pétrin. Au lieu de s'acquitter, elle se trouvait plus endettée que jamais. Un violent désespoir la saisit.

La note était soigneusement établie :

1. Pour trois mois de logement et de nourriture	30 £		
2. Draps de lit d'enfant	4 £	4 sh.	
3. Au pasteur pour le baptême de l'enfant	2 £	10 sh.	
4. Pour la sage-femme	3 £	3 sh.	
5. Pour le dîner de baptême	6 £		
6. Pour quinze jours de nourrice	1 £		
7. Pour Chiverton	10 £		
8. Pour Mrs. Chiverton, afin qu'elle amène l'enfant sur demande	5 £		
9. Pour la couturière, arrangement de la robe verte		6 sh.	2 p.
Total	62 £	3 sh.	2 p.

— Ma parole ! s'écria Ambre, furieuse, je m'étonne qu'elle ne me compte pas l'emploi du pot de chambre !

Jack le Noir ricana :

— T'inquiète pas ! Ça viendra.

Ambre en voulait autant à Jack le Noir qu'à Maman Bonnet-Rouge. Car il aurait pu payer sa note — et ses dettes aussi — sans que cela le dérangeât. Elle lui en voulait tellement de son refus qu'elle ne lui savait plus aucun gré de l'avoir fait sortir de Newgate. Volontiers elle eût mis en gage les quelques bijoux qu'il lui avait donnés, mais ce n'était pas suffisant pour éteindre la dette et elle savait qu'elle n'en aurait plus d'autres. Il lui semblait que jamais elle ne pourrait sortir de Whitefriars.

Aussi, quand Michel Godfrey vint dans l'après-midi et lui redemanda de s'enfuir avec lui, accepta-t-elle sans la moindre hésitation.

— Attendez-moi et je redescends tout de suite. Je vais simplement changer de robe et prendre mon manteau.

Michel la rappela :

— Tant pis ! Je vous en achèterai une autre !

Mais elle fit semblant de ne pas entendre et s'enfuit en courant, car elle désirait emporter plusieurs choses encore : un éventail de dentelle, une paire de bas de soie verts et sa perruche. Elle se précipita dans sa chambre — la maison était vide et elle voulait s'en aller avant que quiconque rentrât —, jeta tout pêle-mêle dans un carré d'étoffe et le noua hâtivement.

— Viens ! dit-elle ensuite à sa perruche, nous en avons soupé de ce maudit Sanctuaire !

Tenant la cage d'une main et son baluchon de l'autre, elle redescendit en courant. Mais au milieu de l'escalier, elle s'arrêta net avec une exclamation étouffée, car la porte d'en bas s'ouvrait, laissant apparaître Jack le Noir qui bouchait le jour de sa silhouette massive.

Elle poussa un cri de colère :

— Jack !

Il faisait sombre et elle ne pouvait distinguer l'expression de son visage, mais sa voix était grave et rude :

— Ainsi, vous alliez vider les lieux ?

Lentement il monta vers elle, qui ne pouvait rien faire que l'attendre. Subitement elle eut peur. Elle l'avait vu perdre patience avec Bess et savait qu'il pouvait être violent.

— Vilaine petite ingrate. Je pourrais vous briser les os...

Tout le courage d'Ambre lui revint d'un coup :

— Laissez-moi passer! cria-t-elle. Je quitte cet ignoble trou! Je ne tiens pas à être pendue avec vous tous!

Il était juste en dessous d'elle et elle pouvait à présent distinguer son visage, la lèvre supérieure si mince serrée contre les dents, les yeux sombres et brillants.

— Vous resterez là aussi longtemps que je le désirerai. Remontez, maintenant. Allez! remontez!

Ils s'affrontèrent ainsi un très long moment. Puis, soudain, elle lui envoya un coup de pied dans les tibias et chercha à passer sous son bras.

— Michel! cria-t-elle.

Jack le Noir éclata de rire. La soulevant d'un seul bras, il la jeta sur son épaule et remonta avec elle.

— Michel! répéta-t-il avec mépris. A quoi ce rien du tout peut-il vous servir?

Son rire bruyant résonna dans la cage d'escalier et il ne parut même pas s'apercevoir qu'Ambre hurlait comme une perdue, le griffant, l'égratignant, le bourrant de coups de poing. Quand il atteignit la chambre à coucher, il la posa si rudement par terre qu'elle en fut ébranlée de la tête aux pieds. Cependant elle se remit vite.

— Que le diable vous emporte, Jack Mallard le Noir! hurla-t-elle. Vous cherchez à me tuer! Voilà ce que vous faites! Vous m'obligez à rester ici jusqu'à ce que nous soyons tous pris. Mais je ne veux pas. Vous m'entendez, je ne veux pas! Je sortirai d'ici, même si...

Elle se précipita vers la porte, dans un tel état de rage qu'elle n'eût pas hésité à traverser les Friars pour tomber dans les bras du premier archer venu.

Il étendit la main et la rattrapa, la soulevant aussi aisément qu'une poupée de la Foire Saint-Barthélemy :

— Arrêtez, petite sotte! Vous bavardez comme une corneille qui abat des noix. Vous ne sortirez pas des Friars, tant que j'y serai du moins! Après, vous irez au diable si le cœur vous en dit. Mais je n'ai pas donné trois cents livres pour vous faire sortir de Newgate au profit d'un autre!

Ambre le regarda avec une surprise irritée, car elle l'avait toujours cru très épris d'elle et s'imaginait qu'une femme fait ce qu'elle veut d'un homme qui l'aime. A présent, elle comprenait que pour lui la seule différence entre Bess et elle était qu'elle fût plus nouvelle, plus décorative, et lui plût mieux au lit. Son amour-propre en fut profondément ulcéré et, brusquement, elle le méprisa intensément.

Quand elle lui répondit, ce fut d'une voix basse, contenue, chargée de ressentiment et d'ironie :

— Oh! vermine avide, Jack Mallard, je vous méprise! J'espère que vous serez pris! Qu'ils vous pendront et vous couperont en morceaux. J'espère, oh!...

Elle se jeta sur le lit en sanglotant. Quelques minutes après, elle entendit claquer la porte.

Elle resta toute la journée dans sa chambre, refusant de dîner, et boudait encore le lendemain matin quand on frappa. Croyant que c'était Jack qui venait faire la paix, elle cria d'entrer. Elle était assise à sa coiffeuse, se faisant les ongles, et ne leva pas les yeux avant de voir le visage de Bess apparaître dans le miroir. Elle se tourna vivement :

— Que venez-vous faire ici?

Bess était extraordinairement douce et aimable :

— Je suis seulement venue vous dire bonjour.

Ambre se dit que, fort probablement, Jack avait passé la nuit avec elle et elle se détourna. Mais Bess se pencha par-dessus son épaule :

— Je vous ai entendue avec Jack, hier après-midi...

— Vraiment!

— Si vous tenez réellement à quitter les Friars — si vous me promettez de partir sans jamais revenir —, je pourrai vous trouver l'argent nécessaire.

Ambre bondit et saisit Bess par les poignets :

— Si je promets de m'en aller? Seigneur! mais je... Où est cet argent?

— C'est le mien. Je l'ai mis de côté, au cas où Jack le Noir en aurait besoin. Maman Bonnet-Rouge me le garde, mais je peux l'avoir dès demain soir. Je le déposerai dans le garde-manger de la cuisine.

Mais l'argent ne s'y trouva jamais et, quand Ambre revit Bess, celle-ci avait un œil poché et un côté de la figure enflé; évidemment Jack le Noir avait découvert le complot. Après quoi, Bess ne se donna plus la peine de cacher sa haine et sa jalousie. Quelques jours plus tard, Ambre trouva le chat de la maison traînant quelques plumes bleu turquoise au bout de ses griffes. Bess jura qu'elle était innocente de ce crime, mais Ambre avait toujours pris grand soin de mettre la cage de la perruche hors d'atteinte de l'animal et elle savait que l'oiseau n'avait pu être mangé sans l'aide de personne.

XIV

A l'encontre de ce qu'elle avait pensé d'abord, Ambre s'aperçut qu'elle ne pouvait se mettre mal avec Jack le Noir. Elle dépendait par trop de lui. Aussi, tout en continuant à nourrir de méchants sentiments à son égard, avait-elle, au bout de trois ou quatre jours, repris sa vie avec lui. Elle avait déclaré à Maman Bonnet-Rouge et aux autres qu'elle n'entendait pas risquer sa peau pour de si minimes profits — sa part, dans la première nuit, avait été de douze livres —, mais elle céda bientôt. Et, en dépit du danger, elle aimait ces escapades : cela l'amusait de jouer les grandes dames, de s'aventurer dans la Cité, et même de courir des risques.

D'ailleurs, en général, la chance la servit. On eût dit que tous les jeunes fats de Londres étaient prêts à croire qu'une belle étrangère les avait distingués au théâtre, à Hyde Park ou dans Mulberry Gardens et ne demandaient qu'à l'aider à cocufier son imbécile de vieil époux. Jack le Noir et Maman Bonnet-Rouge attribuaient tous deux les succès d'Ambre à son adresse à se transformer en dame du meilleur monde. Bess, disaient-ils, gâtait souvent le scénario en se faisant prendre pour une fille en quête d'aventures, ce qui éveillait la méfiance de ses victimes, car il était bien connu que, très souvent, les filles de joie étaient affiliées à une bande de voleurs.

Dès les premiers jours de juin, Jack retourna sur les routes. L'hiver était la saison mondaine de Londres et bien des membres de la noblesse retournaient dans leur propriété, à la campagne, afin d'y passer les mois d'été. Les routes, alors, pullulaient de bandits de grand chemin et nombre d'hôteliers étaient de mèche avec eux. Cependant, en dépit de ce danger connu, les gens circulaient souvent sans protection suffisante.

Le rôle d'Ambre était simple et sans risque. Accompagnée de Bess qui lui servait de femme de chambre, elle arrivait dans l'auberge signalée par Maman Bonnet-Rouge et s'arrangeait pour faire la connaissance du voyageur désigné et de sa famille. Se faisant passer pour une dame de qualité regagnant ou quittant la ville, elle racontait que sa voiture avait versé : après s'être fait offrir une place dans celle de ses nouvelles relations, elle s'arrangeait pour faire connaître l'heure du départ à Jack le Noir.

Ambre était très satisfaite de la combinaison. Bess, au contraire, qui avait été habituée à tenir le rôle principal, ne cachait pas sa fureur de se voir ainsi détrônée.

A mesure que les semaines passaient, Ambre augmentait son petit pécule. Vers la mi-août, elle avait économisé deux cent cinquante livres. Il n'y avait pas eu d'anicroches ; elle commençait à reprendre confiance et se sentait même prête à aimer ce genre de vie. Elle avait toujours le vague désir de quitter Alsatia, l'impression qu'elle manquait un tas de choses très importantes qui se passaient dans le monde réel, mais les jours s'écoulaient et elle était presque heureuse.

Puis un beau jour, elle reçut un rude choc.

Arrivant au salon, elle trouva Jack le Noir debout entre Peau Bleue et Jimmy la Gueule, un bras passé autour du cou de chacun de ses acolytes. Tous trois semblaient regarder quelque chose posé sur la table. Ils lui tournaient le dos et elle ne pouvait repérer de quoi il s'agissait, mais ils parlaient à voix basse et soudain éclatèrent d'un gros rire. Ambre s'approcha et vit une grande feuille de papier timbrée aux armes de Sa Majesté et couverte de deux lignes de caractères imprimés. Prise d'une méfiance subite, elle fronça les sourcils.

— Qu'est-ce que c'est ?

Ils se retournèrent, surpris de la trouver là.

— Jack le Noir est un homme célèbre ! dit Peau Bleue. Il vient en tête de la liste des vingt-deux brigands signalés !

Flatté, Jack le Noir ricanait. Ambre au contraire sursauta, ouvrit la bouche, eut l'air épouvantée. Elle tenait intensément à la vie et de sentir ainsi rôder la mort la rendait folle de terreur.

— Eh bien ! quoi, demanda Jack le Noir, un soupçon d'irritation dans la voix.

— Vous le savez bien ! Ils vous recherchent et finiront par vous prendre ! Ils nous prendront tous et nous serons pendus ! Oh ! je voudrais n'avoir jamais mis le pied dans ce maudit endroit. Si seulement j'étais encore à Newgate ! Là-bas, au moins, je ne risquais rien !

— Et moi aussi je voudrais vous y voir, à Newgate ! Vous êtes bien la pire des petites rosses que... A quoi diable vous attendiez-vous quand je vous ai amenée ici ? Vous feriez mieux de vous mettre une bonne fois dans la tête que le monde entier ne fonctionne pas à votre profit ! Mais vous n'avez pas besoin de craindre pour votre peau ! Une femme s'en tire toujours... vous n'avez qu'à vous servir de votre ventre... Comment !... continua-t-il d'une voix railleuse, mais j'ai connu autrefois une femme qui a évité la potence pendant dix ans... à peine était-elle délivrée qu'elle se faisait faire un autre mioche !

Ambre eut une grimace de dégoût.

— Ah ! vraiment ! Merci pour moi !...

Et se penchant vers lui, les poings serrés, les muscles du cou gonflés :

— J'ai autre chose à faire de ma vie ! cria-t-elle. Entendez-vous ?...

Au même instant Bess apparut sur le seuil et flaira la querelle :

— Que se passe-t-il ? Voyons Jack, vous ne vous disputez pas avec notre belle étoile, j'espère ?

Ambre se tourna vers elle, les narines palpitantes, et la toisa d'un air de suprême insolence :

— En vérité, Bess Colombine, vous êtes aussi jalouse qu'une jeune accouchée dont le mari se distrait !

— Jalouse ? Moi jalouse de vous ? glapit Bess. Je veux bien être pendue si je suis jalouse de vous, sale putain !

— Ne m'injuriez pas !

Brusquement, Ambre l'attrapa par les cheveux et lui donna un bon coup. Avec un cri de rage, Bess saisit une des grandes boucles de son ennemie et les deux femmes se disposaient à engager une bataille mortelle, quand Maman Bonnet-Rouge apparut inopinément. Les hommes se contentaient d'observer en souriant, mais celle-ci s'avança, prit les deux enragées par les épaules et les secoua vigoureusement.

— Assez ! cria-t-elle. Je ne veux pas d'histoires chez moi ! La prochaine fois, Bess, vous quitterez la maison !

— Moi ? protesta Bess, pendant qu'Ambre, avec un sourire de supériorité, remettait sa coiffure en ordre. Et elle ? Cette...

— Bess !

Pendant un long moment, Bess et Maman Bonnet-Rouge s'affrontèrent en silence, puis finalement Bess céda. Mais en sortant, elle frôla Ambre et lui administra une solide bourrade. Sans hésiter, Ambre tourna la tête et cracha sur elle. Bess s'arrêta net et les deux femmes restèrent à se regarder comme deux chattes en colère. Mais, sur un dernier avertissement de Maman Bonnet-Rouge, Bess sortit fièrement.

Pendant plusieurs jours, ensuite, Jack le Noir ignora Ambre, et Bess afficha un triomphe insolent. Cependant, bien qu'elle se souciât fort peu de lui, Ambre n'entendait pas abandonner Jack aux bons soins de Bess. Aussi lui fit-elle quelques avances, qui furent bien accueillies. Bess en conçut une telle haine, si peu dissimulée, qu'Ambre s'attendait presque à recevoir un coup de couteau dans les côtes. Seule — croyait-elle à juste titre — la crainte de Jack le Noir empêcha Bess d'attenter à la vie de sa rivale.

Au début de septembre, Bess reconnut qu'elle était enceinte, en informa Jack le Noir et lui demanda carrément de l'épouser. Il répondit par une insolente rebuffade :

— T'épouser? Tu me prends pour un jobard! Crois-tu que je ne sache pas que tu te fais bécoter par tous ceux qui entrent ici?

Il était resté assis à table, ainsi qu'il le faisait toujours longtemps après que tous les autres étaient sortis, rongeant une patte de poulet et l'arrosant de temps en temps d'une gorgée de vin de la bouteille qu'il ne lâchait pas. Il était vautré sur sa chaise, insouciant et détendu, et ne prit même pas la peine de lever les yeux.

— C'est un ignoble mensonge, tu le sais bien! Jamais je n'avais parlé à un autre homme avant que tu n'aies amené cette traînée à la maison. Et je n'ai jamais couché avec personne, excepté Peau Bleue, et encore, pas souvent. Ce gosse est de toi, tu le sais, Jack le Noir, et tu le reconnaîtras, ou je...

Jetant son os, il se pencha pour cueillir une grappe de raisin pourpre :

— Pour l'amour du ciel, Bess, ferme-la! Tu es pire qu'une crécelle de mendiant. Je me fiche de ce que tu feras. Couche avec qui tu voudras, mais ne viens pas m'embêter!

Il lui tournait le dos et elle resta un instant immobile, les yeux fixes, tremblante de rage. Puis, avec un véritable cri de bête, elle s'empara d'un couteau qui traînait sur la table et se rua sur lui. Jack eut un sursaut d'étonnement en voyant briller la lame au-dessus de lui; il leva le bras pour se protéger et, d'un coup violent, envoya Bess rouler sur le plancher. Elle était encore par terre, le regardant férocement comme il se penchait négligemment au-dessus d'elle, quand Maman Bonnet-Rouge entra précipitamment :

— Qu'y a-t-il encore? s'écria-t-elle. Oh!

Elle mit les deux poings sur ses hanches :

— C'est bon! Je vous avais prévenue, Bess. Allez-vous-en! Prenez vos affaires et quittez la maison.

Bess la dévisagea d'un air furieux, mais se releva

lentement. Elle resta un long moment immobile, sans rien dire.

— Allez ! répéta Maman Bonnet-Rouge. Hors d'ici !

Bess ouvrit la bouche pour protester et poussa un rugissement :

— C'est bon ! Ne le répétez plus ! Je m'en vais ! Je pars d'ici, et je ne reviendrai jamais ! Non, jamais, quand vous m'en supplieriez à genoux ! Je vous hais, tous, tant que vous êtes, et j'espère que...

Elle s'enfuit en courant et ils l'entendirent qui grimpait en hâte l'escalier.

— Fichtre ! Maudite petite sorcière. Elle m'aurait coupé la gorge, pour un peu !

Il haussa les épaules et reprit son raisin.

Maman Bonnet-Rouge alla vers la table, sortit son registre et commença le compte de Bess :

— Je suis contente d'être débarrassée d'elle. Jamais elle n'a servi à grand-chose, et depuis l'arrivée de Mrs. Channel c'est un vrai poison. Oh ! évidemment, la caque sent toujours le hareng !

Jack le Noir, n'ayant rien à faire, se rendit à la cuisine pour taquiner Pall, qui l'adorait, tout en rougissant, bafouillant et grattant nerveusement ses poux. Le calme régna un instant, puis Ambre apparut à la porte d'entrée. Elle portait une légère robe de soie vert pâle, ses cheveux défaits étaient retenus par un ruban et elle avait piqué deux des plus belles roses jaunes de Pénélope Hill dans le creux de son décolleté.

— Seigneur ! je crois qu'il n'a jamais fait aussi chaud !

Elle se laissa tomber dans un fauteuil, s'éventant avec son mouchoir de dentelle, et Maman Bonnet-Rouge reprit son travail sans répondre. Alors Ambre se leva et se dirigea vers l'escalier.

— Je crois que vous feriez mieux de rester en bas, ma chère, dit Maman Bonnet-Rouge, trempant sa plume dans l'encrier, mais sans lever les yeux. Je viens d'envoyer Bess faire ses paquets et elle paraît folle de rage.

Ambre se retourna, souriante :

— Bess s'en va ?

Elle haussa les épaules.

— Oh ! peu importe qu'elle soit furieuse. Qu'elle vienne donc me dire quelque chose et elle...

— Non, non, ma chère, je ne veux pas d'autres histoires dans ma maison. Allez à la cuisine avec Jack et Pall jusqu'à ce qu'elle soit partie.

Ambre hésita, puis obéit. Puis elle entendit les hauts talons de Bess résonner le long de l'escalier, la voix de Maman Bonnet-Rouge qui lui parlait, sans que Bess répondît. La porte claqua et ce fut fait. Jack le Noir proposa un toast en l'honneur de la vie paisible, et il entama un jeu de cartes avec Ambre au salon.

Ils avaient passé d'interminables journées à jouer aux cartes et aux dés, car ils ne sortaient guère plus d'une ou deux fois par semaine pour affaires — moins même parfois — et il fallait bien tuer le temps. Jack le Noir lui avait appris tous les tours qu'un joueur peut avoir dans son sac et, en quelques mois, elle était devenue d'une force très honorable. Elle se sentait capable de se mesurer avec n'importe quel lord du royaume.

Peau Bleue entra et se joignit à eux. Deux ou trois heures s'écoulèrent avant qu'Ambre ne remontât chez elle. Hélas ! elle y trouva l'adieu de Bess à une rivale abhorrée. Ses chemises, ses robes et ses jupons jonchaient le sol, froissés ou en lambeaux : ses manteaux étaient lacérés de coups de ciseaux et le contenu du pot de chambre avait été répandu sur les restes de la plus jolie robe d'Ambre.

Jack le Noir jura de retrouver Bess et de lui donner la correction qu'elle méritait, mais elle avait disparu sans laisser de trace et tous savaient qu'elle resterait invisible, perdue dans le demi-million d'habitants de la grande cité.

Le coup fut très rude pour Ambre; elle se déclara maudite et condamnée à rester à tout jamais aux Friars. Elle devint triste, sombre, traînant sans but à travers la maison, toujours de mauvaise humeur. Elle détestait Bess, et Jack le Noir, et Maman Bonnet-Rouge, Pall et Peau Bleue, et le chat de la maison, sans parler d'elle-même.

« Peu importe ce que je fais, ce que je pense, songeait-elle, que je travaille dur ou que j'économise, puisqu'il y a toujours *quelque chose* qui vient se mettre en travers. Jamais je ne pourrai m'en aller. Je mourrai dans cet infect trou. »

Trois jours après le départ de Bess, Maman Bonnet-Rouge entra dans la chambre et trouva Ambre étendue sur le lit, les mains derrière la nuque. Elle était éveillée depuis plus de deux heures, ressassant ses soucis et les trouvant de plus en plus insurmontables à mesure qu'elle réfléchissait. Elle lança un sombre regard à Maman Bonnet-Rouge et ne daigna pas ouvrir la bouche.

— Eh bien! ma chère, dit celle-ci aussi gaiement que si Ambre l'avait accueillie avec des transports de joie. Ce n'est pas un jour ordinaire, vous savez!

Tous les matins, elle était debout dès cinq heures, enfilait sa robe noire nette et austère, et commençait à s'acquitter de ses nombreuses tâches journalières, toujours vive, alerte, bien à la question. La vue de cette activité résolue agaçait Ambre.

— Pour moi, c'est un jour comme les autres!

— Comment! Vous n'avez certainement pas oublié que vous allez à Knightsbridge aujourd'hui?

— Je n'irai pas à Knightsbridge aujourd'hui.

— Mais, ma chère petite, c'est très important. Il s'agit d'une grosse somme.

— Ce n'est pas la première fois qu'il est question de beaucoup d'argent, mais je n'en vois jamais la couleur.

Le sujet avait été souvent discuté fort amèrement entre elles, Ambre prétendant être frustrée de sa part véritable et Maman Bonnet-Rouge insistant sur le fait que ses services étaient largement payés. Jack le Noir partageait cet avis...

— De toute façon, ajouta Ambre, Bess serait bien capable de nous avoir dénoncés. Elle connaissait tous nos plans.

— Sottises, ma chère! Je connais mieux Bess que vous. Elle a plus peur des agents qu'un poissonnier de la gelée. Quant à l'argent, je venais justement vous dire que je doublerais votre part cette fois, pour compenser la perte de vos robes.

Jugeant la question liquidée, elle se dirigea vers la porte :

— Jack le Noir est en bas, avec Jimmy et Peau Bleue. Ils comptent partir d'ici une heure.

Comme elle s'en allait, Ambre se retourna sur le côté, fronça les sourcils et cria :

— Je n'irai pas!

Maman Bonnet-Rouge ne répondit pas, mais Jack apparut et après une demi-heure de câlineries, de persuasions, d'assurances qu'ils avaient changé leurs plans et que Bess ne pourrait les atteindre, Ambre se leva et consentit à s'habiller. Toutefois elle ne voulut pas se mettre en route avant d'avoir consulté l'astrologue qui vivait dans le voisinage. Après que celui-ci lui eut assuré que le jour était particulièrement favorable, elle emprunta un manteau à Maman Bonnet-Rouge et, toujours boudeuse, quitta le Sanctuaire, accompagnée de Pall et des trois hommes.

Knightsbridge était un paisible petit village à deux milles et demi de la ville. De par sa situation, il était très connu des voleurs de grand chemin qui y attaquaient fréquemment les voyageurs. Maman Bonnet-Rouge avait été prévenue par l'hôtelier qu'un vieux monsieur, Théophile Bidulph, allant deux fois par an à Londres, était annoncé pour le 8 septembre.

Quelquefois, il leur fallait ainsi attendre deux ou trois jours leur victime. Ambre souhaitait ardemment que ce ne fût pas le cas aujourd'hui. Elles montèrent toutes deux dans leur chambre et Pall ôta immédiatement ses souliers, qui lui faisaient mal, disait-elle. N'ayant rien de mieux à faire, Ambre se recoiffa, opération qui durait bien une demi-heure, puis tourmenta Pall jusqu'à ce que celle-ci eût avoué attendre un enfant de Jack Mallard. Enfin, à la nuit tombante, elles entendirent le trot des chevaux, le roulement d'une voiture ; les chiens se mirent à aboyer et l'hôtelier se précipita dans la cour pour accueillir le client qui arrivait. Quelques instants plus tard, on frappa à leur porte et l'aubergiste informa Ambre que Théophile Bidulph était en bas et commandait son dîner. Ambre attendit encore un quart d'heure, puis elle descendit.

Mr. Bidulph était installé auprès de la cheminée, buvant un verre d'ale et bavardant avec l'hôtelier. Il ne la vit pas avant qu'elle ne l'interpellât. Il se retourna alors, fort étonné. C'était un petit monsieur au visage gai, avec de gros sourcils broussailleux et un regard malin.

— Comment ! Mr. Bidulph ! s'écria-t-elle, lui tendant la main avec un brillant sourire.

Il la prit et s'inclina :

— Votre serviteur, Madame.

En dépit de sa courtoisie, il était visiblement stupéfait et la considérait avec curiosité.

— Je gage que vous m'avez oubliée, Monsieur !

— Par ma foi, Madame, je crains que vous n'ayez raison.

— Je suis Anne, la fille aînée de Balthazar Saint-Michel. La dernière fois que nous nous sommes vus, je n'étais pas plus haute que cela !

Elle fit un geste indiquant une toute petite fille.

— Vous vous en souvenez certainement à présent. Vous me faisiez sauter sur vos genoux.

Elle souriait toujours.

— Euh! oui, évidemment, Madame, ma chère enfant. Et comment va votre père, je vous prie? Il y a longtemps que nous ne nous sommes vus... euh!...

Le visage d'Ambre s'assombrit légèrement :

— Oh! Mr. Bidulph, il ne va pas très bien. Sa goutte, vous savez. Il garde quelquefois le lit pendant des semaines.

Elle lui adressa un nouveau sourire :

— Mais il parle souvent de vous... Il sera si heureux de savoir que je vous ai rencontré.

Mr. Bidulph avala son ale d'un trait.

— Vous lui ferez toutes mes amitiés, mon enfant. Mais que faites-vous seule ici?

— Oh! je ne suis pas seule. Je voyage avec ma femme de chambre. Je vais en ville, chez tante Sarah, mais l'un de nos chevaux a perdu son fer et nous avons dû nous arrêter ici pour la nuit. On dit que les routes sont infestées de voleurs en ce moment.

— Il est vrai que ces misérables sont partout, c'est bien pis qu'autrefois, quand j'étais jeune. Mais, bien sûr, tout a changé depuis. Dites-moi, ne voulez-vous pas repartir demain matin avec moi? Je veillerai sur vous.

— Oh! merci Monsieur! Que vous êtes bon! A dire vrai, je meurs de peur avec toutes ces histoires de brigands.

Tout en bavardant, Ambre vit passer dans la salle des domestiques portant des malles et des caisses. De toute évidence, le vieux gentleman n'avait pas confiance en la surveillance des garçons d'écurie. Mais Jack le Noir se débrouillerait pour prendre ce qu'il désirait tandis qu'elle occuperait Mr. Bidulph. Et bien avant le jour, ils seraient tous de retour à

Whitefriars. Ambre avait hâte que tout fût achevé, car la pensée de Bess n'était pas sans l'inquiéter. Elle se disait que la jeune fille était capable de n'importe quoi pour se venger.

Sur l'invitation de Mr. Bidulph, Ambre accepta de souper avec lui et ils prolongèrent la soirée en bavardant de la guerre civile. Elle écouta d'interminables histoires, toutes destinées à prouver la valeur héroïque des gentilshommes, la grande noblesse et le martyre du roi, l'autorité magnifique du prince Rupert. Rien, assurait-il, n'était plus glorieux que la manière dont les royalistes avaient perdu la guerre.

Ambre jetait sans cesse un œil à la pendule. Vers dix heures, l'énervement la gagna. Ils étaient à table depuis près de trois heures. Jack devait certainement avoir fini son travail; qu'attendait-il pour lui faire le signal convenu? Peu à peu, elle se sentait envahie d'un véritable sentiment de panique. « Oh! songeait-elle, affolée. Où peut-il bien être? Pourquoi ne vient-il pas? Que s'est-il passé? »

Tout à coup, elle entendit un coup violent partant du dehors; les chiens se mirent à aboyer, des sabots de chevaux martelèrent la route et un tumulte de voix s'éleva : des hommes criaient, des femmes hurlaient. Pall ouvrit brusquement la porte et lui fit des signaux désespérés. Ambre, terrifiée à la pensée que Bess arrivait avec une troupe d'agents, se leva d'un bond.

— Grand Dieu! Madame. Qu'avez-vous?

— Ce sont des voleurs! cria Ambre. Vite, soufflez les bougies!

Elle se précipita sur les chandelles qui brûlaient, accrochées aux murs, et heurta Pall qui arrivait en gémissant de terreur.

— Tais-toi! hurla Ambre.

Au même instant, elle entendit la voix de Bess Colombine et un rugissement de rage de Jack le Noir.

Les voix se rapprochaient et Ambre — ne songeant plus à rien qu'à sa sûreté personnelle — se précipita vers la porte d'entrée. Elle entendit Pall glapir son nom. Mr. Bidulph, subissant la contagion de tout ce trouble, errait dans les ténèbres et appelait :

— Mrs. Anne, Mrs. Anne, où êtes-vous ?

Par erreur, il saisit Pall, qui poussa un hurlement de terreur. Ambre s'enfuyait au-dehors quand elle entendit venir des pas et aperçut la lueur des torches. Puis la voix de Bess :

— Elle est là-dedans. Laissez-le. Il n'y est pour rien. La femme est là-bas !

Ambre fit demi-tour et fila vers la cuisine. Mr. Bidulph se démenait toujours, l'appelant à grands cris, tandis que Pall gémissait sans savoir que faire. Comme Ambre passait en courant, il la saisit par la jupe, mais elle se dégagea violemment, lui laissant le morceau dans la main, et se précipita dans le petit couloir obscur qui passait sous l'escalier à l'instant où une torche éclairait la salle. Pall poussa un cri de désespoir au moment où elle fut prise et Mr. Bidulph demanda avec indignation ce qui se passait.

Ambre fit irruption dans la cuisine, haletante, sur le point de défaillir, et sursauta en entendant une voix :

— Madame Channel ? C'est l'hôtelier.

Elle s'arrêta :

— Ô mon Dieu ! Où puis-je aller ? Où me cacher ? Ils vont entrer !

Ses dents claquaient et elle tremblait de tous ses membres.

— Vite, entrez dans ce coffre à provisions. Donnez-moi la main.

Ambre étendit le bras en tâtonnant. Il la saisit par le poignet, souleva le couvercle d'un énorme coffre de chêne et l'y poussa. Le plateau venait de retomber quand Bess et les agents passèrent dans le couloir. L'hôtelier s'enfuit en claquant la porte derrière lui.

— Par là ! Elle est partie ! cria Bess.

A travers les trous percés dans le bois, Ambre vit passer une lueur et entendit le bruit des pas qui s'éloignaient en courant. Bess poussa un juron en se cognant contre une chaise.

Ambre attendit que le dernier d'entre eux eût disparu, puis elle sortit lentement, rassembla ses jupes, se précipita au-dehors.

Toujours à la poursuite de l'hôtelier, ils avaient tourné le coin, et, comme la cuisine formait une aile indépendante de la maison, elle sortit dans l'obscurité. La confusion était plus grande que jamais et elle comprit qu'ils avaient capturé les trois hommes en entendant Bess hurler :

— Laissez-le aller, maudits imbéciles ! C'est l'aubergiste ! Cherchez donc la femme !

Ambre ne s'arrêta pas, partit comme un dard dans la direction opposée, vers la rivière, espérant seulement se perdre dans les ténèbres. Atteignant la rive, elle descendit au bord de l'eau. Elle ne voyait rien, car la lune s'était cachée et le ciel était obscurci par de sombres nuages annonçant une tempête, mais elle courait aveuglément, comme en un cauchemar dans lequel, si vite que s'agitent ses jambes, le rêveur a toujours l'impression de ne pas avancer. Le bruit allait en s'éteignant, mais elle n'osait ni s'arrêter, ni se retourner.

Ses souliers furent vite trempés, les cailloux de la berge blessaient ses pieds sensibles. Ses jupes mouillées lui collaient aux jambes, les ronces égratignaient son visage et ses bras nus, s'accrochaient à ses cheveux. Elle éprouvait une douleur lancinante au côté, se sentait épuisée, hors d'haleine, mais elle courait toujours.

La campagne était paisible ; au bout de quelque temps, elle n'entendit plus aucun bruit provenant de l'auberge, seuls le ploc d'une grenouille qui sautait à l'eau ou la fuite éperdue d'un petit animal. Finalement, incapable de faire un pas, elle s'adossa contre un arbre. En même temps que la respiration, la réflexion lui revint. Alors elle se demanda comment elle rentrerait en ville. Suivre le cours de la Bourne la mènerait, elle le savait, à la Tamise, très loin de Whitefriars. Il lui fallait reprendre la route, tâcher de trouver une voiture ou rentrer à pied; après tout, il ne s'agissait que de deux milles et demi. Elle remonta donc sur la berge et partit à travers champs, sans prendre tout de suite la route, de peur qu'on ne l'y cherchât. Elle courait et marchait tour à tour. Chaque fois qu'une voiture, un homme ou un cheval apparaissait à l'horizon, elle se couchait par terre et attendait, mais la nuit était calme et elle rencontra peu de monde.

Elle atteignit enfin Saint James Park, dont elle longea le bord, et malgré quelques promeneurs attardés elle réussit, en restant dans l'ombre et en avançant doucement, à passer sans difficulté. Arrivée au Strand, elle pressa le pas, retroussant sa robe pour l'empêcher de traîner dans la boue et les détritus. Elle avait très peur de se sentir dans la Cité, car elle savait ce qu'elle risquait et souhaitait ardemment voir passer un fiacre. Enfin elle perçut le roulement d'une voiture qui avançait à vive allure. Reconnaissant un fiacre de louage, elle l'appela. Le cocher tira sur les rênes et stoppa à quelques mètres :

— Une course, ma petite dame?

Ambre était déjà à la portière :

— Temple Bar! cria-t-elle en s'engouffrant dans le véhicule, si heureuse de s'y sentir en sécurité qu'elle ne fit même pas attention à l'odeur nauséabonde.

Il conduisait si vite qu'elle avait peine à se maintenir en place. La banquette était couverte d'un mince coussinet, les secousses et les vibrations l'ébranlaient de la tête aux pieds. Devant Temple Bar, il s'arrêta, mais, avant même que les roues aient cessé de tourner, elle était à terre et courait à toutes jambes vers l'établissement, car elle n'avait pas un sou sur elle.

— Hep là! hurla le cocher. Voulez-vous revenir, voleuse, coureuse!

Il voulut la poursuivre, mais, à la vue de tout un groupe de jeunes étudiants à moitié gris, il réfléchit qu'une malheureuse course d'un shilling ne valait pas le risque de perdre cheval et voiture. Aussi, remontant sur son siège, abandonna-t-il la place.

Ambre courut le long de Middle Temple Lane et traversa Pump Court. Il y avait encore des lumières, de la musique, des chants et des rires; une foule assez nombreuse allait et venait. Ambre avançait, sans lever la tête, car elle était trop lasse pour cela. Aussi alla-t-elle donner dans un groupe d'une demi-douzaine d'étudiants, dont l'un la prit par le bras.

— Eh bien! mon cœur, s'écria-t-il gaiement. Où donc allez-vous, avec une telle hâte?

Ambre ne répondit pas, mais lutta éperdument pour se dégager, pleurant de fatigue et de terreur. Plus elle se débattait, plus solidement il la maintenait. Et tous les autres faisaient cercle autour d'eux, riant et plaisantant, pensant avoir mis la main sur une jeune personne de mœurs légères, car nulle femme respectable ne se serait trouvée courant les rues à onze heures du soir en robe de soie froissée et trempée. Il s'approcha d'elle pour l'embrasser, et Ambre les vit qui l'encerclaient. Elle fut envahie d'une telle frayeur qu'elle en défaillit presque. Tous lui paraissaient être gens du guet. Tout à coup elle entendit une voix bien connue :

— Hé là! attendez une minute. Que se passe-t-il? Je connais cette dame. Lâchez-la, valets!

C'était Michel Godfrey, qu'Ambre avait perdu de vue depuis plus de quatre mois. A contrecœur, les jeunes gens s'écartèrent. Ambre leva les yeux sur Michel, de grosses larmes roulant sur son visage égratigné et maculé de boue, mais elle ne dit rien. Se dégageant d'un geste brusque, elle reprit son chemin. Mais il la suivit. Quand il la rejoignit, elle avait atteint l'angle sombre de Vine Court, loin de la lumière des torches.

— Mrs. Channel! Pour l'amour de Dieu, que s'est-il passé? Qu'avez-vous? Je suis Michel... vous ne vous souvenez pas de moi?

Il la prit par le bras et l'arrêta, mais elle le repoussa violemment et sanglota :

— Laissez-moi tranquille. Oh! allez au diable, mais lâchez-moi ou je vais être prise.

— Prise par qui? Qu'y a-t-il? Racontez-moi.

Il la secoua légèrement, car elle ne le regardait pas, cherchant seulement à se libérer.

— Les agents, espèce d'imbécile! Lâchez-moi!

La tirant derrière lui, il tourna brusquement le coin et franchit une porte cochère qu'il referma rapidement. Ambre s'affala contre le mur.

— Où est Jack le Noir? demanda-t-il.

— Ils l'ont pris. Nous étions à Knightsbridge et la maréchaussée est venue, je me suis enfuie, mais ils courent après moi.

Elle eut un geste brusque :

— Laissez-moi. Il faut que je rentre!

La prenant par les épaules, il la maintint contre le mur et elle sentit ses bras qui l'entouraient :

— Vous ne pouvez pas rentrer, Maman Bonnet-Rouge vous renverra et vous serez prise un jour ou l'autre. Venez avec moi!

Ses lèvres cherchèrent les siennes, son étreinte se faisait impérieuse. Ambre céda volontiers, si lasse qu'elle ne pouvait plus lutter. La prenant dans ses bras, il traversa le couloir sombre et gravit l'escalier.

XV

Les trois bandits, Jack le Noir, Jimmy la Gueule et Peau Bleue, furent pendus à la même potence à trois branches exactement dix jours après leur capture. Quand la justice était en marche, elle évoluait avec une rapidité dévastatrice, sans laisser le temps de se retourner. Bess fut envoyée dans une maison de correction à Bridewell. Pall, en raison de son état, se vit enfermer à Newgate jusqu'à la naissance de son enfant, pour être probablement ensuite déportée en Virginie.

Le jour de l'exécution, Ambre était seule dans la chambre de Michel Godfrey. Michel était allé aux renseignements et, à son retour, il lui raconta que les corps des trois hommes avaient été dépendus et transportés dans une taverne, afin d'y être pleurés par ceux qui le désiraient et contemplés avec curiosité par les autres. Jack le Noir, dit-il, avait été très désinvolte à la fin, et ses dernières paroles furent : « Messieurs, rien ne vaut une vie joyeuse et courte ! »

Ambre n'y pouvait pas croire encore ! Mort, Jack Mallard, alors qu'elle se souvenait si bien de tout ce qu'il avait fait et dit depuis quelques mois ! Lui, si grand, si vigoureux, si obstinément indestructible ! Elle le revoyait avec ses six pieds cinq pouces, robuste, musclé, couronné par ses cheveux noirs embroussaillés dont une touffe s'était réfugiée sur la poitrine. Elle entendait encore le roulement de tonnerre de son rire...

Et maintenant, il était mort !

La nuit, elle s'éveillait en sursaut, poussant des cris de terreur et se cramponnant à Michel. Elle avait vu mourir autrefois deux cousines, mais c'était la première fois qu'elle entrait en contact réel avec la mort. Elle devint très pieuse, répétant au moins douze fois par jour toutes les prières qu'elle savait.

Pendant près d'un mois, elle ne quitta pas les deux pièces qui constituaient l'appartement de Michel Godfrey. Il lui acheta d'occasion un costume d'homme et elle se promenait chez lui, crânant et claquant les talons comme les jeunes fats qu'elle avait vus dans les rues. Michel riait de tout son cœur, lui affirmant qu'elle était aussi bonne comédienne qu'Édouard Kynaston lui-même. Elle passait pour Tom, son neveu venu de la campagne, mais aucun des amis qui venaient le voir ne s'y laissa prendre, bien qu'ils entrassent tous dans le jeu.

Il la prévint néanmoins que, sous peu, sa présence serait très probablement signalée et qu'ils seraient alors obligés de s'en aller. Mais cette éventualité ne le troublait guère, car il travaillait fort peu, et ne s'intéressait pas beaucoup au droit, ainsi que la plupart des jeunes gens envoyés par leurs pères dans ces foyers universitaires. A cette époque plus que jamais, la vie offrait trop de distractions à un jeune homme pour qu'il se consacrât aux livres et au travail.

Elle lui dévoila son véritable nom et l'histoire de ses malheurs, tout en omettant de mentionner le rôle de Lord Carlton. Elle déclara que le bébé lui venait de son mari. Le nom de Luc Channel, depuis qu'elle l'avait employé aux Friars, ne pouvait plus lui servir et elle fit promettre à Michel de ne jamais raconter qu'elle avait été mariée; l'affaire était close, disait-elle, se refusant obstinément à parler de Luc comme de son mari.

Une quinzaine de jours après la mort de Jack le Noir, Michel alla trouver Maman Bonnet-Rouge, et lui affirma que Mrs. Channel avait quitté Londres et ne reviendrait jamais. Il y était allé un peu par curiosité, pour voir les réactions de la vieille femme en présence des derniers événements, et aussi parce qu'Ambre le suppliait de lui rapporter les boucles d'oreilles en simili qu'elle y avait laissées, disant que sa tante les lui avait données juste avant son départ.

Il s'acquitta de la commission et revint avec un paquet de nouvelles.

— Elle est très contente que vous soyez partie. Je lui ai dit que j'avais reçu une lettre de vous, que vous étiez rentrée dans votre famille et que, fort probablement, Londres était à tout jamais rayé de votre mémoire.

Ambre rit tout en mordant dans une grosse pomme rouge :

— A-t-elle eu l'air de vous croire ?

— Selon toute apparence, oui. Elle m'a dit que vous n'auriez jamais dû quitter la campagne, et que Londres n'était pas un endroit pour une fille comme vous.

— Je parie qu'elle regrette de m'avoir perdue. Je lui rapportais gros, vous pouvez me croire.

— Mon cœur, Maman Bonnet-Rouge ne se trouble jamais, perdrait-elle sa propre tête. Elle est en train de dresser quelqu'un d'autre à votre place, une jolie fille qu'elle a découverte je ne sais où, enceinte, célibataire, et qui est pleine de reconnaissance pour la bonne vieille dame qui l'aide à sortir de peine.

Ambre poussa une exclamation de dégoût et lança son trognon de pomme dans le feu :

— Cette vieille entremetteuse s'offrirait au diable lui-même si elle espérait en tirer un penny !

La plupart du temps, quand elle était seule, elle s'exerçait à lire et à écrire, avec le même enthousiasme qu'elle avait mis autrefois à prendre des leçons de chant, de danse et de guitare. Elle passait des heures à écrire son nom et celui de Bruce, entourés d'un grand cœur, mais elle brûlait toujours les feuilles avant que Michel ne pût les voir, parce qu'elle sentait que ce serait un manque de tact de laisser voir à l'homme qui l'entretenait qu'elle en aimait un autre, surtout parce qu'elle ne pouvait supporter l'idée de parler de Bruce avec qui que ce fût. Sa signature était une longue traînée dont seules les premières lettres se lisaient, et, quand elle montra à Michel cet échantillon de son écriture, il se mit à rire en disant que c'était assez illisible pour être attribué à une comtesse.

Par une brumeuse après-midi du début d'octobre, elle était étendue à plat ventre sur son lit, épelant le texte d'un livre aux illustrations licencieuses, qu'il lui avait donné pour s'exercer : une édition anglaise des sonnets de l'Arétin. Elle entendit la clef tourner dans la serrure, la porte de la pièce voisine s'ouvrir, et cria :

— Michel? Venez par ici! Je ne peux pas m'en extraire!

Sa voix grave et solennelle lui répondit :

— Venez plutôt, beau neveu.

Croyant à quelque plaisanterie, elle courut à la porte mais s'arrêta interdite sur le seuil, poussant un petit cri de contrariété. Car il était accompagné d'un vieux monsieur au nez pointu, à l'air pincé, le sourcil froncé, paraissant avoir été tout entier conservé dans du vinaigre. Ambre recula, sa main se porta à sa gorge, largement découverte; mais il était trop tard. Impossible de passer pour un jeune adolescent.

— Vous prétendiez donner l'hospitalité à votre neveu, Môssieur, dit sévèrement le vieux gentleman, levant ses sourcils broussailleux et s'adressant à Michel. Où donc est-il?

— Le voici, monsieur Gripenstraw, répondit respectueusement Michel, avec une indifférence parfaitement jouée.

Mr. Gripenstraw examina encore une fois Ambre, par-dessus ses lunettes vertes à verres carrés, et plissa la bouche. Ambre, laissant retomber sa main, se tourna vers Michel :

— Je suis désolée, Michel. Je vous croyais seul.

D'un geste il lui conseilla de se retirer. Elle sortit

en fermant la porte, mais resta derrière de manière à pouvoir entendre ce qui se disait. « Oh ! Dieu du ciel ! songeait-elle avec désespoir en se tordant les mains. Que vais-je devenir... Si jamais il découvre qui je suis... » Ce fut alors qu'elle entendit la voix de Mr. Gripenstraw.

— Eh bien ! monsieur Godfrey... quelle excuse allez-vous invoquer cette fois ?

— Aucune, Monsieur !

— Depuis combien de temps ce colis encombre-t-il vos appartements ?

— Depuis un mois, Monsieur.

— Un mois ! Grand Dieu ! N'avez-vous donc aucun respect pour les anciennes et honorables institutions de droit anglaises ? Par égard pour votre père, j'ai fermé les yeux sur vos erreurs passées ; mais ceci dépasse les bornes ! Si je ne tenais pas Sir Michel en telle estime, je vous aurais incontinent envoyé dans la flotte, apprendre comment doit se conduire un jeune homme. En tout état de cause, Môssieur, vous êtes expulsé ! Ne reparaissez plus jamais devant mes yeux. Et débarrassez-moi de cette créature d'ici une heure !

— Oui Monsieur. Merci Monsieur !

La porte s'ouvrit.

— Et laissez-moi vous dire, Môssieur... les filles ne valent rien pour un jeune homme... elles ne lui rapportent que duels, coups et bâtards. Bonsoir !

Et la porte se ferma bruyamment.

Ambre attendit un instant puis se précipita dans la pièce :

— Oh ! Michel ! Vous êtes expulsé ! Et c'est ma faute !

Elle éclata en sanglots, mais il traversa rapidement la pièce et la prit dans ses bras :

— Allons, allons, mon cœur. De par le diable, nous voilà délivrés de cet affreux trou. Venez, mettez votre manteau et votre chapeau, nous allons trouver un logis dans lequel un homme puisse vivre comme il l'entend.

Il loua deux chambres dans une auberge appelée *Le Panier et les Raisins*, située dans Clement's Lane, qui donne dans Fleet Street. C'était en dehors des portes de la Cité, dans les nouveaux et plus élégants quartiers de l'Ouest. Drury Lane n'était pas très loin, ainsi que Covent Garden, et à cinq minutes à peine se trouvaient les jeux de paume de Gibbon, devenus ensuite le Théâtre Royal.

Michel lui acheta quelques robes d'occasion, car elle en avait un besoin urgent — plus tard elle en fit faire d'autres —, et elle se vit entraînée dans un tourbillon de fêtes et de plaisirs. Elle avait rencontré certains de ses camarades, mais à présent, elle en voyait bien d'autres, jeunes gens de bonne famille, futurs lords ou barons, officiers dans la garde du roi ou du duc d'York, acteurs en vue de l'un des quatre grands théâtres. Elle sortait aussi avec les femmes qu'ils entretenaient, jolies filles vendeuses de gants ou de rubans au Royal Exchange, actrices, beautés professionnelles... toutes intelligentes et gaies, ayant à peu près son âge, fleurs épanouies, écloses sous la Restauration.

Ils allaient au théâtre, s'asseyaient au parterre où les femmes portaient leurs masques, suçaient des quartiers d'orange et échangeaient des plaisanteries avec tous ceux qui étaient à portée de voix. Ils fréquentaient les maisons de jeu de Haymarket. Ambre y fut un soir saisie d'une excitation frénétique quand circula la rumeur de la prochaine arrivée du roi. Mais il ne vint pas, et elle en fut amèrement désappointée. Ils se promenaient aux New Springs Gardens, à Lambeth, aux Mulberry Gardens, qui étaient les endroits chics. Ils allaient dîner dans les tavernes réputées, près de Charing Cross, toujours remplies de jeunes officiers en uniformes éclatants. Puis ils se rendaient au théâtre de marionnettes de Covent Garden, où se réunissait la meilleure société. La nuit, souvent, ils parcouraient les rues en fiacre, jouant à qui casserait le plus de carreaux en les bombardant de pièces de cuivre.

Quand ils ne sortaient pas, leurs deux chambres étaient pleines d'une jeunesse qui arrivait à n'importe quelle heure du jour ou de la nuit, commandait à manger et à boire, jouait aux cartes, se grisait, et empruntait leur lit pour y faire l'amour. Nul d'entre eux n'avait de préoccupations sérieuses, si ce n'est d'éviter leurs créanciers. Le plaisir était leur credo. Toutes les anciennes notions de moralité avaient disparu, aussi démodées, dédaignées et ridiculisées que les grands chapeaux à haute calotte. L'indifférence, le cynisme, l'égoïsme et l'opportunisme passaient pour des qualités. L'aménité, l'honnêteté, la piété étaient tenues en grand mépris.

Les gentilshommes de la vieille école, ceux de la Cour si pleine de décorum de Charles Ier, blâmaient le roi actuel de tolérer les mœurs et le comportement de la nouvelle génération. Cependant, si Charles II n'avait, il est vrai, ni désiré, ni tenté d'imposer des règles strictes, le même genre de vie avait existé durant les dernières années du protectorat, dissimulé seulement sous un manteau d'hypocrisie. C'était la guerre civile, et non Sa Majesté, qui avait jeté la semence de toutes ces plantes écloses depuis son retour.

Ambre n'avait pas la moindre idée de la force, ni de la direction de ce courant. Elle adorait cette vie. Elle aimait le bruit, la confusion, le tohu-bohu et le désordre, cette gaieté endiablée. Jamais la pensée ne lui vint que ce n'était peut-être pas là une vie normale pour tous les gens de tous les temps.

Aucun de ces jeunes hommes n'avait de goût pour le mariage, tombé en tel discrédit qu'il était considéré simplement comme la dernière carte d'un homme si perdu de dettes qu'il ne pouvait s'en sortir autrement. Le bon ton interdisait à un couple de s'aimer — tout au plus leur permettait-on d'être bons amis — et un mariage heureux était contemplé avec ironie et non avec envie. Ambre partageait entièrement ces vues, car Luc Channel l'avait bien convaincue que le mariage était la plus misérable condition que pût endurer une femme. Dans le fond de son cœur, elle faisait une réserve pour Bruce Carlton, mais elle n'était plus très sûre de jamais le revoir.

Une fois de plus son assurance fut ébranlée quand, vers la mi-octobre, elle s'aperçut qu'elle était de nouveau enceinte. Pénélope Hill l'avait bien prévenue que certaines précautions n'étaient pas toujours radicales, mais elle n'avait jamais pensé que cela pût lui arriver. Elle en fut sérieusement ennuyée; il en serait fini de tous les plaisirs s'il lui fallait revivre cette pénible, laide et désagréable période. Aussi décida-t-elle qu'il n'en serait rien. A Marygreen même, elle connaissait des femmes qui donnaient certains remèdes quand les grossesses étaient par trop fréquentes. Elle avait désiré avoir l'enfant de Bruce, mais n'en voulait point d'un autre homme, ni maintenant, ni jamais.

Elle en parla à une jeune fille qu'elle connaissait, une vendeuse nommée Mally qui, disait-on, avait reçu une grosse somme du duc de Buckingham, ni plus ni moins! Celle-ci l'adressa à une sage-femme de Hanging Sword Alley, qui possédait une nombreuse clientèle parmi les jeunes femmes de cette classe menant ce genre de vie. Sans en rien dire à Michel, Ambre se rendit chez la personne en question, qui l'installa pendant une bonne heure au-dessus d'un grand pot d'herbes fumantes, lui administra un violent médicament et lui enjoignit de faire un aller-retour à Paddington en fiacre. Au grand soulagement d'Ambre, ces remèdes se révélèrent efficaces. Mally lui conseilla de suivre d'elle-même ce traitement tous les mois : prendre la potion, rester longtemps dans un bain très chaud, et faire un tour dans une voiture mal suspendue.

— Les hommes, de nos jours, lui déclara Mally, n'ont aucun égard pour les femmes qui les ennuient avec ces questions, vous le verrez par vous-même. Et Dieu sait combien, dans la vie actuelle, une femme a besoin de paraître avec tous ses avantages.

Les premiers temps, Ambre osait à peine sortir seule — bien qu'elle fût encapuchonnée et masquée —, de crainte des agents. Le souvenir de Newgate pesait sur elle comme un cauchemar. Et plus terrifiante encore était la pensée que, si jamais elle était prise, ce serait plus que certainement la pendaison ou la déportation. Et elle était une Londonienne tellement enragée que cette dernière éventualité lui paraissait aussi terrible que la première.

Un jour, elle apprit quelque chose qui lui ouvrit de nouveaux horizons. Elle avait été étonnée de constater combien les acteurs étaient élégants en dehors de la scène et fit part un soir de sa surprise à Michel :

— Ma parole! ils ressemblent tous à des lords. Combien gagnent-ils donc?

— Cinquante ou soixante livres par an.

— Comment! Charles Hart portait aujourd'hui une épée qui a dû lui en coûter davantage.

— C'est probable. Ils sont tous endettés jusqu'au cou.

Ambre, qui se déshabillait, se planta devant lui afin qu'il délaçât le corset très baleiné qu'elle portait.

— Alors, je ne les envie pas! dit-elle, jouant avec ses bracelets. Pauvres diables! Ils changeront de mine à Newgate.

Michel concentrait tous ses efforts sur le corset récalcitrant; ayant réussi, il lui administra une tape amicale sur la croupe :

— Ils n'iront jamais à Newgate. Un acteur ne peut être arrêté que sur mandat spécial, signé du roi.

Elle se retourna, brusquement intéressée.

— Ils ne peuvent pas être arrêtés ? Pourquoi ?

— Eh bien ! parce qu'ils sont au service de Sa Majesté et bénéficient de la protection de la Couronne.

Vraiment, il y avait là matière à réflexion. Ce n'était pas la première fois, d'ailleurs, qu'elle avait jeté un regard envieux sur la scène. Assise au parterre avec Michel, elle avait vu les jeunes cavaliers admirer les actrices, se précipiter ensuite dans les coulisses pour les convier à dîner. Elle savait que nombre d'entre elles étaient entretenues par les plus grands noms de la Cour, qu'elles étaient vêtues magnifiquement, possédaient de riches appartements et souvent leur voiture particulière.

Ambre les avait examinées de près et avait conclu qu'elle était beaucoup plus jolie que toutes ces femmes. Sa voix, qui avait perdu son accent campagnard, était belle, sa silhouette bien tournée. Tout le monde le reconnaissait. Que fallait-il de plus à une actrice ? Peu d'entre elles en possédaient autant !

Quelques jours après, l'occasion attendue s'offrit.

Elle dînait avec Michel et quatre autres couples, en cabinet particulier, à *La Folie*, un cabaret sur péniche, amarré juste en face du vieux Palais de Savoie en ruine. Ils dégustaient quelques huîtres, tout en regardant évoluer une danseuse nue. Ambre était assise sur les genoux de Michel, qui avait négligemment passé une main dans son décolleté. Cependant il n'avait d'yeux que pour la danseuse et Ambre, offensée, se leva pour aller s'installer auprès du seul homme qui, le dos tourné, mangeait tranquillement. C'était Édouard Kynaston, un jeune acteur du Théâtre Royal, extraordinairement bien de sa personne. Il avait même tenu des rôles de femmes avant que le règne des actrices commençât vraiment.

Très jeune — dix-neuf ans à peine —, une peau de jeune fille, des cheveux blonds ondulés, des yeux bleus, un corps mince mais bien proportionné. C'eût été la perfection, sans la voix que la nécessité de maintenir à un diapason aigu avait rendue gémissante et désagréable. Il lui sourit.

— Édouard, comment avez-vous fait pour monter sur les planches ?

— Pourquoi ? Avez-vous envie de faire du théâtre ?

— Ne croyez-vous pas que je pourrais? Je suis assez jolie pour cela, non ?

Elle sourit et lui lança un regard de coin. Il la considéra, l'air songeur.

— Oui, certainement. Vous êtes plus jolie que toutes nos actrices, ou plutôt que les actrices de Davenant !

Davenant dirigeait le théâtre du duc d'York, car il n'existait que deux troupes officielles (bien que d'autres continuassent de jouer), et la rivalité était ardente entre les comédiens de Sa Majesté et ceux de Son Altesse.

— Je suppose que vous désirez vous montrer et pêcher un noble protecteur ?

— C'est possible, admit-elle. Tout le monde dit que c'est un excellent moyen de se tirer d'affaire.

Elle parlait d'un ton plein de sous-entendus, car Kynaston — tout le monde le savait — avait de nombreux admirateurs masculins, dont il recevait de riches présents. Parmi ceux-ci se trouvait, disait-on, l'immensément riche duc de Buckingham, qui avait commencé à dilapider à tous les vents la plus grosse fortune de toute l'Angleterre.

Kynaston ne parut pas s'offenser de l'allusion; il possédait une sorte de modestie quasi féminine qui — en dépit de son existence dissolue — lui donnait une apparence de dignité et de vertu.

— Vous avez peut-être raison, Madame. Aimeriez-vous que je vous présente à Tom Killigrew ?

Thomas Killigrew était l'un des protecteurs les plus en vue du Théâtre Royal.

— Oh! vous le feriez? Quand cela?

Elle était très excitée et légèrement craintive.

— Nous répétons demain vers onze heures. Venez, si cela vous fait plaisir.

Ambre s'habilla avec le plus grand soin pour cette entrevue, et, bien que ce fût en un vilain matin de novembre, sombre et froid, sans le moindre rayon de soleil et saturé d'un épais brouillard, elle mit sa plus jolie robe. Elle était terriblement nerveuse et fut envahie, au dernier moment, d'une telle panique, qu'elle dut faire effort pour sortir de sa chambre.

Quand elle arriva au théâtre et ôta son masque, le garçon eut un sifflement étouffé; elle le regarda d'un air impertinent, subitement à l'aise.

— Je suis venue voir Édouard Kynaston. Il m'attend. Puis-je entrer?

— Vous perdez votre temps, ma jolie! Kynaston ne se soucie pas d'une femme, si belle soit-elle. Mais si cela vous fait plaisir, allez-y!

La scène se vidait et Killigrew était au parterre, causant avec Kynaston, Charles Hart, et une femme debout sur le bord de la rampe, les surplombant. Il faisait sombre, car seules les bougies du lustre éclairant la scène étaient allumées; l'air était aigre; des pelures d'orange gisaient; et les rangées de bancs recouverts de toile verte étaient tachés par les pieds des hommes qui les avaient installés. Vide et silencieuse, cette salle offrait une impression étrangement sinistre, poussiéreuse, triste. Mais Ambre n'y fit pas attention.

Après une hésitation, elle se dirigea vers le groupe des trois hommes. Au son de ses pas, ils se retournèrent. Kynaston lui fit un signe de la main et tous la regardèrent avancer: Kynaston, Charles Hart, Killigrew et la femme sur la scène, Beck Marshall. Elle connaissait déjà Charles Hart, un bel homme qui tenait l'affiche depuis de longues années, et qui avait même risqué l'emprisonnement pour avoir joué durant les austères années du Commonwealth. Elle avait aussi rencontré par hasard Beck Marshall qui, les poings sur les hanches, la détaillait impitoyablement, et disparut presque aussitôt.

Kynaston la présenta à Killigrew, un homme d'âge moyen à l'allure aristocratique, l'œil bleu vif, le cheveu de neige, et une barbiche en pointe à l'ancienne mode. Il n'avait vraiment pas l'air d'être le père du jeune Harry Killigrew, un jeune enragé dont les exploits causaient quelque étonnement, même à la Cour. Ambre fit une révérence à Killigrew, qui lui dit :

— Kynaston prétend que vous désirez faire du théâtre ?

Ambre le gratifia de son plus engageant sourire, celui qu'elle avait étudié devant son miroir avant de partir. Mais les coins de sa bouche tremblaient, elle avait la gorge serrée.

— Oui, dit-elle doucement. Pourriez-vous me donner un rôle ?

Killigrew se mit à rire :

— Enlevez votre manteau, et marchez un peu sur la scène de manière que je puisse vous voir.

Ambre se défit et Charles Hart lui offrit la main pour l'aider à monter sur le plateau. Très droite, pour bien faire valoir sa poitrine ronde et sa taille fine, elle fit quelques pas, tournant, retroussant sa jupe afin de montrer ses jambes. Hart et Killigrew échangèrent un regard significatif. Après l'avoir examinée avec l'attention d'un amateur qui achète un cheval, ce dernier demanda :

— Et que savez-vous faire d'autre que d'être jolie, madame Saint-Clare ?

Charles Hart, bourrant sa pipe, ricana d'un air cynique :

— Que savent-elles faire d'autre ?

— Que diable, Hart ! Allez-vous la persuader qu'elle n'a même pas besoin d'essayer d'apprendre à jouer ? Allons, ma chère, que savez-vous faire ?

— Chanter et danser.

— Bon ! C'est une partie du travail de l'actrice.

— Si l'on peut dire ! marmonna Charles Hart.

Il connaissait son métier et voyait le théâtre courir à sa perte, avec rien que de l'emphase, des bras et des jambes de femmes... Killigrew fit un signe et Ambre se mit à danser. C'était une sorte de sarabande espagnole qu'elle avait apprise plus d'un an auparavant et qui avait eu beaucoup de succès auprès de Jack le Noir et de ses amis à Whitefriars, et récemment encore, parmi Michel et toutes ses connaissances. Tourbillonnant, glissant, plongeant, elle allait et venait sur la scène n'ayant plus que le désir passionné de plaire. Après quoi elle chanta une chanson des rues grivoise, qui parodiait la fable grecque d'Ariane et de Thésée, et sa voix avait un timbre voluptueux qui eût rendu sensuel même un chant beaucoup plus innocent. Quand, enfin, elle termina par une profonde révérence, puis leva la tête pour interroger du regard Killigrew, celui-ci battit des mains :

— Vous êtes aussi spectaculaire qu'un feu d'artifice sur la Tamise. Êtes-vous capable de déclamer un rôle ?

— Oui, dit Ambre qui ne l'avait jamais fait.

— Bon ! mais c'est sans importance. Mercredi prochain nous donnons une représentation de *Tragédie d'une jeune fille*. Venez à la répétition demain matin à sept heures, et j'aurai un rôle pour vous.

Folle de joie, Ambre courut faire part de cette grande nouvelle à Michel. Mais, bien qu'elle ne comptât évidemment pas jouer le rôle principal, elle fut très désappointée le lendemain d'apprendre qu'elle serait simplement l'une des dames d'honneur et n'aurait pas un seul mot à dire. Très déçue aussi de ne gagner que quarante-cinq livres par an. Elle se rendait compte, à présent, que les cinq cents livres laissées par Bruce Carlton représentaient une petite fortune, si seulement elle avait eu l'intelligence de les conserver.

Mais Kynaston et Charles Hart l'encouragèrent, lui disant que si elle attirait l'attention des spectateurs — ce qu'elle ne pouvait manquer de faire —, elle obtiendrait vite des rôles plus importants. Une actrice n'avait pas besoin de travail et d'entraînement comme un acteur. Il lui suffisait d'être jolie !

Elle fut très rapidement sur un pied de joyeuse amitié avec la partie masculine de la troupe, et ne demandait qu'à en faire autant avec les femmes, mais celles-ci se dérobèrent. Bien que les femmes ne fussent admises sur scène que depuis un an, elles formaient une sorte de clique jalouse et malveillante envers tout élément étranger cherchant à pénétrer dans leurs rangs. Quand Ambre leur parlait, elles l'ignoraient, chuchotaient derrière son dos, lui cachaient son costume le jour de la répétition générale, tout cela avec l'intention bien avouée de lui rendre la vie impossible. Mais Ambre n'avait jamais considéré que les autres femmes pussent avoir une part quelconque dans sa vie et ses succès. Aussi ne se laissa-t-elle pas déconcerter.

La scène la fascinait. Dans le théâtre, elle adorait tout : les longues heures de répétition, quand elle écoutait intensément, cherchant à se remémorer les rôles d'une bonne moitié de ses compagnons ; le jour mémorable où elle prêta serment comme servante de Sa Majesté ; les mystères du maquillage, des faux cheveux, des faux nez, des fausses barbes ; la merveilleuse collection de décors, et toute la machinerie qui rendait possible le lever de la lune, l'apparition du soleil à travers le brouillard; les costumes, aussi, dont quelques-uns, magnifiques, avaient été offerts par les grands seigneurs, et les autres en tissus d'imitation bon marché, gaze ou tarlatane. Elle s'y donna de tout son cœur, s'y lança à corps perdu, tout comme elle s'était identifiée à Londres.

Le grand jour arriva enfin, et après une nuit blanche pleine d'appréhension et de doute, elle se leva, s'habilla et partit de fort bonne heure pour le théâtre. Chemin faisant, elle s'arrêta devant une affiche clouée sur un placard de bois et lut : « Au Théâtre Royal, ce mercredi 5 décembre, se joue une pièce appelée *Tragédie d'une jeune fille*, commençant exactement à trois heures après midi. Jouée par les serviteurs de Sa Majesté. Vive le roi ! » Au théâtre, un grand drapeau flottant à son faîte indiquait qu'il y aurait représentation dans la journée.

« Ô mon Dieu ! songea-t-elle. Comment ai-je pu avoir l'idée de jouer en public ! »

Il était trop tôt et l'établissement était vide, à l'exception de deux machinistes et de l'habilleuse, Mrs. Scroggs, une affreuse mégère sale dont Killigrew louait la fille à raison de vingt shillings par semaine, au bénéfice de ses acteurs. Grâce à quelques pourboires et à sa franche camaraderie, Ambre avait fini par gagner son amitié et Scroggs était une de ses partisanes les plus ardentes dans la coalition féminine dressée contre elle. Quand les autres actrices arrivèrent, elle était déjà maquillée, habillée, et surveillait la salle derrière le rideau.

Le parterre était bondé : jeunes beaux, femmes légères, marchandes d'oranges, bruyants et rieurs, s'interpellant à distance. Les galeries étaient pleines de gens, et finalement les loges elles-mêmes se meublèrent de belles dames splendidement habillées et couvertes de bijoux; créatures langoureuses, excédées du spectacle avant même qu'il commençât. Ambre regardait, la gorge sèche, le cœur battant, quand soudain Charles Hart fit irruption derrière elle, lui passa un bras autour de la taille et lui donna un baiser. Surprise, elle tressaillit.

— Oh! fit-elle, riant nerveusement.

— Eh bien! mon cœur! dit-il gaiement, prête à conquérir la ville?

Elle lui lança un regard implorant :

— Oh! je ne sais pas, Michel est au parterre, avec une bande d'amis, pour m'applaudir. Mais j'ai si peur!

— C'est ridicule! Qui craignez-vous? Ces freluquets bien nés et leurs catins? Ne vous laissez pas impressionner...

Il s'interrompit comme les violons commençaient à jouer.

— Écoutez! Sa Majesté qui arrive!

Et il souleva légèrement le rideau de manière qu'Ambre pût voir.

Un bruit de sièges repoussés et une rumeur générale emplissaient la salle. Tous les spectateurs se levèrent, tournés vers la loge royale, située au centre, à la hauteur des premiers balcons. Elle était décorée de draperies de velours rouge et portait les armes du roi.

Quand celui-ci apparut, la musique s'enfla et tous les chapeaux s'agitèrent. Charles, grand et basané, souriant avec aisance et saluant de la main, dominait son entourage; mais chacun aperçut Barbara Palmer à ses côtés, étincelante de bijoux, belle, hautaine, légèrement morose. Ils étaient splendides et impressionnants. Ambre se sentit soudain submergée par le sentiment de sa propre insignifiance.

— Oh! soupira-t-elle tristement, ils ressemblent à des dieux!

— Les dieux eux-mêmes se servent d'un pot de chambre, ma chère, dit Charles Hart.

Puis il fila chercher son manteau, car il était chargé de débiter le prologue. Ambre le suivit des yeux et se sentit plus détendue. Mais ses regards revinrent immédiatement se poser sur Mrs. Palmer qui, renversée dans son fauteuil, souriait et parlait à un homme assis derrière elle. Le visage d'Ambre se durcit et prit une expression de haine. Ses doigts, aux ongles longs et effilés, se crispèrent involontairement ; elle prit plaisir à se les représenter labourant le visage détesté, mettant en pièces cette beauté et ce sourire triomphants. La jalousie qu'elle ressentait était aussi violente et douloureuse que jadis, en cette fameuse nuit où, penchée à la fenêtre, elle avait vu Bruce Carlton effleurer de ses lèvres la bouche d'une femme aux cheveux roux qui souriait à la portière de sa voiture.

Le prologue venait de s'achever, le rideau s'était levé, Charles Hart et Michel Mohun avaient entamé la première scène. La salle s'était assise, mais le bruit et les murmures continuaient, entrecoupés d'éclats de rire et de commentaires à voix haute. Ambre, qui savait une partie des rôles par cœur, ne parvenait pas à suivre le dialogue, et les figurantes entraient en scène quand Kynaston la poussa en avant :

— Allez-y !

Un instant elle hésita, incapable de bouger, puis, le cœur battant, elle releva la tête et fit son entrée. Aux répétitions, les autres femmes s'étaient toujours arrangées pour la reléguer au fond, en dépit des recommandations de Killigrew qui désirait qu'on la vît ; mais cette fois, grâce à son arrivée tardive, elle se trouva sur le devant, plus près de la salle que toutes les autres.

Elle entendit une voix d'homme, venant du parterre :

— Quelle est cette magnifique créature ? Orange Molly peut-être ?

Un autre répliqua :

— C'est probablement la nouvelle engagée. Par le

Ciel ! c'est une véritable beauté ! Une beauté, vous dis-je !

Et, du haut des galeries, le peuple fit entendre un murmure appréciateur.

Ambre se sentait le visage brûlant et la sueur lui perlait aux aisselles. Elle se contraignait à lever les yeux et lança un regard oblique sur la salle. Elle aperçut quelques visages en contrebas qui la contemplaient en souriant. Et soudain, elle comprit que ce n'étaient que des hommes comme tous les autres. Juste avant de quitter la scène, elle leur décocha un sourire radieux et reçut un nouveau murmure approbateur. Après quoi elle resta dans les coulisses, navrée que son rôle fût achevé. A la fin du spectacle, le théâtre l'avait définitivement conquise.

Beck Marshall s'adressa à elle comme elles descendaient à la salle d'habillage :

— Écoutez bien, madame... comment dites-vous ? fit-elle, feignant d'avoir oublié le nom d'Ambre. Il est parfaitement inutile de parader comme un paon sur une gouttière. Les messieurs aiment toujours la nouveauté !

Ambre sourit, fort contente d'elle :

— Ne vous inquiétez pas de moi, Madame. Je saurai prendre soin de mes intérêts !

Mais elle fut assez déçue de voir apparaître Michel et trois de ses amis qui l'entourèrent et l'accaparèrent aussitôt, car elle avait aperçu plusieurs jeunes gens qui l'observaient, prenaient des renseignements à son sujet et semblaient à la fois curieux et admiratifs.

« Je n'aurai pas toujours Michel sur le dos ! » se dit-elle.

XVI

Le lendemain, Ambre obtint le rôle de première dame d'honneur, avec quatre lignes à dire. Peu après, elle eut des emplois plus importants, chantant et, vêtue d'une culotte et d'une mince chemisette blanche, exécutant la danse de la fin. Sa principale qualité comme actrice était ce don d'imitation, cette faculté de s'adapter, avec tout juste ce qu'il fallait pour le rendre piquant à n'importe quel rôle de femme, grande dame ou serveuse d'auberge. Un peu d'exagération était indispensable, car l'auditoire n'aimait pas les subtilités. Le goût était aux effets violents et faciles, que ce fût en femmes, en comédie ou en mélodrame. Le public aimait les tragédies sanglantes de Beaumont et Fletcher, considérait Ben Jonson comme le plus grand écrivain de théâtre de tous les temps, trouvait Shakespeare trop réaliste et mauvais rimeur. Beaucoup de chants, de danses, de très fréquents changements de décors et de costumes, des combats, des morts, des fantômes, des propos osés, une semi-nudité, voilà ce qu'il appréciait.

Ambre était très populaire — parce que nouvelle, répétaient les autres femmes — et chaque fin de représentation la voyait entourée d'une nuée de galants qui l'embrassaient, rattachaient ses jarretières, assistaient à sa toilette et l'invitaient à passer la nuit avec l'un d'entre eux ou tous. Elle les écoutait, riait, fleuretait, mais rentrait toujours avec Michel Godfrey.

Elle craignait d'éveiller sa jalousie, car il connaissait ses secrets et pouvait la perdre, s'il le désirait. Mais, eût-elle même été libre, elle n'avait pas encore reçu l'offre qui l'intéressait. Elle cherchait un homme à la fois riche et en vue, qui lui offrirait le genre de vie pour lequel elle se sentait faite : jolies robes, bijoux, voiture, bonnes mensualités, bel appartement bien meublé, femme de chambre et valet de pied. Il n'était pas évident de trouver celui qui pourrait lui procurer tout cela. Ambre était impatiente, désireuse d'améliorer son standing, mais bien décidée à ne pas commettre d'imprudences. Elle se souvenait des recommandations de Pénélope Hill, parfaitement déterminée à tirer profit de la faiblesse masculine.

Un mois s'écoula. Ambre n'était toujours pas en meilleurs termes avec les autres actrices. Elles ne manquaient pas une occasion de lui nuire, faisant circuler des rumeurs tendancieuses : elle avait la vérole, elle vivait incestueusement avec son frère Michel... et étaient très vexées de voir le mépris froid avec lequel Ambre accueillait ces bavardages. Cela d'ailleurs ne décourageait en rien ses admirateurs qui ne voyaient là que calomnies de femmes jalouses.

— Oui ! lui dit Beck Marshall un jour, ils vous font les yeux doux, ici, dans les coulisses, mais je n'en connais pas un qui vous offrirait plus d'une demi-couronne.

Ambre était assise devant une table à maquillage, les jambes croisées, un miroir à la main, se faisant les sourcils :

— Et si nous parlions de vous, Madame ? Quel est donc votre étalon, je vous prie ? Le duc d'York peut-être ?

Beck eut un sourire complaisant :

— Non, pas Son Altesse. Mais le capitaine Morgan n'en est pas moins un homme de valeur.

— Et qui diable est ce capitaine Morgan ? L'espèce de jocrisse aux cheveux raides qui vous accompagnait l'autre soir chez Châtelin ?

Elle se leva et fit signe à Scroggs de venir l'aider à enfiler sa robe.

— Le capitaine Morgan est officier des Gardes à

cheval de Sa Majesté, un beau gaillard par-dessus le marché ! Et il est tellement épris de moi qu'il songe à m'installer dans mes meubles et à me faire quitter la scène. Je suis sûre qu'il m'épouserait si je pouvais m'habituer à l'idée du mariage, ajouta Beck.

Ambre s'introduisit dans sa robe et l'ajusta.

— Vous feriez mieux de vous y accoutumer le plus vite possible, dit-elle, sinon vous monterez en graine !

Ambre éprouvait toujours une certaine satisfaction à faire sentir à Beck qu'elle était sa cadette de plusieurs années.

— Mais où conservez-vous cette merveille ? Vous le tenez sous clef ?

— Il s'est absenté depuis deux mois ; sa famille possède de grandes propriétés dans le pays de Galles, et son père vient de mourir. Mais il m'écrit qu'il rentrera probablement cette semaine et alors...

— Oh ! je ferai une maladie en le voyant, j'en suis bien sûre !

A cet instant, un gamin passa sa tête dans la porte et cria :

— En scène pour le trois, Mesdames, en scène pour le trois !

Ambre ne songea plus au capitaine Morgan et plusieurs jours s'écoulèrent. Mais un soir, tout à fait à la fin de l'après-midi, comme elle s'habillait après la représentation, entourée d'un cercle d'impertinents admirateurs, un homme apparut dans le couloir, qui retint aussitôt son attention : grand, dépassant les six pieds, les épaules larges, les hanches étroites, et des jambes admirables. Dans cet uniforme rouge et bleu, il formait un frappant contraste avec ces jeunes efféminés pâles qui parlaient toujours de leurs boutons et de leurs suppurations et traînaient partout leur boîte de pilules à la térébenthine. Son visage était d'une âpre beauté, avec des traits accusés, des cheveux bruns ondulés et une peau dorée. Ambre le considéra avec surprise et admiration, se demandant qui il était et, comme il souriait légèrement, elle leva les paupières et lui répondit discrètement.

A cet instant, Beck cria :

— Rex !

Elle se précipita dans ses bras, lui prit la main et l'attira dans le coin opposé de la pièce. Elle s'habilla rapidement et sortit en hâte avec lui. Mais avant de partir, il lança un coup d'œil à Ambre.

— Eh bien ! dit Beck le lendemain matin, comme elles étaient au parterre, écoutant une répétition, qu'en dites-vous ?

Elle paraissait plus méfiante que triomphante. Ambre sourit innocemment et haussa légèrement les épaules :

— Oh ! il est très bien, sans aucun doute. Je ne m'étonne pas que vous vous précipitiez sur lui comme sur une sage-femme !

Ses yeux avaient une lueur malicieuse.

— Si j'étais vous, je ne lui permettrais jamais de faire la connaissance d'autres femmes.

Beck prit feu :

— Je soupçonne vos intentions, Madame ! Mais laissez-moi vous dire ceci : si je vous prends à tendre vos filets pour lui, vous vous en repentirez ! Je vous arracherai les yeux, aussi vrai que je suis là !

— Peuh ! fit Ambre en se levant, vos criailleries ne me font pas peur !

Cependant le capitaine Morgan s'abstint de paraître dans les coulisses quelques jours, et quand Ambre se moqua d'elle, qui n'osait pas montrer sa conquête, non seulement Beck mais sa sœur aînée, Anne, se mirent en rage et la menacèrent des foudres divines, sans parler des leurs :

— Essayez d'approcher le capitaine Morgan ! cria Anne d'un ton dramatique — elle était la tragédienne de la troupe —, et vous vous en repentirez !

Mais ces menaces impressionnaient si peu Ambre

qu'elle ne manqua pas une occasion de la provoquer chaque fois qu'elle le vit. L'idée de chiper son soupirant à Beck Marshall la mettait en joie, se fût-il même agi de quelqu'un d'infiniment moins séduisant.

Un jour qu'elle arrivait au théâtre très tôt dans l'après-midi, un petit mendiant en haillons entra en boitant, jeta un regard rapide aux alentours et lui glissa un petit billet cacheté. « Pour Mrs. Saint-Clare », lut Ambre (Madame était un titre donné à toutes les actrices). « Madame, j'avoue être irrésistiblement attiré vers vous, bien qu'une dame connue de nous deux m'ait prévenu que vous n'êtes pas digne de confiance, et que vous appartenez à un autre. Néanmoins j'ai pris la liberté de retenir une table pour nous au *Renard sous la Colline*, au Pont du Lierre. J'espère vous y rencontrer demain soir à sept heures. Votre très humble serviteur. Capitaine Rex Morgan. » Et, en post-scriptum : « Puis-je vous demander, Madame, d'avoir la bonté de ne parler à personne de ce billet ? »

Ambre eut un sourire rusé, déchira la lettre en petits morceaux qu'elle lança au-dehors. Elle n'avait aucune intention d'en parler à Beck, en tout cas, pas avant d'être sûre de sa conquête, mais elle ne put résister au plaisir de lui adresser un petit sourire railleur, qui troubla fort son adversaire.

Elle n'avait pas de répétition le lendemain, aussi passa-t-elle la journée à se laver les cheveux — en dépit de l'almanach qui prétendait le moment astrologiquement mal choisi —, puis à choisir ses vêtements et à chercher une bonne excuse à donner à Michel. Elle était encore indécise quand elle prit un fiacre et se rendit au Royal Exchange pour y acheter des gants, des rubans et un flacon de parfum. Rentrant les bras chargés de paquets, son manteau et son capuchon humides de pluie, elle ouvrit la porte et trouva Michel en grande conversation avec un inconnu. L'homme, plus âgé, se retourna vers elle et montra un visage sévère. Elle sut instantanément qu'il s'agissait du père de Michel. Depuis quelque temps, Michel recevait des lettres de chez lui où l'on réclamait des explications sur son changement de domicile et où on insistait pour qu'il rentrât. Michel lui en avait lu une en riant et en disant gaiement que son père était un vieux fou, par trop formaliste : après quoi il avait jeté la lettre au feu sans y répondre. Et maintenant il se tenait là, avec un regard de chien battu, sans réaction.

— Ambre, dit-il enfin, voici mon père. Monsieur, puis-je vous présenter Mrs. Saint-Clare ?

Sir Michel Godfrey la considéra sans mot dire ; au bout d'un instant elle traversa la pièce, posa ses paquets et étendit son manteau sur une chaise devant le feu. Ceci fait, elle se retourna pour trouver les yeux des deux hommes fixés sur elle, et les regards désapprobateurs de Sir Michel lui firent sentir que son décolleté était vraiment osé et son visage par trop maquillé. Il se détourna :

— Est-ce la femme que vous entreteniez ces temps-ci ?

Ambre avait le sentiment désagréable d'être traitée comme la dernière des filles.

— Oui, Monsieur.

Michel n'était pas fier devant son père. Le joyeux garçon qui se grisait tous les soirs et s'amusait à casser les carreaux des honnêtes citadins avait fait place au fils respectueux, embarrassé et morne.

Sir Michel Godfrey se tourna vers Ambre :

— Madame, je crains qu'il ne vous faille chercher un autre jeune fou pour subvenir à vos besoins. Mon fils rentre avec moi à la campagne, et vous n'obtiendrez plus un penny de sa générosité si mal placée.

Ambre lui rendit froidement son regard, ravalant une verte réponse car elle se souvenait de tout ce que Michel avait fait pour elle, et du tort qu'il pourrait encore lui causer, pour peu qu'elle l'indisposât. D'un geste, Sir Michel intima à son fils l'ordre de quitter la pièce. Celui-ci hésita, lança un regard d'adieu suppliant à Ambre, mais son père le poussa et sortit avec lui en claquant la porte. Ambre était navrée pour Michel — évidemment, sa vie allait subir un triste changement —, mais sa pitié fit bientôt place au soulagement, puis à l'attente impatiente du soir. « J'ai vraiment de la chance ! songea-t-elle, pleine d'exubérance... Juste quand je n'ai plus besoin de lui... il s'en va ! »

Ambre arriva avec un léger regard, mais, comme on la conduisait au salon particulier du premier, le capitaine Morgan ouvrit grande la porte et l'accueillit avec enthousiasme :

— Enfin, vous voilà ! Que c'est gentil à vous d'être venue !

Ses yeux brillaient. Il la débarrassa de son manchon et de son manteau, qu'il lança sur une chaise, et, la tenant d'une main, la fit tourner devant lui :

— Bon Dieu ! vous êtes la plus belle fille que j'aie jamais vue !

Ambre eut un rire :

— Allons, capitaine Morgan, Beck Marshall en entend d'autres de vous, d'après ce qu'elle me raconte !

Mais elle s'épanouit sous cette admiration, et un frisson de plaisir lui parcourut le corps. Depuis longtemps un homme n'avait paru aussi épris ; non, en vérité, pas depuis qu'elle avait quitté Marygreen. Et elle était heureuse de voir qu'il savait apprécier une jolie robe, car elle avait mis ce qu'elle avait de mieux : la plupart de tous ces petits-maîtres étaient bien trop occupés de leurs propres « garnitures » pour remarquer ce que portait la femme qui les accompagnait. Elle était vêtue d'une toilette de velours vert vif, avec une jupe fendue sur le devant et drapée sur un jupon de satin noir pailleté d'or. A chaque tempe, elle avait piqué un provocant nœud de satin noir.

Il fit claquer ses doigts :

— Le diable emporte Beck Marshall. Elle ne m'est rien, je vous l'affirme !

— C'est ce que tout homme dit de sa vieille maîtresse, quand il en convoite une autre.

Rex Morgan apprécia :

— Je vois que vous avez autant d'esprit que de beauté, Madame. Une vraie perfection.

Alors on frappa à la porte. Sur la permission d'entrer donnée par Morgan, l'hôtelier apparut, suivi de trois garçons qui installèrent le couvert et découvrirent les plats, afin que le capitaine Morgan pût en examiner le contenu. Puis ils sortirent.

Il y avait un grand bol de bisque fumante, une épaule de mouton farcie d'huîtres et d'oignons frits, un pâté de volaille à la croûte dorée et un pudding fait de marrons pilés et de crème fouettée. Assis côte à côte, en face d'un bon feu, ils se sentaient à l'aise et bavardaient gaiement, appréciant la bonne chère et s'admirant mutuellement.

Elle entendit qu'elle avait les plus beaux yeux du monde, les cheveux les plus soyeux, la poitrine la plus ronde et les jambes les mieux faites qu'on eût jamais vues. La voix avait un ton de sincérité authentique, et l'homme la contemplait avec une franche adoration et un désir non dissimulé. « Comment ! mais il est amoureux fou de moi ! » songea Ambre, ravie, et elle se voyait le promenant en triomphe dès le lendemain dans les coulisses, comme un singe apprivoisé au bout d'une chaîne.

— Est-ce vrai, fit-il comme ils entamaient le gâteau aux marrons, que vous êtes avec quelqu'un de la Faculté de Droit ?

— Dieu tout-puissant ! Qui vous a dit cela ?

— Tous ceux à qui j'ai parlé de vous. Est-ce vrai ?

— Certainement pas! Seigneur! Oui, j'en conviens, j'ai habité quelque temps avec un jeune homme, mais c'était mon cousin, et il est retourné chez lui, dans le Yorkshire. Juste Ciel! je me demande ce que dirait mon père s'il entendait tous les méchants racontars que l'on fait courir ici sur les gens, à propos de rien!

Elle avait l'air indignée.

— Il a de la chance de n'être que votre cousin. Sinon, j'aurais été obligé de le provoquer en duel pour me débarrasser de lui. Mais je suis heureux qu'il soit parti. Dites-moi : qui donc êtes-vous? D'où venez-vous? Chacun raconte une histoire différente à votre sujet.

— Je suis Mrs. Saint-Clare et je viens de l'Essex. Que désirez-vous encore savoir?

— Que faites-vous au théâtre? Vous ne semblez pas appartenir à ce monde-là.

— Vraiment? Ce n'est pas ce que j'entends d'habitude!

— Oh! ce n'est pas ce que je veux dire. Vous avez l'air d'une dame de qualité.

— Ah! oui!...

Elle lui lança un regard en coin comme il versait le champagne.

— A dire vrai, j'en suis une.

Elle prit la coupe qu'il lui tendait, s'enfonça dans son fauteuil, et recommença à dévider l'histoire sur laquelle, depuis son arrivée à Londres, elle brodait, l'enjolivant chaque fois qu'une nouvelle idée lui venait à l'esprit :

— J'appartiens à une vieille et honorable famille, qui avait de grandes propriétés dans l'Essex. Mais ils ont tout vendu pour aider Sa Majesté durant la guerre. Aussi, quand un affreux vieux comte a demandé ma main, mon père a-t-il insisté pour que j'accepte et l'aide ainsi à rétablir sa situation. Mais je ne voulais pas de ce vieux bouc puant. Mon père s'est obstiné et m'a enfermée dans ma chambre. Je me suis sauvée, et je suis arrivée à Londres. Évidemment, j'ai changé de nom, je ne suis pas vraiment Mrs. Saint-Clare!

Elle lui sourit par-dessus sa coupe, contente de voir qu'il paraissait admettre l'histoire.

Il se leva, rapprocha leurs chaises du feu mourant, et ils restèrent assis, côte à côte. Ambre s'étendit, les pieds surélevés, de telle sorte que ses jupes se retroussèrent, laissant voir des jambes gainées de soie noire et des jarretières de dentelle. Il prit sa main dans la sienne, et ils restèrent ainsi, tranquilles et silencieux, sentant le désir monter en eux. « Que faire? se demandait-elle. Si j'accepte, il me prendra pour une fille... et si je refuse, il ne reviendra plus. » Finalement, elle se tourna vers lui et rencontra son regard, intense, grave, brûlant. Passant un bras autour de sa taille, il l'attira doucement à lui et la prit sur ses genoux. Hésitante, elle sentit tout à coup sur ses lèvres la pression de sa bouche, chaude, humide, ardente; d'une main, il caressait sa poitrine ronde, et elle pouvait sentir les lourds battements de son cœur contre le sien. Une chaleur subite l'envahit, son sang circula plus vite, elle se sentit prête à la défaite.

Mais au moment où il s'agenouillait devant elle, brusquement elle se leva, courut à la fenêtre, se cachant le visage dans les mains. Instantanément, il fut derrière elle, la serrant contre lui. Sa voix suppliante lui murmurait des paroles tendres, et comme ses lèvres effleuraient sa nuque, elle sentit un frisson de plaisir lui parcourir l'échine.

— Mon cœur! je vous en prie, ne soyez pas fâchée! Je vous aime! Je le jure! C'est la vérité! Je vous veux!

Ses doigts se crispaient sur son épaule et sa voix était rauque d'émotion :

— Je vous en prie, Ambre, je vous en prie. Je ne vous ferai pas de mal... Il ne se passera rien... Venez!

Ambre se dégagea brusquement, les yeux un peu hagards, le visage empourpré :

— Vous avez bien mauvaise opinion de moi, capitaine Morgan! Je fais partie du théâtre, c'est entendu, mais je ne suis pas une catin. Mon pauvre père mourrait de honte s'il apprenait que sa fille mène une existence coupable! Allons, laissez-moi...

Elle passa rapidement devant lui pour aller chercher son manteau et, quand il la saisit au passage, son visage se durcit :

— Prenez garde, Monsieur. Je ne suis pas une de ces proies faciles!

Jetant précipitamment son manteau sur ses épaules, elle prit son manchon et se dirigea vers la porte :

— Bonne nuit, capitaine Morgan. Si vous m'aviez dit pour quelle raison vous m'invitiez, je vous aurais évité la dépense d'un repas.

Elle le regardait avec hauteur, mais l'expression froide et irritée de son visage l'inquiéta. « Allons! songea-t-elle. S'il ne m'aime pas réellement, j'ai tout gâché. » Il la regardait, les sourcils levés, un pli au coin de la bouche :

— Ne partez pas ainsi, madame Saint-Clare. Je regrette de vous avoir offensée. On m'avait dit... Peu importe! Mais vous êtes diablement excitante. Il faudrait qu'un homme fût un glaçon pour ne pas vous désirer, et je n'en suis pas un! Permettez-moi de vous reconduire chez vous.

Après quoi, elle le vit très souvent, mais pas au théâtre, car elle n'était pas assez sûre de lui. Elle employait tous les artifices qu'elle connaissait — il y en avait plus d'un — pour accroître son désir. Mais chaque fois qu'il se croyait à la veille de réussir, elle le repoussait en jouant la femme vertueuse. Jusqu'à ce qu'un soir, le visage défait, la cravate dénouée, il se laissât tomber sur une chaise en gémissant :

— Où diable voulez-vous en venir ? Je ne peux plus continuer ainsi ! J'en ai les boyaux tordus comme des cordes de violon !

« Enfin ! » songea-t-elle avec soulagement. Et, bien que la minute d'avant elle se fût sentie lasse, découragée, et moins vertueuse que jamais, elle se prit à rire, se leva et alla devant la glace lisser ses cheveux.

— Ce n'est pas ce que prétend Beck. Aujourd'hui encore elle me parlait de vous et de vos assiduités.

Il eut la grimace d'un gamin embarrassé :

— Beck se vante ! Répondez-moi ! Qu'attendez-vous de moi ? Que désirez-vous ? Le mariage ?

Elle savait qu'il redoutait fort de poser cette question, car il ne tenait pas plus à se marier que la plupart des autres jeunes gens, et, acceptant ou non la version de sa famille aristocratique, n'avait aucunement l'intention d'épouser une actrice.

— Le mariage ? répéta-t-elle avec un étonnement moqueur, tout en l'observant dans la glace, le mot seul suffit à donner des vapeurs. Quelle est la femme de bon sens qui désire se marier ?

— Mais toutes, il me semble !

— Eh bien ! Si elles y avaient goûté, elles n'y reviendraient pas !

— Bon Dieu ! Êtes-vous mariée ?

— Non ! bien sûr que non ! Mais je ne suis pas aveugle. J'ai fait mes petites observations. Qu'est-ce qu'une femme, s'il vous plaît ? Les hommes, de nos jours, la traitent pis qu'un chien. Elle n'est bonne qu'à torcher leurs mioches et à servir de repoussoir à une maîtresse. Une femme a le ventre plein chaque année, et la maîtresse remplit ses poches d'argent. Être une femme, moi ? Merci bien ! Pas pour un millier de livres !

— Parfait ! dit-il, visiblement soulagé. Vous parlez comme une femme réellement avisée. Mais vous ne me paraissez pas plus désireuse de devenir la maîtresse d'un homme que sa femme. Vous n'allez pas rester toute votre vie une vierge, cet objet sans valeur! Cela est indigne d'une femme telle que vous!

— Ai-je dit que telle était mon intention? Si un homme que j'aime me faisait une offre acceptable, je vous jure que j'y réfléchirais.

— Bon! nous commençons à y voir plus clair. Et qu'entendez-vous par une offre acceptable, je vous prie?

Elle s'accouda à la cheminée, perchée sur un pied, et commença de compter sur ses doigts :

— Je voudrais une pension de deux cents livres par an; un appartement de mon choix, une femme de chambre, un joli petit équipage à quatre chevaux avec — évidemment — cocher et valet de pied, et l'autorisation de rester au théâtre.

Elle ne désirait pas quitter la scène, car c'était là qu'elle l'avait rencontré et elle espérait bien trouver de plus importants protecteurs, par la suite...

— Vous vous estimez diablement cher.

— Vraiment?

Elle sourit et haussa légèrement les épaules.

— Oh! le prix fort, vous savez, préserve des mauvaises compagnies!

— Je vous prendrai au mot et vous préserverai de *toutes* les compagnies, hormis la mienne.

Ambre mit plusieurs jours à trouver l'appartement qui lui convenait : trois pièces, au troisième étage du *Balcon Bleu* à l'extrémité élégante de Drury Lane, près du Strand. Le loyer était élevé, quarante livres par an, mais le capitaine Morgan paya d'avance.

Tout y était à la dernière mode, suivant le goût léger, gai et coloré de l'époque. Le salon était tendu de damas vert émeraude, meublé de tables à la française, de fauteuils en noyer, certains même étaient dorés, très différents des lourds meubles de chêne qu'elle était habituée à voir dans les auberges. Un grand divan de noyer croulait sous d'épais coussins verts, frangés d'or, et les murs s'ornaient de plusieurs miroirs laqués or et vert. Ambre décida qu'elle ferait faire son portrait et le placerait au-dessus de la cheminée, ainsi qu'elle l'avait vu dans l'appartement d'une autre actrice, entretenue par un lord.

Les murs de la salle à manger étaient tapissés d'un papier chinois où pivoines et chrysanthèmes, oiseaux multicolores et papillons étaient joliment peints à la main. Chaises et fauteuils abritaient de confortables coussins vert vif. Dans la chambre, les tentures également étaient de damas vert et or. Il y avait un paravent à cinq feuilles rouge et vert et des coussins rayés vert et rouge sur les chaises.

— Oh ! s'écria Ambre quand le capitaine Morgan, après l'avoir visité, se déclara d'accord. Merci beaucoup, Rex. Je suis si impatiente du moment où j'y serai !

— Moi aussi !

Mais elle lui donna une tape, corrigée par un sourire :

— Allons, Rex, vous vous souvenez que vous avez promis d'attendre.

— C'est vrai ! Mais — pour l'amour du Ciel ! — pas trop longtemps.

Elle insista pour recevoir sa pension d'avance. Elle l'obtint et s'en fut chez Shadrac Newbold, dont elle se rappelait le nom. Elle y déposa son argent, à six pour cent d'intérêt. Puis ce fut, à Cow Lane, l'achat d'une voiture d'occasion, qui, bien que petite, était fraîchement peinte et en bon état : noire avec des roues, des rênes et des harnais rouges, et l'acquisition de quatre jolis chevaux noir et blanc. Le cocher et le valet de pied portaient respectivement les noms de Tempête et de Jeremy, et Ambre commanda pour eux une livrée rouge galonnée d'argent.

Elle engagea une femme de chambre par l'entremise d'une vieille femme que Mrs. Scroggs recommandait. C'était, lui assura-t-on, une fille honnête, modeste et bien élevée, sachant couper, coudre et nettoyer, qui ne s'attarderait pas au lit, n'irait pas bavarder avec les voisins ou courir en tenue négligée. Elle avait une figure banale, des dents très écartées et des quantités de taches de rousseur. Son nom était Prudence, ce qui ne plut guère à Ambre, car elle se souvenait de l'innocente Honneur Mills, qui avait partie liée avec les deux voleurs qui l'avaient dévalisée. Mais la jeune fille paraissait si désireuse de plaire et avait l'air si navrée à la pensée de ne pas être engagée, qu'Ambre la prit.

Le premier soir, dans leur nouvel appartement, Rex et elle se firent envoyer un souper fin de la *Taverne de la Rose* toute proche, et ils débouchèrent une bouteille de champagne. Mais ils en burent à peine une coupe, car Rex fondit impétueusement sur elle et l'emporta dans la chambre à coucher. En dépit de sa passion, il restait tendre et attentionné, aussi désireux de donner que de recevoir, et Ambre songea que cela ressemblait infiniment plus à une nuit de noces que la misérable expérience faite avec Luc Channel. Pour la première fois depuis une année, elle se sentit totalement, pleinement satisfaite, car Rex possédait ce même mélange d'expérience, d'énergie, de violence contrôlée et de compréhension instinctive qui avait fait le charme de Lord Carlton. « Il y a un monde, se dit-elle, entre être la maîtresse d'un homme et sa femme. » Pour sa part, cette différence était toute au bénéfice de la première.

Le lendemain, dans l'après-midi, Ambre trouva la loge des artistes bourdonnante comme une ruche en colère et Beck Marshall formait le centre de l'irritation bavarde. Elle comprit immédiatement. Aussi, en dépit de tous les regards indignés et glacés braqués sur elle, entra-t-elle d'un air détaché, tout en retirant ses gants. Scroggs se dirigea vers elle, un sourire de satisfaction sur sa vieille et laide figure.

— Ma parole, Mrs. Saint-Clare, dit-elle, et sa grosse voix enrouée dominait le bruit de la pièce, j'ai entendu parler de votre chance, et j'en suis rudement contente.

Elle se pencha, dégageant un violent parfum d'eau-de-vie et de poisson pourri, et lui allongea une bourrade dans les côtes :

— Quand vous m'avez demandé l'autre jour où trouver une femme de chambre, je m'suis dit : Ah ah ! Mrs. Saint-Clare a trouvé quelqu'un, j'le parie. Mais, parole ! j'aurais jamais deviné que c'était le capitaine Morgan !

Et, du pouce, elle montra le groupe indigné.

Scroggs avait débarrassé Ambre de son manteau et de son manchon et l'aidait à défaire sa robe.

— Les autres non plus ne s'en doutaient pas, murmura Ambre tout en sortant de ses jupons.

— Oh ! là, là ! vous auriez dû voir la tête qu'elle a faite quand elle l'a appris !

La bouche édentée se fendit :

— Ma parole, j'ai cru qu'elle en ferait une maladie !

Ambre sourit tout en ôtant les peignes qui retenaient ses boucles, et secoua la tête. Puis, comme elle la regardait, Beck tourna la tête et leurs yeux se rencontrèrent. Elles s'affrontèrent ainsi un long moment, Ambre exultant, moqueuse, Beck frémissant de rage. Puis Beck se détourna brusquement, levant la main droite pour montrer à Ambre son doigt du milieu dressé raide. Ambre éclata d'un rire bruyant et, prenant la plume noire qu'elle portait dans le rôle de Cléopâtre, de la tragédie de Shakespeare, elle la piqua dans ses cheveux brillants.

Elle savait fort bien que le rôle de la reine égyptienne lui convenait mal — c'eût été beaucoup plus le genre d'Anne Marshall —, mais l'idée venait de Tom Killigrew, et, coiffée d'une perruque noire, les yeux allongés au crayon, un léger soutien-gorge pailleté et une mince robe de soie rouge allant aux genoux, elle avait fait salle comble depuis près de quinze jours. La plupart des pièces étaient limitées à trois ou quatre représentations, car seule une part infime de la population de Londres fréquentait les théâtres, mais nombre de jeunes gens étaient revenus quatre et cinq fois pour admirer cette Cléopâtre. Ils étaient habitués à voir les seins d'une femme, mais non ses hanches, ses cuisses et ses jambes. Chaque fois qu'elle traversait la scène, sifflements, murmures et commentaires se faisaient entendre; mais les loges restaient vides, car les dames, disait-on, avaient protesté contre l'indécence d'un tel spectacle.

Ambre prévoyait des ennuis et s'y était préparée; toutefois, en dépit de la tension qui régnait dans l'air, la pièce se déroula normalement jusqu'à la dernière scène du dernier acte. Là, comme elle attendait en bout de scène le moment d'entrer pour lancer sa réplique, Beck et Anne Marshall vinrent se placer à ses côtés, Beck à droite, Anne légèrement en arrière. Ambre leur jeta un regard distrait et continua de surveiller la scène, où le tribunal décidait du sort de Cléopâtre.

— Eh bien! Madame, dit Beck, permettez-moi de vous féliciter de votre rapide avancement, on me dit que vous n'êtes plus à la charge que d'un seul homme!

Ambre lui jeta un regard rapide et répondit d'un air suprêmement excédé :

— Mon Dieu, Madame, vous devriez bien consulter votre apothicaire, car vous tournez au vert!

A cet instant, elle sentit une vive piqûre et poussa un cri étouffé, mais, avant qu'elle ait eu le temps de protester, Mohun survint, les bouscula et les envoya en scène. Flanquée de Beck d'un côté et de Mary

Knepp de l'autre, Ambre fit son entrée, proclamant à haute et intelligible voix :

Mon désespoir fait entrevoir
Une vie meilleure...

A part quelques mouvements dans la salle, la dernière scène se déroula normalement : le dialogue de Cléopâtre avec César, sa décision d'en finir avec la vie, le suicide d'essai d'Iras et enfin le geste de Cléopâtre saisissant l'aspic de papier mâché et s'adressant à lui d'un ton dramatique :

De ta dent acérée, vite tranche le nœud
De cette triste vie, pauvre être venimeux...

Et, pendant que Beck, servante fidèle, incapable de supporter la mort de sa maîtresse, courait éperdue sur la scène, Ambre, appliquant l'aspic sous son sein, entendit un jeune homme qui disait :

— J'ai assisté six fois à ce spectacle, l'animal ne doit plus avoir de venin !

Elle serra les dents et ferma les yeux comme sous l'empire d'une violente douleur. Mais elle ne prenait pas son rôle au sérieux et avait peine à s'empêcher de rire. Après être restée un instant immobile, elle commença de se tourner légèrement, dans les affres de l'agonie. Mais, à mi-chemin, elle fut soudain arrêtée par une explosion de rires qui se répercutèrent bientôt dans toute la salle, des loges aux galeries, emplissant le théâtre, paraissant venir de tous les côtés à la fois et s'abattant sur elle avec une force quasi physique.

Vaguement consciente que ces rires s'adressaient à elle, Ambre se tourna rapidement, portant la main à son dos. Elle s'attendait à trouver sa robe déchirée, mais ses doigts rencontrèrent un morceau de carton qu'elle arracha et lança avec fureur dans la salle. En face, à côté, au-dessus d'elle, ce n'étaient que visages distendus par le rire, bouches ouvertes et, au même instant, les spectateurs des galeries commencèrent de frapper du pied et de chanter :

Mon postérieur
Aux amateurs,
Une couronne
Et je me donne !

Et les pièces de pleuvoir sur la scène. Les hommes étaient debout sur les bancs, criant à pleine gorge; les dames avaient remis leurs masques, mais restaient toutes secouées de rire; le théâtre entier n'était que bruit et confusion, bien qu'il ne se fût guère écoulé plus de trente secondes depuis le geste malencontreux d'Ambre.

— Chienne pouilleuse! gronda Ambre entre ses dents, je te romprai les os!

Avec un ricanement hystérique, Beck s'enfuit en courant et, comme le rideau tombait, Ambre la poursuivit en criant :

— Reviens! Reviens si tu l'oses, sale froussarde!

Anne, cachée dans les coulisses, lui fit un croc-en-jambe qu'Ambre évita, la bousculant et reprenant sa course. Fuyant le long du couloir obscur, Beck se retourna avant de se réfugier dans la salle d'habillage où elle tenta de refermer la porte. Ambre ne lui en laissa pas le temps, entra en trombe, donna un tour de clef et se précipita sur son ennemie.

Griffant, mordant, jouant des pieds et des poings, elles roulèrent sur le plancher. Leurs costumes furent bientôt en pièces, leurs perruques arrachées; le noir de leurs yeux coulait et des égratignures sanglantes apparurent bientôt sur leurs joues. Leur rage était telle qu'elles ne voyaient, n'entendaient, ne sentaient rien.

Une foule s'était massée derrière la porte, criant

qu'on lui ouvrît. Scrogg sautillait autour des combattantes, se tenant à bonne distance des coups et distribuant des encouragements à Mrs. Saint-Clare. Mais quand elle s'approcha d'un peu trop près, Beck lui envoya un mauvais coup dans le ventre qui la cloua au sol.

Ambre saignait abondamment du nez et avait la gorge rêche de tout le sang qu'elle avait avalé. Elle réussit pourtant à dominer Beck et à lui marteler le visage de coups de poing, tandis que Beck se défendait en mordant et griffant. Elles en étaient là quand Scroggs ouvrit enfin la porte ; une demi-douzaine d'hommes se précipitèrent et les séparèrent. Cédant à l'épuisement nerveux, les deux femmes s'affaissèrent et n'opposèrent aucune résistance. Beck fondit en larmes, laissant échapper un flot incohérent d'accusations et d'injures.

Ambre restait étendue sur un divan, le manteau de Hart jeté sur elle, tandis que Scroggs lavait ses blessures, tout en la félicitant. Elle commençait à sentir la brûlure douloureuse de ses plaies. Son nez était engourdi, enflé ; un de ses yeux se fermait. Vaguement, elle perçut la grosse voix irritée de Killigrew : « ... la risée de toute la ville, maudites femelles ! Je n'oserai plus jamais monter cette pièce ! Vous êtes suspendues, toutes les deux pour deux... non, pour trois semaines, sacrebleu ! Je maintiendrai la discipline parmi vous, impertinentes créatures, ou j'y perdrai mon nom ! Et vous remplacerez vos costumes à vos frais !... »

La voix continuait, mais Ambre se refusait à l'entendre. Elle était simplement heureuse que Rex, qui faisait partie du régiment de Gardes à cheval de Sa Majesté, ait été de service au palais ce soir-là.

Cependant, quand elle revint au théâtre, après ses vacances forcées, elle constata que les autres femmes, sans l'aimer davantage probablement, ni l'envier moins, la comptaient comme une des leurs.

Il y eut une certaine tension dans l'air la première fois qu'elle et Beck se rencontrèrent dans la salle d'habillage, mais elles se contentèrent d'échanger un regard et un salut froids.

Quelques jours plus tard. Scroggs passa mystérieusement à Ambre un capuchon de velours bleu, doublé de petit-gris, qu'une grande dame avait généreusement donné au magasin des accessoires. Le bleu n'était pas la couleur d'Ambre et elle le savait.

— Merci mille fois, Scroggs, dit-elle. Mais donnez-le plutôt à Beck. Il est assorti à sa robe.

Beck, qui enfilait ses bas non loin, l'entendit. Elle leva la tête, surprise :

— Pourquoi moi ? Mon rôle est si petit !

Killigrew avait tenu bon et aucune d'elles n'avait plus les rôles auxquels elles avaient droit.

— Il est aussi grand que le mien, insista Ambre. Et d'ailleurs, j'ai reçu un nouveau jupon.

Malgré sa défiance, Beck accepta et remercia.

Dans la pièce, elles interprétaient deux jeunes personnes frivoles, amies intimes. Au cours du premier acte, elles se sentirent attirées l'une vers l'autre, et à la fin du spectacle chacun fut stupéfait de les voir bras dessus, bras dessous, bavardant gaiement. Après quoi, elles devinrent aussi bonnes amies que la plupart des femmes. Beck fleuretait même avec le capitaine Morgan quand il venait dans les coulisses, tout en sachant comme Ambre que cela n'aboutirait à rien.

C'était simplement une preuve de bonne volonté.

XVII

Deux ans après sa restauration, Charles II prit pour femme l'infante Catherine de Portugal. La chose avait été décidée entre Charles et le chancelier

Hyde — maintenant duc de Clarendon — très peu après son retour. Les délais apportés à la conclusion de la cérémonie avaient été d'ordre purement politique, afin d'obtenir une dot plus importante du pauvre petit Portugal, à peine libéré, mais toujours menacé par l'Espagne. Les Portugais, finalement, payèrent très cher l'alliance matrimoniale avec la puissance maritime anglaise : ils donnèrent trois cent mille livres, le droit de commerce avec toutes les colonies portugaises et deux de leurs meilleures possessions : Tanger et Bombay.

Le comte de Sandwich avait été envoyé au Portugal avec toute une flotte pour servir d'escorte à la princesse, mais Charles ne put quitter Londres avant d'avoir prorogé le Parlement, et la princesse arriva quelques jours avant lui à Portsmouth. Cependant, sitôt libéré, il partit immédiatement, chevaucha toute la nuit et atteignit la ville au début de l'après-midi. Il se rendit aussitôt dans ses appartements afin de s'y changer.

Assis, Charles se faisait savonner le menton par son barbier. Les yeux profondément cernés, il paraissait toutefois alerte et heureux, amusé aussi, car la pièce était remplie de courtisans et il savait que tous avaient la même pensée. Ils se demandaient quel genre de mari ferait le roi, dans quelle mesure ce mariage affecterait leur situation particulière et si, réellement, ainsi qu'il l'avait dit, il n'aurait plus de maîtresse une fois marié. Quant à lui, Charles était content d'avoir quitté Londres et la triste Barbara, qui boudait, grognait et pleurait depuis des semaines, tout en clamant à qui voulait l'entendre qu'elle allait accoucher de leur second enfant à Hampton Court, pendant que le roi serait en lune de miel !

Charles lança un coup d'œil à Buckingham qui se tenait tout près, caressant la tête d'un petit épagneul tacheté de noir. Buckingham était à Portsmouth depuis quelques jours et avait vu l'infante.

— Eh bien ?

— Eh bien ! répondit le duc.

Charles se mit à rire.

— Je crois que vous êtes jaloux, Milord !

La femme de Buckingham était une petite boulotte, assez laide, avec d'étranges yeux obliques et un nez épaté. Le barbier ayant achevé, le roi se leva et consentit à se laisser habiller.

— Allons ! pour l'honneur de la nation, j'espère n'être pas mis à contribution cette nuit. En trente-quatre heures, je n'en ai pas eu deux de repos, et je crains de paraître légèrement endormi.

Sa toilette enfin terminée, il prit son chapeau et quitta rapidement la pièce, ses épagneuls sur les talons et toute la suite des courtisans courant après lui. L'infante — lui avait-on dit — avait pris froid et gardait le lit. Ce fut là qu'il vint lui rendre visite. Il la trouva assise, soutenue par des coussins d'argent brodés aux armes des Stuarts, vêtue d'un déshabillé de satin rose pâle, avec d'énormes manches ballons serrées aux poignets. Il s'arrêta sur le seuil, s'inclina et vit qu'elle le dévisageait avec de grands yeux craintifs, tandis que ses doigts se crispaient sur la courtepointe.

Elle était entourée de ses suivantes et de sa cour, massée sur deux ou trois rangs autour d'elle, comme pour la mieux protéger. Il y avait une demi-douzaine de prêtres en robe longue, aux crânes tonsurés qui luisaient, aux yeux observateurs et sceptiques. Puis les comtesses de Penalva et de Ponteval, chaperons de Sa Majesté, deux laides et peu appétissantes vieilles femmes. Et les six demoiselles d'honneur, jeunes, mais toutes en noir aussi, jaunes de teint et hideuses pour des yeux anglais. Sans exception, elles portaient toutes — au lieu des charmantes et gracieuses toilettes décolletées à la mode — d'antiques et raides vertugadins, tels que nul n'en revêtait plus en Angleterre depuis trente ans. Si jamais elles avaient une poitrine, celle-ci était tellement comprimée qu'elle avait disparu, et leurs jupes guindées semblaient de carton, qui craquaient chaque fois qu'elles bougeaient.

Quand le roi apparut, ses gentilshommes massés derrière lui, les femmes se tinrent debout, immobiles, l'air inquiet. L'étiquette portugaise était aussi rigide que les habits, et ces jeunes filles, qui n'avaient jamais vu d'hommes autres que ceux de leur famille proche, considéraient l'autre sexe avec méfiance et répugnance. Elles avaient déjà causé pas mal de souci en refusant de dormir dans un lit susceptible d'avoir été occupé par un homme, et, à l'approche de l'une de ces créatures, elles se couvraient le visage de leurs mains et s'enfuyaient éperdument. A présent, dans l'impossibilité de courir, elles restaient sur place, les yeux fixes, sur la défensive, nerveuses, désespérément mal à l'aise. Elles l'eussent été bien davantage encore si elles avaient deviné ce que ces hommes pensaient d'elles.

Charles resta parfaitement impassible ; il s'avança, baisa la main de sa femme :

— Toutes mes excuses, Madame, dit-il en un doux espagnol car elle ne savait pas l'anglais, mon travail m'a retenu jusque très avant dans la nuit. J'espère que vous vous êtes installée selon vos aises ?

Il se redressa et la regarda.

Catherine était âgée de vingt-trois ans, mais n'en paraissait guère plus de dix-huit. Elle avait des cheveux magnifiques, une véritable cascade de boucles d'un brun foncé ; ses yeux, bruns aussi, étaient grands et brillants, doux et pensifs, comme elle les levait vers lui. Ils semblaient implorer sa bonté et s'excuser de ses propres imperfections. Car elle avait un teint plutôt jaune, les dents de devant légèrement proéminentes, et on prétendait qu'elle ne mesurait guère plus de cinq pieds.

« Tout de même... songea-t-il... pour une princesse, elle n'est pas trop mal ! »

Catherine avait été élevée dans un couvent, brodant, priant, chantant des hymnes, en attendant que sa mère lui trouvât un époux. Quand vint ce moment, Catherine était plus âgée que ne le sont généralement les princesses qui se marient, elle ne connaissait rien des hommes, était aussi ignorante de leur nature que s'ils avaient appartenu à une autre espèce. Elle espérait apprendre à aimer son mari, car c'était le devoir d'une femme. Mais à peine eut-elle aperçu Charles qu'elle en tomba amoureuse. Tout en lui parut magnifique aux yeux de la petite princesse échappée du couvent : son visage basané, la grâce et la force de son corps, le son profond et doux de sa voix qui l'enveloppait d'une vague de chaleur, apaisant les inquiétudes tapies au fond de son cœur.

Le lendemain matin ils furent mariés, tout d'abord par une cérémonie catholique secrète, dans leur chambre à coucher, l'après-midi suivant les rites de l'Église anglicane. Quelques jours après, ils partirent pour Hampton Court. Et, bien que la rumeur courût que Charles était déçu par son mariage et prêt à reprendre Barbara Palmer sitôt la naissance de son bébé, Leurs Majestés paraissaient toutes deux parfaitement heureuses et contentes, tout aussi éprises que si elles ne s'étaient pas mariées pour des raisons politiques.

Mais si Catherine était satisfaite, d'autres, dans sa suite, ne l'étaient pas.

Penalva, antique vierge dolente et myope, avait pris l'Angleterre en grippe dès le début. Ce pays était trop différent du Portugal pour être bon. Les femmes, décida-t-elle immédiatement, y étaient libertines et hardies, les hommes dépourvus de scrupules et d'honneur. Aussi prit-elle à cœur de mettre en garde la naïve petite reine.

— La Cour d'Angleterre, dit-elle sévèrement, réclame de grands changements avant d'être digne de Votre Majesté !

Catherine, qui ne cessait d'admirer ses somptueux appartements tendus d'écarlate et d'argent et qui examinait en cet instant la toilette et le miroir d'or massif, leva les yeux avec surprise, conservant toutefois son joyeux sourire.

— Oh ! cela est possible ! Je ne sais pas trop comme elle est, mais je suis sûre que Sa Majesté consentira à toutes les réparations que je lui demanderai, il est si bon pour moi !

Ses yeux se perdirent, par-delà les fenêtres, sur les vertes pelouses et les massifs fleuris, avec une expression pensive et rêveuse qui déplut à Penalva.

— Votre Majesté se méprend ! Je ne parlais pas de l'ameublement du palais. Bien qu'il soit aussi barbare...

Elle fit un geste rapide, car elle n'aimait pas davantage le goût anglais.

— Je parlais des manières et de la moralité des gens de la Cour.

— Eh bien ! fit Catherine, que leur reprochez-vous ?

— Est-il possible que Votre Majesté n'ait pas remarqué la manière dont ces femmes s'habillent ? Elles sont à moitié nues du soir au matin !

— Oh ! admit-elle à contrecœur, car elle ne voulait pas manquer de loyauté envers son nouveau pays et son mari, ils sont différents de ce que nous avions coutume de voir chez nous.

— Différents ! Mon Dieu ! Mais ils sont indécents ! Pas une femme aux intentions pures ne s'afficherait devant un homme comme ces créatures. Votre Majesté a l'occasion de s'attirer la gratitude éternelle de l'Angleterre en réformant la Cour.

— Je ne saurais par quel bout commencer. Et ils n'aimeraient peut-être pas qu'une étrangère...

— Sottises! Votre Majesté! Peu importe ce qu'ils aiment. Vous n'êtes pas leur sujette! Ce sont eux qui sont les vôtres, et il faut le leur faire comprendre sans tarder, ou vous ne serez qu'un zéro dans votre propre cour!

Catherine se dit que la pauvre vieille se faisait bien du souci pour le bonheur de sa maîtresse et voyait le mal partout.

— Je crois que vous les calomniez, Madame. Ils sont tous si beaux, si élégants. Je suis sûre qu'ils ne peuvent manquer d'être bons.

— Hélas! Votre Majesté, il n'en est pas ainsi dans le monde. Les bons ne sont pas aussi fastueux, et ceux-là le sont! Écoutez, Votre Majesté, il vous faut prêter l'oreille aux avis d'une femme qui a vécu longtemps et a vu bien des choses. Soyez maîtresse dans votre propre cour. Sachez commander et non obéir. Sinon, on vous délaissera au profit de celui ou de celle qui saura ordonner. Et Dieu sait que dans cet endroit abandonné cela ne donnera rien de bon. Commencez, Votre Majesté, par quitter ces absurdes toilettes anglaises que le roi vous a données. Revenez à votre costume habituel, et les autres seront bien forcées de vous suivre.

Catherine eut un regard de regret pour sa robe de taffetas rose et bleu, à la jupe froncée, aux manches bouffantes, au décolleté qui, s'il était plus discret que celui de la plupart des femmes, n'en était pas moins plus osé qu'elle ne l'eût jamais rêvé.

— Mais, protesta-t-elle doucement, j'aime cette robe.

— De loin, elle ne vous va pas aussi bien que votre costume natal, ma chérie. Revenez à vos vertugadins, ou ces Anglais s'imagineront qu'ils vous ont conquise à leurs modes. C'est une race arrogante, et ils n'auront ni pitié ni respect pour celui qui se laissera dominer par eux. Une chose encore, Majesté : n'apprenez pas leur langue. Obligez-les à vous parler dans votre propre langage...

Catherine avait toujours écouté Penalva et elle savait que la vieille dame ne parlait que par amour et tendresse pour elle. S'inclinant devant la sagesse de l'âge, elle apparut le soir même à un banquet en son antique vertugadin de soie noire. Elle lança un regard anxieux vers Charles : désapprouvait-il le changement ? Mais son visage resta insondable. Il sourit, s'inclina et lui offrit son bras.

La lune de miel fut prétexte à divertissements sans fin. Banquets, bals, combats de coqs, pique-niques, promenades sur le canal dans les luxueuses barques royales, pièces de théâtre jouées par des acteurs venus exprès de Londres. Tout le long du jour les escaliers, l'enfilade des pièces et des galeries étaient peuplés d'une foule brillante. Vêtus de velours prune, de satin bleu, de brocart d'or, ils bavardaient et s'agitaient de salle en salle, se promenaient sous les charmilles, voguaient nonchalamment sur la rivière. Et le son de leurs voix, s'appelant les uns les autres, riant, babillant sans trêve, atteignait Catherine, soit qu'elle fût au milieu d'eux ou — le plus souvent — retirée dans ses appartements, priant ou parlant avec ses dames et ses prêtres. Et elle aimait à les entendre, car, tout en se sentant timide et solitaire parmi eux, cela lui donnait à distance l'illusion de faire partie de leur monde joyeux, débonnaire, insouciant.

Elle ne devinait guère ce qu'ils pensaient d'elle. « Aussi laide qu'une chauve-souris ! » se disaient-ils l'un l'autre, après le premier coup d'œil, exagérant encore ses imperfections parce qu'elle ne ressemblait en rien à une Anglaise. Ils la disséquaient en société, les femmes ricanant et chuchotant derrière leurs éventails, même quand elle était dans la pièce, car elles savaient que la reine ne comprenait pas ce qu'elles disaient. Et si, par hasard, les yeux de Catherine se posaient sur l'une d'elles en souriant, vite elles se composaient un visage de circonstance, rendaient sourire pour sourire, s'inclinant, clignant de l'œil et poussant du coude leur voisine.

— Seigneur ! elle a l'air aussi prude qu'un chien à l'attache !

— Je veux être pendue si jamais j'arrive à admirer une femme avec une peau pareille ! Pourquoi diable ne met-elle pas un nuage de poudre ?

— Ô grand Dieu ! Le monstre qui la garde ne le lui permettrait jamais ! On prétend que cette vieille sorcière nous tient pour une troupe de païens et conseille à Sa Majesté de prendre bien garde de ne pas se laisser corrompre par nous !

— Voyez ! elle roule des yeux pâmés vers le roi. Pouah ! je vous jure que cela m'écœure de voir une femme aussi folle de son mari, et en public, au vu et au su de tout le monde !

— C'est vraiment une preuve de la bonne éducation de Sa Majesté que de la supporter avec autant d'élégance.

— Oui, eh bien ! je gage qu'il ne la supportera pas longtemps ! Castlemaine a accouché la semaine dernière. Elle sera ici dans une quinzaine, et alors, nous verrons bien...

Barbara Palmer avait été faite comtesse de Castlemaine six mois auparavant.

— Le bruit court dans le palais que le roi lui a promis de la nommer dame d'honneur de la reine s'il se mariait.

— Elle affirme qu'il le fera ou qu'elle saura pourquoi !

Si détestée que fût Barbara pour son insolence et ses airs hautains, si violente la jalousie qu'elle suscitait parmi les autres femmes, elle n'en faisait pas moins corps avec elles, et toutes étaient disposées à la soutenir contre la nouvelle venue qui les outrageait par sa modestie, son effacement, son amour obstiné des modes de son pays et sa dévotion persistante à son Église. Ce n'étaient pas seulement les frivoles et les cyniques que Catherine avait soulevés contre elle. En témoignant, dès le début, une certaine affection au chancelier Clarendon, elle s'était involontairement attiré l'inimitié des personnalités les plus ambitieuses et les plus influentes de la Cour.

Mais Catherine ignorait tout cela. En dépit des avertissements répétés de Penalva, elle regardait ses nouveaux sujets et ne voyait que des femmes merveilleusement habillées, avec de brillants cheveux d'or, un air doux et heureux — des femmes qu'elle enviait tout en sachant que c'était mal —, et des hommes aux jolies manières qui se courbaient sur sa main, se découvraient largement dès qu'elle apparaissait, des hommes dont le visage impassible ne lui apprenait rien. Elle était toujours un peu effrayée par l'Angleterre, mais si éprise de son époux et si désireuse de lui plaire qu'elle cherchait à dissimuler ses craintes et ses incertitudes ; elle s'imaginait d'ailleurs y réussir parfaitement.

Et il advint qu'un soir, comme elle faisait sa toilette de nuit, Lady Suffolk, tante de Lady Castlemaine et seule dame anglaise accréditée jusqu'à présent, tendit à la reine une feuille de papier sur laquelle était inscrite une liste de noms :

— Ce sont les personnes proposées pour le service de Votre Majesté ! dit-elle. Votre Majesté veut-elle avoir la bonté de signer ?

Catherine, en chemise de nuit flottante de soie blanche, prit le papier et se dirigea vers son petit bureau. Prenant une plume, elle s'apprêtait à signer quand, soudain, le nez en bec d'aigle de Penalva apparut par-dessus son épaule.

— Ne signez pas avant d'avoir lu, Votre Majesté, chuchota-t-elle.

Catherine lui lança un regard de doux étonnement, car elle posait en principe que, si le roi avait choisi ces dames pour entourer sa femme, elles ne pouvaient être que fort bien. Mais déjà son vieux chaperon parcourait la liste en grommelant :

— ... Mrs. Price, Mrs. Wells. Grande maîtresse : Bridget Saunderson. Dames d'honneur : Lady Castlemaine...

A ce nom, sa voix s'éleva soudain, indignée, et elle se tourna vers Catherine. C'était le seul nom qui représentât quelque chose aux yeux de la reine. Car, avant son départ, sa mère — qui lui avait donné si peu de conseils au sujet de la manière d'être heureuse comme femme ou comme reine — l'avait avertie de ne jamais permettre à Lady Castlemaine de paraître en sa présence. C'était, avait dit la reine douairière, une infâme coquine pour laquelle le roi avait eu de déplorables bontés au temps de son célibat.

— Comment ! dit Catherine, horrifiée.

Elle jeta un regard rapide autour d'elle, rencontra les yeux froids de Lady Suffolk et lui tourna le dos.

— Que dois-je faire ? murmura-t-elle, feignant d'étudier la liste.

— Biffer le nom de cette créature, évidemment !

D'un geste rapide, la vieille conseillère ramassa la plume que Catherine avait laissée tomber, la trempa dans l'encrier et la lui tendit.

— Biffez-le, Votre Majesté !

Catherine hésita, le visage troublé, l'air peiné ; puis, résolument, elle barra le nom de plusieurs traits de plume, jusqu'à ce qu'il fût effacé. Il lui semblait ainsi anéantir également toute menace contre son bonheur. Elle se retourna et s'adressa à son interprète :

— Dites à Lady Suffolk que je lui rendrai cette liste demain matin.

Une demi-heure après, Charles arriva pour la trouver seule et, comme d'habitude, agenouillée devant le petit autel qui avait été érigé tout à côté du grand lit de parade tendu de velours écarlate. Il attendit tranquillement, mais son regard fut attiré par la feuille de papier sur le bureau et le trait noir qui effaçait le nom de Lady Castlemaine. Néanmoins il ne dit rien, et, quand elle se retourna et lui sourit, il vint à elle et l'aida à se relever. Quand il s'approcha pour l'embrasser, il la sentit qui se raidissait.

Ils bavardèrent, discutant de la pièce qu'ils avaient vue le soir même — une représentation de la Foire Saint-Barthélemy, par la troupe royale —, mais tout ce temps Catherine se demandait nerveusement comment entrer en matière, souhaitant désespérément que le roi l'abordât le premier. En désespoir de cause, au moment où il s'excusait d'avoir à passer dans son cabinet de toilette, elle parla précipitamment :

— Oh ! Sire, avant que j'oublie. Lady Suffolk m'a présenté la liste ce soir, elle est là...

Elle avala sa salive et prit une profonde inspiration :

— Je n'ai barré qu'un nom, je suis sûre que vous savez lequel, ajouta-t-elle hâtivement, une légère note de défiance dans la voix car Penalva lui avait bien recommandé de montrer une fois pour toutes qu'elle ne voulait pas être traitée ainsi.

Charles jeta un regard indifférent par-dessus son épaule, car il se trouvait juste à côté du petit bureau. Il se tourna lentement pour lui faire face :

— Refusez-vous une personne que vous n'avez jamais vue ?

— J'ai entendu parler d'elle.

Charles haussa les épaules et lissa sa moustache du bout du doigt, toujours souriant :

— Des commérages, dit-il. Les gens aiment tant à bavarder.

— Des commérages ! s'écria-t-elle, choquée de le

voir prendre si légèrement la chose. Ce n'est pas possible. Comment ! Ma mère m'a dit...

— Je regrette, ma chère, que mes affaires personnelles soient aussi connues à l'étranger. Et puisque vous êtes si bien informée de mes erreurs, j'espère que vous voudrez bien me croire si je vous dis que cet épisode est du passé. Je n'ai plus revu cette dame depuis que nous sommes mariés et n'ai plus l'intention d'avoir jamais rien de commun avec elle. Je vous demande seulement de l'accepter, afin qu'elle n'ait pas à souffrir des affronts qui, sans cela, ne manqueront pas de lui être infligés par tous ceux qui se disaient ses amis il y a fort peu de temps encore.

— Je ne vous comprends pas, Sire. Une telle femme ne mérite pas d'autre traitement ! Comment, elle n'était rien que votre concubine !

— Mon opinion, Madame, a toujours été que les maîtresses de rois sont aussi honorables que les femmes des autres gens. Je ne vous demande pas d'en faire votre amie, Catherine, ou même de l'avoir autour de vous : laissez-lui seulement le titre. Cela lui rendra la vie infiniment plus facile et vous touchera si peu, mon cœur !

Il souriait, cherchant à la convaincre, surpris de son entêtement. Jamais il n'aurait soupçonné que cette douce et tendre petite femme eût tant de volonté.

— Je suis désolée, Votre Majesté, mais il me faut refuser. Je serais heureuse de faire n'importe quoi d'autre... mais pas cela. Je vous en prie, Sire, essayez de comprendre ce que cela signifie pour moi aussi !

Une semaine plus tard, Charles, sous prétexte de chasse, alla voir Barbara dans les terres voisines de son oncle. Elle venait juste d'y arriver et lui avait envoyé une petite lettre humble, désespérée, implorante qui, toutefois, le toucha moins que le parfum dont elle était imprégnée, cette lourde odeur entêtante de musc qu'elle répandait autour d'elle. Hors d'haleine d'avoir tant couru, elle le rejoignit comme il pénétrait dans l'immense hall aux murs ornés de bois de cerfs, d'anciennes armures et d'armes à feu. Il se tourna vers elle et vit une femme plus belle encore que celle dont il avait gardé le souvenir — il avait la mémoire courte en ces choses —, avec des yeux violets tout brillants, une épaisse toison bouclée encadrant son visage, vêtue d'une robe de soie amarante infiniment seyante.

— Votre Majesté !

Elle lui fit une profonde révérence et sa tête s'inclina gracieusement. Les yeux clos, elle poussa un petit soupir quand il se pencha pour déposer un baiser sur sa joue. Puis elle prit son bras, et ils gravirent le grand escalier qui menait aux appartements principaux.

— Vous avez très bonne mine ! dit-il, ignorant volontairement ses efforts visibles pour le séduire. J'espère que vos couches n'ont pas été trop pénibles.

Elle rit gaiement et lui serra doucement le bras, aussi gaie et charmante que durant les premières semaines de leur liaison, avant la Restauration.

— Pénibles ! Ô grand Dieu ! Votre Majesté, vous savez bien ce qu'il en est avec moi ! Je préfère avoir un bébé qu'un accès de fièvre ! Oh ! mais attendez de l'avoir vu ! Il est si joli et tout le monde dit que c'est votre portrait !

Elle n'en avait pas dit autant de son premier enfant.

L'évêque attendait dans la chapelle, ainsi que Lord Oxford, Lady Suffolk et le bébé. Quand la cérémonie du baptême fut terminée, Charles admira son fils, le prit dans ses bras, avec l'air de quelqu'un qui s'y connaît. Mais l'enfant se mit à pleurer et il fallut le renvoyer à la nursery. Les autres se rendirent dans un petit salon où les attendaient du vin et des gâteaux, et Barbara manœuvra habilement de manière à emmener le roi, sous prétexte de lui montrer un coin du jardin.

Mais elle délaissa bien vite les roses et les tilleuls en fleurs :

— Et maintenant vous êtes marié ! murmura-t-elle, levant sur lui des yeux tristes et tendres. J'ai entendu dire que vous étiez très épris !

Il la considéra d'un air irrité, laissant courir son regard du beau visage et des cheveux à la poitrine ronde et à la taille bien prise. Il respirait l'odeur légèrement lascive de son parfum, et ses yeux s'obscurcirent. La nature voluptueuse de Charles désirait retrouver une femme dont il pût éveiller les sens et qui sût éveiller les siens. Catherine l'adorait, mais il trouvait lassantes son innocence et son instinctive retenue.

Il siffIota légèrement et serra les dents :

— Je suis très heureux, je vous remercie.

Elle eut un sourire imperceptiblement ironique :

— J'en suis heureuse, Sire, pour l'amour de vous.

Puis elle soupira de nouveau et regarda pensivement par la fenêtre :

— Vous ne pouvez imaginer à quel point j'ai été malheureuse à Londres après votre départ. Les portiers eux-mêmes et les trimardeurs m'insultaient dans les rues ! Si vous ne m'aviez promis une charge de dame d'honneur auprès de la reine, je ne sais comment je pourrais faire face !

Le roi fronça les sourcils, car c'était bien à cela qu'il s'attendait et ce qu'il redoutait. Évidemment, sa tante lui avait tout raconté :

— Je suis certain que vous exagérez, Barbara. Je crois que vous ferez très bien votre chemin, en dépit de tout.

Elle tourna rapidement la tête, les yeux grands ouverts, la pupille dilatée :

— Que signifie « en dépit de tout » ?

— Eh bien ! cela est regrettable, mais ma femme a barré votre nom. Elle déclare vous refuser comme dame d'honneur.

— Elle refuse ! Allons, c'est ridicule ! Pourquoi ? Je suis d'assez bonne famille, je pense ! Et quel mal puis-je lui faire, désormais ?

— Aucun, dit-il d'un ton péremptoire. Mais n'empêche qu'elle ne vous veut pas. Elle ne comprend pas la manière dont nous vivons en Angleterre. Je lui ai dit que je...

Barbara le dévisagea d'un air horrifié :

— Vous lui avez dit qu'elle pouvait ne pas me prendre, fit-elle en un murmure épouvanté. Comment avez-vous pu faire une chose pareille !

Ses yeux s'étaient emplis de larmes et, en dépit des signaux de Lady Suffolk, elle haussait le ton, un tremblement précurseur de la crise de nerfs dans la voix.

— Comment avez-vous pu agir ainsi envers une femme qui vous a sacrifié sa réputation, a été abandonnée par son mari, jetée en pâture à la malveillance du monde... tout cela pour vous avoir rendu heureux ! Oh !...

Elle se détourna, appuyant son front contre la croisée, une main crispée sur sa bouche, et poussa un rauque sanglot :

— Oh ! je voudrais être morte à la naissance de mon bébé ! Je n'aurais plus désiré vivre si j'avais pu penser que vous agiriez ainsi !

Charles avait l'air plus ennuyé que sympathique ou bourrelé de remords. Son souhait était que la question fût liquidée. Au bénéfice de Barbara ou de Catherine, peu lui importait. Les deux points de vue se défendaient, se disait-il, mais une femme ne voit jamais qu'un seul côté de la question.

— Très bien ! dit-il, je lui en reparlerai.

Mais il préféra confier cette tractation délicate au

chancelier, en dépit des protestations véhémentes du vieil homme, qui eût préféré envoyer Lady Castlemaine en exil, par-delà les mers.

Clarendon sortit de son entretien avec la reine en épongeant son visage cramoisi et en hochant la tête, boitillant de surcroît à cause d'un pied atteint de la goutte. Charles attendait dans son laboratoire et le chancelier s'y dirigea tout droit, mais le long des galeries un murmure et des sourires accompagnèrent le gros et solennel petit homme. Car le différend entre Leurs Majestés faisait le bonheur de la Cour.

— Eh bien ? interrogea le roi se levant de la table où il écrivait une lettre à Minette, devenue Madame, duchesse d'Orléans et troisième dame de la Cour de France.

— Elle refuse, Votre Majesté !

Le chancelier s'assit sans cérémonie, car il était fatigué, découragé et son pied lui faisait mal.

— Pour une femme qui paraît douce et obligeante...

Il s'épongea encore la face.

— Que lui avez-vous dit ? Lui avez-vous expliqué que...

— Je lui ai tout dit ! Je lui ai affirmé que Votre Majesté n'avait plus aucune relation avec cette dame et n'en aurait plus jamais. Je lui ai dit que Votre Majesté avait la plus grande affection pour elle et ferait un excellent mari, si seulement elle consentait à céder sur ce point. Oh ! Je supplie Votre Majesté de ne pas me renvoyer chez elle. Je n'ai aucun goût pour cette affaire ; vous connaissez mon avis.

— Je n'ai que faire de votre avis ! rétorqua Charles, qui d'ordinaire écoutait avec patience et nonchalance les critiques du chancelier sur ses manières, ses goûts et ses idées. Comment était-elle quand vous l'avez quittée ?

— Elle répandait de tels flots de larmes qu'elle doit en être dissoute à l'heure qu'il est !

Ce soir-là Charles entra chez sa femme dans un état d'esprit provocant et résolu. Il avait eu une mère dominatrice. Il s'était involontairement choisi une maîtresse dominatrice, mais il n'avait pas l'intention de se laisser couver par sa femme. Il était certainement moins intéressé par le sort de Barbara Palmer que par le fait de bien convaincre sa femme que c'était à lui et non à elle de prendre les décisions. Catherine l'accueillit également avec un air de défi, bien qu'ils eussent, une heure auparavant, échangé de charmants sourires en écoutant un chœur d'eunuques italiens.

Il s'inclina :

— Madame, j'espère que vous allez être raisonnable.

— Je le suis, Sire, si vous l'êtes.

— Je vous demande cette unique faveur, Catherine. Si vous me l'accordez, je vous promets que ce sera la dernière chose pénible que j'exigerai de vous.

— Mais la seule chose que vous demandiez est bien la plus pénible qu'un homme puisse exiger de sa femme. Je ne peux le faire ni ne le veux !

Frappant le sol de son pied menu, elle s'écria avec une passion furieuse qui le stupéfia :

— Et si vous m'en reparlez, je rentrerai chez moi, au Portugal !

Un instant elle l'affronta du regard, puis éclata en sanglots, se détourna et se cacha le visage dans les mains.

Ils restèrent un long moment silencieux, Catherine cherchant à se maîtriser mais se demandant avec désespoir pourquoi il ne s'approchait pas d'elle, ne la prenait pas dans ses bras en lui disant qu'il comprenait l'impossibilité où elle se trouvait d'accepter son ex-maîtresse pour dame d'honneur. Il lui avait toujours paru si bon, si gentil, si tendre, qu'elle ne pouvait comprendre ce qui l'avait changé à ce point. S'il tenait tant à ce que cette femme ait cette place, il devait l'aimer encore !

Charles, son entêtement une fois éveillé, se vit pour le reste de ses jours l'humble esclave d'un petit despote tyrannique. Il n'était pas trop tôt pour lui apprendre qu'il entendait rester maître chez lui.

— Très bien Madame, dit-il enfin. Mais avant que vous ne partiez, je crois qu'il serait prudent de savoir si votre mère désire vous voir. Dans ce but, je vais y envoyer vos gens.

Catherine le contempla avec une stupeur incrédule. Ces hommes et ces femmes qui représentaient tout ce à quoi elle pouvait se raccrocher dans ce terrible pays étranger lui étaient, maintenant que son mari se tournait contre elle, plus nécessaires que jamais.

— Oh ! je vous en prie, Sire.

Il s'inclina :

— Bonne nuit, Madame.

Au grand soulagement amusé de la Cour, la plupart des laiderons de la suite de Catherine quittèrent peu après le palais. Charles ne donna l'autorisation de rester qu'à Penalva, aux prêtres et à quelques filles de cuisine. Il ne prit pas la peine de les charger d'une lettre explicative : il espérait que la reine douairière comprendrait son mécontentement, car elle avait payé la plus grande partie de la dot — au dernier moment — en sucre et en épices au lieu de l'or prévu.

Le désaccord entre eux subsista de longs jours. Catherine passait la plus grande partie du temps dans ses appartements et, quand elle apparaissait, les deux époux se parlaient à peine. Les courtisans, au jardin ou aux combats de coqs, se demandaient l'un l'autre :

— Assistez-vous au tournoi royal cet après-midi ?

Les jeunes souhaitaient le triomphe de Barbara

Palmer, car elle incarnait leur propre manière de vivre ; les vieux et les sages sympathisaient avec la reine, mais déploraient qu'elle ne connût pas mieux les hommes et ne sût pas que le tact et l'adresse accomplissent parfois ce que les menaces sont impuissantes à obtenir. Comme toujours, Charles écoutait les avis des deux camps. Mais tout en prêtant une oreille polie à chacun, il ne se laissait pas plus influencer que d'habitude. Quand son agrément ou son confort étaient en jeu, il prenait lui-même ses décisions.

La reine Henriette-Marie annonça sa visite et Charles n'entendait pas qu'elle arrivât pour trouver une femme boudeuse et une maison sens dessus dessous. Décidé à trancher la question une fois pour toutes, il fit demander à Barbara de venir à Hampton Court.

Une chaude après-midi de fin juillet, le salon de Catherine était aussi plein qu'il pouvait l'être, et ceux qui ne parvenaient pas à se frayer un passage restaient dans l'antichambre. Il flottait dans l'air une sorte de tension que Catherine percevait mais ne comprenait pas, si ce n'était que Charles n'avait pas encore fait son entrée. En dépit d'elle-même, elle continuait de lancer des regards anxieux vers la porte. Car il venait toujours et, même quand il l'ignorait, sa présence lui procurait une sorte de réconfort. En ce moment, Catherine se sentait seule, abandonnée, faisait effort pour sourire et se mordait la lèvre pour l'empêcher de trembler. « Oh ! songeait-elle avec désespoir, comme je voudrais n'être jamais venue en Angleterre ! Je voudrais n'être pas mariée. Je voudrais rentrer chez moi ! J'y étais heureuse... »

Elle se remémorait avec regret les longues après-midi tranquilles dans le jardin du couvent, au bon soleil portugais, quand, assise avec ses pinceaux et sa palette, elle essayait de rendre le contraste des murs blancs et des ombres bleues, ou qu'elle travaillait à l'aiguille, au murmure des chants venant de la chapelle. Quel monde reposant et calme ! Comme elle enviait la Catherine de jadis pour tout ce qu'elle ignorait !

Soudain elle le vit et se raidit. D'un coup, toute tristesse et toute langueur rêveuse disparurent. Alerte, vive, heureuse bien qu'elle sût qu'il n'aurait aucune attention, un léger sourire effleura ses lèvres. « Comme il est grand, songea-t-elle, et beau ! Oh ! je l'aime. » Elle avait à peine vu qu'une femme en dentelles blanches pailletées d'argent marchait à ses côtés.

Comme ils avançaient, un silence plein d'attente se fit, chaque œil aux aguets, chaque oreille tendue. Mais ce ne fut pas avant que Charles, d'une voix basse mais parfaitement distincte, ait prononcé son nom, que Catherine se tourna vers elle en tendant sa main à baiser, tandis que la femme pliait le genou devant elle.

Au même instant, elle sentit une main sur son épaule et Penalva lui siffla à l'oreille :

— C'est la Castlemaine !

Catherine retira involontairement sa main et ses yeux se tournèrent vers Charles, surpris, incrédules, interrogateurs. Il l'observait simplement, le visage dur et attentif, l'attitude froide et provocante, comme pour lui demander si elle oserait à présent refuser. Puis elle regarda Lady Castlemaine, qui s'était relevée, et eut la vision inoubliable de ce beau visage aux lèvres qui se retroussaient finement tandis que les yeux brillaient de triomphe et d'ironie.

Catherine se sentit soudain faible et malade. Le monde chavira autour d'elle, le bourdonnement de ses oreilles l'empêcha de rien entendre et, brusquement, tout s'obscurcit. Elle tomba en avant, retenue par les soins de deux pages et par la comtesse de Penalva qui lança à Charles un regard de haine froide, impitoyable.

Le roi eut une expression d'horreur et, involontairement, il étendit la main. Mais il se reprit aussitôt et resta debout, silencieux, tandis que la reine était transportée hors de la salle.

XVIII

Grâce à la situation de Rex Morgan à la Cour. Ambre put, du haut de l'un des toits du palais, assister à l'entrée solennelle du roi et de la reine à Londres.

Aussi loin qu'il était possible de voir, les deux rives de la Tamise regorgeaient d'une foule serrée. Les barques, sur l'eau, étaient si proches les unes des autres qu'un homme eût aisément franchi à pied la distance entre Westminster Hall et Charing Cross. Les bannières claquaient à la brise et des guirlandes de fleurs traînaient dans la rivière. La musique jouait et le canon tonna le long de la rive quand la première des grandes barques officielles, toutes dorées, apparut, tandis que les cris et les acclamations lui faisaient écho et que les cloches de la ville sonnaient à toute volée.

Ambre, les cheveux au vent, se tenait à un angle, très près du bord, cherchant à tout voir. Elle était accompagnée de trois jeunes gens qui venaient de Hampton Court et lui avaient justement raconté l'histoire de l'évanouissement de la reine en présence de Lady Castlemaine et combien le roi en avait été irrité, car il l'accusait de l'avoir fait exprès pour le mettre dans une situation embarrassante.

— Depuis, disait l'un d'eux, cette dame assiste à

tous les bals et à toutes les fêtes, et l'on dit que Sa Majesté couche de nouveau avec elle.

— L'en blâmez-vous? fit l'un des deux autres. C'est une charmante créature... Quant à cette personne au teint olivâtre...

— Ma parole! interrompit le troisième. N'est-ce pas le comte lui-même, là-bas?

Ils se poussèrent du coude et échangèrent des regards entendus, mais Roger Palmer les ignora. Ils tournèrent alors leur attention vers le cortège, car les grandes barques défilaient à présent au-dessous d'eux. Quelques minutes après, Barbara elle-même apparut sur le toit. Elle était suivie de sa jolie femme de chambre, Mrs. Wilson, et d'une nurse portant son petit garçon. Elle fit une révérence courtoise à son époux, qui s'inclina froidement, et fut immédiatement entourée par les trois jeunes cavaliers qui avaient abandonné Ambre sans un mot d'excuse.

Irritée et pleine de ressentiment à la seule vue de cette femme qu'elle méprisait, Ambre se détourna. « Je ne vais pas rester à la contempler comme une bonne petite provinciale admire une exhibition de marionnettes! » se dit-elle avec fureur. Mais personne autour d'elle ne paraissait penser ainsi.

Peu après, elle fut surprise par le son d'une voix masculine singulièrement familière; une main se posa sur son épaule : c'était celle du comte d'Almsbury qui lui souriait :

— Non! mais je veux être pendu! disait-il. N'est-ce pas là Mrs. Saint-Clare?

Il l'embrassa, et elle fut si charmée par la chaleur de son sourire, l'admiration qu'elle lisait dans ses yeux, qu'elle lui pardonna instantanément de l'avoir oubliée quand elle était à Newgate.

— Comment, Almsbury!

Les questions se pressèrent immédiatement sur ses lèvres : Où est Bruce ? L'avez-vous vu ? Est-il de retour ? Mais son orgueil l'empêcha de les formuler. Il se recula de quelques pas et l'examina de la tête aux pieds :

— Vous paraissez en bonne forme, mon cœur ! Vous avez fait votre chemin, ce me semble...

Du coup, Ambre oublia Luc Channel, Newgate et Whitefriars. Elle répondit légèrement :

— Oh ! pas mal, merci. Je suis actrice maintenant... au Théâtre Royal !

— Non !... J'ai entendu dire qu'ils avaient des femmes sur la scène, mais vous êtes la première que je vois. Je viens de passer deux ans à la campagne.

— Oh ! alors vous n'avez jamais reçu ma lettre ?

— Non... M'avez-vous écrit ?

Elle eut un geste insouciant :

— C'était il y a longtemps, il y a eu un an et demi en décembre.

— J'ai quitté la ville immédiatement après... Vers la fin août 60. J'ai cherché à vous retrouver, mais l'hôtelier du *Royal Sarrasin* m'a dit que vous aviez déménagé pour un endroit inconnu. Je suis moi-même parti dès le lendemain pour le Herefordshire, Sa Majesté m'ayant rendu mes terres.

A ce moment, le bruit devint assourdissant, car la barque royale avait atteint le quai, et le roi et la reine débarquaient tandis que la reine mère venait à leur rencontre.

— Grand Dieu ! s'exclama Ambre. Comment diable Sa Majesté est-elle habillée ?

A distance, la robe rigide de la reine la faisait paraître aussi large que haute.

— C'est un vertugadin ! cria Almsbury. C'est la mode au Portugal.

Quand la foule commença de se disperser, Almsbury offrit son bras à Ambre et lui demanda la permission de la raccompagner chez elle. Sur leur passage ils rencontrèrent Barbara qui causait avec un homme coiffé d'un feutre à large bord. Elle gratifia Almsbury d'un sourire et d'un geste amicaux, mais son regard se posa sur Ambre avec une hostilité non dissimulée. Ambre releva le menton, baissa les yeux et s'en fut, sans paraître rien voir.

Sa voiture l'attendait dans King Street, mêlée à beaucoup d'autres, juste devant les grilles du palais, et à sa vue Almsbury ne put retenir un sifflement :

— Peste ! Je ne croyais pas que la profession d'actrice était si bien rémunérée !

Ambre prit le manteau que lui tendait Jeremy et le jeta sur ses épaules, car le soir tombait. Relevant ses jupes, elle lui lança un sourire malin.

— La profession, peut-être pas ! Mais il y a d'autres avantages.

Et elle s'installa en riant, tandis qu'il montait lourdement auprès d'elle.

— Ainsi, notre innocente petite paysanne a fini par écouter le diable tentateur ?

— Que pouvais-je faire après...

Elle s'interrompit brusquement, rougit, et poursuivit hâtivement :

— J'ai découvert qu'il n'y avait, pour une femme, qu'un seul moyen de réussir dans le monde.

— Un moyen pour réussir, ou... Quel est votre protecteur ?

— Le capitaine Morgan, des Gardes à cheval de Sa Majesté. Le connaissez-vous ?

— Non ! Je crois que je ne suis plus à la page, en protecteurs comme en habits. Rien ne rend un homme plus vieux jeu qu'une femme et une propriété à la campagne !

— Oh ! alors, vous êtes marié ?

Ambre eut un sourire espiègle, comme si elle commettait une indiscrétion.

— Oui, je suis marié. Il y aura deux ans le 5 du mois prochain. Et j'ai deux garçons, l'un qui a un peu plus d'un an et l'autre qui est né il y a deux mois. Et... hem... n'étiez-vous pas...

Il hésitait, mais ses yeux l'enveloppaient d'un regard interrogateur.

— J'ai un garçon, moi aussi ! s'écria Ambre, incapable de se contenir plus longtemps. Oh ! Almsbury, vous devriez le voir ! Il ressemble tellement à Bruce ! Dites-moi, Almsbury : où est-il ? Est-il revenu à Londres ? L'avez-vous vu ?

Elle ne cherchait plus à simuler l'indifférence et l'indépendance. Elle était heureuse avec Rex et croyait avoir cessé d'aimer Bruce Carlton, mais la vue seule d'Almsbury avait tout remué en elle.

— J'ai entendu dire qu'il était à la Jamaïque, et qu'il partait de là pour arraisonner les navires espagnols. Grand Dieu, mon cœur, vous n'allez pas me dire que vous êtes toujours...

— Et après ! s'écria Ambre, des larmes dans la voix, en détournant rapidement la tête pour regarder par la portière.

Almsbury prit un ton apaisant. Se rapprochant d'elle, il lui passa un bras autour de la taille :

— Voyons, mon cœur. Je suis désolé !

Elle appuya sa tête contre son épaule :

— Quand pensez-vous qu'il revienne ? Il y a deux ans déjà...

— Je l'ignore, mais j'imagine qu'un de ces jours, quand nous nous y attendrons le moins, il débarquera.

— Et il restera ici, alors, n'est-ce pas ? Il ne repartira plus ?

— Je crains que si, mon cœur. Voilà vingt ans que je connais Carlton, et il n'a fait qu'aller et venir. Il ne reste jamais longtemps en place. Ce doit être son sang d'Écossais qui le pousse aux aventures.

— Mais les choses sont autres, maintenant que le roi est de retour. Quand il aura de l'argent, il pourra vivre à la Cour, sans avoir besoin de se « mettre à plat ventre », comme il dit...

— Mais c'est qu'il n'aime pas la Cour !

— Il n'aime pas la Cour ! Voyons, c'est ridicule ! L'endroit où tout le monde voudrait pouvoir vivre !

Almsbury haussa les épaules :

— N'empêche qu'il ne l'aime pas. Personne, d'ailleurs, mais rares sont ceux qui ont le courage de la quitter.

Ambre eut un geste de dépit et se prépara à descendre, car elle était arrivée.

— C'est idiot ! murmura-t-elle, mécontente.

Sa femme de chambre, Gatty, n'était pas là, Ambre l'ayant autorisée à aller voir le cortège, puis ensuite à passer chez son père. Elle avait renvoyé Prudence depuis longtemps, un jour que, rentrée inopinément, elle avait trouvé la jeune personne se pavanant dans sa plus jolie robe neuve. Il y en avait eu deux autres ensuite, avant Gatty : l'une renvoyée pour vol et l'autre pour paresse. Ambre ordonna donc à Jeremy d'aller chercher un en-cas chez un traiteur voisin qui vendait d'excellents plats français, fabriqués par des Anglais. Elle recevait tous ses repas de la taverne ou de la crémerie la plus proche.

Non sans orgueil elle lui fit visiter son appartement, insistant sur les moindres détails. Rex était généreux et lui donnait à peu près tout ce qu'elle voulait. Aussi passait-il la plupart de son temps, en dehors du service, à jouer dans une taverne ou au *Groom Porter's Lodge*.

Parmi ses récentes acquisitions se trouvait une commode en bois de rose, un écran chinois de laque noire, et, coiffant la cheminée, trônait un grand portrait d'elle-même.

— Comment me trouvez-vous ? demanda-t-elle, l'indiquant du geste, tout en posant son manchon et son éventail.

Almsbury, les mains dans les poches, se recula et l'examina en dodelinant de la tête :

— Eh bien ! mon cœur, je préfère vous avoir revue d'abord en chair et en os, sinon j'aurais craint que vous n'eussiez engraissé ! Et qui donc a posé pour la bouche ? Ce n'est pas la vôtre !

Elle rit et lui fit signe d'entrer dans la chambre, tandis qu'elle défaisait son chignon.

— La campagne ne vous a guère changé, Almsbury ! Vous êtes tout aussi courtisan qu'autrefois. Mais vous devriez voir la miniature que Samuel Cooper a faite de moi. Je suis censée être Aphro... je ne sais plus... enfin, Vénus, sortant de l'onde. Je me tiens ainsi... (elle prit une pose fort gracieuse)... et je ne porte pas le moindre vêtement.

Almsbury, assis à califourchon sur une chaise basse, les bras croisés sur le dossier, fit entendre un hum ! appréciateur.

— Évidemment, ce ne doit pas être mal. Où est-elle ?

— C'est Rex qui l'a. Je la lui ai offerte pour son anniversaire ; depuis, il la porte toujours avec lui, sur son cœur !

Elle sourit malicieusement et entreprit de délacer sa robe.

— Il est follement amoureux de moi. Seigneur ! il voudrait même m'épouser !

— Et vous acceptez ?

— Non !

Elle secoua vigoureusement la tête pour bien indiquer qu'elle ne désirait pas discuter la question.

— Je ne veux pas me marier !

Elle prit sa robe d'intérieur et passa derrière le paravent. Sa tête et ses épaules étaient seules visibles et elle bavardait gaiement avec le comte, tout en se déshabillant.

Le garçon arriva et ils passèrent à la salle à manger pour se restaurer. Rex lui avait fait dire qu'il serait retenu assez tard au palais, sinon jamais elle n'eût osé dîner seule avec un homme, vêtue d'une simple robe d'intérieur de satin. Car elle avait découvert depuis longtemps que Rex ne plaisantait pas sur la question et entendait la garder pour lui seul. Il empêchait les jeunes beaux de l'entourer et de la serrer de trop près au théâtre, et décourageait leurs tentatives de visites, bien que toutes les actrices tinssent leur cour chez elles, tout comme les grandes dames, recevant par exemple de nombreux admirateurs pendant leur toilette. Le résultat avait été que, depuis quelques mois, ils avaient pour ainsi dire abandonné Mrs. Saint-Clare. Rex avait la réputation d'un escrimeur hors ligne, et la plupart de tous ces jeunes poseurs préféraient consulter un apothicaire pour un furoncle qu'un chirurgien pour une blessure.

Pendant le repas, Ambre et le comte bavardèrent avec tout l'entrain de vieux amis qui ne se sont pas vus depuis longtemps et ont beaucoup à se dire. Elle lui parla de ses succès et non de ses échecs, de ses triomphes, mais pas de ses défaites. Il ne sut rien de Luc Channel ni de Newgate, de Maman Bonnet-Rouge et de Whitefriars. Elle prétendit posséder encore une bonne partie des cinq cents livres de Lord Carlton déposées chez l'orfèvre, et il reconnut qu'elle avait été infiniment plus avisée que la plupart des jeunes provinciales jetées seules dans Londres.

Ce ne fut que deux heures après, comme ils étaient assis sur sa grande chaise longue de velours vert, des verres vides à la main, contemplant les dernières lueurs du foyer, qu'Almsbury l'attira vers lui et l'embrassa. Elle hésita un instant, le corps raidi, songeant à Rex et à sa fureur s'il apprenait qu'un autre homme l'avait embrassée. Puis — parce qu'elle aimait bien Almsbury, et parce qu'il lui rappelait Bruce — elle s'abandonna sans protester, jusqu'à ce qu'il lui demandât de passer dans la chambre à coucher.

Brusquement, elle rejeta ses cheveux en arrière et rajusta son corsage :

— Oh ! Lord Almsbury ! Je ne peux pas. Je n'aurais jamais dû vous laisser croire que je le pourrais !

Elle se leva, légèrement grisée par le vin qu'elle avait bu, et s'appuya contre la cheminée.

— Bon Dieu ! Ambre ! je pensais que vous aviez grandi !

Il paraissait exaspéré.

— Ce n'est pas cela, Almsbury. C'est parce que je...

Elle allait dire « parce que j'attends toujours Bruce » mais elle s'arrêta avant de reprendre :

— C'est à cause de Rex. Vous ne le connaissez pas. Il est aussi jaloux qu'un tuteur de comédie. Il vous tuerait comme rien... et me renverrait !

— Pas s'il l'ignore !

Elle sourit, sceptique, et se tourna pour le mieux voir, bien que ses cheveux lui tombassent sur le visage.

— Existe-t-il un homme capable de coucher avec une femme et de ne pas s'en vanter à ses amis moins d'une heure après ? Les beaux galants disent que la bonne moitié du plaisir consiste à le raconter.

— Oui, eh bien ! je ne suis pas un galant, et vous le savez fichtre bien ! Je suis simplement un homme amoureux de vous ! Il est possible que j'aie tort de le dire. J'ignore au reste si je vous aime réellement. Mais je vous ai désirée depuis le premier jour où je vous ai vue. Vous savez que c'est vrai, aussi ne me faites pas attendre plus longtemps. Combien voulez-vous ? Je vous donne deux cents livres, portez-les à votre orfèvre pour les mauvais jours...

L'argent était évidemment un bon argument, mais la pensée que Bruce pût être un jour au courant — et en serait attristé — fut plus convaincante encore.

Il était vrai — ainsi qu'Ambre l'avait dit à Almsbury — que Rex Morgan désirait l'épouser. Durant les sept mois écoulés, ils avaient été parfaitement heureux, menant une vie quasi conjugale. Ils prenaient un plaisir instinctif à faire les choses ensemble, et tout était embelli par le simple fait d'être deux.

Durant l'été, ils avaient été réunis la plupart du temps : le roi n'étant pas en ville, Rex n'avait plus d'obligations officielles, et les théâtres étaient toujours fermés à cette époque pendant plusieurs semaines, bien que par deux fois Ambre fût allée avec le reste de la troupe jouer devant Leurs Majestés, à Hampton Court. Accompagnés de Prudence, de Gatty, ou de quelque autre servante, ils préparaient un panier, et partaient en de chaudes après-midi de juin dîner sur l'herbe dans les environs du joli petit village d'Islington. Souvent ils découvraient un coin tranquille au bord de la rivière, se déshabillaient et se baignaient en jouant à s'éclabousser. Puis, tandis qu'elle faisait sécher ses cheveux, Rex pêchait quelques poissons qu'ils rapportaient à la maison. Ou bien encore, ils remontaient la rivière dans une barque louée, Ambre laissant tremper ses pieds nus dans l'eau et riant de tout son cœur des discussions de Rex avec les mariniers, de vieux bandits à la langue bien pendue, qui s'amusaient à crier des obscénités à tous ceux qui s'aventuraient sur l'eau. Ils débarquaient à Chelsea, s'allongeaient rêveusement dans l'herbe épaisse, contemplant les nuages, Ambre remplissait sa jupe de fleurs sauvages, jonquilles dorées, jacinthes bleues, églantines. Puis elle défaisait le panier, étendait une nappe blanche, posait la langue de bœuf en conserve, la salade que le célèbre cuisinier français du Châtelin avait préparée pour elle et agrémentée d'une vingtaine d'herbes différentes, de beaux fruits mûrs et une poussiéreuse bouteille de bourgogne.

Ils se disputaient très rarement, seulement quand, à tort ou à raison, la jalousie de Rex était éveillée, bien que jamais elle ne lui eût été infidèle. Mais elle allait une fois par semaine en voiture dans le Kingsland pour voir son bébé. Pendant longtemps, elle parvint à lui cacher ces visites, mais un jour, à son grand étonnement, il l'accusa d'être partie avec un autre homme. Au cours de la violente dispute qui suivit, elle lui dit où elle avait été, et lui apprit qu'elle avait été mariée. Pendant deux ou trois jours, il en parut fort irrité, mais, en dépit de tous ses mensonges contradictoires, il ne paraissait pas l'aimer moins et réitéra même sa demande de l'épouser. Auparavant, elle avait refusé en tournant la chose en plaisanterie, mais à présent elle lui fit observer que c'était impossible. La bigamie était punie de mort.

— Il ne reviendra jamais, dit Rex. Et si jamais il réapparaissait, eh bien! laissez-moi faire. Je m'arrangerai pour que vous soyez veuve et non bigame.

Mais Ambre ne put s'y décider. Elle conservait une horreur persistante du mariage, qui lui apparaissait comme une sorte de piège dans lequel, une fois prise, une femme se débat sans espoir. Il donnait à l'homme tous les droits sur son corps, son esprit et sa bourse. Car aucun juge dans le pays ne s'intéresserait à sa détresse. La crainte d'être poursuivie pour bigamie ne constituait cependant pas la véritable raison de son refus. Elle hésitait, car, au fond de son cœur, elle nourrissait le démon de l'ambition qui ne lui laissait aucun repos.

« Si j'épouse Rex, se disait-elle, quelle sera ma vie? Il m'obligera à quitter le théâtre et il me faudra recommencer à avoir des enfants. » (Rex, sans le connaître, en voulait à l'enfant qu'elle avait eu, croyait-il, de son premier mari, et désirait ardemment avoir un fils.) Fort probablement, il deviendrait encore plus jaloux et se mettrait dans tous ses états pour peu qu'elle rentrât une demi-heure en retard du Change, ou sourît à un gentleman dans la rue. De plus, selon toute apparence, il ne resterait pas aussi généreux qu'il l'était à présent. Et, songeait-elle, si je dépense trente livres pour une nouvelle robe, cela fera un drame, il me dira que mon manteau de l'an dernier suffit bien. Et puis j'engraisserai, je prendrai un gros derrière, et je deviendrai une matrone... avant mes vingt ans, ma vie sera finie! Non, je préfère mon existence actuelle. J'ai tous les avantages d'une femme mariée, car il m'aime et ne m'abandonnera pas, et aucun des inconvénients, car je suis libre, maîtresse de moi, et je peux le quitter quand il me plaira.

Elle avait entendu dire que le roi Charles l'avait plus d'une fois signalée comme étant la plus jolie femme de la scène, en particulier après la dernière représentation d'Hampton Court, où il aurait dit qu'il enviait l'homme s'occupant d'elle.

Une quinzaine environ après le retour d'Almsbury, Ambre prit une nouvelle femme de chambre. Elle avait renvoyé Gatty un jour que la jeune fille l'avait surprise en train de prendre son bain en bavardant avec Almsbury. Ambre l'avait aussitôt expédiée en la prévenant que Sa Grâce avait une haute situation à la Cour et lui ferait couper la langue si elle s'avisait de dire un mot de ce qu'elle avait vu. Quant à Rex, elle justifia le renvoi par le fait que la fille était enceinte. Puis elle avait envoyé Jeremy porter un mot à une femme de la cathédrale Saint-Paul qui s'occupait de placement.

Ce même jour, comme elle allait du New Exchange à une répétition, sa voiture fut soudain arrêtée en pleine rue et, tandis que Tempête invectivait le conducteur qui lui bouchait le passage, la portière s'ouvrit brusquement et une jeune fille se précipita à l'intérieur. Elle était échevelée, l'air hagard.

— Je vous en prie, Madame! cria-t-elle, dites-lui que je suis à votre service!

Son joli visage avait une expression suppliante et sa voix implorait :

— Ô Jésus! Le voilà. Je vous en prie, Madame!

Elle lança un dernier regard suppliant à Ambre et se blottit dans un coin de la voiture, rabattant son capuchon sur ses boucles blond-roux.

Ambre la regardait avec stupeur, mais, avant qu'elle ait pu dire un mot, la portière s'ouvrit violemment et un archer passa la tête dans l'ouverture. Ambre eut un involontaire mouvement de recul. Se souvenant qu'un agent ne pouvait rien contre elle à présent, elle se ressaisit. Il esquissa une sorte de salut, la prenant évidemment pour une dame de qualité :

— Désolé de vous déranger, Madame, mais cette fille vient de voler un pain. Au nom du roi, cria-t-il, je vous arrête!

Et il tendit le bras pour s'emparer de la malheureuse. Ambre lui donna un coup sec sur le poignet avec son éventail :

— Que faites-vous donc? Cette fille est ma femme de chambre. Lâchez-la, je vous prie.

Il la regarda, stupéfait :

— Voyons, Madame, je ne voudrais pas accuser une dame de mensonge — mais elle vient de voler un pain à cette échoppe, là-bas. Je l'ai vue de mes yeux.

Et il se pencha davantage encore, attrapant la jeune fille par le pied et la tirant à lui. Une foule de curieux commençait à s'amasser au-dehors, et comme Ambre le repoussait d'un violent coup de pied et d'une bourrade qui l'envoya vaciller quelques pas en arrière, un gros rire joyeux accueillit cet exploit. L'agent se recula. Alors Ambre, claquant la portière, pencha la tête au-dehors :

— Vite, en route, Tempête!

Et la voiture partit à toute allure, laissant le représentant de la justice reprendre tant bien que mal son équilibre.

Pendant un moment les deux femmes restèrent silencieuses, la jeune fille jetant à Ambre un regard plein de gratitude tandis que celle-ci était encore haletante de la colère et de l'agitation que la seule vue de l'agent avait soulevées en elle.

— Oh! Madame! s'écria finalement la coupable, comment vous remercier? Sans vous, il m'aurait emmenée à Newgate. Mon Dieu! je ne l'avais pas vu avant qu'il m'agrippe, et alors j'ai couru... j'ai couru aussi vite que je pouvais, mais cette grosse vieille bête était sur mes talons! Oh! merci, Madame, merci un million de fois! C'est tellement bon à une grande dame comme vous de s'occuper de gamines comme moi! Qu'est-ce que cela pouvait bien vous faire que j'aille à Newgate?...

Elle parlait d'une jolie voix basse et musicale, ses sentiments se faisant clairement jour sur son visage expressif. Elle ne devait guère avoir plus de dix-sept ans, fraîche et délicate, avec des yeux bleus, limpides, de longs cils, des sourcils finement dessinés et une traînée de taches de rousseur sur son petit nez. Ambre sourit, instantanément séduite.

— Ces maudites gens du guet! Ils ont perdu leur journée quand ils n'ont pas jeté en prison une bonne demi-douzaine d'innocents.

La jeune fille baissa les yeux avec confusion :

— Oh! à dire vrai, Madame, j'ai volé ce pain. Il est là.

Elle frappa sur son manteau.

— Mais je n'ai pas pu m'en empêcher, je vous assure. J'avais si faim.

— Eh bien! mangez-le, alors.

Sans hésiter, la gamine sortit le pain croustillant, en brisa un morceau et se mit à manger avec avidité. Ambre l'observait :

— Depuis combien de temps n'avez-vous pas mangé ?

La jeune fille avala, engouffra une autre bouchée et répondit, la bouche pleine :

— Deux jours, Madame.

— Mon Dieu ! Tenez, prenez cela et offrez-vous un dîner.

D'un petit sac de velours, à l'intérieur de son manchon, elle sortit quelques shillings et les jeta sur les genoux de la jeune fille. Pendant ce temps, elles étaient arrivées au théâtre, et le valet de pied ouvrait la portière. Ambre rassembla ses jupes et se disposa à sortir, pendant que la jeune fille regardait audehors avec un intérêt non dissimulé.

— Seigneur ! Madame, allez-vous au théâtre ?

— Je suis actrice.

— Oh ! vraiment !

Elle paraissait à la fois ravie et choquée que sa bienfaitrice exerçât une profession si séduisante et si discutée. Précipitamment, elle bondit au-dehors, et fit une révérence à Ambre :

— Merci beaucoup, Madame. Vous avez été trop bonne pour moi, et si jamais je peux vous rendre service, je serais contente que vous me le disiez. Je ne vous oublierai pas. Je m'appelle Nan Britton, femme de chambre mais sans place pour le moment.

Ambre s'arrêta et la considéra avec un nouvel intérêt :

— Vous êtes femme de chambre ? Que vous est-il arrivé dans votre dernière place ?

La jeune fille baissa les yeux :

— J'ai été renvoyée, Madame.

Sa voix n'était plus qu'un murmure quand elle ajouta :

— Ma patronne disait que je débauchais ses fils !

Mais, relevant vivement la tête, elle affirma gravement :

— Ce n'était pas vrai, Madame, je vous jure que ce n'était pas vrai ! C'était juste le contraire.

Cela amusa Ambre.

— Eh bien ! mon fils n'est pas encore en âge d'être débauché. Je cherche moi-même une femme de chambre et, si vous voulez m'attendre dans la voiture, après avoir déjeuné, nous causerons tout à l'heure.

Elle engagea Nan Britton pour quatre livres par an, logée, nourrie et habillée. Elles devinrent vite de grandes amies — Ambre sentit que Nan était la seule amie qu'elle eût jamais connue —, et Nan faisait son ouvrage vite et bien, prenant le même plaisir à astiquer un pot d'étain qu'à coiffer Ambre, ou à l'accompagner au Change. Elle était énergique, vive, toujours de bonne humeur, et ses qualités persistèrent même après qu'elle se fut bien installée dans sa place. Nan et Ambre trouvaient beaucoup de sujets de conversation, échangeant les plus intimes confidences, et, tandis que Nan apprenait à connaître à peu près tout de ce qui touchait à sa maîtresse (excepté ses séjours à Newgate et à Whitefriars), Ambre aimait à entendre le récit des aventures de Nan comme femme de chambre dans une maison où vivaient quatre beaux garçons. Son renvoi avait été motivé par la prétention de l'un d'eux d'épouser Miss Nan. Les parents, horrifiés, avaient immédiatement agi.

Quand Rex était absent, Nan partageait le lit de sa maîtresse ; sinon, elle dormait sur le lit de camp. Comme toujours elle était aussi bien la femme de chambre du capitaine que celle d'Ambre, l'aidait à s'habiller et à se déshabiller, n'était pas gênée le moins du monde quand il se promenait nu dans la chambre, et décida bientôt que le capitaine Morgan était le plus bel homme qu'elle eût jamais vu. Entièrement gagnée à sa cause, elle pressait Ambre de consentir à l'épouser :

— Comme le capitaine Morgan vous aime, Madame ! disait-elle le matin, tout en brossant les cheveux d'Ambre. Et c'est le plus beau et le plus gentil des hommes. Un joliment bon mari, je vous assure !

Mais Ambre, qui avait commencé par en rire et taquinait Nan en lui disant qu'elle était amoureuse du capitaine, écoutait de moins en moins ses conseils.

— Le capitaine Morgan n'est pas mal, évidemment, dit-elle un jour, mais, après tout, ce n'est qu'un officier de la Garde.

— Eh bien ! s'écria Nan, choquée de tant de déloyauté, que voulez-vous donc, Madame ? Le roi lui-même ?

Ambre, souriant à ce sarcasme, leva les sourcils d'un air supérieur. Elle se disposait à partir pour le théâtre et mettait ses gants.

— Et pourquoi pas ? rétorqua-t-elle.

Et, devant la mine stupéfaite de Nan :

— Pourquoi pas ? répéta-t-elle.

Puis, alors qu'elle se dirigeait vers la porte, laissant Nan les yeux écarquillés, la main sur le bouton de la porte, elle se retourna subitement :

— Surtout, pas un mot de cela au capitaine, ou vous entendrez parler de moi !

Après tout, c'était peut-être un simple racontar que le roi Charles eût dit à Buckingham, qui l'avait dit à Berkeley, qui l'avait dit à Kynaston, qui l'avait dit à Ambre, que le roi avait l'intention de coucher avec elle.

XIX

Ambre ouvrit la porte et gravit les marches deux à deux. Elle avait hâte de se contempler dans un miroir, car elle était sûre d'avoir beaucoup changé. Elle avait atteint le palier quand la porte de son appartement s'ouvrit violemment et que Rex apparut. Il était à contre-jour et elle ne pouvait saisir l'expression de son visage, mais au son de sa voix elle comprit qu'il était en colère.

— Par l'enfer, d'où venez-vous ? demanda-t-il. Il est deux heures du matin !

Ambre le dévisagea comme s'il se fût agi d'un étranger importun. Puis, relevant le menton d'un air hautain, elle passa devant lui sans un mot. Mais il la saisit par le poignet et l'attira contre lui. Ses yeux avaient cette lueur dangereuse qu'elle lui connaissait quand sa jalousie était éveillée.

— Répondez-moi, petite misérable ! La représentation de Whitehall s'est terminée à onze heures ! Où avez-vous été depuis ?

Pendant un long moment ils se dévisagèrent, puis Ambre fit la moue et gémit :

— Vous me faites mal, Rex !

Son visage se détendit et, après avoir hésité, il la lâcha. Mais comme elle se reculait, une lourde bourse glissa de son manchon et résonna sur le plancher. Rien qu'au son il était facile de savoir qu'il s'agissait d'argent. Tous deux baissèrent les yeux et, quand Ambre releva la tête, elle put le voir, pourpre de rage, les veines du cou gonflées.

— Sacrée petite garce ! dit-il à voix basse.

Soudain, la prenant aux épaules, il entreprit de la secouer de plus en plus fort, jusqu'à ce qu'elle en perdît le sens.

— Qui était-ce ? criait-il. Avec qui avez-vous couché ? Dites-le-moi, ou, par Jésus ! je vous tords le cou !

— Rex! cria-t-elle d'un ton suppliant.

Mais à peine l'eut-il lâchée qu'elle reprit ses esprits et sentit la colère la gagner à son tour.

— J'étais avec le roi! lui lança-t-elle au visage. Voilà où j'étais! (Et, tout en se massant la nuque, elle termina en marmonnant.) Eh bien! qu'avez-vous à dire?

Il la considéra longuement, l'œil fixe, incrédule tout d'abord, puis lentement, graduellement, elle vit l'espoir et la confiance qui s'éteignaient en lui.

— Ce n'est pas vrai, dit-il à la longue, je ne vous crois pas!

Elle porta les mains à sa coiffure, rajusta son chignon légèrement ébranlé et eut un petit sourire cruel et supérieur :

— Vraiment!

Mais il la croyait, et elle le savait.

Sans un mot, il se détourna, prit son manteau et son épée, traversa la pièce. Avant de sortir il lui lança un dernier regard de mépris et de dégoût, qu'elle affronta froidement en haussant les sourcils. Comme la porte se refermait violemment, elle fit claquer ses doigts, pivota lestement sur ses talons et courut à son miroir, dans sa chambre à coucher.

Car, bien sûr, une femme qui vient de faire l'amour avec un roi ne ressemble plus au commun des mortels. Elle s'attendait presque à voir luire une auréole autour de sa tête et fut déçue de se voir comme d'habitude, sauf que ses cheveux étaient en désordre et qu'elle avait de larges cernes sous les yeux. « Mais je ne suis plus la même, se disait-elle triomphalement. Je suis quelqu'un maintenant. J'ai couché avec le roi! »

Le lendemain matin elle renvoya Nan qui tentait de la réveiller et, bien allongée à plat ventre dans son lit, déclara qu'elle entendait dormir autant qu'elle le voulait et qu'on se passerait d'elle à la répétition. Il était midi quand elle ouvrit les yeux. Elle bâilla, s'étira, rejetant les lourdes draperies qui rendaient le lit si chaud qu'elle en était toute moite; puis soudain elle atteignit, sous la couette de plume, le sac de pièces et les versa sur son oreiller de manière à pouvoir les recompter. Cinquante livres. Songez un peu : cinquante livres comme présent pour le plus grand honneur qui puisse échoir à une femme!

Avant d'aller au théâtre elle prit la somme qu'elle alla déposer chez Shadrac Newbold, aussi n'arriva-t-elle guère avant deux heures. Comme elle s'y attendait, son entrée fit sensation : toutes les femmes se mirent à parler de conserve. Beck courut à elle et l'entoura de ses bras :

— Ambre! Nous pensions que vous ne viendriez plus! Vite, racontez... nous mourons d'envie de savoir! Comment est-il?

— Combien vous a-t-il donné?

— Qu'a-t-il dit?

— Qu'a-t-il fait?

— Est-ce différent d'avec les autres hommes?

C'était la première fois que le roi Charles avait fait chercher une actrice, et leurs sentiments allaient de la jalousie personnelle à l'orgueil professionnel. Mais la curiosité primait tout. Ambre ne se fit pas prier et répondit à toutes les questions. Elle décrivit l'appartement d'Édouard Progers, où elle avait été reçue tout d'abord : l'apparition du roi dans sa robe de chambre de brocart, les petits chiens nouveau-nés qui dormaient auprès de leur mère, sur un coussin de velours près du feu. Elle leur raconta que le roi avait été aussi bon, gentil, courtois que si elle avait été une vraie lady du plus haut rang. Mais elle n'ajouta pas qu'elle avait failli s'évanouir de crainte, et elle laissa entendre qu'il lui avait donné au moins mille livres!

— Quand y retournez-vous? questionna finalement Beck, tandis que Scroggs aidait Ambre à se déshabiller.

— Oh! fit-elle d'un ton détaché, bientôt, je pense. La semaine prochaine vraisemblablement.

Elle se sentait pleine de confiance, car, bien qu'elle n'eût passé qu'une heure avec lui, elle avait eu le sentiment, en le quittant, d'avoir été, de toutes les femmes, celle qui lui avait le mieux plu. Il ne lui vint pas à l'idée que d'autres pouvaient avoir eu la même impression.

— Eh bien! Madame?

C'était la voix de Tom Killigrew, froide et sarcastique, comme il se frayait un passage auprès d'elle.

— Ainsi vous êtes venue, à la fin?

Ambre le regarda, étonnée, et lui adressa un sourire amical. Elle était prête à se conduire comme d'habitude, en dépit de sa situation changée, en tout cas jusqu'à ce qu'elle se sentît plus sûre de ses arrières.

— Je suis un peu en retard, admit-elle tout en passant la tête dans la robe que Scroggs lui tendait.

— Vous n'étiez pas à la répétition ce matin, n'est-ce pas?

— Non!

Elle passa les bras dans ses manches, et, comme Scroggs tirait la robe, sa tête apparut de nouveau :

— Mais cela ne fait rien. J'ai joué ce rôle une bonne douzaine de fois, je le sais très bien, sans répétition.

Elle prit un miroir et rectifia son maquillage.

— Avec votre permission, madame Saint-Clare, c'est moi qui décide de l'utilité des répétitions. J'ai donné votre rôle à Beck Marshall, et je suis certain que vous pourrez, sans répétition, prendre celui de la prostituée.

Il y eut un ricanement général. Ambre lança un rapide coup d'œil sur Beck et vit une lueur de triomphe et de malice sur son visage. Elle faillit éclater et dire qu'elle jouerait son rôle ou pas du tout; mais la prudence la retint :

— Je sais très bien mon rôle. Je le sais par cœur, sans avoir répété ! Et l'autre n'est qu'un tout petit texte !

— Peut-être bien, Madame, mais ceux qui sont trop occupés ailleurs doivent apprendre à se contenter de petits rôles, ou même de rien du tout !

Il examina, tout autour de lui, les visages souriants, animés, qui dissimulaient mal une joie malicieuse :

— Et tenez-le-vous toutes pour dit, au cas où d'autres têtes seraient tournées par de trop hautes relations. Bonsoir, Mesdames !

Et il sortit de la pièce. Ambre était furieuse. Comment avait-il osé la traiter ainsi ? Elle se consola en se promettant de le lui faire payer un jour. « Je lui ferai retirer sa patente, et le chasserai du théâtre, voilà ce que je ferai ! » Mais devant les autres, elle se contenta de hausser les épaules en faisant la moue.

— Qu'est-ce que cela me fait ! Qui donc désire rester actrice ?

Mais, à mesure que passaient les jours, sa disgrâce ne fut pas adoucie par un nouvel appel du roi. Elle continuait de jouer de tout petits rôles et attendait une seconde invitation. Personne ne lui laissait oublier qu'elle avait été demandée une fois et s'attendait à être rappelée. Les autres femmes, les acteurs, les admirateurs qui revenaient à présent dans la salle d'habillage la taquinaient malicieusement. Ils devenaient de jour en jour plus insolents. Et Ambre, qui répondait d'un petit rire ou débitait quelque impertinence, était découragée, déçue, malheureuse. Elle se disait qu'après toutes ses vantardises elle mourrait de honte si le roi ne l'envoyait pas chercher.

Et, bien que dans les premiers temps de sa griserie elle eût déclaré qu'elle ne se souciait plus de voir Rex, maintenant il lui manquait. Une semaine environ après leur querelle, Beck lui avait raconté qu'il venait d'offrir une bague en diamants à Mrs. Norris, du théâtre rival, et lui avait, d'après celle-ci, offert de l'installer dans ses meubles.

— Vraiment! Pourquoi me le racontez-vous? Peu m'importe qu'il distribue des diamants à toutes les petites grues de Whestone Park!

Tout cela n'était que bravade. Elle se rendait compte, peu à peu, que Rex Morgan était infiniment plus nécessaire à son bonheur qu'elle ne l'avait cru. Elle savait qu'il l'eût protégée contre tout désagrément. Les jeunes fats qui traînaient dans les coulisses, par exemple, n'auraient jamais osé la harceler comme ils le faisaient. Elle se sentit soudain plongée dans un monde dur et vide, qui la détestait et lui voulait du mal. Il n'y avait plus ni bonté, ni sympathie, tous se réjouissaient de ses infortunes, savouraient ses humiliations et s'amusaient de son irritation mal dissimulée. Elle se reprenait à déplorer d'avoir jamais connu Lord Carlton et d'être venue à Londres. Nan, toutefois, restait optimiste, même au bout de dix jours. Elle ne voyait qu'une raison : le roi était trop occupé pour avoir le temps de songer à elle.

— Voyons! Madame, disait-elle, ne vous laissez pas aller ainsi. Cela prend du temps, d'être un roi!

Mais Ambre refusait toute consolation. Blottie dans un fauteuil, près du feu, elle murmurait :

— Oh! ce sont des bêtises, Nan! Vous le savez aussi bien que moi. Si je lui avais plu, il m'aurait envoyé rechercher.

Nan, assise à ses côtés, brodait des fleurs sur un joli satin vert pâle, dont elle voulait faire un jupon pour Ambre. Poussant un léger soupir, elle ne répondit pas, et sentait le découragement la gagner. Mais, en entendant peu après frapper à la porte, elle se leva vivement :

— Là! s'écria-t-elle triomphalement, ce doit être lui!

Ambre, qui pensait voir entrer un de ses admirateurs, ou Hart et Kynaston, se borna à jeter un coup d'œil par-dessus le dossier de son fauteuil. Comme Nan ouvrait la porte, elle aperçut un jeune garçon vêtu d'une livrée inconnue d'elle, qui demandait :

— Madame Saint-Clare ?

— C'est moi-même !

Elle bondit et courut à la porte.

— Que voulez-vous ?

— Je viens de la part de Mr. Progers, Madame. Mon maître vous présente ses hommages et demande si vous voulez bien l'attendre chez lui ce soir à onze heures et demie ?

C'était la sommation royale !

— Oui ! s'écria Ambre, bien sûr j'irai !

Elle prit une pièce de monnaie sur la table, qu'elle lui tendit et, quand il fut parti, elle se jeta au cou de Nan :

— Oh ! Nan ! Il m'aime. Il se souvient de moi ! Crois-tu ! Ce soir je vais au palais.

Elle s'interrompit, fit un petit salut raide et dit :

— Madame Saint-Clare ? Mon maître vous présente ses hommages et demande si vous voulez bien l'attendre chez lui ce soir...

Elle se mit à danser, en riant joyeusement. Mais au milieu d'un entrechat elle s'arrêta net, l'air grave :

— Que mettrai-je ?

Bavardant avec animation, les deux femmes coururent dans la chambre à coucher. La pendule sur la cheminée marquait neuf heures.

Cette fois-ci, Ambre fut plus sûre que jamais de lui plaire. Une bonne partie de sa timidité et de son respect avaient disparu : ils rirent et causèrent comme de vieux amis ; c'était, pensait-elle, l'homme le plus fascinant qu'elle eût rencontré depuis Lord Carlton. Quand elle le quitta, il lui dit, comme la première fois :

— Bonne nuit, ma chère, que Dieu vous bénisse !

avec une tape amicale sur la croupe et une autre bourse remplie.

Il la secoua rudement.

Mais sa voiture n'avait pas plus tôt tourné le Strand qu'un groupe de cavaliers sortit de l'ombre. Avant qu'Ambre eût pu se rendre compte de ce qui se passait, Tempête avait été jeté à bas de son siège et Jeremy étendu par terre. Les chevaux hennissaient et se cabraient, Ambre ne savait que devenir quand la portière s'ouvrit violemment. Un homme masqué la prit par le poignet. Ambre poussa un cri et se débattit tout en comprenant que la lutte était vaine.

— Taisez-vous ! Je ne vous ferai aucun mal. Donnez-moi seulement la bourse de Sa Majesté. Vite !

Ambre cherchait à lui envoyer des coups de pied et tentait de se dégager. Mais, comme elle se baissait pour lui mordre la main, il la repoussa si violemment qu'elle tomba étendue sur le plancher de la voiture et put apercevoir, à la lueur du clair de lune, briller le canon d'un pistolet :

— Donnez-moi cette bourse, Madame, ou je vous tue. Je n'ai pas de temps à perdre.

Ambre hésitait toujours, espérant vaguement une aide extérieure, mais la vue du pistolet lui fit sortir la bourse de son manchon et la jeter à son agresseur. L'attrapant au vol, il recula et s'inclina. Mais, avant que la portière se refermât, il y eut un rire de femme triomphant et une voix cria :

— Grand merci, Madame. Sa Grâce appréciera votre charité : et je vous promets que bon usage en sera fait !

La portière claqua et elle put entendre une galopade effrénée, en direction du palais.

Ambre demeura inerte, abasourdie. « Cette voix ! se disait-elle. Je l'ai déjà entendue ! » Et la mémoire lui revint : c'était la même voix aiguë, agressive, le même rire que ceux qu'elle avait ouïs jadis, un soir, devant la porte du *Royal Sarrasin*... C'était Barbara Palmer !

Ce fut la dernière visite d'Ambre à Whitehall.

Le roi, tout le monde le savait, aimait la paix et la tranquillité, et rien ne pouvait les lui ravir autant que la langue venimeuse d'une femme jalouse. Fort heureusement pour Ambre, le roi avait, disait-on, déclaré qu'il aimait bien Mrs. Saint-Clare, mais pas assez pour lui sacrifier ses aises. Ce fut ce qui la sauva. Après s'être acharnées quelques jours sur elle telles des mouches malignes, ses compagnes se lassèrent et trouvèrent une autre victime. Au bout d'une quinzaine, la vie avait repris son cours. Tout le monde avait oublié que le roi l'eût jamais fait demander.

Mais Ambre n'oubliait pas et ne cherchait pas à oublier. Elle entretenait ses nouveaux griefs contre Barbara Palmer aussi soigneusement que les anciens. « Un jour, se promettait-elle, je lui ferai regretter d'être née. Je trouverai le moyen de l'abattre, quand ce serait mon dernier geste sur terre. » Elle se complaisait à imaginer des vengeances, mais ces images, comme tout ce qu'elle ne pouvait voir et toucher, furent bientôt reléguées dans un coin secret de son cerveau, pour y être conservées jusqu'à ce que le besoin s'en fasse sentir.

Un soir qu'elle avait reçu une bonne douzaine d'invités, hommes et femmes, elle se retrouva seule après leur départ devant une table couverte de vaisselle, le parquet jonché de coquilles d'amandes, de pelures de fruits, de cartes à jouer déchirées. L'air était lourd de fumée, et la maison était sens dessus dessous.

Tandis que Nan commençait à desservir, Ambre se tenait devant le feu, retroussant ses jupes pour se mieux chauffer les jambes. On était à la mi-décembre et il neigeait, la première neige depuis trois ans ; la Tamise elle-même était gelée. Elles bavardèrent nonchalamment des incidents de la soirée, discutant les toilettes, les coiffures et les visages des femmes présentes, et les critiquant sévèrement. Ambre avait ôté sa robe et se trouvait en jupon, quand un coup sourd retentit à la porte. Toutes deux sursautèrent et s'entre-regardèrent. Ambre attendit avec anxiété pendant que Nan traversait la pièce et tirait le verrou. Serait-ce... serait-ce ?...

C'était le capitaine Morgan, son grand manteau de cheval jeté sur l'épaule, son chapeau à la main. Il eut un coup d'œil pour la pièce et le regard d'Ambre rencontra le sien, suppliant : l'expression d'un petit garçon qui s'est sauvé et rentre chez lui. Oubliant qu'elle avait un instant espéré et attendu le messager du roi, Ambre courut à lui, les bras tendus :

— Rex !

— Ambre !

La soulevant de terre, il l'embrassa plusieurs fois et poussa une sorte de rire joyeux qui ressemblait à un sanglot :

— Ô mon Dieu ! Je suis si content de vous voir !

Il la reposa par terre, tout en la conservant dans ses bras, lui caressant les cheveux.

— Jésus ! mon trésor ! Je ne pouvais plus rester loin de vous. Je vous aime, ô Dieu ! je vous aime tant !

Il en avait les larmes aux yeux et Nan, derrière lui, reniflait de façon significative, souriant et pleurant à la fois. Ils se retournèrent tous deux pour la voir et, soudain, éclatèrent tous de rire.

— Entrez, Rex, mon cœur ! Fermez la porte. Oh ! que c'est bon de vous voir ! Comment, vous attendiez dehors la sortie des autres ?

Il sourit et eut un signe affirmatif.

— Mais vous les connaissiez tous. Pourquoi ne pas entrer, tout simplement ! Seigneur, et il fait si froid dehors !

Il hésita :

— C'est que je n'étais pas très sûr que vous me laisseriez entrer.

— Oh ! Rex !

Profondément honteuse d'elle-même soudain, Ambre le considéra, découvrant combien il avait été bon, généreux et tendre pour elle, et de grosses larmes roulèrent sur ses joues.

— Voyons, mon cœur ! Pourquoi pleurer, petite nigaude ! C'est au contraire un jour de joie ! Regardez cela...

Il sortit de sa poche un petit écrin qu'il lui tendit.

Ambre l'ouvrit lentement. Nan se pencha pour mieux voir et, quand le couvercle fut levé, les deux femmes eurent un cri d'admiration : c'était une magnifique topaze, sertie dans un cœur d'or et suspendue à une lourde chaîne d'or. Ambre leva les yeux d'un air perplexe, car ce bijou devait avoir coûté fort cher :

— Rex ! dit-elle doucement, elle est magnifique... mais...

D'un geste il balaya ses appréhensions :

— J'ai eu quelque chance aux dés, dernièrement. Mademoiselle Nan, voici pour vous.

Nan ouvrit la boîte qu'il lui tendait et y trouva une paire de boucles d'oreilles en or, garnies de perles minuscules. Elle eut là encore un petit cri de plaisir et se leva sur la pointe des pieds pour l'embrasser puis, se ressaisissant, rougit, fit une révérence, et se sauva, confuse, dans la chambre à coucher.

— Hé ! appela Rex. Un moment, mademoiselle Nan ! Votre maîtresse et moi avons particulièrement envie de nous installer là-bas !

Prenant Ambre dans ses bras, il se dirigea vers la porte.

— Il vous faudra dormir ailleurs cette nuit, ma chère! Mais c'est une occasion exceptionnelle.

Les mois s'écoulèrent rapidement, car Ambre était heureuse et populaire, et se croyait très célèbre. L'hiver était anormalement froid. Décembre, janvier et février connurent la neige et la glace, mais le dégel vint enfin et avec lui la boue et les premiers bourgeons de printemps. Killigrew lui confiait de nouveau des rôles principaux, et elle était très occupée avec ses leçons de chant, de danse et de guitare.

Quand les comédiens jouaient à la Cour ou que le roi Charles venait au théâtre, Ambre le voyait et, bien qu'il lui adressât de temps en temps un sourire, c'était tout. D'après les rumeurs, elle apprit qu'il s'intéressait moins à Lady Castlemaine et s'était toqué de la charmante Frances Stewart. Cependant, on disait qu'il ne parvenait pas à vaincre les scrupules de la belle. Certains prétendaient que Mrs. Stewart était une sotte, d'autres la trouvaient au contraire remarquablement adroite, mais elle avait réussi à fixer le cœur volage du roi, il n'y avait pas de doute, et cela seul était remarquable. Peu importait à Ambre de qui il était épris, pourvu que Barbara Palmer y perdît.

Vers la mi-février, Ambre se trouva une nouvelle fois enceinte. Après avoir hésité à en informer Rex, elle finit par aller trouver Mrs. Faggs, qui lui administra son remède. Cette fois ce fut plus sérieux et Ambre se sentit si mal à l'aise qu'elle dut garder le lit près d'une semaine. Rex, furieux en apprenant ce qui s'était passé, la supplia de l'épouser.

— Pourquoi ne voulez-vous pas, Ambre? Vous dites que vous m'aimez...

— Je vous aime, Rex, mais...

— Mais quoi?

— Eh bien! si Luc...

— Il ne reviendra jamais, vous le savez aussi bien que moi. Et si jamais cela se présentait, ce serait sans importance. Je pourrais le tuer ou obtenir l'annulation du mariage, par quelqu'un de la Cour. Qu'y a-t-il, Ambre? Je finis par croire que vous me faites attendre dans l'espoir que le roi vous envoie encore chercher. Est-ce vrai?

Elle était assise dans son lit, pâle, malade et découragée, les yeux perdus dans le vide.

— Non, Rex, ce n'est pas cela. Vous le savez bien.

Elle mentait, car elle espérait toujours: néanmoins, elle était également convaincue que, si elle n'épousait pas Rex Morgan, elle le regretterait dans l'avenir. Qu'importe si elle était obligée de quitter la scène! Elle jouait à présent depuis un an et demi et ne voyait pas ce qu'elle y avait gagné. Son dix-neuvième anniversaire était passé depuis un mois, et elle voyait s'écouler les jours et n'arrivait à rien. Elle l'aimait, c'était la vérité, bien qu'elle ne parvînt pas à extirper de son cœur le souvenir de Lord Carlton, ni ses ambitions d'une vie glorieuse et excitante.

— Laissez-moi y réfléchir, Rex, quelques jours encore.

Son fils allait avoir deux ans le 5 avril; sachant qu'elle ne serait pas libre ce jour-là, Ambre avait projeté d'aller le voir le 1er et de lui apporter les cadeaux qu'elle lui avait achetés.

Ce jour-là Rex dut s'en aller vers sept heures, quand il faisait encore nuit: les chéneaux dégouttaient encore de toute la pluie tombée pendant la nuit. Il l'embrassa tendrement:

— Douze heures sans vous revoir! Bon voyage, ma bien chérie, et embrassez le petit bonhomme pour moi.

— Comment! Oh! merci, Rex!

Les yeux d'Ambre brillaient de plaisir, car généralement Rex ignorait ces expéditions, comme il feignait d'ignorer qu'elle eût un enfant; mais depuis qu'elle avait virtuellement accepté de l'épouser, il avait évidemment pris la décision de se réconcilier avec son futur beau-fils.

Après l'avoir encore embrassée, il fit un signe amical à Nan et s'en alla. Ambre ferma doucement la porte, s'adossa contre le battant et dit en souriant :

— Je crois que je vais l'épouser, Nan!

— Seigneur! vous feriez bien, Madame! Je ne connais pas de meilleur ni de plus beau gentilhomme, il vous aime tant que j'en souffre pour lui. Je savais que vous en viendriez là!

— Oui, avoua-t-elle. Je crois que je serai heureuse. Mais...

— Mais quoi?

— Mais ce sera tout.

Nan la regarda, choquée, incapable de comprendre :

— Bon Dieu! Madame! Que voulez-vous d'autre?

Peu après le maître de chant arriva, puis celui de danse, qui lui apprenait le menuet, cette nouvelle danse française qui faisait fureur. Pendant ce temps, Jeremy passait et repassait dans la pièce, charriant des brocs d'eau chaude dans la chambre à coucher, pour le bain de sa maîtresse.

Nan lui lava les cheveux, les frotta jusqu'à qu'ils fussent à peu près secs, ce qui trempa une demi-douzaine de serviettes. Il était près de dix heures du matin, le soleil apparaissait pour la première fois depuis de longs jours, et Ambre, installée dans son tub, sentait sa chaleur lui caresser les épaules. Elle se disait, comme d'habitude, que la vie était une chose merveilleuse, et se décidait à grand-peine à quitter les délices de ce bain savonneux, quand on frappa à la porte.

— Je n'y suis pas! cria Ambre à Nan.

Elle ne tenait pas à voir tous ses plans dérangés par un importun.

Nan revint au bout d'un instant :

— C'est Milord Almsbury, Madame.

— Oh ! Très bien ! Fais-le entrer !

Almsbury n'était pas resté longtemps en ville l'automne dernier, mais il était réapparu pour la session de printemps du Parlement, et il venait la voir assez souvent, bien qu'il ne lui donnât jamais plus d'argent. Mais Ambre n'y faisait pas attention, car elle l'aimait bien.

— Est-il seul ?

— Non, il est accompagné !

Et Nan roulait des yeux expressifs, car elle était toujours impressionnée par les hommes.

— Fais-les entrer au salon. Je suis prête dans une minute !

De la pièce voisine lui parvenait le son de voix masculines ; par moments Nan gloussait ou partait d'un joyeux éclat de rire. Ambre s'introduisit dans une robe d'intérieur en satin vert, passa un peigne dans ses cheveux encore humides, enfila une paire de mules dorées et se dirigea vers le salon. Mais elle revint sur ses pas. Après tout, Almsbury avait peut-être amené quelque personnage important. Elle se poudra, parfuma sa gorge et ses poignets, teinta d'un soupçon de rouge ses lèvres. Puis, dégageant bien son décolleté, elle ouvrit la porte.

Almsbury se tenait devant la cheminée. Appuyé au manteau, souriant à Nan, se trouvait Bruce Carlton.

XX

Il leva vivement la tête à son entrée, et leurs regards se croisèrent. Ambre se tenait immobile, une main sur le bouton de la porte, les yeux fixés sur lui. Elle sentait sa tête lui tourner, son cœur battre, et elle se trouvait soudain comme paralysée. Il s'inclina devant elle, mais Ambre restait sans bouger, tremblante, se traitant intérieurement de sotte, entièrement désemparée.

Almsbury vint à son secours. Traversant la pièce, il l'embrassa fraternellement, passa un bras autour de sa taille :

— Qu'en dites-vous, mon cœur ? Ce brigand est arrivé hier.

— Vraiment ! fit Ambre faiblement.

Bruce sourit, l'examinant toute d'un coup d'œil rapide.

— Le marin revient de la mer...

— Pour toujours ?

— Non, pas pour longtemps, Ambre, mais je voudrais vous accompagner aujourd'hui.

Elle le regarda, étonnée, car elle avait oublié qu'elle avait fait part à Almsbury de ses projets pour l'anniversaire du bébé.

— Oui, bien sûr. Voulez-vous m'attendre pendant que je m'habille ?

Suivie de Nan, elle gagna sa chambre et, la porte fermée, s'affaissa, les yeux clos, comme épuisée. Nan s'effraya :

— Seigneur ! Madame ! Qu'y a-t-il ? Vous ne paraissez pas bien ? Est-ce votre mari ?

— Non !

Elle secoua la tête et se dirigea vers sa coiffeuse, les jambes molles :

— Sors-moi la nouvelle robe que Mme Drencourt vient de livrer.

— Mais il pleut, Madame. Vous allez l'abîmer.

— Ne t'inquiète pas de cela. Fais ce que je te dis !

Puis, regrettant instantanément son mouvement d'impatience :

— Oh ! Nan, je suis désolée. Je ne sais pas ce que j'ai !

— Moi non plus, Madame. Je pense que vous ne tenez pas à ma société aujourd'hui?

— Non! Je crois que tu seras mieux ici à faire l'argenterie. Je l'ai trouvée terne l'autre soir.

Tout en se maquillant pendant que Nan la coiffait, elle reprit son calme; le sang parut de nouveau circuler dans ses veines, et une sensation de bonheur intense succéda au premier choc. Elle l'avait trouvé plus beau que jamais, et sa vue l'avait emplie de la même émotion étrange qu'au premier jour. Ces deux dernières années s'effaçaient, se dissolvaient. Tout ce qui n'était pas lui paraissait soudain morne et dénué d'importance.

Sa nouvelle robe était en velours chartreuse, les bas et les souliers assortis; elle portait un manteau à capuchon de velours topaze, de la même couleur miel, si riche, que ses yeux et ses cheveux, et la topaze de Rex pendait à son cou. Saisissant son grand manchon de vison, elle s'apprêtait à sortir quand Nan l'arrêta :

— Quand serez-vous rentrée, Madame?

— Oh! je ne sais pas. Un peu tard peut-être!

Elle lut la désapprobation sur le visage de Nan et comprit qu'elle était jalouse pour Rex, jugeant qu'elle ne devait pas sortir avec un autre homme, surtout quelqu'un qui la troublait de telle sorte.

— Et le capitaine Morgan?

— Le diable emporte le capitaine Morgan! murmura Ambre en rejoignant Almsbury et Bruce.

Quand ils furent tous trois installés dans la voiture, avec de nombreux paquets aux couleurs vives empilés aux côtés d'Ambre, Almsbury fit soudain claquer ses doigts :

— Pardieu! mais j'ai promis d'aller jouer à la paume avec Sedley! J'ai de la veine d'y avoir pensé!

Rapidement il descendit, leur souriant à tous deux. Bruce lui donna une tape affectueuse sur l'épaule, Ambre lui envoya un baiser, et la voiture s'ébranla.

Restés seuls, le comte et Nan échangèrent un regard.

— Allons, dit Sa Grâce, il n'est rien de tel qu'un long voyage en mer !

Et, grimpant dans son propre équipage, il partit en sens opposé.

Ambre s'était instantanément tournée vers Lord Carlton :

— Bruce ! Est-ce bien vous, réellement ! Il y a si longtemps, mon cœur, deux ans et demi !

Elle était tout contre lui et le regardait de ses yeux de lumière. Il l'enlaça, se pencha d'un geste rapide et prit ses lèvres. Ambre lui rendit son baiser avec un abandon passionné, oubliant où ils se trouvaient, se pressant contre lui avec l'intense désir d'être étreinte, enveloppée. Quand il la lâcha, elle en éprouva une terrible déception, comme si elle était brusquement tirée d'un rêve, mais il sourit et lui caressa doucement le visage :

— Quelle charmante petite magicienne vous faites, dit-il doucement.

— Le pensez-vous réellement ? Avez-vous jamais songé à moi, d'une manière ou d'une autre ?

Elle était très grave.

— J'ai très souvent pensé à vous, beaucoup plus que je ne l'aurais cru. Et je m'inquiétais aussi. Je craignais que vous n'ayez perdu cet argent.

— Oh ! non ! protesta Ambre.

Elle eût préféré mourir que de lui apprendre ce qui lui était arrivé.

— N'ai-je pas l'air bien ?

Et du geste elle indiqua sa toilette, la voiture dans laquelle ils roulaient.

— Je sais me conduire, je vous assure.

Elle ne put déchiffrer sur son visage s'il était dupe.

— J'en ai l'impression. Mais j'aurais dû savoir que

vous en étiez capable. Vous possédez le meilleur atout du monde, et vous en avez assez pour dix!

— Et quel est-il? interrogea-t-elle de son air le plus candide.

— Vous le savez fort bien, et je ne vais pas continuer à vous encenser. Dites-moi, Ambre, à qui ressemble-t-il? Est-il grand?

— Qui donc?

Elle le regarda, stupéfaite, s'imaginant qu'il parlait de Rex Morgan; puis, simultanément, tous deux éclatèrent de rire :

— Oh! le bébé! Oh! Bruce, attendez de l'avoir vu! Il est si grand que je peux à peine le soulever. Et si joli! Il vous ressemble beaucoup, les mêmes yeux et ses cheveux foncent chaque jour. Vous en serez fou! Mais vous auriez dû le voir à la naissance! Seigneur, quel épouvantail! J'étais presque contente que vous fussiez loin...

Leurs visages s'assombrirent à cette évocation :

— Je suis désolé, mon cœur. Désolé de vous avoir laissée seule. Comme vous avez dû me détester!

Elle posa la main sur sa bouche et, d'une voix basse et tendre :

— Je ne vous ai pas haï, Bruce! Je vous aime; et vous aimerai toujours. Et j'étais heureuse d'avoir le petit, c'était un peu de vous, et tandis que je le portais je ne me sentais pas aussi seule. Mais je n'en veux plus d'autre. Plus tard, peut-être, quand je serai vieille et que cela me sera égal d'être déformée!

— Et quand ce moment arrivera-t-il?

— Oh! vers les trente ans...

Elle disait cela comme si ce moment ne devait jamais arriver.

— Mais dites-moi plutôt ce que vous avez fait. Comment est-ce en Amérique? Où habitiez-vous? Je veux tout savoir...

— J'ai vécu à la Jamaïque. C'est une île. Mais je suis allé sur le continent aussi. C'est un pays merveilleux, Ambre, sauvage et vert, et vierge, comme l'Angleterre devait être il y a un millier d'années. Et il est là, qui attend celui qui voudra bien venir le prendre...

Il avait les yeux perdus dans le vide et parlait comme pour lui-même :

— C'est un pays plus grand que tout ce que l'on peut imaginer. En Virginie, les plantations partent de la mer et s'étendent sur des centaines, des milliers d'acres, et il y a toujours de la terre. Les troupeaux de chevaux sauvages et de bétail appartiennent à celui qui veut les prendre. Les forêts sont remplies de bêtes fauves, et tous les ans les pigeons sauvages arrivent en nuages épais qui obscurcissent le ciel. En Virginie seule, il se trouve plus de nourriture qu'il n'en faudrait pour nourrir toute l'Angleterre mieux qu'elle ne l'a jamais été. Le sol est si riche que tout ce que vous y plantez pousse comme de la mauvaise herbe. C'est quelque chose d'hallucinant, que vous n'avez jamais pu imaginer, même en rêve...

Il la regarda soudain, les yeux brillants d'enthousiasme.

— Mais ce n'est pas l'Angleterre.

Il se mit à rire, brusquement détendu.

— Non, admit-il, ce n'est pas l'Angleterre.

Ce qui, pour Ambre du moins, réglait la question. Ils causèrent ensuite des aventures de Bruce sur mer. La vie y était paraît-il fort désagréable, et rien ne rendait un homme plus odieux que de rester enfermé des semaines sur un bateau seul en compagnie d'autres hommes, mais cela n'était pas dangereux et constituait un moyen de transport très sûr pour les gens riches.

— Je pense que vous êtes un homme fortuné, maintenant ?

— Je n'ai pas mal fait mes affaires, reconnut-il.

Il leur fallut une bonne heure et demie pour atteindre Kingstone, car la route était inégalement pavée et les dernières pluies l'avaient transformée en marécage. Tempête et Jeremy durent maintes fois débourber les roues.

Ils arrivèrent enfin et entrèrent par la porte de la cuisine dans le joli petit cottage recouvert de chaume de Mrs. Chiverton. Elle lavait la vaisselle de midi. Ambre lui avait fait de fréquents et généreux dons d'argent, car elle désirait voir son fils habiter une maison confortable, et le cottage avait un air de prospérité et de netteté qui au début lui manquait.

Le bébé dormait dans son berceau, trop petit pour lui. Ambre mit un doigt sur ses lèvres et, doucement, ils s'approchèrent. L'enfant était profondément endormi, les joues rouges et une légère moiteur sur les paupières, la respiration calme et régulière. Bruce et Ambre le contemplèrent un long moment en silence et leurs yeux se rencontrèrent avec le même sentiment de joie et d'orgueil. Lord Carlton passa sa main fine, dure et aristocratique sous les bras de son fils et le souleva. Le bébé s'éveilla, bâilla, examina d'un air étonné l'homme qui le tenait et soudain, apercevant Ambre, eut un grand sourire et lui tendit les bras :

— Maman !

Un peu plus tard, quand ils eurent avalé le bol de potage que Mrs. Chiverton leur offrait avec insistance, ils commencèrent à déballer les cadeaux. Il y avait de nombreux jouets, dont un tambour, des soldats et un « Jack-en-chair » un prédicateur puritain qui sortait d'une boîte et se dandinait comiquement de côté et d'autre. Une poupée aussi, avec de véritables cheveux blonds et un trousseau complet, pour la petite fille de Mrs. Chiverton, âgée de quatre ans. Ils restèrent jusqu'au milieu de l'après-midi et quand, enfin, ils se levèrent pour partir, le bébé pleura. Tandis qu'Ambre cherchait à le consoler, Bruce donna cinquante livres à Mrs. Chiverton, en lui disant qu'il lui était reconnaissant des bons soins donnés à son fils.

Il pleuvait quand ils s'en retournèrent. Ambre bavardait gaiement, pleine d'enthousiasme au sujet de son fils. Car elle avait été heureuse de voir que Bruce — au lieu du père indifférent qu'elle s'attendait à trouver en lui — paraissait aimer l'enfant autant qu'elle. Mais, tout en parlant, elle sentait de nouveau monter en eux la vague de passion momentanément calmée par leur visite au cottage ; elle la sentait plus brûlante et plus violente que jamais, pressante, décidée à engloutir deux années et demie d'absence en un instant de sauvage union.

S'interrompant au milieu d'une phrase, elle leva les yeux sur lui. Bruce jeta un rapide coup d'œil par la portière et, tout en l'étreignant d'un bras, il frappa de l'autre main contre la paroi de la voiture :

— Nous arrivons à Hoxton, dit-il rapidement. J'y connais une bonne auberge. Holà ! Arrêtez devant la porte de *L'Étoile*.

Ambre, quand elle rentra le soir après neuf heures, trouva Nan assise devant la cheminée, raccommodant une chemise de Rex tandis que celui-ci se tenait debout non loin d'elle, les mains dans les poches, les sourcils froncés. Ambre s'arrêta, comme étonnée, car la scène avait quelque chose d'irréel à ses yeux, mais il eut vite fait de traverser la pièce et, prenant ses deux mains dans les siennes :

— Mon Dieu ! mon cœur ! Que vous est-il arrivé ? Je partais à votre recherche.

Elle se força à sourire.

— Il ne m'est rien arrivé du tout, Rex. Bébé ne voulait pas me laisser partir, je me suis attardée et la voiture s'est embourbée, si bien qu'elle a failli verser !

Elle se dressa sur la pointe des pieds pour lui

caresser la joue, honteuse de le tromper ainsi, car il la regardait avec amour sans le moindre soupçon.

— Il ne faut pas vous inquiéter ainsi, Rex.

— Je ne peux pas l'empêcher, mon trésor. Je vous aime, vous savez.

Ambre se détourna et rencontra le regard irrité et désapprobateur de Nan.

Le lendemain matin, de bonne heure, quand elles furent seules, Ambre lui demanda si elle avait parlé à Rex de la visite d'Almsbury et de Lord Carlton. Nan faisait le lit, lissant les draps avec un bâton, et répondit sans lever les yeux sur Ambre :

— Non, Madame. Seigneur ! je me demande pourquoi j'irais me mêler de vos affaires. Ce n'est pas mon habitude ! Et, pour mille livres, je n'irais pas raconter au capitaine Morgan que vous vous moquez de lui. Il en aurait le cœur brisé !

Elle se retourna et les deux femmes s'affrontèrent du regard ; les yeux de Nan étaient humides.

— Tu n'étais pas si péremptoire quand il s'agissait du roi.

— C'était différent, Madame. Service de la Couronne. Mais cela c'est mal. Le capitaine Morgan vous aime plus que sa vie. Ce n'est pas bien !

Ambre poussa un soupir.

— Non, Nan, ce n'est pas bien. Mais je ne peux pas l'empêcher. J'aime Lord Carlton. Je l'aime follement, Nan ! C'est le père de Bruce ! Pas mon mari : j'ai épousé Luc après le départ de Lord Carlton pour l'Amérique. Oh ! il faut que tu m'aides, Nan. Rex ne doit rien en savoir. Tant qu'il est en Angleterre, je le verrai — je veux le voir ! — mais il s'en ira bientôt, dans un mois ou deux. Et quand il sera parti, Rex ne s'en portera pas plus mal. Je l'épouserai alors, pour réparer. Veux-tu m'aider, Nan ? Me le promets-tu ?

A mesure qu'Ambre parlait, le visage expressif de Nan laissait paraître ses sentiments ; finalement elle courut à Ambre et lui passa les bras autour du cou :

— Oh ! je vous demande pardon, Madame. Je ne savais pas — je n'avais pas compris —, je croyais que c'était simple fantaisie de votre part.

Et soudain elle eut un large sourire :

— Ainsi, c'est le père du petit Bruce ! Oh ! bien sûr ! Ils se ressemblent !

Elle poussa un petit cri et porta la main à sa bouche :

— Seigneur ! c'est une chance que le capitaine n'ait jamais voulu aller le voir avec vous. Au cas où il rencontrerait Sa Grâce...

Carlton logeait à Almsbury House et, deux jours après, Ambre envoya un petit mot pour l'inviter, ainsi qu'Almsbury et sa femme, à voir la nouvelle pièce de théâtre — elle obtint de Killigrew des fauteuils au premier rang et la loge royale — et ensuite à souper dans ses appartements. Lord et Lady Almsbury servaient de paravent au cas où le capitaine Morgan surviendrait inopinément.

Ils acceptèrent et, durant les quarante-huit heures qui suivirent, Ambre fut dans une agitation extrême. Elle fit venir une femme de ménage pour enlever le moindre grain de poussière des tentures, cirer et frotter les meubles. Elle-même se rendit au New Exchange, pour acheter une quantité de fleurs artificielles, puisque les vraies n'étaient pas encore épanouies, et elle tourmenta Mme Drencourt afin que la nouvelle robe promise fût achevée. Elle consulta le chef de chez *Châtelin* au sujet du souper et des vins, cherchant à se rappeler les mets préférés de Bruce et, avant de partir pour le théâtre, accabla Nan de recommandations. A mi-chemin de l'escalier, elle s'arrêta soudain et revint en courant sur ses pas.

— N'oublie pas une carafe d'eau sur le plateau, avec le brandy, Nan. Lord Carlton y tient !

Elle arriva très en avance et, habillée et maquillée, descendit au parterre se mêler aux spectateurs. Elle déploya tout son charme et toute sa gaieté, espérant que Lord Carlton la verrait et serait peut-être un peu jaloux de la voir si populaire parmi les jeunes beaux. Mais il était près de trois heures et demie, et elle dut retourner de l'autre côté du rideau. C'est alors qu'il arriva.

Lord et Lady Almsbury entrèrent les premiers, se dirigeant droit aux sièges qu'Ambre leur avait fait réserver ; mais quand une jolie femme posa la main sur le poignet de Bruce, celui-ci sourit et s'inclina. Ambre le surveillait avec une crainte anxieuse.

— Eh ! — c'était la voix de Beck, tout à côté d'elle —, quel est donc ce beau garçon auquel Milady Southesk vient de donner un rendez-vous ?

Le mari de Carnegie venait d'hériter du comté de Southesk.

— C'est Lord Carlton, et il ne lui a pas donné de rendez-vous !

Beck la regarda avec une douce surprise.

— Vraiment ! fit-elle d'un ton traînant... Et qu'est-ce que cela peut bien vous faire, je vous prie ?

Ambre était furieuse de sa propre sottise, car elle savait fort bien qu'en dépit de l'amitié superficielle qui existait entre elles, rien ne ferait davantage plaisir à Beck que de semer la discorde entre elle et Rex Morgan.

— Oh ! cela m'est bien égal. Mais j'ai appris par hasard qu'il portait ses préférences ailleurs.

— Oh ! et où cela ?

La voix de Beck n'était qu'un ronronnement musical et ses yeux brillaient de malice.

— Sur Lady Castlemaine ! dit brièvement Ambre, bien que ce nom seul lui brûlât la langue.

Et elle s'en alla. Elle se prit à souhaiter n'avoir pas invité Bruce à venir la chercher au salon d'habillage après la représentation, car elle savait que les yeux perspicaces de Beck ne manqueraient pas de les observer. Aussi, juste avant le dernier acte, envoya-t-elle un gamin à la loge dire que le rendez-vous était reporté à l'extérieur, devant la voiture d'Almsbury. Elle ne jouait pas dans les dernières scènes et se dépêcha de se déshabiller, afin d'être prête quand la foule commencerait à s'écouler hors du théâtre.

Elle partit avant que personne fût revenu au salon d'habillage et elle se dirigea vers l'équipage d'Almsbury. Bruce se tenait devant la portière ouverte.

— Bruce ! Je suis si heureuse !

Elle baissa la voix et jeta un coup d'œil rapide autour d'elle, ne désirant être ni vue, ni entendue par quiconque pourrait connaître Rex.

— Je vous ai envoyé ce gamin, parce que j'ai pensé...

Il sourit.

— Ne vous inquiétez pas, Ambre. Inutile de vous excuser. Je crois avoir compris. Puis-je vous présenter à Lady Almsbury ?

Elle lui lança un regard indigné, car elle n'admettait pas qu'il pénétrât si aisément ses motifs et n'en fût pas choqué. Mais il ne parut pas y faire attention, la prit par le bras et fit les présentations.

Emily, Lady Almsbury, ainsi qu'Ambre le vit au premier coup d'œil, n'était nullement une beauté. Ses cheveux, ses yeux et même les toilettes qu'elle portait étaient de couleur indéfinie ; ses traits n'avaient rien de défectueux, elle avait les dents blanches et bien rangées. Un bon maquillage, de fausses boucles et quelques mouches l'auraient peut-être transformée. Visiblement elle était de nouveau enceinte.

« Seigneur ! songea Ambre, comme il est peu profitable d'être l'épouse d'un homme ! »

Bruce et Ambre montèrent dans la voiture d'Ambre, suivis d'un petit nègre qui n'avait pas plus de cinq ou six ans et était fort occupé à empêcher le manteau de son maître, qu'il portait, de traîner dans la boue.

— C'est Curry, expliqua Bruce. Je l'ai acheté il y a un an à la Jamaïque.

Bien des nobles possédaient ainsi des serviteurs noirs, mais Ambre n'en avait jamais vu d'aussi près et elle l'examina comme s'il se fût agi d'un objet, ou d'un nouveau petit chien, s'extasiant sur ses paumes décolorées, admirant la blancheur éblouissante de ses dents. Il portait une magnifique livrée de satin bleu saphir, sa tête était enturbannée d'un drap d'argent orné d'une grosse épingle en rubis. Mais ses souliers étaient éculés, beaucoup trop grands pour lui, et il fixait son maître de ses grands yeux solennels.

— Oh ! Bruce ! quelle drôle de petite poupée ! s'écria Ambre. Sait-il parler ?

Et, sans attendre de réponse, elle lui demanda immédiatement :

— Pourquoi t'appelle-t-on Curry ?

— Parce que ma mère a mangé un pudding au curry juste avant ma naissance.

Il avait une voix douce et fluide, assez difficile à saisir. Il se tenait debout dans la voiture, auprès de Bruce, et ne regardait même pas, à travers la portière, les rues animées par lesquelles circulait l'équipage.

— Que fait-il ? A quoi sert-il ?

— Il est très utile. Il sait jouer de la guitare et faire du café. Naturellement il chante et il danse. Je m'étais dit que vous aimeriez peut-être l'avoir.

— Oh ! Bruce, il est pour moi ? Vous l'avez emmené à travers les océans pour moi ! Oh ! merci ! Curry... aimerais-tu rester à Londres avec moi ?

Ses regards allèrent d'Ambre à Bruce, puis il secoua la tête.

— Non, Monsieur, Madame. Je reste avec Miss Leah !

Ambre jeta un coup d'œil interrogateur vers Bruce et surprit un fugitif sourire sur son visage.

— Qui est Miss Leah ?
— Ma femme de charge.
Un soupçon se fit jour en elle :
— Une négresse aussi ?
— Une quarteronne.
— Au nom du ciel, qu'est-ce que cela ?
— Quelqu'un qui possède un quart de sang nègre dans les veines, le reste blanc.
Ambre frissonna d'un air moqueur.
— Quel drôle de mélange !
— Pas tant que cela. Il y en a de très jolies.
Elle lui lança un regard de coin et, bien qu'elle mourût d'envie de lui demander si cette femme était ou non sa maîtresse, elle se tut. « Je le demanderai à Curry, décida-t-elle. J'arriverai bien à le savoir. »
A cet instant la voiture s'arrêta devant sa porte. Bruce l'aida à descendre et leur conversation fut interrompue par l'arrivée de l'équipage d'Almsbury, qui les suivait de près. Ambre et la comtesse montèrent ensemble, bavardant du temps, de la pièce et des spectateurs. Ambre se surprit à beaucoup aimer sa nouvelle connaissance, car Lady Almsbury était bonne et généreuse, dépourvue de l'envie et de la malignité qu'Ambre était habituée à rencontrer chez les femmes.
Le repas fut exactement ce qu'elle avait espéré. Il se composait d'une soupe aux pois épaisse et fumante, avec des poireaux, du lard frit et de croustillantes petites boulettes de viande qui flottaient à la surface. Puis un canard rôti, farci aux huîtres, aux oignons et aux noix ; des champignons sautés ; des biscuits secs et un pudding à l'orange dressé sur un plat entouré de feuilletés et décoré de fleurs d'oranger en sucre. Elle avait aussi commandé du café noir, car elle savait combien Bruce l'aimait ; c'était un breuvage très cher, mais très bien porté. Les hommes ne tarirent pas de compliments et Ambre

était aussi contente que si elle eût elle-même confectionné tous les plats.

Le souper terminé, ils passèrent au salon. Ambre et Lady Almsbury s'installèrent sur le divan, devant la cheminée ; les deux hommes prirent des chaises de chaque côté. Ambre et Sa Grâce la comtesse parlèrent des nouvelles modes — les robes avaient maintenant des traînes de trois pieds de long —, Bruce et le comte s'entretinrent de la guerre avec la Hollande qui, ils en étaient sûrs, ne pouvait manquer d'éclater bientôt. Mais Ambre en eut vite assez. Elle n'avait pas invité Bruce pour qu'il causât avec Almsbury.

— Vous dites que vous n'êtes pas ici pour longtemps, Milord ? demanda-t-elle, se tournant vers lui. Qu'avez-vous l'intention de faire ?

Bruce, qui était assis les deux coudes appuyés sur les genoux, tenant son verre de brandy à deux mains, jeta un coup d'œil sur Almsbury avant de répondre :

— Je retourne à la Jamaïque.

— Et pourquoi, au nom du ciel ? J'ai entendu dire que c'était un vilain endroit !

— Vilain ou non, il est excellent pour mes projets.

— Et quels sont-ils, je vous prie ?

Elle pensait à Miss Leah.

— Gagner davantage d'argent.

— Encore ? N'êtes-vous pas suffisamment riche ?

— Est-on jamais assez riche ? intervint Almsbury.

Ambre l'ignora :

— Voyons ! vous n'avez pourtant pas l'intention de rester pirate toute votre vie ?

Elle savait très bien qu'il y avait une différence entre un pirate et un corsaire, mais prenait plaisir à dénigrer ce qu'il faisait. Bruce sourit :

— Non. Encore un an ou deux, peut-être, cela dépend de la chance que j'aurai, et alors, fini !

Le visage d'Ambre s'illumina.

— Vous reviendrez définitivement ?

Il prit une grande respiration, vida son verre et, tout en lui répondant, se leva :

— Ensuite, je pense aller en Amérique et y planter du tabac.

Ambre fut déconcertée.

— Aller en Amérique ! s'écria-t-elle. Pour y planter du tabac ! Allons, vous perdez le sens !

Elle sauta sur ses pieds et le rejoignit comme il se versait un second verre d'eau-de-vie.

— Bruce, vous n'êtes pas sérieux ?

Il laissa tomber un regard sur elle :

— Pourquoi pas ? Je n'ai pas l'intention de rester ici à jouer à pile ou face avec les politiciens de la Cour pendant une trentaine d'années.

— Mais pourquoi l'Amérique ? C'est si loin. Pourquoi ne pas planter votre tabac en Angleterre ?

— Pour une bonne raison, c'est qu'une loi interdit les plantations de tabac ici ! Et, de toute façon, ce serait impraticable. Le terrain ne convient pas à la culture du tabac ; il faut beaucoup d'espace — cela épuise rapidement la terre et il faut de grandes étendues.

— Mais qu'est-ce que cela vous rapportera ? Vous n'avez pas besoin d'argent là-bas. Et l'argent ne sert à rien si on ne peut le dépenser !

Il ne répondit pas car, au même instant, la porte s'ouvrait, laissant apparaître Rex Morgan, qui s'arrêta, surpris de la voir en conversation si absorbante avec quelqu'un qu'il n'avait jamais vu. Ambre fut déçue et un peu troublée, car elle se demandait quelle était son expression au moment où Rex avait ouvert la porte. Mais, se reprenant immédiatement, elle courut à lui et l'accueillit joyeusement :

— Entrez, mon cœur ! Je ne vous attendais pas et nous avons tout mangé ; il ne reste plus que les coquilles de noix ! Là, que je vous présente mes invités.

Rex avait déjà rencontré Almsbury, mais pas la

comtesse, ni Bruce, et, les présentations une fois faites, Ambre suggéra rapidement une partie de cartes. Elle ne désirait pas que les messieurs entament une conversation. Ils s'installèrent donc devant un lansquenet à cinq et, comme Almsbury mêlait les cartes, Ambre surprit entre Rex et Lord Carlton un échange de regards qui lui fit froid dans le dos. « Ô mon Dieu ! songea-t-elle. Si jamais il devine ! »

Elle joua fort mal, incapable de fixer son esprit, et la pièce lui paraissait étouffante. Mais Bruce ne lui accordait aucune attention spéciale, se montrant aussi naturel que s'il avait été un ami venu par hasard, parce qu'il se trouvait à Almsbury House. Quant à Ambre, elle cherchait désespérément à convaincre Rex de l'intérêt exclusif qu'elle lui portait. Elle fleuretait avec lui aussi outrageusement que s'ils s'étaient rencontrés pour la première fois, réclamait son avis sur les moindres détails, appelait Nan pour remplir son verre sitôt qu'il était vide et s'occupait à peine de Bruce. Car il ne lui avait nullement donné à entendre qu'elle pourrait se passer de Rex Morgan.

Mais elle était nerveuse et mal à l'aise et les muscles de son cou devenaient douloureux quand Almsbury, prétextant la grossesse de sa femme, donna le signal du départ. Elle lui lança un regard reconnaissant.

Nan apporta les manteaux et les chapeaux à plumes de ces messieurs, tandis qu'Ambre accompagnait Lady Almsbury dans la chambre à coucher, lui disant combien elle avait été heureuse de faire sa connaissance. L'aidant à mettre son manteau, elle lui tint son éventail pendant qu'Emily ajustait son capuchon et elle lui rendit le sien à la place. Lady Almsbury ne s'aperçut pas de l'échange et les deux dames revinrent au salon. Les trois hommes y trinquaient pour la dernière fois et paraissaient très bons amis; au moment du départ, Rex les invita à revenir.

Nan descendit avec une bougie pour les éclairer et Ambre attendit une minute ou deux :

— Oh ! s'écria-t-elle alors, j'ai gardé l'éventail de Sa Grâce !

Avant que Rex qui était allé à la salle à manger pêcher quelques biscuits eût offert ses services, elle avait quitté la pièce en courant. Elle les rejoignit au bas de l'escalier, car Emily marchait lentement, et toutes deux se confondirent en politesses. En les quittant, Ambre lança un rapide coup d'œil autour d'elle et souffla à Bruce :

— Je serai à Almsbury House demain matin vers huit heures !

Sans attendre ni réponse, ni objection, elle releva ses jupes et remonta en courant.

Bruce était très occupé.

Il passait ses journées au port, surveillant le nettoyage, les réparations et le chargement de ses navires, engageant de nouveaux hommes et causant aux marchands auxquels il achetait des provisions et dont plusieurs avaient une participation financière dans ses entreprises.

Soutenir les corsaires était la plus grosse spéculation du pays, et non seulement le roi et les courtiers, mais la plupart des grands marchands et bien des petits s'y intéressaient, généralement en y investissant de belles sommes. Le soir, Bruce allait à Whitehall, assistait aux représentations, jouait au *Groom Porter's Lodge*, fréquentait les innombrables bals ou dîners qui avaient lieu sans trêve.

Ambre, par conséquent, ne le voyait qu'une heure ou deux, le matin, quand elle se rendait à Almsbury House, ce qu'elle ne faisait pas tous les jours car, chaque fois qu'il le pouvait, Rex attendait qu'elle fût partie au théâtre pour s'en aller. Mais, pour autant qu'elle le sût, il n'avait pas le plus léger soupçon de ses relations avec Lord Carlton. Et elle entendait bien qu'il n'en eût jamais.

Mais la violente passion qu'elle éprouvait et qui la rendait imprudente en dépit d'elle-même allait à l'encontre de cette volonté bien arrêtée de prudence. Elle avait supplié Bruce de l'emmener quand il repartirait et il avait refusé, une fois de plus, en dépit de ses larmes. Elle était habituée à Rex, qui se laissait attendrir, et ce refus obstiné la remplit d'une fureur impuissante.

— Je me cacherai sur votre bateau, lui dit-elle un jour, mi-riant mi-sérieuse, se disant néanmoins que, dans ce cas, il serait bien obligé de la garder — il ne pourrait pas la faire jeter par-dessus bord !

— Je vous renverrai sitôt que je vous aurai trouvée, quelle que soit la distance.

Ses yeux avaient une lueur dangereuse.

— La piraterie n'est pas un jeu d'enfant !

Ambre s'inquiétait, car elle savait qu'il partirait bientôt et qu'elle ne le verrait plus — pendant des années peut-être — mais elle souffrait plus encore, tant qu'il était là, de voir passer les jours sans qu'ils pussent se voir plus d'une heure par-ci, par-là. Elle eût aimé passer des jours entiers et des nuits avec lui, sans être dérangée. Et finalement, elle trouva la solution, un plan si simple et si naturel qu'il paraissait incroyable qu'elle n'y eût pas songé plus tôt. Ils n'avaient qu'à aller ensemble à la campagne.

— Et le capitaine Morgan ? demanda Bruce. Nous accompagnera-t-il ?

Cela amusa Ambre :

— Bien sûr que non ! Ne vous inquiétez pas de Rex. Je m'en occuperai. Je sais exactement ce que je lui dirai et il ne soupçonnera rien. Oh ! je vous en prie, Bruce ! Venez, voulez-vous ?

— Mon cœur, je le souhaite, évidemment. Mais je

trouve que vous courez un gros risque pour une bien faible compensation. Admettez qu'il...

Mais elle l'interrompit vivement :

— Oh ! Bruce, non. Je connais Rex mieux que vous, il croira ce que je lui dirai.

Il eut un sourire énigmatique :

— Trésor, les hommes ne sont pas toujours aussi crédules que les femmes se l'imaginent.

Finalement il accepta de partir avec elle cinq ou six jours, quand il en aurait terminé de ses affaires. Une flotte marchande espagnole était annoncée, revenant du Pérou lourdement chargée d'or et d'argent, et il comptait l'intercepter vers la fin mai, ce qui l'obligerait à quitter Londres vers le milieu du mois.

Et, comme le jour où il avait accepté de l'emmener à Londres, Ambre crut l'avoir convaincu. Elle ne comprenait toujours pas à quel point l'égoïsme et le cynisme l'avaient rendu indifférent. Il l'avait avertie, mais ne songeait pas qu'il devrait ou pourrait la protéger des risques de l'existence et de son caractère entêté.

Ils prirent la grand-route qui, à travers le Surrey, se dirige vers la mer. Comme à Londres il pleuvait, et cela depuis près d'un mois et demi, ils avançaient lentement, obligés de s'arrêter souvent pour dégager les roues embourbées de la voiture. Mais le pays était beau. C'était le cœur riche de l'Angleterre agricole et des fermes prospères s'étalaient le long des collines. Nombre d'entre elles étaient closes de haies, bien que ce fût alors une mode peu commune. Les maisons de campagne et les manoirs étaient en briques rouge vif et en chêne argenté, et les jardins luxuriants foisonnaient de violettes pourpres et blanches, de tulipes et de roses cramoisies.

Ambre et Bruce, assis l'un contre l'autre, se donnaient la main et regardaient par la portière tout en bavardant à voix basse. Comme toujours sa présence lui donnait une sensation d'achèvement, la certitude qu'elle avait de la vie tout ce qu'elle pouvait en désirer, et que cela durerait éternellement.

— Cela me rappelle la maison, dit-elle en montrant le village qu'ils traversaient au même instant. Je parle de Marygreen.

— La maison? Est-ce à dire que vous aimeriez y retourner?

— Retourner à Marygreen? Je refuserais! Rien que d'y penser, j'en ai des vapeurs!

La première nuit ils s'arrêtèrent à une petite auberge, et, voyant que la pluie ne cessait pas, décidèrent d'y rester. Il y faisait bon, agréable et chaud, et la nourriture était bonne. L'hôtelier était un vétéran de la guerre civile, un vieux bonhomme vantard qui monopolisait Bruce sitôt qu'il le voyait et se lançait dans d'interminables souvenirs sur le prince Rupert et les marais de Marston. Ils étaient les seuls clients.

La semaine, qui lui avait paru devoir durer éternellement, s'écoulait de plus en plus rapidement; ces heures et ces minutes si précieuses s'enfuyaient, glissant de ses doigts à mesure qu'elle s'efforçait de les retenir. Le temps passait si vite, bientôt il serait parti...

— Oh! pourquoi le temps coule-t-il si vite quand vous voudriez le retenir! s'écria-t-elle. Par moments je me prends à espérer que la pendule s'arrête et ne bouge jamais plus!

Ils flânaient tout le long du jour, se levaient tard le matin et se couchaient de bonne heure le soir. Tandis que la pluie tombait au-dehors, ils restaient au coin du feu, jouaient aux cartes; invariablement il gagnait, bien qu'Ambre se crût très forte, et si elle trichait, il s'en apercevait toujours. Quand la soirée était belle — ce qui arriva deux ou trois fois — ils se roulaient dans l'herbe, non loin de l'auberge.

Ils avaient emmené le bébé avec eux — ainsi que

Nan et Curry —, et Bruce expliqua qu'il s'était arrangé avec Almsbury pour retirer l'enfant de chez Mrs. Chiverton et le faire élever avec les deux fils du comte. Ambre était enchantée qu'il aimât tant son fils. Cela l'encourageait à espérer qu'un jour ou l'autre il renoncerait à sa vie aventureuse et l'épouserait, ou l'emmènerait en Amérique.

Jusqu'au dernier jour elle se tint fermement à sa décision de ne plus discuter avec lui, mais à la fin elle ne put résister :

— Je ne vois pas pourquoi vous tenez à vivre en Amérique, Bruce, dit-elle, boudant un peu avant qu'il ait eu le temps de répondre. Qu'est-ce qui vous plaît tant dans ce pays, où on ne trouve que des Indiens sauvages et des nègres ! Voyons, vous l'avez dit vous-même, il n'y a pas une seule ville de la taille de Londres. Seigneur ! que pouvez-vous bien y faire ? Pourquoi ne pas revenir en Angleterre et y jouir de la vie quand vous ne serez plus corsaire ?

La pluie avait cessé et le soleil était chaud. Ils avaient étalé une couverture sous un hêtre lourdement chargé de chatons pourpres. Ambre était assise les jambes croisées et Bruce étendu à plat ventre. Tout en parlant, elle surveillait le bébé qui s'était éloigné de quelques mètres pour mieux voir une mère cane et ses petits qui nageaient dans une mare peu profonde. Il tirait derrière lui une vieille poupée de bois attachée à une ficelle. Ambre lui avait bien recommandé de ne pas s'approcher trop près de l'eau mais, absorbé par le spectacle, il ne l'avait pas écoutée.

Bruce, un brin d'herbe entre les dents, les yeux clignotant à cause du soleil, leva le regard sur elle en souriant.

— Parce que, mon trésor, la vie que je désire pour mes enfants et moi n'existe plus en Angleterre.

— Vos enfants ! Et combien de bâtards avez-vous,

je vous prie? A moins que vous ne soyez marié? ajouta-t-elle soudain.

— Non, bien sûr que non.

Comme elle ouvrait la bouche, d'un geste il lui imposa silence.

— Et ne parlons plus de cela, je vous prie.

— Oh! je n'en avais pas l'intention! Vous avez si bonne opinion de vous. Et je n'ai nul besoin d'aller mendier un époux, permettez-moi de vous le dire.

— Non, reconnut-il, je ne le crois pas non plus. Je suis seulement étonné que vous ne soyez pas encore mariée.

— C'est parce que j'ai été trop bête. Je croyais que vous... Oh! rassurez-vous, je ne le dirai pas. Mais *pourquoi* n'aimez-vous pas l'Angleterre? Mon Dieu! mais vous pourriez vivre à la Cour et avoir une aussi belle situation que n'importe qui en Europe.

— Peut-être. Mais le prix en est trop élevé pour ma bourse.

— Mais vous serez plus riche que...

— Je ne parle pas d'argent. Vous ne connaissez pas la Cour, Ambre. Vous ne l'avez vue que du dehors : beaux habits, bijoux et jolies manières. Ce n'est pas Whitehall, cela. Whitehall est comme un œuf pourri. Il a bonne apparence. Brisez-le, il pue que c'en est une infection...

Elle n'en croyait rien et s'apprêtait à le lui dire quand elle entendit un clapotis soudain et un hurlement poussé par le petit au moment où il tombait dans la mare. Bruce bondit et courut, Ambre sur ses talons, pour repêcher son fils. Et quand le petit garçon se retrouva sain et sauf dans les bras de son père, tous trois éclatèrent de rire. Bruce installa le bébé sur son épaule et ils rentrèrent à l'auberge changer l'enfant.

Il était très tard le lendemain soir quand elle quitta Bruce à Almsbury House. Une nurse, qu'il venait d'engager, vint prendre l'enfant et disparut avec lui.

Un instant Bruce resta immobile sous la pluie devant la portière ouverte, tandis qu'Ambre luttait contre ses larmes. Cette fois-ci elle avait décidé qu'il emporterait un bon souvenir d'elle, mais elle avait la gorge serrée et se disait qu'elle ne supporterait jamais cette séparation. Depuis des heures elle s'efforçait de penser à autre chose, mais c'était impossible maintenant ! L'heure des adieux venait de sonner.

— Je vous verrai à votre retour, Bruce... murmura-t-elle, ne pouvant se fier à sa voix.

Sans répondre, il la contempla. Puis il dit :

— J'ai déposé un millier de livres à votre nom chez Shadrac Newbold, vous pourrez les toucher avec un préavis de vingt jours. Si jamais vous avez des difficultés avec Morgan à cause de moi, cela vous aidera.

Il se pencha rapidement, l'embrassa et partit. Elle le suivit des yeux, le vit disparaître dans la brume humide et, perdant alors tout contrôle sur elle-même, elle fondit en sanglots.

Elle pleurait toujours quand elle arriva chez elle. Il lui semblait être partie depuis très longtemps et c'est lentement qu'elle gravit l'escalier. La porte, quand elle voulut l'ouvrir, n'était plus fermée à clef. Rex était là.

Ses yeux étaient injectés de sang ; il paraissait ne pas s'être rasé ni avoir dormi depuis plusieurs jours, car son visage était hagard et ses habits chiffonnés. Surprise de le trouver là et en pareil état, elle s'arrêta, muette, reniflant involontairement, bien que ses larmes se fussent arrêtées à sa vue, et du revers de la main elle s'essuya les yeux.

— Bien ! dit-il tranquillement. Ainsi votre tante Sarah est morte. Rien, je pense, ne pourrait vous mettre dans un état pareil.

Ambre se tenait sur la réserve, car elle ignorait s'il

se moquait d'elle. Mais elle ne pensait pas — sachant d'où elle venait — qu'il pût être aussi calme.

— Oui, dit-elle. Pauvre tante Sarah. Ce fut un vrai coup, c'est la seule femme qui m'ait servi de mère...

— Ne vous donnez donc pas la peine de mentir ainsi. Je sais où vous avez été et avec qui vous étiez !

Il parlait entre ses dents, lançant chaque mot avec une intonation mordante, et, bien qu'il n'élevât pas la voix, elle comprit qu'il était en proie à une fureur insensée, meurtrière. Elle ouvrit la bouche pour protester, mais il l'interrompit :

— Pour quelle sorte d'imbécile me prenez-vous ? Croyez-vous donc que je ne me sois pas aperçu que votre mioche porte le même nom que lui ? Mais vous m'aviez fait tant de promesses... que vous ne seriez jamais infidèle à l'homme qui vous aimerait ! J'étais décidé à vous croire et à vous faire confiance, quoi qu'il arrivât. Et vous avez quitté la ville tous les deux en même temps. Petite misérable... petite ingrate... Je vous attends depuis quatre jours et quatre nuits. Avez-vous idée de ce que j'ai souffert ? Oh ! bien sûr que non. Vous ne pensez jamais qu'à vous dans ce monde... Vous ne vous préoccupez jamais du mal que vous faites, du moment que vous obtenez ce que vous voulez... Petite créature égoïste, intéressée, avide de plaisirs, je pourrais vous tuer — j'aimerais vous tuer —, j'aimerais entendre votre dernier soupir.

Il parlait d'un ton bas, monocorde, qui n'avait rien de commun avec sa voix habituelle ; son visage était défiguré par la rage, la souffrance et la jalousie. Elle se trouvait devant un homme qu'elle ne soupçonnait pas derrière le doux et tranquille Rex Morgan, une sorte d'étranger barbare et méchant.

Ambre le regardait, terrifiée. Elle recula, dans l'intention de fuir s'il faisait le plus léger mouvement. Comme un animal apeuré, elle se retourna, mais il fut plus rapide. Avant d'avoir compris ce qui lui arrivait, elle se sentit saisie par le bras. Elle poussa un cri, mais il appliqua une main sur sa bouche et la secoua rudement.

— Taisez-vous, misérable petite poltronne. Je ne vous ferai pas de mal !

Tout son corps était tendu par l'effort qu'il faisait pour se contenir, en même temps qu'il se sentait épuisé par la jalousie et le manque de sommeil. Ambre le considérait avec des yeux agrandis par la terreur, mais l'étreinte qui la retenait était si forte qu'elle ne pouvait bouger...

— Je désire que vous viviez — je veux que vous viviez assez longtemps pour ressentir ce que j'ai éprouvé —, je veux que vous viviez et que vous souhaitiez d'être morte parce qu'il...

Et brusquement il la laissa aller.

Délivrée, Ambre se ressaisit. Elle avait à peine entendu ce qu'il lui disait, mais à présent, le voyant partir, elle comprit.

— Où allez-vous ? Rex ! vous n'allez pas vous battre avec lui !

— Je vais me battre avec lui et le tuer !

Sûre que sa propre vie n'était plus en danger, Ambre fronça les sourcils avec mépris :

— Vous êtes fou, Rex Morgan. Il manie l'épée mieux que vous.

D'un coup de poing il enfonça son chapeau sur sa tête et sortit rapidement. A la porte il se heurta contre Nan, Curry et Jeremy qui rentraient, les bras chargés de bagages, mais il passa sans un mot d'excuse.

Nan reprit son équilibre et ses yeux bleus s'écarquillèrent comme elle le voyait descendre l'escalier quatre à quatre.

— Où va-t-il, dans une telle rage, Madame ?

Elle regardait anxieusement Ambre.

— Il ne va pas se battre avec Lord Carlton ?

— C'est un fou, s'il le fait, marmonna Ambre en se détournant.

Mais Nan tourna sur elle-même et se précipita en bas de l'escalier en criant :

— Capitaine Morgan ! Capitaine Morgan ! Revenez ! Revenez !

XXI

Une heure après, Bruce arrivait chez elle.

Il entra rapidement après que Nan eut ouvert la porte ; son visage était sombre et ne s'éclaira pas à l'arrivée d'Ambre, qui sortit en courant de sa chambre à coucher.

— Eh bien ! Bruce ! Qu'y a-t-il ? Que se passe-t-il ?

Il lui tendit un billet plié en quatre dont le sceau avait été rompu :

— Lisez cela ! On vient de me l'apporter à Almsbury House.

Elle le prit et lut :

« *Monsieur,*

« *Vous m'avez fait une injure que nul gentilhomme ne saurait accepter d'un autre. Je vous rencontrerai demain matin à cinq heures à Marrowbone Fields, à l'endroit où Tyburn Brook croise la route. Prenez votre épée. Sinon, je serai à vos ordres le plus tôt que vous pourrez me faire signe.*

« *Votre serviteur,*
« *Capitaine Rex Morgan.* »

L'écriture était raturée et la plume avait craché plusieurs fois, maculant la page.

Dans sa colère, Rex avait négligé une partie des

formalités habituelles à un duel, car la coutume voulait que le choix des armes et de la place fût laissé à celui qui était provoqué. Il ne parlait pas davantage des seconds — un ou deux — choisis généralement par les deux adversaires, suivant une mode venue de France et qui avait déjà coûté inutilement plus d'une vie humaine.

Ambre lui rendit le billet :

— Eh bien ?

— Eh bien ! C'est tout ce que vous trouvez à dire ! Pour l'amour de Dieu, Ambre, comment êtes-vous faite ? Vous savez qu'il perdra son grade et sera obligé de partir en exil. Il peut aussi n'en pas revenir du tout ! Si vous ne vous inquiétez pas de ce qui lui arrivera, pensez du moins à votre avenir ! Voyez-le ce soir et dites-lui que cette rencontre est ridicule et sans raison.

Ambre fut stupéfaite, puis offensée, car visiblement il ne la considérait pas comme une cause justifiant un duel. Blessée dans son orgueil, elle chercha à le blesser à son tour et un sourire moqueur releva les coins de sa bouche :

— Vous me surprenez, Lord Carlton.

Les yeux de Bruce s'étrécirent :

— Qu'entendez-vous par là ?

Elle haussa légèrement les épaules :

— Je ne m'attendais pas à vous voir tracassé par une rencontre à l'épée. Je croyais qu'un corsaire savait aussi bien se défendre qu'un autre homme.

Nan poussa un cri et porta une main à sa bouche, comme pour arrêter les paroles de sa maîtresse. Mais le visage de Bruce exprimait une sorte de mépris irrité.

— Je n'ai pas peur de le rencontrer, et vous le savez fichtre bien. Mais je n'aime pas me battre avec un homme pour une aussi mauvaise raison.

— Si vous parlez de moi, Lord Carlton, Rex me trouve une raison suffisante.

— Dites-lui que vous avez un enfant de moi, et vous verrez ce qu'il pensera alors !

— Il le sait, et désire ce duel. De toute façon, je ne sais pas où il est allé. Si vous ne tenez pas à vous battre, vous n'aurez qu'à lui faire des excuses.

Elle lui tourna le dos, mais eut le temps d'intercepter sur son visage une expression positivement terrifiante. Sans un mot, il pivota sur ses talons et quitta la pièce, son long manteau de cavalier flottant derrière lui.

— Oh ! Madame ! s'écria Nan avec désespoir. Qu'avez-vous fait !

— Cela m'est égal. Il ne pensait pas que j'allais le supplier.

— Mais ce n'est pas parce qu'il a peur, Madame. Vous le savez bien !

Furieuse, Ambre donna un coup de pied dans une chaise et rentra dans sa chambre en claquant la porte. Elle arpenta la pièce, mécontente de Bruce, de Rex, d'elle-même, de tout le monde. « La peste soit de tous les hommes ! » se dit-elle avec rage, jetant ses vêtements de tous côtés pour se mettre au lit, bien qu'elle sût qu'elle ne pourrait pas dormir.

Quand Nan entra, au bout d'une heure, Ambre était toujours éveillée, se tournant et se retournant, mais sa colère était passée et l'inquiétude montait en elle. La perspective du duel ne la troublait guère, car, bien que ce fût interdit par la loi, il y en avait journellement et de bouillants jeunes gens se battaient sous le moindre prétexte.

Elle ne craignait pas de les voir se battre. En fait, elle était plutôt flattée et presque satisfaite — ou, du moins, l'eût été si Bruce se fût montré moins insultant —, car un duel n'était généralement pas fatal et s'arrêtait d'ordinaire à la première effusion de sang. Mais elle redoutait ce qui lui arriverait ensuite.

Si Rex ne lui pardonnait pas, cette fois ? S'il était obligé de quitter le pays, sans pouvoir jamais y revenir ? Que deviendrait-elle alors ? Il ne lui restait plus aucune illusion sur le sort réservé à une femme, dans la ville de Londres, à l'époque de la Restauration. Elle savait qu'elle avait eu beaucoup de chance de trouver un homme comme Rex Morgan, qui l'aimait. Car la mode n'était pas à l'amour véritable et, sans lui, un homme n'avait pas d'obligations et une femme point de droits. Elle se disait soudain combien elle avait été folle de jouer ainsi avec le feu. Évidemment, il était impossible qu'il crût cette lamentable histoire de tante Sarah ! Et cependant, que trouver d'autre ? Elle était bien forcée de reconnaître que la seule manière d'éviter ces histoires eût été de ne jamais quitter Londres avec Bruce. Elle en avait trop demandé — elle avait été trop gourmande — et voici où elle en était arrivée.

« Quelle idée ai-je donc eue ! se demanda-t-elle avec colère. J'avais Rex — et j'avais aussi Bruce —, et maintenant... »

Mais bientôt sa fureur se reporta sur Bruce. « Que le diable l'emporte ! Il ne m'a jamais causé que des ennuis. »

Comme elle entendait Nan marcher sur la pointe des pieds dans l'obscurité, elle lui parla :

— Allume une bougie, Nan, si tu veux. Je ne peux pas dormir !

Nan passa dans l'autre pièce et revint avec un chandelier, en alluma encore deux ou trois autres aux murs, tandis qu'Ambre se prenait la tête à deux mains :

— Seigneur ! Nan, que vais-je faire ?

Nan, qui se déshabillait, étouffa un soupir :

— A dire vrai, Madame, je n'en sais rien. Nous sommes dans un sale pétrin.

Toutes deux se regardèrent, désolées. Finalement Nan souffla les bougies, se coucha auprès de sa maîtresse et elles se mirent à causer, aucune d'elles n'ayant envie de dormir. A la longue, Nan ferma les yeux, mais Ambre continua de s'agiter; elle entendit le veilleur de nuit toutes les heures : une heure, deux heures, trois heures...

« Je ne m'en vais pas rester couchée ici et laisser ma vie risquer d'être gâchée », se dit-elle. Et quand elle entendit : « Dieu vous accorde une bonne journée, Messieurs et Mesdames. Il est trois heures passées et la matinée sera belle ! »..., elle rejeta ses couvertures et secoua Nan.

— Nan ! réveille-toi ! Debout ! Je vais à Marrowbone Fields !

— Mon Dieu, Madame, je croyais qu'il y avait le feu à la maison...

Ambre s'habilla rapidement, mais avec soin, comme si elle touchait à un instant dramatique de son existence et désirait s'y préparer. Elle se maquilla le visage, posa quelques mouches, peigna ses cheveux et les laissa retomber en boucles sur ses épaules. Elle mit une robe de velours incarnat, dont le manteau avait la coupe de celui d'un homme, et dans lequel elle se sentait très à l'aise. Le décolleté s'ouvrait en V ; de savantes broderies d'or ornaient le col et les manches. Le bord de son grand chapeau de cavalier était garni de plumes d'autruche rouges, elle portait une paire de souliers de velours rouge bordés de petit-gris. Ce costume avait été fait par un tailleur, c'était un nouveau modèle qu'elle n'avait pas encore porté.

Pendant que Jeremy allait louer quatre chevaux de selle, Ambre but un café chaud fait par Curry et cela lui parut bon. Il était un peu plus de quatre heures quand Jeremy revint et qu'ils se mirent en route, Ambre et Nan, accompagnées de Jeremy et de Tempête. Le jour commençait à poindre, mais un épais brouillard tombait, cachant la forme des maisons, des arbres et bouchant la vue. Ambre en fut agacée, car l'humidité risquait d'abîmer son costume. Mais elle cessa bientôt de se préoccuper de son apparence, car son inquiétude grandissait à mesure qu'elle avançait.

Il ne leur fallut guère plus de vingt minutes pour atteindre l'endroit où le ruisseau de Tyburn coulait sous un petit pont de pierre, et, vers l'est, ils purent apercevoir un vague groupe d'hommes et de chevaux, à demi cachés par un bouquet de peupliers. Faisant tourner bride à son cheval, Ambre se dirigea vers eux. Bientôt elle put distinguer Bruce et Rex, Almsbury, le colonel Dillon, qu'elle connaissait de vue et deux autres messieurs, les chirurgiens probablement. Seuls Rex et Bruce avaient ôté leurs manteaux, afin de bien montrer qu'ils ne portaient pas d'armures.

Au bruit des sabots de chevaux, tous se retournèrent ; il n'était pas rare que de telles réunions fussent interrompues. Mais quand Ambre tira sur les rênes et qu'ils virent de qui il s'agissait, Bruce se détourna, pas assez vite toutefois pour dissimuler l'ennui et l'irritation peints sur son visage. Rex, au contraire, la considéra avec stupeur.

— Oh ! Rex ! mon cœur ! s'écria-t-elle, s'arrêtant à quelques pieds de lui. Dieu merci, j'arrive à temps ! Il ne faut pas vous battre, non, il ne faut pas, Rex ! Je vous en prie, mon cœur ! Pour l'amour de moi !

Jetant rapidement un coup d'œil oblique, elle vit que Bruce la regardait, l'air sombre, un léger sourire cynique au coin des lèvres. De rage, elle chercha à le blesser autant qu'elle pouvait :

— Vous n'avez nulle raison de vous battre, Rex ! Voyons, je ne me soucie pas plus de lui que du petit bonhomme dans la lune !

« Là ! » se dit-elle sauvagement en lui lançant un regard vindicatif qu'il affronta avec un froid mépris. Mais, quand ses yeux revinrent à Rex, celui-ci avait repris tout son calme. Parfaitement maître de lui, plus rien ne subsistait de la colère folle qui l'avait possédé. Absorbée par ses propres préoccupations,

Ambre ne comprit pas que cette apparente tranquillité cachait une détermination mortelle et qu'il était tendu au point d'en trembler comme la mince lame d'acier qu'il avait à la main. Aveugle, elle crut pouvoir l'amener où elle le désirait.

— Vous n'auriez pas dû venir ici, Ambre, dit-il. La place d'une femme n'est pas sur le terrain. Rentrez chez vous.

Il se détourna et se dirigea vers les autres.

— Rex ! cria-t-elle, réellement inquiète.

Et comme Jeremy venait l'aider à descendre, elle mit pied à terre aussi rapidement que possible et courut après lui, le saisit par le bras.

— Rex ! Je ne veux pas que vous vous battiez. Je ne le veux pas, entendez-vous ?

Sans la regarder ni lui répondre, il se dégagea et continua son chemin. Ambre n'aurait pas cédé, mais Almsbury la retint.

— Allons, rentrez ! Vous gênez ici.

— Mais je ne peux pas les laisser se battre.

— Ambre, pour l'amour du Christ ! gronda-t-il. Restez ici ! Ne bougez plus !

Désemparée elle resta debout, immobile. Bruce et Rex avaient dégainé et parlaient à voix basse avec Almsbury et l'autre officier. Finalement, Almsbury se retira, Dillon prit un mouchoir blanc et marqua la place de chacun des combattants. Le comte fronçait les sourcils.

— Que se passe-t-il ? lui demanda Ambre anxieusement.

— Carlton voudrait que l'on considère l'affaire comme liquidée à la première effusion de sang, mais votre noble champion ne se déclarera satisfait que par la mort de l'un d'eux.

— La mort ! Mais il est fou ! Ce n'est pas possible. Je ne le permettrai pas.

Elle eut un mouvement pour s'élancer :

— Rex !

Almsbury la saisit au vol et la maintint.

— Arrêtez ! petite sotte. Un duel n'est pas un jeu d'enfant. Taisez-vous, ou rentrez immédiatement chez vous. Vous n'avez rien à faire ici !

Médusée, elle obéit et se tint tranquille. Les deux hommes étaient face à face, bien d'aplomb, croisant le fer, et le colonel Dillon tenait le mouchoir au-dessus de leurs têtes.

— En garde ! dirent Bruce et Rex en même temps.

— En garde !

Et Dillon abaissa le mouchoir.

Tous deux étaient lestes, souples et gracieux, de fines lames. Mais le style anglais était de sabrer plutôt que de pousser comme le voulait la mode française, et ils étaient d'une taille qui ne donnait à aucun l'avantage. Rex, toutefois, se battait avec furie ; visiblement, il avait l'intention de tuer ou d'être tué, tandis que Bruce se tenait sur la défensive, se protégeant mais ne cherchant pas à blesser son adversaire.

Ambre ne les quittait pas des yeux. Elle avait la gorge sèche et froissait nerveusement sa robe entre ses doigts. Mais toutes ses craintes étaient pour Bruce, elle eût presque ignoré l'homme qui le combattait. Et quand l'épée de Rex lui pénétra dans le bras droit, tout près de l'épaule, faisant jaillir un jet de sang, elle poussa un cri et se précipita. Almsbury la retint à temps.

Bruce avait abaissé son épée et Rex, refusant de profiter de l'avantage, l'imita. Le sang coulait en rigoles le long du bras de Bruce, tachant sa chemise, et cette vue emplissait Ambre de terreur et de remords.

— Oh ! Bruce ! gémit-elle. Vous êtes blessé !

Rex serra les dents, mais Bruce fit celui qui n'entendait pas.

— Là ! dit-il à Rex. Êtes-vous satisfait ?

Rendu plus furieux que jamais par le cri d'Ambre, Rex répondit en sifflant entre ses dents :

— Rien ne pourra me satisfaire que votre mort.

Ambre eut un cri de terreur qui attira tous les regards sur elle, mais Almsbury lui appliqua sa main sur la bouche et la poussa rudement.

— Si vous ne vous taisez pas, vous le troublerez et il se fera tuer.

Le duel avait repris ; cette fois, sans aucun doute, Bruce se battait sérieusement et ne restait plus sur la défensive. Pendant quelques minutes les fers se croisèrent sans qu'aucun des deux n'eût l'avantage.

Puis soudain les deux lames s'engagèrent et se bloquèrent. Durant un très long moment, les deux hommes luttèrent, la sueur au front, le visage contracté par l'intensité de l'effort. Enfin, si prestement qu'il fut impossible de le prévoir, Bruce libéra son épée, l'enfonça dans la poitrine de Rex, si profondément que la pointe en sortit par l'autre côté. Et il la retira, rouge de sang.

Un instant Rex demeura immobile, comme foudroyé, puis s'affaissa lentement sur lui-même. Les chirurgiens se précipitèrent et Ambre courut avec eux, pour tomber à genoux auprès du corps qui gisait dans l'herbe. Sa gorge, contractée d'horreur, se refusait même à prononcer son nom, mais elle lui prit la tête dans ses bras, l'appuyant contre sa poitrine. Et soudain elle laissa échapper un misérable sanglot terrifié, tandis que les larmes roulaient sur sa figure.

— Oh ! Rex, Rex ! gémit-elle. Parlez-moi, mon cœur. Parlez-moi, je vous en prie !

Et elle couvrait son front, ses tempes et ses paupières de baisers passionnés.

Derrière elle, Bruce s'était emparé du mouchoir d'Almsbury. Il en essuya son épée, la remit au fourreau et boucla son ceinturon. La tradition voulait que l'épée du vaincu appartînt au vainqueur, mais il n'eut pas un geste pour se l'approprier; les doigts de Rex restaient crispés sur le pommeau. Le chirurgien de Bruce déchirait sa chemise et bandait la plaie tandis que Bruce, les mains sur les hanches, considérait sa victime. Son visage était sombre, amer, nullement triomphant.

Rex s'agitait, comme pour échapper à la douleur, et bien qu'il toussât et crachât du sang, sa blessure saignait fort peu. Ambre sanglotait convulsivement, lui couvrant le visage de baisers et lui caressant les cheveux.

— Rex! mon bien-aimé! Regardez-moi! Parlez-moi!

Il finit par ouvrir les yeux, très lentement, et, en la voyant, esquissa un faible sourire :

— Je suis honteux, Ambre, dit-il doucement, que vous ayez assisté à ma défaite!

— Oh! Rex, que cela peut-il me faire! Vous savez combien cela m'est égal! C'est à vous que je pense. Souffrez-vous? Avez-vous très mal?

Un léger tressaillement parcourut son visage, et des gouttes de sueur perlèrent à son front, mais ses traits se détendirent et il tourna les yeux vers elle :

— Non, Ambre. Pas très mal! Je...

Mais il s'interrompit pour tousser et cracha un gros caillot de sang. Les yeux fermés, il portait convulsivement les mains à sa gorge, comme pour arrêter le flot.

Bruce enfila le pourpoint qu'Almsbury lui tendait, jeta un dernier coup d'œil sur Rex et, prenant son manteau, se dirigea, suivi du comte et de son chirurgien, vers l'endroit où un jeune page tenait ses chevaux.

Ambre s'aperçut soudain qu'il partait. Elle lança un regard rapide sur Rex. Il était calme, les yeux clos. Après une légère hésitation elle posa doucement sa tête sur l'herbe, se leva précipitamment et courut derrière Bruce, l'appelant à mi-voix afin que Rex n'entendît point.

Il se retourna, l'air incrédule et vivement irrité. Quand il parla, ce fut à travers ses dents serrées et les coins de sa bouche tremblaient de rage :

— Un homme là-bas se meurt. Allez à lui !

Désemparée, Ambre le considéra un instant, incapable d'admettre le mépris et l'horreur qu'elle lisait sur son visage. Lointaine, la voix de Rex appelait son nom. Une fureur aveugle l'envahit et, sans réfléchir, levant la main, elle frappa Lord Carlton en pleine figure, de toutes ses forces. Elle vit luire ses yeux au moment où le coup l'atteignait, mais elle courait déjà s'agenouiller auprès de Rex. Il avait les yeux grands ouverts, à présent, mais ils étaient fixes et ne voyaient plus; son visage était sans expression, il venait de rendre le dernier soupir. Dans sa main bien serrée, comme s'il avait voulu la lever jusqu'à ses yeux, il tenait la miniature d'Ambre qu'elle lui avait donnée l'année d'avant.

TROISIÈME PARTIE

XXII

Groping Lane était une sale petite rue étroite et mal famée de Tower Hill. Les maisons y étaient vieilles et décrépites, et les étages avançaient en saillie, se touchant presque, ne laissant pénétrer qu'un filet de jour qui éclairait à peine les tas d'ordures empilés devant chaque mur. Le grand carrosse doré chercha à gagner la ruelle sans y parvenir et dut s'arrêter à l'entrée. Une femme, enveloppée dans un grand manteau noir à capuchon, en sortit : encadrée de deux valets de pied, elle fit quelques pas puis disparut sous l'un des porches. Les domestiques restèrent en bas à l'attendre.

Elle gravit en courant deux étages, s'arrêta et frappa à une porte. La réponse se faisant attendre, elle recommença, frappant impatiemment et jetant des regards autour d'elle, comme si elle craignait d'être épiée dans cette cage d'escalier obscure. La porte demeura close, mais une voix d'homme demanda :

— Qui est là ?

— Faites-moi entrer. Je suis Lady Castlemaine, imbécile que vous êtes !

Comme si elle venait de prononcer une formule magique, la porte s'ouvrit largement et un homme, sur le seuil, s'inclina profondément, invitant d'un geste Barbara à pénétrer dans la maison.

La pièce était petite, nue et sombre, meublée de quelques chaises cannées vermoulues et d'une grande table couverte de livres et de papiers : d'autres livres, ainsi qu'un globe, gisaient sur le plancher. Au-dehors, la nuit était froide et le maigre feu de charbon qui brûlait dans l'âtre ne réchauffait que l'espace tout proche. Un affreux chien bâtard vint renifler les bottillons de velours de Barbara, et retourna ronger son os. L'homme qui l'avait introduite avait à peine meilleure apparence que son chien. Il était si maigre que ses culottes chamois et sa chemise malpropre pendaient à son corps comme à un portemanteau. Mais ses pâles yeux bleus étaient vifs et malins, et son visage, en dépit de sa maigreur, respirait l'enthousiasme et l'intelligence, auxquelles se mêlait une ruse que révélaient la lueur dansante de ses yeux et l'onctuosité de son sourire.

C'était le Dr. Heydon — titre qu'il se donnait à lui-même —, astrologue et charlatan. Barbara lui avait déjà rendu visite une fois, afin de savoir qui le roi épouserait.

— Je m'excuse, Vote Grâce, dit alors Heydon, de ne pas avoir ouvert tout de suite. Mais, pour être franc, je suis tellement harcelé par mes créanciers que je n'ose jamais me montrer avant de savoir qui se trouve devant moi. La vérité, Votre Grâce, ajouta-t-il en levant les bras d'un geste désespéré, c'est que je redoute de quitter mon logis en ce moment, de peur d'être arrêté et emmené à Newgate ! Dieu m'en préserve !

Mais il se trompait fort s'il espérait éveiller l'intérêt de Barbara. En premier lieu, elle savait qu'il n'était pas, dans tout Londres, de marchand de rubans, de parfumeur ou de couturier fournisseur de la Cour, qui ne cherchât à s'enrichir aux dépens de la noblesse. Ensuite, elle était venue pour lui parler de ses inquiétudes et non pour compatir aux siennes!

— J'ai besoin de votre aide, docteur Heydon. Il faut que je sache quelque chose. C'est extrêmement important pour moi.

Heydon se frotta les mains l'une contre l'autre, prit une paire de lunettes à verres très épais qu'il planta sur le milieu de son nez :

— Certainement, Madame. Prenez place, je vous en prie.

Il lui avança une chaise, s'installa de l'autre côté de la table, s'empara d'une plume d'oie dont il se caressa le menton :

— Eh bien! Madame, qu'est-ce qui vous trouble?

Il parlait d'un ton sympathique, appelant la confiance, marquant le désir de résoudre tous les problèmes. Barbara avait ôté son masque; elle s'adossa et laissa tomber son manteau, découvrant ses épaules. La lumière faisait étinceler les diamants de sa gorge, de ses oreilles et de ses cheveux. Les yeux du Dr. Heydon s'élargirent et brillèrent à cette vue. Barbara n'y fit même pas attention. Elle fronçait les sourcils, tout en retirant ses gants, et resta un long temps silencieuse et pensive. Comment avoir son avis sans rien lui dire? Elle ressemblait à une jeune épouse consultant un docteur, si ce n'est que ses scrupules provenaient non de la pudeur, mais d'un orgueil humilié et blessé.

« Comment lui dire que le roi est lassé de moi? songeait-elle. D'ailleurs, ce n'est pas vrai. Je sais que ce n'est pas vrai! Peu importe ce que disent les gens. C'est tout simplement parce qu'il est ravi à l'idée d'avoir un enfant légitime, pour une fois. Je sais qu'il m'aime toujours. Il le faut! Il est tout juste aussi froid avec Frances Stewart. Oh! tout cela, c'est la faute de cette maudite femme, cette maudite Portugaise... »

Elle leva les yeux et fixa l'astrologue.

— Vous avez appris, peut-être, que Sa Majesté attend enfin un enfant ?

Elle appuya sur le mot « enfin », laissant sous-entendre que le délai était imputable à Catherine seule.

— Ah ! Madame ! Bien entendu ! Nous sommes tous au courant de l'heureuse nouvelle ! Il était grand temps, mais mieux vaut tard que jamais, dit-on. N'est-ce pas, Votre Grâce ?

Devant l'air réprobateur de Barbara, il s'arrêta net, toussota et se pencha sur ses papiers.

— Alors, que disiez-vous, Votre Grâce ?

— Que Sa Majesté attend un enfant, fit aigrement Barbara. Depuis que la reine est enceinte, il semble que Sa Majesté soit soudain tombé amoureux d'elle. Ce doit être la raison, car nul ne l'a jamais vu lui prêter attention auparavant. Il néglige ses anciens amis, les approche à peine. Je voudrais que vous me disiez... — elle se pencha et le regarda intensément — ... ce qui arrivera quand l'enfant sera né. Sa Majesté reviendra-t-elle à ses anciennes habitudes ? Ou sinon, quoi ?

Heydon acquiesça d'un signe et se mit au travail. Pendant un bon moment il fut silencieux, penché sur une carte des cieux extrêmement compliquée, pinçant les lèvres et fronçant les sourcils d'un air absorbé. De temps en temps, il aspirait l'air entre ses deux dents de devant et tambourinait sur la table. Barbara, assise, l'observait, son agitation croissant avec ses espérances, car elle ne pouvait croire qu'il lui donnerait de réellement mauvaises nouvelles. D'une manière ou d'une autre, tout tournerait à sa satisfaction, comme toujours.

— Parole ! Madame, dit-il enfin. Vous me posez une question bien difficile.

— Comment ? Ne pouvez-vous pas lire dans l'avenir ? Je croyais que tel était votre métier !

Elle lui parlait comme à un gantier qui dirait ne pas pouvoir fournir la qualité de cuir désirée.

— Je n'ai pas étudié en vain depuis des années, Madame, je vous assure. Mais une telle question — vous comprenez...

Il haussa les épaules et fit le geste de se couper la gorge.

— Si jamais l'on se doutait que j'ai fait des pronostics sur un sujet d'une telle importance...

Il revint à ses papiers et murmura doucement comme pour lui-même :

— C'est incroyable ! Je ne peux pas...

De plus en plus excitée, Barbara s'avança sur le bord de sa chaise, les yeux brillants :

— Qu'est-ce qui est incroyable ? Quoi ? Dites-le-moi ?

L'astrologue se renversa en arrière, joignit nerveusement les mains, et contempla ses doigts crispés :

— Ah ! Madame, c'est un renseignement infiniment trop important pour être divulgué ainsi, tout simplement. Permettez-moi d'y réfléchir quelques jours, je vous en prie...

— Non ! Je ne peux attendre. Il faut que je sache, sinon, j'en deviendrai folle. Que désirez-vous ? Je vous donnerai n'importe quoi ! Cent livres...

— Avez-vous cent livres sur vous ?

— Non. Je vous les enverrai demain.

Il secoua la tête :

— Je regrette, Madame, mais je ne travaille plus à crédit. C'est cette habitude qui m'a conduit à la situation dans laquelle vous me voyez. Il vaudrait peut-être mieux que vous reveniez demain.

— Non ! Pas demain. Il faut que je sache, tout de suite ! Tenez, prenez ces boucles d'oreilles, et ce collier, et cette bague, ils valent plus de cent livres !

Elle se dépouilla vivement de ses bijoux, les jetant sur la table comme de simples verroteries.

— Et maintenant, dites-moi. Vite !

Il ramassa les joyaux et les glissa dans sa poche.

— D'après les étoiles, Madame, l'enfant de la reine arrivera mort-né !

Barbara poussa un cri. Elle porta une main à sa bouche et retomba sur sa chaise, l'air incrédule et bouleversé. Puis une lueur de satisfaction maligne et rusée éclaira ses yeux.

— Mort-né ! murmura-t-elle. En êtes-vous sûr ?

— Si les étoiles sont véridiques, oui, Madame.

— Elles le sont, évidemment ! Alors, il me reviendra, n'est-ce pas ?

Dans sa joie, elle parlait sans détour.

— Cela paraît probable, n'est-il pas vrai, en de telles circonstances !

Il parlait d'un ton doux, apaisant, et son visage amène avait une expression subtile.

— Certainement ! Bonne nuit, docteur Heydon !

Elle rabattit son capuchon et se dirigea vers la porte, qu'il tenait ouverte en s'inclinant. Le chien s'approcha pour assister au départ de la visiteuse. Retroussant ses jupes pour ne pas trébucher dans l'obscurité, elle tourna la tête et lança par-dessus son épaule, avec un sourire radieux :

— J'espère que ces diamants vous éviteront Newgate, Docteur. Une nouvelle semblable vaut plus d'un millier de livres, pour moi.

Il s'inclina une dernière fois, toujours souriant ; quand elle eut atteint le palier, il ferma la porte et poussa lentement le verrou. Puis, se baissant, il caressa son chien ; l'animal s'étendit humblement, sa longue queue de rat frappant le plancher.

— Towser, dit-il, nous avons, en tout cas, de quoi manger pendant un certain temps !

Barbara, toutefois, prit à la lettre les prédictions de l'astrologue et, à compter de ce jour, la santé de la reine devint sa plus grande préoccupation. Elle assistait à son lever tous les matins, l'invitait à souper dans ses appartements, avait acheté l'un des pages afin d'être immédiatement prévenue si la reine se sentait mal, exerçait une surveillance étroite, et cachée, sur tous ses faits et gestes. Mais Catherine prospérait. Elle paraissait en excellente santé, heureuse et plus jolie qu'elle ne l'avait jamais été.

— Votre Majesté ne se sent pas bien ? demanda un jour Barbara en désespoir de cause. Vous avez l'air si pâle et si lasse.

Mais Catherine ne fit qu'en rire et répondit dans son anglais lourdement accentué :

— Mais si, Madame ! Je ne me suis jamais sentie mieux portante.

Barbara commençait à se décourager et songeait même à réclamer la restitution de ses bijoux quand, vers la mi-octobre, environ au cinquième mois de sa grossesse, un bruit courut dans les couloirs du palais : Sa Majesté venait de tomber malade et avait fait une fausse couche.

Catherine était alitée, entourée de ses femmes. Elle fermait convulsivement les yeux pour retenir ses larmes, car elle se sentait affreusement malade et très inquiète. Mais quand elle entendit Penalva chuchoter à l'une des femmes d'aller chercher le roi, elle se redressa vivement :

— Non ! s'écria-t-elle. Je ne veux pas. Ne le faites pas chercher. Ce n'est rien, je vais déjà mieux. Attendez que Mrs. Tanner soit venue.

Mrs. Tanner était la sage-femme attachée à Sa Majesté, et sitôt que Catherine s'était sentie mal, on était allé la prévenir. Elle arriva peu après et, quand elle se pencha au-dessus du lit, sa figure joyeuse et vulgaire avait une expression à la fois optimiste et alarmée. Mrs. Tanner ressemblait à une femme de pêcheur qui veut jouer à la grande dame. Ses cheveux étaient décolorés, de ce blond d'argent, presque blanc, alors à la mode, ses joues violemment peintes faisaient songer à des pommes d'automne, ses doigts, ses poignets et sa gorge étaient couverts de bijoux de prix, souvenirs de ses malades et sorte de réclame discrète.

Catherine ouvrit les yeux et aperçut la sage-femme penchée au-dessus d'elle :

— Votre Majesté se sent mal ?

— J'ai eu des douleurs, là, et il me semble que c'est comme si je saignais...

Elle la regardait avec de grands yeux de chien qui mendie une faveur.

Mrs. Tanner dissimula le mieux possible son inquiétude et commença immédiatement à retirer ses bagues et ses bracelets.

— Votre Majesté m'autorise-t-elle à l'examiner ?

Catherine fit un signe affirmatif et Mrs. Tanner donna l'ordre de tirer les rideaux du lit. Puis, après s'être soigneusement enduit les mains de vaseline, elle disparut un certain temps derrière ces mêmes rideaux. On entendit un petit cri de douleur, suivi d'un gémissement de la reine, et les visages de toutes les femmes présentes revêtirent la même expression de sympathie et de douleur. Enfin Mrs. Tanner écarta les rideaux, trempa sa main droite dans une cuvette d'eau et chuchota à l'une des femmes :

— Sa Majesté vient de faire une fausse couche ! Prévenez le roi !

Des murmures agités et des regards significatifs firent le tour de la pièce.

Quelques minutes après, Charles arriva tout courant et marcha droit sur Mrs. Tanner, qui s'essuyait les mains, tandis que deux femmes de chambre lavaient le plancher taché de sang. Le roi venait directement du jeu de paume : il était en culotte courte et chemise à col ouvert, son visage brun — tout baigné de sueur — contracté par l'inquiétude.

— Qu'est-il arrivé ? On me dit que Sa Majesté n'est pas bien...

Mrs. Tanner évita son regard :

— Sa Majesté vient de faire une fausse couche, Sire.

Il eut un regard horrifié. Vivement, il écarta les rideaux et s'agenouilla auprès du lit, hors de la vue de tous les curieux qui emplissaient la chambre.

— Catherine ! Catherine, mon cœur !

Il parlait d'une voix basse, mais pressante, car elle reposait, les yeux clos, et paraissait inconsciente. Mais peu à peu ses paupières se soulevèrent lentement et elle le vit. Pendant un instant elle parut ne pas le reconnaître, puis les larmes vinrent et elle détourna la tête avec un sanglot douloureux.

— Oh ! Catherine ! Je suis désolé, tout à fait navré ! Vous a-t-on donné de quoi calmer la douleur ?

Son visage était aussi tiré et hagard que celui de sa femme, car il désirait par-dessus tout un héritier légitime ; mais la pitié le poussait à la protéger.

— Ce n'est pas la douleur ! Peu m'importe. La douleur n'a aucune importance. Mais, oh ! je désirais tellement vous donner un fils !

— Vous m'en donnerez un, mon cœur, bientôt. Mais il ne faut pas y penser, pour le moment. Ne songez qu'à vous remettre.

— Oh ! je n'ai pas envie de guérir ! A quoi puis-je servir sur terre, si je ne suis même pas bonne à cela !...

Sa voix sombra dans un tel murmure qu'il fut obligé de se pencher pour mieux entendre, et elle le regardait avec des yeux pleins de reproche pour elle-même.

— S'ils avaient raison, tous ceux qui disent que je suis stérile...

Charles en fut tout ému, et prit une longue inspiration. Il ne croyait pas qu'elle eût entendu ce bavardage qui avait couru dans les milieux de la Cour et dans la ville depuis le premier mois de leur mariage, peut-être même avant.

— Catherine, mon cœur...

Il caressait la joue pâle et moite.

— Ce n'est pas vrai, bien sûr que non ! Tant qu'ils auront une langue, les gens bavarderont. Ces accidents sont très fréquents, mais ne signifient rien. Il faut vous reposer maintenant et vous guérir, devenir forte et bien portante, pour l'amour de moi !

Il souriait tendrement et se pencha pour l'embrasser.

— Pour l'amour de vous ?

Elle le regarda avec confiance et lui adressa un petit sourire reconnaissant.

— Vous êtes si bon ! Si bon pour moi. Pareille chose ne se produira plus la prochaine fois, je vous le promets !

Il demeura agenouillé à son chevet jusqu'à ce que sa respiration redevînt profonde et régulière et que le pli douloureux de son front se fût effacé. Il se leva alors et, sans un mot, regagna ses appartements où il s'enferma.

Catherine ne se sentit pas mieux le lendemain et, à mesure que passaient les jours, son état s'aggrava. Toutes les ressources de la science furent employées. On la saigna jusqu'à ce qu'elle fût aussi blanche que les draps dans lesquels elle gisait. On coupa des pigeons vivants en deux, pour les lui attacher à la plante des pieds, dans l'espoir d'attirer ainsi le poison. On la bourra de purgatifs, de poudre à éternuer, de chlorure d'or. Ses prêtres ne la quittaient pas, psalmodiant, gémissant et priant ; sa chambre était remplie de monde, à n'importe quelle heure du jour. La royauté ne peut ni naître, ni mourir dans la paix et l'intimité.

Charles restait de longues heures auprès d'elle, guettant anxieusement le moindre mouvement. Son chagrin et son dévouement stupéfièrent ; car, sauf l'épisode concernant Lady Castlemaine, il avait été un bon mari, mais nullement épris.

Toute la Cour était convaincue qu'elle allait mourir; la plupart l'espéraient et l'on parlait moins de la reine mourante que de celle qui lui succéderait. Qui le roi épouserait-il? Car, évidemment, il devait et voudrait se remarier.

Frances Stewart était la fiancée de leur choix. Elle avait quelques gouttes de sang royal dans les veines — suffisamment pour rendre un mariage possible —, elle était belle, et vierge. C'était, du moins, l'opinion des mieux informés, bien que Sa Majesté l'eût poursuivie de ses assiduités depuis des mois, depuis qu'elle était venue de France occuper le poste de demoiselle d'honneur auprès de la reine Catherine.

N'ayant pas même atteint ses dix-sept ans, elle était plutôt grande, mince comme une flamme de bougie : elle avait un air de tranquille assurance que rompait parfois un rire en cascade, véritable gazouillis de jeunesse et de confiance. Sa beauté était pure et parfaite, sans tache, comme la plus pure des gemmes, élégante comme la silhouette d'un peuplier brillant au soleil.

Charles avait été tout d'abord attiré par ce physique irrésistible, puis, découvrant en elle une timidité pleine de modestie qui lui paraissait quelque chose d'autant plus incroyable qu'elle était sincère, il entama un programme systématique de séduction. Jusqu'à présent, il avait échoué. Mais cette fraîche jeunesse et cette naïveté exerçaient une violente attraction sur lui, le ramenaient aux années écoulées, comme s'il pouvait retrouver en elle quelque chose de leur charme périssable et précieux.

Durant les quatre derniers mois, depuis l'annonce de la grossesse de Sa Majesté, Charles n'avait plus manifesté le moindre intérêt envers Frances; il s'était montré aussi froidement poli que s'il ne l'avait jamais désirée — ou l'eût obtenue. A présent, il paraissait revenir à elle, pour se faire consoler. Et tous d'affirmer qu'elle serait la prochaine reine d'Angleterre avec une telle autorité qu'il était impossible de discuter le pour et le contre. Frances elle-même finissait par le croire.

Mais certainement le chagrin du roi était moins violent et moins démonstratif que celui de la dernière qui eût été supposée partager sa douleur : Lady Castlemaine. Elle avait organisé un va-et-vient constant de pages, courant des appartements de la reine aux siens, à toutes les heures de jour et de la nuit, s'y rendait fréquemment elle-même et, d'après des rapports dignes de foi, priait six fois par jour pour la guérison de Sa Majesté. Barbara avait peur !

Il ne lui était jamais venu à l'idée, après la stupéfiante prophétie de Heydon, que la reine pût tomber aussi malade. Et certainement pas qu'elle mourût. Et elle n'avait pas même envisagé la possibilité qu'en ce cas, elle dût être remplacée par une Frances Stewart dont le mariage avec le roi ne signifiait rien d'autre que la perte de Barbara et, plus probablement encore, son exil en France. Depuis quelque temps, elle n'était pas sur un pied très amical avec Frances Stewart, surtout depuis qu'elle avait compris que le roi était sérieusement épris de la jeune fille. Elle avait toujours sous-estimé les femmes, en dehors d'elle, et il lui avait fallu un certain temps pour découvrir que Frances constituait en réalité une rivale redoutable. Maintenant, elle vivait dans la terreur que la reine mourût.

Les réunions chez Barbara étaient graves en ce moment, car, bien que le roi y vînt à peu près tous les soirs à l'heure du dîner, il était d'humeur morose et gardait le silence. La discrétion voulait que chacun se mît à l'unisson.

Un soir — Catherine était malade depuis dix jours —, il se tenait accoudé à la cheminée, dans le salon de Barbara, remuant pensivement le vin rouge contenu dans son verre et parlant à Frances Stewart d'une voix si basse que les oreilles les plus exercées ne pouvaient rien deviner. Car Frances, bien que ses propres espoirs dépendissent de la mort de la reine, était sincèrement compatissante et désolée en songeant à la pauvre et douce petite femme qui l'aimait bien.

— Comment était-elle quand vous l'avez laissée, Sire ?

Charles eut cet air triste et soucieux qui le quittait rarement depuis quelques jours et contempla son verre d'un œil absent :

— Je ne crois même pas qu'elle m'ait reconnu.

— A-t-elle toujours le délire ?

— Elle n'a pas prononcé une parole depuis deux heures !

Il secoua impatiemment la tête, comme pour chasser l'image douloureuse qui pesait sur son esprit.

— Elle m'a parlé ce matin !

Un singulier sourire, à la fois triste et cynique, effleura ses lèvres :

— Elle m'a demandé comment étaient les enfants. Elle m'a dit qu'elle était désolée que le bébé ne soit pas beau. Je lui ai affirmé qu'il était très joli et elle en a paru heureuse : elle a murmuré qu'elle était contente.

Frances laissa échapper un sanglot nerveux et pressa son poing contre sa bouche. Charles la regarda, étonné, comme s'il eût oublié qu'elle se trouvait là. Au même instant, un page entra tout courant, sans cérémonie, et alla droit au roi.

Charles se retourna instantanément :

— Qu'est-ce ?

— La reine, Sire, la reine se meurt !

Charles n'attendit pas la fin de la phrase ; d'un geste vif il lança son verre dans la cheminée et se précipita hors de la pièce. La chambre à coucher de la reine était dans le même état lamentable depuis dix jours. Toutes les fenêtres avaient été fermées depuis qu'elle était malade, si bien que l'air était lourd et empuanti ; l'obscurité était complète, sauf quelques rares chandeliers allumés autour du lit, et les prêtres penchés au-dessus d'elle, psalmodiant et gémissant, semblaient d'affreux corbeaux maléfiques.

Catherine était étendue sur le dos, les yeux clos profondément enfoncés dans leurs orbites, et son teint de cire fit croire à Charles qu'elle était morte. Mais, avant même qu'il eût parlé, elle prit conscience de sa présence, ouvrit lentement les yeux et le regarda. Elle tenta un sourire et, avec peine, se mit à parler, reprenant, sans s'en rendre compte, son ancien langage portugais :

— Charles, je suis contente que vous soyez venu. Je désirais justement vous voir une dernière fois. Je meurs, Charles. Ils me l'ont dit, et je sens que c'est vrai. Oh ! oui ! c'est vrai !

Elle sourit doucement comme il ouvrait la bouche pour protester :

— Mais cela ne fait rien. Mieux vaut pour vous que je meure. Vous pourrez alors épouser une femme qui vous donnera des fils, promettez-moi de ne pas attendre. Mariez-vous très vite. Cela m'importera peu, là où je serai...

Tandis qu'elle parlait, il la contemplait, horrifié, honteux. Il n'avait pas compris auparavant qu'elle mourait parce qu'elle n'avait aucun désir de vivre. Jamais il n'avait cherché à comprendre ce que cette année écoulée avait représenté pour elle. L'énormité de son égoïsme insouciant, la conscience qu'en son for intérieur il avait plus ou moins souhaité sa mort le frappèrent au cœur. Il eut un instant de regret passionné, de promesses ferventes pour un avenir meilleur.

Soudain il se leva, se tourna vers le prêtre qui se trouvait là et, interrompant le vieillard au milieu de ses bruyantes oraisons :

— Sortez d'ici !

Il parlait d'une voix basse, tremblante de colère.

— Sortez, vous dis-je ! Tous !

Prêtres et docteurs le dévisagèrent, stupéfaits, mais ne firent pas un mouvement.

— Mais Votre Majesté ! protesta l'un d'eux. Il nous faut être présents quand Sa Majesté rendra le dernier soupir...

— Elle ne mourra pas ! Bien que, Dieu merci, tout ce que vous lui avez fait eût réussi à tuer une femme infiniment plus robuste, sortez maintenant, ou, par Jésus ! je vous jetterai moi-même dehors.

Sa voix montait et il termina en un véritable cri, le bras levé, comme pour chasser tout l'univers. Son visage était sombre et ses yeux avaient une lueur sauvage. Il les haïssait tous, pour leurs erreurs aussi bien que pour les siennes.

Ils reculèrent lentement vers la porte, médusés, ne pouvant détacher leurs regards du lit. Mais le roi ne faisait plus attention à eux : il avait repris sa place à genoux au chevet de la mourante. Pendant un long temps celle-ci conserva les yeux clos tandis qu'il l'observait, la respiration presque coupée. Enfin, elle le regarda :

— Oh ! soupira-t-elle, il fait si bon maintenant, si calme. Pendant un instant, j'ai cru que j'étais...

— Ne prononcez pas ce mot, Catherine. Vous n'allez pas mourir ! Vous allez vivre, pour moi et pour votre fils !

Mais elle secoua la tête d'un geste imperceptible.

— Je n'ai pas de fils, Charles, je le sais. Mais, oh ! combien j'ai désiré vous en donner un, j'aurais tant voulu faire partie de votre vie. Mais à présent, dans très peu de temps, je serai partie... Et quand vous vous remarierez, vous aurez des fils. Vous serez plus heureux, c'est pourquoi je suis heureuse de m'en aller...

Charles eut un brusque sanglot. Il avait les yeux noyés de larmes et, de ses deux mains, étreignait les doigts graciles :

— Catherine ! Catherine ! Ne parlez pas ainsi ! Ne dites pas cela ! Il faut que vous ayez envie de vivre. Si vous le voulez, vous le pouvez. Et vous le devez... pour moi !

Elle le fixa, une lueur nouvelle au fond des yeux.

— Pour vous, Charles ? Vous désirez que je vive ? murmura-t-elle.

— Oui, je le désire. Bien sûr ! Dieu ! comment avez-vous pu croire... Oh ! Catherine ! mon cœur, je regrette, je regrette tellement ! Mais il faut que vous viviez, pour moi... Dites-moi que vous allez essayer, que vous le voulez...

— Oh ! Charles, je ne savais pas que... Oh ! mon bien-aimé, si vous le désirez, je peux vivre. Bien sûr, je le peux !

XXIII

Ce ne fut qu'après sa mort qu'Ambre comprit tout ce que Rex Morgan était pour elle. Tout lui manquait : le bruit de sa clef tournant dans la serrure, ce sentiment de chaleur et de bonheur qu'il apportait toujours avec lui, comme si on allumait un feu dans une pièce froide et sombre. Le matin, elle était désemparée de ne plus l'apercevoir, à demi vêtu, faisant sa barbe, avec telle ou telle grimace, suivant la joue qu'il rasait. Elle regrettait les soirées en tête à tête, quand ils jouaient aux cartes, ou qu'il l'écoutait pincer sa guitare et chanter quelque ballade populaire. Elle ne pouvait s'habituer à ne plus entendre le son de sa voix, ni voir son sourire ou la lueur d'adoration de ses yeux bleus. Il lui manquait de mille manières.

Et, par-dessus tout, ce qu'elle regrettait, sans même savoir se le formuler, c'était ce sentiment de sécurité si réconfortant dont il l'avait entourée. Car elle se retrouvait soudain à la dérive, perdue, remplie d'appréhension pour l'avenir. Elle avait bien environ dix-sept cents livres chez Shadrac Newbold; il n'y avait pas lieu de s'inquiéter immédiatement, et elle ne courait aucun risque d'être de nouveau arrêtée pour dettes; mais dix-sept cents livres — elle le savait maintenant — ne dureraient pas longtemps au train dont elle vivait; après, elle serait à la merci des habitués de la coulisse.

Le premier visiteur qu'elle admit après l'enterrement de Rex — bien que nombreux fussent ceux qui se présentaient — fut Almsbury. Il était déjà venu, mais alors elle ne voulait voir personne et Nan l'avait renvoyé. Dix jours après le duel, il se fit annoncer de nouveau et, cette fois, elle le reçut.

Elle était allongée sur une chaise longue, devant un bon feu, car il faisait froid et humide, la tête reposant sur ses bras. Elle ne fit pas un mouvement jusqu'à ce qu'il se fût assis auprès d'elle, posant affectueusement une main sur la sienne. Elle leva sur lui des yeux rougis et gonflés. Elle était entièrement vêtue de noir, sans bijou ni ruban, ses cheveux négligemment jetés en arrière, et des larmes roulaient sur son visage. La tête lui faisait mal et elle avait maigri.

— Je suis désolé, Ambre, dit-il doucement, son regard et le son de sa voix exprimant la sympathie et la tendresse. Je sais que cela ne signifie pas grand-chose, mais je le pense de tout mon cœur, et je vous en prie, croyez-moi, si je vous dis que Bruce...

Elle lui lança un regard venimeux :

— Ne me parlez pas de lui! Cela m'est égal qu'il regrette. Sans lui, Rex vivrait encore!

Almsbury la considéra avec étonnement et ses traits exprimèrent une certaine impatience, mais elle avait caché sa figure dans ses mains et pleurait de nouveau, s'épongeant les yeux avec un mouchoir trempé.

— Ce n'est pas juste, Ambre ! vous le savez bien. Il vous avait demandé d'empêcher ce duel ; il s'est même laissé blesser dans l'espoir de satisfaire le capitaine. Il ne pouvait plus rien, si ce n'est se faire tuer par Morgan, et certes, vous ne pouviez le désirer.

— Oh ! peu m'importe ce qu'il pouvait faire ! Il a tué Rex, et je l'aimais ! J'allais l'épouser !

— Dans ce cas, fit le comte d'un ton sarcastique, il eût mieux valu ne pas aller passer votre lune de miel avec un autre, si vieil ami qu'il fût !

— Oh ! mêlez-vous de ce qui vous regarde !

Almsbury se leva, s'inclina poliment et sortit. Ambre ne dit mot ni ne fit un geste pour le retenir.

Elle ne se sentit pas la force de retourner immédiatement au théâtre qui, d'ailleurs, ferma pour deux mois après le 1er juin. Mais sitôt qu'elle recommença à admettre des visiteurs, son salon devint aussi fréquenté que les coulisses. A sa grande surprise, elle découvrit que ce duel l'avait mise à la mode, tout comme les talons rouges ou la cuisine de *Châtelin*. Lors Carlton était un beau gentilhomme, appartenant à l'une des plus anciennes et des plus honorables familles, et ses exploits de corsaire l'avaient rendu populaire, non seulement à la Cour, mais dans toute la ville. Ambre savait ce que valait une telle réputation, mais elle était décidée à profiter de tous les avantages qui s'offriraient à elle. Parmi tous ces petits-maîtres, ces freluquets enrubannés, ces singes imitateurs, il devait se trouver un homme — un homme qui tomberait amoureux d'elle comme Rex — et, si elle parvenait à le capter, cette fois-ci elle saurait que faire.

Il pleuvait depuis trois mois quand, le dernier jour de juin, le soleil apparut brillamment, séchant les mares des rues. L'air était frais, pur et léger. Depuis la Restauration de Sa Majesté, le parc Saint-James était ouvert au public, et non seulement la noblesse, mais tous les promeneurs étaient autorisés à flâner le long de ses larges avenues bordées d'arbres, et à s'arrêter pour admirer le roi jouant à pale-maille, ce qu'il faisait avec le feu qu'il consacrait toujours à n'importe quel sport.

En cette agréable après-midi ensoleillée, Ambre était allée s'y promener en compagnie de trois jeunes gens, Jack Conway, Tom Trivet et Sir Humphrey Perepound, qui étaient venus l'inviter à dîner. Il était à peine quatre heures quand ils sortirent, ayant ainsi quelques heures à perdre avant le dîner. A l'entrée du parc, ils descendirent de leur voiture de louage et prirent la promenade de « la Volière », ainsi nommée car les arbres étaient remplis de cages renfermant des oiseaux chanteurs du Pérou, des Indes orientales et de la Chine.

Les trois jeunes fats étaient tous des cadets de famille, vivant très au-dessus de leurs moyens et fort endettés. Levés aux environs de midi, ils s'échappaient par une fenêtre ou une porte de service, afin d'éviter leurs créanciers. Ils allaient alors déjeuner dans le restaurant le plus proche, passaient ensuite au théâtre où ils entraient sans payer, sous prétexte de ne rester qu'un seul acte, passaient la soirée dans une taverne à jouer aux cartes, terminaient dans une maison de passe et rentraient chez eux vers minuit, hargneux, bruyants et gris. Aucun d'eux n'avait atteint ses vingt ans; ils n'hériteraient jamais d'une propriété, et le roi, plus que probablement, ne les connaissait même pas de vue. Mais Ambre était seule quand ils étaient venus, et elle préférait se montrer avec n'importe qui, plutôt que d'être seule, car, évidemment, si une femme s'enferme chez elle, il lui est difficile d'attirer l'attention d'un personnage de marque. Elle espérait toujours que ce moment viendrait. Mais ses espoirs avaient été passablement déçus depuis près de six semaines et commençaient à faiblir.

Ils bavardaient sans arrêt, ne craignant personne, saluant obséquieusement les seigneurs et les grandes dames qu'ils rencontraient et les jugeant sévèrement ensuite. Ambre les écoutait à peine, mais ne perdait ni un détail de coiffure, ni une toilette, les comparant mentalement avec les siennes, avant de passer à la suivante. Jack Conway se coiffait les cheveux avec un grand peigne d'ivoire sculpté, et Tom Trivet, ayant sorti un flageolet de sa poche, commença de fredonner quelques airs. Sir Humphrey profita du bruit pour se rapprocher d'Ambre et lui chuchoter à l'oreille :

— Chère Madame, je suis votre humble esclave! Savez-vous ce que j'ai fait du ruban que vous m'avez donné?

— Je l'ignore! Qu'en avez-vous fait? Vous l'avez avalé?

— Non, Madame. Bien que, si vous m'en donniez un autre pour le remplacer, je n'hésiterais pas. J'en ai fait faire un nœud ravissant, que je serais heureux de vous montrer. L'effet est incomparable...

— Hum... fit Ambre d'un ton absent.

Car, se frayant un passage parmi la foule qui s'inclinait de chaque côté, Sa Grâce le duc de Buckingham, suivi de quelques pages, s'avançait nonchalamment, somptueusement vêtu. Tout le monde se retournait pour le mieux voir et des chuchotements couraient derrière les éventails des jolies femmes, des mères ambitieuses et des jeunes filles curieuses, toutes espérant être distinguées par le noble duc.

« Oh! malheur! songea Ambre. Pourquoi n'ai-je pas mis ma robe neuve, noir et or! Comme je suis, il ne me remarquera jamais! »

Le duc approchait d'un pas ferme. Les plumes vertes de son chapeau se balançaient au moindre signe de tête, le soleil jouait dans les boutons de diamant de son habit; son beau visage arrogant et sa splendide stature rendaient les autres hommes insignifiants. Ambre avait déjà vu Buckingham au parterre et dans les coulisses, elle lui avait même été présentée une fois, et avait longuement entendu parler de ses exploits amoureux et politiques, mais jamais il ne lui avait porté la moindre attention. Là, à mesure qu'il avançait, elle voyait ses yeux fixés sur elle qui la détaillaient, et son cœur battit à grands coups. Il n'était pas à plus de quatre mètres d'elle :

— Madame Saint-Clare?

Le duc s'était arrêté et lui faisait un salut plein d'ostentation, tandis qu'Ambre, se ressaisissant, s'abîmait en une profonde révérence. Elle se sentait le point de mire de l'assistance; les gens se retournaient pour mieux voir, et ses trois galants faisaient de leur mieux pour paraître indifférents. Le duc souriait sous sa moustache blonde et la toisait, comme pour l'évaluer selon sa propre jauge.

— Votre serviteur, Madame!

— Votre servante, Monsieur, murmura Ambre, suffoquée par l'émotion.

Elle cherchait éperdument quelque chose à dire, un mot qui retînt son attention — spirituel, drôle, inattendu — mais ne trouvait rien.

Sa Grâce, cependant, n'était pas embarrassée :

— Si je ne m'abuse, vous êtes la dame pour laquelle Lord Carlton s'est battu il y a un mois environ?

— Oui, Votre Grâce!

— J'ai toujours admiré le goût de Lord Carlton, Madame, et je dois dire qu'en vous voyant, je ne modifie pas mon jugement.

— Je remercie Votre Grâce.

— Pardieu! Votre Grâce, interrompit Sir Humphrey, soudain fanfaron, il n'est pas un homme dans la ville qui ne meure d'envie d'être le serviteur de Madame. J'affirme qu'il est bu à sa santé aussi souvent qu'à celle du roi...

Buckingham lui lança un bref regard, comme s'il l'apercevait pour la première fois, et Sir Humphrey faiblit immédiatement. Les deux autres n'osaient pas ouvrir la bouche.

— Mon carrosse est à la porte Nord, Madame. Je me suis arrêté pour faire un tour au parc et j'allais dîner. Je serais extrêmement heureux si vous vouliez bien être mon invitée.

— Oh! j'aimerais beaucoup, Votre Grâce! Mais je...

Elle s'arrêta, indiquant du regard les trois jeunes gens qui souriaient, caressant l'espoir de partager, eux aussi, la table de Sa Grâce le duc de Buckingham.

Le duc s'inclina devant eux; un salut poli, condescendant, qui soulignait sa bonne éducation et amoindrissait la leur.

— Voyons, Messieurs, vous avez joui toute l'après-midi de la société de Madame, je sais que vous êtes trop gens d'esprit pour vouloir priver les autres de ce privilège. Avec votre permission...

Il offrit son bras à Ambre, qui ne put cacher sa joie et son orgueil. Jamais elle ne s'était sentie aussi pleine d'importance, car, où qu'il fût, le duc attirait autant l'attention que Sa Majesté elle-même. En se rendant à la porte Nord, ils passèrent devant l'endroit où Charles jouait en présence d'une nombreuse assistance composée de courtisans, de grandes dames, de mendiants et de gens de négoce inoccupés. Le roi — qui venait d'envoyer la petite balle en bois dans un filet suspendu à l'autre extrémité du terrain — les vit passer et leur fit un signe. Buckingham s'inclina.

— Si le roi passait à son Conseil le temps qu'il est

sur le terrain de jeu, murmura le duc, le pays serait en meilleure posture.

— Comment ? Tout me paraît aller si bien !

— Les femmes, ma chère, n'ont jamais rien compris à ces questions, mais, croyez-moi, l'Angleterre est dans la pire des situations. Les Stuarts n'ont jamais été de bons maîtres. Voici mon carrosse.

Ils contournèrent le parc et s'arrêtèrent chez *Long*, un restaurant élégant de Haymarket — à cette époque une sorte de faubourg parmi des champs clos. L'hôtelier les fit monter en un cabinet particulier et le dîner fut immédiatement servi, tandis qu'au-dehors les violons du duc s'étaient mis à jouer et que les gens du voisinage dansaient et chantaient. De temps en temps, on acclamait le duc, très populaire chez les Londoniens, car il était connu pour ses positions violemment anticatholiques.

Le repas fut excellent, richement assaisonné et mené à la perfection par des garçons tranquilles et discrets. Mais Ambre ne put en jouir. Elle était bien trop préoccupée par ce que le duc pensait d'elle, ce qu'il ferait ensuite, et ce qu'elle aurait à répondre. C'était un si grand homme, et si riche... Si seulement elle parvenait à lui plaire suffisamment, ce pourrait être le début de sa fortune !

Mais le duc ne paraissait pas être homme facile à satisfaire. Il était âgé de trente-six ans et la vie ne lui avait laissé ni foi, ni illusions. Il avait gaspillé ses émotions, usé et abusé de ses sens, si bien qu'il lui fallait les fouetter par des artifices voluptueux. Ambre l'avait entendu dire, et c'était ce qui la tracassait. Elle ne craignait rien de ce qu'il pouvait faire, mais appréhendait de ne pas être à la hauteur de son libertinage las et blasé.

La table desservie, quand ils furent seuls, il prit un paquet de cartes dans sa poche qu'il commença de mêler avec nonchalance. Elles semblaient voler entre ses doigts avec une rapidité et une sûreté qui décelaient le joueur accompli.

— Vous paraissez mal à l'aise, Madame. Je vous en prie, ressaisissez-vous. Je supporte peu de voir une femme nerveuse : il me semble qu'elle s'attend à être violée, et, à parler franc, je ne me sens pas d'humeur ce soir à me livrer à un sport aussi violent.

— Comment! Je ne peux croire qu'il existe des femmes incapables d'être convaincues de manière plus aisée par Votre Grâce!

En dépit de son respect, Ambre n'avait pu dissimuler une certaine aigreur. Il y avait chez le duc quelque chose qui l'exaspérait. Mais s'il sentit le sarcasme, du moins l'ignora-t-il.

— Elles ne devraient pas! dit-il avec indifférence. Les femmes commettent généralement deux erreurs en amour. Premièrement, elles se rendent avec trop grande facilité; deuxièmement, elles ne veulent jamais le croire, quand un homme leur dit qu'il ne les souffre plus.

Tout en parlant, il continuait d'étaler ses cartes, mais son visage reflétait une certaine amertume et un mécontentement.

— C'est depuis longtemps mon opinion que le monde marcherait infiniment mieux si les femmes ne liaient pas étroitement l'amour au désir. Votre maîtresse, particulièrement, cherche toujours à vous faire tomber amoureux d'elle, s'imaginant par là justifier ses propres appétits. La vérité, Madame, c'est que l'amour n'est qu'un joli mot — comme l'honneur — dont les gens se servent pour couvrir leurs véritables intentions. Mais le monde est devenu trop vieux et trop sage pour des joujoux aussi enfantins; grâce à Dieu, nous n'avons plus besoin de nous décevoir nous-mêmes.

Il leva les yeux sur elle et balaya les cartes.

— J'ai entendu dire que vous étiez disponible sur le marché. Combien demandez-vous?

Ambre l'observa et ses yeux se plissèrent. Cette harangue, faite uniquement dans le but de se divertir, car il était bien évident qu'il ne considérait pas comme nécessaire de la convaincre de quoi que ce soit, l'avait irritée. Elle avait souvent entendu pareil langage depuis un an et demi, dans les coulisses et les salons d'habillage, mais c'était la première fois qu'elle rencontrait un homme parfaitement convaincu de ce qu'il disait. Avec joie elle l'eût souffleté, mais c'était George Villiers, duc de Buckingham, l'homme le plus riche de toute l'Angleterre. Et la morale d'Ambre était plutôt dictée par les besoins de la cause que par une abstraite conception de l'honneur.

— Que m'offrez-vous ?

— Cinquante livres.

Ambre eut un rire bref et déplaisant.

— Je croyais vous avoir entendu dire que vous n'étiez pas d'humeur à pratiquer un viol. Ce sera deux cent cinquante livres.

Il resta un long moment silencieux, les yeux fixés sur elle; puis il se leva et marcha vers la porte. Ambre le regardait avec inquiétude, mais il dit tout simplement quelques mots à un domestique qui se trouvait au-dehors et qui descendit alors quatre à quatre l'escalier.

— Je vous donnerai vos deux cent cinquante livres, Madame. Mais ne croyez pas que ce soit parce que j'estime que vous les valez. Je peux vous donner cette somme sans que cela ait pour moi plus d'importance que le shilling que vous jetterez à un mendiant. Et quand tout sera dit et fait, vous serez sans nul doute plus surprise que moi de cette nuit.

Ambre fut effectivement surprise : c'était sa première rencontre avec la perversité. Et la dernière aussi, se jura-t-elle, dût-elle périr de faim dans les rues. Elle en conserva une véritable horreur pour le duc. Mille livres n'eussent pas effacé cette impression. Pendant des jours elle ne songea qu'à sa manière de se venger. Mais finalement, tout ce qu'elle parvint à faire fut de le coucher sur la liste de ses ennemis, afin de s'en occuper plus tard, quand elle serait assez forte pour les perdre tous.

Le théâtre rouvrit à la fin juillet, et Ambre constata qu'elle comptait à présent parmi ses admirateurs les gens les plus en vue. Buckingham, à tout le moins, lui avait rendu ce service.

Il y avait Lord Buckhurst, et son gros ami aux yeux noirs, Sir Charles Sedley. L'énorme et beau Dick Talbot, le sauvage Harry Killigrew, Henry Sidney, que beaucoup considéraient comme le plus bel homme de l'Angleterre, et le colonel Hamilton, l'homme le plus élégant de Whitehall. Tous étaient jeunes — de Sidney, âgé de vingt-deux ans, à Talbot qui en comptait trente-trois —, de familles distinguées, alliés par le sang ou par le mariage aux plus grandes maisons. Ils fréquentaient les cercles les plus intimes de la Cour, étaient en termes familiers avec le roi, et auraient pu, s'ils avaient voulu renoncer à leur vie de plaisir, devenir des personnalités.

Presque tous les soirs, elle soupait avec un ou plusieurs d'entre eux, parfois en grande réunion, le plus souvent dans l'intimité, à deux ou trois. On buvait à sa santé; elle allait aux combats de coqs, passait trois ou quatre jours aux courses, à Banstead Downs, avec Buckhurst et Sedley, car le vieil amour des Anglais pour les champs de courses se donnait libre cours depuis la Restauration. Au début, elle avait manifesté l'intention de rester aussi indépendante et inattaquable que du temps de Rex Morgan. Mais ces messieurs ne s'embarrassaient point de subtilités. Ils lui déclarèrent franchement qu'ils ne tenaient pas à perdre leur temps à courtiser une actrice qui jouait à la demoiselle d'honneur. Et

Ambre, mise en présence de l'alternative d'abandonner ses résolutions ou sa popularité, n'hésita pas. Quand Sedley et Buckhurst lui offrirent cent livres pour passer une semaine avec eux à Epsom Wells, elle accepta. Mais jamais plus on ne lui offrit pareille somme.

Vers le début de janvier, elle passa deux soirées chez elle sans soupirant, ni visiteur, et comprit alors que sa vogue diminuait. Peu après, Mrs. Fagg confirma ses craintes en lui assurant qu'elle attendait bien un enfant. Elle se sentit soudain lasse, découragée. Il était impossible de la sortir du lit le matin : elle n'avait plus d'appétit, était pâle, maigre, et pour un rien, éclatait en sanglots convulsifs.

— Je voudrais être morte! dit-elle à Nan.

Car son avenir n'était que trop clair. Nan suggéra une absence de Londres, et comme Mrs. Fagg déclara à son tour qu'une longue course en voiture compléterait l'effet des remèdes, Ambre se laissa convaincre.

— Si je pouvais ne plus jamais voir ni une pièce de théâtre, ni un de ces noceurs, j'en serais trop heureuse!

Elle détestait Londres, le théâtre, les hommes et elle-même.

XXIV

Ambre décida d'aller aux eaux de Turnbridge, dans l'espoir que le traitement lui ferait quelque bien. Elle partit le lendemain matin dans sa voiture avec Nan, Curry, Jeremy et Tempête. Comme il pleuvait, ils n'allaient guère plus vite qu'un homme au pas, et la voiture versa même plusieurs fois. Ambre roulait en silence, les yeux clos, les dents serrées, sans même entendre le bavardage de Nan et de Curry. Elle avait pris le si mauvais remède de Mrs. Fagg et souffrait d'affreuses crampes. Elle souhaitait que la terre s'entrouvrît pour les engloutir tous, que le tonnerre du ciel les pulvérisât, ou tout simplement qu'elle mourût afin d'être délivrée de ses souffrances. Elle se promit bien, si jamais un homme lui faisait encore une proposition déshonnête — fût-ce pour mille livres —, de le faire bâtonner comme un vulgaire laquais.

Vers la fin de l'après-midi, ils firent halte dans une auberge et repartirent le lendemain de bonne heure. La médecine avait produit son effet, mais Ambre se sentait plus mal que la veille et, à chaque tour de roues, elle se retenait de crier. Elle ne comprit même pas que la voiture s'était arrêtée soudain, et que Nan essuyait la vitre pour y coller son visage.

— Seigneur! Madame. J'espère que nous ne sommes pas aux mains des voleurs!

Elle éprouvait cette même terreur chaque fois que Jeremy et Tempête s'arrêtaient pour dégager les roues embourbées.

Ambre fronça les sourcils, mais garda les yeux clos.

— Mon Dieu, Nan! Tu t'attends à trouver un voleur derrière chaque arbre de la route. Je te dis qu'ils ne sortent pas par un temps pareil.

Au même instant, Jeremy ouvrit la portière :

— C'est un monsieur qui a été attaqué par les brigands. Ils lui ont pris ses chevaux.

Nan eut un petit cri et un air de reproche, Ambre fit la moue.

— Eh bien! demandez-lui s'il désire monter avec nous. Mais dites-lui que nous allons seulement aux eaux.

L'homme qui revint, accompagné de Jeremy, avait une soixantaine d'années, bien que son teint fût clair et frais. Il avait des cheveux blancs, coupés plus court que ceux des cavaliers, et naturellement ondulés. C'était un bel homme, d'environ six pieds, droit et large d'épaules. Il portait des vêtements à l'ancienne mode, mais bien coupés et de belle qualité, d'un noir uni, sans rubans ni galons d'or. Il s'inclina poliment, mais ses manières n'avaient rien de celles d'un petit-maître. Un véritable habitant de la Cité, un parlementaire, fort probablement, qui pensait tout le mal possible de Charles Stuart et de sa bande enrubannée et libertine, un négociant fort aisé peut-être, ou un joaillier, ou encore un orfèvre.

— Bonjour Madame ! C'est trop bon de votre part de m'offrir ainsi l'hospitalité de votre voiture. Êtes-vous bien sûre que je ne vous dérangerai pas ?

— Point du tout, Monsieur. Je suis heureuse de vous rendre ce petit service. Entrez, je vous prie, avant que la pluie ne vous transperce.

Il grimpa à l'intérieur, tandis que Nan et Curry se serraient pour lui faire place, et l'équipage se remit en route.

— Mon nom est Samuel Dangerfield.

— Et le mien, Mrs. Saint-Clare.

Ce qui visiblement ne lui évoquait rien, et, pour une fois, elle bénit l'anonymat.

— Mon cocher vous a-t-il dit que je ne vais pas plus loin que Turnbridge ? Mais certainement vous y trouverez d'autres chevaux et une autre voiture.

— Merci infiniment, Madame. Il se trouve que, moi aussi, je vais à Turnbridge.

Après quoi ils parlèrent peu, et Nan expliqua le silence de sa maîtresse par un accès de fièvre quarte. Mr. Dangerfield sympathisa, déclara qu'il en avait souffert lui-même, et suggéra une bonne saignée comme remède souverain. En moins de trois heures, ils arrivèrent au village.

Turnbridge était une source thermale élégante, et l'été dernier Sa Majesté, suivie de la Cour, y avait fait un séjour. Mais à présent, en plein mois de janvier, c'était un petit village triste et désert. Pas une âme en vue, les ormes qui bordaient la route principale se dressaient, dénudés, et seule la fumée s'échappant de quelques cheminées décelait la vie.

Ambre et Samuel Dangerfield se séparèrent à l'auberge, où il avait retenu sa place. Elle l'oublia aussitôt. Elle loua un charmant petit cottage à trois pièces, meublé de vieux chêne poli, aux rideaux d'indienne et possédant une jolie batterie d'ustensiles de cuivre et d'étain. Durant quatre jours elle ne quitta pas son lit, dormant et se reposant, après quoi son énergie et sa vitalité reprirent le dessus. Elle recommença de s'inquiéter au sujet de l'avenir.

— Oui, eh bien ! je ne peux pas songer à retourner à Londres, c'est aussi sûr que de jouer au bouchon ! dit-elle à Nan d'un air morose, tout en s'épilant les sourcils à l'aide d'une petite pince d'argent, bien assise dans son lit, calée par de mols oreillers.

— Et pourquoi, Madame ?

— Tu ne comprends pas ! Crois-tu donc que je veuille jamais remettre les pieds dans ce maudit théâtre, pour que tous ces freluquets me rient au nez ?

— Mais, Madame, vous pouvez revenir à Londres sans rentrer au théâtre, il me semble ? Bien faible est celui qui n'a qu'une corde à son arc !

Nan appréciait les aphorismes.

— Je me demande où je pourrais aller, murmura Ambre.

Nan prit une grande inspiration pour ce qu'elle avait à dire mais ne leva pas les yeux de sa broderie :

— Je crois, Madame, que si vous preniez un appartement dans la Cité et vous faisiez passer pour une riche veuve, vous ne seriez pas longue à trouver un mari. Vous n'y tenez pas, c'est possible, mais les pauvres n'ont pas le choix !

Ambre eut l'air irrité. Puis, brusquement, elle lança au loin la pince à épiler, repoussa le miroir et s'enfonça dans les oreillers, les bras croisés. Les deux femmes restèrent silencieuses. Nan n'osait pas lever les yeux sur sa maîtresse en courroux. Finalement, Ambre se calma et poussa un soupir.

— Je me demande, dit-elle, si ce monsieur... comment l'appelle-t-on?... est assez riche pour qu'il vaille la peine qu'on s'occupe de lui...

Mr. Dangerfield avait, deux jours auparavant, envoyé prendre de ses nouvelles; elle avait répondu assez peu poliment et n'y avait plus pensé.

— C'est possible, Madame. Il a un valet de chambre joliment bien; je pourrais essayer de lui parler.

Quelques heures plus tard, Nan revint, les joues rouges, très excitée, pas seulement, soupçonna Ambre, à cause des nouvelles qu'elle rapportait.

— Eh bien? demanda Ambre qui s'était allongée, les mains derrière la nuque.

Depuis le départ de Nan, elle ressassait ses erreurs passées, ses griefs envers les hommes qu'elle considérait comme responsables.

— Qu'as-tu découvert?

Nan pénétra dans la chambre, apportant avec elle une bouffée d'air frais du dehors, et une énergie renouvelée :

— Je sais tout! déclara-t-elle triomphalement en dénouant les cordons de son capuchon et en le jetant sur une chaise.

Sans quitter son manteau, elle s'assit à côté d'Ambre, qui refusait de partager son enthousiasme.

— J'ai découvert que Mr. Samuel Dangerfield est l'un des hommes les plus riches d'Angleterre!

— L'un des hommes les plus riches d'Angleterre! répéta Ambre lentement, toujours incrédule.

— Oui! Il possède une vraie fortune. Oh! je ne sais plus combien! Deux cent mille livres, ou quelque chose dans ce goût! John dit que tout le monde le sait. C'est un marchand et il est...

— Deux cent mil... Est-il marié ? fit Ambre dont l'intérêt s'éveillait.

— Non ! Il l'était, mais sa femme est morte, il y a six ans, je crois, m'a dit John. Mais il a quatorze enfants ; d'autres sont morts, je ne sais plus combien. Il vient ici chaque année boire les eaux pour sa santé, car il a eu une attaque. Et il se prépare justement à descendre boire son verre d'eau. Le grand John l'accompagne.

Ambre rejeta les couvertures et sortit du lit :

— Je crois que je vais aussi aller prendre un verre d'eau. Sors ma robe de velours vert brodée d'or et mon manteau vert. Y a-t-il assez de boue pour mettre des galoches ?

— Je crois que oui, Madame.

Nan s'affairait, cherchant dans les armoires chemises et jupons, fouillant dans les malles ouvertes pour en extraire rubans et jarretières, bavardant sans arrêt :

— Pensez, Madame ! Quelle chance nous avons ! Vous êtes née coiffée, pour sûr !

Toutes deux étaient plus gaies et de meilleure humeur qu'elles ne l'avaient été depuis des semaines.

La pluie s'était arrêtée la veille et la nuit avait été froide, si bien que la boue était gelée. Un pâle soleil perçait les nuées gris-bleu, balayées de traînées de nuages trop blancs pour faire craindre une averse immédiate. De jeunes paysannes, en jupes courtes et chapeaux de paille, le panier au bras, passaient dans les rues en offrant leur marchandise : volaille, beurre frais, lait et légumes. Et quand Ambre, suivie de Nan et de Curry, se dirigea vers la source, deux jeunes gens en costumes enrubannés, chapeaux à plumes, perruques bouclées, épées artistiquement ciselées s'inclinèrent cérémonieusement, réclamant la faveur de se présenter eux-mêmes. Telle était d'ailleurs la coutume dans ce genre d'endroit.

Ils dirent se nommer Frank Kifflin et Will Wigglesworth, venant de Londres, pour fuir — prétendaient-ils — une dame qui désirait se faire épouser par Will. Ambre ne les avait jamais vus au théâtre, et flaira immédiatement un couple de fripons qui se faisaient passer pour des gens de qualité, à moins que ce ne fussent des cadets de famille menant un train au-dessus de leurs moyens. Au grand déplaisir d'Ambre, ils dressèrent l'oreille sitôt qu'elle eut dit son nom :

— Mrs. Saint-Clare ? répéta Will Wigglesworth, un vilain individu aux dents gâtées, mangé de la petite vérole, ce nom m'est familier, Madame. Qu'en dites-vous, Frank ? N'avons-nous pas déjà rencontré Mrs. Saint-Clare ?

— Oh ! certainement, je suis sûr d'avoir déjà vu Madame ! Où donc, je me le demande ? Étiez-vous à Banstead Downs l'année dernière, par hasard ?

« Malheur ! songea Ambre. Si ces imbéciles découvrent qui je suis et que Mr. Dangerfield l'apprenne, je n'ai plus aucune chance. »

Aussi leur sourit-elle gracieusement :

— Non, Messieurs, je suis convaincue que vous confondez. Je n'ai pas le souvenir de vous avoir vus, et je suis bien certaine que je n'aurais pas oublié vos visages, si nous nous étions déjà rencontrés.

Prenant cela pour un compliment, tous deux s'inclinèrent en grimaçant un sourire. Ambre cherchait le moyen de leur échapper, quand Mr. Dangerfield vint droit à elle :

— Vous avez très bonne mine, Madame. J'espère que votre fièvre est guérie ?

Elle fit une révérence et lui sourit, tout en souhaitant pouvoir souffler sur Kifflin et Wigglesworth comme sur deux bouffées de fumée. Tandis qu'Ambre et Mr. Dangerfield échangeaient des lieux communs sur le temps, le goût des eaux, les souliers éculés de Curry, ils jouaient avec leurs rubans et leurs peignes et roulaient des yeux blancs, souhaitant visiblement que ce vieux radoteur s'en allât.

Mais quand Ambre les lui présenta, elle fut amusée de voir le changement qui se produisit en eux. Cette fois, elle était bien sûre d'avoir deviné à qui elle avait affaire.

— Samuel Dangerfield, Monsieur? répéta Will Wigglesworth, l'air soudain attentif. Je connais un Bob Dangerfield. C'est-à-dire que nous nous sommes rencontrés chez un ami commun. Il fait partie de la famille du grand marchand. Seriez-vous un de ses parents, Monsieur?

— Je suis le père de Bob!

— Oh! par exemple! Croyez-vous, Frank! C'est le père de Bob!

— Hum... Nos meilleurs souvenirs à Bob, je vous prie, Monsieur, quand vous rentrerez à Londres.

— Merci, Messieurs, je n'y manquerai pas.

Ambre sentit l'énervement la gagner, car elle ne désirait pas poursuivre la conversation devant Mr. Dangerfield :

— Excusez-moi, Messieurs, mais il faut que je rentre. Votre servante, Monsieur.

Elle fit une révérence à Mr. Dangerfield, mais les deux jeunes gens insistèrent pour la raccompagner chez elle.

— Ma parole, Will! dit Frank Kifflin sitôt qu'ils eurent quitté Dangerfield. Songez un peu! Rencontrer le père de Bob! Vous paraissez bien le connaître, Mrs. Saint-Clare?

— Oh! non! J'ai fait sa connaissance au moment où sa voiture avait été arrêtée et ses chevaux volés par des brigands. Je lui ai offert une place dans la mienne.

Will ne cachait pas son indignation :

— Non! L'effronterie de ces bandits, de nos jours! Ce sont des mœurs barbares vraiment! Rien ne les arrête plus. Songez un peu, des canailles pareilles, attaquer un homme comme Mr. Dangerfield!

— Des mœurs barbares, répéta Frank en écho.

Et comme Ambre leur disait adieu sur le seuil de sa demeure, Wigglesworth, qui l'examinait attentivement, fit soudain claquer ses doigts :

— Je sais qui vous êtes, à présent, Mrs. Saint-Clare! Vous faites partie du Théâtre de Sa Majesté!

— Mais bien sûr. C'est cela. Je savais bien que nous vous avions vue auparavant, Madame. Mais pourquoi tant de modestie, s'il vous plaît? Bien des actrices sont...

— Une actrice! protesta Ambre! Seigneur! qui a pu vous mettre cette idée en tête! Je ressemble peut-être à une de ces malheureuses, mais c'est leur métier, vous savez, que de chercher à ressembler aux gens de qualité. Non, Messieurs, vous faites erreur, je vous assure. Je n'ai jamais vu la scène que de ma loge. Sur ce, bonsoir.

Mais aux regards qu'ils échangèrent et à leur sourire, elle comprit qu'elle ne les avait pas convaincus. Quand la porte se fut refermée, Ambre s'adossa contre le battant, et sifflota doucement :

— Peuh! La peste soit de ces deux importuns! Il faut que je trouve le moyen de m'en débarrasser.

Quand ils revinrent le soir pour l'inviter à les accompagner au salon de jeu, le premier mouvement d'Ambre fut de refuser. Mais elle se dit qu'elle pourrait peut-être les prendre sur le fait, et les obliger à vider les lieux. Aussi accepta-t-elle. Chemin faisant, Frank suggéra qu'ils pourraient demander à Mr. Dangerfield de se joindre à eux.

Ambre ne désirait nullement que Mr. Dangerfield apprît qu'elle était une actrice :

— Mr. Dangerfield ne joue jamais aux cartes. Il en déteste la vue. Vous connaissez bien ces vieux puritains.

Les deux hommes, visiblement désappointés, acquiescèrent.

Il y avait fort peu de gens rassemblés autour des tables de jeu et certains d'entre eux étaient indéniablement de la région et jouaient pour de très petites sommes. Ambre et ses deux compagnons restèrent un moment à regarder, puis finalement Frank suggéra qu'ils pourraient tenter la chance aux dés, ce qui, assurait-il, était le jeu le plus inoffensif du monde, dépendant du seul tour du poignet.

— Oh! grands dieux! Messieurs, fit Ambre d'un air surpris et innocent, je ne sais pas jouer. Je suis uniquement venue pour vous voir et vous tenir compagnie. Jamais je n'emporte d'argent en voyage.

Mr. Kifflin en parut enchanté :

— C'est très sage, Mrs. Saint-Clare. Les voyages sont bien trop hasardeux, de nos jours. Mais je vous en prie, permettez-moi de vous prêter dix ou vingt livres, ce n'est pas amusant de rester à regarder les autres.

Ambre fit mine d'hésiter :

— Oh! mais... je ne sais si j'ose...

— Ta, ta, ta, Madame. Et pourquoi pas? Surtout ne parlons pas d'intérêt, je vous en prie. Un malotru seul accepterait un intérêt d'une si charmante personne.

— Quel courtisan vous faites, Mr. Kifflin, dit Ambre, songeant que, dans ce cas, il devait avoir une autre idée en tête.

A eux deux, Messrs. Kifflin et Wigglesworth sortirent une quantité de shillings luisants et les étalèrent devant eux. Nulle guinée, nul penny... rien que des shillings. Évidemment, ils étaient aux gages de quelque faux-monnayeur pour écouler sa marchandise contre du véritable argent. Ambre, obligeamment, perdit quelques livres et déclara qu'elle allait écrire à son homme d'affaires de Londres afin qu'il réglât ces messieurs quand ceux-ci seraient de retour à Londres.

— Mais souvenez-vous, Mrs. Saint-Clare, dit Wigglesworth avant de la quitter. Souvenez-vous que nous n'accepterons aucun intérêt.

Ambre examina quelques pièces et se convainquit que c'étaient des faux jetons. Ils ressemblaient exactement à ceux que fabriquait le faux-monnayeur qui habitait au troisième étage chez Maman Bonnet-Rouge. Elle en lança un en l'air, le rattrapa en riant et cligna de l'œil vers Nan.

— Je m'occuperai de ces deux jeunes vauriens. Laisse-moi faire ! Demain, à la première heure, tu enverras Jeremy demander à Mr. Dangerfield de me faire le plaisir de venir déjeuner avec moi. Voyons... je crois que je mettrai ma robe de velours noir, avec le col et les manchettes de dentelle — cela me donne un air de jeune fille, ne crois-tu pas ?

— Certainement, Madame.

Quand Samuel Dangerfield arriva, Ambre l'accueillit à la porte. Sa robe était montante, mais très collante. Ses cheveux, peignés en grandes ondes, étaient retenus de chaque côté par un nœud de velours noir et son maquillage si léger que même une femme n'aurait pu dire si ses couleurs étaient naturelles ou non.

— Que c'est aimable à vous de m'avoir invité à déjeuner, Mrs. Saint-Clare.

— Je sais que cela ne se fait pas, dit-elle modestement, mais j'ai si mal répondu l'autre jour à votre billet, je m'en excuse, cher Monsieur, mais la maladie me rendait désagréable.

Ambre savait qu'elle avait enfreint les convenances, mais espérait l'abuser à force de simplicité. Il lui souriait complaisamment, comme il eût souri à un joli petit chien. Ils parlèrent de leurs maux, puis prirent place à table. Nan avait dressé le couvert au salon, devant la cheminée. Le valet de chambre l'avait prévenue que son maître jouissait d'un robuste appétit — bien que son médecin lui recommandât la diète — et Ambre avait commandé un copieux repas. Elle se disait que mieux valait plaire à Mr. Dangerfield qu'à son docteur.

Sans grande difficulté, Ambre amena la conversation sur Messrs. Kifflin et Wigglesworth. Très franchement elle lui raconta qu'ils étaient venus chez elle l'autre soir lui demander de leur faire de la monnaie. Elle n'avait guère apporté que quinze ou vingt guinées à Turnbridge, mais les avait données à ces jeunes gens pour payer leurs dettes de jeu, et elle se demandait à présent comment emballer tous ces shillings dans sa malle.

Ainsi qu'elle l'espérait, Mr. Dangerfield parut quelque peu ému de cet innocent récit.

— Connaissez-vous bien ces messieurs ?

— Ciel ! pas du tout ! Je les ai rencontrés hier matin à la source. Ils se sont présentés eux-mêmes. Vous savez qu'ici on ne fait pas de cérémonies.

— Vous êtes bien jeune, madame Saint-Clare, et je ne crois pas que vous connaissiez le monde aussi bien qu'un vieil homme. Si vous me permettez un conseil, n'acceptez plus d'argent de ces messieurs. Ils sont peut-être aussi honnêtes qu'ils le prétendent, mais, quand vous aurez vécu aussi longtemps que moi, vous apprendrez à être prudente et à vous méfier des nouvelles connaissances, surtout dans les villes d'eaux.

— Oh ! fit Ambre, abattue. Mais je croyais que Turnbridge était fréquenté par des gens de bien ! Mon docteur, qui m'y a envoyée, m'a dit que Sa Majesté y avait séjourné avec la Cour l'été dernier.

— Oui, je le crois. Mais où se trouve la noblesse, se rencontrent également les filous. Et ils s'attaquent principalement à de jeunes personnes sans expérience, comme vous.

Pendant qu'il parlait, Ambre leva la main pour redresser un des nœuds de sa coiffure. C'était le signal convenu avec Nan qui attendait au-dehors, près de la fenêtre...

— Oh ! dit-elle, l'air mécontente, comment ai-je pu être aussi sotte ! J'espère que...

A cet instant, Nan entra, hors d'haleine, et s'arrêta sur le seuil, pour enlever ses sabots :

— Mon Dieu ! Madame, s'écria-t-elle, très agitée, l'hôtelier refuse la monnaie. Il dit que ce sont de fausses pièces.

— De fausses pièces ! Comment, mais ce sont celles que Mr. Kifflin m'a données hier soir.

Samuel Dangerfield se retourna :

— Puis-je voir ?

Il prit un shilling des mains de Nan, le fit sonner sur la table, le palpa, tandis que les deux femmes l'observaient.

— Il est faux, dit-il gravement. Ainsi, ces jeunes freluquets sont des faussaires ! C'est une vilaine histoire, dangereuse même. Je me demande combien de dupes ils ont faites.

— Tous ceux qui étaient assez bêtes pour cela, je pense, dit Ambre avec indignation. Eh bien ! je suppose que nous allons appeler la maréchaussée, qui les emmènera où ils le méritent.

Dangerfield, toutefois, était moins acharné.

— La loi est terriblement dure, ils seront pendus, écartelés, que sais-je.

Ce qui n'eût pas troublé Ambre, mais elle jugea bon de ne point le laisser paraître.

— Je crois que nous pouvons agir autrement. Vous serait-il possible, Madame, de les faire venir ici, sous un prétexte ou sous un autre ?

— Oh ! mais ils seront ici dans quelques minutes, ils doivent venir me prendre pour aller à la source.

Quand ils arrivèrent, peu de temps après, Nan leur ouvrit la porte. A la vue de Mr. Dangerfield, leurs bouches s'élargirent en un vaste sourire, qui s'effaça aussitôt lorsque celui-ci commença :

— Mrs. Saint-Clare et moi-même discutions justement sur le fait qu'il semble y avoir des faux-monnayeurs à Turnbridge.

Kifflin leva les sourcils :

— Des faux-monnayeurs? Grand Dieu! c'est incroyable! Ces misérables deviennent chaque jour plus effrontés.

— Oui, dit Ambre. Je possède un shilling qui vient de m'être refusé à l'auberge et Mr. Dangerfield dit qu'il est faux. Peut-être voudriez-vous le voir, Messieurs?

Elle le tendit à Wigglesworth et les deux jeunes gens l'examinèrent attentivement, les sourcils froncés; des gouttes de sueur leur perlaient au front.

— Il me paraît bon, dit finalement Kifflin. Mais je suis si nigaud que je suis toujours refait.

Wigglesworth se mit à rire, sans grande conviction.

— Tout juste comme moi!

Et il rendit la pièce.

— La maréchaussée, dit gravement Mr. Dangerfield, tranchera le débat. Si la pièce est reconnue fausse, elle fouillera je pense tous les gens du village.

Au même instant une paysanne passa devant la fenêtre, un panier au bras, criant :

— Des œufs tout frais! Qui veut des œufs frais?

Kifflin se tourna vivement :

— La voilà! J'espère que vous voudrez bien nous excuser, madame Saint-Clare. Mais nous étions venus vous demander de bien vouloir remettre notre rendez-vous à un peu plus tard. Nous avons dormi trop longtemps et sommes à la recherche de quelques œufs pour déjeuner. Au revoir, Madame. Au revoir, Monsieur!

Tous deux s'inclinèrent et sortirent. A peine dehors ils s'enfuirent, passèrent devant la jeune paysanne sans lui accorder l'ombre d'un regard et disparurent. Ambre et Mr. Dangerfield se regardèrent et partirent d'un éclat de rire.

— Voyez-les courir! s'écria Ambre. Je suis sûre qu'ils ne s'arrêteront pas avant d'avoir pour le moins atteint Paris!

Fermant la porte, elle poussa un petit soupir :

— Eh bien ! j'espère que la leçon me profitera. Je ne me fierai jamais plus à des étrangers.

Il lui souriait :

— Une aussi jolie femme que vous devrait se méfier de tout le monde !

Il parlait de l'air d'un homme qui veut faire un compliment, mais qui ne sait comment s'y prendre. Et, quand elle répondit par un fugitif regard de coin, il toussota, et son visage rubicond s'assombrit :

— Hum... je me demande, madame Saint-Clare, si vous auriez assez confiance en un étranger pour aller jusqu'à la source avec moi ?

Ambre commençait à prendre courage, ressentant l'espèce de trouble qu'elle éprouvait toujours quand elle voyait un homme attiré par elle :

— Mais bien entendu, Monsieur, je crois savoir reconnaître un honnête homme — même si je ne dépiste pas toujours les autres !

Ambre avait joué dans nombre de pièces dépeignant la vie austère, rigide, hypocrite des grandes familles de la Cité, et bien que toutes fussent amères, satiriques et scandaleusement exagérées, elle les prenait pour argent comptant. Par conséquent, elle se figurait savoir exactement ce qui, en une femme, pouvait plaire à Samuel Dangerfield. Mais elle comprit bientôt que son instinct était meilleur guide.

Car, à mesure qu'elle le découvrait, elle se rendait compte que, tout en étant marchand de la Cité et presbytérien, il n'en était pas moins homme. Et, à sa grande surprise, elle découvrit qu'il ne ressemblait en rien aux vieux drôles dévots, sévères et rudes, qui faisaient la joie du théâtre de Sa Majesté.

Sans être frivole, il n'était pas ennuyeux ; de caractère heureux, il riait volontiers. Il avait travaillé dur toute sa vie, car il avait gagné la plus grande partie de sa fortune ; mais il était fort accessible à la gaieté d'une jeune femme. Sa vie de famille avait été très fermée, ce qui lui donnait peut-être un léger sentiment de regret et de curiosité. Ambre entrait dans sa vie comme une bouffée printanière, fraîche, vivifiante, un défi à tout ce qui dormait en lui d'aventureux. Elle était tout ce qu'il avait toujours ignoré dans les femmes, et bien plus qu'il ne se l'était jamais imaginé.

Au bout de fort peu de temps, ils passaient de longues heures ensemble et, bien que Samuel déclarât qu'elle devait en avoir assez de la société d'un vieil homme et la poussât à faire de nouvelles connaissances, Ambre affirmait qu'elle détestait tous ces jeunes gens à la cervelle vide qui ne songeaient qu'à danser ou à jouer. Elle sortait fort peu, quand elle ne pouvait pas faire autrement, de crainte d'être reconnue.

Car d'après son opinion sur la Cour en général, elle se rendait parfaitement compte de ce qu'il pourrait penser d'une actrice. Un jour, après avoir incidemment parlé du roi Charles, il avait dit :

— Sa Majesté pourrait être le plus grand chef que notre nation ait jamais eu, mais malheureusement pour lui, et pour nous tous, ses années d'exil ont causé sa perte. Il a pris des habitudes et un genre de vie auxquels il n'échappera plus, surtout, je le crains, parce qu'il n'y tient pas.

Ambre, penchée sur une broderie empruntée à Nan, observa gravement que Whitehall était un lieu de perdition, d'après ce qu'elle avait entendu dire.

— Perdu, oui. Perdu et corrompu. L'honneur y est une honte, la vertu un objet de risée, le mariage un thème de plaisanteries vulgaires. Il y a beaucoup de braves gens honnêtes et sérieux à Whitehall, comme partout ailleurs en Angleterre, mais les coquins et les fous les supplantent.

Leurs conversations n'étaient cependant pas aussi sérieuses, en général, car il ne tenait pas à discuter morale ou politique avec elle. Les femmes, surtout celles qui étaient jolies, ne s'intéressaient pas à ces questions. En outre, elle était son dérivatif.

Mais Ambre lui demandait souvent des conseils financiers; les yeux grands ouverts, hochant la tête, elle l'écoutait parler d'intérêt et de principal, d'hypothèque, d'actions et de revenus. Elle lui cita Shadrac Newbold et fut heureuse de voir qu'il en était favorablement impressionné. Car c'était, disait-elle, une grosse responsabilité pour elle que d'administrer la fortune de son défunt mari. Elle faisait aussi fréquemment allusion à sa famille qui avait tant souffert pendant la guerre civile, reprenant soigneusement toutes les histoires qu'elle avait entendu raconter par Almsbury sur ses aventures et celles de Lord Carlton. Elle espérait ainsi lui donner le change, au cas où il serait disposé à la prendre pour une aventurière.

Ils jouaient à d'interminables parties de piquet, qu'elle lui laissait toujours gagner. Elle le faisait rire en imitant les femmes d'âge mûr et les vieux messieurs goutteux qui prenaient les eaux, puis elle chantait en s'accompagnant sur sa guitare, non des chansons de rues, mais de joyeux chants de la campagne ou d'anciens airs populaires. Elle le choyait, le flattait, le taquinait, le traitait toujours comme quelqu'un de beaucoup plus jeune, tout en veillant sur son confort comme s'il se fût agi d'un homme âgé. Un jour, elle lui donna quarante-cinq ans, et ne voulut jamais le croire quand il lui dit que son fils aîné en avait trente-cinq. Bref, elle était la vivante incarnation d'une femme éprise. Mais au bout de vingt et un jours il n'avait fait aucune tentative de séduction et elle commença de s'inquiéter.

Un soir, elle se tenait à la fenêtre, juste après son départ, traçant distraitement du bout de l'ongle des dessins sur la vitre gelée. Elle faisait la moue et une ride profonde se creusait entre ses sourcils. Nan, qui prenait des braises dans le feu pour les mettre dans une bassinoire d'argent, lui lança un regard de coin :

— Qu'est-ce qui ne va pas, Madame ?

Ambre se retourna, faisant tourbillonner sa jupe :

— Oui ? Oh ! Nan, je ne sais plus que faire ! Depuis trois semaines que je chasse ce lièvre, je ne l'ai pas encore attrapé !

Nan ferma la bassinoire et se dirigea vers la chambre à coucher :

— Mais il est dépisté, Madame. Je le sais !

Ambre la suivit et commença de se déshabiller, mais son visage restait sombre et de temps en temps elle poussait un petit soupir d'impatience. Elle avait l'impression d'avoir passé sa vie à séduire Samuel Dangerfield. Nan vint l'aider à délacer son corset.

— Mon Dieu ! Madame, protesta-t-elle. Vous n'avez pas besoin de vous tracasser. Je connais ces vieux puritains, j'ai servi dans leurs maisons. Ils prennent l'amour très au sérieux. Je vous parie ma virginité qu'il n'a pas couché avec une autre femme que la sienne depuis vingt ans ! Seigneur ! laissez à ce monsieur le temps de vaincre ses scrupules. Et, ce qui est plus, n'oubliez pas qu'il vous faut faire tout au monde pour qu'il vous prenne pour une femme vertueuse. Mais je l'ai bien observé et je sais qu'il est mal à son aise : la mèche est allumée et l'explosion se produira, ajouta-t-elle avec un hochement de tête sagace. Donnez-lui-en seulement l'occasion, et vous le prendrez aussi facilement qu'une bécasse au collet !

Et Nan, de ses deux mains, fit le geste d'étrangler un animal.

Tandis qu'Ambre achevait de se dévêtir, Nan chauffait les draps à l'aide de la bassinoire, et découvrait le lit. Ambre s'y blottit et, bien au chaud, considéra le problème. C'était, elle le sentait, sa dernière chance de saisir la fortune par les cheveux et d'atteindre son but. Si elle échouait à présent... Mais elle n'échouerait pas, elle ne pouvait se le permettre. Elle n'avait que trop vu, hélas ! ce que devenaient les femmes qui, comme elle, faisaient commerce de leurs charmes et laissaient passer l'occasion d'acquérir la sécurité.

« N'importe comment, songeait-elle avec désespoir, il faut qu'il m'épouse, il le faut absolument. » Et, comme elle réfléchissait, l'idée lui vint qu'elle faisait peut-être fausse route en cherchant à se faire épouser de force, par réparation. « Évidemment, se dit-elle, brusquement illuminée, jamais cette pensée ne lui viendrait à l'esprit. Il n'a aucune intention de me séduire. Il me croit innocente, vertueuse, et me respecte. Il ne m'épousera que s'il le désire réellement. Et voilà ce qu'il me reste à faire, l'amener à une honnête et franche demande en mariage ! Comment n'y ai-je pas songé plus tôt ! Mais comment faire, comment faire ? »

Ambre et Nan se penchèrent toutes deux sur le problème et finirent par établir un plan.

Une semaine après, environ, Ambre et Samuel Dangerfield repartirent pour Londres, dans la voiture du marchand. Il l'avait prévenue depuis plusieurs jours qu'il comptait s'en aller et elle lui avait demandé la permission de voyager avec lui, se sentant, disait-elle, plus en sécurité. Sa propre voiture, transportant Nan et Curry, les suivait. Ils avaient déjeuné ensemble chez elle, un repas substantiel pour les soutenir pendant la route, et Ambre, après s'être montrée très gaie pendant le déjeuner, était tombée dans un silence pensif. De temps en temps, elle laissait échapper un petit soupir.

La journée était grise et sombre, la pluie ruisselait le long des branches dépouillées. L'air était froid et pénétrant, mais tous deux s'abritaient sous d'épaisses fourrures et une bonne couverture, une chaufferette bien garnie à leurs pieds, de celles que l'on faisait porter à l'église. Aussi respirait-on une douce chaleur qui, à l'intérieur de la grande berline cahotante, jointe aux vitres embuées, créait une atmosphère d'intimité dans ce petit îlot si loin du monde. Peut-être fut-ce cette réclusion et cette solitude qui donnèrent à Samuel Dangerfield le courage de prendre la jolie main qui pendait inerte sur la jupe et de dire :

— Un sou pour vos pensées, Mrs. Saint-Clare ?

Ambre ne dit mot, puis arbora le plus tendre et le plus séduisant des sourires. Elle haussa imperceptiblement les épaules :

— Oh ! je pensais que je regretterais nos jeux de cartes, nos petits dîners et nos promenades dans la journée.

Elle eut un nouveau petit soupir.

— Je me sentirai bien seule, maintenant que j'ai repris l'habitude de voir quelqu'un.

Elle lui avait raconté combien elle vivait retirée à Londres, sans parents, avec quelques rares amis et nul désir de faire de nouvelles connaissances.

— Oh ! mais j'espère bien que vous ne renoncerez pas à notre amitié, chère Madame. Je... eh bien ! pour être franc, je m'étais dit que nous pourrions nous revoir.

— C'est bien aimable à vous, dit Ambre tristement, mais je sais combien vous êtes occupé et entouré.

Car elle savait que de nombreux enfants, grands et petits, vivaient encore dans la grande demeure familiale, à Blackfriars.

— Pas tellement, je vous assure. Mon docteur désire que je travaille moins et, ma foi, je me découvre un certain penchant pour la paresse, du moment qu'il s'agit de se reposer en charmante compagnie !

Elle sourit et baissa les yeux devant le compliment.

— Et j'aimerais beaucoup aussi que vous fassiez

la connaissance des miens. Nous vivons tous très heureux, et je crois que vous les aimerez. Je sais qu'ils vous apprécieront.

— Vous êtes vraiment trop bon, monsieur Dangerfield, de vous occuper ainsi... Oh ! qu'avez-vous ? s'écria-t-elle en voyant son visage se contracter comme sous l'empire de la douleur.

Il garda le silence, visiblement embarrassé d'être surpris par une indisposition à un instant aussi romantique. Finalement, il secoua la tête :

— Non, dit-il, non, ce n'est rien !

Mais la douleur revint et son visage se congestionna. Ambre, sérieusement alarmée, le prit par le bras.

— Monsieur Dangerfield, je vous en prie ! Dites-moi... Qu'avez-vous ?

Il paraissait fort mal à son aise et admit finalement que, sans raison, il souffrait de violentes crampes abdominales.

— Mais je vous en prie, Madame, ne vous inquiétez pas de moi, supplia-t-il. Cela va passer, c'est seulement... Oh !

Un involontaire gémissement de douleur lui échappa. Ambre, pleine de sympathie, prit instantanément la situation en main :

— Il y a une petite auberge tout près d'ici, sur la route, je m'en souviens, nous sommes passés devant l'autre fois. Nous allons nous y arrêter ; vous vous coucherez tout de suite et je suis sûre que j'ai... Oh ! ne protestez pas, cher Monsieur, dit-elle comme il esquissait une faible opposition.

Et bien qu'elle parlât d'un ton sans réplique, sa voix était aussi douce que celle d'une mère parlant à son enfant malade.

— Je sais ce qui vous convient. Voyez, j'ai de la camomille et des fleurs des quatre-saisons dans ce petit sac, j'en emporte toujours. Attendez que je vous fasse une infusion...

Ils atteignirent rapidement l'auberge. Ambre donna ordre au cocher de s'arrêter et l'immense valet de chambre de Mr. Dangerfield — Grand John — offrit de le transporter à l'intérieur, ce qu'il eût aisément accompli, mais son maître refusa et n'accepta que l'aide indispensable. Ambre était aussi affairée qu'une poule parmi sa couvée. Elle ordonna qu'une chambre fût immédiatement préparée, fit décharger les bagages par Jeremy et Tempête, et courut une demi-douzaine de fois voir comment se trouvait Mr. Dangerfield. Finalement ils le hissèrent en haut, en dépit de ses protestations, et le couchèrent dans un grand lit à baldaquin.

— Et maintenant, dit Ambre à l'hôtelière, faites un bon feu et apportez-moi un chaudron à crémaillère pour que je puisse avoir de l'eau bien chaude. Donnez-moi aussi toutes les bouillottes que vous possédez et quelques couvertures en supplément. Nan, ouvre cette malle et sors-moi la boîte d'herbes... Jeremy, je voudrais mon almanach, sur le dessus de la grande malle de cuir. Et maintenant sortez tous, afin que Mr. Dangerfield puisse se reposer...

Ambre lui retira son manteau et son chapeau, défit ses habits, empila des bouillottes autour de lui, le recouvrit de plusieurs couvertures. Elle se montrait preste, douce, gaie, pleine de sollicitude, et un étranger l'eût certainement prise pour sa femme. Il la pria de ne point s'occuper de lui, de continuer sur Londres et de lui envoyer un docteur. Inquiet apparemment qu'il s'agît d'une nouvelle et peut-être dernière attaque, il lui demanda de prévenir sa famille. Ambre refusa fermement.

— Ce n'est rien de sérieux, Mr. Dangerfield, affirma-t-elle. Vous serez aussi vaillant que d'ordinaire d'ici quelques jours. J'en suis sûre. Ce ne serait pas bien de les effrayer tous ainsi, surtout Lettice, à la veille de son accouchement.

Lettice était l'aînée des filles.

— Non, avoua-t-il docilement, ce ne serait pas bien, évidemment.

En dépit de ses malaises, il devint bientôt évident qu'il jouissait de sa maladie et des attentions dont il était entouré. Il s'était toujours cru obligé de faire le stoïque ; mais à présent, loin de chez lui et de ceux qui le connaissaient, il s'offrait le luxe de se faire dorloter par une jeune et jolie femme qui paraissait n'avoir d'autre souci que son confort. Elle refusait même de le laisser seul la nuit, de crainte d'une nouvelle attaque, et dormait à proximité, sur un lit de camp.

Au plus léger mouvement elle était debout auprès de lui, sa magnifique chevelure dénouée encadrant son visage, la faible lueur de la bougie faisant des ombres sur ses bras nus et jouant sur sa gorge. Sa voix murmurante était une véritable caresse ; sa chair, tiède, quand par hasard elle l'effleurait au passage. La chaleur de la pièce s'imprégnait d'un entêtant parfum de jasmin et d'ambre gris. Jamais maladie n'avait été plus agréable. Et, un peu parce qu'elle le persuadait qu'il était pâle et faible, il resta au lit assez longtemps après que toute douleur eut disparu.

— Miséricorde ! dit Ambre à Nan, un jour qu'elle s'habillait dans la chambre voisine, je crois que si j'épouse ce vieux, je serai son infirmière plutôt que sa femme.

— Tout de même, Madame, c'est vous qui avez insisté pour qu'il reste au lit ! Et c'est de vous que vient l'idée de lui avoir fait manger ces champignons...

— Pchtt... fit prudemment Ambre, tu n'as pas besoin de parler de ça...

Elle se leva, jeta un dernier coup d'œil à son miroir et se dirigea vers la porte de communication. Son visage prit alors une expression de tendresse pleine de douceur.

XXV

Dangerfield House était située dans le vieux quartier aristocratique de Blackfriars et avait été construite vingt ans auparavant sur l'emplacement d'un grand hôtel du XIVe siècle. Elle s'étalait en forme de H avec deux cours, l'une devant, l'autre derrière. C'était une bâtisse à quatre étages mansardée, le rez-de-chaussée et le sous-sol servant de bureaux et de magasins. De briques rouges, elle était parfaitement symétrique, avec d'innombrables fenêtres à petits carreaux, plusieurs pignons et toute une forêt de cheminées. Elle était à l'angle de Shoemaker Row, en face de Green Lane, joliment ceinte d'une grille de fer à barreaux pointus. Des gardiens se tenaient nuit et jour postés à l'entrée de porches massifs.

Descendant de voiture devant les escaliers jumeaux qui conduisaient de l'entrée principale au second étage, Ambre ouvrit de grands yeux étonnés. La demeure était plus grande, plus imposante, plus formidable qu'elle ne se l'était imaginé. Deux cent mille livres étaient réellement une plus grosse somme qu'elle ne l'avait cru. Jusque-là, elle avait considéré Samuel Dangerfield comme un bon vieux monsieur qu'elle était parvenue à duper, mais à présent, impressionnée par les lieux, elle se sentait quelque peu nerveuse à l'idée d'affronter sa famille. Elle eût aimé être aussi persuadée que lui que tous l'accueilleraient à bras ouverts.

Comme ils demeuraient là, sous la bruine de février, pendant que Samuel donnait ses instructions aux domestiques occupés à décharger les bagages, une fenêtre du troisième s'ouvrit et une femme apparut :

— Papa ! Enfin, vous êtes de retour ! Nous étions si ennuyés, il y a si longtemps que vous êtes absent ! Cela vous a-t-il fait du bien ? Comment vous sentez-vous ?

Elle parlait sans voir — ou sans paraître voir — qu'une dame accompagnait son père. Ambre leva les yeux avec curiosité. « Ce doit être Lettice, songea-t-elle. »

Elle avait beaucoup entendu parler de Lettice — des autres aussi, mais de Lettice surtout. Lettice, mariée depuis quelques années déjà, était, à la mort de sa mère, revenue à Dangerfield House, avec son mari et ses enfants, pour y prendre la direction du ménage. Samuel l'avait dépeinte comme une femme énergique et dominatrice, ce qui avait tout de suite été antipathique à Ambre. Et voici que Lettice l'ignorait, ne tenant pas plus compte d'elle que de la dernière fille des rues.

— Je vais très bien, dit Samuel, visiblement ennuyé de la mauvaise éducation de sa fille. Et mon nouveau petit-fils ?

— Deux semaines hier, et il grossit ! C'est le portrait de John.

— Descendez au salon, Lettice, dit brièvement Samuel. Je désire vous voir, tout de suite.

Lettice, après avoir lancé un rapide regard glacé sur Ambre, referma la croisée et disparut. Ambre et Samuel — suivis de Nan et de Curry — gravirent l'escalier. La porte leur fut ouverte par un nègre de taille gigantesque, vêtu d'une jolie livrée bleue, et ils pénétrèrent dans un grand hall sur lequel ouvraient de nombreuses pièces. Deux larges escaliers en bois sculpté partaient des extrémités, conduisant aux étages.

Tout respirait la richesse et le confort, un luxe sobre : superbes parquets en marqueterie, meubles en chêne sculpté, murs tendus de tapisseries. Nulle frivolité ; une impression de conservatisme pondéré s'exhalait du moindre tabouret de velours ou de la plus petite encoignure sculptée. Au premier coup d'œil, on comprenait que cette maison était habitée par des gens tranquilles et bien élevés.

Ils prirent à gauche et furent dans un salon de plus

de cinquante pieds de long. Samuel, désolé, comprit immédiatement qu'il avait commis une erreur irréfléchie. Car, au-dessus de la cheminée, pendait un portrait de lui et de sa première femme, datant de quelque vingt ans. Il l'avait complètement oublié. Mais Ambre, considérant le visage énergique, compassé et ingrat de la première Mrs. Dangerfield, comprit immédiatement pourquoi la conquête de Samuel avait été, somme toute, assez aisée. Elle se demanda simplement si sa famille le comprendrait aussi bien.

Des pas se firent entendre derrière eux et elle se retourna pour voir une réplique de la femme du portrait s'avancer vers elle. Pendant une seconde, les yeux de Lettice rencontrèrent les siens, un bref et féroce regard de femme qui voyait tout, condamnait tout ; puis elle se tourna vers son père. Ambre l'enveloppa d'un coup d'œil général, jugeant immédiatement qu'elle ne savait pas s'habiller, était trop grande et portait plus que ses trente-deux ans. Lettice avait une robe tout à fait dans le genre de celles que Killigrew faisait endosser à ses actrices quand le rôle était celui d'une puritaine hypocrite, et contre lesquelles, toutes, elles protestaient vivement : une simple étoffe noire unie, ni vague, ni ajustée, avec un grand col et des manchettes blancs. Ses cheveux châtain clair disparaissaient quasiment sous un petit bonnet amidonné à brides : nul bijou, mais une simple alliance incrustée de diamants. Ambre, qui s'était crue si modeste, se sentit soudain voyante, flamboyante !

— Ma chère, dit Samuel prenant Ambre par le bras, puis-je vous présenter ma fille aînée, Lettice ? Lettice, voici ma femme.

Lettice eut un cri étouffé et blêmit. Ambre, après la cérémonie, avait suggéré à Samuel qu'il serait peut-être préférable d'en informer sa famille par un messager qui les précéderait. Mais il avait tenu à leur faire ce qu'il prétendait être la plus charmante des surprises.

Et maintenant Lettice, muette, considérait son père. Son visage, quand elle se tourna vers Ambre, avait une expression horrifiée. Elle en semblait consciente, mais ne pouvait l'empêcher, et cette réaction imprévue de la part de sa fille n'était pas sans irriter Samuel. Ambre, qui s'y était préparée, sourit gentiment et fit un imperceptible salut.

Lettice parvint enfin à ouvrir la bouche :

— Votre femme ? Mais, papa...

Elle porta la main à son front.

— Vous êtes marié ? Mais jamais dans vos lettres... nous ne... Oh ! je... Je suis désolée, je...

Elle paraissait si sincèrement, si douloureusement affectée que la froide hauteur de Samuel disparut entièrement. Il la prit par la taille :

— Là, ma chérie, je sais que c'est une vraie surprise. Mais je compte sur vous, Lettice, pour m'aider à le dire aux autres. Regardez-moi. Et souriez, s'il vous plaît. Je suis très heureux et je désire que tous les miens le soient avec moi.

Lettice cacha son visage contre l'épaule de son père. Agacée, Ambre s'attendait à une crise de larmes. Mais finalement elle se redressa, très droite, embrassa Samuel et sourit.

— Je suis contente que vous soyez heureux, papa.

Puis, se détournant vivement :

— Je vais m'occuper du déjeuner.

Sur quoi, elle s'enfuit.

Ambre jeta un coup d'œil sur Samuel et vit l'air singulier et pensif dont il suivait le départ de Lettice. Elle passa sa main sous son bras :

— Oh ! Samuel, elle ne m'aime pas. Elle ne voulait pas de ce mariage.

— Peut-être ! avoua-t-il, bien qu'il n'eût jamais auparavant envisagé cette éventualité. Mais Lettice a horreur, en tout, de ce qui est nouveau. Attendez seulement qu'elle vous connaisse. Alors, elle vous adorera; personne ne pourrait s'en empêcher.

— Oh! Samuel, je l'espère. Je voudrais tant qu'ils m'aiment *tous*. Je ferai tout pour qu'ils m'aiment.

Ils gagnèrent leurs appartements, sis dans l'aile sud-ouest de la maison et donnant sur la cour arrière et le jardin. Ils consistaient en une enfilade de pièces meublées dans le même style que le reste de la maison. Partout, des souvenirs de la première femme : un portrait au-dessus de la cheminée, une armoire qui devait avoir contenu ses robes et les contenait peut-être encore. Tout était imprégné de sa personnalité. Ambre avait l'impression qu'elle était encore là et décida incontinent d'opérer quelques changements.

Ponctuellement, à une heure sonnante, Samuel et Ambre firent leur entrée dans la salle à manger. S'y trouvaient déjà tous les membres de la famille en âge de marcher. Une trentaine de personnes environ se tenaient autour de l'énorme table, quelques enfants, même, qui d'habitude, mangeaient à la nursery. Les familles nombreuses n'étaient pas rares dans la riche bourgeoisie, où les enfants mouraient moins que chez les pauvres gens, et où les femmes ne faisaient rien pour prévenir les trop fréquentes naissances, ainsi que le pratiquaient les grandes dames de Whitehall et de Covent Garden. Au moment où Ambre et Samuel franchissaient le seuil, un petit chérubin s'informa à haute voix :

— Maman, c'est *ça* la femme?

Sa mère lui administra une tape, qu'elle corrigea immédiatement par une caresse pour éviter les pleurs. Samuel ignora l'incident et commença les présentations. Chacun, à l'appel de son nom, s'approchait, s'inclinait si c'était un homme, faisait une révérence ou embrassait Ambre si c'était une femme.

Les enfants, qui ouvraient de grands yeux,

saluèrent également. Il était évident, rien qu'à voir leur curiosité et leur crainte, qu'ils avaient entendu les adultes parler de la nouvelle Mrs. Dangerfield.

Dans l'ensemble, ils étaient tous plutôt bien de leur personne. Le visage banal de Lettice semblait l'exception. Il y avait le fils aîné, Samuel, avec sa femme et six enfants ; le mari de Lettice, John Beckford, et leurs huit enfants ; Robert, le second fils, dont la femme était morte, et ses deux enfants. Le troisième fils, John, vivait également dans la maison avec sa femme, ses cinq enfants, et travaillait, ainsi que ses aînés, dans les affaires paternelles. Puis venait une fille, arrivée pour la circonstance, avec ses enfants, d'une maison voisine ; James, ensuite, avec sa femme et deux enfants. Pour finir, les trois derniers : deux fillettes de quinze et treize ans et un garçon de douze. Il y en avait d'autres : l'un à l'étranger, un qui faisait son droit, un autre à Oxford ; parmi les filles, une vivait à la campagne, et une autre avait été empêchée de se joindre à la réunion familiale à cause de sa première grossesse.

« Seigneur ! songea Ambre. Tant de gens pour se partager une seule fortune ! Eh bien ! il y en aura une de plus à présent. »

Ils avaient tous reçu l'ordre de l'appeler « Madame », Samuel ne pouvant pas se résoudre à leur dévoiler le prénom de sa femme. Une suite de domestiques entrèrent, portant d'énormes plats d'argent, des soupières et des brocs dégageant un fumet odorant ou débordant d'une bonne ale dorée. La salle à manger était tout aussi solennelle et impressionnante que le reste de la maison. Les chaises richement tapissées et l'argenterie, dans le lourd buffet de chêne sculpté, firent ouvrir de grands yeux à Ambre. Les verres étaient de fin cristal et la vaisselle plate. Tranchaient, au milieu de toutes ces splendeurs, ces habits sans prétention, noirs, gris ou vert foncé, et ces cols et manchettes blancs : cela rappelait la grisaille et la neutralité de moineaux. Rubans, dentelles, bouclettes fausses, poudre et mouches étaient prohibés et Ambre, dans une simple robe de velours noir, avec un col en dentelle, se sentait extraordinairement voyante. Et elle l'était.

Elle s'était attendue à devoir affronter l'hostilité et ne s'étonna donc pas, car, de par la loi, dans la Cité de Londres, un tiers de la fortune d'un homme allait à sa veuve — parfois même davantage — si elle lui donnait un enfant. Et telle était bien l'intention d'Ambre.

Toutefois, leur antipathie avait d'autres raisons. Ambre leur déplaisait, certes, parce que leur père l'avait épousée — et tout partait de là, bien qu'en d'autres circonstances ils n'eussent probablement pas eu meilleure opinion d'elle —, mais, en dépit de ses efforts, elle ne pouvait les séduire : elle était si lointaine, si différente d'eux, dans le mauvais sens ! Sa beauté, même sans être rehaussée, était trop éclatante pour eux. Les femmes étaient persuadées qu'elle n'était ni aussi douce, ni aussi innocente qu'elle le paraissait, reconnaissant, sans le discuter, son charme sensuel. Une femme sérieuse ne lançait pas de ces regards obliques et n'avait pas l'air ainsi déshabillée dans les vêtements les plus montants. Son prénom les choqua. Elles portaient toutes des noms anciens et respectables : Catherine, Lettice, Philadelphie, Suzanne. Et Ambre, malgré ses protestations de ne désirer rien au monde que plaire à la famille de son mari, prit plusieurs initiatives qui ne pouvaient être que mal interprétées et critiquées.

Malgré une garde-robe très bien fournie, elle acheta et commanda robes savantes, manteaux garnis de fourrure, paires de bas de soie par douzaines, éventails, souliers, manchons et gants. Pendant des semaines elle n'apparut jamais deux fois dans la même toilette. Et elle portait ses bijoux, émeraudes, diamants, topazes, avec autant d'insouciance que de simples verroteries. Son portrait — où elle souriait dans une robe de dentelle d'or — remplaça celui de Samuel et de la première Mrs. Dangerfield au salon. La chambre à coucher, dans laquelle bien des enfants étaient nés, fut entièrement modifiée et des rideaux de damas rouge à semis doré garnirent les fenêtres et le lit. Une cheminée en marbre noir de Gênes succéda à l'ancienne; des glaces de Venise, des armoires et des paravents laqués remplacèrent le respectable mobilier de chêne, bien anglais.

Ils lui eussent peut-être pardonné ces fantaisies, sans la trop visible adoration que lui témoignait, sans vergogne, leur père. Car une fois mariée, Ambre eut à sa disposition bien d'autres moyens d'attiser la flamme de son vieil époux. Elle savait que son principal pouvoir résidait dans sa jeunesse, sa beauté, son corps désirable, toutes qualités qui avaient totalement fait défaut à la première Mrs. Dangerfield et paraissaient mieux convenir à la maîtresse d'un homme qu'à sa femme légitime. Et, comme elle désirait un enfant pour se l'attacher plus étroitement, elle n'hésitait pas à exciter ses sens. Il négligeait ses affaires pour rester auprès d'elle, perdait du poids et — bien qu'il s'efforçât de conserver sa dignité devant sa famille — ses regards le trahissaient chaque fois qu'il la contemplait. Ils s'en rendaient tous compte, davantage même qu'ils ne se l'avouaient, et leur haine ne fit que grandir.

Lettice en souffrait plus que les autres. Elle sentait que la présence d'Ambre était une honte pour la maison, car elle ne pouvait considérer cette jeune femme de vingt ans autrement que comme la maîtresse de son vieux père, prise en ses années de déclin et d'apparente immoralité.

— Cette femme ! dit-elle un jour férocement à Bob et au jeune Sam, comme ils se tenaient tous trois au pied de l'escalier et observaient Ambre qui courait gaiement, les boucles au vent, les jupes relevées pour bien montrer les broderies d'or de ses bas de soie verte, je suis sûre qu'elle ne vaut rien de bon. Elle se maquille !

Car ils ne la critiquaient ouvertement que pour des détails, le reste étant sous-entendu.

Henry — l'étudiant en droit, de vingt-deux ans — venait de se joindre au groupe et, lui aussi, observait Ambre. Il était tellement plus jeune que les autres, que sa part d'héritage ne serait pas grosse ; il n'éprouvait donc pas d'inquiétudes de ce côté. Quant au reste, il professait une admiration sournoise envers sa belle-mère.

— Ce serait moins difficile, si elle n'était pas une telle beauté, hein, Lettice ? dit-il.

Lettice lança un regard de reproche à son frère :

— Une telle beauté ! Qui n'en serait pas une avec de la peinture, des boucles, des mouches, des rubans et tout ce qui s'ensuit.

Henry haussa les épaules, regarda sa sœur maintenant qu'Ambre avait disparu dans le couloir du haut :

— C'est bien dommage alors que beaucoup de femmes ne le soient pas, puisque c'est si facile !

— Ma parole, Henry ! D'où prenez-vous ces idées ? Du théâtre ?

Henry fut gêné :

— Non, Lettice. Je ne suis jamais entré dans un théâtre, vous le savez.

Lettice eut un air sceptique et les deux autres frères rirent. Henry, qui s'empourprait, se détourna précipitamment et sortit. Lettice, avec un soupir, se dirigea vers les cuisines. Car Ambre n'avait fait aucune tentative pour s'emparer de la direction de la maison. Bien que Lettice eût aimé lui en confier la charge, Samuel avait insisté pour que sa fille continuât de s'en occuper, et Lettice n'avait pu lui refuser. Ce n'était pas une tâche aisée que de diriger un phalanstère comprenant trente-cinq enfants et adultes, auxquels il convenait d'adjoindre environ cent cinquante serviteurs.

Dans sa chambre, Ambre enfilait son manteau, rabattait le capuchon sur ses yeux, glissait un masque de velours noir dans son manchon. Ses gestes étaient rapides et ses yeux brillaient d'excitation.

— Je vous préviens, Madame, disait Nan tout en l'aidant et en secouant ses boucles cuivrées, c'est une folie !

— Sottises, Nan !

Elle enfilait une paire de gants longs brodés.

— Personne ne me reconnaîtra.

— Mais si cela arrivait, Madame ! Vous seriez perdue, et pour quoi ?

Ambre fronça le nez et donna une petite tape amicale à Nan :

— Si quelqu'un me demande, je suis allée au Change. Je serai de retour à trois heures.

Elle se dirigea vers la porte et prit un petit escalier en colimaçon qui donnait dans la cour arrière où l'attendait une des voitures fermées. Elle avait conservé Tempête et Jeremy, qui la conduisaient où elle le désirait.

Quand les chevaux s'arrêtèrent, Ambre mit son masque et descendit ; elle traversa la rue, emprunta une petite ruelle qui, à travers une cour bruyante, menait sur l'arrière du Théâtre Royal. Jetant un regard autour d'elle, Ambre entra et parvint à la porte du salon d'habillage qu'elle trouva, comme toujours, plein d'actrices à demi nues et de jeunes libertins, dont la plupart portaient des perruques à la toute dernière mode.

Personne ne fit attention à elle, tout d'abord, puis Beck Marshall s'adressa à elle :

— Vous désirez, Madame ?

Avec un rire de triomphe, Ambre enleva son masque et rejeta son capuchon. Les femmes poussèrent un cri de surprise et Scroggs se précipita pour la saluer, sa vilaine figure rouge grimaçant de plaisir. Ambre lui passa un bras autour des épaules.

— Jésus ! Madame Saint-Clare ! D'où venez-vous ? Là, croassa-t-elle, je vous avais bien dit qu'elle reviendrait !

— Et me voilà ! Tenez, prenez cette guinée, Scroggs, vieille pocharde, de quoi passer la semaine dans les vignes du Seigneur !

Instantanément elle fut entourée, embrassée, questionnée, tandis que les jeunes beaux insistaient pour être admis en sa société. Le bruit avait couru qu'elle s'était retirée à la campagne pour y avoir un enfant ; on disait aussi qu'elle était morte d'un accès de fièvre, qu'elle était partie pour l'Amérique. Mais quand elle leur raconta qu'elle avait épousé un riche marchand — sans leur révéler son nom — elles furent toutes très impressionnées. Les acteurs, ayant eu vent de sa présence, entrèrent à leur tour, réclamant chacun un baiser, détaillant sa toilette, ses bijoux, lui demandant de combien elle espérait hériter et si elle était enceinte.

Ambre se sentait réellement à son aise, pour la première fois depuis plus de quatre mois. A Dangerfield, elle était constamment gênée par la pensée de se trahir étourdiment. Et l'irrésistible désir pervers de dépouiller son air de naïveté, de proférer une grossièreté, de cligner de l'œil à un valet de chambre pour bien les choquer tous augmentait encore la gêne.

Soudain elle aperçut un visage qu'au premier abord elle ne reconnut pas dans ce décor où il était si peu familier. Brusquement elle remit son masque, rajusta son capuchon et commença de faire ses adieux. Car, à l'autre bout de la pièce, parlant à l'une des nouvelles actrices, elle venait de reconnaître Henry Dangerfield. En moins d'une minute, elle eut gagné le couloir à demi obscur, mais des pas se firent entendre derrière elle.

— Je vous demande pardon, Madame.

Ambre, le cœur battant, s'arrêta une seconde, puis reprit immédiatement sa marche.

— Je ne vous connais pas, Monsieur, fit-elle d'un ton coupant, changeant sa voix.

— Mais je suis Henry Dangerfield et vous êtes...

— Mme Anne Saint-Michel, Monsieur, voyageant seule...

— Je m'excuse, Madame !

A son grand soulagement, Ambre vit qu'il renonçait à la suivre. Une fois dehors, elle se retourna et ne l'aperçut point. Toutefois, elle ne monta pas en voiture, mais murmura tout bas à Tempête, en passant à côté de lui :

— Attendez-moi au coin de Maypole.

Ambre passa le reste de la journée dans sa chambre, nerveuse et agitée. Elle allait et venait, regardait par la fenêtre, se tordait les mains, et interrogeait sans cesse Nan sur le pourquoi du retard de Samuel. Nan se garda bien de lui dire qu'elle avait prédit ce qui arrivait : inutile, cela se lisait sur son visage.

Mais quand son mari arriva, tard dans l'après-midi, il la salua d'un sourire et d'un baiser, comme d'habitude. Ambre, qui avait revêtu une robe d'intérieur, sans rien dessous, posa sa tête contre son épaule.

— Oh ! Samuel. Où êtes-vous resté ? Il est si tard, je m'inquiétais de vous...

Il sourit et, jetant un coup d'œil pour s'assurer que Nan les avait laissés seuls, glissa une main dans le corsage de sa femme :

— Je suis désolé, mon cœur. Un monsieur est venu me voir pour affaires, et nous avons causé plus longtemps que je ne le croyais.

Elle avait tout d'abord songé ne pas descendre

pour le dîner, mais finalement elle décida que ce serait maladroit. Si Henry l'avait reconnue, il pourrait le dire demain tout aussi bien qu'aujourd'hui et elle n'allait pas éternellement se confiner dans ses appartements. Le dîner se déroula exactement comme d'habitude; après, suivant l'usage, ils se rendirent tous dans l'un des salons pour y passer une ou deux heures ensemble avant de se retirer.

Lettice, Suzanne, Philadelphie et Catherine, assises devant le feu, bavardaient tranquillement tout en brodant. Les enfants jouaient à cache-tampon, Samuel reprit la partie d'échecs entamée depuis plusieurs jours entre lui et Michel, le garçon de douze ans, et Henry s'installa auprès d'eux pour voir. Les deux frères aînés fumaient leurs pipes en parlant affaires et en critiquant le gouvernement au sujet des Hollandais. Ambre, plus à l'aise, s'enfonça dans un fauteuil tout en causant à Jemima, la plus jolie de tous les enfants Dangerfield. Jemima, quinze ans, était l'unique amie d'Ambre dans cette demeure; Jemima l'admirait de tout son cœur. Elle était trop simple et trop pure pour voir dans le récent mariage de son père autre chose qu'une bonne chose : une nouvelle femme dans la maison qui s'habillait et se conduisait exactement comme elle-même eût aimé à s'habiller et à se conduire. Elle ne comprenait pas l'animosité de ses aînés envers « Madame » et avait souvent rapporté à Ambre ce qui se disait d'elle. Elle lui raconta que Lettice, après avoir entendu vanter les soins dévoués de Madame pour son père pendant son indisposition, avait déclaré qu'elle l'avait peut-être rendu malade volontairement, afin d'avoir l'occasion de le bien soigner. Ambre, fort mal à l'aise, fut heureuse d'apprendre que le frère aîné avait mis Lettice en garde contre une jalousie qui l'entraînait trop loin. Car, après tout, avait-il dit, cette femme peut être sujette à caution, mais elle ne peut pas avoir fait *cela !*

Elles étaient à peu près de la même taille, mais le visage de Jemima était mince et moins arrondi. Ses cheveux avaient un beau brun foncé aux reflets cuivrés, sa peau était fine et blanche et ses yeux bleus s'ombrageaient de longs cils recourbés. Ardente, pleine de vivacité, très gâtée par son père et ses frères aînés, c'était une enfant indépendante, entêtée, charmante. Pour l'instant, assise sur une chaise, les mains croisées autour des genoux, les yeux brillants, elle écoutait Ambre lui raconter une histoire qu'elle tenait de seconde main, sur le roi demandant pardon à genoux à Lady Castlemaine.

A l'autre bout de la pièce, Suzanne eut un haussement de sourcils significatif :

— Comme Jemima est attachée à Madame ! Elles deviennent inséparables. Vous devriez y veiller, Lettice. Jemima finira par apprendre à se maquiller.

Lettice lui lança un regard perçant, mais Suzanne avait déjà baissé les yeux sur sa broderie et travaillait à petits points précis. Depuis quelques années, depuis que Lettice était revenue prendre la direction de la maison, il y avait une guerre sourde entre elle et la femme de son frère aîné. Les deux autres femmes furent secrètement contentes que Lettice eût enfin trouvé quelqu'un qui échappait à sa domination. Mais ce plaisir même n'adoucissait pas l'amère perte d'argent : la nouvelle femme était bien l'ennemie commune, devant laquelle s'effaçaient toutes les petites animosités.

Tranquillement, Lettice répondit :

— J'ai l'intention d'y faire très attention dorénavant, car ce n'est pas tout ce que la petite pourrait apprendre d'elle.

— Porter des robes décolletées, peut-être, dit Suzanne.

— Bien pis !

— Qu'est-ce qui pourrait être pis ? fit Suzanne d'un ton moqueur.

Mais Catherine avait senti une arrière-pensée chez Lettice, et ses yeux s'allumèrent à la perspective d'un scandale.

— Que savez-vous, Lettice ? Qu'a-t-elle fait ?

Devant le ton de Catherine, les deux autres se penchèrent instantanément :

— Lettice, qu'avez-vous entendu ?

— A-t-elle fait quelque chose de *terrible ?*

Elles ne parvenaient pas à imaginer quoi.

Lettice enfila son aiguille :

— Nous ne pouvons pas en parler devant les enfants.

Philadelphie se leva immédiatement :

— Je vais les envoyer coucher.

— Philadelphie ! dit sévèrement Lettice, laissez-moi faire. Attendez qu'elle se mette à chanter.

Car, tous les soirs, après le coucher des enfants et avant que les adultes ne se retirassent, Ambre chantait. Samuel avait institué cet usage qui faisait à présent partie de la routine de la maison.

Les femmes s'agitèrent nerveusement pendant une bonne heure, chuchotant et priant Lettice d'envoyer les enfants au lit. Mais celle-ci ne consentit à le faire qu'à l'heure habituelle. Quand elle revint, après les avoir remis aux mains de leurs nurses respectives, Ambre fredonnait un ravissant petit chant mélancolique en s'accompagnant de sa guitare. Quand elle eut achevé, les auditeurs applaudirent poliment, mais seuls Samuel et Jemima manifestèrent de l'enthousiasme.

— Oh ! si seulement je pouvais chanter ainsi ! s'écria Jemima.

Samuel se pencha pour lui baiser la main :

— Vous avez, ma chère, la plus jolie voix du monde.

Ambre déposa un baiser sur la joue de l'enfant et passa son bras sous celui de son mari en lui adressant un sourire. Elle tenait toujours à la main sa guitare — cadeau de Rex Morgan — ornée de rubans multicolores achetés par lui un jour au Royal Exchange. Elle était soulagée que la soirée se fût achevée sans incident et fort désireuse de se retrouver chez elle. « Jamais, se promit-elle, jamais je ne commettrai plus semblable folie. » Lettice, penchée en avant dans son fauteuil, les nerfs tendus, éleva soudain la voix et, d'un ton anormalement clair et dur :

— Ce n'est pas étonnant que la voix de Madame soit aussi agréable !

Henry, debout dans la pièce, eut un sursaut et devint rouge cerise. Ambre crut que son cœur allait s'arrêter et que son sang se figeait. Mais Samuel n'avait pas entendu.

— Que voulez-vous dire, Lettice ? fit sournoisement Suzanne.

— Je veux dire qu'une femme qui se sert de sa voix pour vivre est bien obligée de la cultiver.

— Que racontez-vous, Lettice ? fit à son tour Jemima. Madame n'a jamais dû gagner sa vie, vous le savez bien.

Lettice se leva, empourprée, les poings serrés ; les brides de son bonnet frémissaient :

— Je crois que vous feriez mieux de monter dans votre chambre, Jemima.

Instantanément sur la défensive et cherchant une aide auprès d'Ambre, Jemima questionna :

— Monter dans ma chambre ? Pourquoi ? Qu'ai-je fait ?

— Rien du tout, ma chérie, répondit patiemment Lettice, bien décidée à éviter toute dispute familiale. Mais ce que j'ai à dire n'est pas fait pour vous.

Jemima fit une grimace.

— Grands dieux, Lettice ! Quel âge me donnez-vous donc ? Si je suis assez vieille pour épouser ce Joseph Cuddle, je peux entendre tout ce que vous avez à dire.

Samuel se rendit enfin compte que ses filles se disputaient.

— Qu'y a-t-il, Lettice? Jemima est grande à présent. Si vous avez quelque chose à dire, dites-le!

— Très bien.

Elle prit une grande inspiration :

— Henry a vu Madame au théâtre, cet après-midi.

Samuel ne changea pas d'expression et les trois femmes autour de la cheminée parurent sérieusement désappointées, frustrées même.

— Eh bien? dit-il. Si c'est vrai, j'ai toujours entendu dire que le théâtre était protégé par des dames de qualité, de nos jours!

— Vous ne comprenez pas, père. Il l'a vue dans le salon d'habillage.

Elle se tut un instant, observant l'altération du visage paternel et regrettant presque que sa haine et sa jalousie l'eussent poussée à formuler cette malheureuse accusation. Elle commençait à comprendre que cela ne ferait que le peiner, sans apporter le moindre changement. Et Henry, qui se tenait là comme s'il eût désiré se trouver à mille pieds sous terre! D'une voix tremblante, Lettice acheva sa phrase :

— Elle était dans le salon d'habillage parce qu'elle était autrefois une actrice.

Il y eut un cri général. Seule Ambre qui resta parfaitement calme, affrontant Lettice du regard. L'espace d'une seconde, son visage exprima une haine sauvage, mais ce fut si fugitif que personne ne put affirmer l'avoir vue. Elle baissa les yeux et prit l'air aussi innocent qu'une enfant surprise les doigts dans la confiture.

Suzanne se piqua, Catherine laissa tomber son ouvrage, Jemima malgré elle se leva. Les frères, tirés de leur indifférence, devinrent attentifs à ce qu'ils avaient pris jusqu'à présent pour des disputes de femmes. Samuel, qui avait réellement rajeuni depuis quelques semaines et paraissait plus heureux qu'il ne l'avait jamais été, redevint subitement un vieil homme, et Lettice souhaita éperdument n'avoir pas commis la folie de parler. Il resta droit, immobile, puis, abaissant son regard sur Ambre qui leva les yeux pour le regarder bien en face, il dit :

— Ce n'est pas vrai, n'est-ce pas ?

Elle lui répondit si doucement que personne n'entendit, en dépit de l'attention tendue :

— Si, cela est vrai, Samuel. Mais si vous voulez bien m'écouter, je vais vous expliquer pourquoi j'y ai été forcée. Je vous en prie, Samuel ?

Ils échangèrent un très long regard, celui d'Ambre suppliant, Samuel cherchant à comprendre ce qu'il n'avait jamais approfondi auparavant. Alors il redressa fièrement la tête, passa le bras de sa femme sous le sien et tous deux sortirent. Il y eut un instant de silence absolu avant que Lettice, courant à son mari, éclatât en sanglots.

XXVI

Plus jamais, en présence de Samuel Dangerfield, il ne fut fait allusion à son ancienne profession d'actrice. Le lendemain du jour où Lettice avait livré ces révélations sensationnelles, il la fit venir dans son bureau et lui déclara que les explications qui lui avaient été données le satisfaisaient entièrement, qu'il ne jugeait pas opportun d'en faire part à la famille, et ne voulait plus qu'on en parlât, ni dans l'intimité, ni à des étrangers. Henry fut informé qu'il avait le choix entre abandonner ses visites au théâtre ou quitter la maison. Et, selon toute apparence, la vie continua comme par le passé.

La première fois qu'Ambre apparut à table, elle

était aussi calme et naturelle que si tout le monde ignorait encore sa véritable identité ; son sang-froid, en cette occurrence, fut sévèrement jugé. Jamais ils ne lui pardonnèrent de ne pas avoir courbé la tête, ni rougi. Mais Ambre savait parfaitement ce qu'ils pensaient, et de cela se souciait peu. Samuel était entièrement convaincu de son innocence. Victime du sort, qui l'avait poussée dans ce milieu totalement étranger du théâtre, elle en était sortie sans une tache, ni morale, ni physique. Il était à ce point fou d'elle, et d'une loyauté si absolue, que personne n'osa plus jamais critiquer sa femme devant lui, même par insinuation. Par orgueil familial et par amour pour leur père, les enfants en vinrent même à la protéger contre les étrangers. Car, inévitablement, le bruit s'était répandu parmi leurs nombreux amis et relations que le vieux Samuel Dangerfield avait épousé une actrice d'une réputation douteuse. Ils la défendirent avec une telle conviction qu'Ambre fut reçue par les plus austères et les plus sévères douairières de Londres.

Cependant, si toute la famille était profondément choquée et honteuse d'être apparentée — même par alliance — à une ancienne actrice, l'un de ses membres voyait là l'une des aventures les plus passionnantes et excitantes qui fût. C'était Jemima. Elle tourmentait Ambre des heures durant pour se faire raconter des histoires de théâtre, ce que disaient les messieurs, comment était Lady Castlemaine quand elle était assise dans la loge royale, ce que l'on éprouvait sur la scène, quand des milliers d'yeux étaient braqués sur vous. Elle désirait aussi savoir si vraiment les actrices étaient des femmes perdues, ainsi que le disait Lettice. Jemima se demandait bien ce qu'étaient exactement des « femmes perdues », mais cela devait être joliment vilain et si excitant.

Ambre ne répondait qu'à une partie de ses questions. Elle dépeignait à sa belle-fille la partie gaie, colorée, amusante du théâtre et de la Cour, omettant d'autres aspects qu'elle ne connaissait que trop bien. Pour Jemima, les beaux messieurs et les belles dames étaient dignes d'admiration parce qu'ils étaient magnifiquement habillés, qu'ils avaient de jolies manières et portaient des titres. Elle eût été navrée d'être désillusionnée.

Et, en dépit de la vigilance de Lettice, elle commença d'imiter sa belle-mère. Son décolleté devint plus osé, ses lèvres plus rouges; elle se parfuma à l'eau de fleurs d'oranger, se coiffa en boucles, les cheveux relevés sur la nuque et ornés de rubans. Ambre l'encourageait, par pure malice. Finalement, Jemima arbora deux ou trois petites mouches.

— Jemima, dit un jour Lettice à sa sœur quand elle descendit pour le repas dans une robe de satin aux manches bouffantes qui dégageait un peu trop les épaules et la gorge, vous commencez à ressembler à une évaporée!

— Pas du tout, Lettice, je commence à ressembler à une dame!

— Je n'aurais jamais cru voir un jour ma propre sœur se peindre!

Mais Sam passa le bras autour de la taille bien ajustée de Jemima :

— Laissez donc cette enfant tranquille, Lettice. Et qu'elle se mette une mouche ou deux! Elle est jolie comme un cœur.

Lettice lança vers Sam un regard de mépris railleur :

— Vous savez de qui elle apprend tout cela?

Jemima prit chaleureusement la défense de sa belle-mère :

— Si vous voulez dire que je l'ai appris de Madame, c'est vrai! Et vous feriez bien d'éviter que père vous entende parler de sa femme sur ce ton.

Lettice eut l'air navré :

— Où en sommes-nous arrivés, nous, les Dangerfield, si les sentiments d'une vulgaire actrice...

— Qu'entendez-vous par « vulgaire actrice », Lettice? s'écria Jemima. Elle n'est pas vulgaire du tout! C'est une dame de qualité. De meilleure naissance que les Dangerfield, avec votre permission! Mais son père — un chevalier, si vous voulez le savoir — l'a chassée après qu'elle eut épousé un homme qui ne lui plaisait pas. Et, quand son mari est mort, elle est restée sans un sou. Tom Killigrew l'a rencontrée dans la rue, et lui a proposé de l'engager au théâtre. Elle a accepté pour ne pas mourir de faim. Mais, dès que le père de son mari est mort en lui laissant un peu d'argent, elle s'est retirée et est allée à Turnbridge pour y mener une vie tranquille. Eh bien! qu'avez-vous à sourire tous les deux?

Sam reprit immédiatement son sérieux, car, à son avis, mieux valait qu'elle ne sût pas exactement qui était la femme qu'elle admirait.

— Est-ce là ce qu'elle a raconté à père?

— Oui! Vous la croyez, n'est-ce pas, Sam? Oh! Lettice, vous me rendez malade!

Elle fit un brusque tour sur elle-même, releva ses jupes et s'enfuit dans l'escalier. Lettice s'aperçut qu'elle avait également inauguré de porter des bas de soie grise. Sam et Lettice échangèrent un regard.

— Pensez-vous qu'il croie réellement cette fable à dormir debout? fit-il enfin.

Lettice soupira :

— J'en suis sûre. Et si jamais il se doutait que nous ne... Non, il ne faut pas qu'il s'en doute. Je ne sais pas ce qui a pu le faire changer ainsi, mais c'est un fait et il nous faut cacher nos véritables sentiments, pour l'amour de lui. Car nous l'aimons toujours, même si... même si...

Elle se détourna et Sam lui serra affectueusement le bras avant qu'elle s'en allât. Et puis Samuel et

Ambre entrèrent, accompagnés de Jemima triomphante, le bras passé sous celui de sa belle-mère.

Vers le mois de juin, Ambre n'était toujours pas enceinte, et elle commençait à s'en inquiéter sérieusement. Car Samuel, elle le savait, désirait fort un enfant, surtout, croyait-elle, pour justifier son mariage à ses propres yeux et à ceux de sa famille. Et elle en désirait un elle aussi. Il avait pourtant modifié son testament, de manière que le tiers légal lui revînt, mais elle se disait qu'un enfant l'inciterait à donner davantage... Il était devenu sentimental quand il était question de bébés, ce qui était un tantinet ridicule si l'on réfléchissait que sa première femme lui en avait donné dix-huit. De surcroît, toujours consciente de l'hostilité ambiante, Ambre s'imaginait qu'un enfant la protégerait plus que tout.

Enveloppée d'une cape, le visage masqué, elle avait rendu visite à la moitié des sages-femmes, docteurs et charlatans de Londres, et une armoire pleine d'huiles, d'onguents et de tisanes l'occupait une bonne partie du temps. Le régime de Samuel, à base d'huîtres, d'œufs, de caviar, de foies de volaille n'eut pas plus d'effet : Ambre n'était pas enceinte. Finalement, elle alla consulter un astrologue et s'en revint tranquillisée : il lui avait prédit qu'elle ne tarderait pas à concevoir.

Par une très chaude journée de la fin juin, elle rentrait avec Jemima d'une promenade au Royal Exchange. Toutes deux s'installèrent dans l'appartement d'Ambre pour y siroter une boisson rafraîchissante. Les rues poussiéreuses et la foule grossière les avaient fatiguées. Il y avait tant de mouches dans la maison qu'en dépit de Curry, préposé à leur chasse, le bourdonnement était assourdissant. Ambre jeta sur une table ses gants, son éventail et son capuchon, et s'étendit sur une chaise longue en délaçant son corsage.

Jemima était moins sensible à la chaleur qu'à

l'aventure passionnante qui venait de leur arriver. Car deux messieurs très bien mis, et fort bien élevés, avaient arrêté sa belle-mère dans l'allée supérieure du Change pour lui demander, avec une délicieuse impudence, de les présenter « à cette charmante petite coquette aux yeux bleus », c'est-à-dire à Jemima. Et l'un deux l'avait embrassée sur la joue et invitée à faire un tour avec lui dans Hyde Park.

— Songez un peu ! s'écriait Jemima ravie, Mr. Sidney disant qu'après m'avoir rencontrée, la journée lui paraissait plus brûlante que jamais !

Elle rit et avala une gorgée...

— Jamais je n'ai vu des messieurs aussi bien. Et l'autre, le colonel Hamilton, c'est le soupirant de Lady Castlemaine, n'est-ce pas ?

Elle était extrêmement flattée d'avoir été remarquée par quelqu'un que Sa Grâce avait distingué. Barbara jouissait d'une telle notoriété qu'elle était devenue une sorte de mythe, même pour les fillettes innocentes et bien couvées comme Jemima.

— On le dit, répondit nonchalamment Ambre.

— Bien sûr, vous avez eu raison de refuser, et pourtant ils avaient l'air si gentils et si bien élevés. Je suis sûre que nous nous serions beaucoup amusées.

Ambre échangea un regard malin avec Nan.

— Certainement, accorda-t-elle, tout en commençant de se déshabiller.

Les Dangerfield recevaient beaucoup — davantage encore depuis que Samuel désirait présenter sa jolie jeune femme —, et l'une des distractions d'Ambre consistait à changer fréquemment de toilette.

— Vous savez, dit Jemima sans regarder sa belle-mère, les yeux pensivement fixés sur la glace, je crois que ce serait délicieux d'avoir un amoureux, si c'était un gentilhomme. Je déteste les gens ordinaires ! Toutes les dames de la Cour ont des soupirants, n'est-ce pas ?

— Oh ! beaucoup d'entre elles, je suppose. Mais

franchement, Jemima, je ne crois pas que Lettice aimerait à vous entendre parler ainsi.

— Peu m'importe ce que pense Lettice! Qu'en sait-elle? Elle n'a jamais connu que John Beckford, et l'a épousé! Mais vous n'êtes pas comme elle. Vous savez tout, et je peux vous parler sans que vous me reprochiez d'être frivole. Les maris sont toujours des gens si ennuyeux, les gentilhommes n'ont jamais l'air d'être mariés, n'est-ce pas?

— Non, tant qu'ils obtiennent... Tant qu'ils peuvent l'éviter, corrigea Ambre.

— Et pourquoi?

— Oh!... — elle enfilait une robe d'intérieur — ... ils prétendent qu'ils perdent leur réputation d'hommes d'esprit. Allons, Jemima, vous ne pensez pas réellement ce que vous dites. Je croyais que vous alliez épouser Joseph Cuttle!

Jemima prit un air furieux :

— Joseph Cuttle! Vous devriez le voir! Vous en souvenez-vous... il était là mercredi dernier. Avec des dents qui avancent, des jambes maigres et des boutons sur la figure! Je le déteste! Je ne veux pas l'épouser! Tant pis, ils diront ce qu'ils voudront! Je ne veux pas...

— Allons, fit Ambre d'un ton apaisant, je ne pense pas que votre père vous oblige à épouser un homme que vous détestez.

— Il m'a dit que je l'épouserais! C'est décidé depuis des années. Mais, oh! je ne veux pas, Ambre! s'écria-t-elle vivement, s'agenouillant auprès de sa belle-mère qui caressait un beau chat brun ronronnant. Papa accède à tout ce que vous voulez. Faites-lui promettre que je n'épouserai pas Joseph Cuttle, voulez-vous? Oh! s'il vous plaît, Ambre!

— Mais, Jemima, protesta Ambre, il ne faut pas parler ainsi. Votre père ne fait pas tout ce que je lui dis.

Elle savait que Samuel lui-même serait vexé que sa famille le crût sous la pantoufle.

— Mais je lui en parlerai.

— Oh! si seulement vous vouliez bien! Parce que je ne veux pas l'épouser. Je ne peux pas... Savez-vous, Ambre... eh bien! je suis amoureuse!

Ambre parut suffisamment impressionnée et posa la question attendue :

— Non! Est-il bien?

— Oh! soupira Jemima avec ferveur, le plus bel homme que j'aie jamais vu. Il est grand, avec des cheveux noirs et des yeux... Je ne sais plus de quelle couleur, mais quand il me regarde, je me sens toute drôle. Oh! Ambre, il est magnifique! Tout ce que j'admire le plus au monde.

— Eh là! dit Ambre. Et où peut-on voir cette merveille?

Jemima devint pensive.

— Pas ici, pas à Londres. En ce moment du moins, mais j'espère qu'il sera bientôt de retour. Je l'attends depuis treize mois et une semaine, et jamais je n'aimerai quelqu'un d'autre.

Ambre était amusée, car l'enthousiasme de Jemima lui paraissait enfantin :

— Eh bien! Jemima, j'espère qu'il vous reviendra. Sait-il que vous l'attendez?

— Oh! non. Il se doute à peine de mon existence. Je ne l'ai vu que deux fois; il est venu dîner un soir, et l'autre fois je suis allée, avec Sam et Bob, visiter ses navires avant qu'il parte pour l'Amérique.

— Pour l'Amérique! Qui est cet homme? Comment s'appelle-t-il?

Jemima la dévisagea, étonnée.

— Si je vous le dis, vous me promettez de n'en parler à personne? Ils se moqueraient tous de moi. C'est un noble, Lord Carlton. Oh! qu'y a-t-il? Le connaissez-vous?

C'était aussi rude et suffocant qu'un seau d'eau

glacée en pleine figure, et Ambre fut irritée de la crainte qu'elle ressentit. « Pourquoi ? se dit-elle, vexée de son propre manque de confiance. Cette gamine ne lui est rien. Comment, ce n'est qu'une enfant. De plus, elle n'est pas de loin aussi jolie que moi. Ou est-ce que je me trompe ? » Les yeux d'Ambre enveloppèrent rapidement le visage de sa belle-fille, y cherchant la menace à son propre bonheur. « Je suis stupide, se dit-elle avec colère. Est-ce que je tiens absolument à ce qu'elle sache... »

Quelques secondes passèrent avant qu'elle répondît d'un air indifférent :

— Oh ! je crois que je l'ai rencontré au théâtre. Mais comment cela se fait-il que vous receviez un lord ici, et que vous visitiez ses bateaux ?

— Il fait des affaires avec papa, je ne sais pas au juste quoi.

Ambre leva les sourcils :

— Samuel fait des affaires avec un pirate ?

— Ce n'est pas un pirate ! C'est un corsaire, ce qui est tout autre chose. C'est aux corsaires que nous devons la puissance de l'Angleterre sur mer, la marine de Sa Majesté ne ferait rien sans eux.

— Vous parlez comme un véritable marchand, Jemima, fit Ambre d'un ton aigre, mais elle se reprit vivement, se forçant à sourire. Ainsi, vous êtes éprise d'un gentilhomme. Je souhaite de tout mon cœur, pour vous, qu'il revienne bientôt en Angleterre.

— Oh ! moi aussi ! Je donnerais n'importe quoi pour le revoir. Vous savez, ajouta-t-elle avec une timidité confiante, l'an dernier, à la Toussaint, nous avons fait un gâteau. Anne a rêvé de William Twopenny, et elle est devenue sa femme. Et moi, j'ai rêvé de Lord Carlton ! Oh ! Ambre, croyez-vous qu'il pourra jamais m'aimer ? Pensez-vous qu'il m'épousera un jour ?

— Pourquoi pas ! Vous aurez une assez belle dot !

A peine avait-elle parlé qu'elle s'en repentit et ajouta vivement :

— Les hommes pensent toujours à cela, vous savez !

Moins d'une heure après, elle rompit sa promesse, car Samuel vint la voir et elle ne put résister à la tentation de lui parler de Bruce. Innocemment, elle commença :

— J'ai entendu dire aujourd'hui au Change que les Hollandais ont déclaré à Sa Majesté que leur flotte est uniquement destinée à défendre leur trafic commercial, et que le roi est furieux de penser qu'ils le croient assez sot pour avaler cette fable.

Samuel, qui changeait de costume, se mit à rire :

— Quel mensonge ridicule ! La flotte hollandaise n'a qu'un but : chasser l'Angleterre des mers. Ils ont pris nos navires, battu nos hommes aux Indes orientales, pendu saint George parmi leurs propres drapeaux, produit des lettres de cachet contre nous et fait tout au monde, excepté oser nous attaquer.

— Mais nous avons sorti des lettres contre eux, depuis le retour du roi, n'est-ce pas ?

— En tout cas, nous sommes censés l'ignorer. Ces lettres sont généralement dirigées contre les Espagnols, bien que, sans aucun doute, nous ayons également arrêté des Hollandais. Ce qui était bien mérité, d'ailleurs. Mais comment êtes-vous aussi bien renseignée, mon ange ?

Il paraissait tendrement amusé d'entendre sa femme discuter de questions sérieuses.

— J'ai parlé avec Jemima.

— Avec Jemima ? Évidemment, elle doit avoir les toutes dernières nouvelles !

— C'est certain, en ce qui concerne les corsaires. Elle m'a dit que vous faisiez des affaires avec eux.

— Oui, avec trois ou quatre. Mais je ne savais pas que Jemima s'intéressait ainsi à mes affaires.

Il souriait, les mains dans ses poches, tout en contemplant sa femme d'un air admiratif.

— Ce ne sont pas vos affaires qui l'intéressent; ce sont plutôt les corsaires.

— Oh! vraiment! La petite masque!... C'est cela! Je suppose qu'elle se croit amoureuse de Lord Carlton!

— Comment l'avez-vous deviné?

— Ce n'est pas très difficile. Il est venu dîner ici, il y a un an environ. Elle n'a pas pu avaler une bouchée et n'a parlé que de cela pendant plusieurs jours. Elle ferait mieux d'abandonner cette idée!

— Elle dit qu'elle attend son retour.

— Sottises! Il ne connaît même pas son existence! Il appartient à l'une des plus vieilles familles d'Angleterre, et a gagné une immense fortune. Jamais il ne songerait à épouser la fille d'un négociant.

Samuel n'avait aucune illusion quant à ses relations avec la noblesse. Sa famille appartenait aux couches récentes de la bourgeoisie, n'ayant pouvoir et fortune que depuis deux générations à peine; dépourvu de visées, il ne songeait pas à s'anoblir — contrairement à bien d'autres —, au prix de sa dignité.

— Et, même s'il le voulait, je ne tiendrais pas à ce qu'elle épouse Lord Carlton. En tant qu'homme, je l'admire; mais comme mari de l'une de mes filles, je ne l'envisagerais pas, même s'il me la demandait. Non, Jemima épousera Joseph Cuttle, et elle ferait bien d'oublier ces idées ridicules. Nous faisons des affaires ensemble depuis des années, les Cuttle et moi, c'est un mariage parfait pour elle, à tous égards. Je lui parlerai moi-même.

— Oh! je vous en prie, Samuel, n'en faites rien. Je lui avais promis de ne rien vous dire. Mais, naturellement, il me semblait que vous deviez être mis au courant. Laissez-moi la raisonner.

— Je ne demande pas mieux, mon cœur. Elle tient à votre opinion plus qu'à toute autre.

Il sourit et lui offrit le bras.

— Je n'ai aucune envie de la forcer; cependant je sais que cela vaut mieux pour elle et pour nous tous. Le garçon est jeune, mais très épris d'elle, tranquille et travailleur, exactement le genre d'homme qu'il lui faut.

— Bien sûr, mais les jeunes filles sont si sottes...

Ils sortirent de la chambre et, très naturellement, Ambre s'enquit :

— A propos, Samuel, Lord Carlton revient-il bientôt à Londres ?

— Je l'ignore. Pourquoi ?

— Oh ! je pensais juste qu'il vaudrait mieux signer le contrat de mariage avant qu'elle ne l'ait revu, sinon, Dieu sait quelles sottises elle pourrait faire.

— C'est une excellente idée. Je verrai le notaire demain. C'est si bon à vous de vous intéresser ainsi aux miens.

Ambre sourit modestement.

Joseph Cuttle comptait parmi leurs invités de ce soir-là. Ambre, qui l'avait déjà vu, ne se souvenait cependant pas de lui. C'était un grand garçon de dix-huit ans, gauche, avec un visage qui ne paraissait pas terminé. Ses manières étaient lourdes et embarrassées, comme s'il eût toujours désiré s'enfuir et se cacher au loin. Il était risible de songer que la délicate et vive petite Jemima pourrait épouser un être aussi balourd.

Mais Ambre vint le trouver et, bien qu'il fût abominablement intimidé, elle sut si bien le mettre à l'aise qu'il commença de lui parler de ses ennuis en la priant de bien vouloir l'aider. Elle le lui promit, insinuant que Jemima l'aimait plus qu'elle ne le montrait, mais que sa timidité l'empêchait d'afficher ses sentiments. Elle surprit une fois les yeux de Jemima posés sur elle, surpris et mécontents. Peu après, prétextant un mal de tête, Jemima se retira dans sa chambre.

Elle se précipita chez Ambre le lendemain matin de très bonne heure, alors que celle-ci, blottie dans son lit de plume, contemplait rêveusement son baldaquin tendu de satin. Elle avait depuis longtemps pardonné à Bruce la mort du capitaine Morgan, et ne doutait pas qu'il eût fait de même pour elle. Et depuis que Jemima lui en avait parlé, elle se sentait plus proche de lui, espérant le revoir sous peu. La soudaine apparition de Jemima la sortit brusquement de cette voluptueuse rêverie.

— Ciel ! Jemima ! Que se passe-t-il ?

Elle se souleva à demi.

— Ambre ! Comment avez-vous pu être aussi gentille avec cet affreux Joseph Cuttle ?

— Je ne le trouve pas si vilain, après tout, Jemima. C'est un bon garçon, plein de cœur, et il vous adore.

— Ça m'est égal ! Il est laid et bête, et je le déteste ! Et vous aviez promis de m'aider !

Elle se mit à pleurer.

— Cessez donc, Jemima, fit Ambre avec humeur. Je vous aiderai, si je le puis. Mais votre père m'avait demandé de m'occuper de lui, et je ne pouvais pas refuser.

— Vous le pouviez, si vous l'aviez voulu, insista Jemima, s'essuyant les yeux. Lettice dit que vous lui faites faire tout ce que vous voulez, comme un singe savant.

Ambre réprima une violente envie de rire et dit sévèrement :

— Eh bien ! Lettice se trompe ! Et vous feriez mieux de ne pas parler ainsi, Jemima. Mais calmez-vous, je vous aiderai tant que je pourrai.

Jemima sourit, car ses larmes étaient légères et ne laissaient aucune trace :

— Oh ! merci ! Je savais que vous ne seriez pas mon ennemie. Et quand Lord Carlton viendra, vous m'aiderez aussi, n'est-ce pas ?

— Oui, Jemima, bien sûr. Tant que je pourrai.

Ambre, traversant la cour de devant pour rejoindre sa voiture, s'arrêta brusquement devant un autre équipage qui stationnait tout auprès. C'était celui d'Almsbury. Et, comme il était fort peu probable que le comte eût une affaire quelconque avec Samuel, cela voulait évidemment dire que Bruce était de retour. A ce moment même, il devait se trouver dans la maison, en compagnie de son mari.

Elle resta un instant pétrifiée. Puis, pivotant sur elle-même, revint sur ses pas en courant. Elle n'avait guère pénétré plus de trois ou quatre fois dans les bureaux de Samuel, et les employés la regardèrent avec surprise et curiosité, comme elle se dirigeait vers son bureau personnel. Sans réfléchir à ce qu'elle dirait ou ferait, elle ouvrit la porte.

La pièce était grande, joliment meublée de beau chêne sculpté, avec de grands rideaux de beau velours sombre, des murs lambrissés et de nombreuses bougies brûlant dans des lustres de cuivre. Samuel et Lord Carlton se tenaient debout devant une grande carte encadrée du Nouveau Monde, et, si Samuel lui faisait face, Bruce lui tournait le dos. Il portait un de ces nouveaux manteaux, genre soutane, allant aux genoux, fait d'un brocart vert foncé et or, avec une écharpe de satin autour de la taille et un baudrier en travers pour maintenir son épée. Sous son chapeau à large bord on devinait une perruque assez semblable, en apparence, à ses propres cheveux : seuls les petits-maîtres portaient des boucles sur les épaules.

« Même de dos il est différent des autres hommes », songea-t-elle, et son cœur battait si fort qu'elle en suffoquait. « Je vais m'évanouir, se dit-elle avec désespoir. Je vais faire quelque chose de terrible, et me rendre ridicule. »

— Oh ! je suis désolée, Samuel, dit-elle dès le seuil,

la main posée sur le bouton de la porte. Je vous croyais seul.

— Entrez, ma chère. Voici Lord Carlton, dont vous m'avez entendu parler. Milord, puis-je vous présenter ma femme ?

Bruce se retourna et ses yeux eurent une expression surprise d'abord, amusée ensuite. Vous ! — semblait-il dire —, vous, entre toutes ! Vous, mariée à un vénérable mercanti ! Elle comprit également qu'il n'avait pas oublié leur dernière séparation, violente et tragique. Mais il se découvrit simplement et s'inclina gravement :

— Votre serviteur, Madame.

— Lord Carlton arrive d'Amérique avec ses vaisseaux — et quelques autres en plus —, fit Samuel avec un sourire, car les marchands étaient fiers des corsaires et leur vouaient une véritable reconnaissance.

— C'est magnifique ! dit Ambre nerveusement, avec l'affreuse sensation de se trouver mal. Je venais simplement vous dire, Samuel — elle parlait rapidement —, que je ne rentrerai pas à temps pour le déjeuner. J'ai une visite à faire.

Elle lança vers Carlton un regard rapide et incertain :

— Pourquoi ne viendriez-vous pas dîner avec nous ce soir, Lord Carlton ? Je suis sûre que vous avez tant de choses intéressantes à nous raconter !

Il s'inclina de nouveau, souriant :

— Je ne pense pas que mes aventures sur mer intéressent beaucoup les dames, mais je serai très heureux de venir ce soir, madame Dangerfield. Merci infiniment.

Ambre leur adressa à tous deux un bref sourire et s'en alla dans un frou-frou de taffetas, refermant bruyamment la porte derrière elle. Elle traversa la cour aussi vite qu'elle put, de crainte que ses jambes ne la portassent pas aussi loin, grimpa dans sa voiture, se laissa tomber sur la banquette et ferma les yeux.

Très excitée, Nan lui prit la main :

— Est-ce lui, Madame ?

— Oui ! murmura-t-elle. Il est là !

Une demi-heure plus tard, elle était chez Almsbury et Emily l'accueillait avec joie. Toutes deux montèrent à la nursery.

— Que c'est gentil à vous d'être venue ! Nous ne sommes en ville que depuis une quinzaine et nous avons essayé de vous joindre, mais au théâtre ils n'ont pu que nous annoncer votre mariage, sans savoir où vous habitiez. Lord Carlton est ici, avec nous...

— Oui, je sais. Je l'ai aperçu dans le bureau de mon mari. Pensez-vous qu'il revienne pour le déjeuner ?

— Je l'ignore. Je crois qu'il avait rendez-vous quelque part avec John.

Elles avaient atteint la nursery et trouvèrent les enfants attablés devant leur porridge. La joie de retrouver son fils, qu'elle n'avait pas vu depuis septembre dernier, compensait un peu le désappointement causé par la perspective de manquer Bruce. C'était un remarquablement bel enfant, heureux, bien portant, aimable, avec des cheveux noirs bouclés et des yeux verts. Elle le prit dans ses bras, riant gaiement tandis qu'il l'embrassait, la barbouillant de bouillie et lui fourrant sa cuillère dans les cheveux.

— Papa est là aussi, maman, annonça-t-il à haute voix. Tante Emily m'a emmené à Londres pour le voir.

— Oh ! fit Ambre avec une légère pointe de jalousie, vous saviez qu'il devait rentrer ?

— Il avait écrit à John, expliqua Emily. Il désirait voir le petit.

— Il n'est pas marié, n'est-ce pas ?

C'était la question qu'elle posait avec le plus de

crainte chaque fois qu'il revenait, bien qu'elle ne parvînt pas à se figurer qu'un homme pût trouver à se marier, dans ce pays barbare et désert de l'autre côté de l'Océan.

— Non ! dit Emily.

Ambre s'assit par terre avec Bruce et un gros chien bruyant et gâté qui lui appartenait ; les deux fils d'Emily vinrent se joindre à eux. Tout en jouant et bavardant avec son fils, elle trouva le moyen de poser quelques questions à Emily :

— Combien de temps restera-t-il, cette fois ?

— Un mois, environ, je pense. Il cherche à s'enrôler avec ses bateaux dans la marine de guerre.

— La guerre ? Mais elle n'est pas déclarée ?

— Pas encore, mais cela ne tardera pas, je crois. En tout cas, c'est ce qu'on dit à la Cour.

— Mais pourquoi fait-il cela ? Il risque de les perdre tous ?...

Emily parut légèrement surprise :

— Comment ! Mais il y tient. L'Angleterre aura besoin de tous ses navires et de tous les marins expérimentés qu'elle peut avoir. Nombre de corsaires feront la même chose...

Au même instant, Bruce apparut sur le seuil et se dirigea vers leur groupe. Tandis qu'Ambre restait muette et désemparée, le petit garçon s'arracha de ses bras et courut à son père, qui l'installa sur son épaule. A présent, il se tenait devant elle, souriant :

— Je pensais bien vous trouver ici.

XXVII

Le soir, comme Ambre s'habillait pour le dîner, Jemima entra en courant :

— Ambre ! s'écria-t-elle joyeusement. Oh ! Ambre, je vous remercie.

Ambre se retourna et vit, à son grand déplaisir, que Jemima, vêtue d'une robe de satin bleu azur, dont le retroussé était maintenu par des roses artificielles, et portant de véritables roses dans les cheveux, était plus jolie que jamais.

— Merci de quoi ?

— D'avoir invité Lord Carlton à dîner, voyons ! Papa m'a dit qu'il venait et que vous le lui aviez demandé.

— Joseph Cuttle vient aussi, souvenez-vous-en ! dit Ambre avec humeur. Et si vous n'êtes pas gentille avec lui, votre père sera très mécontent.

— Oh ! Joseph Cuttle ! Qui donc s'occupe de lui ? Oh ! Ambre, je suis si agitée ! Que vais-je faire ? Que vais-je dire ? Oh ! je voudrais lui faire une grosse impression ! Dites-moi ce qu'il faut faire, je vous en prie... Vous vous y connaissez !

— Restez simplement tranquille et modeste, rétorqua Ambre plutôt rudement. Souvenez-vous que les hommes n'aiment jamais les femmes hardies.

Instantanément calmée, Jemima s'efforça de prendre un visage indifférent.

— Je comprends ! Il faut que je sois langoureuse et distinguée ; pourvu que j'y parvienne. Mais, oh ! je crois que je vais me trouver mal rien qu'à sa vue ! Dites-moi, de quoi ai-je l'air ?

— Oh ! vous êtes très en beauté, affirma Ambre en se levant pour passer sa robe.

Elle se sentait inquiète et malheureuse, terriblement jalouse et désespérément effrayée par sa belle-fille. Elle et Bruce avaient passé l'après-midi ensemble, et l'éclat de ces heures illuminait encore tout son être. Mais voici que se dressait Jemima, jeune, charmante, audacieuse, qui soudain apparaissait comme une rivale dangereuse. Car, par son mariage avec un riche négociant, Ambre avait acquis une sorte de fausse respectabilité qui, elle le sentait, la rendait moins désirable. Elle était mariée, et

Jemima ne l'était point. En dépit de la certitude absolue de Samuel que jamais Lord Carlton ne prendrait femme dans la famille Dangerfield, Ambre avait peur.

« Ne fais pas l'imbécile, s'était-elle dit plusieurs fois ! Pour tout l'or du monde, jamais il n'épouserait une petite niaise comme Jemima ! Et il est assez riche, maintenant. Oh ! pourquoi Jemima ne ressemble-t-elle pas à Lettice ! »

Elle enfila sa robe sans faire attention à la jeune fille, mais elle sentait ses regards braqués sur elle, et la confiance lui revint. Sa toilette, en dentelle champagne sur dessous de satin assorti, était semée de petites étoiles d'or. Évitant toujours les yeux de Jemima, elle se dirigea vers la coiffeuse pour prendre ses émeraudes.

— Oh ! s'écria enfin Jemima, que vous êtes belle !

Pensivement, elle jeta un coup d'œil dans la glace et ajouta :

— Il ne me verra même pas !

— Bien sûr que si, ma chérie ! dit Ambre adoucie. Jamais vous n'avez été plus jolie.

A cet instant, la femme de chambre de Jemima, Mrs. Carter, passa la tête par la porte :

— Mademoiselle Jemima, souffla-t-elle. Sa Grâce vient d'arriver. Il entre à l'instant.

Le cœur d'Ambre fit un bond, mais elle ne tourna pas même la tête. Jemima, au contraire, parut aussi troublée qu'une jeune victime au moment de son exécution.

— Il est là ! murmura-t-elle. Ô grand Dieu !

Cela seul prouvait son trouble mortel, car, dans la maison Dangerfield, Dieu n'était pas invoqué à la légère ! Rassemblant ses jupes, elle disparut.

Cinq minutes plus tard, Ambre était prête à son tour. Elle était impatiente de voir comment il trouvait Jemima, ce qu'il pensait d'elle, mais par-dessus tout, elle désirait le revoir, entendre le son de sa voix, contempler son visage, être dans la même pièce que lui.

— Faites attention, Madame, souffla doucement Nan en lui donnant son éventail.

Ambre le vit dès qu'elle pénétra dans le salon. Il était en face d'elle, causant avec Samuel et deux autres messieurs, et Jemima s'était faufilée à ses côtés, le contemplant comme une fleur se tourne vers le soleil. Elle se dirigea vers eux, mais dut s'arrêter un nombre incalculable de fois pour saluer d'autres invités, dont la plupart lui étaient familiers depuis cinq mois. C'étaient là des hommes de négoce, des hommes de loi, des orfèvres, formant tous l'armature de cette solide et grande bourgeoisie qui devenait rapidement la plus grande force de l'Angleterre. De plus en plus, ils contrôlaient la politique gouvernementale à l'intérieur et à l'extérieur, car ils avaient en main la plus grande partie de la fortune du pays. Presque sans exception ils avaient été du côté des vainqueurs lors des guerres civiles, et leur fortune n'avait fait que s'accroître pendant que les royalistes vaincus étaient emprisonnés, dépouillés ou ruinés, et vivaient dans la pauvreté à l'étranger. La Restauration elle-même n'avait pas amené un renversement de situation. Ils étaient à présent les piliers riches et puissants du royaume. C'étaient les négociants qui réclamaient avec le plus d'insistance la guerre contre la Hollande, qu'ils estimaient nécessaire pour protéger le commerce et le trafic anglais contre leur ennemi le plus redoutable. Et Lord Carlton, corsaire qui avait coulé des bateaux hollandais et capturé des marchandises hollandaises, avait droit à leur admiration et à leur respect, en dépit de sa qualité d'aristocrate.

Finalement Ambre parvint au petit groupe qui se détachait sur le fond des nouvelles draperies de velours brodées d'or qu'elle avait fait poser au salon.

Elle fit une profonde révérence, et Bruce s'inclina. Jemima les observait.

— Je suis heureuse que vous ayez pu venir, Lord Carlton.

Elle se sentait capable de le regarder calmement, tout en étant étrangement émue dans son for intérieur.

— Je suis extrêmement heureux d'être ici, Madame !

Qui donc eût deviné que, trois heures auparavant, ils couchaient ensemble ! Ils avaient l'air de deux étrangers, froids et polis.

Le dîner fut annoncé et les invités se pressèrent à la salle à manger où le repas était servi sous forme de buffet, à la manière française. Il y avait de quoi nourrir au moins trois fois les cent personnes qui se trouvaient là, et l'on ne comptait plus les gallons de vin rouge et de vin blanc. Les bougies allumées jetaient une douce lueur sur les cheveux et les épaules des femmes ; le son des violons parvenait d'une pièce voisine. Certaines de ces dames étaient vêtues de toilettes somptueuses, comme les dames de la Cour ; les hommes, en général, portaient de sobres habits de velours ou de laine aux couleurs sombres.

Ambre et Bruce furent immédiatement séparés, car elle avait à remplir ses devoirs de maîtresse de maison, et lui fut accaparé par un groupe de marchands qui désiraient savoir quand la guerre éclaterait, combien de navires il avait capturés, s'il était vrai qu'il régnait en Hollande une épidémie qui épuisait le pays à tel point qu'il en deviendrait une victime facile ? Ils lui demandaient pourquoi le roi ne s'amendait pas, combien de temps se prolongeraient la paresse et la corruption de la Cour et, tout à fait en confiance, si prêter de l'argent à Sa Majesté constituait un sûr placement ? « Nos vaisseaux », « notre commerce », « nos mers », tels étaient les mots qui s'entrecroisaient. Les femmes, réunies en groupes, bavardaient de leurs enfants, de leurs grossesses et de leurs serviteurs. Il n'était personne qui, à un moment ou à un autre, ne fît observer que l'Angleterre était bien plus heureuse du temps du vieux Noll, oubliant combien ils avaient tous grogné alors sous sa férule.

Après s'être servis, ils revinrent s'installer au salon, prenant place autour de petites tables, dans des fauteuils, sur des bancs ou des tabourets. Ambre, dont les yeux ne cessaient de suivre Bruce, si absorbée fût-elle, éprouva une vive colère en voyant que Jemima réussissait à l'arracher à ses questionneurs, et à le chambrer dans un petit coin. Installés tous deux avec une assiette sur leurs genoux, ils bavardaient.

Jemima babillait et souriait, les yeux joyeux et pleins d'une admiration passionnée. Bruce l'observait et jetait un mot de temps à autre, mais, bien qu'il parût tout simplement amusé, Ambre tremblait d'inquiétude et de jalousie. Elle fit plusieurs tentatives pour les joindre, mais fut chaque fois arrêtée en chemin. Pour finir, une douairière à la poitrine plate comme une planche, avec un visage d'épagneul insolent, lui chuchota :

— Jemima paraît s'entendre à merveille avec Sa Grâce. Elle lui a fait les yeux doux toute la soirée. Permettez-moi de vous dire, madame Dangerfield, que si Jemima était ma fille, je trouverais moyen de l'éloigner. J'admire les exploits de Sa Grâce, mais sa réputation envers les femmes n'est pas des meilleures, croyez-moi.

Ambre prit l'air horrifié :

— Ô ciel ! Merci de m'en avoir parlé, madame Humpage. Je vais m'en occuper immédiatement.

Et, sans tarder, elle se dirigea vers le coin où Joseph Cuttle causait avec Henry, prétendant ignorer que Jemima était avec un homme, non seulement fort bien de sa personne et titré, mais un héros, par-dessus le marché.

— Comment, Joseph ! s'écria-t-elle. Où donc étiez-vous passé, ce soir ? Je parie que vous n'avez pas seulement échangé deux mots avec Jemima ?

Joseph rougit et se balança gauchement d'un pied sur l'autre, tandis qu'Henry plongeait le regard dans le décolleté de sa belle-mère.

— Je passe une très bonne soirée, Madame, et Jemima est occupée.

— Sottises ! Voyons, elle ne vous pardonnera pas cette indifférence !

Le prenant par le poignet, elle l'entraîna avec bonté :

— Venez Joseph, vous ne plaiderez pas votre cause en restant ici !

Ils se frayèrent un chemin à travers la pièce, Ambre tenant toujours la main de Joseph, de peur que celui-ci ne lui échappât. Elle le conduisit ainsi auprès de Bruce, et, sans paraître remarquer le regard plein de reproche de Jemima, le présenta à Lord Carlton :

— Je vais vous demander d'ouvrir le bal avec Joseph, Jemima, dit-elle avec suavité. Vous pouvez commencer par une courante.

Jemima se leva de très mauvaise grâce, mais son visage s'éclaira comme elle se tournait vers Lord Carlton :

— Excusez-moi, Votre Grâce !

Bruce s'inclina :

— Mais certainement, Madame. Et merci de votre compagnie pendant le dîner.

Jemima lui adressa un long sourire — sans se préoccuper du malheureux qui pâlissait à ses côtés — puis, avec une brève révérence à Ambre, se dirigea vers la salle de bal. Mais elle ne prit pas le bras de Joseph et ne parut pas même s'apercevoir de sa présence. Ambre attendit qu'ils fussent hors de portée d'oreille ; alors elle se tourna vers Bruce qui la regardait en souriant. Il paraissait se rendre exactement compte de ce qu'elle pensait.

— Eh bien ! s'enquit-elle, avez-vous passé une bonne soirée ?

— Excellente. Je vous remercie de m'avoir invité. Et maintenant — il jeta un regard sur la pendule —, il faut que je m'en aille.

— Oh ! vraiment ! fit-elle ironiquement. Sitôt que j'arrive, il faut que vous partiez.

— J'ai à faire à Whitehall !

— Je me figure dans quel genre !

— Souriez un peu, Ambre, dit-il à voix basse. Certains de vos invités commencent à s'étonner de notre intimité. Jamais une femme ne se dispute avec un homme qu'elle ne connaît pas très bien.

Ce ton moqueur l'exaspérait, mais ce qu'il disait lui fit peur. Elle se força à sourire, de la bouche sinon des yeux, et jeta un rapide coup d'œil autour d'elle, pour voir s'ils étaient observés. « Il faut que je fasse très attention, se disait-elle. Si jamais quelqu'un devinait. Ô mon Dieu ! Si jamais on savait ! » Elle éleva la voix, toujours souriante :

— Je suis heureuse que vous ayez pu venir ce soir, Lord Carlton. Nous n'avons pas fréquemment le plaisir de recevoir un homme qui a fait tant pour l'Angleterre.

Bruce s'inclina avec sa grâce féline, insouciante et légère :

— Je vous remercie, Madame. Bonne nuit !

Il la quitta et partit à la recherche de Samuel. Soudain Ambre, qui causait à un vieux monsieur tout grisonnant, l'abandonna en murmurant qu'il lui fallait donner un ordre pour faire remonter du vin. Dans le corridor, elle rassembla ses jupes et courut aussi vite qu'elle le put vers la cour où elle apercevait Bruce en train de monter en voiture.

— Lord Carlton! cria-t-elle hors d'haleine, ses talons hauts cliquetant sur les pavés.

Il se retourna :

— Vous m'appelez, Mrs. Dangerfield?

— J'ai une commission à vous faire, de la part de mon mari, Votre Grâce!

Et elle grimpa dans la voiture en lui faisant signe de la suivre :

— Bruce, quand puis-je vous revoir?

— Ambre, petite folle! A quoi pensez-vous?

Il parlait avec impatience et ses yeux avaient une lueur irritée.

— Vous devriez être plus raisonnable, cette fois!

Elle fronça légèrement les sourcils en regardant par la portière; si seulement ce stupide valet de pied s'en allait, avec sa torche qui les éclairait tous les deux!

— Oh! je serai prudente, mais il faut que je vous voie, Bruce. Quand? Je peux venir à n'importe quelle heure.

— Venez au bateau demain, alors. Nous sommes en train de décharger, et personne ne sera surpris de vous y voir.

— Je viendrai demain matin.

— Ambre!

A contrecœur elle sortit de l'équipage et rentra dans la maison en courant. A son grand effroi elle trouva le salon tout en émoi, bien qu'elle eût laissé ses invités à rire et à danser.

— Qu'y a-t-il? Que s'est-il passé? interrogea-t-elle, s'adressant au premier venu.

— C'est votre mari, Mr. Dangerfield. Il s'est trouvé mal!

— Trouvé mal!

Une pensée terrible lui traversa l'esprit. Avait-il deviné ou appris quoi que ce fût au sujet d'elle et de Bruce? Et ce choc avait-il provoqué une attaque?

Plus inquiète encore pour elle que pour lui, elle monta en courant.

Elle trouva l'antichambre pleine de gens de toutes sortes, domestiques et membres de la famille, mais, sans prendre la peine de leur parler, elle entra directement dans la chambre à coucher. Samuel était étendu sur le lit, Lettice agenouillée auprès de lui, tandis que les quatre frères aînés l'observaient anxieusement. Personne ne fit attention à elle. Le docteur de Forest, qui le soignait depuis longtemps et avait assisté au dîner, lui tâtait le pouls.

Instinctivement, Ambre baissa la voix et chuchota :

— Que s'est-il passé ? J'étais allée m'occuper du vin et, en revenant, j'ai appris qu'il s'était trouvé mal.

— C'est exact ! dit Sam brièvement.

Ambre s'approcha du lit, du côté opposé à celui de Lettice. Elle n'osait pas la regarder, ni les autres, mais elle sentit qu'aucun d'eux ne lui portait la moindre attention ; ils ne songeaient qu'à leur père. Et, bien que le temps lui parût infiniment long, il ne s'écoula guère que quelques minutes avant que Samuel ouvrît les yeux. Son regard tomba d'abord sur Lettice, puis il se détourna, cherchant Ambre. Quand il l'eut trouvée, il lui sourit. Elle l'observait, palpitante, redoutant par-dessus tout qu'il prononçât une parole l'accusant. Elle se pencha et l'embrassa doucement :

— Vous êtes ici, Samuel, avec nous. Il n'y a pas lieu de vous inquiéter.

— Je ne sais plus ce qui m'est arrivé... je croyais que...

— Vous vous êtes trouvé mal, Monsieur, dit le docteur.

Lettice pleurait, très doucement pour ne troubler personne ; son frère aîné s'approcha d'elle et la releva. Sur la demande du docteur, ils quittèrent tous la pièce, sauf Ambre. Le docteur, alors, leur parla sérieusement à tous deux, insistant sur la nécessité pour Samuel d'un repos complet pendant quelques jours. Pas d'efforts, d'aucune sorte, et, s'adressant particulièrement à Ambre qui le regardait gravement et approuvait de la tête :

— Il vous faut aider votre mari, madame Dangerfield.

Puis, comme elle le reconduisait :

— Sa vie ne tient qu'à un fil, si vous ne faites pas attention. Vous me comprenez ?

— Oui, docteur. Je veillerai.

Quand elle revint, Samuel lui prit la main et sourit :

— Le docteur de Forest est bourré de préjugés. Nous ne ferons pas attention à ce qu'il dit, n'est-ce pas ?

Mais Ambre répondit fermement :

— Si, nous lui obéirons, Samuel. Il dit que c'est pour votre bien, et il le faut. Promettez-le-moi, Samuel, promettez que vous ferez ce qu'il vous dit ?

Il était visiblement embarrassé, mais Ambre tint bon. Elle ne lui permettrait rien, pas même la plus petite chose qui risquât de nuire à sa santé. Et ils seraient tout juste aussi heureux qu'avant. Surtout, qu'il n'allât pas s'imaginer qu'elle y attachait une importance quelconque. Rien ne la préoccupait, en dehors de sa santé. Samuel, profondément touché par cette preuve d'affection, ne put retenir quelques larmes. Mais tout en lui parlant et en lui caressant les cheveux, Ambre songeait que, si jamais elle devenait enceinte à présent, l'enfant serait de Lord Carlton, et si cela se produisait bientôt, Samuel l'accepterait comme étant à lui.

Le lendemain matin il se sentait mieux, mais Ambre insista pour qu'il gardât le lit, ainsi que le docteur l'avait recommandé et, en dépit de ses protestations, resta auprès de lui. Vers une heure de l'après-midi, Jemima entra, accompagnée de ses deux frères aînés, pour prévenir qu'ils allaient surveiller le déchargement des vaisseaux de Lord Carlton.

— Pourquoi ne les accompagnez-vous pas, mon cœur ? dit Samuel à Ambre. Vous êtes restée tout le temps enfermée avec moi.

Jemima la regarda anxieusement, dans le visible espoir qu'elle refuserait, et bien qu'Ambre se fît prier, elle finit par se laisser convaincre. Mais l'expédition fut une déception. Ils ne purent échanger un mot en particulier et Bruce était si occupé qu'il parut à peine s'apercevoir de sa présence. Sa seule consolation fut de constater que Jemima était tout aussi déçue, et le cachait moins bien. Il leur offrit néanmoins de très jolis cadeaux à toutes deux. Pour Jemima une magnifique pièce d'étoffe, une soie sur laquelle de l'or liquide semblait avoir été répandu en dessins si légers qu'on les aurait crus faits à l'aide d'une plume. Ambre reçut un collier ciselé, fait d'or et de topazes. Les deux présents provenaient d'un navire hollandais de retour des Indes orientales.

Mais, le lendemain de bonne heure, elle se glissa hors de la maison, enveloppée d'un manteau sombre et soigneusement masquée. Elle prit un fiacre et se fit conduire à Almsbury House. Ils passèrent une demi-heure à la nursery avec le bébé, Emily et Almsbury, puis retournèrent dans les appartements de Bruce.

— Et si vous étiez découverte ?

Ambre était pleine de confiance :

— Ce n'est pas possible. Samuel dormait et Nan n'aurait qu'à dire que je suis sortie pour essayer une robe ; ainsi, je suis tranquille. Oh ! je suis une femme merveilleusement dévouée, je vous assure.

— Vous êtes une petite garce sans cœur ! rétorqua-t-il. Je plains ceux qui vous aiment.

Mais elle était trop heureuse pour se fâcher, et la lueur brillant dans les yeux verts qui la contemplaient suffisait à lui faire pardonner le reste.

S'asseyant sur ses genoux, elle lui passa les bras autour du cou et posa ses lèvres sur la joue fraîchement rasée.

— Mais vous m'aimez, Bruce, et je ne vous ai jamais fait de mal. Je ne crois pas que je le pourrais, même si je le voulais, ajouta-t-elle avec une petite moue.

Il leva un sourcil et sourit. Jamais il ne s'était lancé dans les grands compliments à la mode, et parfois elle se demandait avec jalousie s'il en faisait aux autres femmes... A Jemima, peut-être ?

— Que pensez-vous de Jemima ? questionna-t-elle soudain.

— Elle est très jolie, et plus naïve qu'une fille d'honneur durant sa première semaine à la Cour.

— Elle est follement éprise de vous.

— Cent mille et quelques livres, je m'en suis aperçu, rendent un homme plus séduisant qu'il ne le croit.

— Cent mille ! Mon Dieu ! Bruce ! Que d'argent ! Quand Samuel mourra, j'en aurai soixante-six mille ! Songez quelle fortune si nous mettions tout ensemble. Nous serions les gens les plus riches de toute l'Angleterre !

Brusquement il se leva, la prit dans ses bras et lui ferma la bouche avec un baiser. Ambre s'en alla, grisée, ses arguments réduits au silence. Mais il n'en avait certes pas fini ! Car elle avait à présent réussi à acquérir ce qui, aux yeux de Bruce, avait quelque valeur, de l'argent, et elle espérait s'en servir comme appât. Si seulement il acceptait de l'épouser, si elle parvenait à se l'assurer pour toujours ! Au fond, c'était la seule chose à laquelle elle tenait réellement. Toutes ses autres grandes ambitions s'évanouissaient devant celle-ci, comme un morceau de glace posé sur une pierre brûlante.

Les deux jours qui suivirent, elle ne retourna pas chez Almsbury, car Bruce l'avait avertie d'être prudente si elle ne voulait pas être découverte.

— Du moment que vous naviguez sous un faux pavillon, lui avait-il dit — et je suppose que cela est nécessaire —, souvenez-vous qu'il n'en faut pas beaucoup pour éveiller les soupçons. Si jamais ils vous surprennent, vos soixante-six mille livres risqueraient d'être considérablement réduites.

C'était la vérité; elle le savait et résolut d'être très prudente. Mais, quand Jemima lui demanda ce qu'elle pensait de Lord Carlton, le sang lui remonta au visage et elle se pencha vivement pour rattacher sa jarretière :

— Eh bien!... mais c'est un très bel homme évidemment.

— Je crois qu'il m'aime bien, n'est-ce pas?

— Qu'est-ce qui vous le fait supposer?

Sa voix était aigre en dépit d'elle-même, mais elle changea bien vite de ton :

— Il ne faut pas être aussi hardie, Jemima. Tout le monde, j'en suis sûre, a cru que vous fleuretiez avec lui, et les courtisans sont tous les mêmes.

— Tous les mêmes? En quoi?

Agacée et ennuyée de ce qui lui paraissait être la stupidité de Jemima, elle acheva sévèrement :

— Souvenez-vous seulement de ceci, faites bien attention qu'il ne vous fasse pas de mal.

— Du mal, pfft... fit railleusement Jemima. Quel mal pourrait-il me faire, du moment que je l'aime!

Ambre réprima un furieux désir de la battre et de lui tirer les cheveux, mais elle se domina. Cela ne concordait pas avec le caractère qu'elle s'était donné, au prix de trop d'efforts et de trop de sacrifices pour tout compromettre à cause d'une petite sotte qui ne lui était rien. Néanmoins, à partir de ce moment, leurs relations se refroidirent et Jemima — qui ne comprit rien à ce changement — recommença de l'appeler Madame.

Le lendemain, dans l'après-midi, revenant d'une visite à l'une des nombreuses parentes de Samuel, elle trouva Jemima qui attendait dans le hall en compagnie de Carter, toutes deux habillées pour sortir. Jemima était maquillée, parfumée, les cheveux frisés et sa robe de satin bouton-d'or était décolletée si largement que l'on s'attendait à tout moment à voir apparaître ses deux petits seins. Elle avait piqué des roses jaunes dans ses cheveux et portait négligemment sur l'épaule son manteau de velours noir à raies jaunes de manière à être le moins possible couverte. N'importe qui l'eût prise pour une beauté de la Cour, ou une courtisane à la mode.

— Miséricorde ! Jemima, fit Ambre en examinant sa belle-fille avec un étonnement non dissimulé. Où donc allez-vous, ainsi vêtue ?

Les yeux de Jemima étincelaient, et ce fut d'une voix triomphante, presque provocante, qu'elle répondit :

— Lord Carlton vient me prendre pour une promenade à Hyde Park.

— Vous le lui avez suggéré, je pense ?

— Oh ! c'est possible ! Ce n'est pas en restant assise sans rien faire que l'on obtient ce qu'on désire.

Ambre avait bien dit quelque chose dans ce genre, autrefois, mais Jemima s'appropriait la phrase sans se souvenir de la source. Et Ambre qui, malicieusement, avait encouragé l'esprit de rébellion chez Jemima, voyait ses propres conseils se retourner contre elle. Trois mois auparavant, jamais elle n'eût osé demander à un homme de l'emmener en voiture !

— Jemima, vous vous rendez ridicule ! Vous ne savez pas quel genre d'homme est Lord Carlton !

Jemima releva le menton :

— Je vous demande pardon, Madame, mais je le sais très exactement. Il est beau, fascinant, c'est un gentleman et je l'aime !

Ambre plissa dédaigneusement les lèvres et répéta, en la singeant cruellement :

— Il est beau, fascinant, c'est un gentleman et vous l'aimez ! Peuh ! Et si vous ne faites pas très attention, vous vous apercevrez tout à coup que votre virginité...

— Je ne vous crois pas. Et d'ailleurs. Carter nous accompagne !

— Cela vaut mieux. Et faites en sorte qu'elle ne vous quitte pas !

Ambre était si en colère qu'en dépit des signes non dissimulés de Nan elle en eût peut-être dit davantage, mais le marteau de la porte résonna et le valet de pied introduisit Bruce. Il salua les deux femmes, une lueur d'amusement au fond des yeux à la vue d'Ambre et de sa belle-fille qui visiblement se disputaient.

« Qu'il aille au diable ! songea Ambre. Les hommes se croient toujours supérieurs. »

— Quelle agréable surprise, madame Dangerfield, dit-il. Je n'espérais pas avoir le plaisir de votre société.

— Oh ! Madame ne vient pas, dit vivement Jemima. Elle rentre de course.

— Vraiment ! dit Bruce doucement, j'en suis désolé, madame Dangerfield. J'eusse été très heureux si vous aviez bien voulu nous accompagner.

Ambre le fixa, les yeux durs, luisants, obliques comme ceux d'un chat :

— Croyez-vous, Lord Carlton ?

Se tournant brusquement, elle monta l'escalier, mais en entendant la porte se refermer derrière eux, elle s'arrêta sur le balcon, cherchant à les voir. Ils étaient déjà partis. Levant le bras, elle lança de toute sa force son éventail par terre. Elle croyait être seule, mais, au même instant, un valet de chambre apparut et la regarda, étonné. Leurs yeux se croisèrent pendant quelques lourdes secondes, puis elle rentra en courant chez elle.

Elle était encore agitée quand Samuel revint du bureau où il avait été passer une heure ou deux. Néanmoins elle l'embrassa tendrement, le fit asseoir, prit une chaise à ses côtés et mit sa main dans la sienne. Ils bavardèrent ainsi de sujets et d'autres, puis elle fronça les sourcils et prit un air songeur.

Il caressa la masse brillante et douce de ses cheveux :

— Qu'y a-t-il, mon âme? Quelque chose ne va pas?

— Non, Samuel, rien du tout. Oh! Samuel, il faut quand même que je vous dise. C'est au sujet de Jemima. Je suis ennuyée!

— Vous voulez parler de Lord Carlton?

— Oui. Comment! Il y a une heure environ, je l'ai rencontrée dans le hall; elle lui avait demandé de l'emmener faire une promenade à Hyde Park.

Il poussa un soupir lassé.

— Je ne la comprends pas. Elle a été aussi bien élevée que possible. Je me dis parfois que l'on respire un air corrompu, de nos jours, la jeunesse ne le supporte pas. Pas tous, évidemment... ajouta-t-il avec un tendre sourire. Et je ne crois pas du tout qu'elle l'intéresse; Jemima n'est pas le genre de femmes auquel il est habitué. Si elle l'avait laissé tranquille, il ne lui aurait jamais accordé une pensée.

— Certainement! approuva Ambre avec fermeté.

— Je ne sais que faire...

— Moi je le sais, Samuel. Il faut la marier à Joseph Cuttle le plus tôt possible. Avant que le pire n'arrive.

XXVIII

Ce fut la fin de l'amitié entre Jemima et sa belle-mère. Par une sorte d'instinct infaillible, la jeune fille sut immédiatement qui était responsable de la soudaine décision de son père au sujet de son mariage avec Joseph Cuttle. Pour une fois, d'ailleurs, Ambre recueillit l'approbation générale, car tous dans la famille s'inquiétaient de la foucade de Jemima pour un cavalier, bien qu'ils en rendissent Ambre nettement responsable. Ils ne pouvaient croire que Jemima eût songé à admirer un tel homme, sans le mauvais exemple que lui donnait Ambre. Bruce, cependant, parut légèrement choqué quand il apprit que le contrat avait été signé et que le mariage aurait lieu le 30 août, quarante jours à peine après les fiançailles.

— Seigneur ! dit-il. Cet individu maladroit, aux jambes en fuseaux, épouser ce joli petit bibelot de Jemima !

— Qu'est-ce que cela peut vous faire, qui elle épouse ?

— Oh ! rien, en principe. Mais ne croyez-vous pas que vous vous mêlez un peu trop des affaires de la famille Dangerfield ?

— Pas du tout. De toute façon, Samuel voulait qu'elle l'épouse. Je n'ai fait que hâter les choses, pour son bien.

— Oh ! si vous vous imaginez que j'avais l'intention de la séduire, vous vous trompez. Je l'ai emmenée promener parce qu'elle me l'avait demandé et que c'eût été un affront à son père que de refuser.

Il la regarda en plissant les yeux.

— Je me demande si vous savez quel brave homme est Samuel Dangerfield ? Dites-moi, comment diable l'avez-vous amené à vous épouser ? Les Dangerfield ne sont pas le genre de gens à introduire une actrice dans leur intimité.

Elle se mit à rire :

— Vous aimeriez bien le savoir !

Mais jamais elle ne le lui raconta.

Ambre ne suivit pas longtemps les conseils prudents de Bruce. Elle allait chez les Almsbury trois ou quatre fois par semaine, le matin. Samuel partait au bureau vers sept heures et revenait entre onze heures et midi ; elle était toujours là quand il partait et quand il rentrait. Mais n'y eût-elle pas été que cela n'eût causé nulle difficulté. Il avait parfaitement confiance en elle, et, quand il s'informait d'où elle venait, ce n'était pas par méfiance, mais tout simplement pour causer et parce qu'il s'intéressait aux petits détails de sa vie. Il croyait tout ce qu'elle lui disait.

Jemima, pendant ce temps, boudait et son caractère devenait mauvais. Elle refusait de prendre le moindre intérêt aux préparatifs de son mariage. Les couturières et les mercières emplissaient son appartement à toutes les heures du jour : sa robe de mariée devait être de drap d'or et son alliance incrustée de trente diamants. La grande salle de bal, dans l'aile sud de la maison, où devaient avoir lieu la réception du mariage et le bal masqué, était transformée en une véritable forêt printanière, avec de l'herbe véritable sur le plancher. Il devait y avoir cinq cents invités à la cérémonie et un millier pour la fête qui suivrait. Cinquante des meilleurs musiciens de Londres étaient retenus pour l'orchestre, et un chef français venait de Paris présider à la confection du repas. Samuel désirait avant tout faire plaisir à sa fille dont la bouderie persistante l'affligeait. Ambre, généreusement, prenait le parti de Jemima :

— Il n'y a pas à vous tracasser, Samuel. Elle est comme toutes les jeunes filles en âge d'être mariées et qui ne le sont pas. Anémique et nerveuse, voilà tout ! Attendez seulement après le mariage, elle redeviendra ce qu'elle était, je vous le garantis.

Samuel secoua la tête.

— Par le Ciel, je l'espère ! J'ai horreur de la sentir malheureuse ! Je me demande quelquefois si nous ne commettons pas une erreur en la forçant à épouser Joseph. Après tout, il ne manque pas de maris convenables pour elle dans tout Londres si elle...

— Sottises que tout cela, Samuel. Avez-vous jamais entendu parler d'une jeune fille choisissant elle-même son époux ? Elle est bien trop jeune pour savoir ce qui lui convient. Joseph est un très gentil garçon ; il la rendra très heureuse.

L'affaire ainsi réglée, Ambre se félicita d'avoir agi aussi habilement. Jemima ne la dérangerait plus. « Quelle petite sotte, se disait-elle railleusement. Elle aurait bien dû savoir que mieux valait ne pas croiser le fer avec moi ! »

Six semaines s'étaient à peine écoulées depuis l'arrivée de Bruce à Londres qu'elle lui annonça qu'elle était de nouveau enceinte et lui expliqua pourquoi elle était sûre que l'enfant venait de lui.

— J'espère que ce sera une fille, dit-elle. Le petit est si beau, je sens que ce sera une merveille. Quel nom voulez-vous lui donner ?

— Il me semble que cela regarde Samuel, non ?

— Et pourquoi donc ? De toute façon, il me demandera mon avis. Alors, dites-moi vos préférences, je vous en prie, Bruce, j'aimerais le savoir.

Il parut réfléchir sérieusement, mais le petit sourire qui jouait au coin de sa bouche montrait à quoi il pensait.

— Suzanne est un joli nom, dit-il enfin.

— Vous connaissez quelqu'un qui s'appelle Suzanne ?

— Non. Vous m'avez demandé mes goûts, je vous ai dit un nom que j'aimais, sans autre raison.

Elle lui lança un regard rapide, puis, changeant de sujet :

— Je me demande où vous serez quand Suzanne naîtra ?

— Quelque part à faire la vie dure aux Hollandais, j'espère. Nous allons leur déclarer la guerre dès que le Parlement aura voté les crédits nécessaires.

Ils étaient étendus sur le lit, à demi dévêtus. Bruce avait enlevé sa perruque, et ses cheveux, coupés très court, étaient rejetés en arrière. Ambre se pencha et atteignit une grappe de beau raisin de Lisbonne pourpre.

— Je pense que vous trouvez le temps long quand il n'y a pas une ville à incendier ou une douzaine de Hollandais à tuer !

Il se mit à rire, tout en prenant quelques grains de la grappe qu'elle tenait.

— Vous vous faites de moi un portrait quelque peu sanguinaire !

Elle soupira :

— Oh ! Bruce ! Si seulement vous m'écoutiez !

Et, brusquement, elle bondit, s'installa bien en face de lui, décidée à se faire écouter :

— Allez à la guerre si vous le devez, Bruce ! Mais quand elle sera finie, vendez vos vaisseaux et restez à Londres. Avec vos cent mille livres et mes soixante-six mille, nous serons assez riches pour acheter le Royal Exchange comme pavillon d'été, si cela nous plaît. Nous pourrons avoir une des plus belles maisons de Londres, et la bonne société se pressera à nos bals et à nos dîners. Nous aurons une douzaine d'équipages et mille domestiques, un yacht d'apparat pour aller en France si l'envie nous en prend. Nous irons à la Cour. Vous serez un grand personnage — chancelier ou autre, si vous le préférez — et moi je serai dame d'honneur. Il n'y aura personne au-dessus de nous en Angleterre ! Oh ! Bruce chéri, ne comprenez-vous pas ? Nous serions les gens les plus heureux du monde !

Elle était si passionnément convaincue qu'elle ne doutait pas d'obtenir gain de cause et sa réponse fut une pénible déception.

— Ce serait agréable, dit-il. Pour une femme !

— Oh ! s'écria-t-elle, furieuse. Vous, les hommes ! Que voulez-vous donc ?

— Je vais vous le dire, Ambre.

Se relevant, il la regarda bien en face.

— Je veux faire mieux que passer mes vingt-cinq prochaines années perché sur une échelle, avec les talons d'un homme sur mes doigts pendant que je piétine ceux d'un autre, en dessous. Je désire faire quelque chose de plus que comploter et intriguer avec des esclaves et des fous, afin de m'acquérir une réputation parmi des gens que je méprise. Je veux un peu plus que d'aller du théâtre au combat de coqs, de Hyde Park à Pall Mall et de recommencer le lendemain. Jouer aux cartes et lorgner tous les jupons féminins, servir de pantin au roi...

Il eut un geste de mépris.

— Et pour finir, mourir des femmes et de la boisson !

— Vous vous imaginez, je pense, que vivre en Amérique vous empêchera de mourir des femmes et de la boisson ?

— Peut-être que non. Mais ce que je sais, c'est que, quand je mourrai, ce ne sera pas d'ennui.

— Ah ! vraiment ! Je comprends que ce soit passionnant de vivre là-bas, avec des nègres, des pirates, du gibier de potence !

— C'est beaucoup plus civilisé que vous ne pouvez le croire. Il y a également un grand nombre de gens de bonne famille qui ont quitté l'Angleterre pendant le Commonwealth, ne l'oubliez pas. Et d'autres qui la quittent, pour les mêmes raisons que moi. Je ne m'en vais pas là-bas parce que je trouve les hommes et les femmes d'Amérique meilleurs ou différents de ce qu'ils sont en Angleterre, tout cela est sensiblement identique. C'est parce que l'Amérique est encore un pays jeune et plein de promesses, comme l'Angleterre il y a un millier d'années. C'est un pays qui attend d'être façonné par les hommes qui oseront s'y risquer, et j'entends y aller tant que je peux y faire mon chemin. Durant la guerre civile, mon père a perdu tout ce que possédait la famille depuis sept siècles. Je désire que mes enfants aient un bien qu'ils ne pourront jamais perdre.

— Alors, pourquoi voulez-vous vous battre pour l'Angleterre, puisque vous l'aimez si peu ?

— Ambre, Ambre, dit-il doucement... j'espère, mon cœur, qu'un jour vous apprendrez bon nombre de choses que vous ignorez encore.

— Et j'espère qu'un jour vous vous noierez dans votre maudit Océan !

— N'ayez crainte, je suis un beaucoup trop grand misérable pour cela !

Furieuse, Ambre sauta du lit. Mais soudain, elle s'arrêta net et le dévisagea, comme il l'observait, appuyé sur son coude. Elle revint s'asseoir à ses côtés et mit ses deux mains sur la sienne.

— Oh ! Bruce, vous savez que je ne le pense pas ! Mais je vous aime tant — je mourrais pour vous — et vous paraissez ne pas avoir besoin de moi du tout ! Je ne suis rien que votre maîtresse, je voudrais être votre femme, vraiment votre femme ! Je voudrais aller où vous allez, partager vos projets et vos ennuis, porter vos enfants, je voudrais être une partie de vous. Oh ! je vous en prie, amour, emmenez-moi en Amérique, sans vous occuper de rien. Je vous jure que cela m'est égal. Je vivrai n'importe où, je ferai n'importe quoi. Je vous aiderai à abattre des arbres, à planter du tabac. Je ferai votre cuisine. Oh ! Bruce, je ferai tout, si seulement vous m'emmenez avec vous !

Pendant un moment il conserva les yeux fixés sur elle, mais au moment où elle pensait l'avoir convaincu, il secoua la tête et se leva :

— Ce n'est pas possible, Ambre. Vous n'êtes pas habituée à ce genre de vie et, au bout de quelques semaines, vous en auriez assez et alors vous me reprocheriez de vous avoir emmenée.

Elle courut derrière lui, se planta face à lui, cherchant désespérément à saisir le bonheur qui lui semblait à portée et glissait de ses doigts :

— Non, jamais, je vous le promets, Bruce ! J'aimerai tout avec vous !

— Je ne le peux pas, Ambre. N'en parlons plus !

— Vous avez une autre raison, alors. C'est vrai, n'est-ce pas ? Laquelle ?

Il commençait à s'impatienter :

— Pour l'amour du Ciel, Ambre, restons-en là ! Cela est impossible. C'est tout !

Elle le regarda longuement, puis ses yeux se plissèrent.

— Je sais pourquoi, dit-elle lentement. Je sais pourquoi vous ne voulez pas m'emmener, ni m'épouser. C'est parce que je suis la nièce d'un fermier et que vous êtes un noble. Mon père n'était qu'un simple officier, mais votre famille siégeait à la Chambre des Lords, avant qu'il en existât une. Ma mère était une femme simple, la vôtre une Bruce, descendant de Moïse lui-même, ni plus, ni moins ! Mes parents sont tous fermiers, mais vous avez certainement du sang des Stuarts en vous, en cherchant bien !

Elle parlait d'une voix ironique et amère, et sa bouche tremblait, tordue en une grimace qui donnait à tout son visage une vilaine expression. Elle se détourna avec colère et commença de se rhabiller, tandis qu'il l'observait avec une sorte de tendresse. On eût dit qu'il cherchait à dire une parole qui pût adoucir le pénible sentiment d'humiliation qu'elle éprouvait. Mais elle ne lui en fournit pas l'occasion. En moins de deux minutes elle fut prête et, tout en prenant son manteau, s'écria encore :

— C'est bien pour cela, n'est-ce pas ?

Il la regarda bien en face :

— Oh ! Ambre, pourquoi vous compliquer toujours

la vie ! Vous savez aussi bien que moi que je ne pourrais pas vous épouser, même si je le voulais. Je ne suis pas seul au monde, flottant dans l'espace comme un grain de poussière. J'ai des parents, nombreux, et je suis responsable envers mon père et ma mère, même s'ils sont morts. Les Bruce et les Carlton ne représentent rien pour vous — et c'est juste —, mais ils sont diablement importants du point de vue des Bruce et des Carlton !

— Ce tour de passe-passe ne prend pas avec moi. Vous ne voudriez pas m'épouser, même si vous le pouviez ! Est-ce vrai ?

Pendant un instant ils s'affrontèrent du regard, puis la réponse partit, comme un coup de pistolet :

— C'est vrai !

Ambre resta immobile, mais elle était devenue pourpre et les veines bleues de son cou se gonflaient.

— Oh ! gémit-elle, à demi folle de rage et de chagrin, je vous hais, Bruce Carlton ! Je vous hais ! Je...

Elle se précipita hors de la pièce en claquant la porte :

— J'espère bien ne plus jamais vous revoir ! sanglota-t-elle en descendant l'escalier.

Et elle se promit bien que c'était la fin — la dernière insulte qu'elle supportait de lui — la dernière fois que...

Ambre sortit en courant d'Almsbury House et monta rapidement en voiture.

— A la maison, vite ! cria-t-elle à Tempête.

Et, se rejetant à l'intérieur, elle versa quelques larmes, tout en mordant nerveusement ses gants. Dans son agitation, elle ne remarqua pas une autre voiture qui attendait en face de la grille, vitres closes, et qui se mit en marche sitôt qu'elle apparut. Ce ne fut guère avant d'arriver qu'Ambre s'aperçut que deux de ses valets de pied tournaient fréquemment la tête. A son tour, elle regarda par la petite vitre du fond, vit le fiacre derrière elle, mais ne s'en inquiéta guère.

Et, comme elle tournait et passait par la grande grille sud de Dangerfield House, l'insolente voiture de louage en fit autant. Ambre sortit, le visage encore contracté, pour se heurter à Jemima qui venait de descendre du fiacre dont Carter réglait la course.

— Bonjour, Madame, dit Jemima.

Ambre poursuivit sa route en répondant avec une indifférence affectée :

— Bonjour, Jemima.

Mais son cœur battait à grands coups, et elle se sentait près de désespérer. Cette maudite gamine l'avait espionnée ! Et, ce qui était pis, l'avait prise sur le fait !

— Un instant, Madame. J'ai un mot à vous dire. Vous étiez contente d'être mon amie, avant que Lord Carlton...

Ambre s'arrêta et se retourna pour affronter sa belle-fille. Il fallait payer d'audace :

— Que vient faire ici Lord Carlton ?

— Lord Carlton loge à Almsbury House. C'est pourquoi vous en sortez, et avant-hier aussi, et tant d'autres fois !

— Mêlez-vous de ce qui vous regarde, Jemima. Je ne suis pas prisonnière ici. Je vais et viens où il me plaît. Il se trouve que Lady Almsbury est une bonne amie à moi, je vais la voir.

— Vous n'y alliez pas avant l'arrivée de Lord Carlton.

— Elle n'était pas à Londres, mais à la campagne. Et maintenant, Jemima, écoutez. J'ai comme une idée que vous m'avez suivie, et j'ai bien envie d'en parler à votre père. Vous le sentirez passer, je vous le garantis.

— Vous, parler à papa ? Et si moi je lui apprenais quelques petites choses que je sais, à votre sujet et à celui de Lord Carlton ?

— Vous ne savez rien du tout. Et si vous n'étiez pas

aussi jalouse qu'une femme stérile, vous n'auriez pas ces soupçons !

Son regard alla rapidement de Jemima à Carter et revint à la première :

— Qui a pu vous mettre ces idées en tête ? Cette vieille orfraie ?

La mine penaude de Carter lui montra qu'elle touchait juste ; aussi, se drapant dans sa vertu, Ambre rompit-elle les chiens après un dernier avertissement :

— Finissons-en avec ces menaces ridicules, Jemima, ou alors nous verrons qui de nous deux votre père croira !

Jemima n'osa pas risquer le coup et la maison Dangerfield resta paisible. Ambre prétexta un accès de fièvre, afin de trouver un prétexte pour ne plus aller à Almsbury House. La date du mariage de Jemima approchait, bien qu'elle eût été repoussée de quelques jours sur les supplications de celle-ci ; mais Ambre était pressée d'en finir.

Une semaine environ après sa dispute avec Bruce, Samuel lui raconta que Lord Carlton était venu le voir à son bureau :

— Il met à la voile demain, dit-il, si les vents sont favorables. J'espère, une fois qu'il sera parti, que Jemima...

Mais Ambre ne l'écoutait pas. Demain ! songeait-elle. Mon Dieu ! il s'en va demain ! Oh ! il faut que je le voie, il faut absolument que je le revoie encore une fois...

Son bateau était ancré au quai de Botolph et Ambre attendit à l'intérieur de sa voiture pendant que Jeremy allait le chercher. Elle était inquiète, craignant qu'il ne fût irrité, mais quand il l'aperçut, il lui sourit. Elle se pencha vivement et posa une main sur la sienne, disant doucement :

— Il fallait que je vous voie, Bruce, avant votre départ.

— Nous sommes occupés à charger, Ambre. Je ne peux pas m'absenter.

— Ne pouvons-nous aller à bord ? Une minute seulement ?

Reculant de quelques pas, il lui offrit la main pour l'aider à descendre. Comme ils longeaient le quai, tous les regards les suivirent. La toilette d'Ambre, ses cheveux, ses bijoux étincelaient au soleil ; elle était belle et avait une allure peu habituelle en cet endroit.

— Pourquoi n'êtes-vous pas venu me voir ? chuchota-t-elle comme ils montaient la passerelle conduisant au bateau.

La suivant, il murmura :

— Je craignais de n'être pas le bienvenu.

Et il se détourna pour donner un ou deux ordres. Puis il la conduisit dans une toute petite cabine, confortable, sinon luxueuse, meublée d'une bonne couchette, d'une table à écrire et de trois chaises. Des cartes étaient clouées aux parois de chêne sombre, et des livres reliés de cuir empilés par terre. Sitôt entrée, elle se tourna vivement vers lui :

— Je ne viens pas pour me disputer, Bruce. Je n'ai rien à vous dire, embrassez-moi seulement.

Il l'avait à peine entourée de ses bras qu'un coup violent résonna à la porte :

— Lord Carlton. Une dame vous demande.

Ambre eut un air de reproche, et, tout en la lâchant, il jura entre ses dents. Mais avant d'ouvrir, il lui fit un signe. Rassemblant son manteau et son manchon, elle passa dans la cabine voisine. Puis, comme Bruce ouvrait l'autre porte, elle entendit résonner une paire de hauts talons et la jeune voix chantante de Jemima Dangerfield dire :

— Lord Carlton ! Grâce au Ciel, je vous trouve ! J'ai une commission de mon père pour vous...

Jemima pénétra dans la cabine et la porte se referma. Blottie contre la sienne, l'oreille collée à la serrure, Ambre écouta, le cœur battant. Son trouble était fait autant de jalousie que de crainte d'être surprise.

— Oh! Bruce! J'ai appris que vous partiez demain! Il fallait que je vienne!

— Vous n'auriez pas dû, Jemima. Quelqu'un pourrait vous voir. Et je suis si occupé que je n'ai pas une minute. Je suis simplement descendu chercher quelques papiers, les voici. Venez, je vais vous raccompagner à votre voiture.

— Oh! Bruce! Et vous partez demain! Il faut que je vous voie! Je peux vous retrouver n'importe où. Je serai à *La Couronne* ce soir à huit heures. Dans notre chambre.

— Excusez-moi, Jemima, mais je ne pourrai pas venir. J'ai trop à faire, je vous le jure. Il faut que j'aille à Whitehall et nous levons l'ancre avant l'aube.

— Alors maintenant! Oh! Bruce, je vous en prie. Encore une seule fois...

— Allons, Jemima! Sam et Robert vont arriver d'un instant à l'autre. Vous ne tenez pas à ce qu'ils vous trouvent ici? seule avec moi?

Il y eut un silence, pendant lequel elle l'entendit se diriger vers la porte, l'ouvrir, puis il dit :

— Oh! pardon, je n'avais pas vu que votre gant était tombé!

Jemima ne répondit pas et ils sortirent.

Ambre attendit d'être bien sûre de leur départ, puis elle rentra dans la cabine. Ses inquiétudes dissipées, la jalousie et la fureur s'emparèrent d'elle. Ainsi il avait fait l'amour avec elle! Le dégoûtant personnage! Et cette petite oie piaillante de Jemima! Oh! elle ne l'emporterait pas en paradis! Bruce, en rentrant, la retrouva assise sur la table, les pieds sur la couchette, les poings sur les hanches. Elle le regarda, espérant le trouver confus et rougissant.

— Eh bien? dit-elle.

Il haussa les épaules et ferma la porte.

— Ainsi, c'est là ce que vous avez fait la semaine dernière ?

Elle se leva et traversa la pièce en lui tournant le dos.

— Et vous n'aviez pas l'intention de la séduire ?

— Non !

Elle se retourna :

— Non ? Mais elle a dit...

— Je n'en avais pas l'intention. Écoutez-moi, Ambre, je n'ai pas le temps de me disputer. Il y a une quinzaine environ, Jemima est arrivée un matin à Almsbury House en donnant votre nom. Vous pensez peut-être que j'aurais dû la chasser avec indignation de ma chambre, mais je ne l'ai pas fait. La pauvre petite était malheureuse et désolée à la perspective d'épouser Joseph Cuttle. Et elle s'imagine être éprise de moi. C'est tout !

— Et alors, qu'est-ce que c'est que cette histoire de *La Couronne* et de « notre chambre » ?

Elle singeait Jemima en prononçant ces derniers mots.

— Nous nous y sommes retrouvés trois ou quatre fois, ensuite. Si vous désirez en savoir davantage, adressez-vous à Jemima. Je n'ai pas le temps. Venez, il faut que je remonte sur le pont.

Comme il s'en allait, elle courut à lui et le saisit par le bras :

— Bruce ! Je vous en prie, ne partez pas avant de m'avoir dit adieu...

Une demi-heure plus tard, il la raccompagnait à sa voiture.

— Quand reviendrez-vous à Londres ? demanda-t-elle.

— Je ne sais pas. Je vais être absent quelques mois. Je vous verrai dès mon retour.

— Je vous attendrai, Bruce. Et, oh ! mon bien-aimé, soyez prudent ! Et pensez à moi quelquefois.

— C'est entendu.

Il se recula, ferma la porte et fit signe au cocher de partir. Elle se pencha par la portière :

— Et noyez au moins un millier de Hollandais !

Il rit :

— Je ferai de mon mieux !

Après un dernier signe de la main, il remonta sur son bateau et disparut.

Ambre rentra chez elle, trop imprégnée encore de la voluptueuse chaleur des embrassements de Bruce pour songer à Jemima. Elle eut une surprise désagréable en trouvant la jeune fille qui l'attendait.

Jemima était tendue, agitée :

— Puis-je vous parler seule, Madame ?

Ambre se sentait très supérieure et triomphante :

— Comment ! Mais bien sûr, Jemima.

Nan fit sortir toutes les servantes, laissant seulement Curry, assis par terre, profondément absorbé dans la confection d'un puzzle chinois que Samuel lui avait donné la semaine précédente.

Ambre se tourna vers sa belle-fille :

— Eh bien ? dit-elle d'un ton indifférent, en rajustant sa coiffure, que désirez-vous ?

Jemima était trop troublée, trop malheureuse et trop irritée pour jouer au plus fin :

— D'où venez-vous ?

Ce n'était pas une question, mais une accusation.

Ambre leva les sourcils :

— Que vous importe ?

— Il m'importe si bien que je le sais. Regardez... il est à vous, n'est-ce pas ?

Elle tendait un gant.

Ambre eut un choc :

— Où avez-vous trouvé cela ?

— Vous le savez très bien. Par terre, dans la cabine du *Dragon*.

— Et après ? Il me semble que je peux aller voir un homme qui part se battre contre les Hollandais.

— Le voir ! Ne cherchez pas à me raconter des histoires. Je connais ce genre de visites ! Je sais qui vous êtes ! Une fille, une grue... et vous avez trompé mon père !

Ambre se dressa et regarda Jemima :

— Petite peste ! dit-elle lentement. Vous êtes jalouse, hein ? Jalouse parce que j'ai eu ce que vous désiriez !

Et elle se mit à la singer, employant exactement les mots dont Jemima s'était servie moins d'une heure auparavant, mais leur donnant un tour railleur qui les ridiculisait :

— « Alors, maintenant ! Oh ! Bruce, je vous en prie. Encore une seule fois... »

Elle riait, heureuse de voir l'horreur et l'humiliation qu'exprimait le visage de Jemima.

— Oh ! fit Jemima à voix basse, je ne savais pas que vous étiez ainsi...

— Eh bien ! vous le savez maintenant, et vous n'en serez pas mieux pour cela.

Ambre était brusque et pleine d'assurance, se disant qu'elle allait, une fois pour toutes, en terminer avec Jemima.

— Parce que, si vous pensez pouvoir raconter à votre père ce que vous savez de moi, réfléchissez à ce qu'il dira quand il apprendra que sa fille s'est sauvée de la maison pour rencontrer un homme dans une taverne publique.

— Comment le savez-vous ?

— Lord Carlton me l'a dit.

— Vous n'avez rien qui le prouve...

— Ah ! vraiment ! Je pourrais aussi faire appeler une sage-femme pour vous faire examiner, ne l'oubliez pas !

Ambre se disposait à chasser triomphalement Jemima de la pièce, quand les paroles suivantes résonnèrent aussi soudainement qu'un coup de tonnerre en plein été :

— Faites venir qui vous voudrez ! Peu m'importe.

Mais, je vous le dis, ou bien vous ferez en sorte que mon père rompe mon mariage avec Joseph Cuttle, ou je lui parlerai de vous et de Lord Carlton !

— Vous n'oseriez pas. Comment ! Cela pourrait le tuer !

— Et vous en seriez désolée, n'est-ce pas ? C'est ce que vous désirez, vous le savez bien. Oh ! ils avaient tous raison. Que j'ai été sotte de ne pas le voir ! Je sais qui vous êtes maintenant. Vous n'êtes rien, rien qu'une fille !

— Et vous aussi. La seule différence entre nous, c'est que j'ai obtenu ce que je voulais, pas vous.

Jemima poussa un cri et, de la paume de sa main droite, administra un violent soufflet sur la joue d'Ambre. Avec une rapidité telle que cela paraissait faire partie du même mouvement, Ambre le lui rendit, tout en saisissant de l'autre main une poignée de cheveux. Jemima poussa un hurlement de terreur et, méchamment, Ambre la gifla de nouveau. Tout sang-froid l'avait abandonnée, elle ne savait plus exactement ce qu'elle faisait. Jemima tenta de se dégager ; elle était réellement effrayée et criait à l'aide. Ce fut Nan qui se précipita et qui, s'interposant, épargna d'autres horions à Jemima :

— Madame ! criait-elle, Madame ! Pour l'amour de Dieu ! Avez-vous perdu l'esprit !

Ambre laissa retomber ses mains et, d'un brusque coup de tête, rejeta ses cheveux en arrière :

— Sortez d'ici ! dit-elle. Sortez et ne venez jamais plus m'ennuyer, entendez-vous ?

Ces derniers mots furent un cri plutôt qu'un avertissement, mais Jemima s'était déjà enfuie en sanglotant.

Il ne fut pas aisé de persuader Samuel que le mariage de Jemima devait — une fois encore — être retardé. Mais Ambre y parvint en lui disant que la pauvre petite avait besoin de quelques semaines de repos pour se remettre du départ de Lord Carlton. Ambre, nerveuse, inquiète, seule, loin de Bruce, devenait encore plus sombre et plus irritable à cause de sa grossesse. Mais il lui fallait cacher sa mauvaise humeur devant tous, excepté Nan qui écoutait patiemment et avec sympathie les perpétuelles récriminations de sa maîtresse.

— J'en ai par-dessus la tête d'être vertueuse ! dit-elle un soir avec lassitude en revenant d'une tournée de visites.

Elle consacrait beaucoup de temps à aller voir les femmes et les filles d'amis de Samuel, causant bébés, domestiques, maladies jusqu'à ce qu'elle ait envie d'en hurler. Elle travaillait ferme à jouer les femmes respectables. En ce moment, prenant un sourire conventionnel, elle singeait la vieille tante de chez qui elle sortait à l'instant. Personne — pas même la famille toute proche — ne savait encore qu'elle attendait un enfant, à l'exception de Samuel qui s'en montrait absurdement heureux.

Pour compliquer encore les choses, quatre semaines après le départ de Bruce, Samuel fixa fermement la date du mariage au 15 octobre. Rien, affirma-t-il, ne le ferait plus changer de décision. Les Cuttle s'impatientaient, les gens commençaient à s'étonner, il était grand temps que Jemima cessât ses folies et se comportât en personne raisonnable. Ambre ne savait à quel saint se vouer, car Jemima l'avait fait avertir que, si elle ne trouvait pas moyen d'arrêter les choses, son père saurait tout, dût-il les jeter toutes deux à la rue.

— Ô mon Dieu ! Nan. Après tout ce que j'ai fait pour gagner cet argent, le perdre ainsi ! Jamais je n'aurai un shilling ! Oh ! je savais bien que jamais je ne parviendrais à être *vraiment* riche !

— Quelque chose vous sauvera, Madame, fit Nan gaiement. J'en suis sûre. Vous êtes née coiffée !

— Ô mon Dieu ! mon Dieu ! mon Dieu ! que faire ?

Elle arpentait ainsi sa chambre à coucher, un beau matin, quand Nan arriva en trombe, les joues rouges, ses yeux bleus brillants de triomphe :

— Madame, qu'en pensez-vous ? Je viens de voir une des femmes de Miss Jemima, et elle m'a raconté que Mademoiselle n'est pas bien du tout depuis quinze jours, mais personne ne doit le savoir !

Ambre la regarda, interdite.

— Pas possible ! Nan !

Et soudain elle sortit en courant, traversa le long couloir qui menait à l'aile opposée de la maison et pénétra dans la chambre de Jemima. La pièce était pleine de couturières, de femmes de chambre, de mercières et autres marchandes. Ambre lui avait fait dire d'agir comme si elle acceptait ce mariage, et que l'on trouverait une excuse à la dernière minute. Et Jemima, non pour obliger sa belle-mère, mais parce qu'elle se trouvait entièrement désemparée, avait obéi.

Il y avait des robes étalées sur toutes les chaises, des pièces de brocart, de satin, de gaze, courant comme des rivières sur le parquet, un peu plus loin des peaux de fourrures étaient entassées en piles chatoyantes. Jemima se tenait au centre de tout ce bruit, le dos tourné à la porte, essayant sa robe de mariée, faite de l'étoffe d'or que lui avait offerte Lord Carlton.

Ambre entra gaiement :

— Oh ! Jemima ! s'écria-t-elle. Quelle merveille ! Comme je vous envie de vous marier dans cette toilette !

Jemima lui lança un regard d'avertissement pardessus son épaule. Mais Ambre constata avec satisfaction que la jeune fille était pâle et semblait lasse.

— Avez-vous bientôt fini ?

Jemima parlait avec peine à l'une des deux couturières qui, la bouche pleine d'épingles, étaient agenouillées autour d'elle, ajustant les plis avec un soin méticuleux.

— Dans un instant, Madame. Un peu de patience, je vous prie.

Jemima poussa un soupir :

— Très bien. Mais dépêchez-vous, s'il vous plaît.

Ambre, se plaçant devant Jemima, la tête légèrement penchée de côté, faisait mine d'examiner la robe, mais ses yeux moqueurs ne quittaient pas le visage de la jeune fille. Elle vit Jemima donner des signes d'impatience, de fines gouttes de sueur perler à son front. Puis, tout à coup, la jeune fille s'affaissa sur le plancher, la tête ballante, les yeux révulsés. Les couturières et les servantes poussèrent des cris de terreur, et les domestiques se précipitèrent.

Ambre prit la direction du mouvement :

— Soulevez-la et étendez-la sur son lit. Carter, allez me chercher de l'eau froide. Vous, apportez-moi un peu d'eau-de-vie !

Aidée de deux femmes de chambre, elle défit la robe de Jemima, enleva l'oreiller de dessous sa tête, et commença de délacer son corset. Quand Carter lui eut apporté de l'eau froide, elle renvoya tout le monde, en dépit de la mauvaise volonté de Carter qui ne voulait pas abandonner sa jeune maîtresse aux soins de sa belle-mère, et posa une compresse sur le front de Jemima. Celle-ci reprit bientôt ses sens et eut un œil sombre pour Ambre qui se penchait vers elle.

— Que m'est-il arrivé ? murmura-t-elle, tout en jetant des regards incertains autour d'elle.

— Vous vous êtes trouvée mal. Prenez une gorgée d'eau-de-vie et vous vous sentirez mieux.

Ambre lui souleva la tête. Toutes deux gardèrent le silence un bon moment et Jemima fit la grimace en goûtant à l'eau-de-vie.

— Je vais mieux, dit-elle enfin. Vous pouvez rappeler les autres.

Elle fit mine de se lever.

— Oh ! non, Jemima. Pas tout de suite. J'ai un mot à vous dire.

Jemima, sur ses gardes, lui lança un regard rapide :

— De quoi s'agit-il ?

— Vous le savez très bien. Inutile de feindre. Vous êtes enceinte, n'est-ce pas ?

— Non ! Bien sûr que non ! Ce n'est pas possible. C'est tout simplement... Eh bien ! oui, j'ai des vapeurs, voilà tout !

— Si vous croyez avoir des vapeurs, pourquoi n'en avez-vous parlé à personne ? Ne cherchez pas à me tromper, Jemima. Dites-moi la vérité, et je pourrai peut-être vous aider.

— M'aider ? Comment pourriez-vous m'aider ?

— Quand avez-vous eu vos dernières règles ?

— Eh bien ! il y a environ deux mois. Mais cela ne veut rien dire ! Oh ! je sais que je ne suis pas enceinte. Ce n'est pas possible ! J'en mourrais !

— Ne faites pas la sotte, Jemima. A quoi diable pensiez-vous donc quand vous avez couché avec lui ? Que vous possédiez un charme magique qui vous protégeait ? Eh bien ! vous vous êtes trompée, et le plus vite vous en conviendrez, le mieux ce sera pour vous.

Jemima se mit à pleurer, effarée et désemparée maintenant qu'elle se trouvait mise en face de la réalité qu'elle ne voulait pas envisager depuis quelques semaines :

— Je ne vous crois pas. Je serai guérie d'ici quelques jours. Je le sais ! Vous cherchez à me faire peur, c'est tout. Oh ! allez-vous-en et laissez-moi seule.

Ambre la secoua rudement :

— Jemima ! assez pleuré. Fort probablement les domestiques écoutent aux portes. Tenez-vous à ce que tout le monde soit au courant ? Si vous savez garder le silence et être raisonnable, vous pouvez encore tout sauver et épargner votre famille. N'oubliez pas la honte qui rejaillirait sur eux tous...

— Oh ! c'est bien ce qui m'épouvante ! Ils me haïront ! Ils... Oh ! je voudrais être morte !

— Cessez donc de dire des folies. Si vous épousez Joseph Cuttle le 15...

Jemima sursauta comme si elle avait reçu un seau d'eau froide :

— Épouser Joseph Cuttle ! Allons, je ne l'épouserais pas, vous le savez, pour un empire...

— Vous l'épouserez ! Il ne vous reste rien d'autre à faire. C'est la seule manière de préserver les Dangerfield de la honte.

— Ça m'est égal ! Je ne m'occupe pas d'eux. Je ne veux pas l'épouser ! Je me sauverai de la maison et j'irai loger n'importe où, pour attendre le retour de Lord Carlton. Il m'épousera alors, quand il saura ce qui est arrivé.

Ambre eut un rire bref et brutal.

— Oh ! Jemima, sotte petite oie blanche ! Lord Carlton vous épouser ! Êtes-vous folle ? Il ne vous épousera pas, eussiez-vous même des jumeaux ou des triplés. S'il lui fallait épouser toutes les femmes avec lesquelles il a couché, il en aurait autant que le roi Salomon. De plus, si vous vous sauvez de chez vous, vous n'aurez pas même de dot à lui offrir ! Épousez Joseph Cuttle pendant qu'il en est temps encore, c'est votre seule planche de salut.

Jemima resta un long moment silencieuse, les yeux fixés sur sa belle-mère.

— Ainsi, vous avez finalement gagné, dit-elle à voix très basse.

Ses yeux brillaient, mais ses lèvres articulèrent à peine les derniers mots :

— Oh ! comme je vous *méprise !*

XXIX

Le mariage de Jemima fut un événement social fort important.

Entre eux deux, les Dangerfield et les Cuttle

avaient des amis et des parents dans presque toutes les grandes familles de la Cité. Les cadeaux n'avaient cessé d'arriver depuis des semaines, remplissant toute une grande pièce réservée à cet usage. La mariée foulant un tapis d'or se dirigea vers l'autel improvisé dans le salon de l'aile sud, pendant que ses tantes et cousines reniflaient et que la musique de trois orgues faisait trembler les murs. Elle portait ses beaux cheveux cuivrés épars sur les épaules — symbole de virginité — et une couronne de myrte, d'olivier et de romarin. Elle avait l'air sérieux et les yeux secs, ce qui était malencontreux, car l'on prétendait que si la jeune épousée ne pleurait pas, c'était un mauvais signe. Mais elle paraissait préoccupée, et pour ainsi dire inconsciente de ce qu'elle disait et faisait. Quand la cérémonie fut achevée, elle accepta les baisers de son heureux époux, de ses parents et amis, avec la même indifférence absente.

Le jeune couple ouvrit le bal et se retira après la première danse, ainsi qu'il était d'usage, dans la chambre nuptiale, à l'étage au-dessus. Jemima se mit à pleurer pendant qu'on la déshabillait ; chacun se félicita de cet heureux présage. Quand les deux jeunes gens furent installés côte à côte dans le grand lit, Jemima eut l'air d'un animal pris au piège. La cruche de posset[1] passait alors cérémonieusement de l'un à l'autre dans toute la pièce.

Tout se passait sans rires incongrus, plaisanteries grossières ni chansons licencieuses, ainsi que lors de bien des mariages. L'atmosphère était imprégnée d'une tranquille et bienveillante gravité. Les parents et amis sortirent alors, laissant Jemima en tête à tête avec son époux, et Ambre poussa un soupir de sou-

1. Le posset est une boisson faite de lait caillé avec adjonction de vin, de bière ou de vinaigre, fort en usage autrefois. (*N.d.T.*)

lagement. « Enfin c'est fait ! se dit-elle. Je suis sauvée ! »

Mais, sitôt la sécurité revenue, l'ennui s'abattit sur elle, semblable à ces tristes brouillards qui flottent au-dessus de la rivière. Elle avait acheté trop de robes et de bijoux pour s'y intéresser davantage, d'autant qu'elle méprisait l'opinion de ceux qui les voyaient. En conséquence, toute son attention se porta sur sa grossesse. Elle s'inquiétait de la couleur de son teint, de ses yeux cernés, pleurait en voyant sa taille se déformer, déclarait qu'elle était hideuse et le resterait. Pour se distraire, elle passait la plus grande partie de son temps à avoir des envies extraordinaires de nourriture — c'était l'hiver — et comme chacun savait que, si les désirs d'une femme enceinte ne sont pas satisfaits, l'enfant risque d'en souffrir, Samuel et toute la maison étaient sur les dents pour lui procurer ce qu'elle souhaitait. La plupart du temps, quand la friandise arrivait, l'envie était passée.

Noël fut une agréable diversion. La maison était plus que jamais peuplée d'enfants. Deborah, qui vivait à la campagne, était arrivée pour les fêtes, suivie d'un mari et de six enfants. Alice et Anne, bien que vivant toutes deux à Londres, suivirent la tradition familiale et se joignirent aux leurs. William revint de l'étranger et George d'Oxford. Seule Jemima préféra rester chez son mari, mais elle les visitait tous les jours, accompagnée de Joseph, plein d'admiration pour sa jolie femme et si heureux de sa future paternité qu'il en parlait à qui voulait l'entendre. Et Jemima paraissait sinon éprise de Joseph, du moins satisfaite de son adoration, satisfaction qu'elle n'avait jamais marquée auparavant ; la grossesse lui apportait une sorte d'apaisement. Ses révoltes contre les habitudes et la morale de sa classe avaient disparu, elle commençait à accepter les faits et à s'installer dans l'existence.

Toutes les pièces étaient décorées de lauriers, de cyprès et de houx aux baies rouges. Une énorme vasque d'argent remplie de vin chaud épicé et garnie de lierre et de rubans trônait en permanence dans le grand hall. Et les repas suivaient les anciennes et glorieuses traditions. Plum-puddings et pâtés de viande, cochons de lait rôtis, hures de sanglier aux défenses dorées, oies grasses et chapons, faisans à la chair bien dorée et croustillante. Chaque déjeuner était une fête, et les restes en étaient distribués aux pauvres qui se serraient aux portes des offices, le panier au bras, car la générosité des Dangerfield était bien connue.

Les jeux d'argent étaient autorisés par tradition dans les demeures les plus austères durant la semaine de Noël, et du matin au soir les cartes volaient, les dés roulaient, les pièces d'argent tintaient gaiement. Les enfants jouaient à colin-tampon, colin-maillard, la pêche miraculeuse, criant, riant et se poursuivant de la cave au grenier. Pendant près de deux semaines, un véritable flot d'invités entra et sortit de la maison.

Ambre offrit à Samuel une miniature d'elle (très habillée) en forme de cœur, sertie de perles, de rubis et de diamants. Elle fit également des cadeaux fort chers à tous les autres membres de la famille et sa générosité envers les domestiques convainquit ceux-ci qu'elle était la meilleure personne du monde. Elle reçut autant qu'elle avait donné, non que la famille l'aimât, mais pour sauvegarder les apparences vis-à-vis de Samuel et des étrangers. Ambre le savait mais s'en souciait peu, car rien ne pouvait plus ébranler sa situation, maintenant que Samuel était persuadé qu'elle portait leur enfant. Il lui fit don d'un ravissant petit carrosse doré, capitonné d'un velours rouge frangé d'or, attelé de six superbes chevaux noirs. Mais on ne lui permit pas d'y monter, il lui fallait aller partout en chaise à porteurs,

Samuel ne voulant courir aucun risque pour sa santé et celle du bébé.

La veille de l'Épiphanie marqua la fin des réjouissances. Tard dans la nuit, Samuel eut une nouvelle et violente attaque, la première depuis juillet. Le docteur de Forest, immédiatement appelé, fit venir Ambre en particulier et lui demanda si Samuel avait bien suivi ses derniers conseils. A contrecœur Ambre avoua que, depuis quelque temps, il n'en tenait plus compte. Mais elle se défendit personnellement en affirmant qu'elle avait fait son possible pour l'en dissuader. Il n'avait pas voulu l'écouter, disant qu'il était ridicule de prétendre qu'un homme de soixante ans était trop vieux pour aimer et qu'il se sentait plus solide que jamais.

— Je ne sais vraiment pas que faire, Docteur, acheva-t-elle, rejetant toute responsabilité.

— Alors, Madame, dit-il gravement, je doute que votre époux achève l'année.

Ambre se détourna avec lassitude et quitta la pièce. Pour qu'elle fût riche, il fallait que Samuel meure, et cependant elle ne voulait pas en être cause, même indirectement. Elle éprouvait, pour superficielle qu'elle fût, une sincère affection envers cet homme si bon, si généreux, qu'elle avait attiré dans ses filets.

Samuel refusa de faire son séjour annuel aux eaux de Turnbridge, en ce mois de janvier, parce que la grossesse avancée de sa femme ne lui permettait pas de l'accompagner. Mais il se reposait beaucoup. De plus en plus il restait chez lui, avec elle, pendant que ses fils prenaient les affaires en main. Elle lui faisait à haute voix la lecture, chantait et jouait de la guitare et, à l'aide de gaieté et d'affection, tentait d'apaiser ses propres scrupules.

La coutume voulait que les hommes d'affaires établissent leurs comptes à la fin de chaque année. A cause de son attaque, Samuel repoussa cette obligation aux premiers jours de février. Il eut alors plusieurs jours de travail.

— Pourquoi ne pas laisser cela à Sam et à Bob ? demanda Ambre.

Samuel était à son bureau, vêtu d'une robe de chambre en cachemire de l'Inde que Bruce lui avait rapportée, et un lustre à plusieurs branches était allumé au-dessus de sa tête, car il faisait sombre en plein midi.

— Je désire m'assurer par moi-même que toutes mes affaires sont bien en ordre, au cas où il m'arriverait quelque chose...

— Il ne faut pas parler ainsi, Samuel.

Ambre se leva et vint à lui.

— Vous êtes l'image même de la santé.

Elle effleura son front de ses lèvres et continua, un bras passé autour de son cou :

— Ciel ! Qu'est-ce que tout ce gribouillis ! Je ne m'en sortirais pas pour tout l'or du monde. La tête me tourne rien qu'à la vue d'un chiffre !

A dire vrai, elle était tout juste capable de lire un nombre.

— Je prends mes dispositions de manière que vous n'ayez aucun souci. Si le bébé est un garçon, je lui lègue dix mille livres pour qu'il puisse se lancer tout seul dans les affaires ; je crois que cela vaudra mieux pour lui que d'essayer de s'entendre avec ses demi-frères. Et si c'est une fille, je lui donne cinq mille livres de dot. Et vous, comment voulez-vous votre part ? En argent ou en immeubles ?

— Oh ! Samuel, je n'en sais rien. N'y pensons donc pas !

Il lui sourit tendrement :

— Sottises, mon cœur. Bien sûr il nous faut y penser. Un homme fortuné se doit de faire un testament, quel que soit son âge. Dites-moi, que préférez-vous ?

— Eh bien !... alors, je crois qu'il vaut mieux pour moi de l'or... je ne risquerais rien.

— Je n'ai pas cette somme comptant à ma disposition mais d'ici quelques semaines ce sera réglé. Je la déposerai chez Shadrac Newbold.

Il mourut très tranquillement un soir du début d'avril, juste après être monté dans sa chambre se reposer d'une journée un peu fatigante.

Sur son grand lit de parade, tout tendu de noir, le corps de Samuel Dangerfield était exposé. Deux mille aumônes de trois farthings chacune furent distribuées aux pauvres, avec des biscuits et de l'ale cuite. Sa jeune veuve — objet de pitié à cause de sa délivrance toute proche — reçut les visiteurs dans sa propre chambre. Elle était très pâle, vêtue du noir le plus sévère, avec un voile de deuil qui traînait presque à terre. Tous les sièges, les tables, les glaces et les tableaux de l'appartement avaient été tendus de noir, les fenêtres étaient closes et seules quelques bougies brûlaient. La Mort avait pris possession de la maison.

On offrit aux invités des viandes froides, des biscuits et du vin et, finalement, la procession funèbre se mit en route. La nuit était sombre, froide, venteuse, et les torches fumaient comme de noires bannières. Le cortège marchait très lentement et solennellement. Un homme agitant une cloche le précédait dans les rues; il était suivi du char mortuaire, tiré par six chevaux blancs à la tête ornée de plumes noires. Des hommes en deuil, montés sur des chevaux noirs, chevauchaient de chaque côté, puis venait une suite de plus de trente voitures closes transportant les membres de la famille proche. Après quoi, à pied et dans leurs tenues officielles, les membres de toutes les corporations auxquelles avait appartenu le défunt, ainsi que le reste des invités s'étageant en une ligne sinueuse sur une longueur de plus de deux milles.

Ambre ne put dormir cette nuit dans sa chambre tendue de noir et insista pour que Nan vînt auprès d'elle et qu'une torchère restât allumée auprès du lit. Elle n'était pas aussi heureuse d'être une femme riche qu'elle se l'était imaginé, et la mort de Samuel ne lui faisait pas non plus autant de chagrin qu'elle l'avait cru. Elle était purement et simplement passive, n'ayant qu'un souhait : que les douleurs la prennent afin que l'enfant naisse, et qu'elle soit libérée de ce fardeau qui devenait chaque jour plus intolérable.

XXX

L'antichambre était pleine de monde. Par groupes de deux, trois ou quatre, des jeunes gens appuyés sur le rebord des fenêtres regardaient dans la cour le violent vent de printemps courber les arbres. Énormes chapeaux à plumes, mantelets coupés à mi-cuisse, volants de dentelle qui leur mangeaient les mains, flots de dentelle encore aux genoux, cascades de rubans aux épaules et aux hanches : tels étaient ces damoiseaux, la plupart bâillant, les yeux gros de sommeil.

— Morbleu ! grogna l'un d'eux avec un soupir de lassitude, se coucher à trois heures et se lever à six ! Si seulement le vieux Rowley pouvait trouver la femme qui le gardât au lit le matin !

— Ne vous plaignez pas ! Quand nous serons en mer, nous dormirons tant que nous le voudrons ! Avez-vous obtenu votre commission ? Moi, on m'a promis un brevet de capitaine, rien que cela !

L'autre rit :

— Si vous êtes capitaine, je pourrais être vice-amiral ! En tout cas je distingue bâbord de tribord !

— Vraiment ! Dites un peu ?

— Bâbord est à droite, tribord à gauche !

— Vous vous trompez, c'est le contraire...

A cet instant, la porte s'ouvrit et le chancelier Clarendon entra. Les sourcils froncés, l'air préoccupé comme d'habitude, le pied droit emmailloté dans un épais bandage pour soulager sa goutte, il traversa la pièce sans mot dire et disparut par la porte qui donnait dans la chambre à coucher de Sa Majesté. Les sourcils se levèrent sur le passage du vieil homme, et des sourires malins furent échangés.

Clarendon devenait de jour en jour l'homme le plus haï du royaume, non seulement à la Cour, mais dans tout le pays. Il était depuis trop longtemps au pouvoir, aussi le peuple le tenait-il pour responsable de tout ce qui n'allait pas, même de ce qui n'était pas de son ressort. Il n'acceptait aucun avis, ne souffrait nulle opposition : tout ce qu'il faisait était bien. On lui eût cependant pardonné ces fautes, mais il avait d'autres défauts, inexcusables. Ainsi, il était d'une honnêteté inflexible, n'acceptait ni ne donnait de pots-de-vin ; et ses amis eux-mêmes ne profitaient pas de sa puissance. Bien qu'ayant passé la majeure partie de sa vie à la Cour, il méprisait les courtisans et dédaignait d'en devenir un. Aussi surveillait-on et attendait-on. Si jamais il perdait son influence au Parlement, ils se rueraient tous à la curée, comme une bande de chacals affamés.

— Avez-vous été voir, à Piccadilly, la nouvelle maison du chancelier ? fit quelqu'un après son passage.

— A en juger par les fondations, il lui faudra vendre toute l'Angleterre pour l'achever...

Les voix se turent momentanément, car le roi apparaissait, suivi de ses chiens et de ses sycophantes. Rasée de frais, sa peau brune respirait la santé ; il eut un sourire et un signe de tête, puis il sortit. La ruée pour les places eut immédiatement lieu dans son sillage ; pour l'instant, Buckingham était d'un côté et Lauderdale de l'autre.

La matinée était froide, le vent soufflait, faisant voler les perruques aussi bien que les oreilles des épagneuls. Charles enfonça vigoureusement son chapeau sur sa tête, mais les autres, qui tenaient les leurs sous le bras, avaient grand-peine à maintenir leurs coiffures. Charles sortait dans le parc parce qu'il aimait l'exercice et le grand air. Ce n'était toutefois pas l'unique raison. Cette promenade faisait partie du travail matinal : Charles avait toujours préféré accomplir les tâches désagréables dans les meilleures conditions possibles, et il y avait peu d'obligations qu'il détestât davantage que celle d'entendre des requêtes et des pétitions. Livré à lui-même, il eût avec joie accordé toutes les faveurs demandées, pas tant par générosité naturelle que pour se délivrer des voix plaintives et des regards implorants. Il avait cela en horreur et ne pouvait hélas y échapper. Il écoutait patiemment, cherchait à diriger le quémandeur sur quelqu'un d'autre et, s'il n'y parvenait pas, donnait généralement droit à la supplique, tout en la sachant irréalisable. Quand il se promenait ainsi, écoutant les revendications de ses courtisans, il était fréquemment accroché par une jeune mère portant son enfant, par un vieillard malade qui demandaient à le toucher pour être guéris. Ces intrusions irritaient les courtisans, mais Charles ne semblait pas partager leur agacement. Il aimait son peuple, et le comprenait, bien qu'il eût vécu très longtemps à l'étranger. Tous grognaient contre ses maîtresses et les extravagances de la Cour, mais quand Charles leur souriait, s'arrêtait pour causer avec eux et rire, de sa voix chaude et profonde, ils l'adoraient en dépit de tout. Ce charme et cet abord facile constituaient de puissantes armes politiques, et Charles le savait.

Longeant le canal qui traversait le parc, ils revinrent par Pall Mall, tournant dans King Street pour regagner l'enceinte du palais. La cloche de la chapelle sonna, et Charles pressa le pas, soulagé d'arriver au terme de sa course, là où personne ne viendrait plus le solliciter.

« Ah ! songea-t-il en pénétrant dans la cour qui menait à la chapelle et en inspirant une bolée de bon air. Encore cent mètres et je suis sauvé ! »

A cet instant précis Buckingham, qui avait cédé sa place à d'autres, le rattrapa :

— Sire, puis-je vous présenter...

Charles lança un regard de désespoir comique à Lauderdale :

— Comment se fait-il, murmura-t-il, que chacun de mes amis ait son pauvre !

Mais il se retourna avec un sourire pour écouter la requête de l'homme et s'arrêta juste devant la porte de la chapelle, entouré de la foule des courtisans. Les dames entraient et il les suivait des yeux. Frances Stewart arrivait, accompagnée de ses suivantes, et lui fit au passage un signe d'amitié. Charles eut un large sourire, esquissa un geste pour la suivre, mais, se souvenant qu'il devait écouter des doléances, il se ressaisit.

— Oui, interrompit-il, je comprends votre situation, Monsieur. Croyez-moi, j'y songerai sérieusement.

— Mais, Sire, protesta l'homme, ainsi que je vous l'ai dit, cela est extrêmement urgent. Il faut que je sois fixé rapidement, sinon...

— Oh ! oui ! dit Charles qui n'avait pas écouté, c'est vrai. Très bien. Je pense, dans ces conditions, que vous pourrez obtenir ce que vous demandez.

Pénétré de gratitude, l'homme fit mine de tomber à genoux, mais le roi l'en empêcha d'un geste impatient, car il était pressé de s'en aller. Juste avant de pénétrer sous la grande porte de chêne sculptée, il se tourna et lança par-dessus son épaule :

— En ce qui me concerne, vous pouvez obtenir ce que vous désirez. Mais vous feriez mieux de vous entendre avec le chancelier.

L'homme ouvrit la bouche, son sourire fit place à une expression de mécontentement, mais il était trop tard, le roi avait disparu.

— Vous le rattraperez à la sortie, chuchota Buckingham qui s'en fut à son tour.

La chapelle était déjà pleine et les grandes orgues retentissaient. Charles n'aimait pas aller à l'église. Les sermons l'ennuyaient, aussi se consolait-il en y écoutant de la bonne musique. Au grand scandale des conservateurs, il avait fait admettre des violons, car c'était là son instrument préféré.

Il était seul dans l'oratoire royal, Catherine écoutant sa messe catholique. Des rideaux le séparaient de la partie occupée par les dames, mais il savait que Frances était assez près de lui pour qu'il pût lui chuchoter quelques mots. Le jeune pasteur chargé du sermon était déjà en chaire, il épongeait son visage en sueur de ses mains dont les gants noirs déteignaient, si bien qu'il ressemblait plus à un ramoneur qu'à un ministre du Seigneur.

Il était aussi difficile de prêcher à la Cour que de jouer devant elle. Le roi invariablement s'endormait, assis bien droit en face de la chaire, sitôt que le texte du sermon était annoncé. Les filles d'honneur bavardaient entre elles, agitaient leurs éventails, faisaient signe aux jeunes gens, en bas, étouffaient leurs rires et se passaient rubans et bijoux. Les jeunes beaux se tordaient la nuque pour apercevoir les dames dans la galerie, et discutaient pour savoir quelle était la plus belle. Les politiciens se chuchotaient des confidences, tout en se tenant bien raides, afin de donner le change. Les courtisans et les dames, reliques surannées de la Cour de Charles Ier, gravement assis sur leurs bancs, écoutaient avec satisfaction les avertissements répétés qui tombaient du haut de la chaire, sur l'insouciance des temps; mais, en dépit de leurs bonnes intentions, ils laissaient parfois échapper de sonores ronflements. Finalement le jeune chapelain, qui devait sa place à un parent influent, proclama le texte de son premier sermon devant le roi et la Cour : « Attention ! clama-t-il, je suis magnifique et redoutable ! »

Un rire inextinguible emplit la chapelle et, tandis que le malheureux jeune homme se demandait, les larmes aux yeux, ce qui arrivait à son auditoire, le roi lui-même fut obligé de se pencher pour dissimuler un sourire. Un doigt le toucha légèrement à travers le rideau, et Charles comprit que c'était Frances, qu'il pouvait entendre étouffant ses rires. Puis le calme revint, le pasteur poursuivit courageusement et Charles s'installa pour dormir.

Frances Stewart avait remplacé Barbara comme personnalité la plus en vue à Whitehall. Les dîners qu'elle donnait dans ses appartements surplombant la Tamise réunissaient les hommes les plus en vue et les plus jolies femmes de la Cour. Buckingham et Arlington cherchaient son appui, car ils étaient convaincus, ainsi que chacun, que le roi serait toujours mené par une femme. Et quand Louis XIV avait envoyé son nouveau ministre, Courtin, pour essayer de faire renoncer Charles à la guerre contre les Hollandais, le joyeux petit Français s'était tout de suite adressé à Mrs. Stewart.

— Ciel ! dit-elle, un soir que Charles avait réussi à l'isoler dans un coin, toutes ces histoires politiques me font tourner la tête ! L'un me dit ceci, l'autre cela, un troisième le contraire !...

Elle s'interrompit, le regarda, et acheva dans un malicieux éclat de rire :

— Et j'oublie tout ce qu'ils me disent. Si seulement ils savaient combien peu j'écoute leur bavardage, je vous assure qu'ils ne seraient pas aussi aimables !

Charles la contemplait, les yeux brillants d'admiration, se disant qu'elle était bien la beauté la plus parfaite qu'il eût jamais rencontrée.

— Dieu merci, vous ne les écoutez pas ! dit-il. Une femme n'a pas à se mêler de la politique. C'est peut-être à cause de cela que je vous aime, Frances. Jamais vous ne m'ennuyez avec des instances et des sollicitations, pour vous ou les autres. Partout je ne vois que des visages quémandeurs : je suis heureux que le vôtre soit différent.

Sa voix se fit plus basse :

— Je vous donnerai tout ce que vous voudrez, Frances, tout. Vous le savez, n'est-ce pas ?

A l'autre extrémité du salon, un jeune homme qui les observait dit à son voisin :

— Sa Majesté est éprise d'elle depuis deux ans et elle est toujours vierge. Je vous le dis, c'est absolument incroyable !

Frances sourit, un doux sourire pensif, si jeune et spontané que Charles en fut tout ému :

— Je sais que vous êtes très généreux, Sire. Mais, franchement, je ne désire rien que mener une vie honorable.

Une vive expression d'impatience, une ombre d'irritation passèrent sur le visage du roi. Mais il sourit :

— Frances, ma chère, une vie honorable est exactement ce que la fait celui qui la vit. Après tout, l'honneur n'est qu'un mot.

— Je ne sais pas ce que vous voulez dire, Sire. Pour moi, c'est plus qu'un mot.

— N'empêche que vous associez toujours une ou plusieurs qualités à un certain mot. Sa Grâce, le duc de Buckingham, par exemple, là-bas, à la table de jeu, possède une tout autre définition que la vôtre.

Frances se mit à rire, quelque peu soulagée, car elle n'aimait pas les conversations sérieuses et se sentait mal à l'aise dans le domaine de l'abstrait. Mais le roi, soudain, jeta un coup d'œil dans la pièce et marmonna d'un air d'ennui :

— Seigneur ! Voilà Courtin qui s'apprête à venir

me faire de la morale au sujet de la guerre! Vite, filons par là!

La saisissant par le bras, sans écouter ses protestations, il lui fit franchir une porte qu'il referma. La pièce était sombre, éclairée par le seul clair de lune se reflétant dans l'eau, mais ils ne firent que la traverser.

— Là, dit-il en fermant une seconde porte. Il n'osera jamais nous suivre.

— Mais c'est un si gentil petit homme. Pourquoi ne voulez-vous pas lui parler?

— A quoi bon? Je lui ai déjà répété mille fois que l'Angleterre et la Hollande sont en guerre, un point c'est tout. La flotte est en mer, je ne peux pas la rappeler pour l'amour de tous les gentils petits hommes venant de France. Allons, venez.

Frances l'observa avec méfiance, car, chaque fois qu'ils étaient seuls, c'était la même chose. Mais, après une légère hésitation, elle le suivit jusqu'à la fenêtre. De grands cygnes blancs nageaient paresseusement le long du rivage, dans l'obscurité printanière, et les roseaux avaient tant poussé que leurs pointes touchaient presque les vitres. L'eau paraissait sombre et froide, un vent frais soulevait de petites vagues. Il passa un bras autour de sa taille, et tous deux regardèrent en silence au-dehors. Puis, lentement, il l'attira à lui et lui baisa les lèvres. Frances se soumit, mais sans élan, les lèvres froides et passives.

— Frances, Frances! murmura-t-il, une sorte de colère suppliante dans la voix, embrassez-moi. Cessez de réfléchir, cessez de croire que cela est mal. Laissez-vous aller, oubliez tout et permettez-moi de vous apprendre ce que peut être le bonheur...

— Sire!

Elle commençait à le repousser, légèrement effrayée, cherchant à lui échapper. Mais son corps se courba au-dessus du sien, mains et lèvres avides :

— Oh ! Frances, vous ne pouvez me repousser toujours... J'attends depuis deux ans, cela ne peut durer éternellement. Frances, je vous aime, je le jure ! Je ne vous ferai aucun mal, mon cœur. Je vous en prie... je vous en prie...

C'était vrai, il était amoureux. Amoureux de sa beauté, de son charme si féminin, de cette promesse d'achèvement qu'elle semblait offrir. Mais, au fond, il ne l'aimait pas plus qu'il n'avait aimé les autres, et il était persuadé que son étalage de vertu n'était que le moyen d'obtenir ce qu'elle désirait. Dans ses relations avec les femmes, comme dans tous les autres actes de sa vie, son égoïsme s'abritait derrière le cynisme.

— Sire ! répéta-t-elle, sérieusement effrayée, car elle n'avait jamais encore compris comme il serait facile au roi de la prendre de force.

Mais il ne l'entendit pas. De ses mains impatientes il défaisait la robe décolletée, dégageait les épaules, la serrait violemment contre lui. Jamais elle ne l'avait vu si peu maître de lui, et cela l'épouvanta. Loin de répondre à cette passion, elle se sentait effrayée et dégoûtée. Elle sentait naître en elle comme de la haine. De ses deux mains, elle le repoussa avec force tout en laissant échapper une sorte de sanglot désespéré :

— Votre Majesté ! Laissez-moi !

Et elle fondit en larmes. Instantanément il s'arrêta, son corps se raidit et il la lâcha si brusquement qu'elle faillit en perdre l'équilibre. Un long silence s'ensuivit ; après quoi il dit :

— Je suis désolé, Frances. Je n'avais pas compris que je vous faisais horreur !

Frances se retourna brusquement :

— Oh ! Sire. Ne le croyez pas ! Certes non ! Mais si je me donne à vous, je perdrai la seule chose qui ait une valeur pour moi. Une femme n'a pas plus d'excuses de se donner à un roi qu'à un autre homme. Votre mère le disait aussi !

— Nous ne sommes pas toujours du même avis, ma mère et moi. Sur ce point, entre autres. Répondez-moi franchement, Frances. Quel est votre but ? Je vous l'ai dit, et vous le répète : je vous offrirai tout, tout ce que j'ai, sauf le mariage. Et, si je le pouvais...

Frances, alors, répondit :

— Dans ces conditions, Sire, vous ne m'aurez jamais. Car je ne me donnerai pas à un homme avant qu'il ne m'ait épousée.

Il se tenait le dos à la fenêtre, le visage dans l'ombre, et elle ne vit pas l'expression de colère sauvage qui l'envahissait :

— J'espère, dit-il à voix très basse, j'espère qu'un jour je vous retrouverai laide et consentante !

Il passa rapidement devant elle et sortit.

XXXI

Ambre n'aimait pas être enfermée dans une chambre tendue de noir; cela la rendait mélancolique. En tout cas, son deuil lui évita une succession de visites qui, en d'autres temps, eussent été intolérables. Son enfant, une fille, était née quelques jours à peine après la mort de Samuel. Normalement, elle eût été obligée de donner une fête d'accouchement, une fête de relevailles et une grande réception après le baptême. Dans les circonstances actuelles, elle ne reçut la visite que des parents proches et des amis intimes de la famille, bien que de nombreux présents fussent envoyés. Assise dans son lit, soutenue par des oreillers, elle avait l'air très pâle et fragile dans tout ce noir. Elle souriait pensivement à ses visiteurs, essuyait une larme ou deux, poussait un soupir et regardait tendrement le bébé quand une servante s'extasiait en disant qu'il était tout le portrait de Samuel. Elle était aussi polie, aussi patiente, aussi pleine de componction que d'habitude, car elle se disait qu'elle devait bien cela à Samuel en remerciement de la grosse fortune qu'il lui laissait.

Elle voyait peu la famille proche. Chacun d'eux avait rendu une seule visite, en souvenir de leur père, Ambre l'avait très bien compris. Elle savait que, maintenant qu'il était mort, l'on comptait sur son départ sitôt qu'elle serait relevée de ses couches. Et elle n'avait pas l'intention de s'attarder. Mais seule Jemima osa formuler ce que tous les autres pensaient :

— Eh bien ! maintenant que vous avez l'argent de mon père, je pense que vous avez l'intention de vous acheter un titre et de vous faire passer pour une dame de qualité ?

Ambre eut un sourire impertinent :

— Possible, admit-elle.

— Vous pourrez peut-être acheter un titre, rétorqua Jemima, mais vous n'achèterez pas l'éducation qui va de pair.

Ceci n'était, sembla-t-il à Ambre, que l'écho de ce que la jeune femme avait déjà entendu dire aux autres. Mais les paroles qui suivirent étaient bien de Jemima :

— Il y a aussi autre chose que vous ne pourrez pas acheter, malgré tout l'or : vous ne pourrez jamais acheter Lord Carlton.

La jalousie d'Ambre envers Jemima avait disparu maintenant qu'elle la savait prise au piège du mariage. Un mépris nonchalant lui avait succédé. Elle n'avait plus rien à redouter. Aussi répondit-elle, après l'avoir toisée avec insolence :

— Très sensible à vos conseils, Jemima. Mais je sais me conduire, croyez-le. Si c'est pour cela que vous êtes venue, vous pouvez vous en retourner.

Et Jemima d'ajouter d'une voix basse et tremblante, car l'indifférence et le cynisme d'Ambre l'exaspéraient :

— Je pars, et j'espère ne plus jamais vous revoir, tant que je vivrai. Mais laissez-moi vous dire... Un jour vous aurez le sort que vous méritez. Dieu ne permettra pas que votre perversité soit toujours victorieuse...

Ambre eut un rire de gorge :

— Vraiment, Jemima, vous devenez aussi fanatique que les autres. Avec un peu plus d'intelligence, vous auriez compris que rien ne réussit mieux que la perversité. Et maintenant, sortez d'ici, gamine malapprise, et ne venez plus m'importuner.

Jemima ne reparut plus, pas davantage d'ailleurs que les autres membres de la famille.

Ambre envoya Nan par la ville en quête d'un logis, non dans la Cité, mais dans l'un des faubourgs élégants de l'ouest, entre Temple Bar et Charing Cross. Trois semaines environ après la naissance du bébé, elle alla elle-même visiter l'une des trouvailles de Nan.

C'était une jolie maison neuve dans l'allée Saint-Martin, entre Holborn, Drury Lane et Lincoln's Inn Fields, dans un quartier habité par des gens de bien. L'immeuble possédait quatre étages et quatre appartements, un cinquième pour les domestiques. L'appartement d'Ambre se trouvait au deuxième. Une jolie jeune fille venant de la campagne avec sa tante, dans l'espoir de trouver un époux, habitait au-dessus; et une riche veuve d'âge mûr occupait le quatrième. La propriétaire, Mrs. de Lacy, s'était réservé le premier. C'était une frêle créature, qui soupirait et se plaignait de vapeurs, parlant toujours de sa fortune et de sa situation passées, perdues pendant la guerre, ainsi que d'un mari qu'elle n'avait jamais remplacé.

Les appartements étaient les plus beaux qu'Ambre

eût jamais vus. Ils se composaient d'une antichambre tendue de satin rayé pourpre et or, meublée de chaises dorées et d'un miroir de Venise. Celle-ci ouvrait sur un grand salon aux nombreuses fenêtres à vitres en losange. Vue sur la rue d'un côté, sur la cour de l'autre. Le trumeau de la cheminée en marbre était décoré de fleurs, d'animaux, et de femmes nues. La cheminée elle-même était ornée de grands vases chinois et persans. Le lustre était d'argent, les meubles dorés ou incrustés d'ivoire et de nacre. Rien, expliqua fièrement Mrs. de Lacy, ne venait d'Angleterre. Les tentures de satin émeraude et jaune avaient été tissées en France, les glaces avaient été réalisées à Florence, la cheminée à Gênes, les secrétaires à Naples, le bois de rose des deux tables était originaire de la Nouvelle-Guinée.

La chambre à coucher était encore plus luxueuse, le baldaquin, les fauteuils eux-mêmes tendus de drap d'argent et les tentures de taffetas vert. Plusieurs armoires s'encastraient dans le mur et Ambre s'émerveilla devant un ravissant petit lit de repos avec son dais et son traversin. En outre, l'appartement comptait trois autres chambres, une nursery, la salle à manger, et la cuisine dont Ambre ne comptait pas se servir.

Le prix était exorbitant — cent vingt-cinq livres par an —, mais Ambre n'eut qu'indifférence pour cette modeste somme qu'elle paya sans barguigner, bien qu'elle espérât n'y pas même rester six mois. Car Bruce n'allait pas tarder à rentrer; il était parti depuis près de huit mois et les bassins du port se remplissaient de navires marchands capturés.

Elle procéda au déménagement de Dangerfield House et, malgré un va-et-vient de trois ou quatre jours, personne ne vint s'occuper de ce qu'elle emportait ou laissait. Elle avait engagé une nourrice humide et une nourrice sèche pour le bébé et s'était procurée trois servantes, ce qui complétait le train de maison indispensable à une dame de qualité vivant seule. Le jour de son départ, la grande maison était totalement silencieuse. Elle n'aperçut qu'un domestique et aucun des enfants n'apparut dans le hall. Rien ne pouvait lui indiquer plus clairement dans quel dédain on la tenait. Mais Ambre ne s'en soucia point. Ils ne lui étaient plus rien, gens guindés, précis, formalistes, qui vivaient en un monde qu'elle méprisait. Se laissant tomber sur les coussins de sa voiture, elle poussa un soupir de soulagement.

— En route!

Elle se tourna vers Nan :

— C'est fini, Dieu merci!

— Oh! oui! acquiesça Nan, doucement, mais avec âme. Dieu merci!

Elles restèrent silencieuses, regardant par la portière, s'amusant de ce qu'elles voyaient. C'était une vilaine journée brumeuse, et l'humidité renforçait encore les odeurs hétérogènes et généralement mauvaises de Londres. Ici, un jeune beau fanfaronnait, le bras en écharpe, au sortir d'un duel récent. Là, un groupe d'hommes — des Français visiblement — avaient été pris à partie par une bande de gamins qui les bombardaient d'injures et d'ordures.

Et, tout à coup, Nan poussa un cri :

— Voyez! Encore une!

— Une quoi?

— Une autre croix!

Ambre se pencha et vit une grosse croix rouge peinte sur la porte d'une maison devant laquelle passait la voiture. En dessous, les mots imprimés en grandes lettres : « SEIGNEUR, AIE PITIÉ DE NOUS! »

Un garde se tenait devant l'immeuble, sa hallebarde plantée à ses côtés.

Ambre se rejeta sur son siège avec un geste d'insouciance :

— Quelle importance! La peste est une maladie de pauvres. Tu le sais bien!

Barricadée derrière ses soixante-six mille livres, elle se sentait définitivement à l'abri.

Pendant les semaines qui suivirent, Ambre vécut très tranquillement dans son appartement. Son arrivée n'avait pas été sans exciter considérablement la curiosité du voisinage, et elle se rendait parfaitement compte, chaque fois qu'elle sortait, que des yeux l'observaient prudemment derrière les tentures. Une veuve aussi fortunée, même si elle n'était pas jeune et jolie, excitait toujours l'intérêt. Mais elle n'était plus aussi désireuse de se lier, et sa fortune la rendait méfiante, même envers le jeune homme simplement poli qui se rangeait pour la laisser passer dans la rue.

La plupart du temps elle restait chez elle, absorbée par ses devoirs de mère. Son fils lui avait été enlevé trop tôt et elle l'avait si peu vu que ce bébé était aussi nouveau pour elle qu'un premier enfant. Elle aidait la nurse à le baigner, le regardait manger et dormir, le berçait en chantant et s'émerveillait des changements qu'elle découvrait de jour en jour. Elle était heureuse d'avoir cette enfant, même si sa taille s'en trouvait momentanément épaissie de quelques pouces, car c'était là quelque chose de Bruce qu'elle conserverait toujours. Cette petite fille avait un nom, une dot sûre, une place enviable dans le monde.

Nan était aussi intéressée que sa maîtresse.

— C'est le plus beau bébé de Londres !

Ambre parut offensée :

— De Londres ! Que dis-tu ! De toute l'Angleterre, oui !

Un jour qu'elle se trouvait au Nouvel Exchange, faisant quelques courses indispensables, un grand carrosse doré s'arrêta devant elle et Barbara en descendit. Lady Castlemaine jeta un coup d'œil d'intérêt sur la toilette d'Ambre, car, bien qu'Ambre fût toujours en deuil, son manteau était garni de peaux de léopard que Samuel avait achetées pour elle à quelque marchand d'esclaves africains, et son manchon aussi était de léopard. Mais, quand le regard de Barbara se posa sur le visage d'Ambre et qu'elle reconnut qui portait ce costume, elle détourna les yeux d'un air hautain. Ambre s'en amusa. « Tiens, elle se souvient de moi ! songea-t-elle. Très bien, Madame. Je suis certaine qu'un jour nous ferons, vous et moi, plus ample connaissance. »

A mesure que passaient les semaines, les croix rouges se multipliaient sur les portes. La peste sévissait chaque année à Londres et quand, en janvier et février, quelques cas isolés se présentèrent, personne ne s'en inquiéta. Mais, à mesure que le temps s'adoucissait, l'épidémie croissait et la terreur gagnait lentement la Cité. On se le disait, de voisin à voisin, de vendeur à client, de marchand à ménagère. De longs cortèges funèbres se déroulaient le long des rues et les gens commençaient à remarquer ceux qui étaient en deuil. On se remémorait les mauvais présages : en décembre, l'apparition d'une comète, traçant toutes les nuits sa traînée lumineuse dans le ciel. D'autres avaient vu des épées flamboyantes suspendues au-dessus de la ville, des corbillards et des cercueils avec des monceaux de cadavres dans les nuages. La foule se massait sur les marches de Saint-Paul pour écouter le vieil homme à demi nu qui, une torche incandescente à la main, clamait la repentance. Le glas retentissait sans cesse, prenant un nouveau sens pour chacun : demain peut-être sonnera-t-il pour moi ou pour ceux que j'aime.

Chaque jour, Nan revenait avec un nouveau remède préventif. Elle achetait de la poudre de pomme d'ambre à respirer avant de sortir, des amulettes de crapaud, une corne de licorne, des plumes trempées dans de l'arsenic, du mercure dans une coque de noix, des pièces d'or frappées du temps de la reine Élisabeth. Sitôt qu'on lui parlait d'un remède inédit, elle l'achetait pour tous les habitants de la maison et insistait pour que l'on s'en servît. Elle passa même un collier de plumes au vif-argent, qu'elle mit au cou des chevaux. Non contente de prévenir le mal — car elle se rendait parfaitement compte que toutes les précautions ne suffisaient pas toujours —, elle remplit les buffets de remèdes contre la peste. Elle se procura le fameux désinfectant par fumigations de James Angier, à base de soufre et de salpêtre, aussi bien que de la poudre à fusil, du nitre, du goudron et de la résine pour désinfecter l'air. Puis toutes les herbes recommandées : angélique, rue, pimprenelle, gentiane, baies de genièvre et bien d'autres. Elle possédait toute une armoire d'électuaires, dont de la thériaque de Venise, et un soluté à base de bouse de vache et de vinaigre.

Ambre s'amusait de ces préparatifs affolés. Un astrologue lui avait prédit que 1665 serait une des périodes heureuses de sa vie, et son almanach ne la mettait en garde contre nulle peste ni aucune maladie. D'ailleurs, il était vrai, dans l'ensemble, que seuls les pauvres mouraient, dans leurs taudis.

— Mrs. de Lacy quitte la ville demain, dit Nan un matin comme elle brossait les cheveux d'Ambre.

— Eh bien ! si Mrs. de Lacy est une poule mouillée qui hurle à la vue d'une souris, qu'y puis-je ?

— Elle n'est pas la seule, Madame, vous le savez bien. Les gens partent en masse.

— Pas le roi, n'est-ce pas ?

La même discussion se renouvelait depuis deux semaines et Ambre commençait à en être lassée.

— Non, mais c'est le roi, et il ne pourrait pas prendre la maladie, même s'il le voulait. Je vous le dis, Madame, c'est dangereux de rester. A cinq minutes d'ici — au bout de Drury Lane —, une maison vient d'être fermée. J'ai peur, Madame. Seigneur ! je n'ai aucune envie de mourir, et vous non plus, je pense ?

Ambre se mit à rire.

— Eh bien ! alors, Nan, si cela s'aggrave, nous partirons. Mais ce n'est pas la peine de transformer mes serviettes de toilette en cordes.

Elle n'avait aucunement l'intention de quitter Londres avant le retour de Bruce.

Le 3 juin, les flottes anglaise et hollandaise engagèrent le combat, juste au large de Lowestoft, et l'on entendait à Londres le bruit de la bataille, très faiblement il est vrai. Vers le 8, on apprit que les Anglais étaient victorieux, vingt-quatre bateaux hollandais coulés ou capturés, près de dix mille Hollandais tués ou faits prisonniers, contre une perte de sept cents marins anglais à peine. La joie fut délirante ! Des feux de joie furent allumés partout dans les rues, et la foule cassa les carreaux de l'Ambassade de France parce qu'elle n'avait pas illuminé. Le roi Charles était le plus grand des souverains, le duc d'York le plus célèbre des amiraux, chacun désirait continuer la lutte, balayer le Hollandais et dicter la loi sur les Océans.

Les croix rouges avaient forcé les portes de la Cité.

Quelques jours plus tard, Nan entra, une liste mortuaire à la main :

— Madame, cria-t-elle, il y a eu cent douze morts la semaine dernière.

Ambre recevait Lord Buckhurst et Sir Charles Sedley qui — ainsi que d'autres gentilshommes — revenaient de mer, en héros bronzés. Nan s'arrêta sur le seuil, surprise.

— Oh ! dit-elle, pardon Messieurs !

Et elle fit une révérence.

— Ce n'est rien, Mrs. Nan !

— Le diable m'emporte, Sedley. Elle est toujours aussi jolie, n'est-ce pas ?

— Mais voyons ! Vous n'avez pas peur de l'épidémie, je pense ?

— Oh ! si, Monsieur ! je meurs de peur ! Et regardez tout ce qu'ils marquent à côté. Je vous parie que la moitié au moins sont morts de la peste !

Elle se mit à lire la feuille toute fraîche imprimée, car elle sortait de presse au moment où Nan l'avait achetée :

— « Atteintes de goutte : trois ! Vers : cinq ! Attaques : deux ! » Comment savoir tous ceux qui sont morts de la peste et qui ne sont pas marqués parce qu'on a graissé la patte aux gens pour cacher leur décès !

Ambre et les deux hommes rirent, mais Nan était si troublée qu'elle faillit s'étrangler avec la pièce d'or qu'elle avait en bouche, et se sauva en courant. Cependant, moins de neuf jours après, la reine et ses dames partirent pour Hampton Court, et les courtisans manifestèrent l'intention de les suivre. Buckhurst et d'autres voulurent persuader Ambre de s'en aller à son tour, mais en vain.

Cependant, au grand soulagement de Nan, elle commença de faire quelques préparatifs de départ. Elle donna l'ordre aux servantes d'emballer ses robes et porta la plus grande partie de ses bijoux chez Shadrac Newbold, car elle ne désirait pas s'en charger. Elle trouva sa rue encombrée de voitures et la maison sens dessus dessous.

— Il est heureux que vous soyez venue aujourd'hui, Mrs. Dangerfield, lui dit-il, je quitte la ville moi-même demain. Je croyais que vous étiez à la campagne avec le reste de la famille. Ils sont partis il y a quinze jours.

Les Dangerfield avaient une propriété dans le Dorsetshire.

— Je n'habite plus à Dangerfield House. Oh ! je crois qu'une centaine de livres me suffiront. N'est-ce pas votre avis ?

— Je le crois aussi. Les routes seront infestées de brigands. Et l'épidémie va décroître à présent. Excusez-moi un instant, Madame.

Pendant son absence, Ambre resta assise à s'éventer. Il faisait très chaud, et elle sentait le satin noir de sa robe montante lui coller à la peau. Puis il revint, compta et empila les pièces d'or et d'argent, tandis qu'Ambre le regardait faire avec nonchalance.

— C'est un beau garçon que la petite Mrs. Jemima vient de mettre au monde, n'est-ce pas ? fit le notaire pour alimenter la conversation.

Ambre ne savait pas que l'enfant de Jemima fût né. Elle dit d'un ton ironique :

— Si tôt ! Elle ne s'est mariée qu'en octobre !

Il lui jeta un coup d'œil surpris, sourit et haussa les épaules :

— Ah ! oui, peut-être a-t-il un peu d'avance. Les jeunes gens, vous savez. Un contrat vous lie autant que la cérémonie, n'est-il pas vrai ?

Il remplit des pièces une bourse qu'il lui tendit. Avant de sortir, elle se retourna :

— Des nouvelles de Lord Carlton ?

— Comment ? Ah, oui, il se trouve que j'en ai ! Il y a dix jours environ, un de ses bateaux a jeté l'ancre, et l'on est venu me dire que Sa Grâce allait arriver. Je l'ai attendue plus que je ne voulais, mais maintenant je n'ai plus le temps. Peut-être, au reste, a-t-elle entendu parler de l'épidémie et décidé de ne pas venir. Au revoir, Madame, bonne chance.

— Merci, Monsieur. A vous aussi.

Car, en ces jours, on se souhaitait bonne chance.

Ambre se fit immédiatement conduire au port et envoya Jeremy aux informations. Une demi-heure plus tard, il fut de retour : il avait trouvé l'un des marins du navire ; Sa Grâce devait arriver d'un jour à l'autre. Les hommes qui formaient l'équipage du premier bateau l'attendaient impatiemment, car ils désiraient toucher leur part.

Devant chez elle, Ambre vit plusieurs voitures chargées de ses bagages. Nan courut à sa rencontre :

— Un homme est mort ce matin, quatre portes plus haut ! J'ai tout préparé ! Nous pouvons partir à l'instant même, Madame. Je vous en prie !

Ambre était très contrariée.

— Non, ce n'est pas possible. Je viens d'apprendre que Lord Carlton est sur le point d'arriver. Je ne partirai pas avant de l'avoir vu. Ensuite, nous quitterons Londres tous ensemble.

Nan se mit à pleurer.

— Oh! nous allons tous attraper la peste et mourir. Je le sais. C'est ce qui vient d'arriver à toute une famille de Little Clement's Lane : tous sont morts. Pourquoi ne pas attendre Sa Grâce à la campagne? Laissez-lui un message!

— Non! Il risquerait de ne pas venir. Oh! Nan. Pour l'amour du ciel, tais-toi! Tu pourras partir demain.

Nan se mit en route le lendemain de très bonne heure, avec le bébé, les nurses, Curry, deux des servantes et Grand John, qui les avait suivies de Dangerfield House parce qu'il était amoureux de Nan. Elle devait se rendre à Dunstable et y attendre ou, si l'épidémie sévissait dans la ville, continuer jusqu'à ce qu'elle trouvât un endroit sûr; alors elle préviendrait Ambre. Sa maîtresse l'abreuva d'instructions, de recommandations quant aux soins du bébé et à la surveillance des bagages. Puis elles se séparèrent. Ambre envoya Jeremy au port, en quête de nouvelles, mais Bruce n'était pas encore arrivé.

Londres se vidait rapidement. De véritables cortèges de voitures et de chariots s'ébranlaient chaque matin : deux mille cinq cents morts la semaine précédente! Les visages pâles et tristes des prisonniers de l'épidémie, ceux qui étaient enfermés avec les malades, apparaissaient aux fenêtres, et les cloches sonnaient dans presque toutes les églises de la ville. Les gens se pinçaient le nez quand ils passaient devant une maison marquée de la croix. Bien des familles entassaient des provisions chez elles, puis bouclaient la maison, bouchant hermétiquement les fentes et les trous de serrure, clouant des planches aux portes et aux fenêtres, pour s'isoler de l'épidémie. La chaleur persistait, sans brouillard; il n'avait pas plu depuis près d'un mois. Les fleurs plantées dans les cours, roses et chèvrefeuille, se desséchaient, les prairies autour de la ville semblaient avoir grillé. Des marchands dans la rue vendaient des cerises, des pommes et des prunes précoces, car les oranges étaient rares depuis le début de la guerre et tous ceux qui le pouvaient achetaient de la glace, récoltée en hiver sur les lacs et les rivières, emballée de paille et conservée au fond des caves. Cela rafraîchissait au moins le vin et l'ale. On parlait presque autant de la chaleur que de la guerre et de la peste.

Ambre commençait à se sentir nerveuse. Les longues processions funèbres, les croix rouges, les cloches qui sonnaient, les gens qui circulaient le nez enfoui dans un pot de désinfectant finissaient par l'impressionner. Elle désirait s'en aller, mais elle était sûre que si elle partait Bruce arriverait le même jour... Alors elle attendait.

Tempête et Jeremy se plaignaient de devoir rester et n'aimaient pas du tout ces courses au port. Jane — celle des domestiques qui n'était pas partie — pleurnichait et demandait à retourner chez son père, dans le Kent. Ambre finit par l'y expédier. Quatre jours après le départ de Nan, elle envoya encore Tempête et Jeremy à la recherche de Lord Carlton, leur promettant une guinée à chacun s'ils le trouvaient. Car, sans l'appât de l'argent, elle savait qu'ils feraient tout au plus un tour aux environs, et passeraient deux heures dans une taverne pour revenir les mains vides. Ils furent de retour à midi : Lord Carlton était arrivé dans la nuit. Ils l'avaient vu sur le quai, qui faisait décharger ses navires.

4293

Composition Euronumérique
Achevé d'imprimer en Europe (France)
par Brodard et Taupin à La Flèche (Sarthe)
le 20 septembre 1996. 6282Q
Dépôt légal septembre 1996. ISBN 2-290-04293-5
Éditions J'ai lu
84, rue de Grenelle, 75007 Paris
Diffusion France et étranger : Flammarion